Für meine beste Freundin Gail Menner

Gail, zusammen haben wir schon manche Unwägbarkeit des Lebens gemeistert. Und wir teilen so viele kostbare Erinnerungen.

Ich bewundere, dass du jeden Tag so auskostest, als sei es der letzte.
Und ich hoffe, wir werden immer so viel gemeinsam lachen,
auch wenn wir einmal so alt sind, dass wir gar nicht mehr wissen,
warum wir lachen.

This book is for my best friend, Gail Menner.

Gail, we've travelled life's bumpy road, side by side.
We've shared so many special memories.

I admire the way you live every day as if it's your last,
and I hope we're still laughing as much, even when we're
too old to remember why.

AUSTRALIEN
SOUTH AUSTRALIA
NEW SOUTH WALES
Sydney
Adelaide
VICTORIA
Melbourne
N

I

Australien

Sommer 1968

Es hatte den Anschein, als würde sich die Mundi-Mundi-Ebene bis ans Ende der Welt erstrecken. Während die Schatten der Nacht allmählich zurückgedrängt wurden, hüpften Riesenkängurus mit großen, mühelosen Sprüngen durch die uralte Landschaft, und ein leiser Windhauch trug das Versprechen eines weiteren sengend heißen Tages heran.

Über der scheinbar endlosen Weite rüttelten Falken, Keilschwanzadler segelten auf der Suche nach Beute anmutig durch die Lüfte. Es war der ewige Kreislauf des Lebens, der sich seit Jahrtausenden unverändert vollzog.

Ein einsamer Reiter verharrte in den ersten Sonnenstrahlen, die sich über den Horizont tasteten. Pferd und Reiter zeichneten sich dunkel gegen den Morgenhimmel ab, der mit den unglaublichsten Farben bebändert war. Das Pferd schnaubte ungeduldig, warf den Kopf nach hinten und stampfte mit dem Vorderhuf. Der Reiter beugte sich vor und schloss seine Hände fester um die Zügel. Ein Schuss aus einer Startpistole krachte. Der Knall hallte meilenweit in der Stille wider und verlor sich dann in der Unendlichkeit.

Angetrieben von Ehrfurcht gebietender Kraft schoss das Pferd davon. Eine Wolke aus rostrotem Staub wurde aufgewirbelt. Der Reiter lächelte. Die kühle Morgenluft wirkte belebend und befreiend. Das Donnern der Pferdehufe auf dem steinigen Boden der Geröllwüste war das einzige Geräusch in der vollkommenen Stille des australischen Outbacks.

Tausendfünfhundert Meter entfernt stand ein Mann mit einer

Stoppuhr und wartete. Als Pferd und Reiter auf ihn zupreschten, hielt er unwillkürlich den Atem an, den Daumen auf dem Stoppknopf, bereit, ihn herunterzudrücken. Der Zauber dieses Ortes hatte ihn gefangen genommen, und er spürte, dass er Zeuge von etwas ganz Außergewöhnlichem werden würde. Es war, als hätten sich die Geister der Mundi-Mundi-Ebene eingefunden, um diesem Pferd ihren Beistand zu gewähren und es zur Höchstleistung anzutreiben.

Wie ein silberner Blitz schoss es an dem Mann vorbei. Er drückte die Stoppuhr. Sein Herz klopfte, als er den Blick senkte und auf das Ziffernblatt schaute. Er traute seinen Augen nicht. Langsam verzog er sein von einem struppigen Bart überwuchertes Gesicht zu einem Lächeln, das immer breiter wurde. Dann warf er den Kopf zurück und stieß ein lautes Freudengeheul aus. Das Pferd verlangsamte sein Tempo und kehrte schnaubend, in lockerem Trab und mit weit aufgerissenen Augen zu ihm zurück.

Atemlos und innerlich aufgewühlt von dem wilden Ritt sprang der kleine, zierliche Reiter aus dem Sattel.

»Hey, Jed, mir scheint, Silver Flake hat heute Flügel gehabt. Ich dachte schon, sie würde gleich abheben!«

»Ja, du bist geflogen wie eins von diesen Düsenflugzeugen, Kadee!« Der Trainer lachte und ahmte mit einer Handbewegung ein vom Boden abhebendes Flugzeug nach. »Wir sind bereit für den Alice Springs Cup! Silver Flake wird alle um zehn Längen schlagen. Ich sage dir, sie wird Geschichte schreiben! Du wirst noch an meine Worte denken.«

2

Am gleichen Tag in Lane Cove, einem kleinen Vorort von Sydney. Es war einer dieser typischen hektischen Samstagvormittage in Barbie McKenzies Frisiersalon in der Burns Bay Road. Barbie, ihre Angestellte Ruby Rosewell und das Lehrmädchen Marissa Kendal hatten alle Hände voll zu tun. Die Damen einer Hochzeitsgesellschaft waren gekommen, um sich die Haare machen zu lassen. Haartrockner und Trockenhauben dröhnten und brummten, in der Luft hing der Geruch von Shampoo und Haarspray, und alle plapperten wild durcheinander.

Im Hintergrund lief das Radio. Elvis Presley sang *Blue Suede Shoes*. Barbies Vorbild in puncto Mode und Frisur war zwar Dusty Springfield, aber sie war ein großer Elvis-Fan, und so summte sie gut gelaunt mit. Ruby und Marissa standen mehr auf die Beatles, die Rolling Stones und die Animals. Als ein paar Minuten später *House of the Rising Sun* gespielt wurde, stellte Ruby das Radio lauter und sang mit Eric Burdon mit. Barbie warf ihr einen finsteren Blick zu, doch das war nur Spaß. Ihre Kundinnen störte die Musik nicht im Geringsten, und sie selbst liebte die junge, beschwingte Atmosphäre in ihrem Salon.

Barbie trug ebenso wie ihre Angestellten einen schwarz-weiß gestreiften Kittel, der ein ganzes Stück über dem Knie endete, und schwarze Lacklederschuhe mit einem kleinen Absatz. Der Fußboden war schachbrettartig in Schwarz und Weiß gemustert, und große Poster jener Modeikonen, die gerade im Trend waren, schmückten die weißen Wände. Zum Angebot des Salons gehörten neben den neuesten Haarpflegeprodukten auch Perücken und Haarteile in den unterschiedlichsten Farben sowie übergroße Handtaschen. Es war ein junger, dynamischer Laden, und Ruby und Marissa liebten es, dort zu arbeiten.

Die meisten Frauen waren Stammkundinnen, die Barbie und ihre Angestellten sehr gut kannten. Sie blätterten in den aktuellen Modemagazinen, deren Titelseiten bekannte Models wie Twiggy oder »The Shrimp« Jean Shrimpton zierten, und plauderten fröhlich über alles Mögliche miteinander, angefangen von Miniröcken und kniehohen Schnürstiefeln – der letzte Schrei – bis hin zu Lippenstiften in Pastellfarben und falschen Wimpern.

Während Marissa ihrer Kundin die Lockenwickler herausdrehte und ihr dann die Haare toupierte, unterhielten sie sich über ein Mädchen, das sie beide kannten.

»Ich hab gehört, dass Chrissie schon wieder einen neuen Freund hat«, sagte die Frau. Es klang ein bisschen neidisch. Sie ließ sich ihre blonden Haare im Jean-Shrimpton-Look frisieren: üppiger Pony und viel Toupieren.

»Im Ernst? Da kommt man ja kaum noch mit dem Zählen nach«, bemerkte Marissa boshaft. Sie nebelte den Kopf ihrer Kundin mit Haarspray ein. »Wer ist es denn dieses Mal?«

»Wie er heißt, weiß ich nicht, aber vielleicht kennen Sie ihn ja; er soll nämlich oft im Longueville Hotel sein, wo er Darts spielt. Mehr weiß ich nicht.«

Marissa dachte sofort an Gavin, Rubys Verlobten. Er spielte für sein Leben gern Darts, und Ruby sah ihm oft dabei zu. In letzter Zeit hatte sie allerdings wenig Gelegenheit dazu gehabt, weil Barbie sich einer Blinddarmoperation hatte unterziehen müssen und Ruby daher länger arbeiten musste.

Ruby kehrte mit ihrer Kundin vom Haarwaschbecken zurück. Als sie Platz genommen hatte, frottierte sie ihr die Haare und kämmte sie aus. Das dauerte nicht lange, weil sie ihre Haare so kurz wie Twiggy trug.

»Sharon hat gerade erzählt, dass Chrissie Williams einen neuen Freund hat«, sagte Marissa zu Ruby. »Dieses Flittchen hat schon mehr Männer vernascht als warme Mahlzeiten!«

Ruby verdrehte die Augen. »Wen hat sie sich denn diesmal geangelt?«

Kein Mann konnte Chrissie, einer vollbusigen Blondine mit großen babyblauen Augen, widerstehen, nicht einmal jene, die in festen Händen waren. Chrissie hatte einen Teilzeitjob als Kellnerin im Longueville Hotel und arbeitete außerdem in einer schicken Modeboutique ganz in der Nähe.

»Keine Ahnung, ich kenne ihn nicht«, antwortete die Frau, die Sharon hieß. Sie sah eine der anderen Kundinnen an. »Weißt du, wer es ist?« Die Angesprochene schüttelte den Kopf. »Sie hat es ja nicht lange ausgehalten mit Phil McMahon, diesem Fußballspieler, der von Leeds nach Sydney wechselte«, fuhr Sharon fort. »Sie hat ihn Pam Squires ausgespannt, habt ihr das gewusst? Na ja, wahrscheinlich hat er nach seinem anstrengenden Training nicht mehr genug Puste für sie gehabt«, fügte sie gehässig hinzu.

Die Mädchen lachten über diese Bemerkung. Dann wechselten sie das Thema und unterhielten sich über die Monkees, die amerikanische Popgruppe, die später in diesem Jahr nach Australien kommen würde.

»Davy Jones ist ja so süß«, schwärmte eines der Mädchen. »Also, ich werde mir auf jeden Fall eine Karte für ihr Konzert kaufen, sobald sie erhältlich sind.«

»Ich finde Micky Dolenz viel niedlicher«, erwiderte eine junge Frau. »Mein Freund Kevin sieht ihm zum Verwechseln ähnlich, findet ihr nicht?«

Die Mädchen guckten sie verblüfft an. Dann brachen sie in Gelächter aus. »Na ja, wenn du meinst …«

Barbie nahm ihrer Kundin die Trockenhaube ab und drehte ihr die Lockenwickler heraus.

»Hey, Sheryl«, rief eines der Mädchen der Frau zu, die unter der

Trockenhaube gesessen hatte, »wie heißt noch mal Chrissie Williams' neueste Eroberung? Wir haben gerade darüber gesprochen, dass sie die Männer häufiger wechselt als ihre Unterwäsche.«

Ruby, die ihre Kundin frisierte, hörte nur mit halbem Ohr zu.

»Gavin«, antwortete Sheryl. »Er heißt Gavin. Einer von den Typen, die regelmäßig im Longueville Hotel Darts spielen. Wieso fragst du?«

Zwei Stammkundinnen warfen Ruby verstohlene Blicke zu. Im Gegensatz zu Sheryl wussten die beiden, dass Rubys Verlobter Gavin hieß und ein leidenschaftlicher Dartsspieler war.

»Bist du sicher?«

»Ja, ganz sicher«, erwiderte Sheryl mit Nachdruck. »Er ist Lackierer von Beruf. Ich weiß das, weil er in Roy's Autolackiererei arbeitet und den Wagen meines Bruders neu lackiert hat. Ihr wisst doch, wie pingelig Freddie mit seinem Cortina ist.«

Ruby, die den letzten Teil der Unterhaltung mit angehört hatte, fuhr herum und starrte Sheryl offenen Mundes an.

»Das ist bestimmt ein anderer Gavin«, sagte Sharon peinlich berührt.

Barbie achtete nicht auf das Gespräch, aber Marissa sah Ruby beunruhigt an.

Sheryl, die sich keinen Reim auf Rubys Reaktion machen konnte, blickte verwirrt von ihr zu Sharon.

»Rubys Verlobter heißt Gavin«, erklärte die. »Er ist auch Autolackierer und spielt gern Darts. Das ist sicher nicht der Typ, mit dem Chrissie was hat, oder?«

Sheryl war blass geworden. »N-nein, sicher nicht«, stammelte sie.

Ruby funkelte sie finster an. Sie war im Begriff gewesen, ihre Kundin zu kämmen, hatte aber mitten in der Bewegung innegehalten. Ihre Hände zitterten. »Haben Sie ihn schon mal gesehen?«

»Äh … ja«, antwortete Sheryl vorsichtig.

»Und, wie sieht er aus?«

Sheryl zögerte. »Na ja, er ist durchschnittlich groß und hat rote Haare.«

Sie beobachtete Rubys versteinerte Miene und kam zu dem Schluss, dass das keine guten Nachrichten waren.

Ruby wandte sich ab und verharrte einen Augenblick regungslos. Gavin hatte rote Haare, und alle Stammkundinnen wussten das. Sheryl war die Einzige, die Rubys Verlobten nicht kannte.

Einen Moment später hatte sich Ruby so weit im Griff, dass sie weiterarbeiten konnte. Die jungen Frauen wechselten betroffene Blicke.

»Was ist denn?«, flüsterte Sheryl kaum hörbar. »Das ist doch nicht *ihr* Gavin, oder?«

Der Vormittag zog sich scheinbar endlos hin. Ruby arbeitete rein mechanisch, mit ihren Gedanken war sie ganz woanders. Dann war es endlich geschafft. Begleitet von den guten Wünschen Barbies, Rubys und Marissas verließen die Kundinnen den Laden.

Ruby und Marissa begannen mit dem Aufräumen und Saubermachen.

»Vielleicht hat sich Sheryl ja geirrt«, flüsterte Marissa, während sie den Boden aufwischte. Sie konnte Ruby ansehen, wie bedrückt sie war und dass sie sich nur mühsam zusammenriss.

»Ich bezweifle stark, dass es zwei Gavins mit roten Haaren gibt, die beide Autolackierer sind und öfter im Longueville Hotel Darts spielen«, fauchte Ruby, die die feuchten Handtücher einsammelte. Sie tat einen tiefen Atemzug, um sich zu beruhigen. »So viele Zufälle gibt es nicht.«

Sie war völlig außer sich, versuchte aber, es sich nicht anmerken zu lassen. Ihr Gavin und Chrissie Williams? Sie durfte sich das gar nicht vorstellen! Er habe an diesem Tag noch länger in der Lackiererei zu tun, hatte er gesagt, und werde nicht vor ein oder zwei Uhr fertig sein. Ob er sie angelogen hatte? Ruby musste sich zusammenreißen, um nicht in Tränen auszubrechen.

Barbie, die telefoniert hatte, legte den Hörer auf und wandte sich langsam um. »Ruby, bleib bitte noch einen Moment da, ich muss mit dir reden«, sagte sie dumpf.

Ruby blickte kurz auf und nickte. Es war ein heißer Februartag gewesen. Jetzt wurde es schwül. Dunkle Wolken zogen über den Himmel. Ruby war immer schon abergläubisch gewesen, das hatte sie von ihrer Mutter, und sie war überzeugt, dass gewitterschwüle Tage wie dieser schlechte Nachrichten brachten. Es schien, als sollte sie Recht behalten.

Marissa hatte den Eimer samt Putzlappen an seinen Platz zurückgestellt, griff nach ihrem Regenschirm und ging zur Ladentür.

»Wenn ich mich beeile, kriege ich noch den Bus um halb eins«, rief sie den anderen zu.

Es war ihr ein bisschen unangenehm, dass sie nicht dablieb, um Ruby zu trösten, aber sie wusste nicht, was sie ihr sagen sollte. Normalerweise gingen sie nach der Arbeit zusammen ein Stück die Straße hinauf, wo Marissa in den 421er stieg, der nach Chatswood, den angrenzenden Vorort, fuhr. Ruby ging von dort aus zu Fuß nach Hause.

»Geh nur«, sagte Ruby. Sie wollte selbst so schnell wie möglich nach Hause und sich bei ihrer Mutter ausweinen. »Wir sehen uns dann Montagmorgen.«

»Okay. Ruf mich an, wenn du jemanden zum Reden brauchst.« Marissa winkte ihr kurz zu und huschte hinaus.

Ruby drehte sich zu Barbie um, die, wie sie jetzt erst bemerkte, ein betretenes Gesicht machte. Eine düstere Vorahnung überkam sie. Sie wartete, aber Barbie schwieg. Sie arbeitete seit achteinhalb Jahren in diesem Salon, in dem sie auch ihre Lehre gemacht hatte, und kannte Barbie als strenge, anspruchsvolle und kritische, zugleich aber auch gerechte Chefin.

»Stimmt was nicht?«

»Das war mein Vermieter, der gerade angerufen hat«, erwiderte

Barbie stirnrunzelnd. »Mein Mietvertrag läuft aus, und wir hatten schon einige Male eine kleine Diskussion wegen der Miete.«

»Oh.«

Ruby nahm an, Barbie wollte wie so oft, wenn sie etwas bedrückte, ihre Meinung dazu hören. Barbie versicherte ihr immer wieder, dass sie ausgezeichnete Arbeit leiste und sie gar nicht wisse, was sie ohne sie machen würde.

»Letzte Woche meinte er, er werde meine Miete möglicherweise um fünfzig Prozent erhöhen müssen, und das wäre ein schwerer Schlag für mich, Ruby. Gerade eben hat er mir die Mieterhöhung bestatigt. In den nächsten Monaten sollen zwölf Läden hier in der Straße grundlegend renoviert werden, und selbstverständlich werden die hohen Kosten dafür auf die Mieter umgelegt.«

»Aber der Laden läuft doch gut, oder?«

Ruby hoffte, dass Barbie nicht etwa daran dachte, den Salon zu schließen. Sie hatten eine treue Stammkundschaft und waren normalerweise von Montag bis Freitag ausgebucht. Und samstagvormittags hatten sie meistens eine Hochzeitsgesellschaft, die sich für die Trauung hübsch machen ließ.

Rubys Traum war ein eigener Frisiersalon, aber sie und Gavin hatten beschlossen, erst einmal für die Autolackiererei zu sparen, die er nach der Hochzeit eröffnen wollte. Das heißt, *er* hatte das beschlossen. Immerhin werde er derjenige sein, der die Brötchen verdiene, sobald sie verheiratet seien, hatte er argumentiert, und Ruby musste ihm Recht geben. So hatte sie ihren Traum zwangsläufig zurückgestellt. Doch das hatte sie nicht davon abgehalten, sich einen leer stehenden Laden anzusehen. Sie hatte sogar mit der Eigentümerin gesprochen, die in dem Anbau nebenan wohnte, und die war ganz angetan gewesen von dem Gedanken, ihr das Geschäft zu vermieten. Sogar einen Namen für ihren Salon hatte sich Ruby schon ausgedacht: Creative Hair by Ruby. Der Laden lag an einer Hauptstraße nicht weit von ihrer Wohnung entfernt, aber weit genug von Barbies Salon, sodass sie ihr keine Konkurrenz machen würde. Als sie mit Gavin darüber gesprochen hatte, hatte er sich taub gestellt und darauf bestanden, dass sie sich zuerst nach einem geeigneten Platz für seine geplante Werkstatt umsahen.

»Na ja, im Großen und Ganzen kann ich nicht klagen, Ruby«, antwortete Barbie, »aber ich kann nicht dein Gehalt und gleichzeitig so viel mehr Miete zahlen. Das musst du verstehen. Es tut mir wirklich leid.«

Ruby starrte sie entgeistert an. »Was? Sie wollen mich entlassen?«

»Ich habe es genau durchgerechnet. Ich kann unmöglich ein volles Gehalt und einen Lehrling bezahlen, und Marissa kann ich nicht kündigen – sie hat einen Ausbildungsvertrag, an den ich mich halten muss. Das heißt, ich muss mich von dir trennen.«

Ruby wurde blass. Eine Sekunde lang fehlten ihr die Worte. Dann sagte sie: »Wie hätten Sie das alles heute ohne meine Hilfe geschafft, mit nur einem Lehrling? Marissa wäre niemals imstande gewesen, mich zu ersetzen!«

»Das weiß ich doch. Mir wird nichts anderes übrig bleiben, als weniger Kunden anzunehmen. Aber Marissa befindet sich bald im dritten Lehrjahr, sodass ich ihr auch mehr Verantwortung übertragen kann. Es tut mir wirklich leid, Ruby«, fügte sie bedauernd hinzu. »Du wirst mir fehlen.«

Ruby war am Boden zerstört. Zwei schwere Nackenschläge an einem Tag waren mehr, als sie verkraften konnte. Sie schüttelte langsam den Kopf und flüsterte fassungslos: »Ich kann nicht glauben, dass Sie mich einfach so rauswerfen.«

»Genau genommen werfe ich dich ja nicht raus. Ich lasse dich gehen. Und du kriegst ein hervorragendes Zeugnis von mir. Eine gute Friseurin wie du findet schnell wieder eine Stelle. Wäre die Sache mit der Renovierung und der Mieterhöhung nicht dazwischengekommen, hätte ich dich gern behalten, aber es ist weiß Gott kein Luxus, dass die Häuser hier auf Vordermann gebracht werden.«

Ruby hörte nur mit halbem Ohr zu. Im nördlichen Sydney gab es nicht allzu viele Frisiersalons, bei denen sie sich bewerben konnte, und das bedeutete, dass sie lange Arbeitswege in Kauf nehmen musste, was wiederum bedeutete, dass sie weniger Zeit für ihre Mutter und für ihren Verlobten hatte – falls Gavin überhaupt noch ihr Verlobter war. Von den zusätzlichen Kosten für Bus oder Bahn einmal ganz abgesehen. Täglich öffentliche Verkehrsmittel benutzen zu müssen lief ins Geld, und es würde viel länger dauern, bis sie sich ihren eigenen Salon würde leisten können.

»Komm Montag vorbei, dann zahle ich dir dein Restgehalt aus«, sagte Barbie. Draußen hupte jemand. Sie warf einen raschen Blick aus dem Fenster und sah ihren Mann im absoluten Halteverbot stehen. »Das ist Freddie, ich muss los.«

Sie griff nach ihrer Handtasche und stellte das Radio ab. Lulu hatte gerade *To Sir with Love* gesungen, einer von Rubys und Marissas Lieblingssongs. Marissa gefiel der Schlager so gut, dass sie die Haare jetzt genau wie Lulu trug.

Barbie hatte es eilig. Sie schob Ruby zur Tür hinaus und schloss hinter ihnen ab. Fred McKenzie wartete in einem nagelneuen Holden Monaro Sportcoupé auf seine Frau. Er lächelte und winkte. So schlecht kann es ihnen ja nicht gehen, wenn sie sich so ein schickes neues Auto leisten können, dachte Ruby bitter. Es fiel ihr schwer, die Hand zu heben und zurückzuwinken.

»Wir sehen uns dann Montag. Du brauchst nicht in aller Frühe herzukommen, schlaf ruhig aus.« Barbie zögerte und fügte dann hinzu: »Mach dir keine Sorgen, Ruby. Du bist gut in deinem Beruf, und du hast den jungen, modischen Look, der bei den trendigen Salons gefragt ist. Du kommst schon klar.« Damit eilte sie zu dem wartenden Auto.

Ruby stand wie angewurzelt auf dem Bürgersteig und starrte ihr nach. Einige Passanten musterten neugierig die schlanke, attraktive junge Frau mit den kurzen, fast schwarzen Haaren und dem üppigen Pony, der so groß in Mode war. Sie hatte wunderschöne tiefblaue, schwarz umrandete Augen, die jetzt allerdings in Tränen schwammen.

Als der Wagen der McKenzies sich in den dichten Samstagsverkehr einfädelte, fielen die ersten Regentropfen.

Der Himmel schien mit Ruby zu trauern.

3

Es regnete zum Glück nur leicht, als Ruby sich niedergeschlagen auf den Heimweg machte. Sie wusste nicht, was ihr größere Sorgen bereitete – dass sie ihre Stelle verloren hatte oder dass Gavin sie möglicherweise mit Chrissie Williams betrog. Sie hatten Anfang nächsten Jahres heiraten wollen, deshalb konnte sie nicht glauben, dass er so etwas tun würde. Hätte er nicht der Versuchung widerstehen müssen, wenn er sie so sehr liebte, wie er immer behauptete?

Bis zu der Wohnung, die Ruby und ihre Mutter sich teilten, waren es zu Fuß nur fünfzehn Minuten. Gavin wohnte ein Stück weiter weg. Ruby sah stirnrunzelnd zu den dunklen Regenwolken hinauf. Konnte sie es riskieren, zu Gavin zu gehen, oder würde sie bis auf die Haut nass werden? Eigentlich hatte sie keine Wahl, wenn sie die Wahrheit herausfinden wollte, und das musste sie unbedingt. Sie würde seine Nachbarn ausfragen. In seinem Wohnblock wohnten viele Frauen, und sie hoffte, sie erzählten es ihr aus weiblicher Solidarität, wenn sie ihn mit einer anderen gesehen hatten.

Es war kurz vor eins, als Ruby Gavins Haus erreichte. Falls er tatsächlich arbeiten gegangen war, wie er behauptet hatte, würde er vielleicht noch nicht zurück sein. Die drei hufeisenförmig angeordneten Wohnblöcke umschlossen eine Grünfläche mit einem kleinen Kinderspielplatz, zwei Bänken sowie ein paar Bäumen und Sträuchern. Trotz des Regens hatten sich einige wenige Mütter eingefunden, die ihren Kindern beim Schaukeln und Spielen auf der Rutsche zusahen. Ruby kannte eine von ihnen, weil sie schon im Salon gewesen war. Sie hieß Diane Medlow und hatte zwei kleine Kinder –

einen Jungen, der gerade laufen lernte, und ein dreijähriges Mädchen. Dora saß auf der Schaukel, und Ruby, die ihr schon einmal die Haare geschnitten hatte, ging zu ihr, schubste sie an und sprach mit ihr.

»Hallo, Ruby«, rief Diane ihr zu. »Möchten Sie zu Gavin?«

Ruby nickte. »Ja.« Sie ging zu Diane hinüber, die auf einer Bank saß. »Wissen Sie zufällig, ob er zu Hause ist? Haben Sie ihn heute schon gesehen? Oder irgendwann in den letzten Tagen?«

»Nein.« Diane schüttelte den Kopf. »Aber wir waren auch viel drinnen, weil Dora und Geoffrey die Masern hatten.«

Ruby machte ein enttäuschtes Gesicht. Sie sah nacheinander die anderen jungen Mütter an, ob sie eine von ihnen zufällig kannte.

Diane folgte ihrem Blick. »Kelly ist vor ein paar Monaten in eine Wohnung auf dem gleichen Stock wie Gavin gezogen, zwei Türen nebenan. Sie lebt allein mit ihrem Kind. Vielleicht hat sie ihn ja gesehen.« Sie wandte sich der jungen Frau zu, die mit ihrem krabbelnden Baby auf einer Decke im Gras saß. »Hey, Kelly, hast du Gavin heute schon gesehen?«

»Gavin?« Kellys Blick huschte von Diane zu Ruby. »Ja, ich glaube, er ist zu Hause«, antwortete sie zögernd.

Als sie Gavin einmal zum Kaffee eingeladen hatte, hatte er ihr erzählt, er habe eine Freundin. Sie wusste aber nicht, wer diese Freundin war, weil sie ihn sowohl mit Ruby als auch mit einem anderen Mädchen gesehen hatte. Und mit ihr hatte er auch ganz schön geflirtet. Falls Ruby seine richtige Freundin war, konnte sie einem wirklich leidtun.

Irgendetwas an Kellys Gesichtsausdruck machte Ruby misstrauisch. Sie blickte zum dritten Stock hinauf zu Gavins Wohnung, und genau in diesem Moment ging die Tür auf. Rubys Herz machte einen kleinen freudigen Hüpfer. Er war da! Er zog nicht mit Chrissie durch die Gegend. Gavin trat auf den Laubengang hinaus. Ruby wollte ihn gerade rufen, als sie noch jemanden aus der Wohnung kommen sah – es war Chrissie. Ruby schnappte nach Luft, als hätte ihr jemand in den Magen geboxt. Als Gavin sich der Grünfläche zuwandte, duckte Ruby sich blitzschnell hinter Diane. Vorsichtig lugte sie nach oben. Gavin und Chrissie hielten sich an den Händen und küssten sich liebevoll.

Ruby klappte der Unterkiefer herunter. Dann stimmte es also, was die Leute erzählten. Eine Vielzahl unterschiedlichster Emotionen erfasste sie, vor allem eine ohnmächtige Wut. Sie sah Diane an und wurde rot. Diane machte ein mitfühlendes Gesicht.

»Tut mir echt leid, Ruby. Männer können so gemein sein.«

Sie hatte nie ein Geheimnis daraus gemacht, dass ihr eigener Ehemann mit seiner Geliebten durchgebrannt war. Sie wusste also, was in Ruby vorging. Dennoch fühlte sich diese zutiefst gedemütigt. Ihre Verlegenheit wurde noch größer, als sie Kelly fragen hörte, ob Ruby Gavins Freundin sei, und Diane antwortete, sie sei seine Verlobte.

Das war mehr, als Ruby ertragen konnte. Doch sie war nicht der Typ, der sich einfach still und leise davonstahl, um seine Wunden zu lecken. Zum einen hatte sie ihren Stolz, und zum anderen war sie außer sich vor Wut und Empörung. Sie richtete sich auf und stapfte über den Rasen auf das Haus zu, in dem Gavin wohnte. Er machte keine Anstalten, sich von Chrissie zu lösen; sie knutschten immer noch ungeniert. Ruby überlegte, was sie tun sollte. In Tränen ausbrechen und eine Erklärung verlangen? Gavin beschimpfen? Ihre Verlobung auflösen? Nichts davon schien ihr angemessen. Gavin hatte sie zutiefst verletzt und öffentlich gedemütigt, und das würde sie nicht auf sich sitzen lassen. Sie war entschlossen, es ihm heimzuzahlen.

»Gavin!«, rief sie.

Als er Rubys Stimme hörte, zuckte Gavin zurück, als hätte er sich an der Blondine verbrannt. Er fuhr herum und starrte nach unten. Sein völlig verdutzter Gesichtsausdruck war einfach köstlich.

»R-r-ruby«, stotterte er schuldbewusst. »Was machst du denn hier? Dich habe ich nicht erwartet.« Eigentlich hatten sie sich wie meistens am Samstag zum Abendessen treffen wollen.

»Ja, das sehe ich.« Ruby kämpfte verbissen gegen die Tränen an. Sie würde ihm ganz sicher nicht den Gefallen tun und zu weinen anfangen. »Ich dachte, du müsstest heute arbeiten.«

»Ja … äh … ich … äh …«

Ruby schnitt ihm mit einer Handbewegung das Wort ab. Seine Lügen konnte er sich sparen. Sie hatte ihn in flagranti mit einer anderen erwischt, und das sollte er ihr büßen. Sie würde ihn genauso demütigen, wie er sie gedemütigt hatte. Sie hatte auch schon eine Idee. Keine besonders feine zwar, aber eine, die ihr mit Sicherheit Genugtuung bereiten würde.

»Ich bin hergekommen, weil ich dir sagen wollte, dass ich heute beim Arzt war«, rief sie zu ihm hinauf, so laut, dass alle in dem kleinen Park es hören mussten.

Sie wartete einen Augenblick und genoss die Verwirrung, die sich auf seinem Gesicht widerspiegelte.

»Beim Arzt«, wiederholte er benommen.

Sein Verstand arbeitete auf Hochtouren. Er hatte keine Ahnung, worauf Ruby hinauswollte, aber er kannte sie lange genug, um zu wissen, dass mit ihr nicht gut Kirschen essen war, wenn sie sich ungerecht behandelt fühlte.

»Ganz recht. Weißt du, ich habe schon seit Wochen diesen merkwürdigen Juckreiz, deshalb dachte ich mir, ich sollte mal nachsehen lassen.« Ruby sah, wie Gavin in totaler Fassungslosigkeit Mund und Augen aufriss. Sie merkte auch, dass ihr Publikum die Ohren aufmerksam spitzte. »Rate mal, was der Doktor gesagt hat! Er hat gemeint, ich hätte eine ansteckende Krankheit, du weißt schon, und du seist derjenige, der mich infiziert hat. Du sollst vorbeikommen, damit er dich untersuchen und dir etwas verschreiben kann.« Einige Wohnungstüren wurden geöffnet, und die Mieter streckten mit unverhohlener Neugier ihre Köpfe heraus. Gavin machte ein Gesicht, als wünschte er, die Erde würde sich auftun und ihn verschlucken. »Ich dachte, das solltest du wissen, weil es sich um eine hochgradig ansteckende Krankheit handelt. Du kannst ja offenbar deinen Hosenstall nicht zulassen«, fuhr Ruby unbekümmert fort. Sie wusste, dass sie mit dieser Bemerkung ihren eigenen Ruf aufs Spiel setzte, doch das war ihr gleichgültig. Sollten die Leute ruhig tratschen. Sie würde auf keinen Fall zulassen, dass Gavin wie ein Sexbolzen dastand, der jede Frau bekommen konnte, und sie wie die arme kleine graue Maus, die nicht fähig war, ihren Freund bei der Stange zu halten. Und wenn sie mit dieser Aktion obendrein einen Keil zwischen ihn und Chrissie trieb, umso besser.

Die Blondine fuhr herum und redete gedämpft, aber sichtlich erregt auf Gavin ein, der sich verzweifelt zu verteidigen versuchte und allem Anschein nach beteuerte, er habe nicht die geringste Ahnung, wovon Ruby spreche. Chrissie ließ sich jedoch nicht besänftigen. Nach einem letzten lautstarken Wutausbruch stapfte sie zornig davon.

Ruby triumphierte im Stillen. Eigentlich hatte sie erwartet, dass Gavin sie bitten würde heraufzukommen, damit er sich rechtfertigen konnte, aber er stand nur da und starrte bitter enttäuscht und tödlich gekränkt zu ihr hinunter. Da wurde ihr klar, dass sie ihn überhaupt nicht kannte. Wie hatte sie nur so dumm sein können?

»Was ist denn in dich gefahren?«, rief er ihr vorwurfsvoll zu. »Warum erzählst du solche Lügen? Du weißt doch, dass das nicht stimmt!«

Vor den Nachbarn sein Gesicht zu wahren war ihm offensichtlich wichtiger als alles andere. Ruby konnte es nicht fassen.

»Ist das alles, was du dazu zu sagen hast? Wir wollten heiraten, und jetzt erwische ich dich mit einer anderen, und mehr fällt dir nicht dazu ein?«

Sie hätte auch sagen können: Du hast mich betrogen, hast mich zum Gespött der Leute gemacht, und dich interessiert nur, was andere von dir denken mögen. Doch ihr Stolz verbot ihr, sich als Opfer hinzustellen.

Ruby blickte sich um. »Habt ihr das alle mitgekriegt? Lasst lieber die Finger von diesem Kerl, wenn ihr euch nichts einfangen wollt«, rief sie den Frauen zu.

Dann wandte sie sich um, reckte trotzig das Kinn in die Höhe und ging davon, ohne sich noch einmal umzudrehen. Sie hörte, wie Diane lachte. »Dem haben Sie's aber gegeben! Gut gemacht, Schätzchen!«, rief sie ihr nach.

Kaum war sie außer Sichtweite, kullerten Ruby die Tränen übers Gesicht. Das war mit Abstand der schlimmste Tag ihres Lebens. Am Morgen hatte sie noch eine Arbeit gehabt, die ihr Spaß machte, und von ihrer Zukunft an der Seite des Mannes, den sie liebte, geträumt. Und jetzt hatte sie gar nichts mehr. Sie war völlig am Boden zerstört. Ruby lief auf dem direkten Weg nach Hause, um sich bei ihrer Mutter ausweinen zu können.

Doch Emily gab keine Antwort, als sie die Wohnungstür aufschloss und nach ihr rief. Ruby schaute in der Küche nach, aber auch da war sie nicht. Wahrscheinlich besuchte sie eine Nachbarin. Enttäuscht, weil sie ihren Kummer nicht loswerden konnte, setzte Ruby den Teekessel auf und nahm die Flasche Brandy aus dem Küchenschrank. Sie schenkte sich einen kräftigen Schluck ein und kippte ihn hinunter. Als ihr der Alkohol wie flüssiges Feuer durch die Kehle rann, verzog sie das Gesicht, aber danach fühlte sie sich besser. Ruby atmete tief durch.

Plötzlich hörte sie ein Stöhnen aus dem Schlafzimmer ihrer Mutter am Ende des Flurs. Verwundert stellte sie ihre Tasse ab und trat auf den Gang hinaus. Ihre Mutter saß seltsam starr auf ihrem Bett.

»Mom! Ich dachte, du wärst gar nicht da. Du glaubst nicht, was mir heute alles passiert ist«, sprudelte es aus ihr heraus. Als Ruby auf Emily zuging, sah sie, dass diese völlig verstört wirkte. »Mom? Hast du mich denn nicht rufen hören?«

Emily blickte verwirrt auf. »Entschuldige«, murmelte sie.

»Stimmt was nicht?« Ruby blieb in der Tür stehen. »Du machst so einen zerfahrenen Eindruck.« So niedergeschlagen und abwesend kannte sie ihre sonst immer fröhliche Mutter gar nicht. Doch jetzt, da sie darüber nachdachte, fiel ihr auf, dass Emily schon seit ein paar Tagen irgendwie anders als sonst war.

»Ich muss mit dir reden, Ruby«, sagte sie dumpf.

Rubys Blick fiel auf die Zeitung, die neben ihrer Mutter auf dem Bett lag. *Sydney nimmt Abschied von einem seiner einflussreichsten Bürger*, lautete die Schlagzeile auf der Titelseite.

»Ja, ich mit dir auch.«

Emily ließ sie nicht weiterreden. »Das ist wirklich wichtig, Ruby.«

»Was ist denn passiert?«

»Es kann sein, dass wir ausziehen müssen. Noch ist es nicht sicher, aber ich dachte, du solltest darauf vorbereitet sein.«

»Was? Aber wieso denn? Ist das Haus verkauft worden? Oder ist das Geld von Dads Versicherung aufgebraucht?«

Emily machte ein verlegenes Gesicht. »Ich bin nicht ehrlich zu dir gewesen, Ruby.« Sie sah ihre Tochter ernst an. »Es gab nie Geld aus einer Versicherung.«

Ruby schüttelte benommen den Kopf. Jetzt begriff sie überhaupt nichts mehr. Ihre Mutter hatte nie gearbeitet. Ihr Vater habe eine Lebensversicherung abgeschlossen, hatte sie ihrer Tochter immer erzählt, und von dem Geld bezahle sie die Miete und ihren Lebensunterhalt. Wenn es keine Versicherung gab, woher stammte dann das Geld?

»Ich habe dir nie die Wahrheit über deinen Vater erzählt«, fuhr Emily leise fort. »Es tut mir leid, Ruby, aber ich hatte meine Gründe …«

»Ich verstehe nicht, was du damit meinst.«

Ihre Mutter hatte sich stets geweigert, über ihren Vater zu reden. Ruby hatte ihre eigenen Schlüsse daraus gezogen. Sie vermutete, dass ihr Vater keines natürlichen Todes gestorben war, sondern sich umgebracht hatte, und ihre Mutter deshalb nicht darüber sprechen wollte.

»Dein Vater ist nicht gestorben, als du ein kleines Kind warst.«

»Was?« Ruby fiel aus allen Wolken. »Heißt das … heißt das, er lebt?«

Hoffnung keimte in ihr auf. Würde sie endlich, nach so vielen Jahren, ihren Vater kennenlernen? Wie oft hatte sie versucht, sich vorzustellen, was für ein Mensch er wohl gewesen war. Würde ihre Neugier endlich gestillt werden?

»Nein«, erwiderte Emily mit Tränen in den Augen. »Ich habe in der Zeitung gelesen, dass er vor drei Tagen gestorben ist.« Sie senkte den Kopf und schniefte.

Rubys Hoffnungen zerplatzten wie eine Seifenblase. »Hat er etwa im Gefängnis gesessen?« Dieser Gedanke war ihr auch schon einmal gekommen.

Emily blickte erschrocken zu ihr auf. »Um Himmels willen, nein, natürlich nicht!«

»Und warum erzählst du mir das alles jetzt, da es zu spät ist?«, fauchte Ruby gereizt. »Warum hast du es nicht einfach für dich behalten?«

Ihre Mutter hatte nie über ihren Vater gesprochen, und jetzt tat sie es nur, um ihr zu sagen, dass er tot war. Wie konnte sie so gefühllos sein?

»Weil … Da ist dieser Brief von seinem Anwalt gekommen. Wir sind zur Testamentseröffnung eingeladen.« Emily sah ihre Tochter an, als könne sie nicht glauben, dass sie in dem Testament bedacht worden waren.

Ruby riss die Augen auf. »Was? Besteht die Möglichkeit, dass er uns etwas Wertvolles hinterlassen hat?« Die Frage war vielleicht taktlos, aber nach den vielen schlechten Nachrichten hätte sie eine gute gebrauchen können.

»Ich weiß es nicht. Dein Vater hat die Miete für die Wohnung hier und Unterhalt für uns bezahlt, aber das ist jetzt natürlich vorbei. Ich habe meine Kontoauszüge schon eine Weile nicht mehr kontrolliert, vielleicht ist schon gar kein Geld mehr überwiesen worden. Was glaubst du, wie sehr mich diese Situation belastet. Ich meine, ich bin seit vielen Jahren nicht mehr berufstätig gewesen, und von deinem Gehalt können wir nicht leben.«

Das wäre ihrer Tochter gegenüber auch nicht fair gewesen. Emily wusste, dass Ruby hart arbeitete, um sich ihren Traum von einem eigenen Salon verwirklichen zu können.

»Ganz sicher nicht, mir ist heute nämlich gekündigt worden«, versetzte Ruby heftig.

»Was? Das darf doch nicht wahr sein! Barbie hat dich gefeuert?«

»Nein, sie ›lässt mich gehen‹.« Ruby schnaubte höhnisch. »Die Ladenmiete wird erhöht, deshalb kann sie mir mein Gehalt nicht mehr zahlen.«

»O Ruby, und das ausgerechnet jetzt! Der Zeitpunkt könnte nicht ungünstiger sein.«

»Kommt drauf an. Nun sag schon! Hat mein Vater Geld gehabt, das er uns hinterlassen könnte?«

»Sei nicht so herzlos, Ruby«, tadelte Emily sie traurig. Den ganzen Tag schon hatte sie ihren Erinnerungen nachgehangen.

»Er hat sich nie um mich gekümmert, warum sollte ich jetzt sentimental werden?«, gab Ruby achselzuckend zurück. Sie war sich sogar ziemlich sicher, dass sie eine Erbschaft ausschlagen würde.

»So war es nicht.«

»Wie war es dann?« Ruby hörte selbst, wie giftig ihre Stimme klang.

»Nun, wir hatten keinen persönlichen Kontakt mehr, seit du ein kleines Kind warst, aber wir hofften, dass wir eines Tages wieder zusammen sein könnten.«

»Und was hat euch daran gehindert?«

»Nicht *was. Wer.*« Emily warf ihrer Tochter einen nervösen Blick zu. Die ganze Sache war ihr sichtlich peinlich. »Joe war verheiratet«, gestand sie.

Ruby starrte ihre Mutter entgeistert an. »Was?« Emily hatte sich mit einem verheirateten Mann eingelassen? Ruby glaubte plötzlich, eine völlig Fremde vor sich zu haben.

»Ich weiß, ich hätte dir das alles schon viel früher erzählen sollen.

Aber ich hatte Angst, du würdest es nicht verstehen und mich verurteilen. Ich hatte mir wirklich vorgenommen, mich mit deinem Vater in Verbindung zu setzen, jetzt, da du doch bald heiraten wirst, damit ihr beide euch endlich kennenlernt; aber dann habe ich diese Anzeige gelesen. Er ist während einer Geschäftsreise in den USA gestorben. Heute steht drin, dass seine Frau den Leichnam in Übersee einäschern und die Urne hierher überführen ließ. Heute Morgen wurde er im Familienkreis beigesetzt.«

Emily tupfte sich die Tränen ab. Sie hätte sich gern von dem Mann verabschiedet, dem über fünfundzwanzig Jahre lang ihr Herz gehört hatte. Es traf sie schwer, dass ihr das nicht vergönnt gewesen war. Aber sie vermutete, dass seine Frau genau das beabsichtigt hatte. Zuzutrauen war es ihr, das wusste Emily.

Ruby war wie betäubt. Sie hatte sich oft gefragt, warum ihre Mutter nicht wieder geheiratet hatte. Jetzt wusste sie es. Sie hatte nie aufgehört, den Mann zu lieben, der Rubys Vater war. Sie trat ans Bett und griff nach der Zeitung. Emily zeigte auf den entsprechenden Artikel. Der Name Joe Jansen sprang Ruby ins Auge. Er kam ihr irgendwie bekannt vor. Sie betrachtete das abgebildete Foto genauer, um zu sehen, ob sie irgendeine Ähnlichkeit entdeckte. Ruby fand, ihre Augen sahen seinen ähnlich und vielleicht auch ihre Nase, aber andererseits sah sie vielleicht Dinge, die gar nicht da waren.

»Du kennst den Namen sicherlich von den vielen Baustellen in der ganzen Stadt«, sagte Emily.

Ruby nickte. Genau, das war es, deshalb kam ihr der Name so bekannt vor.

»Dein Vater war ein reicher Mann.«

»Was spielt das für eine Rolle, wenn er bei seiner Frau geblieben ist, weil sie ihm wichtiger war«, bemerkte Ruby bitter.

»So einfach ist das nicht, Ruby«, erwiderte Emily sanft. Sie konnte die Gefühle ihrer Tochter verstehen, aber sie wollte, dass Ruby auch sie verstand.

Das Pfeifen des Teekessels hatte sich zu einem ohrenbetäubenden Schrillen gesteigert. Ruby ging in die Küche, brühte Tee auf und gab in beide Tassen einen kräftigen Schuss Brandy. Emily war ihr gefolgt, und eine Weile saßen sie gedankenverloren am Tisch und nippten an dem heißen Getränk.

»Joe und ich haben uns kennengelernt, als ich im Grosvenor Hotel in Adelaide arbeitete«, sagte Emily schließlich. »Das war seinerzeit das luxuriöseste Hotel in der ganzen Stadt. Ich war Empfangschefin, und Joe stieg immer im Grosvenor ab, wenn er geschäftlich in der Stadt zu tun hatte, was ziemlich oft der Fall war. Ganz allmählich, im Lauf von etwa anderthalb Jahren, entwickelte sich eine herzliche Freundschaft zwischen uns. Weder Joe noch mir war anfangs bewusst, dass wir im Begriff waren, uns ineinander zu verlieben. Aber es passierte nun einmal, und bald trafen wir uns auch privat. Ich wusste, dass er verheiratet war – wie ich selbst übrigens auch«, fügte sie nach einer kleinen Pause hinzu.

Ruby war sprachlos. Als sie sich von ihrem Schock erholt hatte, fragte sie: »Warum hast du mir nie etwas davon gesagt?«

»Weil diese Ehe der größte Fehler meines Lebens war«, antwortete Emily bedrückt. »Ich will gar nicht daran denken, geschweige denn darüber reden.« Ihre Miene verdüsterte sich. »Mein Mann war Italiener, wir wohnten in Melbourne, in einem Viertel, in dem während der Vierzigerjahre fast ausschließlich italienische Einwanderer lebten. Als wir heirateten, wusste ich nicht, dass er aus einer sehr einflussreichen Familie stammte, die Verbindungen zur Unterwelt hatte. Sie kam ursprünglich aus Kalabrien, wo wir unsere Flitterwochen verbrachten.«

»Willst du damit sagen, sie gehörte der Mafia an?«, fragte Ruby ungläubig.

Emily wiegte nachdenklich den Kopf und runzelte die Stirn. »Diesen Verdacht hatte ich jedenfalls, aber darüber wurde natürlich nicht offen gesprochen. Im ersten Jahr unserer Ehe waren wir recht glücklich, doch dann veränderte sich mein Mann auf einmal und machte mir das Leben zur Hölle.«

»Was ist passiert?«, fragte Ruby atemlos. Sie hätte nie gedacht, dass ihre Mutter so viel durchgemacht hatte.

»Er wurde schrecklich eifersüchtig und warf mir vor, ich würde ihn betrügen. Hinter jedem Mann, mit dem ich auch nur ein paar Worte wechselte, witterte er einen potenziellen Liebhaber. Selbst wenn ich nur einkaufen ging, folgte er mir, um mich zu kontrollieren. Er verdächtigte mich, mit dem Gemüsehändler, dem Fleischer, dem Bäcker, dem Zahnarzt zu schlafen. Das ließ ich natürlich nicht auf mir sitzen. Aber wenn ich mich gegen diese Verdächtigungen wehrte, schlug er mich.«

»O Mom, nein!« Ruby war entsetzt.

»Er wünschte sich sehnsüchtig ein Kind, und ich wollte auch Kinder haben, aber ich sorgte dafür, dass ich nicht schwanger wurde. Von diesem Mann wollte ich auf keinen Fall ein Kind haben. Seine rasende Eifersucht wurde immer schlimmer. Ich fürchtete buchstäblich um mein Leben.«

Ruby berührte Emilys Hand. »Und wie hast du es geschafft, von ihm wegzukommen?«

»Eines Tages schlug er mir ins Gesicht, nur weil ich mit einem Angestellten vom Gaswerk telefoniert hatte. Da platzte mir der Kragen. Ich hatte endgültig die Nase voll von seiner krankhaften Eifersucht. Ich wartete, bis er das Haus verlassen hatte, dann packte ich ein paar Sachen zusammen und stieg in den Bus nach Adelaide. Weil ich Angst hatte, er würde mich aufspüren und mich mit Gewalt zurückholen, änderte ich meinen Namen und mein Aussehen – ich kaufte mir eine blonde Perücke. Ständig schaute ich über die Schulter, war immer auf der Hut. Es war ein einsames Leben, weil ich keinem Menschen mehr trauen konnte. Sechs Monate später lernte ich deinen Vater kennen, der, wie ich bald erfuhr, ebenfalls unglücklich verheiratet war. Anfangs war ich sehr zurückhaltend, aber ich glaube, es war die ähnliche Situation, in der wir uns befanden, die dazu führte, dass wir uns anfreundeten. Wir trösteten uns gegenseitig. Seine Frau kontrollierte ihn, indem sie fast täglich im Hotel anrief. Ich bekam also einen Eindruck davon, was für ein Mensch sie war, und ich sage dir, sie war ein richtiger Drachen! Sie machte deinem Vater das Leben zur Hölle. Die Geschäftsreisen nach Adelaide waren für ihn die einzige Möglichkeit, ihr wenigstens für eine Weile zu entkommen.«

»Und wie hat es dich hierher nach Sydney verschlagen?«, fragte Ruby.

»Joe hatte zwei Kinder«, sagte Emily und sah den Ausdruck von Bestürzung in den Augen ihrer Tochter. »Er wollte sich von seiner Frau trennen, aber er wollte in der Nähe seiner Kinder bleiben, deshalb besorgte er mir diese Wohnung hier. Zum ersten Mal seit langer, langer Zeit fühlte ich mich sicher. Aber bevor er einen Schlussstrich unter seine Ehe ziehen konnte, wurde ich schwanger mit dir. Wir waren beide überglücklich, und Joe wollte mich auf der Stelle heiraten.«

»Aber du warst doch auch noch verheiratet«, wunderte sich Ruby.

»Als ich mich in deinen Vater verliebte, engagierte ich einen Privatdetektiv, der herausfinden sollte, ob sich mein Mann immer noch in Australien aufhielt. Das war nicht der Fall. Er wurde wegen Betrugs gesucht und war vor dem Gesetz nach Kalabrien geflohen. Als ich daraufhin die Scheidung einreichte, legte er keinen Widerspruch ein, weil er eine Italienerin heiraten wollte, die ein Kind von ihm erwartete. Ich war heilfroh, dass ich endlich mit der Vergangenheit abschließen konnte. Jetzt, da ich frei war, wollte Joe sich so schnell wie möglich scheiden lassen. An dem Abend, als er Carmel, seine Frau, um die Scheidung bitten wollte, kam es zu einem fürchterlichen Streit, und Carmel stürzte die Treppe hinunter. Joe und ich waren überzeugt, dass es kein Unfall, sondern Absicht gewesen war. Ich weiß nicht, ob sie sich umzubringen oder ihn zu erpressen versuchte, aber wie auch immer, es hat jedenfalls funktioniert. Sie ist seitdem querschnittgelähmt und an den Rollstuhl gefesselt.«

»Bist du sicher, dass er sie nicht die Treppe hinuntergestoßen hat?«, fragte Ruby zögernd.

»Ganz sicher. Joe war ein überaus sanfter Mann. Carmel hingegen war unberechenbar und aufbrausend.«

»Und weil sie gelähmt war, ist er bei ihr geblieben.«

»Er konnte sie doch jetzt nicht im Stich lassen.«

»Warum hat er niemanden eingestellt, der sie betreut hätte, wenn er so reich war?«, meinte Ruby.

»Seine Kinder waren damals noch ziemlich klein, und ich bin überzeugt, dass Carmel sie benutzt hat, um ihn emotional zu erpressen. Außerdem war er in Sydney ein bekannter Mann. Wie hätte es wohl ausgesehen, wenn er seine querschnittgelähmte Frau verlassen hätte? Das wäre ein gefundenes Fressen für die Presse gewesen, und das wollte er seinen Kindern nicht antun.«

Emily verstummte. Ihre Gedanken kehrten in die Vergangenheit zurück. Sie und Joe hatten sich nach dem Unfall wochenlang nicht gesehen, weil er Angst gehabt hatte, das Haus zu verlassen – Angst um seine Kinder. Wie oft war sie an seinem Haus in der Mary Street in Longueville vorbeigegangen, immer in der Hoffnung, einen Blick auf ihn zu erhaschen, damit sie wusste, dass es ihm gut ging.

»Carmel hatte massive gesundheitliche Probleme, doch das hielt sie nicht davon ab, Joe auch weiterhin zu quälen. Ehrlich gesagt gingen wir beide davon aus, dass sie nicht mehr lange zu leben hätte. Und jetzt hat sie Joe sogar noch überlebt. Was für eine traurige Ironie des Schicksals!«

»Und ich werde meinen Vater nie mehr kennenlernen«, sagte Ruby bedauernd. »Warum hat er sich eigentlich in all den Jahren nicht für mich interessiert?«, fügte sie einen Augenblick später hinzu.

»Und ob er sich für dich interessiert hat! Er hat dafür gesorgt, dass du die besten Schulen im North Shore besuchen konntest. Er hat dir deinen Tanzunterricht und deine Tennisstunden und all deine Kleider bezahlt. Früher hat er oft angerufen und sich nach dir erkundigt.« Emily war bewusst, wie lächerlich sich das alles für eine junge Frau anhören musste, die ohne Vater aufgewachsen war. Kein Geld der Welt konnte diesen Verlust aufwiegen.

»Aber er hat nie mit mir gesprochen«, erwiderte Ruby bedrückt. »Er hätte sich doch als Onkel oder so ausgeben können.«

Emilys Gesicht nahm einen abwesenden Ausdruck an. »Er sah dich das letzte Mal bei einer Schulaufführung. Du warst damals ungefähr sieben. Er stand ganz hinten und hat dich auf der Bühne beobachtet. Du hattest eine kleine Sprechrolle als einer der kleinen Helfer des Weihnachtsmannes. Weißt du noch?«

Ruby nickte. Sie konnte sich gut daran erinnern, weil sie schreckliches Lampenfieber gehabt hatte. Hätte sie doch gewusst, dass ihr Vater da gewesen war!

»Du hast wunderhübsch ausgesehen in deinem rot-grünen Kostüm und den Elfenpantoffeln mit den nach oben gebogenen Spitzen. Ich saß ganz vorn. Ich hatte Joe von der Aufführung erzählt und hielt nach ihm Ausschau. Und dann sah ich ihn, ganz hinten: Er stand da, schaute dir zu und hatte Tränen in den Augen. Ich wandte mich rasch ab, weil ich Angst hatte, ich würde gleich zu weinen anfangen, und als ich mich wieder umdrehte, war er fort. Später an diesem Abend, du warst schon im Bett, rief er an und sagte, er könne uns nicht wiedersehen. Es breche ihm das Herz, weil wir nicht zusammen sein könnten. Ich verstand ihn. Für mich brach eine Welt zusammen, aber ich musste ihn gehen lassen, um seinetwillen. Ich glaubte fest daran, dass unsere Trennung nur vorübergehend war und wir eines Tages wieder vereint wären. Diese Hoffnung war es, die mich all die Jahre aufrecht hielt.«

»Warum hast du dir nie jemand anders gesucht, Mom? Du hast dein ganzes Leben allein verbracht.«

»Ganz einfach: Joe war die Liebe meines Lebens, und ich wollte mich nicht mit dem Zweitbesten zufrieden geben.« Ihr Gesicht nahm einen zärtlichen Ausdruck an. »Außerdem hatte ich ja dich.«

Ruby seufzte. »Und ich habe vorhin die Liebe meines Lebens beim Knutschen mit Chrissie Williams erwischt.«

»Was?«

Aus Ruby sprudelte es nur so heraus. Sie erzählte ihrer Mutter, wie es kam, dass sie zu Gavin gegangen war, wo sie ihn in flagranti mit Chrissie ertappt hatte. Und wie furchtbar enttäuscht sie war. Sie konnte ihre Tränen nicht mehr zurückhalten.

»So ein Mistkerl!«, empörte sich Emily und nahm ihre Tochter in den Arm.

Ruby nickte. »Das hätte ich niemals von Gavin gedacht. Aber besser, mir sind die Augen jetzt geöffnet worden als später nach der Hochzeit.«

»So betrachtet hast du natürlich Recht. Und was hast du gemacht, als du die beiden überrascht hast?«

»Ich hätte sie am liebsten geohrfeigt, alle beide, aber ich habe mich beherrscht.« Ruby wischte sich die Tränen aus den Augen. Dann lächelte sie schelmisch. »Du wirst nicht glauben, was ich getan habe.«

»Ach, Ruby, ich kenne dich doch! Du bist doch nie um eine gute Idee verlegen! Du hast doch nicht etwa eine Jacke unter dein Kleid gestopft und Chrissie erzählt, du wärst von Gavin schwanger, oder?«

Ruby lachte und trank ihren Tee aus. »Die Idee ist mir auch gekommen, aber dann fiel mir etwas Passenderes ein. Ich habe ihm vor all seinen Nachbarn und vor Chrissie an den Kopf geworfen, mir eine Geschlechtskrankheit von ihm geholt zu haben.«

Emily riss geschockt die Augen auf.

»Ich weiß, dass ich damit meinen eigenen Ruf kaputt gemacht habe, Mom, aber das war's mir wert. Du hättest Gavins Gesichtsausdruck sehen sollen. Einfach unbezahlbar! Hätte ich doch nur einen Fotoapparat dabeigehabt!«

Emily musste wider Willen lachen. Dann, wieder ernst geworden, sagte sie: »Du wirst über ihn hinwegkommen, Ruby. Du bist eine wunderschöne junge Frau und hast noch dein ganzes Leben vor dir.«

»Ich weiß, dass die Wunde eines Tages verheilen wird, aber ich bezweifle, dass ich je wieder einem Mann vertrauen kann.«

Emily legte ihre Hand tröstend auf die ihrer Tochter. »Es tut mir so leid für dich, mein Schatz«, sagte sie mitfühlend.

»Schon in Ordnung, Mom«, erwiderte Ruby. Sie seufzte erneut. »Vielleicht ist es uns einfach nicht bestimmt, Glück in der Liebe zu haben.«

»Sag so was nicht, Ruby. Ich wünsche dir von ganzem Herzen, dass du eines Tages den Mann deiner Träume finden und ein langes, glückliches Leben mit ihm führen wirst. Das hättest du wirklich verdient.«

»Wenn ich reich bin, dürfte es leichter sein, so jemanden zu finden«, sagte Ruby. Um ihre Mundwinkel zuckte es.

Emily machte ein trauriges Gesicht.

»Das war doch nur ein Scherz, Mom«, versicherte Ruby. »Ich werde eine neue Stelle finden, und eines Tages werde ich meinen eigenen Salon haben. Ich will auf eigenen Füßen stehen, weißt du?«

Emily nickte. »Als Frau unabhängig zu sein ist heutzutage wichtiger denn je. Ich wünschte, ich hätte immer gearbeitet. Dann wäre ich jetzt nicht in dieser misslichen Lage. Was soll bloß aus uns werden, wenn wir hier rausmüssen?« Sie wünschte sich sehnlichst ein klein wenig Sicherheit für sich und ihre Tochter. Immer hatte sie gehofft, Joe werde die Wohnung eines Tages kaufen und sie ihr überschreiben.

»Mach dir keine Sorgen, wir schaffen das schon. Ich werde eine neue Stelle finden, und alles wird gut werden.«

Ruby gab sich zuversichtlicher, als sie war. Im Stillen hoffte sie, dass ihr Vater ihrer Mutter ein bisschen Geld hinterlassen hatte, denn wenn nicht, würde ihr Traum von einem eigenen Salon genau das bleiben – ein Traum.

4

Am Montag machte sich Ruby in aller Frühe auf, um sich bei Barbie ihr restliches Gehalt und ihr Zeugnis abzuholen. Es war wirklich ausgezeichnet. Dann ging sie gleich auf Arbeitssuche. Als Erstes kaufte sie sich am Zeitungsstand eine Zeitung und sah die Stellenangebote durch. Ernüchtert musste Ruby feststellen, dass sich die Zahl der Angebote in Grenzen hielt. Aber immerhin in vier Friseursalons im Umkreis ihrer Wohnung wurde eine Arbeitskraft gesucht. Sie rief an und machte einen Termin für ein Vorstellungsgespräch aus.

Ein Angebot klang besonders verlockend. Der Salon befand sich in der Portobello in Chatswood und schien jung und trendig zu sein wie Barbies Laden. Die Inhaberin war ganz aufgeregt gewesen, als Ruby erzählte, sie habe bei Barbie gearbeitet, was ihr Hoffnungen gemacht hatte, die Stelle zu bekommen. Doch als sie hinkam, musste sie feststellen, dass sie eine von zwanzig Bewerberinnen und die Stelle bereits vergeben war.

Unverdrossen klapperte Ruby die nächsten Salons im North Shore ab, die sie sich in der Zeitung angestrichen hatte, darunter so exklusive Läden wie Silver Sands Hair Design in St. Leonard's und Coco's in Gore Hill. Sie schaute bei Barbara Ann's in Greenwich und bei Variety Hair and Beauty in Lane Cove vorbei. Zu guter Letzt rief sie auch in Salons an, die weiter entfernt waren, in Baronia Park etwa oder East Ryde. Die meisten brauchten niemanden, und wenn doch, dann konnten sie unter vielen Bewerberinnen auswählen, oder es stellte sich heraus, dass der Laden nichts für Ruby war. Sie hätte nie gedacht, dass es so schwierig sein könnte, eine neue Stelle zu finden.

Am Donnerstagabend, nach vier Tagen vergeblicher Suche, war Ruby völlig geknickt. Wie sollte es nur weitergehen? Das Geld ging rasant zur Neige.

»Ich war mir so sicher, dass ich gleich etwas Neues finden würde«, sagte sie zu ihrer Mutter.

»Hab Geduld, du suchst doch erst seit ein paar Tagen«, erwiderte Emily optimistisch.

»Hast du mal auf deinem Konto nachgesehen, ob Geld eingegangen ist?« Ruby sorgte sich wegen der Miete, die bezahlt werden musste.

Emily schüttelte den Kopf. Es hatte keinen Sinn zu lügen. »Es ist nichts mehr überwiesen worden. Und Montag ist die Miete fällig. Aber mach dir keine Sorgen, wir sind noch nie mit der Miete im Rückstand gewesen. Unser Vermieter wird uns bestimmt einen Aufschub gewähren.«

»Hoffentlich«, murmelte Ruby. »Morgen früh hab ich übrigens einen Termin bei Stella's in Northwood.« Eine Nachbarin hatte ihr erzählt, dass dort eine Friseurin gesucht wurde. Der Salon lag nicht allzu weit von der Wohnung entfernt, insofern wäre es ganz praktisch. »Vielleicht klappt es ja diesmal. Wenn es sein muss, werde ich auf Knien um die Stelle betteln«, fügte sie, nur halb im Scherz, hinzu.

»Ich kenne den Salon, und ich weiß nicht, ob das das Richtige für dich ist«, meinte Emily zweifelnd. »Stella's kannst du nicht mit Barbies Laden vergleichen.«

»Man kann keinen der Salons, in denen ich mich bisher vorgestellt habe, mit Barbies Laden vergleichen, Mom. Bei Coco's in Gore Hill hat ein Lehrling mit Farben experimentiert und die Haare einer Kundin ziemlich übel zugerichtet, und die Inhaberin des Salons hat es nicht einmal gemerkt. Ich musste mich beherrschen, um nicht einzugreifen. Von den Angestellten wird zudem erwartet, dass sie ihre Haare in den schrillsten Farben färben und damit Reklame für die Produkte machen, die im Laden verkauft werden. Ich geh ja gern mit der Mode, aber ich weigere mich entschieden, mir die Haare so grässlich zu färben. In einem anderen Salon haben die Mädchen einen richtig schlampigen Eindruck gemacht. Sie haben sich regelmäßig nach hinten verzogen, um zu rauchen. Außerdem waren der Boden und die Waschbecken schmuddelig und voller Haare, und die Handtücher wurden anscheinend mehrmals benutzt.«

Emily verzog angewidert das Gesicht. »Wie schrecklich!«, rief sie.

»In einem Laden in Riverview habe ich den Mädchen bei der Arbeit zugeschaut, während ich warten musste, und gesehen, dass sie überhaupt nicht richtig ausgebildet waren. Sie haben das Fixiermittel für eine Dauerwelle viel zu lange dringelassen und die Farben nicht richtig angerührt. In so einem Salon könnte ich niemals arbeiten, Mom, und nicht nur, weil ich vielleicht so pingelig bin.«

»Ich kann dich verstehen, Ruby; ich will doch auch, dass dir deine Arbeit Spaß macht.«

»Aber ich kann es mir nicht mehr leisten, wählerisch zu sein. Wenn Stella mir die Stelle anbietet, werde ich zugreifen, ganz egal, was für ein Laden das ist. Ich kann mich dann an meinem freien Tag immer noch nach etwas anderem umsehen.«

Emily seufzte. Sie schlief nachts schon nicht mehr vor lauter Sorge. Auch sie hatte versucht, Arbeit zu finden. Aber wer stellte schon jemanden in ihrem Alter ein, noch dazu ohne Berufserfahrung?

»Morgen Mittag ist die Testamentseröffnung, Ruby. Ich werde hingehen. Ich habe gar keine andere Wahl. Willst du nicht mitkommen?«

Ruby schüttelte stumm den Kopf.

»Du kannst das Erbe ausschlagen, wenn du es nicht willst, aber ich würde mich wirklich freuen, wenn du zu meiner Unterstützung mitkämst.«

Ruby zögerte. Sie wollte ihre Mutter nicht im Stich lassen. »Wann musst du dort sein?«, fragte sie leise.

»Um eins. Das Testament wird in der Kanzlei des Anwalts eröffnet. Sie liegt im Einkaufsviertel von Longueville. Wirst du da sein?«

Bevor Ruby antworten konnte, klingelte das Telefon. Emily nahm ab, und Ruby lauschte mit angehaltenem Atem. Sie hoffte, dass es einer der Salons war, in denen sie ihre Adresse hinterlassen hatte.

»Ja, ich verstehe, Mr. Humphries«, sagte Emily. »Ja, ich weiß, wo das ist. Danke für Ihren Anruf. Auf Wiederhören.«

Sie legte auf und wandte sich ihrer Tochter zu. »Das war der Anwalt. Seine Kanzlei ist nach einem Wasserrohrbruch überflutet worden. Es wird mindestens eine Woche dauern, bis der Schaden behoben ist.«

»Dann wird die Testamentseröffnung verschoben?«

»Nein, sie wird in Joes Haus in Longueville stattfinden, zur selben Uhrzeit.«

»Was?« Diese Neuigkeit beunruhigte Ruby. Die Anwaltskanzlei wäre sozusagen neutraler Boden gewesen, was man vom Wohnsitz ihres Vaters nicht behaupten konnte. »Da gehst du mir nicht allein hin!,« sagte sie. »Ich werde da sein.«

Emily atmete auf. Mit Ruby an ihrer Seite würde der frostige Empfang, den Joes Familie ihr mit Sicherheit bereitete, leichter zu ertragen sein. Sie war ein friedliebender Mensch, der jeder Konfrontation aus dem Weg ging, aber Ruby hatte von Berufs wegen oft mit schwierigen Zeitgenossen zu tun und konnte durchaus ihren Standpunkt klarmachen, wenn es sein musste.

Als Ruby am anderen Morgen um neun Uhr Stellas Salon betrat, war sie bitter enttäuscht. Der Laden übertraf ihre schlimmsten Befürchtungen. Er war schrecklich altmodisch, und die Besitzer, ein tatteriges älteres Paar, standen mit einem Bein praktisch schon im Altersheim, aus dem der größte Teil ihrer Kundschaft – blauhaarige alte Damen – stammte. Stella und ihr Mann hatten den Laden in den Vierzigerjahren eröffnet, und seitdem war die Einrichtung unverändert geblieben. Sogar die welkende Zimmerpflanze sah aus, als stammte sie aus jener Zeit. Sie hätten nicht die Absicht, noch in den Laden zu investieren, räumte Stella ein, weil sie sich im Lauf der nächsten zwölf Monate zur Ruhe setzen und nach Southport Gold Coast ziehen würden.

Nachdem sie Ruby Fragen über ihren beruflichen Werdegang und ihre Berufserfahrung gestellt hatte, betonte Stella, dass sie, falls sie die Stelle haben wolle, nur sehr dezentes Make-up auflegen dürfe.

»Was genau verstehen Sie unter sehr dezentem Make-up?«, fragte Ruby vorsichtig. Sie fand, das ging dann doch ein bisschen zu weit.

»Nun, gegen etwas Puder und Rouge ist nichts einzuwenden. Aber keine grellen Lippenstifte, kein schwarzer Eyeliner, kein Lidschatten.«

Ruby war verblüfft, versuchte aber, sich nichts anmerken zu lassen.

»Und es wird nicht geraucht und auch kein Kaugummi gekaut«, fügte Stella hinzu.

»Das wird kein Problem sein«, erwiderte Ruby und meinte es auch so.

»Das mag sich streng anhören, aber die meisten unserer Kunden sind schon älter und sehr konservativ«, sagte Stella leise, während sie einer alten Dame, die unter der Trockenhaube gesessen hatte, die Lockenwickler herausdrehte. »Fast alle Altersheime hier in der Gegend schicken ihre Bewohner zu uns«, fügte sie hinzu.

Das überraschte Ruby nicht im Geringsten.

»Was haben Sie gesagt?«, fragte die Kundin laut. »Sie müssen lauter sprechen, Schätzchen. Sie wissen doch, dass ich nicht mehr gut höre.«

»Nichts, Gladys«, schrie Stella ihr ins Ohr. »Ich habe mich nur mit der jungen Dame hier unterhalten.« Sie senkte die Stimme zu einem Flüstern. »Ich wünschte, sie wäre nicht so eitel und würde ihr Hörgerät tragen.«

»Oh, ich nehme eine Tasse Tee mit Milch und einem Stück Zucker, bitte«, sagte die alte Dame lächelnd.

Stella erwiderte ihr Lächeln, aber in Ruby krampfte sich innerlich alles zusammen. Sie hatte absolut nichts gegen reizende alte Damen, aber sie arbeitete lieber unter jungen Leuten, die sie mit ihrem Schwung mitrissen. Andererseits hatte sie das Geld bitter nötig.

»Sie können für den Anfang zehn bis fünfzehn Stunden die Woche arbeiten«, sagte Stella, als sie einen Kittel aus dem Lagerraum im hinteren Teil des Ladens geholt hatte. Bedrückt betrachtete Ruby das verwaschene, ausgeleierte rosarote Kleidungsstück, das ihr mit Sicherheit bis zur Wade reichen würde.

»Nicht mehr? Ich hatte eigentlich auf eine Vollzeitstelle gehofft.«

Stella schüttelte den Kopf. »Tut mir leid, mehr kann ich Ihnen im Moment nicht bieten.« Sie arbeitete im Schneckentempo weiter.

Tommy, ihr Ehemann, trottete aus dem Laden und fuhr in seinem Morris Minor davon. Er mache Hausbesuche bei den gehbehinderten oder bettlägerigen Kunden in den Heimen, erklärte Stella.

Ruby nagte an ihrer Unterlippe und dachte nach. Mit zehn oder fünfzehn Stunden würde sie sich nicht über Wasser halten können. Das Testament ihres Vaters fiel ihr ein, und sie ignorierte die innere Stimme, die sie an ihren dummen Stolz erinnerte. Vielleicht hatte er ihr ein bisschen Barvermögen hinterlassen, genug, um davon einen eigenen Salon zu eröffnen. Dann bräuchte sie nicht in einem fürchterlichen Laden wie diesem zu arbeiten und blauhaarigen alten Damen Dauerwellen zu legen.

»Nun, Kindchen, möchten Sie die Stelle?« Stella hielt den grauenhaften Kittel hoch, als wäre er ein Bonus, dem Ruby unmöglich widerstehen könnte.

»Ich … ich gebe Ihnen morgen Bescheid, Stella«, stammelte Ruby. Sie wich zur Tür zurück und schlüpfte fix aus dem Laden.

Vielleicht leitete dieser Nachmittag ja eine Wende in ihrem Leben ein, eine Wende zum Guten. Anstatt ihren Stolz hinunterzuschlucken und für Stella zu arbeiten, würde sie ihren Stolz hinunterschlucken und das Geld ihres Vaters annehmen.

Ruby und Emily stiegen in der Kenneth Street, Longueville, aus dem Bus und gingen das letzte Stück bis zur Mary Street 18 zu Fuß. Ruby, die noch nie in dieser Gegend gewesen war, kam aus dem Staunen nicht heraus, als sie die stattlichen Anwesen in den baumgesäumten Straßen nahe am Wasser bewunderte. Nur einen Katzensprung entfernt mündete der Lane Cove River ins Meer.

»Du meine Güte, hier ist aber ein Haufen Geld versammelt«, murmelte sie. Angesichts des offenkundigen Wohlstands der Leute, die in dieser Gegend wohnten, stiegen ihre Hoffnungen auf eine kleine Erbschaft. Sie wurde unwillkürlich ganz aufgeregt, als sie an den Laden dachte, den sie sicherlich bald würde eröffnen können. Ruby malte sich sogar schon aus, wie sie ihn einrichten und dekorieren würde.

Emily hingegen nahm ihre Umgebung kaum wahr. Sie sorgte sich, was aus ihr und ihrer Tochter werden sollte, wenn sie die Miete nicht mehr bezahlen könnten. »Jedes dieser Häuser hat eine Geschichte, und seine Bewohner sind nicht immer zu beneiden«, riss sie ihre Tochter aus den Träumen. Sie dachte an Joe.

»Findest du? Also ich beneide diese Leute. Stell dir doch mal vor, du hättest nie wieder finanzielle Sorgen, und du könntest dir so ein Haus hier leisten und ein tolles Auto und Ferien in irgendeinem exotischen Paradies. Wer würde sich all das nicht wünschen?«

»Joe hat all das gehabt. Aber hat es ihn glücklich gemacht?« Emily schwieg nachdenklich. Dann fügte sie hinzu: »Ich bin früher oft an seinem Haus vorbeigegangen, es ist wirklich außergewöhnlich schön.«

Sie hatte sich immer wieder vorgestellt, wie es gewesen wäre, gemeinsam mit Joe in so einem Haus zu wohnen und Ruby darin großzuziehen, mit ihm und ihrer Tochter am Swimmingpool in der Sonne zu sitzen und zu frühstücken. Sie war ihm natürlich dankbar für die gemütliche Wohnung, die er ihr zur Verfügung gestellt hatte, aber sie hatte sich so sehr einen Garten gewünscht, in dem sie Gemüse anbauen und Blumen pflanzen könnte. Das wäre ihr ganzes Glück gewesen. Carmel hatte das zu verhindern gewusst.

»Noch schöner als diese hier?«, fragte Ruby ungläubig.

Emily nickte. Dem Baustil nach zu urteilen, musste Joes Haus, das mit kunstvollen Türmchen und Ecksteinen verziert war, an die hundert Jahre alt sein. Es hatte sicherlich eine bewegende Geschichte.

»Ich hoffe, dass wenigstens seine Kinder ihn glücklich gemacht haben«, sagte Emily bedrückt. »Aber das glaube ich erst, wenn ich sehe, dass sie zu warmherzigen, liebevollen Menschen herangewachsen und nicht wie ihre Mutter geworden sind.«

»Das werden wir wohl bald erfahren«, bemerkte Ruby. Im nächsten Augenblick riss sie Mund und Augen auf und hauchte: »O mein Gott, sieh dir bloß diese Villa an!«

Emily blieb stehen. »Das ist es. Das ist Joes Haus.« Abgesehen von der Rampe für den Rollstuhl, die an einer Seite angelegt worden war – neben der breiten Steintreppe, die vom Garten zur vorderen Veranda hinaufführte –, hatte sich nichts verändert.

»Ich glaub's einfach nicht!«, stieß Ruby atemlos hervor. Fasziniert betrachtete sie das stattliche Anwesen. Emily verspürte ein nervöses Kribbeln in der Magengrube. Wie würde Joes Familie auf ihr Erscheinen reagieren? Wie würde Ruby aufgenommen werden? Auf einmal hatte sie Zweifel, ob es richtig gewesen war, herzukommen, aber andererseits hatten sie in ihrer Situation kaum eine andere Wahl.

Als hätte sie die Gedanken ihrer Mutter gelesen, fragte Ruby unvermittelt: »Weiß die Familie meines Vaters von mir?«

»Ich bin mir nicht sicher. Ich habe Joe nie gefragt, ob er seiner Frau von dir erzählt hat, aber der Anwalt wird ihr sicherlich mitgeteilt haben, dass wir kommen. Ich kann mir lebhaft vorstellen, wie sie die Nachricht aufgenommen hat.«

Im Grunde fand sie es verwunderlich, dass Carmel ihnen nicht verbot, das Haus zu betreten. Ob sie mit den Jahren versöhnlicher geworden war? Emily hielt das für eher unwahrscheinlich.

Ruby nickte. »Ja, ich auch.« Ein unbehagliches Gefühl beschlich sie, aber sie ließ sich nichts anmerken. Sie musste ihrer Mutter zuliebe stark sein.

»Egal, was sie tun oder sagen, Ruby, nimm es nicht persönlich. Sie trauern, deshalb kann es gut sein, dass sie ihren Schmerz an uns auslassen werden.«

»Du trauerst auch, Mom, und du hast Joe genauso sehr geliebt wie seine Frau, wenn nicht noch mehr.«

Emily traten Tränen in die Augen. »Carmels Gefühle hatten nicht das Geringste mit Liebe zu tun. Sie wollte die absolute Kontrolle über Joe, sodass ein ständiger seelischer Druck auf ihm lastete, an dem er fast erstickt wäre«, stieß sie bitter hervor, überrascht über den Groll, der plötzlich in ihr aufstieg. Sie hatte geglaubt, diese Empfindungen längst überwunden zu haben. »O mein Gott«, stieß sie aus.

»Was ist denn?«

»Ich habe mir fest vorgenommen, mich in Gegenwart von Joes Familie nicht von meinen Gefühlen hinreißen zu lassen, und jetzt sind meine guten Vorsätze schon dahin, obwohl ich das Haus noch nicht einmal betreten habe.«

»Du bist auch nur ein Mensch«, sagte Ruby tröstend.

»Trotzdem. Ich will keine Schwäche zeigen. Nicht vor dieser grässlichen Frau. Sie würde sich sofort darauf stürzen wie ein … ein Geier.« Emily wusste selbst, dass sie sich ein bisschen irrational benahm, aber sie konnte nicht anders.

»Es wird schon gut gehen, mach dir keine Sorgen«, beruhigte Ruby sie. »Diese Leute können uns nichts anhaben.«

»Ja, du hast Recht. Manchmal spricht aus dir die Weisheit des Alters.« Emily lächelte.

»Ich komm eben ganz nach dir«, scherzte Ruby.

Eher nach deinem Vater, dachte Emily, behielt es aber für sich.

Sie traten durch das schmiedeeiserne Gartentürchen und gingen den von Schneewittchenrosen eingerahmten Weg zur Veranda hinauf. Als sie die Stufen hinaufstiegen, wurde die Haustür geöffnet, und ein Mann trat heraus. Er wirkte ein wenig nervös, so als hätte er sie bereits ungeduldig erwartet.

»Miss Rosewell?« Fragend blickte er von Emily zu Ruby.

»Ganz recht. Ich bin Emily Rosewell und das ist meine Tochter Ruby. Und Sie sind Mr. Humphries, nehme ich an?« Sie erkannte seine Stimme von ihrem Telefonat wieder.

»Richtig. Ich bin ... ich war Mr. Jansens Anwalt.« Marshall Humphries war überrascht, weil Emily so ganz anders war, als er sie sich vorgestellt hatte. Sie hatte ein offenes, freundliches Gesicht, eine angenehme Stimme und war darüber hinaus eine sehr attraktive Frau. Er hatte irgendwie damit gerechnet, einer zweiten Carmel zu begegnen, aber andererseits genügte *eine* wie sie auf der Welt ja vollauf.

»Freut mich«, sagte Emily. »Bitte entschuldigen Sie, falls wir uns verspätet haben sollten. Wir haben all die wunderschönen Villen und Gärten bewundert und darüber ganz die Zeit vergessen.«

Der Anwalt fand Emilys Offenheit erfrischend. Er warf einen Blick auf seine Armbanduhr. »Keine Sorge, Sie sind pünktlich. Ich danke Ihnen, dass Sie gekommen sind.« Er zögerte, wollte hinzufügen, dass es sicherlich keine leichte Entscheidung gewesen sei, schwieg dann aber. »Bitte, treten Sie doch näher.«

Die beiden Frauen folgten ihm in die marmorgeflieste Eingangshalle und von dort weiter in ein holzgetäfeltes Zimmer mit zwei Bücherwänden. Der schmucklose Raum hatte eine ausgesprochen maskuline Note. Dass es ihm an Wärme und Behaglichkeit fehlte, erstaunte Emily nicht. Eine kalte Frau wie Carmel wäre niemals imstande, ein gemütliches Zuhause zu schaffen.

Ruby blickte sich neugierig um. Das hier musste das Arbeitszimmer ihres Vaters gewesen sein. Aber sie entdeckte nirgends irgendeinen persönlichen Gegenstand, ein gerahmtes Foto oder etwas Ähnliches, das ihr geholfen hätte, sich ein Bild von ihm zu machen.

Vor einem wuchtigen Mahagonischreibtisch waren zwei Reihen Stühle aufgestellt worden. Ganz vorne saß eine Frau in einem Rollstuhl, sie wandte ihnen den Rücken zu, genau wie die beiden jüngeren Leute neben ihr, Joes Kinder Jennifer und Justin, wie Emily vermutete. Ihr wurde buchstäblich schlecht bei Carmels Anblick.

Der Anwalt forderte Ruby und Emily mit einer Handbewegung auf, sich zu setzen, und trat hinter den Schreibtisch. Seine Miene war angespannt. Emily konnte sich gut vorstellen, was er durchgemacht hatte, als er Joes Familie mitteilte, dass sie und Ruby bei der Testamentseröffnung anwesend sein würden.

Sie nahmen neben einem älteren Paar Platz, das einen sehr bescheidenen, zurückhaltenden Eindruck machte. Emily nahm an, dass es sich um Hausangestellte handelte, die Joe ihrer langjährigen treuen Dienste wegen in seinem Testament bedacht hatte. Sie nahmen keine Notiz von den beiden Frauen, was diesen sehr gelegen kam.

Fast gleichzeitig fuhren jedoch die beiden jungen Leute in der vorderen Reihe herum. Joes Kinder sahen sich sehr ähnlich. Ihre konservative Kleidung hatte vermutlich so viel gekostet, wie eine Friseurin im Jahr verdiente, aber Ruby hatte selten ein so abscheuliches Ensemble gesehen wie das ihrer Halbschwester. Guten Geschmack konnte man eben mit Geld nicht kaufen. Sie spürte, wie die beiden sie taxierten. Ruby trug einen weißen Minirock, ein figurbetontes schwarzes, kurzärmeliges Oberteil mit einem Modelabel auf der Brust und dazu weiße, hochhackige Sandaletten. Modische weiße Ohrringe und ein kräftiges Make-up ergänzten den Look einer modebewussten jungen Frau der Sechzigerjahre. In dem konservativen Arbeitszimmer kam sich Ruby in ihrer Aufmachung allerdings ein wenig fehl am Platz vor.

Justin Jansen sprang auf und trat auf Ruby und Emily zu. Jetzt drehte sich auch Carmel zu ihnen um. Ihre kalten grauen Augen schossen giftige Blicke auf Emily.

Emily hielt ihrem Blick stand. Verblüfft stellte sie fest, wie dramatisch Carmel gealtert war. Vor ihrem Unfall hatte sie sie zweimal gesehen, einmal persönlich, das zweite Mal auf einem Foto im Gesellschaftsteil der Zeitung, das gemacht worden war, als sie mit Joe eine Wohltätigkeitsveranstaltung besucht hatte. Sie war außergewöhnlich schön gewesen, aber ihre Züge ließen alles Weiche, Sanfte vermissen. Jetzt war ihr bleiches, knochiges Gesicht verhärmt – eingerahmt von dem schulterlangen silbergrauen Haar sah es fast gespensterhaft aus. Krumm und gebeugt saß sie in ihrem Rollstuhl. Die Verbitterung und die Anstrengung, Joe unglücklich zu machen, hatten sie verzehrt, aber Emily empfand kein Mitleid.

Carmel war nicht versöhnlicher geworden, im Gegenteil, ihre Feindseligkeit Emily gegenüber war nahezu greifbar. Doch das wunderte Emily nicht. Im Stillen hatte sie gehofft, Joes Kinder würden toleranter sein und den Wunsch verspüren, ihre Halbschwester näher kennenzulernen. Jetzt erkannte sie, wie wirklichkeitsfremd dieser Gedanke gewesen war. Carmel würde das niemals zulassen.

»Bitte setzen Sie sich, Justin«, sagte Mr. Humphries mit Nachdruck, doch der junge Mann achtete nicht auf ihn.

Der Anwalt seufzte. Er hatte den ganzen Vormittag damit verbracht, beschwichtigend auf Joes Familie einzureden, was ihn viel Kraft gekostet hatte. Dass Carmel die Geliebte ihres Mannes nicht in ihrem Haus haben wollte, war zwar verständlich, aber die Regelung des Nachlasses lag schließlich auch in ihrem Interesse. Marshall Humphries hatte ihr klargemacht, dass sie sich zur Testamentseröffnung so oder so alle im selben Zimmer aufhalten mussten; daran führte nun einmal kein Weg vorbei. Carmel hatte das zu guter Letzt eingesehen. Ihre Kinder hingegen ließen sich nicht so leicht besänftigen.

Justin baute sich vor Emily auf. »Ihre Anwesenheit im Haus meiner Mutter ist völlig inakzeptabel«, herrschte er sie an. »Mein Vater schuldete Ihnen nicht das Geringste dafür, dass Sie sich in Schwierigkeiten gebracht haben.«

Ruby sprang auf. »Was fällt Ihnen ein, so mit meiner Mutter zu reden?«, empörte sie sich. »Es gehören immer zwei dazu, ein Kind zu zeugen, und in diesem Fall waren es zwei Menschen, die einander wirklich liebten.«

»Das hätten Sie wohl gern, was?«, höhnte Justin. Seine Lippen zitterten, so krampfhaft versuchte er, seine Gefühle unter Kontrolle zu halten.

»Es ist die Wahrheit«, sagte Emily ruhig.

Sie wollte sich nicht mit ihm streiten, aber sie wollte diese Behauptung auch nicht einfach im Raum stehen lassen, nur um Justins Gefühle nicht zu verletzen. Er nahm ja auch keine Rücksicht auf ihre Gefühle.

»Mir scheint, Sie leben seit mehr als fünfundzwanzig Jahren in einer Fantasiewelt«, spottete Justin mit schneidender Stimme.

»Wir nicht, aber Sie offenbar«, konterte Ruby. »Ich existiere nämlich! Ob es Ihnen passt oder nicht.«

Emily sah Justin aufmerksam an, aber sie konnte keinerlei Ähnlichkeit mit dem Mann feststellen, den sie so sehr geliebt hatte. Joe hatte einen dunklen Teint und schwarze Haare gehabt. Justin kam ganz nach seiner Mutter, nicht nur äußerlich, sondern offenbar auch, was seinen Charakter betraf. Joe war ein guter Mensch gewesen, gerecht, großzügig und humorvoll. Zu Emilys Enttäuschung schien der junge Mann nichts von alledem zu sein. Aber was hatte sie erwartet? Natürlich hatten Carmels Ansichten auf ihn abgefärbt.

»Dass Joe und ich uns geliebt haben, ist kein Hirngespinst«, sagte sie mit Bestimmtheit. »Sie können sagen oder denken, was Sie wollen, das wird nichts ändern.« Ihre Hände begannen zu zittern, so aufgewühlt war sie, und sie verschränkte sie im Schoß, damit man es nicht sah.

»Ihr kleines Techtelmechtel hat Ihnen offensichtlich mehr bedeutet als ihm«, warf Carmel ein. Ihre schmalen Lippen, die passend zu ihrer Bluse in einem grellen Orange geschminkt waren, kräuselten sich höhnisch.

Emily spürte Zorn in sich aufsteigen.

»Mein Vater hat Ihre Existenz nie zur Kenntnis genommen und die Vaterschaft nicht anerkannt. Warum also sollten wir uns mit Ihnen befassen?«, sagte Justin zu Ruby, die keine Antwort darauf hatte. »Sie waren doch nur ein dummer Betriebsunfall. Und jetzt besitzen Sie die Frechheit und kommen hierher, um sich etwas unter den Nagel zu reißen, was Ihnen gar nicht zusteht.«

»Ich bin meiner Mutter zuliebe hier«, erwiderte Ruby hitzig, »und nicht, weil ich irgendetwas haben will!«

Jetzt erhob sich auch Emily. Sie funkelte Justin zornig an und stieß gepresst hervor: »Wie können Sie es wagen, so mit meiner Tochter zu sprechen! Ihr Vater würde sich schämen, wenn er das gehört hätte.«

»Lassen Sie meinen Vater aus dem Spiel. Was wissen Sie schon von ihm? Überhaupt nichts!« Justin kamen unwillkürlich die Tränen, worüber er sichtlich wütend war. »Sie hatten eine kleine Affäre – na und? Danach hatte er mit Ihnen oder Ihrem Balg nichts mehr zu schaffen.«

Justin war nicht unverwundbar, das wurde Emily jetzt klar, und sie empfand fast ein wenig Mitleid mit dem jungen Mann. Es war nicht seine Schuld, dass er eine Mutter wie Carmel hatte. Sie wandte sich der Frau zu, die Joe das Leben zur Hölle gemacht hatte. Eigentlich hatte sie nicht vorgehabt, auch nur ein Wort mit ihr zu wechseln, aber sie nahm es ihr sehr übel, dass sie ihre Kinder mit bösartigen Lügen und Gemeinheiten gefüttert hatte.

»Sie wissen ganz genau, dass dieser Rollstuhl der einzige Grund ist, dass Joe bei Ihnen geblieben ist. Ihre Rechnung ist aufgegangen.«

»Wollen Sie etwa behaupten, er habe seine Familie nur deshalb nicht verlassen, weil er Schuldgefühle hatte? Das ist ja lächerlich«, brauste Carmel auf.

»Keineswegs. Sie haben ihn emotional erpresst, deshalb ist er bei Ihnen geblieben. Deshalb und weil er seine Kinder nicht allein in Ihrer Obhut lassen wollte«, entgegnete Emily gelassen.

Die Ruhe, die sie plötzlich überkommen hatte, erstaunte sie selbst. Ruby hatte ganz Recht: Diese Leute konnten ihr nichts anhaben; sie hatte nichts von ihnen zu befürchten.

»Mein Vater gehörte hierher, zu seiner Familie«, zischte Justin, der vor Wut einen hochroten Kopf bekommen hatte. »Und das wusste er auch. Er hat uns geliebt.«

»Das bestreite ich gar nicht«, erwiderte Emily. »Und weil er seine Kinder so sehr geliebt hat, wollte er in ihrer Nähe sein und an ihrem Leben teilhaben, aber er wollte mit mir und Ruby zusammen sein. Im Gegensatz zu Ihrer Mutter wollte ich nur, dass er glücklich ist.«

»Sie unverschämte Person!«, giftete Carmel. »Stellen sich als eine Art Märtyrerin hin, die ihn gehen ließ. Sie konnten ihn nicht halten, so sieht es doch aus!«

»Sie irren sich, Carmel. Sie waren diejenige, die ihn an sich gefesselt hat. Kein Trick war Ihnen zu schäbig, um Ihr Ziel zu erreichen. Ich habe ihn gehen lassen, weil ich ihn geliebt habe.«

Emily hatte genug. Sie griff nach ihrer Handtasche und wandte sich zum Gehen. Doch der Anwalt war schneller. Er eilte hinter dem Schreibtisch hervor, die Hände beschwichtigend erhoben.

»Bitte setzen Sie sich wieder. Sie auch, Justin. Wir wollen doch nicht vergessen, welcher Anlass uns hier zusammengeführt hat. Es geht um Joes Letzten Willen. Lassen Sie uns die gebotene Würde bewahren«, sagte er beschwörend.

Emily zögerte.

»Komm, Mom, setz dich wieder«, flüsterte Ruby ihr zu. »Jetzt bleiben wir erst recht.«

Emily, stolz auf ihre Tochter, nickte ihr zaghaft zu und setzte sich wieder. Auch Justin fügte sich.

Marshall Humphries kehrte an den Schreibtisch zurück. »Da wir jetzt vollzählig versammelt sind, werde ich mit der Verlesung des Testaments von Joseph Caldwell Jansen beginnen«, sagte er und setzte sich ebenfalls. Er räusperte sich und schlug eine Mappe auf, die Joes Letzten Willen enthielt. Dann sah er Carmel an. »Ich muss Sie warnen. Joe hat sein Testament vor drei Wochen geändert. Ich werde gleich erklären, warum.«

»Ich bitte darum, Marshall«, sagte Carmel sichtlich verwirrt.

Sie hoffte inständig, dass das nichts mit Emily Rosewell oder ihrer Tochter zu tun hatte. Nur der Gedanke, am Ende als triumphierende Gewinnerin dazustehen, ließ sie die Anwesenheit ihrer Rivalin ertragen. Und sie zweifelte nicht daran, dass Joe ihr das Haus und seinen Kindern seine Firmen vermacht hatte. So gehörte es sich schließlich. Das war nur gerecht. Sollte er seiner Geliebten und seinem unehelichen Balg ruhig irgendeine wertlose Kleinigkeit hinterlassen – damit könnte sie leben. Sie konnte es kaum abwarten zu erfahren, was die beiden erben würden. Mehr als einmal hatte sie Marshall gefragt, doch dieser hatte geschwiegen wie ein Grab.

»Ich fürchte, Sie werden genauso überrascht sein, wie ich es war«, fuhr der Anwalt behutsam fort. »Joe fing ungefähr ein Jahr vor seinem Tod zu spielen an.«

»Was?« Carmel riss ungläubig die Augen auf. »Das kann nicht sein. Er hat gelegentlich einen kleinen Betrag verwettet, aber das war auch schon alles.« In der ersten Zeit nach ihrer Hochzeit war er gern zu Pferderennen gegangen, aber Carmel hatte ihm verboten, hohe Summen zu setzen.

Ruby beugte sich zu ihrer Mutter herüber. »War Joe etwa ein Spieler?«, wisperte sie.

»Er hatte eine Leidenschaft für Rennpferde, aber ich wüsste nicht, dass er vom Glücksspiel besessen war«, flüsterte Emily zurück. Sie war über diese Neuigkeit genauso erstaunt wie Carmel.

»Es tut mir sehr leid, Carmel«, sagte der Anwalt. »Aber anscheinend hat Joe nicht nur den Verstand verloren, sondern auch sein gesamtes Vermögen.«

Es dauerte einen Moment, bis Joes Frau die Bedeutung dieser Worte begriff. Dann klappte ihr Unterkiefer herunter, und das Zimmer begann sich um sie zu drehen.

Justin legte ihr seinen Arm um die Schultern. »Mom? Alles in Ordnung? Keine Sorge, das ist sicher nur ein Missverständnis, das wird sich alles aufklären.« Dann sah er den Anwalt finster an. »Nicht wahr, Marshall?«, fügte er hinzu.

Marshall Humphries blickte betreten drein.

»Haben Sie etwa davon gewusst?«, fragte Jennifer Jansen vorwurfsvoll.

»Nun, ich hatte zwar einen Verdacht, aber das Ausmaß seiner Spielleidenschaft hat selbst mich schockiert«, gab der Anwalt zurück.

Marshall war nach Durchsicht der Unterlagen zu dem Schluss gelangt, dass Joe gewusst haben musste, dass er nicht mehr lange zu leben hatte. Wohl deshalb hatte er sein ganzes Vermögen verspielt. Er konnte keine andere Erklärung finden. Der Anwalt kannte Joe seit vielen Jahren, und dieser hatte immer einen ausgezeichneten Instinkt fürs Geschäft und für den Umgang mit Geld bewiesen. Marshall hatte nie erlebt, dass er leichtsinnig investiert hätte.

Er wusste auch, dass die Jansens alles andere als eine glückliche Ehe geführt hatten. Carmel hatte es meisterhaft verstanden, ihren Mann ständig herabzusetzen. Jennifer und Justin waren maßlos verwöhnt und liebten das Nichtstun. Sie wussten die harte Arbeit, die ihnen ihr Luxusleben erst ermöglicht hatte, nicht im Geringsten zu würdigen. Marshall, der Joe sehr geschätzt und große Achtung vor ihm gehabt hatte, fand das sehr bedauerlich.

»Als Joe zu mir kam, weil er ein neues Testament aufsetzen wollte, gestand er mir, dass er hoch verschuldet sei.«

»Aber … das ist doch nicht möglich!«, stammelte Carmel bestürzt.

»Ich konnte es zunächst auch nicht glauben, deshalb habe ich einige Nachforschungen angestellt. Ich muss Ihnen leider mitteilen, dass es tatsächlich sehr schlecht aussieht. Sie werden das Haus verkaufen müssen. Joe hatte überall Schulden.«

Emily und Ruby wechselten einen verblüfften Blick.

Carmel sank für einige Sekunden in sich zusammen. Dann straffte sie sich jäh und sagte grimmig: »Das werde ich nicht tun. Es ist auch mein Haus und das meiner Kinder, die es einmal erben werden.«

»Ich fürchte, Sie haben keine Wahl, Carmel. Joe hat das Haus und andere Vermögenswerte als Sicherheit für seine Verbindlichkeiten eintragen lassen. Als er starb, war er bis zu den Augäpfeln verschuldet und konnte seine Kredite nicht zurückzahlen. Jetzt wollen die Gläubiger Geld sehen.«

Carmel schlug mit der flachen Hand auf die Armlehne ihres Rollstuhls. »Warum sagen Sie mir das erst jetzt, da nichts mehr zu retten ist?«, ereiferte sie sich.

»Ich hatte keine Ahnung von den enormen Ausmaßen der Schulden. Außerdem hätte mir zu Joes Lebzeiten auch nicht zugestanden, mit Ihnen darüber zu sprechen.«

Carmel schlug wimmernd die Hände vors Gesicht. Ihre Kinder flüsterten beruhigend auf sie ein.

Dann sah Justin den Anwalt an. »Soll das heißen, es ist nichts mehr da?«

Das allein war schon schockierend genug. Aber fast noch schlimmer war, dass die Geliebte seines Vaters und ihre Tochter Zeugen dieser Demütigung geworden waren.

»Jedenfalls nicht viel«, erwiderte Marshall ruhig. Er warf einen Blick auf die Dokumente, die vor ihm auf dem Schreibtisch lagen. »Ihnen hat Ihr Vater den Mercedes vermacht, Jennifer.«

Jennifer war einen Augenblick sprachlos. »Das alte Ding?«, stieß sie ungläubig hervor.

»Der 300 SL Gullwing ist eines der besten Autos, die je gebaut wurden, auch wenn er Baujahr 1954 ist«, entrüstete sich der Anwalt. »Solche Autos werden heutzutage gar nicht mehr hergestellt.«

Jennifer schmollte. »Was ist mit dem Aston Martin? Der wär mir lieber.«

Marshall hatte diesen Einwand erwartet. »Das Auto hat heute Morgen den Besitzer gewechselt.« Der DB6 war Joes ganze Freude und sein ganzer Stolz gewesen. »Der Jeep und der Holden werden im Lauf der nächsten Tage vom Händler abgeholt werden.« Er sah Joes Sohn an. »Justin, Ihnen hat Ihr Vater seine Jacht vermacht.«

Justin war entsetzt. »Aber das Boot befindet sich in einem katastrophalen Zustand! Es liegt im Trockendock und muss komplett überholt werden!«

Als er etwa ein Jahr zuvor auf der Jacht im Hafen von Sydney eine Party gefeiert hatte, war ein Feuer im Maschinenraum ausgebrochen. Justin hatte die Anweisung seines Vaters, den Ölstand zu kontrollieren, ignoriert. Der Motor hatte sich überhitzt. Nur dem raschen Eingreifen der Küstenwache war es zu verdanken, dass das Boot nicht vollständig zerstört worden war.

»Es sind sicherlich einige Reparaturarbeiten erforderlich, aber Ihr Vater hat Ihnen die Jacht vor ein paar Monaten überschrieben, sodass die Gläubiger sie nicht verkaufen können. Das Gleiche gilt für den Mercedes, Jennifer. Ich weiß, dass er dringend in die Werkstatt muss, aber es ist ein wirklich gutes Auto, und es muss nicht verkauft werden.« Joes Weitsicht bestätigte Marshall in seiner Vermutung, dass er genau wusste, was er tat.

Justin konnte es nicht fassen, dass sein Vater ihm das Boot in diesem maroden Zustand vererbte. Dass er selbst für diesen Zustand verantwortlich war, ignorierte er dabei geflissentlich.

»Was ist mit den Aktien, die er Jennifer und mir versprochen hat, und unseren Treuhandfonds?«, fragte Joes Sohn.

Er hatte immer geglaubt, seine Zukunft sei mit Gold ausgeschlagen und arbeiten müsse er höchstens zum Zeitvertreib, wenn er nicht gerade das Nachtleben von Sydney genoss, auf Reisen war oder Frauen nachstieg.

Marshall schüttelte den Kopf. »Es steht nicht gut um die Firmen, die Aktien sind praktisch wertlos. Die Treuhandfonds sind aufgelöst worden, von dem Geld ist nichts mehr da.«

Carmel war wie betäubt. Sie öffnete den Mund, brachte aber keinen Laut hervor. Ihr war schmerzlich bewusst, dass Emily und Ruby Zeugen ihres Ruins wurden und es sicherlich mit Genugtuung vernahmen. »Was ... bleibt für mich übrig?«, fragte sie nach einer Weile kaum hörbar.

»Einige persönliche Gegenstände, Ihre Garderobe sowie Schmuck, mit Ausnahme von diesem hier.« Marshall legte ein flaches Schmucketui auf den Schreibtisch, das er an diesem Morgen aus dem Safe genommen hatte. »Joe möchte, dass Emily Rosewell es bekommt.« Er erhob sich, trat hinter dem Schreibtisch hervor und reichte Emily das Etui aus rotem Samt. Carmel gab ein ersticktes Stöhnen von sich.

Emily klappte das Etui mit zitternden Fingern auf. Darin lag, auf Samt gebettet, ein wunderschönes Rubinhalsband mit passenden tropfenförmigen Ohrringen. Ihr kamen die Tränen. Sie hatte nie schönere Schmuckstücke gesehen. Sie liebte Rubine über alles, deshalb hatte sie ihre Tochter auch Ruby – Rubin – genannt. Erinnerungen überfielen sie jäh. Joe hatte ihr zum Einzug in ihre Wohnung einen schlichten, aber exquisiten Rubinring geschenkt und gemeint, eines Tages werde er ihr die passende Halskette und die Ohrringe dazu kaufen. Emily, die ihm vor Freude um den Hals gefallen war, hatte nie mehr als diesen Ring erwartet, aber jetzt war sie tief gerührt, dass Joe sein Versprechen gehalten hatte. Sie hatte den Ring immer in Ehren gehalten. Am Morgen hatte sie ihn bei einem Pfandleiher schätzen lassen, für den Fall, dass sie ihn verkaufen müsste, um die Miete zu bezahlen. Jetzt hatte sie ein schlechtes Gewissen deswegen.

»Ein wunderschönes Set, Mom«, flüsterte Ruby.

»Das Halsband gehörte Joes Großmutter, es ist ein Vermögen wert«, erregte sich Carmel. Es war wertvoller als ihr ganzer Schmuck zusammen. »Das ist ein Familienerbstück, es steht *mir* zu und sollte eines Tages Jennifer gehören. Das können Sie nicht zulassen, Marshall«, wandte sie sich beschwörend an den Anwalt. Wäre sie nicht an den Rollstuhl gefesselt gewesen, hätte sie sich auf Emily gestürzt und ihr das Etui entrissen.

»Als Vollstrecker von Joes Testament ist es meine Pflicht, dafür zu sorgen, dass sein Letzter Wille erfüllt wird«, erwiderte der Anwalt in einem Ton, der keinen Widerspruch duldete. Er trat wieder hinter den Schreibtisch und wandte sich den beiden älteren Leuten zu, die bislang kein Wort gesprochen hatten. »Ihnen, Mr. Smithson, hat Joe seine Golfschläger vermacht, und Ihnen, Mrs. Mathers, zwei Swarovski-Kristallvasen. Er hat mich ausdrücklich gebeten, Ihnen beiden nicht nur für Ihre jahrelangen Dienste, sondern auch für Ihre Loyalität, Ihre Diskretion und Ihre wertvolle Freundschaft zu danken.«

Carmel schnaubte höhnisch. Marshall Humphries tat, als hätte er es nicht gehört.

Mrs. Mathers, die Haushälterin, tupfte sich die Tränen ab. »Ich danke Ihnen, Mr. Humphries«, sagte sie aufrichtig. Diese Worte bedeuteten ihr mehr als die beiden kostbaren Vasen. »Es war ein Vergnügen und eine Ehre, für einen guten Menschen wie Mr. Jansen zu arbeiten. Er wird mir fehlen«, fügte sie mit brüchiger Stimme hinzu.

»Er wird uns beiden schrecklich fehlen, Sir«, ergänzte Mr. Smithson, der als Chauffeur und Butler über zwanzig Jahre für Joe gearbeitet hatte. »Ich habe unsere Gespräche über Golf sehr geschätzt.« Er lächelte traurig.

»Ich weiß, dass Sie viele Male Joes Caddie waren, Mr. Smithson. Ich hoffe, Sie haben Freude an den Golfschlägern. Sie stehen im Wohnzimmer, die Vasen auch. Sie können die Sachen mitnehmen, wenn Sie gehen.«

Der Anwalt hatte den beiden Angestellten bereits mitgeteilt, dass er sie leider entlassen müsse, weil sie nicht mehr bezahlt werden könnten. Da sie die Hausherrin nicht besonders mochten, waren beide nicht allzu traurig darüber.

»Danke, Sir«, erwiderte Mr. Smithson. »Ich werde die Schläger in Ehren halten.«

»Was heißt, wenn sie gehen?«, wiederholte Carmel verwirrt. »Wohin denn?« Sie sah ihre Dienstboten an. »Wo gehen Sie hin?«

»Sie können sich keine Hausangestellten mehr leisten, Carmel«, erklärte Marshall ihr. »Deshalb habe ich sie entlassen, so wie Joe es wollte.«

Carmel fiel aus allen Wolken. Wie sollte sie ohne Personal zurechtkommen?

Mr. Smithson und Mrs. Mathers erhoben sich und verließen den Raum. Joes Familie saß mit versteinerter Miene da.

»Das ist ein Skandal!«, empörte sich Justin und sprang wieder auf. »Wie konnte mein Vater uns das antun? Was wird aus dem Unternehmen? Ich hätte die Leitung übernehmen, die Chance bekommen sollen, das Blatt zu wenden!«

Marshall fand diesen Einwand lachhaft. Als ob Justin eine Ahnung von der Führung eines Unternehmens hätte! Er hatte sich immer geweigert, in die Firma einzusteigen, was seinen Vater sehr traurig gemacht hatte. »Kommenden Montag gehen alle vier Firmen in Liquidation, Justin. Sie werden sich irgendwo eine Stelle und eine Wohnung suchen müssen.«

Seines Wissens hatte der junge Mann es an seinen diversen Arbeitsplätzen nie länger als eine Woche ausgehalten. Marshall sah Jennifer an, die ebenfalls ein sehr behütetes Leben geführt hatte. Am liebsten hätte er ihr geraten, diesen armen reichen Trottel zu heiraten, den sie sich seit über zwei Jahren warmhielt. Sein Blick heftete sich auf Carmel.

»Ich fürchte, dass auch ein Großteil der Antiquitäten verkauft werden muss, um Joes Gläubiger zu befriedigen.«

»Nein … nein …«, stammelte Carmel benommen.

Innerhalb von Minuten war ihre Welt vollständig zusammengebrochen, und sie konnte nichts dagegen tun. Sie fühlte sich absolut hilflos – noch hilfloser als an dem Tag, an dem sie erfahren hatte, dass sie ihr Leben im Rollstuhl verbringen musste. Jennifer würde irgendwann das Haus verlassen, und was sollte dann aus ihr werden, ohne Hausangestellte? Sie war auf Hilfe angewiesen. Wo sollte sie hin?

»Ich glaub das alles nicht«, murmelte Jennifer fassungslos. »Was sollen wir denn jetzt machen, Marshall?« Ein Gedanke durchzuckte sie. »Was hat mein Vater eigentlich dieser … dieser Person da hinterlassen?« Sie nickte mit einer knappen Kopfbewegung nach hinten.

»Darauf wollte ich gerade zu sprechen kommen. Miss Ruby Rosewell, Ihr Vater hat Ihnen einen Anteil an einem Rennpferd vermacht.«

Ruby fiel die Kinnlade herunter. »Ein Rennpferd?« Hatte sie richtig gehört?

»Was für ein Rennpferd?«, warf Justin ein. »Ist es wertvoll?«

»Ich habe keine Ahnung.« Der Anwalt schüttelte den Kopf. »Hier, ich habe Ihnen die näheren Angaben notiert.« Er stand auf und reichte Ruby ein Blatt Papier.

»Ich brauche kein Rennpferd«, protestierte diese. »Was soll ich mit einem Rennpferd? Wovon soll ich das Futter oder den Tierarzt bezahlen?« Sie konnte nicht glauben, dass ihr Vater ihr etwas vermacht hatte, das sie zusätzlich Geld kosten würde.

»Jetzt sind Sie bestimmt wahnsinnig enttäuscht, dass kein Banknotenbündel für Sie rausgesprungen ist, was?« Auch Jennifer stand auf. Sie verschränkte die Arme vor der Brust und funkelte Ruby hasserfüllt an.

»Nicht mal halb so enttäuscht wie Sie«, schoss Ruby zurück. »Ihnen geht es bloß ums Geld! Schauen Sie sich doch mal an! Sie, Ihr Bruder und Ihre Mutter trauern ja nicht einmal um Ihren Vater und Ehemann!«

»Raus!«, schrie Carmel. Sie schwenkte ihren Rollstuhl so heftig herum, dass sie Justins Stuhl umstieß. Sie war einem Nervenzusammenbruch nahe. »Verlassen Sie sofort mein Haus!«

»Mit Vergnügen«, versetzte Ruby. Sie stand auf und nahm den Arm ihrer Mutter. »Komm, Mom, wir gehen.«

5

Emily und Ruby verließen eilig das Haus und gingen zügig die Mary Street hinunter. Erst als sie um die nächste Ecke bogen, atmeten sie tief durch und verlangsamten ihr Tempo. Emily war völlig aufgelöst, Ruby ganz durcheinander.

Sie konnte nicht glauben, was in Joes Haus geschehen war. Die Attacken seitens seiner Familie waren ja keine Überraschung gewesen, aber dass sie jetzt anstatt Besitzerin eines hübschen kleinen Sümmchens, mit dem sie ihren eigenen Salon eröffnen könnte, Teilhaberin an einem Rennpferd war, das sie vermutlich mehr kosten würde, als es Gewinn einbrachte, war fast mehr, als sie verkraften konnte.

Sie wollte ihrem Unmut darüber gerade Luft machen, als ein schwarzer Hillman neben ihnen am Straßenrand hielt und jemand fragte: »Kann ich Sie mitnehmen, Ladys?« Es war Mr. Smithson. Neben ihm auf dem Beifahrersitz saß Mrs. Mathers. »Bei der Hitze zu Fuß zu gehen ist doch viel zu anstrengend.«

Emily und Ruby wechselten einen verwunderten Blick. Bei der Testamentseröffnung hatte Mr. Smithson sie völlig ignoriert, und jetzt bot er ihnen an, sie mitzunehmen?

»Oh, vielen Dank, das ist sehr freundlich«, sagte Emily, »aber wir möchten Ihnen keine Umstände machen.«

»Ganz und gar nicht. Ich setze Mrs. Mathers in Lane Cove West ab. Sie wohnen doch auch in der Gegend dort, nicht wahr?«

»Ja, das stimmt«, antwortete Emily, die sich fragte, woher er das wusste.

»Na, sehen Sie. Dann haben wir denselben Weg.«

Joes Chauffeur stieg aus und öffnete die hintere Wagentür. Emily und Ruby wechselten abermals einen kurzen Blick und stiegen dann ein. Als sie die Kenneth Street erreicht hatten, wandte sich Emily, die schweigsam und nachdenklich im Fond des Wagens gesessen hatte, an den freundlichen älteren Herrn.

»Darf ich Sie etwas fragen, Mr. Smithson?«

»Sicher.«

Er sah sie im Innenspiegel an. Seine silbergrauen, im Sonnenlicht schimmernden Haare rahmten ein gütiges Gesicht mit lebhaften blauen Augen ein. Er ahnte, was sie ihn fragen würde.

»Was ist mit Joe passiert? Mr. Jansen meine ich. Ich habe in der Zeitung gelesen, dass er auf einer Geschäftsreise in den USA gestorben ist. Ist das wahr?«

»Er hielt sich in Florida auf, das ist richtig, aber nicht geschäftlich, sondern weil er sich dort behandeln ließ«, antwortete Mr. Smithson.

»Behandeln? War er denn krank?«

»Er litt seit Jahren an furchtbaren Kopfschmerzen«, sagte Mrs. Mathers. »Als die Ärzte einige Untersuchungen durchführten, entdeckten Sie einen Tumor in seinem Gehirn. Schreckliche Sache das, aber er war sehr tapfer.«

Emily gab ein ersticktes Schluchzen von sich, und Ruby drückte tröstend ihre Hand.

»Könnte das sein untypisches Verhalten erklären?«, wandte sich Ruby an Mr. Smithson. »Ich habe ihn ja nicht gekannt, aber offenbar war er doch nicht der Typ, der beim Glücksspiel regelmäßig hohe Summen setzte und verlor, oder?«

Mr. Smithson und Mrs. Mathers wechselten einen flüchtigen Blick.

»Nein, das war er gewiss nicht«, antwortete Mrs. Mathers.

»Ich glaube, seine plötzliche Spielleidenschaft rührte daher, dass er sein hart verdientes Geld nicht einer Familie hinterlassen wollte, die es nicht zu schätzen wusste«, fügte Mr. Smithson hinzu.

Seine Offenheit verblüffte Ruby und Emily, aber andererseits hatte er auch keinen Grund mehr zur Loyalität Carmel oder ihren Kindern gegenüber. Emily war nicht entgangen, dass von der Familie keiner den Dienstboten Glück gewünscht oder sich für die langjährigen treuen Dienste bedankt hatte.

»Wollen Sie damit sagen, dass er sein Vermögen absichtlich verspielt hat?«, fragte Emily ungläubig.

»Das klingt absurd, ich weiß, aber ich habe keine andere Erklärung für seinen schlagartigen Leichtsinn in finanziellen Dingen«, erwiderte Mr. Smithson.

»Eigentlich bin ich ganz froh, dass er Carmel und seinen Kindern nichts hinterlassen hat«, sagte Emily, ohne nachzudenken. »Ich weiß, das klingt hartherzig, aber Jennifer und Justin sind erwachsen und können für sich selbst sorgen. Und nach allem, was ich heute gesehen habe, kommen sie viel zu sehr nach ihrer Mutter.«

Mr. Smithson nickte. »Das sehen wir genauso. Es wird den beiden jungen Leuten ganz guttun, sich ihren Lebensunterhalt zur Abwechslung einmal selbst zu verdienen. Sie haben den Luxus, in dem sie lebten, viel zu lange für selbstverständlich genommen.«

»Dass Justin die Jacht bekommen hat, ist ausgleichende Gerechtigkeit«, fügte Mrs. Mathers hinzu. »Er hat zwar immer wilde Partys an Bord gefeiert, aber nie für Treibstoff bezahlt oder sich um die Wartung des Boots gekümmert. Und weil er den Ölstand nicht kontrolliert hat, ist der Motor heiß gelaufen und hat sich entzündet. Mr. Jansen war außer sich, weil Justin und seine jungen Freunde den Tod hätten finden können, aber Justin wollte nur eines – dass sein Vater das Boot schnellstmöglich wieder instand setzen ließ, damit er seinen lockeren Lebenswandel fortsetzen konnte. Und dass Jennifer den Aston Martin möchte, ist einfach lächerlich. Sie denkt allen Ernstes, es sei unter ihrer Würde, einen mehr als zehn Jahre alten Mercedes zu fahren.« Sie schnaubte verächtlich. »Es würde ihr verdammt guttun, mal den Bus zu nehmen, damit sie sieht, wie andere leben.«

Stille trat ein, eine Weile sagte keiner etwas.

Dann, als sie durch das Geschäftsviertel von Longueville fuhren, wo an diesem Freitagnachmittag lebhafter Betrieb herrschte, fragte Emily: »Woher wissen Sie eigentlich, wo wir wohnen, Mr. Smithson?«

Er sah sie im Rückspiegel an. »Ich weiß es nur ungefähr, Ihre genaue Adresse kenne ich nicht. Mr. Jansen hat oft von Ihnen beiden gesprochen, deshalb waren wir auch nicht überrascht, Sie heute bei der Testamentseröffnung zu sehen.«

Bei diesen Worten durchströmte Emily ein warmes Glücksgefühl. Obwohl sie immer gewusst hatte, dass Joe sie nicht vergessen hatte, tat es unendlich gut, das zu hören.

Mr. Smithson schaute über die Schulter und sagte zu Ruby: »Ihr Vater hat Sie sehr geliebt, er war mächtig stolz auf Sie, Kindchen. Joe hat im Verborgenen an Ihrem Leben teilgenommen, indem er sich laufend informierte, wie es Ihnen in der Schule und später im Beruf erging. Er wusste, dass Sie bei Barbie's arbeiteten und glücklich dort waren.« Er hatte, wie Mr. Smithson weitererzählte, auch gewusst, dass Emily immer noch auf ihn wartete, was ihm fast das Herz gebrochen hatte.

»Und warum hat er mir dann ein Pferd vermacht?«, platzte Ruby heraus. »Genau genommen noch nicht mal ein ganzes, sondern nur ein halbes.« Sie schüttelte in komischer Verzweiflung den Kopf. »Wahrscheinlich sollte ich es von der positiven Seite sehen. Ich meine, auf diese Weise muss ich auch nur die Hälfte der Kosten für Futter, den Hufschmied und den Tierarzt tragen.«

Mr. Smithson lachte laut heraus. Die junge Frau hatte den gleichen trockenen Humor wie ihr Vater, und das gefiel ihm. »Das Pferd, das er Ihnen hinterlassen hat, kenne ich zwar nicht, aber ich versichere Ihnen, er war ein ausgezeichneter Pferdekenner. Unterschätzen Sie also diese eine Pferdehälfte nicht!«

»Ich möchte nicht respektlos erscheinen, Mr. Smithson, aber mir scheint, mein Vater hat in den letzten Monaten seines Lebens auf eine ganze Menge Verlierer gesetzt.«

»Ruby!« Emily wäre am liebsten im Erdboden versunken.

Mr. Smithson lächelte nur. »Da kann ich Ihnen nicht widersprechen.«

Es war nicht mehr weit bis nach Hause, und Emily sagte, er könne sie ruhig irgendwo absetzen.

»Nein, nein, ich werde Sie bis vor die Haustür fahren.«

Also erklärte sie ihm den Weg, und kurz darauf hielt er vor ihrem Mietshaus.

Während Emily und Ruby sich von Mrs. Mathers verabschiedeten, stieg Mr. Smithson aus und öffnete die hintere Wagentür. »Es hat mich sehr gefreut, Sie beide kennenzulernen«, sagte er aufrichtig. Dann reichte er Emily einen Zettel, auf dem er seinen Namen und seine Telefonnummer notiert hatte. »Falls ich Ihnen irgendwie helfen kann, rufen Sie mich einfach an. Ich bin ja jetzt offiziell im Ruhestand, daher werde ich ziemlich oft zu Hause sein und mich um meinen kleinen Garten kümmern.«

Emily war gerührt. »Danke, das ist sehr nett von Ihnen.«

»Werden Sie hier wohnen bleiben?« Er blickte an dem Haus mit den vergleichsweise teuren Wohnungen hinauf.

»Ich weiß es noch nicht. Ich werde die Miete hier nicht mehr bezahlen können«, gestand Emily verlegen. Es war ihr peinlich, zugeben zu müssen, dass sie *ausgehalten* worden war.

Mr. Smithson blickte betreten drein. Er fragte sich, warum Joe Jansen nicht besser vorgesorgt hatte für die beiden Frauen. Er hätte es sich doch leisten können. »Im schlimmsten Fall können Sie ja den Schmuck verkaufen, den Mr. Jansen Ihnen vermacht hat«, sagte er. »Dafür kriegen Sie bestimmt ein hübsches Sümmchen.«

»Ich hoffe nicht, dass es so weit kommt. Wenn das Halsband Joes Großmutter gehört hat, wäre es schön, wenn Ruby es eines Tages bekäme.«

Mr. Smithsons Gesicht nahm einen sanften Ausdruck an. Seine

Menschenkenntnis hatte ihn selten getrogen, und er spürte, dass Emily eine anständige, rechtschaffene Frau war. »Rufen Sie mich an, auch wenn Sie meine Hilfe nicht brauchen. Mr. Jansen war immer gut zu mir; es wäre mir eine Freude, wenn ich mich ein wenig um Sie kümmern dürfte. Das wäre sicher in seinem Sinne. Er hat oft von Ihnen gesprochen. Das Problem war nur, dass er nicht frei über sein Leben bestimmen konnte. Das verstehen Sie hoffentlich. Er war Tag für Tag mit den völlig überzogenen Ansprüchen und den Anschuldigungen seiner Frau konfrontiert. Mich wundert es, dass er nicht den Verstand darüber verloren hat. Er hatte einen ausgezeichneten Instinkt fürs Geschäft, aber seine Ehe kostete ihn unglaublich viel Kraft, und das hat ihm die Freude an allem, auch am beruflichen Erfolg, genommen. In den vergangenen zwölf Monaten ließ er die Dinge einfach laufen. Es ist wirklich traurig.«

»Ja, das stimmt. Ich hätte ihn glücklich machen können, das weiß ich«, sagte Emily tief bewegt.

»Das bezweifle ich nicht, Miss Rosewell. Mr. Jansen wollte seine Frau viele Male verlassen, aber sie hat ihn mit allen nur denkbaren Tricks an sich gefesselt.« Wie oft hatte sie die Schwerkranke gespielt und dafür gesorgt, dass der Arzt ihrem Mann dringend riet, ein stabiles Umfeld von Sicherheit und Geborgenheit zu schaffen, damit sie wieder gesund würde. Dann war Joe nicht von ihrer Seite gewichen. Kaum hatte er ihr versprochen, sie nicht allein zu lassen, ging es ihr schlagartig wieder besser.

»Was wird jetzt aus Carmel werden?«, fragte Emily.

»Es sieht nicht allzu rosig für sie aus. Justin und Jennifer sind viel zu egoistisch, als dass sie sich um sie kümmern würden, deshalb vermute ich, sie werden sie in ein Heim stecken. Und das wird sie sicher nicht lange überleben. Bisher konnte sie sich die beste Pflege leisten, die für Geld zu haben war, aber das ist jetzt vorbei.«

Emily nickte. Sie bedankte sich noch einmal bei Mr. Smithson, und dann verabschiedeten sie und Ruby sich von ihm mit dem Versprechen, in Kontakt zu bleiben.

Ruby verließ das Haus wenig später noch einmal, um einen Kopfsalat und Tomaten fürs Abendessen zu besorgen. Als sie zurückkam, war Emily ganz außer sich.

»Was ist denn passiert, Mom?«

»Gerade hat jemand von der Hausverwaltung wegen der Miete angerufen.«

»Und? Die Miete ist doch erst Montag fällig, oder nicht?«

»Den ganzen letzten Monat ist keine Miete eingegangen!«

»Was?« Ruby starrte ihre Mutter erschrocken an.

»Wenn wir die Rückstände nicht bis nächsten Freitag bezahlt haben, werden sie die Wohnung räumen lassen«, jammerte Emily.

Panik stieg in Ruby auf. »Aber wie sollen wir in so kurzer Zeit das Geld auftreiben? Das ist unmöglich!«

»Ich weiß. Deshalb habe ich gerade mit deiner Tante Teresa telefoniert.«

»Du hast sie doch hoffentlich nicht gebeten, uns etwas zu leihen, oder?« Ruby wusste, dass ihre Tante selbst nicht viel zum Leben hatte.

»Nein, natürlich nicht. Seit Wallys Tod muss sie jeden Penny zweimal umdrehen. Aber sie hat gesagt, wir können bei ihr wohnen. Dann haben wir wenigstens ein Dach über dem Kopf.«

Ruby riss die Augen auf. »Ich will aber nicht nach Fern Bay! Das ist ein Kuhkaff!« Sie waren zweimal in den Ferien dort gewesen. Der kleine Ort war ganz nett, aber nur für Urlauber.

»Fern Bay ist kein Kuhkaff«, protestierte Emily pikiert. »Außerdem ist es nicht weit bis nach Newcastle, und das ist eine richtige Stadt.« Fern Bay lag knapp zweihundert Kilometer nördlich von Sydney an der Küste.

»Newcastle ist eine Industriestadt!«, entgegnete Ruby gereizt. Sie dachte an das große Stahlwerk dort und an die Kohlebergwerke. Und dann die entsetzliche Hitze und der Staub in der Luft! »Kannst du dir vorstellen, wie rückständig die Leute in puncto Mode und Musik dort sind?« Sie hasste es, keine Kontrolle über ihr Leben zu haben. Das war einfach nicht gerecht.

Emily konnte ihre Tochter gut verstehen. Sie war eine junge Frau, für die die neuesten Mode- und Frisurentrends sehr wichtig waren. Andererseits konnte man nicht wählerisch sein, wenn man bald kein Dach mehr über dem Kopf haben würde.

»Wir müssen aber etwas unternehmen, Ruby! Und in Sydney können wir uns keine Wohnung leisten, nicht einmal in Newcastle, ganz abgesehen davon. Wir sollten froh sein, dass Teresa uns bei sich aufnehmen will.« Es würde natürlich eng werden im kleinen Häuschen ihrer Schwester, aber Emily hatte sich schon lange gewünscht, ihr irgendwie zu helfen, seit ihr Mann ein Jahr zuvor gestorben war. Das wäre jetzt die perfekte Gelegenheit. »Dann kann ich ihr im Laden helfen oder kochen und putzen, während sie hinterm Tresen steht. Das wär doch auch was für dich!«

»Ich hab keine Lust, in einem Nest mit zehn Einwohnern in einer Milchbar zu bedienen«, quengelte Ruby.

»Herrgott, Ruby, Fern Bay hat mehr als zehn Einwohner! Es gibt sogar einen Frisiersalon dort; wer weiß, vielleicht können sie jemanden mit Berufserfahrung brauchen. Es wird bestimmt nicht so schlimm.« Emily gefiel der Gedanke an einen Umzug auch nicht, aber möglicherweise würde ihnen die Veränderung guttun.

Ruby verzog das Gesicht. Verglichen mit dem Frisiersalon in Fern Bay war Stellas Salon modern und trendig. »Es wird schlimmer als schlimm«, jammerte sie. Sie wollte nicht weg aus Sydney, wo sie ihr ganzes Leben verbracht und all ihre Freunde hatte. »Ich wünsche mir nichts sehnlicher als meinen eigenen Salon, Mom. Ich bin nicht nur dir zuliebe mit zu der Testamentseröffnung gegangen, sondern, wenn ich ehrlich bin, weil ich gehofft hatte, genug Geld zu erben, um einen Laden eröffnen zu können. Ich kann dir gar nicht sagen, wie enttäuscht ich bin.« Sie ließ sich aufs Sofa fallen und schmollte. Von dem Ersparten, das sie Gavin für dessen geplante Werkstatt gegeben hatte, würde sie nichts wiedersehen, das war ihr klar.

Emily setzte sich zu ihr. »Eine Möglichkeit gibt es noch«, sagte sie leise.

»Und die wäre?«, fragte Ruby dumpf.

»Ich könnte das Halsband und die Ohrringe verkaufen.« Den Ring würde sie zum Andenken an Joe behalten, das hatte sie bereits beschlossen. »Ich habe doch sowieso keine Gelegenheit, den Schmuck zu tragen. Und wenn er so wertvoll ist, wie Carmel behauptet hat, müsste genug rausspringen, dass du dir deinen Traum vom eigenen Salon erfüllen kannst.«

»Kommt nicht infrage, Mom, das werde ich nicht zulassen.« Ruby bereute ihr kindisches Benehmen bereits. »Du darfst den Schmuck nicht verkaufen. Er ist alles, was dir von Joe geblieben ist. Zieh du nur zu Tante Teresa. Ich komme schon klar. Tut mir leid, dass ich so grantig war.«

»Ich geh nicht ohne dich«, protestierte Emily. »Ich kann dich doch nicht allein hier zurücklassen, ohne Arbeit und ohne Wohnung.«

Plötzlich hatte Ruby eine Idee. »Ich werde meinen Anteil an dem Rennpferd verkaufen.« Warum war ihr das nicht schon früher eingefallen? »Ich hoffe, es hat schon ein paar Rennen gewonnen, sodass es sich zu einem guten Preis verkaufen lässt. Mit ein bisschen Glück bringt es so viel, dass ich vom Erlös meinen Salon eröffnen kann. Und bis es so weit ist, kann ich bestimmt bei Marissa wohnen. Sie hat gemeint, ich soll sie anrufen, wenn sie mir irgendwie helfen kann.«

Emily nickte nachdenklich. Die Idee war gar nicht schlecht. »Wo befindet sich das Pferd eigentlich? Und wer ist der andere Teilhaber?«

»Keine Ahnung, aber Mr. Humphries hat mir die Einzelheiten aufgeschrieben.« Ruby zog das Blatt Papier, das der Anwalt ihr gegeben hatte, aus ihrer Handtasche und faltete es auseinander. »Der andere Besitzer heißt Jed Monroe, und das Pferd heißt Silver Flake. Da steht auch eine Telefonnummer. Ich werde gleich nach dem Essen versuchen, Mr. Monroe zu erreichen, um ihn zu fragen, ob er mir meinen Anteil abkauft.«

Emily, die völlig erschöpft war, legte sich nach dem Essen ein wenig hin. Ruby erledigte den Abwasch und setzte sich dann ans Telefon, um Jed Monroe anzurufen. Nach mehrmaligem Klingeln meldete sich eine Männerstimme.

»Silverton Hotel, guten Tag?«

Ruby konnte kaum etwas verstehen, so groß war die Geräuschkulisse aus Stimmen, Musik und dem Klirren von Gläsern im Hintergrund.

Ein wenig verwirrt, weil sie mit einem Gasthaus verbunden war, rief sie in den Hörer: »Hallo? Ich weiß nicht, ob ich die richtige Nummer habe. Ich wollte eigentlich Jed Monroe sprechen. Wer ist denn da?«

»Mick Doherty. Und wer sind Sie?«, lautete die schroffe Antwort. Ein leichter irischer Akzent färbte seinen australischen Dialekt.

»Mein Name ist Ruby Rosewell.« Ein Knistern in der Leitung. »Hallo? Man hat mir diese Nummer gegeben; ich würde gern mit Jed Monroe sprechen.«

»Der ist nicht da, Schätzchen. Versuchen Sie's ein andermal.«

»Warten Sie!«, rief sie hastig. »Das ist die Nummer eines Hotels, sagen Sie?«

»Ganz recht. In Silverton, Schätzchen.«

»Wo ist das denn?«, fragte sie laut, um den Lärm zu übertönen.

Der Mann antwortete mit einer Gegenfrage: »Was wollen Sie denn von Jed?« Ein misstrauischer Unterton schwang in seiner Stimme.

»Ich glaube zwar nicht, dass Sie das etwas angeht, aber wenn Sie's unbedingt wissen wollen – Mr. Monroe und ich sind Partner bei einer Pferdeteilhaberschaft«, sagte Ruby so geschäftsmäßig wie möglich. Sie hoffte, endlich ernst genommen zu werden.

Zu ihrer Empörung lachte Mick Doherty laut heraus. »Der war gut, Schätzchen!«

»Ich wäre Ihnen sehr dankbar, wenn Sie mich nicht andauernd

Schätzchen nennen würden«, fauchte Ruby. »Ist Mr. Monroe da oder nicht? Ich muss ihn unbedingt sprechen, es ist dringend.«

»Einen Augenblick, Schätzchen.«

Wütend, schärfer dieses Mal, protestierte sie aufs Neue, doch Mick hatte sich bereits abgewandt und hörte es nicht.

»Hat heute schon jemand Jed gesehen?«, rief er halbherzig in den Saal. Lautes Gejohle und Gegröle war die Antwort. Es schien hoch herzugehen in diesem Pub, der sicherlich in einer größeren Stadt lag. Nach ein paar Sekunden meinte Ruby zu hören, wie jemand rief, Jed sei gerade hereingekommen.

»Jed, Telefon für dich!«, schrie Mick Doherty.

»Wer ist es denn?«, fragte eine tiefe Stimme. »Ich hab dir doch gesagt, ich bin nicht da, falls jemand anruft.«

Ruby seufzte. Ihr Teilhaber schien ja ein zwielichtiger Typ zu sein. Weshalb sonst würde er sich am Telefon verleugnen lassen?

Zu ihrem Ärger hörte sie, wie Mick Doherty sie nachäffend rief: »Sie sagt, ihr wärt Partner bei einer Pferdeteilhaberschaft.« Wieder lachte er. »Deine Weiber haben wirklich Fantasie, das muss man ihnen lassen.«

»Ist ja gut, Mann«, knurrte Jed.

»Hey, Monroe, hast du einem deiner Mädchen etwa ein Kind gemacht?«, schrie jemand.

Schmieriges, anzügliches Gelächter folgte. Ruby verdrehte genervt die Augen. Dann hörte sie Geflüster und Geraschel. Sie hoffte inständig, dass nicht einfach aufgelegt wurde.

»Hallo? Ist da jemand?«

»Hallo?«, antwortete eine mürrische Männerstimme. »Wer ist denn da?«

»Oh, hallo. Spreche ich mit Jed Monroe?«

»Kommt drauf an. Wer will das wissen?«

Seine Reaktion bestätigte sie in ihrer Vermutung. Jed Monroe war ein reichlich undurchsichtiger Typ. Sie würde heilfroh sein, wenn er ihr ihren Anteil abkaufte und sie nichts mehr mit ihm zu tun hätte.

»Mein Name ist Ruby Rosewell. Mir gehört ein Teil von Silver Flake, und der andere Teil gehört Ihnen, soviel ich weiß.« Sie holte tief Luft. »Ach, übrigens, welcher Teil ist denn meiner – der vordere oder der hintere?«, scherzte sie dann. Der Mann sagte nichts. Humor hatte er offenbar auch nicht. »Hallo? Sind Sie noch da?«

»Hören Sie, Lady, ich hab keinen blassen Schimmer, wovon Sie reden. Sie verschwenden nur meine Zeit – und Ihre auch.«

»Lassen Sie es mich Ihnen erklären, Mr. Monroe. Mein Vater ist gestorben, und er hat mir einen Anteil an einem Pferd namens Silver Flake vermacht. Man hat mir gesagt, der andere Teilhaber seien Sie. Das ist doch richtig, oder?«

»Mir scheint, Sie haben sich verwählt, Lady«, sagte Jed und legte auf.

»Halt, nicht! Warten Sie! Hallo? Hallo?« Ruby starrte den Telefonhörer an. »Ich glaub's einfach nicht! So eine Frechheit!«

»Was ist denn?«, rief Emily aus dem Schlafzimmer.

Ruby stapfte wütend zu ihr. »Ich hab diesen Jed Monroe angerufen, und als ich ihm sagte, ich habe einen Anteil an seinem Pferd geerbt, hat er einfach aufgelegt. Das ist doch die Höhe!«

Sie schäumte, gern hätte sie ein paar deftigere Ausdrücke gebraucht, um ihrem Zorn Luft zu machen. Ruby rannte zurück ans Telefon und wählte die Nummer noch einmal. Es klingelte eine ganze Weile, bevor endlich jemand abnahm.

»Silverton Hotel«, sagte eine männliche Stimme. Sie klang viel jünger und freundlicher.

»Ach, guten Tag, könnten Sie mir bitte sagen, wo Silverton liegt?«, fragte Ruby zuckersüß.

»Klar doch, vierundzwanzig Kilometer westlich von Broken Hill. Warum fragen Sie?«

»Nur so«, antwortete Ruby. »Ich hab gehört, es soll ganz entzückend dort sein.« Sie verdrehte die Augen und hoffte, der Typ am anderen Ende der Leitung war leichtgläubig genug, ihr das abzunehmen.

Der Mann lachte gutmütig. »Da hat Sie wohl jemand auf den Arm genommen, Lady.«

»Mit wem redest du denn da, Jacko?«, dröhnte mit einem Mal eine Stimme im Hintergrund.

»Keine Ahnung. ’ne Frau, die wissen will, wo Silverton liegt.«

»Leg sofort auf, du dämlicher Dussel! Ich wette, das ist diese neugierige Person, die vorhin schon mal angerufen und sich nach Jed erkundigt hat.«

»Mist«, brummte der Mann am Telefon. Es klickte, dann war die Leitung tot.

Wieder guckte Ruby fassungslos den Hörer an. Aber immerhin war sie jetzt ein kleines Stück weitergekommen. »Ich geh mal schnell rüber zu Beryl und Tom, ich will was auf der Landkarte nachsehen«, rief sie ihrer Mutter zu und schlüpfte zur Tür hinaus.

Silverton war auf der Landkarte ihrer Nachbarn nicht einmal verzeichnet, aber Broken Hill hatte Ruby schnell gefunden: Es lag in der westlichen Ecke von New South Wales, nicht allzu weit von der Grenze zu South Australia entfernt.

Am anderen Morgen rief sie bei der Zugauskunft an und erkundigte sich nach einer Verbindung. Sie fand heraus, dass der so genannte Outback Explorer jeden Montag nach Broken Hill fuhr und anderntags wieder zurück. Er fuhr um sechs Uhr zwanzig in Sydney ab und kam um neunzehn Uhr zehn in Broken Hill an. Ob er einen Ort namens Silverton kenne, wollte sie wissen, und zu ihrer Erleichterung bejahte der Bahnangestellte. Sie bedankte sich und legte auf. Aber selbst wenn sie sich entschlösse, nach Silverton zu fahren, woher sollte sie das Geld für die Reise nehmen?

Doch dann hatte Emily eine Idee. Sie wolle zur Post, sie sei gleich wieder da, sagte sie zu ihrer Tochter.

»Ich habe mir das Geld von meiner Lebensversicherung ausbezahlen lassen«, verkündete sie, als sie eine Stunde später zurückkam. »Das reicht, damit du dir eine Fahrkarte nach Broken Hill kaufen kannst und ich mit all unseren Sachen nach Fern Bay komme.«

»O Mom«, sagte Ruby gerührt. »Du wirst sehen, ich kann Jed Monroe bestimmt überreden, mir meinen Anteil an diesem Pferd abzukaufen, und dann nehme ich den nächsten Zug zurück.« Sie war fest entschlossen, sich nicht so einfach abspeisen zu lassen.

Emily und Ruby verbrachten den ganzen Sonntag damit, ihre Sachen zusammenzusuchen. Da sie die Wohnung möbliert gemietet hatten, brauchten sie nur ihre persönlichen Habseligkeiten zu verpacken. Am Montagmorgen würden die Kartons abgeholt werden. Ruby wollte früh am Morgen den Zug nach Broken Hill nehmen, Emily den Mittagsbus nach Fern Bay. Voller Erwartung auf das Neue, das da kommen würde, verabschiedeten sie sich von ihrem alten Leben.

6

Es war noch dunkel, als Ruby am Montag in aller Frühe in die Stadt fuhr und im Hauptbahnhof in den Zug stieg, der sie in die kleine Bergwerksstadt bringen sollte. Pünktlich um zwanzig nach sechs, die Sonne ging gerade auf, ertönte der Pfiff des Schaffners, und der Zug setzte sich in Bewegung.

Knapp zwei Stunden später schlängelte sich die Bahnlinie durch die atemberaubend schönen Blue Mountains. Ruby bewunderte die spektakuläre Bergkette, die Teil der Great Dividing Range, auch Eastern Highlands genannt, war. Sie wusste noch aus der Schule, dass dieser Gebirgszug sich von Dauan Island vor der Nordostspitze von Queensland bis zu den Grampian Mountains im Westen von Victoria erstreckte und mit einer Gesamtlänge von über dreitausendfünfhundert Kilometern das viertlängste Gebirge der Welt war.

Ruby schob das Fenster herunter und sog die würzige Bergluft, die sich wunderbar kühl auf ihrem Gesicht anfühlte, tief in die Lungen. Dichtes Buschland reichte bis an die Bahnlinie heran. Während eines kurzen Aufenthalts an einer kleinen Bahnstation hatte sie den zauberhaften Gesang exotischer Vögel vernommen und den erdigen Geruch von Holz und feuchtem, modrigem Laub gerochen. Etliche Kilometer weiter sah sie steile Felswände in verschiedenen Ockertönen, tiefe Schluchten und üppigen Regenwald, in dem über zwei Meter hohe Baumfarne wuchsen. Sie sah tiefblau schimmernde Seen, grandiose Wasserfälle und Flüsse, die sich ihren Weg durch Eukalyptuswald gesucht hatten. Auf Steinbrücken überquerte der

Zug in schwindelnder Höhe tiefe Kluften und verlangsamte das Tempo, wenn er durch idyllische kleine Weiler mit pittoresken Teestuben und schattigen Picknickplätzen fuhr.

Ruby konnte sich nicht sattsehen an der Schönheit der Natur. Der Zugbegleiter erklärte ihr, dass die Blue Mountains, die Blauen Berge, ihren Namen von dem bläulichen Dunst bekommen hatten, den die Eukalyptusbäume absonderten. Ruby fand diese Gegend wunderschön. Bisher hatte sie nichts anderes gekannt als Geschäfte und belebte Straßen und nie wirklich darüber nachgedacht, dass es außerhalb von Sydney noch so viel anderes gab. Sie war eben ein Stadtmensch und konnte sich nicht vorstellen, dass sich das jemals ändern würde.

Stunden später war die Landschaft eine vollkommen andere geworden – topfeben, eintönig und gestaltlos. Abgesehen von einem gelegentlichen Känguru oder einem Emu zwischen den spärlichen Gänsefußbüschen war nirgends ein Anzeichen von Leben zu entdecken. In Cobar, einer ländlichen Stadt im mittleren Norden, wo es staubig und drückend heiß war, hielt der Zug für einige Minuten. Einen weiteren kurzen Aufenthalt hatte er in Wilcannia, einer Kleinstadt am Darling River, in der mehr als die Hälfte der Einwohner Aborigines waren, wie Ruby vom Schaffner erfuhr, einem älteren, wohlbeleibten Herrn namens Nigel Finke. Sie sah viele Ureinwohner im Schatten von Bäumen am Flussufer sitzen, während ihre Kinder im seichten Wasser plantschten. Hinter der Stadt erstreckte sich eine steppenähnliche Landschaft, eine menschenleere Einöde, so weit das Auge reichte. Das täusche, meinte der Schaffner; es gebe etliche Schaffarmen in der Gegend. Ruby fragte sich, was die armen Tiere denn fressen sollten, wo hier doch praktisch nichts wuchs. Und dann diese Hitze, fast fünfundvierzig Grad, und kein Schatten weit und breit. Sie hatte das Fenster schon einige Zeit zuvor wieder geschlossen, weil die Luft draußen heiß wie die aus einem Hochofen war.

Erst als die Sonne tief im Westen stand und den Himmel mit

verschiedenen Rot- und Orangetönen, mit Nuancen in Rosa und Lila überzog, wurde die Hitze erträglicher. Der Schaffner erwies sich als sehr gesprächig. Da nicht viele Fahrgäste im Zug waren und Ruby allein reiste, schien er das Gefühl zu haben, sich ein wenig um sie kümmern zu müssen. Als er wieder einmal in ihr Abteil schaute, um mit ihr zu plaudern, erzählte sie ihm den Grund für ihre Reise nach Broken Hill und fragte, ob es eine Busverbindung nach Silverton gebe.

»Eine Busverbindung? Nein, wo denken Sie hin! Früher, als die Stadt noch an die dreitausend Einwohner hatte, da fuhr sogar noch der Zug durch – aber heute?« Er schüttelte den Kopf.

»Warum sind die Leute denn fortgezogen?«

»Als die Erzvorräte in den Silberminen zu Ende gingen und dann noch in der Gegend von Broken Hill ein viel größerer Fund entdeckt wurde, wurden die Bergwerke stillgelegt. Die meisten Einwohner Silvertons zogen nach Broken Hill, viele von ihnen nahmen sogar ihre Häuser mit. Die Holzhäuser wurden als Ganzes auf Waggons gehievt, die von Kamelen gezogen wurden. Die Backsteinhäuser wurden abgebaut, Stein für Stein, und genauso transportiert. Dann baute man sie am neuen Platz wieder auf. Deshalb ist nicht viel von Silverton übrig geblieben. Heute leben höchstens noch fünfzig Leute dort.«

»Was?« Ruby glaubte sich verhört zu haben.

Der Schaffner nickte. »Ja, deshalb wird der Ort ja auch nicht mehr von der Bahn angefahren. Die Strecke ist zu unrentabel. Ich fürchte, Sie werden jemanden bitten müssen, Sie mitzunehmen.«

»Gibt's denn keine Taxis in Broken Hill?«

»Doch, schon, aber die fahren nicht bis nach Silverton, soviel ich weiß.« Außerdem, aber das sagte Mr. Finke nicht laut, würden die beiden Fahrer viel zu betrunken sein, bis der Zug eintraf. Trinken konnten die Männer in Broken Hill am besten. Es gab dort nicht viele Möglichkeiten, sich zu zerstreuen.

»Na, egal. Ich werde schon einen Weg finden«, erwiderte Ruby.

Ihr Plan, anderntags mit dem nächsten Zug nach Sydney zurückzukehren, war reichlich kühn, wie sie jetzt erkennen musste.

Kurz nach der planmäßigen Ankunftszeit fuhr der Zug in die Sulphide Street Station in Broken Hill ein. Unmittelbar neben dem Bahnhof ragte ein gigantischer Steinblock auf. Das seien Erzabfälle, die beim Abbau des Silbererzes angefallen seien, erklärte Mr. Finke auf Rubys Frage.

»Und ich dachte schon, ich wäre versehentlich in Alice Springs gelandet und das da sei Ayers Rock«, witzelte sie. Sie kannte die Stadt und den Sandsteinberg nur von Fotos und wusste nicht, dass Ayers Rock ziemlich weit von Alice Springs entfernt lag.

Mr. Finke lachte und ging dann zum Gepäckwagen, wo er das Ausladen des Gepäcks überwachte.

Ruby, die sich neugierig umschaute, sah, wie ein Kamel aus einem der Güterwaggons geführt wurde. Es war ein wunderschönes Tier. Sie trat näher und berührte sein weiches Fell; sie konnte einfach nicht anders. Der Lademeister, der seine Unterlagen studierte, bemerkte die junge Frau nicht.

Mr. Finke kam zurück und fragte: »Wer holt denn das Kamel hier ab, Dennis?«

Dennis Ferguson blickte auf. »Bernie Lewis. Wieso fragst du?«

»Sie haben Glück, Miss Rosewell«, meinte Mr. Finke.

Ruby sah den Schaffner fragend an. »So?«

»Ja, Bernie Lewis besitzt eine Kamelfarm außerhalb von Silverton. Er wird Sie bestimmt mitnehmen. Ich werde gleich mal sehen, ob ich ihn irgendwo auftreiben kann.«

Der Lademeister musterte Ruby jetzt. »Ich weiß nicht, ob das eine gute Idee ist, Nigel. Du kennst Bernie doch. Der hat bestimmt den halben Nachmittag im Musicians Club gehockt und sich einen hinter die Binde gegossen. Die Chancen, dass das Kamel heil auf der Farm ankommt, stehen schlecht, fürchte ich. Und die Chancen dieser jungen Dame hier, heil in Silverton anzukommen, sind nicht viel besser.«

Nigel Finke runzelte die Stirn. »Du hast Recht. Ich werde erst mal nachsehen, ob er überhaupt ansprechbar ist.« Er eilte davon.

Der Lademeister sah besorgt aus. »Lassen Sie sich bloß nichts von Bernie gefallen, wenn er Sie mitnimmt«, schärfte er ihr ein.

Wäre Ruby seine Tochter, würde er sie niemals auch nur in die Nähe von Bernie Lewis lassen.

Als Nigel Finke zwanzig Minuten später zurückkam, befand er sich in Begleitung eines stämmigen Mannes mit einem zerklüfteten Gesicht, einer roten Nase, abstehenden Ohren und O-Beinen. Was Ruby aber zuerst auffiel, war sein Haar – es hatte sich oben schon ziemlich gelichtet, aber im Nacken hingen ein paar strähnige Zotteln herunter. Außerdem war er unrasiert, seine Kleidung war schmuddelig, und als er näher kam, stellte Ruby fest, dass er strenger als das Kamel roch. Sie versuchte, das Alter des Mannes zu schätzen, was nicht leicht war. Er hatte etwas an sich, das ihr nicht ganz geheuer war. Wäre es nicht so schnell dunkel geworden und hätte Ruby nicht befürchten müssen, in Broken Hill festzusitzen, hätte sie sich geweigert, zu ihm ins Auto zu steigen. Aber in ihrer Situation konnte sie es sich nicht leisten, wählerisch zu sein.

Mr. Finke machte Ruby und Bernie Lewis miteinander bekannt.

»Mein lieber Schieber!« Bernie musterte sie ungeniert von Kopf bis Fuß. Er grinste breit, und man konnte seine schlechten Zähne sehen. Anzüglich starrte er auf ihre langen, wohlgeformten Beine unter dem kurzen Kleid. »Für Sie hat es sich echt gelohnt, die Bar zu verlassen.«

Ruby lief rot an und wusste ausnahmsweise nicht, was sie sagen sollte.

»Ich hab gehört, Sie suchen eine Mitfahrgelegenheit in die Pampa«, fügte er hinzu.

»Oh … äh … das muss ein Missverständnis sein. Ich will nach Silverton«, erwiderte Ruby ernsthaft.

Bernie lachte schallend. »Sie haben Humor, das gefällt mir.«

Sie lächelte verwirrt. »Nun, wenn Sie sowieso durch Silverton kommen und es Ihnen nicht allzu viele Umstände macht, wäre es nett, wenn Sie mich mitnehmen würden, Mr. Lewis.«

»Wenn Sie mit mir fahren wollen, müssen Sie aber aufhören, mich Mr. Lewis zu nennen«, erwiderte er. »Meine Farm liegt nur einen Steinwurf von Silverton entfernt, das ist also überhaupt kein Problem. Steigen Sie schon mal ein, der Dodge da drüben ist meiner. Ich muss noch das Kamel in den Hänger laden.« Er trat auf das knurrende Tier zu und betrachtete es prüfend, mit Kennerblick, vom Schwanz bis zum Kopf.

»Einen Moment mal, Bernie«, sagte Dennis Ferguson. »Ich glaube, wir sollten uns erst einmal darüber unterhalten, wie viel du getrunken hast, bevor wir dir diese junge Dame anvertrauen.«

Bernie untersuchte gerade einen der dicken, ledernen Zehenballen des Kamels. Er stellte den Fuß wieder ab und richtete sich auf. »Ich hab Nigel doch schon gesagt, dass ich bloß ein paar Halbe gehabt habe«, gab er gereizt zurück. »Höchstens drei, mehr nicht.« Er führte das Kamel zu dem hinten offenen Pferdeanhänger an seinem Truck, den er etwa fünfzig Meter entfernt unmittelbar neben den Gleisen geparkt hatte.

Dennis Ferguson warf Nigel Finke einen zweifelnden Blick zu. »Bist du sicher, dass er noch fahrtüchtig ist?«, fragte er, als der Farmer außer Hörweite war. Bernie konnte zwar eine Menge vertragen, aber bei ihm wusste man nie: Gerade noch wirkte er ganz nüchtern, und eine Sekunde später lag er mit der Nase im Staub.

»Ich hab Fred Wallace gefragt, ob er Bernie hat hereinkommen sehen.« Fred hatte über zwanzig Jahre bei der Eisenbahn gearbeitet, daher kannten sie ihn gut und wussten, dass er zuverlässig war. »Er hat mir versichert, Bernie sei höchstens eine Stunde in der Bar gewesen und habe vielleicht vier Halbe getrunken. Das ist nicht viel für einen Mann, der von früh bis spät saufen und sich trotzdem noch auf den Beinen halten kann.«

Der Lademeister sah Ruby an. »Die Entscheidung liegt bei Ihnen, junge Dame. Aber scheuen Sie sich nicht, ihm tüchtig auf die Finger zu klopfen, wenn er sich danebenbenimmt.«

Ruby nickte. »Mach ich.«

Sie fragte sich, warum die beiden Männer so viel Aufhebens machten. Sie suchte nichts weiter als eine Mitfahrgelegenheit nach Silverton, das ja offenbar nicht weit weg lag. Der Mann, der sie dorthin bringen sollte, interessierte sie herzlich wenig.

»Bernie befindet sich nicht oft in weiblicher Gesellschaft, und seine Manieren sind nicht gerade die besten«, ergänzte Nigel Finke. »Er war mal verheiratet, aber das ist schon zehn Jahre her. Er hat noch keine Nachfolgerin für seine Frau gefunden, weil es keine auf einer Kamelranch aushält.«

Das überraschte Ruby nicht im Geringsten. »Sie hat ihn vermutlich verlassen, nehme ich an?«

»O nein, die beiden passten perfekt zusammen. Hester trat versehentlich auf eine Giftschlange, eine Braunschlange, als sie die Kamele im Paddock fütterte. Sie hatte die Schlange im dürren Gras nicht gesehen. Bernie war unglücklicherweise nicht da. Und als er nach Hause kam und sie fand, war es zu spät.«

Hester war furchtbar entstellt gewesen, nachdem sie stundenlang in der Sonne gelegen hatte und Fliegen und Ameisen in Scharen über sie hergefallen waren, doch das verschwieg Nigel Finke ihr.

»O Gott, das ist ja entsetzlich!« Bestürzt stellte Ruby sich vor, wie die arme Frau ganz allein in dem Paddock gestorben war.

Dennis Ferguson nickte. »Ja, das war schlimm.« Die drei gingen zu Bernies Truck hinüber. »Aber Hester hätte keinen Anstoß an seinen derben Kraftausdrücken genommen«, fügte er schmunzelnd hinzu. »Sie fluchte noch schlimmer als er. Und sie liebte Kamele. Deshalb waren die beiden wie füreinander geschaffen.«

»Ja, die arme Hester kann keine ersetzen«, bekräftigte Nigel Finke. »So eine Frau findet man nicht alle Tage.« Ernst fügte er hinzu: »Was wir damit sagen wollen, ist, dass Bernie vielleicht ein bisschen unverschämt werden kann. Aber dummerweise sind Sie auf ihn angewiesen.«

»Ja, ich weiß, ich komme schon klar; machen Sie sich meinetwegen keine Sorgen, meine Herren«, erwiderte Ruby zuversichtlich. »Die paar Kilometer werde ich es schon mit ihm aushalten. Ich bin ja froh, dass er mich mitnimmt!«

Ruby musste erst einmal alte Zeitungen und leere Bierflaschen vom Beifahrersitz schieben, bevor sie einsteigen konnte. Angewidert betrachtete sie die schmutzige Polsterung. Weiß zu tragen war keine gute Idee gewesen. Ihren kleinen Koffer stellte sie auf die Abfälle im Fußraum vor sich. Als Bernie das Kamel im Hänger festgebunden hatte, setzte er sich hinters Lenkrad. Er verlor kein Wort über das Innere seines Fahrzeugs, das einem Schweinestall glich. Aber das hatte Ruby nach den Warnungen des Schaffners und des Lademeisters auch nicht erwartet.

Als er auf die Straße eingebogen war, zündete sich Bernie eine Zigarette an und schaltete die Scheinwerfer ein. Es war fast acht Uhr und wurde allmählich dunkel. Der Zigarettenrauch zog zu Ruby hinüber, und sie musste husten, aber Bernie schien es nicht zu merken.

»Danke, dass Sie mich mitnehmen, Mr. Lewis«, krächzte sie.

»Bernie«, verbesserte er.

»Ich bin Ihnen wirklich dankbar, Bernie.«

Er grunzte nur. Als er seine Zigarettenasche aus dem Fenster schnippen wollte, wurde die glühende Spitze vom Fahrtwind hereingeweht. Er fluchte so unflätig, dass Ruby regelrecht schockiert war. Aber Bernie dachte gar nicht daran, sich zu entschuldigen. Ruby wandte sich ab und starrte aus dem Fenster. Sie hoffte inständig, dass sie bald am Ziel war.

Innerhalb kürzester Zeit war es Nacht geworden. Unzählige Sterne funkelten am samtschwarzen Himmel. Mit der Dunkelheit kam die ersehnte Abkühlung. Als Ruby das Fenster herunterdrehen wollte, um frische Luft hereinzulassen, hatte sie plötzlich die Kurbel in der Hand.

»Oh, das tut mir aber leid«, murmelte sie verlegen.

»Kein Problem, stecken Sie das verdammte Ding einfach wieder rein«, meinte Bernie lässig und zündete sich seine Zigarette zum zweiten Mal an.

Als Ruby die Kurbel wieder in die Halterung steckte, schoss das Fenster ganz von allein nach unten. Diesmal sagte sie nichts. »Es ist nicht sehr weit bis nach Silverton, oder?« Sie fühlte sich auf einmal verwundbar.

Wieder grunzte Bernie nur.

Ruby machte die Stille ganz nervös. »Man sieht nicht jeden Tag, wie ein Kamel aus dem Zug ausgeladen wird. Ist das Tier, das Sie abgeholt haben, zum Züchten?«

»Ja, und für Kamelrennen. Wo kommen Sie eigentlich her?«

»Sydney.«

»Dachte mir doch gleich, dass Sie kein Mädchen vom Land sind«, erwiderte er und starrte ungeniert ihre nackten Beine an. Ihre hochhackigen weißen Sandaletten gefielen ihm. Er dachte an die Stiefel, die seine Frau meistens getragen hatte, und versuchte, sich Ruby in ihren Stöckelschuhen in einem Kamelpferch vorzustellen. Ein anzügliches Grinsen ging über sein Gesicht.

Ruby zuckte innerlich zusammen. Befangen zupfte sie an ihrem Rocksaum.

»Silverton ist ein bisschen was anderes als eine Großstadt wie Sydney«, fuhr er fort. »Was führt ein Stadtmädel hierher aufs Land?«

»Ich will zu meinem Partner.«

Ruby stellte fest, dass sie die Zivilisation hinter sich gelassen hatten. Ringsherum herrschte tiefschwarze Finsternis, nur der Mond spendete ein wenig Licht. Es war äußerst merkwürdig, nirgendwo eine Straßenlaterne zu sehen. Als sie von der asphaltierten auf eine unbefestigte Straße abbogen, tat es einen dumpfen Schlag. Ruby war kein Wegweiser aufgefallen. Der Truck rumpelte über Schlaglöcher, und Bernie fluchte wie ein Bierkutscher. Sie wunderte sich, als sie etliche Messlatten mit Wasserstandsmarkierungen passierten. Ruby konnte zwar draußen kaum noch etwas sehen, aber vom Zug aus hatte die Landschaft so ausgesehen, als hätte es seit Monaten nicht mehr richtig geregnet.

»Geht das so weiter bis Silverton?«, fragte sie, nachdem der Truck in ein besonders tiefes Loch gepoltert und sie wieder einmal kräftig durchgeschüttelt worden war.

Bernie lachte. »Die Straße nach Adelaide wird nicht vor November vollständig asphaltiert sein, und dort herrscht wesentlich mehr Verkehr als hier. Es könnte also Jahre dauern, bis der Abschnitt hier ausgebessert wird.«

Ruby hätte nicht gedacht, dass die Leute auf dem Land so rückständig waren. »Fällt hier eigentlich viel Regen? Ich frage nur wegen der Wasserstandsanzeiger. Vom Zug aus hat alles so ausgedorrt ausgesehen.«

»Viel nicht, aber wenn es im Norden heftig regnet, kriegen wir hier meistens auch was ab.« Der Zufall wollte es, dass genau in diesem Moment ein Blitz im Nordosten aufflammte. »Sieht so aus, als würde über Bourke oder Tibooburra ein Gewitter aufziehen. Nach einem schweren Unwetter führen unsere Bäche hier auch mal wieder Wasser. Und wenn es richtig dick kommt, muss die Straße sogar gesperrt werden.«

Ruby hoffte nicht, dass es so weit kommen würde und sie am Ende in dieser gottverlassenen Gegend festsaß. Sie warf einen Blick zurück durch die Heckscheibe. Der Kopf des Kamels ragte über die Seitenwände des Hängers, gelassen starrte es in die Finsternis.

»Sie wollen zu Ihrem Partner, sagen Sie?« Bernie streifte Ruby mit einem flüchtigen Blick. »Was für eine Art Partner ist das denn? Nennt man bei euch in der Stadt so seinen festen Freund?« Er konnte sich beim besten Willen nicht vorstellen, wer das hätte sein können.

»Um Himmels willen, nein! Mir gehört die Hälfte eines Rennpferds namens Silver Flake. Schon mal davon gehört?« Ruby drehte den Kopf zum offenen Fenster und holte tief Luft. Bernies Körpergeruch nahm ihr fast den Atem.

»Na klar hab ich davon gehört. Sie meinen doch Jed Monroes Pferd, oder?«

»Ja. Kennen Sie ihn?«

»Jeder hier kennt ihn, aber ich wusste gar nicht, dass er einen Partner hat.«

Genauso wenig wie er, dachte Ruby. Laut sagte sie: »Ist aber so.«

»Na, wenn das stimmt, sind Sie aber ein verdammter Glückspilz.«

»Und warum, wenn ich fragen darf?«

»Jed sagt, Silver Flake hat das Zeug, nicht nur am Melbourne Cup teilzunehmen, sondern ihn auch zu gewinnen.«

»Das scheint mir aber eine kühne Behauptung zu sein.«

Der Melbourne Cup zählte zu den renommiertesten Pferderennen auf der südlichen Halbkugel. Ihr Anteil an dem Pferd würde sie zu einer reichen Frau machen, falls es tatsächlich als Erster durchs Ziel ging.

»Jed wird schon wissen, was er sagt. Er ist ein verdammt guter Trainer. Der beste in der Gegend hier.«

»Nehmen Sie es mir nicht übel, Bernie, aber das hier ist tiefste Provinz.« Wie zur Bestätigung rumpelten sie durch ein weiteres Schlagloch. »Ich kann mir nicht vorstellen, dass der Gewinner des Melbourne Cups aus dem Busch kommt.« Ruby wusste, es hatte keinen Sinn, sich etwas vorzumachen. Silver Flake war vielleicht ein paar tausend Dollar wert, vorausgesetzt, er hatte einige Rennen hier in der Gegend gewonnen. Aber er war mit Sicherheit kein Champion, der an wirklich bedeutenden Rennen teilnehmen konnte, schon gar nicht am Melbourne Cup. Dieser Jed Monroe war ein windiger Typ, er wollte sich bloß wichtig tun. Ruby sah sich in ihrem ersten Eindruck von ihm nur bestätigt.

»Mit Pferderennen ist das eine komische Sache, wissen Sie«,

sagte Bernie. »Es ist schon vorgekommen, dass ein Pferd aus dem Busch das Zeug zum Champion hatte. In diesem Geschäft muss man Träume und vor allem einen unerschütterlichen Glauben haben. Ich kenne zwar nicht die Geschichte jedes einzelnen Melbourne-Cup-Gewinners, aber es würde mich gar nicht wundern, wenn ein paar Außenseiter darunter wären – Pferde mit einem großen Herzen, die sich einfach nicht geschlagen geben wollen. Sie haben doch bestimmt schon von Phar Lap gehört?«

»Ja, natürlich. Er war das berühmteste und erfolgreichste Rennpferd Australiens.«

»Richtig. Aber haben Sie auch gewusst, dass sein Besitzer ihn für gerade mal hundertdreißig Dollar gekauft hat? Er war ungeschlagen bei den Distanzen über tausendfünfhundert und zweitausend Meter. Und 1930 hat er den Melbourne Cup gewonnen, obwohl sein Jockey fünfzehn Pfund mehr wog, als Vorgabe war. Was für ein Champion! Gangster haben sogar versucht, ihn zu erschießen, weil seine Chancen am Tag des Rennens so minimal waren.«

»Wollen Sie damit andeuten, Silver Flake sei ein zweiter Phar Lap?« Ruby wollte ganz sichergehen, dass sie ihn richtig verstanden hatte, nur für den Fall, dass Jed Monroe versuchen sollte, den Wert des Pferdes herunterzuspielen.

»Wenn man Jed glauben darf, ja.«

Ruby schöpfte neue Hoffnung. Rückte ihr eigener Salon etwa wieder in greifbare Nähe? »Wie viele Rennen hat Silver Flake denn schon gewonnen?«

»Keine Ahnung. Als Jeds Partner sollten Sie das doch besser wissen als ich.«

»Ich bin erst vor ein paar Tagen seine Partnerin geworden. Ich kenne ihn überhaupt nicht, deshalb will ich ja nach Silverton. Ich bin schon ganz gespannt auf Silver Flake.«

Bernie blickte verdutzt drein. Und schläfrig, wie Ruby besorgt feststellte. Sie musste mit ihm reden, damit er wach blieb.

»Wo haben Sie denn Ihr neues Kamel her?«, fragte sie.

»Von einem reichen Kamelzüchter aus Marree, Gunny Khan.«

»Das ist aber ein ungewöhnlicher Name.«

»Gunny stammt ursprünglich aus Kandahar in Afghanistan. Das Kamel, das ich von ihm gekauft habe, hat einen hervorragenden Stammbaum. Als Zuchttier und beim Rennen dürfte es einen schönen Batzen Geld einbringen.«

Bei einem Kamel legte er also größten Wert auf eine gute Abstammung, aber ein erfolgreiches Rennpferd konnte von irgendeiner Koppel aus dem Outback kommen. Das war schon merkwürdig.

»Ich habe noch nie ein Kamelrennen gesehen. Wo finden sie denn statt?«, fragte Ruby neugierig.

Bernie gähnte. »Oh, die gibt es in vielen Städten im Outback. In Birdsville zum Beispiel und in Alice Springs, manchmal bei Rennsportveranstaltungen in Darwin und Broken Hill. Auch viele kleine Ortschaften im Umkreis größerer Städte veranstalten Kamelrennen. Aber meine Kamele sind auch Arbeitstiere. Sie kommen selbst im schwierigsten Gelände noch voran, dort, wo Pferde und Fahrzeuge nur bedingt einsetzbar sind, beispielsweise in abgelegenen Minencamps oder auf entlegenen Farmen. Außerdem gehe ich mit ihnen auf Jahrmärkte und Veranstaltungen, dann können die Leute mal auf einem Kamel reiten. Von den Einnahmen kann ich die Kosten für Futter und so weiter bezahlen.«

»Verstehe.«

Ruby nickte. Er schien wohl doch nicht so wortkarg zu sein, wie sie zuvor gedacht hatte. Und das Reden hielt ihn wach. Sie hatte den Gedanken kaum zu Ende gedacht, da schlingerte der Truck langsam auf die andere Straßenseite.

»Mr. Lewis!«, rief Ruby erschrocken. Er riss das Lenkrad herum, zum Glück kam ihnen kein Fahrzeug entgegen. »Sie sind ziemlich müde, oder?«, fügte sie hinzu, als sie sah, dass ihm fast die Augen zufielen.

»Hm. Wär vielleicht keine schlechte Idee, wenn Sie mal ein Stück fahren würden«, nuschelte er. »Ich bin seit drei Uhr heute früh auf den Beinen, weil eine meiner Stuten fohlte – es war eine ziemlich schwierige Geburt.«

»Ich kann nicht Auto fahren«, erwiderte Ruby kopfschüttelnd.

Bernie sah sie erstaunt an. »Was? Sie sind doch alt genug für den Führerschein.«

»Schon, aber der Verkehr in Sydney macht mir Angst.«

»Na, hier draußen kann nichts passieren. Und um die Zeit ist garantiert keine Streife mehr unterwegs, die uns kontrollieren und Sie nach Ihrem Führerschein fragen könnte.«

»Sie verstehen das nicht. Ich habe noch nie hinter einem Lenkrad gesessen, geschweige denn einen Truck mit einem Anhänger gefahren«, sagte Ruby entschuldigend.

Bernie seufzte gereizt. »Na schön. Wir sind sowieso bald da«, brummelte er und gähnte ausgiebig.

Die nächsten zwei Minuten sprach keiner ein Wort. Plötzlich schwenkte der Truck scharf nach links. Ruby packte instinktiv das Lenkrad und riss es herum. Bernies Kinn war ihm auf die Brust gesunken, er hatte die Augen geschlossen. Ohne es zu merken, trat er das Gaspedal durch.

»Aufwachen, Bernie!«, schrie Ruby panisch.

Mit einem Ruck fuhr er hoch, fluchte und schüttelte den Kopf, um wach zu werden.

»Sie sind eingeschlafen! Wir wären um ein Haar von der Straße abgekommen!«

Er rieb sich das Gesicht und legte dann beide Hände wieder ans Steuer. »Reden Sie mit mir, damit ich wach bleibe.«

Ruby dachte krampfhaft nach. Schließlich sagte sie: »Dann haben Sie also auch Pferde, oder?«

»Nein, wie kommen Sie darauf?«, erwiderte er verdutzt. Er schlug sich ins Gesicht, um sich am Einschlafen zu hindern.

»Sie haben doch gerade gesagt, eine Ihrer Stuten hat gefohlt.«

»Ich meinte eine Kamelstute. Die weiblichen Tiere nennt man Stuten, die männlichen Hengste.«

»Ach so.« Ruby kam sich dumm vor. Sie starrte angespannt auf die Straße, bereit, im Notfall das Steuer zu übernehmen. Immer wieder funkelten Augenpaare im Licht der Scheinwerfer auf. »Was ist das?«, fragte sie verwundert.

»Bloß verdammte Kängurus«, knurrte Bernie. »Solange sie nicht auf die Straße hüpfen, kann nichts passieren.«

»Und wenn wir nun versehentlich eines anfahren würden?«, wollte Ruby besorgt wissen. »Was machen wir dann?«

Bernie sah sie an und lachte. »Das soll wohl ein Witz sein?« Er schüttelte den Kopf und lachte wieder.

Ruby wusste nicht, was er meinte, traute sich aber nicht zu fragen, weil sie sich nicht blamieren wollte. »Erzählen Sie mir von Silverton. Was kann man abends oder am Wochenende dort unternehmen?«

In diesem Augenblick machte der Truck abermals einen scharfen Schlenker. Ruby schrie auf. Sie sah gerade noch, wie ein Känguru seitlich weggeschleudert wurde.

»Diese gottverdammten Viecher!«, schimpfte Bernie.

»Haben wir es erwischt? Und wenn es nun verletzt ist?« Sie drehte sich um, aber in der Dunkelheit konnte sie nichts erkennen.

»Schätze, es hat was abbekommen, aber wir können von Glück sagen, dass die Windschutzscheibe noch ganz ist. Schade, dass ich es nicht mit dem Kuhfänger erwischt habe. Dann gäbe es ein verdammtes Känguru weniger. Die fressen auch noch den letzten Grashalm hier weg.«

Ruby starrte den Kamelzüchter entsetzt an. Wie konnte jemand nur so kaltschnäuzig sein! Ihr Herz klopfte so stark, dass sie glaubte, es müsse ihr jeden Augenblick aus der Brust springen.

»Heutzutage gehen die Leute abends in den Pub, wo sie sich mit ihren Freunden auf ein Glas und einen Schwatz treffen«, fuhr Bernie fort, als wäre nichts passiert. »Am Wochenende gehen sie auch auf die Jagd, wilde Ziegen oder Kängurus schießen. Sie sehen ja selbst, wieso. Früher, als Silverton noch eine reiche Stadt war, ging es rund hier. Die Rennbahn in Penrose Park gibt's noch immer, aber wir hatten auch einen eigenen Jockeyklub, den Barrier Ranges Jockey Club. Und einen eigenen Footballverein hatten wir. Da wurde nach Aussie-Regeln gespielt und nicht dieses verdammte Rugby wie in New South Wales. Außerdem gab's einen Rasentennisklub und eine Blaskapelle. Bereits 1885 wurde in Hamlyns Versammlungssaal regelmäßig Sport getrieben. Anscheinend hat jemand in Selbstverteidigung, im Hanteltraining und, man sollte es nicht für möglich halten, sogar im Trapezturnen unterrichtet. Das muss ein Bild für die Götter gewesen sein!« Er lachte.

»Wirklich beeindruckend«, murmelte Ruby, während sie bei sich dachte, dass sich das alles schrecklich langweilig anhörte, vor allem für die jüngeren Leute. Sie war entschlossener denn je, ihr Geschäft mit Jed Monroe so schnell wie möglich abzuwickeln und schleunigst nach Sydney zurückzukehren.

»Ja, aber wie gesagt, die Zeiten sind längst vorbei. Das alles gibt's heute nicht mehr.« Bernie riss den Mund auf und gähnte abermals.

Ruby warf ihm einen besorgten Blick zu. »Ist es noch weit bis zur Farm?«

»Ein Stück die Straße rauf«, antwortete er schläfrig. Er schnupperte und meinte: »Es riecht nach Regen.«

Ruby guckte ihn verdutzt an. »Nach Regen?«

»Ja, wenn sich der Regen mit Staub vermischt, entsteht so ein erdiger Geruch. Riechen Sie das denn nicht?« Er sah sie an, als wäre sie nicht ganz richtig im Kopf.

Ruby hielt das Gesicht ans offene Fenster. »Ich rieche nur Rauch. Komisch, ich kann nirgends Feuer sehen.«

»Rauch?«

Fast im selben Moment züngelte eine Flamme im Fußraum vor ihr auf, und sie schrie erschrocken auf.

Jetzt sah Bernie es auch. Er stieg abrupt auf die Bremse, und der Truck schleuderte nach links und wieder nach rechts, bevor er in einem weiten Bogen neben der festgefahrenen Piste zum Stehen kam. Hinter ihnen im Hänger tat es einen dumpfen Schlag. Das arme Kamel.

»Verdammt!«

Bernie sprang aus der Fahrerkabine. Ruby tat es ihm nach. Während Bernie die alten Zeitungen zusammenraffte, die Feuer gefangen hatten, stand Ruby hilflos neben dem Fahrzeug. Schlagartig fiel ihr ein, dass sie ihr Gepäck drinnen gelassen hatte. Sie beugte sich hinein und schnappte den kleinen Koffer. Er war auf der einen Seite ganz heiß und ein klein wenig angesengt.

»Los, helfen Sie mir, die Glut auszutreten!«, rief Bernie ihr zu.

Jetzt erst bemerkte sie, dass Funken in das dürre Gras geflogen waren und es entzündet hatten. Schnell trat sie die Glut aus, so gut sie es mit ihren hochhackigen Schuhen konnte. Bernie eilte um das Fahrzeug herum zu ihr. Als er sich vergewissert hatte, dass nirgendwo mehr ein Feuer schwelte, ging er nach hinten.

»Wie konnte das passieren?«, fragte Ruby. Der Schreck stand ihr noch im Gesicht geschrieben.

»Woher soll ich das wissen!«, schnauzte Bernie unwirsch.

»Ich schätze, die Glut Ihrer Zigarette hat die Zeitungen entzündet. Vielleicht sollten Sie Ihren Truck mal ausmisten, dann würde so was nicht passieren.«

Bernie achtete nicht auf sie. Er kümmerte sich um das Kamel, das brüllend vor Angst gegen die Wände des Hängers trat. Im Gegensatz zu einem Pferd, das nur nach hinten ausschlägt, konnte ein Kamel auch seitwärts treten. Bernie ließ die Ladeklappe herunter, redete beruhigend auf das Tier ein und führte es schließlich aus dem Hänger. Das verängstigte Kamel knurrte dumpf und drohend, als Bernie es flüchtig nach Verletzungen untersuchte. Doch es war anscheinend noch einmal gutgegangen. Er nahm das Kamel am Führstrick und ging ohne ein weiteres Wort mit ihm davon. Ruby guckte ihm verblüfft nach.

»Wo wollen Sie denn hin?«

»Nach Hause«, rief er über die Schulter.

»A-aber was wird mit dem Truck?«, stammelte Ruby. »Was wird aus mir? Sie können mich doch nicht einfach hier stehen lassen!«

»Sie können den Rest zu Fuß gehen. Es ist nicht mehr weit.«

Ruby verschlug es die Sprache. Hatte er den Verstand verloren? Sie wartete, weil sie dachte, er wolle sie sicher nur auf den Arm nehmen. Aber Bernie kam nicht zurück. Er war mitsamt seinem Kamel in der Dunkelheit verschwunden.

Ich kann doch in diesen Schuhen nicht laufen, dachte sie und schaute sich verzweifelt um. Sie konnte höchstens ein paar Meter weit sehen, und nirgendwo brannte Licht, nicht einmal in weiter Ferne.

Ruby war wie vor den Kopf geschlagen. Sie konnte nicht fassen, dass Bernie sie einfach hier zurückgelassen hatte, in dieser Einöde, noch dazu bei Nacht. Was für ein Unmensch! Sie überlegte fieberhaft. Da ihnen bis hierher kein einziges Fahrzeug begegnet war, war es höchst unwahrscheinlich, dass in nächster Zeit eines vorbeikäme, das sie mitnehmen könnte. Und sie ekelte sich davor, in dem völlig verdreckten Truck zu schlafen. Seufzend schnappte sie ihren kleinen Koffer und sah in die Richtung, in der Bernie und das Kamel verschwunden waren. Blitze zuckten am schwarzen Himmel.

So wie ich mein Glück kenne, dachte Ruby niedergeschmettert, wird es gleich wie aus Kübeln gießen. Und dann lief sie los.

7

Ruby kam mit ihren hohen Absätzen auf dem holprigen Boden nur mühsam voran. Und als sie dann auch noch in ein Loch tappte und sich den Fuß vertrat, konnte sie sich nur noch humpelnd fortbewegen.

Kein Laut war zu hören, außer den Geräuschen, die sie selbst machte: ihre Schritte, ihre flachen, abgehackten Atemzüge. Da sie in der Stadt aufgewachsen war und nie woanders gelebt hatte, war ihr diese vollkommene Stille fremd. Noch unheimlicher aber war die gespenstische Finsternis. Plötzlich blieb Ruby wie versteinert stehen. Sie vernahm einen dumpfen Laut, dann ein Rascheln.

»Wer ist da?«, flüsterte sie mit zitternder Stimme, vor Angst wie gelähmt. »S-s-sind Sie das, Bernie?« Aber niemand antwortete.

Da sprang etwas Großes, Dunkles nur wenige Zentimeter an ihr vorbei. Sie stieß einen schrillen Schrei aus, taumelte zurück und wäre fast gestürzt. Ein Känguru? Es konnte nur ein Känguru gewesen sein.

»O Gott!«, stöhnte sie, eine Hand auf ihr heftig klopfendes Herz gepresst. Sie atmete ein paarmal tief durch, bis sie sich wieder einigermaßen unter Kontrolle hatte. Ob das Tier sie hatte angreifen wollen? »Ach was, red keinen Unsinn!«, schalt sie sich selbst, um sich die Angst zu nehmen. Aber so ganz geheuer war ihr nicht.

Ruby humpelte vorsichtig weiter. Noch immer konnte sie keine Lichter sehen, die auf eine Stadt hingedeutet hätten. War sie am Ende an Silverton vorbeigegangen, weil der Ort abseits der unbefestigten Straße lag? Daran wollte sie lieber nicht denken. Das Gehen schmerzte immer mehr. Vielleicht war die Reise nach Silverton doch keine so gute Idee gewesen. Daran war nur dieser Jed Monroe schuld! Hätten sie sich am Telefon wie zwei zivilisierte Menschen unterhalten können, würde sie jetzt nicht mutterseelenallein mitten in der Wildnis im Finstern herumtappen.

Aber dann sah Ruby in der Ferne einen hellen Schein wie von einem Feuer. Sie schöpfte neue Hoffnung. Den Blick fest auf das schwache Leuchten geheftet, ging sie weiter. Als die Straße einen Knick machte, verlor sie den Lichtpunkt für eine Weile aus den Augen. Doch hinter der Biegung führte der Weg leicht bergab, und jetzt konnte sie erkennen, dass der Lichtschein von einem Lagerfeuer in einem ausgetrockneten Flussbett stammte. Das war zwar nicht unbedingt das, was sie sich erhofft hatte, aber immerhin deutete das Feuer auf die Nähe von Menschen hin. Sie könnten ihr sicher den Weg nach Silverton beschreiben.

Ruby verließ die Schotterpiste und ging im sandigen Flussbett weiter auf das Feuer zu. Kleine Steinchen in ihren Schuhen hatten die Haut aufgescheuert. Kurz entschlossen zog sie ihre unbequemen Sandaletten aus. Sie seufzte behaglich, so wunderbar fühlte es sich an, barfuß durch den weichen Sand zu laufen.

Mit einem Mal zerrissen laute Rufe, gefolgt von einem gellenden Schrei, die Stille der Nacht. Ruby erstarrte. Wieder begann ihr Herz zu rasen. Sie lauschte angestrengt, während sie mit den Augen die Dunkelheit zu durchdringen versuchte. Und dann sah sie ein junges Mädchen keuchend am Feuer stehen. Ein Mann schrie sie wütend an und versuchte sie zu packen. Sie lief um das Feuer herum und kreischte, sie werde auf keinen Fall mit ihm gehen.

Ruby beobachtete die Szene erschrocken. Was sollte sie tun? Da bekam der Mann die langen Haare des Mädchens zu fassen, das vor Entsetzen und Schmerz aufheulte. Ruby hatte zwar keine Ahnung, worum es ging, aber sie konnte nicht einfach tatenlos zusehen, wie das Mädchen misshandelt wurde. Ohne weiter nachzudenken, rannte sie los.

»Hey, Sie! Hören Sie auf! Lassen Sie das Mädchen in Ruhe!«, schrie sie.

Der Mann und das Mädchen verharrten regungslos. Verblüfft starrten sie Ruby an.

»Haben Sie nicht gehört?« Ruby funkelte den Mann wütend an. »Sie sollen sie loslassen! Auf der Stelle!«

Doch der Mann hatte sich schon wieder von seiner Überraschung erholt. Ohne weiter auf Ruby zu achten, packte er das Mädchen, eine Aborigine, die nicht älter als sechzehn sein konnte, am Arm und versuchte, sie mit sich zu zerren. Der Mann war ein nicht mehr allzu junger Weißer und hatte eine drahtige Figur. Das Mädchen wehrte sich verzweifelt und stemmte sich gegen ihn, aber sie war zu klein und schmächtig, als dass sie sich hätte losreißen können. Wieder begann sie lauthals zu kreischen.

»Lassen Sie sie in Ruhe!« Ruby machte ein paar Schritte auf ihn zu. Sie war jetzt nahe genug, dass sie seinen nach Alkohol und Zigarettenqualm stinkenden Atem riechen konnte.

»Verschwinde«, knurrte der Mann, ohne sie anzusehen. »Kümmere dich um deinen eigenen Dreck! Und du, stell dich nicht so an!«, schnauzte er dann das Mädchen an und stieß Drohungen aus, die für Ruby keinen Sinn ergaben, das Mädchen jedoch zu ängstigen schienen.

Und dann holte er aus, um sie zu schlagen. Ruby hatte genug. Sie riss ihren Koffer hoch und stieß ihn dem Mann mit voller Wucht an den Hinterkopf. Er sackte in sich zusammen und blieb liegen. Dann hob er die Hand, fasste sich benommen an den Kopf und starrte Ruby völlig verdutzt an.

»Machen Sie, dass Sie wegkommen, sonst kriegen Sie noch eins über den Schädel!«, drohte sie ihm und hob zum Beweis dafür, dass es ihr ernst war, ihren Koffer erneut.

Der Mann rappelte sich mühsam auf. Er fiel zweimal wieder auf die Knie, bevor es ihm endlich gelang, sich ganz aufzurichten. Er starrte Ruby böse an, dan veränderte sich sein Blick – er schien durch sie hindurchzusehen.

Jetzt, da sie nicht mehr allein war, wurde das Mädchen mutiger.

Sie bückte sich nach einem großen Stein und holte aus, als wolle sie ihn nach dem Mann schleudern.

Dieser wich langsam zurück. Er machte eine wegwerfende Handbewegung, knurrte ärgerlich: »Fahrt doch zur Hölle!«, und taumelte davon.

Als er in der Dunkelheit verschwunden war, wandte sich Ruby dem Mädchen zu. Der Stein glitt ihr aus der Hand, ihre Anspannung löste sich, sie zitterte am ganzen Körper und fing zu weinen an.

»Nicht weinen, alles wird gut; jetzt kann dir nichts mehr passieren«, tröstete Ruby sie und legte ihr den Arm um die Schultern.

Das Mädchen nickte. Sie wischte sich die Tränen ab und rief etwas in ihrer Sprache. Zwei Kinder, ein etwa vierjähriger Junge und ein fünf- oder sechsjähriges Mädchen, kamen aus der Dunkelheit auf sie zugelaufen und klammerten sich an sie. Das junge Mädchen legte schützend die Arme um die beiden sichtlich verängstigten Kinder, die Ruby misstrauisch beäugten.

»Danke für Ihre Hilfe, Missus.«

»Du kannst Ruby zu mir sagen. Und wie heißt du?«

»Girra.«

»Sag mal, Girra, was wollte dieser Kerl denn von dir?«

Das Mädchen blickte verlegen drein. »Dass ich mit ihm nach Hause gehe«, antwortete sie leise. »Aber ich kann doch meine Geschwister nicht allein lassen.«

»Was sollst du denn bei ihm zu Hause?« Ruby schaute sich um. Sie fragte sich, wo die Eltern der Kinder waren.

Girra senkte den Blick und antwortete nicht. Nach einer Weile dämmerte es Ruby. Sie war entsetzt, als ihr die schreckliche Wahrheit bewusst wurde.

»Wo sind deine Eltern, Girra?«

»Mein Vater ist bei einem *corroboree* auf der Mundi-Mundi-Ebene, und meine Mutter ist mit den anderen *lubras* unseres Clans unterwegs auf Nahrungssuche. Die Frauen werden in ein paar Tagen zurück sein.«

»Dann kümmerst du dich ganz allein um deine Geschwister?«

Das Mädchen nickte. »Ja.«

»Diesem Mann muss doch klar sein, dass du ihnen gegenüber eine große Verantwortung hast.« Und warum schien er nicht zu befürchten, für seine Tat zur Rechenschaft gezogen zu werden?

»Das ist ihm egal«, erwiderte Girra. Dann sah sie auf und fragte: »Woher kommst du, Ruby? Hab dich hier noch nie gesehen.«

»Aus Broken Hill.« In diesem Moment wurde ihr wieder bewusst, dass ihre Füße höllisch schmerzten. Sie setzte sich neben dem Lagerfeuer in den Sand und sah, dass sie an Zehen und Fersen mehrere aufgeplatzte Blasen hatte.

»Das ist aber ein weiter Weg zu Fuß«, bemerkte Girra.

»Oh, ich bin nicht den ganzen Weg von Broken Hill hierher gelaufen. Ein Kamelfarmer hat mich in seinem Truck mitgenommen.«

»Bernie Lewis, der Kamelmann«, sagte Girra.

»Genau der.«

»Und was machst du jetzt hier? Hat sein Truck eine Panne gehabt?«

»Nein, er hat ihn ein paar hundert Meter von hier stehen lassen und ist mit seinem Kamel zu Fuß weitergegangen. Da blieb mir nichts anderes übrig, als auch zu Fuß zu gehen.«

Girra machte ein verwirrtes Gesicht.

»Das ist eine lange Geschichte«, sagte Ruby seufzend. Sie war zu müde, um auf alle Einzelheiten einzugehen. Seit fünf Uhr früh war sie auf den Beinen, was sich jetzt in Übermüdung und einer völligen geistigen und körperlichen Erschöpfung bemerkbar machte. »Ich will nach Silverton, ins Silverton Hotel«, murmelte sie und gähnte. »Ist es noch weit bis dorthin?«

»Nein, ein paar Minuten zu Fuß.«

»Gott sei Dank. Hoffentlich haben die schöne Zimmer dort. Ich kann's kaum erwarten, ein wohliges Bad zu nehmen und dann in ein weiches Bett zu fallen.«

»Es gibt keine Zimmer im Hotel«, meinte Girra.

»Was?«

»Keine Zimmer«, wiederholte das Mädchen kopfschüttelnd.

»Ein Hotel ohne Gästezimmer? Was für ein Hotel ist das denn?« Ruby konnte es nicht fassen. »Aber es gibt doch sicher andere Übernachtungsmöglichkeiten in der Stadt, oder?«

»Nein.« Wieder schüttelte Girra den Kopf. »Niemand kommt zum Übernachten nach Silverton.«

Ruby klappte die Kinnlade herunter. »Na wunderbar«, murmelte sie. Die beiden Kinder hatten sich auf der anderen Seite des Feuers auf einer alten Decke schlafen gelegt. »Willst du die Kleinen nicht nach Hause bringen?«

»Eigentlich wollten wir heute Nacht hier unser Lager aufschlagen, aber ich hab Angst, dass Charlie zurückkommt.« Girra blickte sich ängstlich um.

»Ihr habt doch bestimmt ein Zuhause, wo ihr hingehen könnt?« Ruby verstand nicht, wo das Problem war.

»Kein festes Zuhause.« Girra schüttelte den Kopf. »Wir campieren immer woanders.«

Ruby, die noch nie jemanden kennengelernt hatte, der kein Dach über dem Kopf hatte, war bestürzt. »Und wovon lebt ihr? Haben eure Eltern euch wenigstens Geld für Essen dagelassen?«

»Sie haben kein Geld. Wir ernähren uns von dem, was das Land uns gibt. Und es gibt reichlich Nahrung, überall, man muss nur wissen, wo man suchen muss«, sagte Girra stolz. Einen Augenblick später verdüsterte sich ihre Miene. »Charlie Gillard schenkt mir manchmal ein Stück Brot oder Obst aus seinem Laden, aber wenn er im Pub war, versucht er hinterher immer, mich in sein Haus zu kriegen. Ich will nicht mit ihm gehen. Er sollte das Trinken sein lassen. Er spielt jedes Mal verrückt, wenn er getrunken hat.«

Ruby wurde wütend, als sie das hörte. Dieser Charlie Gillard war ein geiler alter Mann, und falls sie ihn je wiedersehen sollte, würde sie ihm das sagen.

Girra schaute sich nach allen Seiten um, dann sagte sie: »Ich geh jetzt besser.« Sie fasste die schlafenden Kinder an den Händen und zog sie auf die Füße.

»Wo willst du denn hin?« Die Kleinen taten Ruby leid. Sie wirkten erschöpft, und der Junge begann zu weinen.

»Charlie hat gedroht, er werde dafür sorgen, dass die Regierung mir Myall und Oola wegnimmt. Ich muss sie verstecken.«

Wovon redete das Mädchen denn? »Warte!«, rief sie ihr nach, aber Girra stapfte mit den Kindern davon.

Ruby überlegte, was sie tun sollte. Einerseits wäre sie gern weitergegangen, aber sie war so schrecklich müde, und ihre Füße taten so weh. Und was sollte sie in Silverton, wenn es dort keine Übernachtungsmöglichkeit gab? Das Feuer brannte langsam herunter, und Ruby starrte erschöpft in die Flammen. Irgendwann fielen ihr die Augen zu, und sie legte sich auf die Decke, die Girra zurückgelassen hatte. Sie war im Nu eingeschlafen.

Ruby schreckte aus dem Schlaf auf, weil jemand sie unsanft am Arm packte und schrie.

»Steh auf, Ruby, beeil dich!«

Ruby blinzelte verschlafen. Zuerst dachte sie, sie träume, doch dann erkannte sie Girra im ersten Tageslicht. »Lass mich, ich bin so müde«, stöhnte sie und machte sich los.

Aber Girra ließ nicht locker. »Steh auf, steh auf, schnell, beeil dich!«, kreischte sie panisch und zerrte Ruby in eine sitzende Position hoch.

Ein seltsames Geräusch drang durch Rubys benommenen Verstand. Ein Geräusch, wie sie es noch nie zuvor gehört hatte: ein lautes, anhaltendes Tosen. Sie drehte den Kopf und sah schäumendes braunes Wasser durch das Flussbett auf sich zurauschen. Ruby schrie vor Entsetzen auf.

»Los, weg hier!« Wieder zerrte Girra an ihrem Arm.

Dieses Mal kam Bewegung in Ruby. Sie sprang auf und rannte mit Girra zur Uferböschung. Sie versuchten, hinaufzuklettern, aber die Erde gab immer wieder unter ihren Füßen nach. Irgendwann bekam Ruby einen Ast zu fassen, an dem sie sich hochziehen konnte. Girra machte es ihr nach. Nur Sekunden später war die sprudelnde Flut da, eine schmutzige Brühe, die durch das Flussbett schoss.

»Wo kommt denn das viele Wasser auf einmal her?«, fragte Ruby atemlos.

»Das heftige Gewitter gestern Abend oben im Norden. Hast du es denn nicht blitzen sehen?«

»Doch, schon.« Ruby hatte auch das heftige Donnern gehört.

»Das Wasser ist den Darling River runtergekommen und in den Black Hill Creek weiter nördlich geflossen.«

Jetzt erinnerte sich Ruby wieder an Bernies Worte. Sie konnte nicht fassen, dass es ausgerechnet in der Nacht, als sie in dem ausgetrockneten Flussbett schlief, eine Überschwemmung gab.

Der Ast, auf dem die beiden saßen, gehörte zu einem Baum, der in der Böschung wurzelte und über den Fluss hinausragte. Obwohl nur ihre Beine im Wasser hingen, konnten sie spüren, wie die Strömung an ihnen zerrte.

»O nein, mein Koffer! Und meine Schuhe sind auch weg!«, jammerte Ruby plötzlich. »Verdammt!« Würde ihre Pechsträhne denn niemals enden?

Doch dann beruhigte sie sich. Sie musste froh sein, noch zu leben. Wäre Girra nicht gewesen, hätte die Flut sie ebenfalls mit sich gerissen.

Augenblicke später hörten sie jemanden rufen. Als sie aufblickten, sahen sie Charlie Gillard am anderen Ufer stehen. Er hatte Oola und Myall bei sich und hielt sie fest an den Händen. Die beiden versuchten vergeblich, sich aus seinem Griff zu winden.

Girra stieß einen Entsetzensschrei aus.

»Lass sie los!«, schrie sie hinüber.

»Du hättest eben mit mir kommen sollen«, lautete die höhnische Antwort. »Jetzt werde ich dafür sorgen, dass die beiden abgeholt werden!«

Girra zögerte keine Sekunde. Sie sprang in das Wasser, das ihr bis zu den Oberschenkeln reichte, und hielt sich an dem Ast fest, um nicht von der Strömung mitgerissen zu werden.

»Was tust du denn da?«, rief Ruby beunruhigt. »Komm sofort wieder raus da!«

Aber Girra hörte nicht. Sie schrie ihren Geschwistern zu, sie sollten keine Angst haben, sie komme sie holen.

»Girra! Die Strömung ist zu stark! Bitte komm wieder raus!«, flehte Ruby.

»Ich muss zu meinen Geschwistern!«

»Warte, bis das Wasser abgeflossen ist. Dann werde ich dir helfen«, versprach Ruby.

»Du wirst die beiden nie wiedersehen«, schrie Charlie über den Fluss. Er drehte sich um und lief davon, die weinenden Kinder hinter sich her zerrend.

Wie sie vorausgesehen hatte, geriet Girra in Panik. Sie ließ den Ast los und wagte sich in das schlammige, strudelnde Wasser. Einen Augenblick später wurde sie von den Füßen gerissen und weggespült. Ruby schrie auf. Sie musste hilflos mit ansehen, wie Girra flussabwärts getrieben wurde. Nur ihr Kopf tauchte in unregelmäßigen Abständen über der Wasseroberfläche auf.

»Helfen Sie ihr doch!«, schrie Ruby dem Mann am anderen Ufer zu.

Charlie schaute Girra eine Weile nach und ließ ihre jüngeren Geschwister dann los. Doch anstatt dem Mädchen zu Hilfe zu kommen, entfernte er sich mit eiligen Schritten.

»Wo wollen Sie denn hin?«, brüllte Ruby. »So helfen Sie ihr doch!«

Als sie die beiden weinenden Kinder am Ufer entlangrennen sah, auf der Suche nach ihrer älteren Schwester, und sich vorstellte, wie sie irgendwo flussabwärts womöglich ihre Leiche fanden, zögerte sie keine Sekunde. Sie sprang in das Wasser. Es war nicht sehr tief, aber die Strömung war heimtückisch. Sie riss Ruby mit sich fort, ohne dass sie etwas dagegen tun konnte.

Die nächsten Minuten waren die längsten in Rubys Leben. Mit den Armen rudernd, versuchte sie, ihren Kopf über Wasser zu halten und den Ästen und Trümmern auszuweichen, die im Fluss trieben. Ein großer morscher Ast schrammte an ihrem Bein entlang und schürfte die Haut auf. Nach einer Ewigkeit, wie ihr schien, ließ der Sog des Wassers nach. Ruby kam, wenn auch mit viel Mühe, wieder auf die Beine. Sie strich sich die nassen Haare aus dem Gesicht. Und dann entdeckte sie Girra. Sie war nicht weit von ihr entfernt ans Ufer gespült worden, wo sie verzweifelt versuchte, sich an irgendetwas festzuklammern.

»Girra!«

Ruby kämpfte sich weiter durch die schlammigen Fluten. Sie strauchelte, knickte um, verzog das Gesicht vor Schmerzen, weil sie mit den Knien immer wieder gegen Steine prallte. Endlich hatte sie das flache Wasser in Ufernähe erreicht. Auf allen vieren kletterte sie die Böschung hinauf und schleppte sich weiter bis dorthin, wo Girra sich an einen Felsblock klammerte. Dann rutschte sie wieder ein Stück hinunter, packte Girras Arm und zog sie aus dem Wasser.

Als das Mädchen festen Boden unter den Füßen hatte, fiel sie auf die Knie und erbrach das schmutzige Wasser, das sie geschluckt hatte. Ruby, die selbst am Ende ihrer Kräfte war, strich ihr beruhigend über den Rücken.

»Oola! Myall!«, klagte Girra und heulte bitterlich.

»Es geht ihnen gut, Girra«, stieß Ruby atemlos hervor. »Charlie Gillard hat sie gehen lassen. Sie sind in diese Richtung gelaufen und suchen dich.«

Girra hob den Kopf, Erleichterung und zaghafte Hoffnung huschten über ihr Gesicht. Sie richtete sich auf und suchte mit den Augen das Ufer ab. Arme und Beine waren voller Schürfwunden und Prellungen, aber sie humpelte gleich los, um ihre Geschwister zu suchen. Ruby folgte ihr. Bald schon sahen sie in der Ferne zwei kleine, verlorene Gestalten, die sich auf sie zubewegten. Girra schwenkte beide Arme und rief. Die Kinder stutzten eine Sekunde, dann rannten sie los. Girra fiel auf die Knie, und wenige Augenblicke später konnte sie ihre schluchzenden Geschwister in die Arme schließen. Tränen liefen ihr die Wangen hinunter.

Ruby beobachtete die Szene gerührt. Sie hätte diesem Charlie Gillard, der sie alle in diese schreckliche Lage gebracht hatte, am liebsten den Hals umgedreht, so wütend war sie. Dann schaute sie an sich hinunter. Ihr einstmals weißes Kleid glich einem nassen, schmutzigen Lumpen, ihre Arme und Beine waren aufgeschürft, die Haare klebten ihr am Kopf. Sie sah aus wie eine halb ertrunkene Ratte. Und so sollte sie Jed Monroe gegenübertreten? Girra sah nicht viel besser aus, aber sie konnten beide von Glück sagen, dass sie noch am Leben waren.

Ruby drehte sich um und blickte den Fluss hinunter. Sie fragte sich, wie weit die Strömung ihre Schuhe und ihren Koffer wohl mitgerissen hatte. Girra erriet ihre Gedanken.

»Deine Sachen sind weg, Ruby.«

Sie nickte. »Vielleicht würde ich sie ja finden, wenn ich mich auf die Suche mache, aber barfuß würde ich nicht sehr weit kommen. Meine Füße sind jetzt schon ganz wund. Was soll ich denn jetzt machen? So kann ich doch niemandem unter die Augen treten.«

Girra dachte kurz nach. »Ich kenne jemanden, der dir vielleicht helfen kann«, sagte sie und richtete sich auf.

»Wirklich?«

»Ja. Komm, wir müssen in die Stadt.«

Girra nahm ihre Geschwister an die Hand und lief schon los. Sie kamen nur langsam voran, weil Rubys zerschundene Füße auf dem steinigen Boden noch mehr schmerzten. Girras Knie schwoll an und wurde langsam blau.

»Woher hast du eigentlich gewusst, dass die Flut kommt?«, fragte Ruby nach einer Weile.

»Ich hab das Wasser gehört. Schon lange vorher. Ich hab es schon einmal gehört. Und dieses Geräusch vergisst man nicht.«

Ruby nickte. Sie würde es ganz sicher nicht vergessen. Nie

mehr. »Danke, dass du zurückgekommen bist und mich gewarnt hast.«

Girra lächelte schüchtern. »Du hast mir geholfen, ich habe dir geholfen.«

»Dann sind wir jetzt wohl quitt«, erwiderte Ruby.

Sie war der jungen Aborigine unendlich dankbar.

8

Als Ruby die Stadt sah, verschlug es ihr zuerst einmal die Sprache. Die Straßen waren allesamt unbefestigt und mit Steinen übersät. Außer Unkraut und unverwüstlichen Gänsefußbüschen gab es keinerlei Grün. Ziegen und Esel liefen frei herum. Ein Hinweisschild an der Hauptstraße wies den Weg nach Umberumberka, das ein paar Kilometer in nordwestlicher Richtung lag. Später erfuhr sie, dass die Siedlung 1881 gegründet worden war, noch vor Silverton, als John Stokie eine Silbererzmine entdeckte. Damals gab es einen Laden, ein Hotel und zwei Pensionen in dem einhundertfünfzig Einwohner zählenden Ort. Als die Mine 1892 stillgelegt wurde, zogen die Leute nach Silverton oder Broken Hill.

Rubys Versuche, den Zungenbrecher auszusprechen, brachten Girra zum Lachen.

»In meiner Sprache bedeutet Umberumberka so viel wie Rattenloch«, erklärte sie ihr. Ruby schauderte unwillkürlich. Silverton beziehe sein Wasser vom Umberumberka-Stausee, fügte Girra hinzu. Einige Gebäude der Stadt zeugten noch von ihrer Blütezeit, wie Ruby fand, das Rathaus zum Beispiel oder die beiden leer stehenden Ladengeschäfte. Auch ein Gerichtsgebäude und ein Gefängnis gab es.

»Sie werden nicht mehr benutzt«, erklärte Girra. »Es soll noch in diesem Jahr ein Museum dort eingerichtet werden.«

»Ein Museum?« Ruby hielt das für eine sonderbare Idee. »Wer soll denn hier ein Museum besuchen?«

»Keine Ahnung.« Girra zuckte mit den Achseln. »Weiße, die sich in die Stadt verirren, vielleicht.«

Der dritte Laden gehörte Charlie Gillard, der auch selbst hinter dem Ladentisch stand. Direkt daneben befand sich ein Postamt, das aber nur einige Stunden in der Woche geöffnet hatte.

»Und wo ist das Hotel?«, fragte Ruby.

»In der Layard Street.«

Girra führte sie zur Ecke Burke und Layard Street und zeigte auf ein Gebäude, das ein paar hundert Meter entfernt allein an der Straße lag. Ruby traute ihren Augen kaum, als sie den kleinen, einstöckigen Bau sah, der offenbar nur aus der Bar und einigen Lagerräumen dahinter bestand. Sie dachte daran, wie sie angerufen und im Hintergrund einen Heidenlärm gehört hatte. Wie war es möglich, dass in einer derart kleinen Bar in diesem gottverlassenen Nest ein solcher Geräuschpegel herrschen konnte?

»Wie viele Einwohner hat Silverton denn?«, fragte sie.

Keines der rund ein Dutzend Häuser machte einen bewohnten Eindruck. Ruby blinzelte zur Sonne hinauf. Es war jetzt schon so heiß, dass ihre Sachen ihr am Körper trockneten und durch den Schlamm bretthart wurden. Außerdem knurrte ihr der Magen. Seit dem kleinen Imbiss im Zug kurz vor der Ankunft in Broken Hill hatte sie nichts mehr gegessen; ihr war richtig schlecht vor Hunger.

Wieder zuckte Girra mit den Schultern. »Keine Ahnung. Fünfzig oder sechzig vielleicht, die Ureinwohner nicht mitgezählt.«

Nigel Finke hatte sie zwar vorgewarnt, aber Ruby hatte sich nicht klargemacht, wie so ein Dorf aussehen würde. Sie beschloss, die Sache von der positiven Seite zu sehen: Wenigstens würde es bei dieser überschaubaren Zahl Einwohner nicht schwer sein, Jed Monroe zu finden. Fürs Erste jedoch hatte sie andere Sorgen. Die Wassermassen hatten ihr Köfferchen und alles, was sich darin befand, einschließlich ihres Geldbeutels, mitgerissen.

»Kannst du mir sagen, wo die Rennbahn ist?«, fragte Ruby und zuckte im selben Moment zusammen. Sie war auf einen scharfkantigen Stein getreten. »Penrose Park heißt sie, hat Bernie Lewis gesagt.«

»Das ist an der Straße nach Broken Hill, ungefähr zwei, drei Kilometer von hier.« Das bedeutete, dass Ruby auf dem Weg hierher daran vorbeigekommen sein musste. »Aber da kannst du jetzt nicht hin, du musst warten, bis das Wasser abgeflossen ist.«

»Was? Und wie lange wird das dauern?«

»Zwei Tage, vielleicht auch länger. Kommt drauf an, ob es weiter im Norden wieder Regen gibt oder nicht.«

So wie ich mein Glück kenne, hält sich Jed Monroe wahrscheinlich drüben auf der anderen Seite des Flusses auf, dachte Ruby.

»Aber in Penrose Park finden schon lange keine Pferderennen mehr statt, Ruby. Ich war so klein wie Oola hier, als das letzte Mal ein Rennen gestartet wurde.«

»Wirklich?« Ruby wusste nicht, was sie davon halten sollte. »Ich suche einen Mann namens Jed Monroe. Man hat mir gesagt, er trainiere hier ein Rennpferd, deshalb dachte ich, dass ich ihn am ehesten an der Rennbahn finden würde.«

Girra zuckte abermals die Achseln. »Keine Ahnung. Kann sein.«

»Du kennst Jed Monroe doch, oder? Bernie Lewis hat gemeint, jeder hier kennt ihn.«

»Ich seh ihn gelegentlich, aber ich red nicht viel mit den Weißen.« Girra blickte zu Boden. »Das gibt nur Ärger.«

Ruby fragte sich, ob alle weißen Männer in der Stadt sich den Aborigine-Mädchen gegenüber genauso benahmen wie Charlie Gillard. Sie hoffte es nicht.

Sie gingen weiter zu einem kleinen Haus auf einem großen, staubigen Grundstück an der Gipps Street. Die aus Holz und Wellblech errichtete Hütte war so graubraun wie die Landschaft ringsum und die jämmerlichste Behausung, die Ruby je gesehen hatte. Zwar war der Abstand zwischen den Häusern hier überall groß, aber dieses stand noch weiter von den übrigen entfernt. Auf einer Seite war ein ramponierter alter Wohnwagen abgestellt, der von dem einzigen Baum weit und breit ein bisschen beschattet wurde. Girra führte Ruby zu einer kleinen Veranda auf der Rückseite und klopfte an die Hintertür.

»Mrs. Cratchley!«

Während sie warteten, schaute Ruby sich auf dem nicht eingezäunten Grundstück um. Staub, Steine, Unkraut, eine Wäscheleine und eine kleine Bretterbude, allem Anschein nach ein Außenabort, sowie einige behelfsmäßige Schuppen aus rostigem Eisen. Sie konnte Hühner gackern hören. Wahrscheinlich waren sie in einem der Schuppen untergebracht, möglicherweise mit einem Auslauf zur anderen Seite hin. Dahinter erstreckte sich flaches, mehr oder weniger gestaltloses Land, das in der gnadenlosen Hitze flimmerte.

»Falls du zum Betteln gekommen bist, ich hab nichts gebacken«, rief eine Frau von drinnen.

Ruby hatte sofort ein ungutes Gefühl. Die Frau klang nicht sehr freundlich. Schlurfende Schritte näherten sich in dem Zwielicht, das drinnen herrschte.

»Deswegen komme ich nicht, Mrs. Cratchley«, antwortete Girra, obwohl sie hungrig war – und ihre Geschwister auch.

Sie hatten den ganzen Morgen noch nichts gegessen, und am Abend zuvor hatten sie nur eine kleine Eidechse gefangen, die sie über dem Lagerfeuer gebraten hatten, aber sie beschwerten sich nicht. Mit großen Augen schauten die beiden Kleinen auf die Tür mit dem rostigen, zerrissenen Fliegengitter, die in diesem Augenblick geöffnet wurde. Mrs. Cratchley starrte die vier, die da auf ihrer Veranda standen, verblüfft an.

»Was ist denn mit euch passiert? Ihr seid ja vollkommen schlammverkrustet und … Seid ihr verletzt?«, fragte sie.

»Wir sind im Black Hill Creek vom Hochwasser überrascht worden«, erklärte Girra. Von Charlie Gillard sagte sie nichts, weil sie sich schämte.

»Das war aber nicht sehr klug von euch«, bemerkte Mrs. Cratchley nüchtern. Ihre vogelähnlichen Augen huschten über Ruby und musterten sie eher neugierig als mitleidig. Ruby schätzte die Frau auf über sechzig, aber sie wirkte nicht zerbrechlich, sondern robust und zäh wie altes Stiefelleder. »Und was erwartet ihr jetzt von mir?«, fügte sie schroff hinzu.

»Könnten Sie der jungen Frau hier vielleicht helfen? Das Wasser hat ihr Gepäck mitgerissen, sie hat gar nichts mehr …«

Mrs. Cratchley ließ sie nicht ausreden. »Das hier ist keine wohltätige Einrichtung für Obdachlose!«, rief sie ungehalten. »Geht woanders hin.« Damit schlug sie die Tür zu.

Das war der Tropfen, der das Fass zum Überlaufen brachte. Ruby drehte sich um, ging die Verandastufen hinunter, hockte sich in den Staub und begann zu schluchzen. In den letzten Tagen hatte sie zu viel durchgemacht, sie konnte einfach nicht mehr. Sie sehnte sich nach ihrer Mutter, die sie in den Arm genommen und getröstet hätte, aber sie hatte nicht einmal mehr das Geld für ein Telefongespräch nach Fern Bay. Ruby besaß buchstäblich nur noch das, was sie am Leib trug.

Girra hätte ihr gern Mut gemacht, aber was hätte sie ihr sagen können? Ihr Clan lebte am Rand der Siedlung und wurde von den Weißen nur geduldet. Myra Cratchley war die Einzige, zu der sie engeren Kontakt hatte.

Girra und Mrs. Cratchley hatten sich kennengelernt, als Myall eines Tages auf ihr Grundstück lief, weil er die Hühner hatte gackern hören. Mrs. Cratchley dachte, er wolle Eier stehlen, und rannte mit dem Besen hinter ihm her, worauf der Junge zu weinen anfing und weglief. Girra hatte sie daraufhin erbost zur Rede gestellt, es kam zu einer heftigen Auseinandersetzung. Als sich die Gemüter wieder beruhigt hatten, erklärte Girra ihr, Myall sei nur neugierig gewesen, weil er noch nie Hühner gesehen habe. Es entspann sich eine Unterhaltung zwischen der einsamen alten Frau und dem Aborigine-Mädchen, und mit der Zeit freundeten sich die beiden an.

Dennoch hatte Mrs. Cratchley nie allzu viel von sich preisgegeben. Girra wusste nur, dass ihr verstorbener Mann als Minenarbeiter in Broken Hill gearbeitet hatte und Anfang der Vierzigerjahre bei einer Explosion ums Leben gekommen war. Nach sieben Jahren Ehe stand sie allein da mit fünf Kindern, keines älter als sechs. Es war nicht leicht gewesen, aber sie hatte alle großgezogen. Seit fünf Jahren lebte sie in Silverton. Die Gesellschaft der wilden Tiere, die sich auf ihrem Grundstück einfanden, und der Hühner, denen sie Namen gegeben hatte und die für sie keine Nutz-, sondern eher Streicheltiere waren, schien ihr zu genügen. Manchmal, wenn sie Girra und ihre Geschwister zufällig sah, kam sie aus dem Haus gelaufen und schenkte ihnen selbst gebackenen Kuchen oder anderes Gebäck, aber sie geizte mit ihrer Gastfreundschaft. Alles hing von ihrer momentanen Laune ab, und dummerweise war sie an diesem Tag nicht in Stimmung, sich von ihrer großzügigen Seite zu zeigen.

»Ich werde deinen Koffer suchen«, sagte Girra zu Ruby. Mehr konnte sie nicht für sie tun.

»Gib dir keine Mühe, der ist weg«, schluchzte Ruby. »Den seh ich garantiert nie wieder.« Dann sah sie an sich herunter. »Schau mich doch bloß mal an!«, jammerte sie. Es kam ihr wie eine Ewigkeit vor, dass sie in Barbies Salon gearbeitet hatte, tadellos frisiert, geschminkt und gekleidet gewesen war. »Meine eigene Mutter würde mich nicht wiedererkennen. Ich kann es dieser Frau also nicht verdenken, dass sie mir nicht helfen will.« Wieder flossen die Tränen.

Girra und ihre Geschwister schwiegen hilflos. Schließlich sagte Girra: »Ich werde uns etwas zu essen besorgen. Mit vollem Bauch sieht alles schon wieder ganz anders aus.«

Ruby war zwar richtiggehend schlecht vor Hunger, aber bei der Vorstellung, irgendwelche Wurzeln oder erlegtes Getier essen zu müssen, wurde ihr noch übler. »Nein, danke, das ist nicht nötig. Ich werde ganz sicher kein Känguru- oder Eidechsenfleisch oder was für widerliches Zeug ihr sonst so verputzt essen«, schmollte sie.

Als Mrs. Cratchley, die hinter der Tür stehen geblieben war, das hörte, wurde sie böse. Sie riss die Tür wieder auf und rief: »Was fällt dir ein, so mit Girra zu reden! Sie will dir doch bloß helfen. Ich frage mich allerdings, warum.«

»Ruby hat mich aus dem Wasser gezogen; sie hat mir das Leben gerettet«, erklärte Girra. Dass sie sie auch aus den Fängen von Charlie Gillard gerettet hatte, verschwieg sie jedoch.

»So?« Mrs. Cratchley machte ein zweifelndes Gesicht. »Und wenn schon. Das gibt ihr noch lange nicht das Recht, so mit dir zu reden, Girra. Du musst dir von den Besoffenen hier in der Stadt schon genug gefallen lassen. Wenn sie deine Hilfsbereitschaft nicht zu schätzen weiß, dann lass sie gehen!«

Ruby schaute mit feuchten Augen zu Girra auf. »Es tut mir leid, dass ich so gemein zu dir war«, flüsterte sie bedrückt. »Seit ich vor einer Woche meine Stelle verloren habe, ist alles schiefgegangen. Du glaubst nicht, was ich für ein Pech hatte. Aber das ist nicht deine Schuld, ich hätte meine Wut und meine Enttäuschung nicht an dir auslassen dürfen.«

Mrs. Cratchley verschränkte die Arme vor der Brust und sah Ruby mitleidlos an. Sie hielt die junge Frau für eine verwöhnte Göre, die keine Ahnung hatte, wie hart das Leben sein konnte.

»Was führt dich eigentlich nach Silverton?«, fragte sie neugierig.

Ruby seufzte. »Ein Pferd. Ein halbes, genauer gesagt.«

Girra und Mrs. Cratchley blickten verwirrt drein.

»Könntest du das vielleicht näher erklären?«, bat Mrs. Cratchley etwas freundlicher.

»Mein Vater besaß einen Anteil an einem Rennpferd, den er mir in seinem Testament vermacht hat. Das Pferd muss hier irgendwo in Silverton sein. Ich möchte den anderen Besitzer bitten, mir meinen Anteil abzukaufen. Aber so wie ich mein Glück kenne, ist der Gaul vermutlich nichts wert«, fügte Ruby bitter hinzu.

Das einzige Rennpferd in Silverton, das Mrs. Cratchley kannte, gehörte Jed Monroe. »Wie bist du überhaupt hergekommen?«

»Mit dem Zug von Sydney nach Broken Hill, und von dort hat mich ein Kamelzüchter mitgenommen.«

»Bernie Lewis«, sagte Mrs. Cratchley.

»Genau der. Aber dann ist er unterwegs am Steuer eingeschlafen, der Truck kam von der Straße ab, und weil das Kamel im Anhänger in Panik geriet, hat er es ausgeladen und ist mit ihm zu Fuß weitergegangen. Und mich hat er einfach stehen lassen. Ganz allein in der Dunkelheit. Ich hatte eine Heidenangst.«

»Hier draußen tut dir keiner was«, sagte Mrs. Cratchley ungerührt.

»Wer weiß das schon? Da war ein Känguru, das hätte mich beinah angesprungen. Ich hätte fast einen Herzschlag gekriegt.«

»Das Tier hat mit Sicherheit mehr Angst vor dir gehabt als umgekehrt«, schnauzte Mrs. Cratchley. »Warum siehst du eigentlich aus, als wärst du aus einem Erdloch gekrochen?«

»Ich bin gestern Abend im Flussbett eingeschlafen. Girra hat mich heute Morgen geweckt, gerade noch rechtzeitig, bevor die Flut heranrauschte.«

»Dann hat sie dir also auch das Leben gerettet. Und dabei sich selbst in große Gefahr gebracht.«

»Ja, das stimmt«, gab Ruby zögernd zu. Sie und Girra wechselten einen flüchtigen Blick, und sie sah die stumme Bitte in den Augen des Aborigine-Mädchens. Girra wollte nicht, dass sie Charlie Gillard erwähnte. Sie seufzte. »Und jetzt ist mein Koffer fort, und ich habe kein Geld mehr und nichts anzuziehen. Ich kann nicht mal mehr nach Sydney zurück!« Sie hätte schreien mögen vor Wut und Verbitterung. »Ich will bloß noch nach Hause«, sagte sie verzweifelt. Im nächsten Augenblick stöhnte sie laut auf. »Was rede ich denn! Ich hab ja nicht einmal mehr ein Zuhause.«

»Und wieso nicht?« Mrs. Cratchley hatte den Eindruck, dass Ruby irgendwelche Geschichten erfand, um Mitleid zu schinden.

»Das ist eine lange Geschichte, ich will im Moment nicht darüber reden«, sagte Ruby mit matter Stimme. »Sie würden mir wahrscheinlich sowieso nicht glauben.« Sie wischte sich mit dem Handrücken die Tränen vom Gesicht. »Bis vor ein paar Tagen habe ich ein völlig normales Leben geführt. Ich weiß wirklich nicht, womit ich so viel Pech verdient habe«, fügte sie weinend hinzu.

»Schwere Nackenschläge gehören nun mal zum Leben, Kleine. Man steht auf, klopft sich den Staub aus den Kleidern und macht weiter. Eine andere Möglichkeit gibt es nicht.«

Ruby sah die alte Dame fassungslos an. Wie konnte sie nur so herzlos sein!

»Na los, steh schon auf! Im Staub hocken und jammern hilft dir auch nicht weiter.«

Ruby rappelte sich beleidigt auf. Mrs. Cratchley ging ins Haus. Als sie wieder herauskam, warf sie Ruby eine Wickelschürze zu.

»Hier hast du was zum Anziehen. Du kannst dich im Abort umziehen. Dort hängt auch ein Schlauch, damit du dir den Dreck abwaschen kannst. Und die hier ist für dich.« Sie warf Girra eine zweite Schürze zu. Dann ging sie ohne ein weiteres Wort ins Haus zurück.

Eine gute Stunde später konnten die beiden jungen Frauen wieder in ihre eigenen Sachen schlüpfen. Sie hatten sie gewaschen, so gut es ging, und auf die Wäscheleine gehängt, wo der heiße Wind sie im Nu getrocknet hatte. Ruby hätte gern ein Bad genommen, sie wünschte, sie hätte ein bisschen Shampoo und Seife, aber sie traute sich nicht, Mrs. Cratchley darum zu bitten. Sie wollte ihr Glück nicht überstrapazieren. Die alte Dame hatte Corned-Beef-Sandwiches gemacht und sie auf einem Teller herausgebracht, damit sie sie im Schatten der Veranda verzehren konnten.

»Du kannst im Wohnwagen schlafen, wenn du willst«, sagte sie zu Ruby. »Er ist zwar nicht besonders komfortabel, aber allemal besser als ein Flussbett.«

»Danke.« Ruby hatte Mühe, sich ihren Abscheu nicht anmerken zu lassen. Ein Hotel wäre ihr hundertmal lieber gewesen. Aber wovon hätte sie es bezahlen sollen? »Ich werde keine Sekunde länger in dieser Stadt bleiben als unbedingt nötig, das steht fest«, fügte sie mürrisch hinzu und merkte gar nicht, wie unhöflich das war.

Mrs. Cratchley warf ihr einen seltsamen Blick zu. »Wie heißt es so schön? Es kommt meistens anders, als man denkt.«

»Das will ich aber nicht hoffen«, gab Ruby zurück. Sie betrachtete ihre zerschundenen Füße, die aufgeplatzten Blasen, die vom Laufen auf der heißen Erde roten Sohlen. Girra ging zwar auch barfuß, aber sie war es gewohnt, ihre Füße waren schwielig und abgehärtet. Mit einem flüchtigen Blick stellte sie fest, dass Mrs. Cratchley ungefähr die gleiche Schuhgröße hatte. »Sie haben nicht zufällig ein Paar bequeme Schuhe, die Sie mir leihen könnten, Mrs. Cratchley, oder?«

»Keine, die dir gefallen würden, schätze ich.« Ihr waren Rubys modischer Kurzhaarschnitt und das schicke kurze Kleid sofort aufgefallen.

»Das macht nichts. Sie kriegen sie auch bestimmt wieder.«

Mrs. Cratchley sah Rubys Füße prüfend an. »Deine Schuhe können ja nicht sehr bequem gewesen sein«, bemerkte sie trocken.

»Sie waren prima, aber nicht, um darin meilenweit auf einer Schotterpiste zu laufen«, erwiderte Ruby eine Spur ungehalten.

Mrs. Cratchley ging ins Haus. Als sie zurückkam, hatte sie ein Paar alte, flache Treter in der Hand. In Sydney wäre Ruby lieber tot umgefallen, als mit diesen Schuhen gesehen zu werden, aber jetzt brauchte sie einfach nur etwas Bequemes an den Füßen. Sie probierte sie an, und sie passten.

»Wunderbar! Vielen Dank«, rief sie erleichtert.

»Behalt sie, solange du willst. Ich wollte sie sowieso wegwerfen«, grummelte Mrs. Cratchley, die auf keinen Fall weichherzig erscheinen wollte.

Ruby ging ein paar Schritte ums Haus herum, um die Schuhe auszuprobieren. Als sie zur Veranda zurückkam, waren Girra und die Kinder fort. Ruby guckte sich verdutzt um. Das konnte doch nicht möglich sein! Wohin waren sie denn so schnell verschwunden?

»Sind Girra und die Kinder bei Ihnen im Haus?«, rief sie Mrs. Cratchley zu, dic die Veranda fegte.

»Nein, die kommen nie rein.«

Weil sie nicht wollen oder nicht dürfen?, dachte Ruby, aber sie sagte es nicht laut. »Ich kann sie nirgends sehen. Wo sind sie denn?«, fragte sie stattdessen und blickte sich erneut um.

»Woher soll ich das wissen?«, erwiderte Myra Cratchley unwirsch.

Die Erlebnisse der letzten Tage hatten Ruby so dünnhäutig gemacht, dass ihr schon wieder die Tränen kamen.

Mrs. Cratchley bemerkte es und hielt mit der Arbeit inne. Sie stützte sich auf ihren Besen und sagte: »Girra ist eine Aborigine. Die können spurlos mit der Landschaft verschmelzen. Und sie bleiben nie lange an einem Ort. Sie ziehen umher, sind immer auf Wanderschaft. Was ich damit sagen will, ist, sie sind nicht wie wir, verstehst du, Kleine?«

Ruby nickte zwar, aber sie verstand nicht wirklich, was Mrs. Cratchley damit sagen wollte. Das hier war alles Neuland für sie.

»Haben Sie eine Ahnung, wo ich Jed Monroe finden könnte?«, fragte sie dann.

»Oh, der taucht mal hier, mal da auf. Vielleicht trainiert er sein Pferd in Penrose Park. Oder er ist irgendwo bei einem Rennen.«

»Ich müsste zurück über den Black Hill Creek, um nach Penrose Park zu kommen, nicht wahr? Und Girra meint, das geht erst, wenn das Wasser abgeflossen ist.«

»Ja, da hat sie wohl Recht.« Mrs. Cratchley runzelte die Stirn, was die tiefen Furchen in den Winkeln ihrer Vogelaugen stärker hervortreten ließ. »Du hast gesagt, der Grund für deinen Aufenthalt hier ist, dass dir ein Anteil an einem Rennpferd gehört. Das kann nur Jeds Pferd sein. Ich kenne sonst niemanden hier, der ein Rennpferd besitzt.«

»Ja, das stimmt. Sie wissen nicht zufällig, wo er wohnt?«

Mrs. Cratchley stemmte eine Hand in die Hüfte. »Ich habe kaum Kontakt zu den Leuten hier, aber soviel ich weiß, hat er keinen festen Wohnsitz in der Stadt. Er hat so ein Wohnmobil, das ist sein Zuhause; mit dem fährt er durch die Gegend, und dort, wo er das Pferd trainiert, stellt er es ab.«

»Eine komische Art zu leben«, bemerkte Ruby.

»Sonst noch was?«, brummte Mrs. Cratchley. »Ich hab zu tun, ich muss den Hühnerstall ausmisten.«

»Oh, Entschuldigung, ich wollte Sie nicht aufhalten«, erwiderte Ruby gedrückt und wandte sich zum Gehen.

»Die meisten Männer hier trudeln irgendwann im Laufe des Tages im Pub ein«, fügte Mrs. Cratchley hinzu. »Jed eingeschlossen. Geh in den Pub, dort findest du ihn am ehesten.«

Als Ruby sich umdrehte, um ihr zu danken, war die Tür schon wieder ins Schloss gefallen.

Abgesehen von den Eseln und den Ziegen, die auf Nahrungssuche umherstreiften, schien die Stadt wie ausgestorben. Außer dem gelegentlichen Krächzen einer Krähe war kein Laut zu hören. Ruby war fast ein bisschen unheimlich zumute, als sie durch die leeren Straßen dieser Geisterstadt ging. Nach einer Weile sah sie in der Ferne eine Frau, die neben dem Haus Wäsche aufhängte. Das war das einzige Anzeichen von menschlichem Leben weit und breit. Wie konnte jemand in so einem gottverlassenen Ort wohnen bleiben? Für Ruby machte das überhaupt keinen Sinn.

Der Pub war so leer wie die ganze Stadt. Er war viel kleiner, als Ruby erwartet hatte. In der Mitte befand sich eine Bartheke mit einigen Hockern, kleine Tische mit jeweils ein paar Stühlen standen im Raum verteilt, und an den Wänden hingen drei Dartscheiben sowie Fotos von einheimischen Persönlichkeiten. Ruby betrachtete die Gesichter dieser Originale und fragte sich, ob einer von ihnen Jed Monroe war.

»Hallo? Niemand da?«, rief sie und ging auf eine Tür zu, die, wie sie vermutete, zu einem Lagerraum führte.

Im gleichen Moment trat ein Mann, eine Kiste mit Bierflaschen in den Händen, aus dem schummrigen Raum und wäre fast mit ihr zusammengestoßen. »Hoppla!«, sagte er verdutzt. »Wer sind Sie denn?« Er trug zerknitterte Shorts, ein verwaschenes, verschwitztes blaues Unterhemd und Sandalen. Seine Hautfarbe glich der braunroten Erde draußen.

»Tut mir leid, wenn ich Sie erschreckt habe. Aber in einem Pub sollte man eigentlich mit Kundschaft rechnen, oder?«

»Die Leute hier sind zwar tüchtige Trinker«, antwortete der Mann und trug die Kiste hinter die Theke, »aber um diese Zeit lässt sich nicht oft einer blicken. Ehrlich gesagt sind die meisten erst vor Kurzem nach Hause gegangen«, fügte er leise lachend hinzu. »Außerdem kommen nicht oft Fremde nach Silverton.«

»Das wundert mich nicht«, rutschte es Ruby heraus.

»Wir mögen unsere Stadt«, sagte der Mann angriffslustig.

»Ich wollte Sie nicht beleidigen. Es ist nur so, dass der Ort schon sehr abgelegen ist.«

»Da kann ich Ihnen nicht widersprechen. Das macht Silverton ja so attraktiv. Sie sind neu in der Stadt, was? Auf der Durchreise?«

»Nicht direkt«, antwortete Ruby ausweichend.

»Hab gehört, dass der Fluss Hochwasser führt. Wie sind Sie denn hierhergekommen?« Neugierig sah er auf die Schrammen und blauen Flecken an ihren Beinen.

»Ich bin geschwommen«, antwortete Ruby und dachte, sie werde ihn damit schockieren. Aber weit gefehlt.

»War bestimmt anstrengend, was?«, bemerkte er nur. »Ist es nicht ein bisschen früh für einen Drink für eine junge Dame? Auch wenn die junge Dame so unerschrocken ist und mit den Flusskrebsen baden geht«, fügte er spöttisch grinsend hinzu.

Ruby wurde blass. »Mit den Flusskrebsen?«

»Ja, so schlammfarbene kleine Kerlchen.«

»Beißen die?«

Der Mann lachte. »Sie können Sie mit ihren Scheren schon in die Zehen zwicken, aber ihr Fleisch ist eine Delikatesse.«

Sein irischer Akzent war nicht zu überhören. Das musste Mick Doherty sein, der Wirt, mit dem sie telefoniert hatte.

»Sind Sie hier, weil Sie Ihre Durchquerung des Hochwasser führenden Black Hill Creek begießen wollen?«, scherzte er. »Es ist zwar nicht unbedingt der Ärmelkanal, aber uns hier ist jeder Anlass recht, einen zu heben.«

»Ein Glas Eiswasser wäre wunderbar, aber nur, wenn es nichts kostet.«

Er hob die Brauen. »Das Wasser ist umsonst, aber die Eiswürfel muss ich Ihnen schon berechnen«, antwortete er todernst.

Er wollte sie natürlich nur auf den Armen nehmen. »Sie müssen Mick Doherty sein«, sagte Ruby.

»Hochstpersönlich.« Er nahm an, dass sie seinen Namen auf dem Schild mit seiner Schankkonzession über dem Eingang gelesen hatte. Er schenkte ihr ein Glas Wasser ein und widmete sich dann seiner Arbeit. »Was führt Sie denn nach Silverton?«, fragte er, während er die Bierflaschen in den Kühlschrank stellte.

»Ich bin Ruby Rosewell. Wir haben vor ein paar Tagen miteinander telefoniert. Ich suche Jed Monroe.«

Mick hielt mitten in der Bewegung inne. Ruby spürte, wie er sich anspannte. Als er mit dem Einräumen der Flaschen fertig war, kam er hinter der Theke hervor und begann, die Tische abzuwischen.

»Können Sie mir sagen, wo ich ihn finde, Mr. Doherty?«, fragte sie schließlich.

Keine Antwort.

»Ich habe am Telefon kurz mit Mr. Monroe gesprochen, aber wir wurden unterbrochen«, fügte sie hinzu.

»Ach ja?« Mick ging zurück hinter die Theke, griff nach einem Tuch und fing an, die gespülten Gläser abzutrocknen.

»Sie haben meine Frage nicht beantwortet, Mr. Doherty«, sagte Ruby höflich. »Wo finde ich Jed Monroe? Ich muss geschäftlich mit ihm reden.«

»Ich kann Ihnen leider nicht weiterhelfen.«

Mick drehte ihr den Rücken zu und sah ein paar Unterlagen durch. Offensichtlich war die Unterhaltung für ihn beendet. Ruby konnte sich keinen Reim auf sein seltsames Benehmen machen. Noch wollte sie sich nicht geschlagen geben.

»Das ist eine kleine Stadt. Sie können mir doch sicherlich einen Hinweis geben, wo ich Mr. Monroe finden könnte.«

»Jetzt, da ich darüber nachdenke, fällt mir ein, dass er die Stadt vorgestern verlassen hat. Ich habe keine Ahnung, wann er zurück sein wird.«

»Wo ist er denn hin?«

»Ich hab keinen blassen Schimmer.«

Ruby war überzeugt, dass der Mann log. Aber aus welchem Grund?

»Wo kommen Sie eigentlich her?«, fragte Mick, als sie keine Anstalten machte zu gehen.

»Sydney. Das Hochwasser hat meinen Koffer weggeschwemmt, ich hab alles verloren, und ich kann die Stadt erst wieder verlassen, wenn ich diese geschäftliche Angelegenheit mit Mr. Monroe geregelt habe«, erklärte sie in der Hoffnung, er werde Mitleid mit ihr haben und sich entgegenkommender zeigen.

»Tut mir leid, ich weiß nicht, wo er ist«, erwiderte er frostig. »Kann sein, dass er erst in ein paar Monaten zurückkommt. Sie sollten wieder nach Hause fahren.«

»Ich habe Ihnen doch gerade erklärt, dass das nicht geht. Ich besitze keinen Penny mehr.«

»In Broken Hill gibt es eine Anlaufstelle für Bedürftige«, versetzte er ungerührt.

»Ich will keine Almosen«, empörte sich Ruby.

»Miss Rosewell, in dieser Stadt leben mehr alleinstehende Männer als Frauen. Das ist nicht unbedingt ein sicherer Ort für eine allein reisende attraktive, junge Frau, wenn Sie verstehen, was ich meine.«

»Halten Sie mich bitte nicht für einfältiger, als ich bin, Mr. Doherty. Ich werde erst abreisen, wenn ich mit Mr. Monroe gesprochen habe«, sagte Ruby mit fester Stimme. »Im Übrigen glaube ich nicht, dass er die Stadt verlassen hat. Also sagen Sie ihm bitte, dass ich hier war und unbedingt mit ihm reden muss.«

Mick Doherty funkelte sie an, erwiderte aber nichts. Ruby drehte sich um und ging.

Draußen vor dem Hotel blieb sie unschlüssig stehen. Was sollte sie tun – an jedem Haus in der Stadt anklopfen? Ob sie in einem davon Jed Monroe fand? Ein Pick-up, ein sogenannter Ute, kam auf der anderen Straßenseite herangebraust. Staub wirbelte auf, als er abbremste. Ein Mann sprang heraus, dann wendete der Wagen.

»Bis später, Jacko«, rief der Fahrer aus dem Fenster, bevor er davonbretterte.

Jacko? Ob das der freundliche, aber offensichtlich nicht allzu helle Typ war, den sie bei ihrem zweiten Anruf am Telefon gehabt hatte? Er überquerte die Straße. Als er Ruby im Schatten der Veranda vor dem Hotel stehen sah, riss er Mund und Augen auf. Das war die hübscheste junge Frau, die er je gesehen hatte.

Ruby ging lächelnd auf ihn zu. »Hallo. Sie sind Jacko, nicht wahr?«

Er wurde rot vor Freude. Normalerweise liefen die Frauen davon, wenn sie ihn kommen sahen, und gingen ihm nicht entgegen. »Ganz recht. Einen schönen guten Tag.«

Ruby dachte blitzschnell nach. »Ich soll Ihnen einen Gruß von Jed Monroe bestellen, er wird Ihnen später einen ausgeben.« Als Jacko sich nicht erstaunt zeigte, wusste sie, dass sie mit ihrer Vermutung Recht gehabt hatte: Mick Doherty hatte sie belogen. »Er hat irgendwas von einer verlorenen Wette gesagt«, fügte sie mit den Wimpern klimpernd hinzu.

Jacko, ein großer, schmuddeliger Mann, der genau wie Mick Doherty gekleidet war, lachte und schob seinen ramponierten Akubra-Filzhut aus der Stirn. »Wird ja auch Zeit!« Er wischte sich den Schweiß vom Gesicht und fuhr sich voller Vorfreude auf sein erstes Bier an diesem Tag über die Lippen. Aber erst kam die Arbeit: Er würde die leeren Flaschen vom Abend zuvor wegräumen müssen.

»Er hat zwar nicht gesagt, wann er herkommen würde, aber ich denke, so wie immer.«

»O ja, ganz bestimmt, er trudelt immer gegen fünf ein«, erwiderte Jacko. Er grinste und ließ seine krummen, tabakvergilbten Zähne sehen.

»Jacko!«, donnerte Mick Doherty vom Eingang der Bar. »Mach, dass du reinkommst, du Hornochse!«

Jacko blickte erschrocken drein. »Was hab ich denn jetzt schon wieder falsch gemacht?«, murmelte er. Laut fügte er hinzu: »Ich komm ja schon.« Er sah Ruby erwartungsvoll an. »Vielleicht sehen wir uns ja später noch.«

»Darauf können Sie wetten«, erwiderte sie und lächelte süffisant.

9

Ruby beschloss, zum Fluss hinunterzugehen, um nachzusehen, ob das Hochwasser schon zurückgegangen war. Sie wollte keinen Tag länger als unbedingt nötig in Silverton bleiben, deshalb konnte sie es kaum erwarten, nach Penrose Park zu kommen, in der Hoffnung, Jed Monroe dort anzutreffen.

Als sie die Hauptstraße entlangging, trottete einer der frei umherlaufenden Esel auf sie zu. Ein zweiter folgte ihm, aber er lahmte und blieb in sicherer Entfernung stehen.

»Na, du«, sagte Ruby unsicher.

Sie hatte nur ein einziges Mal, mit neun Jahren, einen Esel aus nächster Nähe gesehen, und zwar im Taronga-Zoo in Sydney. Zögernd streckte sie die Hand aus und tätschelte ihm den Kopf, was er sich gefallen ließ. Ruby lächelte. Er beschnupperte ihre Hand und schien ganz friedlich, aber dann zwickte er sie plötzlich in den Arm.

»Au!« Ruby wich erschrocken zurück.

»Iah, iah!«, schrie der Esel und zeigte dabei seine kräftigen Zähne. Wollte er ihr drohen?

Ruby ergriff die Flucht. Zum Glück war es dem alten Esel offensichtlich zu anstrengend, ihr nachzulaufen. Als sie sicher war, dass er sie nicht verfolgte, ging sie langsamer weiter. Dort, wo der Esel sie gezwickt hatte, konnte man einen roten Abdruck sehen. Ruby schlug das Herz bis zum Hals. Sie wollte sich gar nicht vorstellen, was passiert wäre, wenn das Tier sie ernsthaft verletzt hätte.

Sie kam an den beiden leer stehenden Läden vorbei. Auf dem Schild über der einen Ladentür stand »Chapple and Allen (Transporte)« und auf der Fensterfront des anderen Geschäfts »Goss and Robertson«. Ruby versuchte, sich die Hauptstraße so vorzustellen, wie sie früher gewesen war, als die Stadt noch dreitausend Einwohner gehabt hatte, aber das war fast unmöglich. Sie ging auf die andere Straßenseite hinüber. Hier hatte einmal das Barrier Ranges Hotel gestanden, eines von mehreren Hotels in der Blütezeit der Stadt. Es sei schon vor vielen Jahren, als sie noch ein Kind gewesen war, abgerissen worden, hatte Girra ihr erzählt, aber die Fundamente waren noch zu sehen. Der Laden daneben gehörte Charlie Gillard. »Walter Sully's Alpha Store 1898« stand in verblasster Schrift über dem Schaufenster. Girra hatte ihr auch Charlies kleines Haus ein Stück weiter die Straße hinauf gezeigt.

Ruby spähte durch das Fenster. Charlie Gillard stand hinter dem Ladentisch. Er war offenbar allein. Sein bloßer Anblick brachte Ruby in Rage. Als sie überlegte, ob sie hineingehen und ihm die Meinung sagen sollte, schaute er plötzlich auf und winkte ihr fröhlich zu. So eine Unverfrorenheit! Ruby schäumte innerlich. Sie riss die Ladentür auf und ging hinein.

»Guten Morgen«, grüßte der Ladenbesitzer gut gelaunt. »Willkommen in Silverton. Ich freue mich immer, wenn ich ein neues Gesicht sehe. Ich bin Charlie Gillard.«

Ruby sah ihn einen Augenblick ausdruckslos an. »Ich weiß, wer Sie sind«, sagte sie grimmig.

Er machte ein verdutztes Gesicht. »Wirklich?« Er konnte sich nicht erinnern, der jungen Dame schon einmal begegnet zu sein.

»Allerdings, Sie grässlicher Mensch.«

»Wie bitte?«, stammelte er aufrichtig verwirrt. Eine Sekunde später schien es ihm zu dämmern, und er blickte ganz zerknirscht drein. »Sind wir uns vielleicht gestern Abend begegnet?«

»Fragen Sie doch nicht so dumm!«, fuhr Ruby ihn an. »Tun Sie nicht so, als ob Sie sich nicht erinnern könnten!«

»Nun, Sie müssen im Pub gewesen sein, aber ehrlich gesagt kann ich mich wirklich nicht ...«

»Im Pub?« Jetzt war es Ruby, die ganz konfus war.

»Falls ich unhöflich gewesen sein sollte, möchte ich mich entschuldigen. Gut möglich, dass ich ein Glas über den Durst getrunken habe.«

»Unhöflich? Das war mehr als unhöflich. Sie wollen hoffentlich nicht behaupten, Sie könnten sich an nichts erinnern, weil Sie betrunken waren.«

»Aber es ist so. Es tut mir aufrichtig leid. Ich hoffe, ich habe mich nicht allzu sehr danebenbenommen.«

Ruby konnte fast nicht glauben, dass dieser reuige, liebenswürdige Mann derselbe war, der sich Girra und ihren Geschwistern gegenüber so aggressiv verhalten hatte. »Ich fürchte, das ist zu wenig.«

»Sie haben Recht.« Charlie öffnete den Gefrierschrank. »Hier, das geht auf Kosten des Hauses.« Er streckte ihr ein Eis am Stiel hin.

Wollte er sie etwa bestechen? »Nein, danke«, erwiderte Ruby knapp.

»Bitte nehmen Sie es«, bat Charlie. »Als kleine Wiedergutmachung.«

Bei der Hitze würde ein Eis guttun. Die Versuchung war groß.

»Bitte«, drängte Charlie noch einmal, als er spürte, dass Rubys Entschlossenheit ins Wanken geriet.

Sie wurde schwach. »Na schön.« Obwohl ihr das Eis bestimmt schmecken würde, hatte sie ein schlechtes Gewissen, dass sie es nach allem, was der Mann Girra angetan hatte, von ihm annahm. »Das heißt aber nicht, dass ich Ihnen Ihr verabscheuenswertes Benehmen verzeihe«, fügte sie streng hinzu. »Wenn Sie keinen Alkohol vertragen, sollten Sie auch nicht trinken.«

»Sie haben völlig Recht. Ich kann Ihnen nur versichern, wie leid es mir tut, was auch immer ich getan haben mag. Das müssen Sie mir glauben.«

»Sie sollten sich nicht bei mir entschuldigen.«

Charlie machte große Augen. »Warum? Bin ich jemand anderem zu nahegetreten?«

»Das ist eine ziemlich harmlose Umschreibung.« Ruby fiel es schwer zu glauben, dass er sich wirklich nicht erinnern konnte. »Und anscheinend war es auch nicht das erste Mal.«

In diesem Moment erregte etwas draußen vor dem Laden Charlies Aufmerksamkeit, und sein Gesicht nahm einen beunruhigten Ausdruck an. Ruby drehte sich um. Ein älteres Paar schlenderte vorbei. Die Frau hatte sich bei dem Mann untergehakt, sie unterhielten sich und lächelten sich zu und sahen aus wie ein glückliches altes Ehepaar.

»Das ist Dr. Blake und seine Frau.« Charlie Gillard war sichtlich unbehaglich zumute. »Können wir über etwas anderes reden? *Bitte!* Kann ich Ihnen vielleicht irgendwie helfen?«

»Schon möglich.« Ruby sah ihn prüfend an. Sie wurde einfach nicht schlau aus diesem Mann, der wie ausgewechselt war. »Können Sie mir sagen, wo ich Jed Monroe finde?«

Charlie winkte dem Doktor und seiner Frau zu, die kurz vor dem Schaufenster stehen geblieben waren und hereinsahen. Dann erst nahm er ins Bewusstsein auf, was Ruby gefragt hatte, und sein Verhalten änderte sich aufs Neue. Er steckte unverkennbar in einer Zwickmühle.

»Oh … äh … mir ist gerade eingefallen, dass ich einem Kunden noch etwas liefern muss, und ich bin schon eine halbe Stunde zu spät dran. Wenn Sie mich jetzt entschuldigen würden?«

Er kam hinter dem Ladentisch hervor, schob Ruby mit sanfter Bestimmtheit zur Tür hinaus, die er hinter ihr zusperrte, und drehte das »Geöffnet«-Schild herum.

Ruby blieb verdattert vor dem Laden stehen. Wieso reagierten alle so merkwürdig, wenn die Sprache auf Jed Monroe kam? Sie schüttelte verwirrt den Kopf und ging langsam weiter, an ihrem Eis schleckend, das in der Hitze schnell schmolz. Der Doktor und seine Frau waren nirgends zu sehen; sie mussten in eines der kleinen Häuser gegangen sein, die von der Hauptstraße aus zu sehen waren.

Das Eis lockte unzählige Fliegen an, die Ruby die Freude daran verdarben. Am Fluss angekommen, stellte sie fest, dass die Strömung nicht mehr ganz so stark war, die Wassermassen aber immer noch bedrohlich wirkten. Sie ging am Ufer in die Hocke und wusch ihre klebrigen Hände ab, als sich auf der anderen Seite des Flusses ein brauner Ford Pick-up näherte und nahe am Wasser anhielt. Zwei Männer saßen darin. Sie schienen die Situation einzuschätzen und musterten auch Ruby mit prüfenden Blicken, ohne ihr jedoch zuzulächeln oder zu winken.

Die beiden machten einen gepflegten Eindruck in ihren weißen Hemden und den tadellos frisierten Haaren. Ruby hatte in Silverton noch kein einziges weißes Hemd gesehen, und die Leute hatten ausnahmslos einen guten Haarschnitt nötig. Sie richtete sich auf und schlenderte am Ufer entlang. Als sie hörte, wie die Wagentür geöffnet wurde, blickte sie über die Schulter zurück und sah, dass der Fahrer ausgestiegen war.

»Hey, Sie!«, rief er.

»Meinen Sie mich?« Im selben Augenblick wurde ihr bewusst, dass das eine dumme Frage war, schließlich war außer ihr weit und breit niemand.

»Ja. Können Sie uns sagen, ob man den Fluss gefahrlos überqueren kann?«

Sie hatte also richtig getippt: Die Männer waren nicht aus der Gegend. Entweder kamen sie aus Broken Hill oder aus einer noch größeren Stadt wie Adelaide oder Sydney. Das machte sie neugierig.

Sie schüttelte den Kopf. »Keine Ahnung, aber die Einheimischen meinen, es wird noch ein paar Tage dauern.«

»Dann sind Sie also nicht von hier?«

»Nein«, erwiderte sie. Etwas an der Art, wie er diese Frage gestellt hatte, weckte ihr Misstrauen.

»Sind Sie schon lange in Silverton?«

»Nein«, sagte sie noch einmal. Es gefiel ihr nicht, von einem Fremden ausgefragt zu werden.

»Kennen Sie viele der Einheimischen?«

»Ein paar«, antwortete sie vorsichtig.

»Jed Monroe kennen Sie nicht zufällig?«

Ruby war perplex. »Nein. Wieso, ist er ein Freund von Ihnen?«

Die Männer wechselten einen verstohlenen Blick. Rubys Reaktion schien ihnen verraten zu haben, dass ihr der Name Jed Monroe bekannt war.

»Nicht direkt ein Freund«, sagte der Mann. »Wir haben etwas mit ihm zu besprechen.«

Dann sind wir schon zwei, wäre Ruby beinahe herausgerutscht. Stattdessen sagte sie: »Soll ich ihm was ausrichten, falls ich ihn treffe?«

»Nein, sagen Sie nichts; wir würden ihn gern überraschen.« Er stieg wieder ein. Der Wagen wendete und fuhr in Richtung Broken Hill zurück.

»Was war das denn?«, murmelte Ruby vor sich hin.

Der Fremde war zwar freundlich gewesen, aber dennoch wurde sie das Gefühl nicht los, dass irgendetwas nicht stimmte. Jed Monroe steckte möglicherweise in großen Schwierigkeiten.

Ruby setzte sich ein Stück weiter ans Ufer, zog die von Mrs. Cratchley geborgten Schuhe aus und tauchte ihre verschwitzten, wunden Füße in das fließende Wasser des Flusses. Es fühlte sich einfach himmlisch an. Sie seufzte behaglich und schloss für einige Sekunden die Augen. Zu ihrer eigenen Überraschung genoss sie die Ruhe und die tiefe Stille, die nur von gelegentlichem Vogelgezwitscher und dem Rascheln der Eukalyptusbäume entlang des Ufers unterbrochen wurde.

Jed Monroe. Es konnte doch nicht so schwer sein, in einem solch kleinen Ort den Besitzer eines Pferdes ausfindig zu machen. In einer Gegend, in der Viehfutter so knapp war, besaßen bestimmt nicht viele Leute ein Pferd.

Plötzlich hörte Ruby, wie jemand sie rief. Es war Girra. Sie strahlte übers ganze Gesicht, als sie mit ihren beiden jüngeren Geschwistern auf sie zukam. Erst als sie schon ziemlich nahe war, erkannte Ruby, dass Girra ihr Köfferchen in der Hand hielt. Sie sprang auf.

»Du hast meinen Koffer gefunden!«, rief sie aufgeregt. »Wo war er?«

»Ziemlich weit weg, eingeklemmt zwischen einem Felsbrocken und einem umgestürzten Baum.« Girra stellte das Gepäckstück ab. »Du hast Glück, Ruby.«

»Ich habe Glück, dass ich so ein nettes, hilfsbereites Mädchen wie dich getroffen habe, Girra. Ich kann nicht glauben, dass du bei der Hitze so weit gelaufen bist, nur um meinen Koffer zu suchen. Deine armen Geschwister!«

Oola und Myall standen im seichten Wasser, spritzten sich nass und quietschten dabei vor Vergnügen. Ruby ging in die Hocke und klappte ihren Koffer auf. Ihre Sachen trieften vor Nässe und waren bis zur Unkenntlichkeit dreckverschmiert. Aber ihr Geldbeutel war noch da, das war die Hauptsache.

Sie zog vorsichtig eine aufgeweichte Zehn-Dollar-Note heraus und meinte: »Ich lade euch alle zu einem Eis ein.«

Girras Miene verdüsterte sich. »Ich werde Charlies Laden nicht betreten.«

»Hör mal, Girra«, sagte Ruby behutsam, »ich war heute Morgen bei ihm, und er war wie ausgewechselt. Er konnte sich überhaupt nicht an den Vorfall von gestern Abend erinnern.«

»Er lügt«, erwiderte Girra verdrossen. »Er kann sich ganz bestimmt erinnern.«

Ruby schüttelte den Kopf. »Den Eindruck hatte ich nicht. Aber das ist natürlich keine Entschuldigung für sein Benehmen.«

»Er ist ein schlechter Mensch.« Girra war gekränkt, weil Ruby Partei für Charlie ergriff.

»Als ich ihn zur Rede stellte, dachte er, wir hätten uns im Pub getroffen. Er entschuldigte sich sogar, und das klang wirklich aufrichtig. Du hast doch selbst gesagt, dass der Alkohol ihm den Verstand raubt. Stellt er dir nur nach, wenn er getrunken hat?«

Girra dachte kurz nach und nickte dann. »Tagsüber redet er nie mit mir. Aber ich bleibe dabei, er ist ein schlechter Mensch. Er will dafür sorgen, dass die Regierung Oola und Myall meiner Familie wegnimmt.«

»Ich glaube, er weiß nicht, was er tut oder sagt, wenn er getrunken hat. Man sollte mit ihm reden; er würde sicher mit dem Trinken aufhören, wenn er das wüsste.«

Girra schüttelte unmutig den Kopf. »Das glaube ich nicht. Ich muss jetzt gehen.« Sie befahl ihren Geschwistern, aus dem Wasser zu kommen, fasste sie an den Händen und eilte davon.

»Warte doch«, rief Ruby ihr unglücklich nach. »Danke, dass du mir meinen Koffer gebracht hast!«

Aber Girra reagierte nicht. Sie drehte sich nicht einmal mehr um.

Als Ruby zurückkam, fegte Mrs. Cratchley mit einem Strohbesen vor dem Haus. Sie fand, das war reine Zeitverschwendung, weil der Wind den Staub sofort wieder herwehte.

»Aha, du hast deinen Koffer gefunden, wie ich sehe«, bemerkte Myra Cratchley.

»Girra hat ihn entdeckt. Alle meine Sachen sind nass und völlig verschmutzt, deshalb wollte ich fragen, ob ich sie vielleicht waschen kann.«

Mrs. Cratchley erwiderte nichts darauf. Sie ließ ihren Besen fallen, wischte sich mit dem Unterarm den Schweiß von der Stirn und ging um das Haus herum auf die Rückseite, wo sie einen großen Eimer vor Ruby hinstellte, ihr ein Stück Kernseife in die Hand drückte und auf den Schlauch zeigte.

»Haben Sie denn keine Waschmaschine, Mrs. Cratchley?«, fragte Ruby verdutzt.

»Einer allein braucht keine Waschmaschine. Ich hab die Wäsche für meine siebenköpfige Familie von Hand gewaschen, da ist es ja wohl kein Problem, nur meine eigenen Sachen von Hand zu waschen. Ich hol dir die Wäscheklammern.«

Mrs. Cratchley hatte rein gar nichts Heiteres oder Unbeschwertes an sich. Sie wirkte abgekämpft und verbraucht und schien nicht viel Zeit darauf zu verwenden, auf sich zu achten. Ruby war sich ziemlich sicher, dass ihr mürrisches Wesen auch mit ihren ungepflegten Haaren zu tun hatte. Sie wusste aus Erfahrung, dass Frauen sich viel besser fühlten, wenn sie sich um ihr Aussehen kümmerten. Eine Idee fuhr ihr durch den Kopf, aber zunächst musste sie ihre Kleidung waschen. Als sie sie zum Trocknen aufgehängt hatte, nahm sie ihre Frisierutensilien aus ihrem Köfferchen, ging zur Hintertür und klopfte.

»Was ist denn?«, brummelte Mrs. Cratchley, als sie durch den Flur geschlurft kam.

»Ich würde mich gern für alles, was Sie für mich getan haben, revanchieren, und ich hätte da auch schon eine Idee.«

Mrs. Cratchley sah die zuversichtlich lächelnde Ruby misstrauisch an. »So? Was denn für eine Idee?«

»Ich dachte, ich könnte Ihnen die Haare schneiden.«

Mrs. Cratchley riss verblüfft die Augen auf. »Was?«

»Ja, ich bin gelernte Friseurin. Ich arbeite schon seit einigen Jahren in dem Beruf, und ich habe gesehen, dass es hier in der Stadt keinen Frisiersalon gibt.«

»Du bist Friseurin? Wirklich? Wo arbeitest du denn?«

»Na ja, zurzeit bin ich arbeitslos.«

Mrs. Cratchley warf ihr einen sonderbaren Blick zu, und Ruby wusste, was sie dachte – dass sie in ihrem Beruf offenbar nicht viel tauge. »Meine Chefin hat mich gehen lassen, wie sie es nannte, weil der Vermieter die Ladenmiete erhöht hat und sie mir mein Gehalt nicht mehr zahlen konnte.«

»Oh. Solange ich hier lebe, hat es keinen Damenfriseur in der Stadt gegeben, und der Herrenfriseur ist vor ungefähr einem Jahr gestorben.«

»Und, was halten Sie von meiner Idee?« Ruby fragte sich, ob sie sich jemals von dem Herrenfriseur die Haare hatte schneiden lassen.

»Ich weiß nicht so recht«, sagte Mrs. Cratchley zögernd.

»Glauben Sie mir, ich verstehe etwas davon«, versicherte Ruby ihr. »Mit einem guten Haarschnitt fühlen Sie sich gleich wie ein ganz anderer Mensch.«

»Ich fühle mich gut so, wie ich bin, aber wenn du meinst ... Na schön, meinetwegen.« Mrs. Cratchley sah auf den Kamm und die Schere, die Ruby in den Händen hielt, und ging ins Haus. Augenblicke später kam sie mit einem Küchenstuhl und einem Handtuch wieder heraus.

»Ich soll Ihnen hier draußen die Haare schneiden?«, fragte Ruby erstaunt. Sie wäre gern in den Schatten geflüchtet.

»Ich habe gerade den Küchenboden aufgewischt, ich will nicht alles voller Haare haben.«

»Ich hätte sie schon zusammengefegt, das gehört zum Service.«

Ruby legte Mrs. Cratchley das Handtuch um die Schultern und zog dann die Haarklammern heraus, mit denen sie ihre Haare zu einem unordentlichen Knoten zusammengesteckt hatte. Einzelne Strähnen hingen ihr wirr rings ums Gesicht herunter. Zu Rubys Überraschung waren Mrs. Cratchleys Haare ziemlich lang. Anscheinend waren sie jahrelang nicht mehr geschnitten worden.

»Wie wär's mit einem Kurzhaarschnitt? Der wär praktischer in dieser Hitze«, schlug sie vor.

»Ich weiß nicht so recht. Ich hab die Haare nicht mehr kurz getragen, seit ... seit meiner Hochzeit.« Leise Wehmut schwang in Mrs. Cratchleys Stimme mit. »Als meine Kinder noch klein waren, konnte ich mir den Luxus eines Friseurbesuchs nicht leisten, also habe ich mir und den Kindern die Haare immer selbst geschnitten.«

»Ich bin sicher, ein Kurzhaarschnitt würde Ihnen ausgezeichnet stehen«, sagte Ruby aufrichtig. Mrs. Cratchley schien es nicht leicht gehabt zu haben im Leben, und dennoch klagte sie nicht. Ruby bewunderte ihre innere Stärke.

»Also gut. Runter damit! Dann kann ich mir wieder eine Weile den Friseurbesuch sparen. Aber ich will nicht wie ein Mann aussehen!«

»Das werden Sie auch nicht, keine Angst.« Ruby begann, das erstaunlich dichte Haar zu scheiteln. »Wie viele Kinder haben Sie denn?«, fragte sie.

»Fünf, drei Jungs und zwei Mädchen. Aber was ist mit deinem Arm passiert?«, wollte Mrs. Cratchley wissen, als sie die kleine Bisswunde bemerkte.

»Ach, einer von den Eseln hat mich gezwickt. Hat richtig wehgetan.«

»Wirklich? Kann mich nicht erinnern, dass jemals jemand von ihnen gebissen wurde. Ich werde dir Jod geben, damit du die Wunde desinfizieren kannst.«

»Danke, aber es ist keine offene Wunde. Wundert mich übrigens gar nicht, dass ich die Erste bin, die es erwischt hat«, murmelte Ruby, während sie geschickt die Schere führte. »Bei meinem Glück in letzter Zeit! Und es sieht nicht so aus, als ob meine Pechsträhne demnächst enden würde. Als ich heute Morgen im Pub nach Jed Monroe fragte, sagte Mick Doherty, Jed habe die Stadt verlassen.«

Mrs. Cratchley machte ein überraschtes Gesicht. »Also vorgestern war er noch da. Ich habe ihn nämlich gesehen.«

»Dachte mir gleich, dass der Wirt lügt«, meinte Ruby. »Ich werde heute Abend nochmal vorbeischauen.«

»Aber geh, bevor die Männer richtig betrunken sind«, riet Mrs. Cratchley ihr. »Wenn sie blau sind, zetteln sie nicht selten eine Schlägerei an, und dann ist es besser, man geht ihnen aus dem Weg.«

»Mach ich. Mick Doherty hat gemeint, es sei für mich gefährlich in einer Stadt, in der es mehr Männer als Frauen gebe. Ich denke, er wollte mir nur Angst einjagen. Können Sie sich vorstellen, warum er mich wegen Jed Monroe belogen hat?«

Mrs. Cratchley schüttelte den Kopf. »Nein, aber die Leute hier halten zusammen. Ich glaube, mich betrachten sie immer noch als Zugereiste, und ich lebe jetzt seit fünf Jahren hier.«

»Wie kann man hier leben? Ich meine, der Ort ist schrecklich abgelegen, und es gibt so gut wie keine Arbeit.«

»Als mein Mann noch lebte, hatten wir ein Haus gemietet. Eigentlich wollten wir uns eines kaufen, aber dann starb er, und ich musste zusehen, wie ich meine Familie durchbrachte. Als die Kinder aus dem Haus waren, konnte ich ein bisschen was auf die Seite legen. Im Vergleich zu Broken Hill sind die Häuser hier spottbillig, ich konnte mir eines kaufen, ohne dafür ein Darlehen aufnehmen zu müssen. Außerdem wollte ich immer schon ein paar Hühner halten, und hier ist genug Platz dafür. Was ich verdiene, reicht zum Leben; ich bin nicht anspruchsvoll, ich brauche keinen Luxus. Ich fühle mich wohl hier.«

»Womit kann man hier denn seinen Lebensunterhalt verdienen?«

»Ich verkaufe meine Eier an den Laden. Außer mir hält nur einer hier im Ort noch Hühner, deshalb bringen die Eier einiges ein. Mein Geld gebe ich im Laden aus, was wiederum dem Ladenbesitzer Umsätze beschert. Außerdem habe ich zwei geschickte Hände, ich kann alles Mögliche reparieren. Zum Glück! Mein Mann war zwar ein fleißiger Arbeiter, aber handwerklich völlig unbegabt.«

»Wirklich?« Ruby konnte sich beim besten Willen nicht vorstellen, dass ihre Mutter irgendetwas reparierte.

»Ja, das habe ich von meiner Mutter. Mein Vater hat getrunken, und wenn meine Mutter die Dinge nicht in Ordnung gebracht hätte, wären sie nie repariert worden. Ich habe ihr immer dabei zugeschaut, deshalb kann ich praktisch alles ausbessern oder instand setzen. Ich kenne mich sogar mit Automotoren aus, aber ich selbst habe schon seit Jahren kein Auto mehr. Ich kann auch ziemlich gut tischlern. Ich stelle Küchengeräte und Schneidebrettchen aus Holz her, und Charlie Gillard verkauft sie in seinem Laden.«

Ruby hatte staunend zugehört. Als jedoch der Name Charlie Gillard fiel, verfinsterte sich ihre Miene. »Sagen Sie, hat der Ladenbesitzer ein Alkoholproblem?«

Mrs. Cratchley blickte verblüfft drein. »Wie kommst du denn darauf?«

»Weil er Girra letzte Nacht am Fluss mit Gewalt mit sich zerren wollte. Ich bin zufällig dazugekommen.«

»Charlie Gillard! Unmöglich. So etwas würde er niemals tun.«

»Ich habe ihn vorhin auf sein übles Benehmen angesprochen, kam aber nicht dazu, den Zwischenfall am Fluss zu erwähnen. Er dachte, wir seien uns im Pub begegnet, und entschuldigte sich für das, was er möglicherweise getan oder gesagt hat. Er kann sich offensichtlich nicht daran erinnern, dass ich ihm mit meinem Koffer eins übergezogen habe, damit er von Girra ablässt.«

Mrs. Cratchley klappte der Unterkiefer herunter. »Das glaub ich einfach nicht!«, murmelte sie völlig verdattert. »Und du bist ganz sicher, dass es Charlie war? Ich meine, wenn es dunkel war …«

»Ganz sicher. Girra hat mir erzählt, dass es auch nicht das erste Mal war.«

»Es gibt ein paar Männer in der Stadt, bei denen mich das nicht überraschen würde«, meinte Myra Cratchley stirnrunzelnd. »Sie stellen gern den Aborigine-Mädchen nach, vor allem, wenn sie zu tief ins Glas geschaut haben. Manchmal wird dann auch eine schwanger, doch heiraten tun sie sie nur in den seltensten Fällen. Aber Charlie? Das kann ich mir beim besten Willen nicht vorstellen.«

»Es ist aber so. Deshalb dachte ich, er hätte vielleicht ein Alkoholproblem.«

Mrs. Cratchley schüttelte den Kopf. »Nicht, dass ich wüsste.«

»Vom Alter her könnte er Girras Großvater sein.«

»Ja, das stimmt. Er ist weit über sechzig, und Girra ist gerade fünfzehn geworden.«

Ruby schnalzte angewidert mit der Zunge. »Hat Girra denn nie eine Andeutung gemacht?«

»Nein, aber sie redet auch nicht viel. Außerdem haben die Aborigines kein Vertrauen zu den Weißen. Was in Anbetracht ihrer Geschichte ja nicht verwunderlich ist. Wärst du nicht zufällig hinzugekommen, hätte sie auch dir gegenüber nichts davon erwähnt.« Myra Cratchley konnte nicht fassen, was Ruby ihr von Charlie Gillard erzählt hatte. Sie war regelrecht schockiert. »Das hätte ich nie von Charlie gedacht. Ich kenne ihn jetzt schon so lange und habe ihn immer für einen anständigen Menschen gehalten.«

»Der Mann, den ich heute im Laden angetroffen habe, war ein ganz anderer als der von gestern. Er könnte sein guter Zwilling gewesen sein. Aber das ist noch nicht alles.«

»Was?«

Ruby nickte. »Ja. Girra hat mich doch vor der herannahenden Flut gerettet. Wir konnten gerade noch die Böschung raufklettern und uns in Sicherheit bringen. Plötzlich ist Charlie Gillard auf der anderen Seite des Flusses aufgetaucht. Er hatte Oola und Myall bei sich und schrie Girra zu, er werde dafür sorgen, dass die Regierung ihrer Familie die Kinder wegnehme und dass das nur ihre Schuld sei, weil sie gestern Abend nicht mit ihm gehen wollte.«

»O Gott, das arme Mädchen!« Mrs. Cratchley wurde langsam wütend auf Charlie.

»Kann die Regierung den Eltern wirklich die Kinder wegnehmen?«

»Leider ja. Sie kann es nicht nur, sie macht es auch. Angeblich soll es für die Aborigine-Kinder besser sein, wenn man sie in Waisenhäuser steckt und sie christlich erzieht, aber meiner Meinung nach ist das völliger Unsinn. Es kann doch nicht gut sein für ein Kind, aus seiner gewohnten Umgebung herausgerissen und von seinen Eltern getrennt zu werden!«

Myra Cratchley hatte schon öfter miterlebt, wie Aborigine-Kinder aus der Umgebung ihren Familien weggenommen worden waren, und die Dramen, die sich jedes Mal abgespielt hatten, hatten ihr fast das Herz gebrochen.

»Ich verstehe nicht, wie Charlie so etwas sagen kann«, fuhr sie fort. »Es kommt zwar vor, dass er die Aborigine-Jungs beschuldigt, sich in seinen Lagerraum zu schleichen und zu klauen, aber sonst verliert er kaum ein Wort über die Ureinwohner, die in die Stadt kommen.«

»Girra jedenfalls hat seine Drohung so ernst genommen, dass sie ins Wasser gesprungen ist, um ihren Geschwistern zu Hilfe zu kommen, und von der Strömung mitgerissen wurde. Vielleicht hat er gehofft, dass das passieren würde, keine Ahnung. Er hat auf alle Fälle nichts unternommen, um sie zu retten, sondern ist einfach weggegangen. Da bin ich eben hinterhergesprungen.«

»Das war aber sehr mutig von dir«, sagte Mrs. Cratchley bewundernd.

Ruby zuckte mit den Schultern. »Ich weiß nicht, ob es mutig oder dumm war. Wir konnten uns jedenfalls ans Ufer retten.«

Myra Cratchley dachte nach. Ob Charlie tatsächlich ein Alkoholproblem hatte und unter zeitweiligem Gedächtnisverlust litt? Aber das passte so gar nicht zu ihm. Plötzlich kam ihr ein Gedanke.

»Hast du Charlie auch nach Jed Monroe gefragt?«

»Ja, aber da wurde er einsilbig. Er warf mich praktisch raus und hängte das ›Geschlossen‹-Schild an die Ladentür.«

»Komisch.« Es war Mrs. Cratchley ein Rätsel, warum niemand über Jed reden wollte. »Jed ist in dieser Stadt so etwas wie ein Held.«

»Wieso denn das?«

»Weil die Leute hier mit Wetten auf sein Pferd Geld verdienen.«

Ruby wurde hellhörig. »Hat es denn schon viele Rennen gewonnen?«

»Da bin ich überfragt. Ich weiß nur, dass es in diesem Jahr schon das Rennen in Darwin und das Northern Territory Derby gewonnen hat, weil das in der Stadt groß gefeiert wurde. Und vor ein paar Wochen hat es den Broken Hill Cup gewonnen, glaube ich. Halb Broken Hill und fast jeder in Silverton hat auf das Pferd gesetzt, und die Gewinnquote war ausgezeichnet, weil einige gute Pferde aus anderen Bundesstaaten am Rennen teilnahmen. Das hat Jeds Pferd zum Außenseiter mit guten Gewinnchancen gemacht.«

Ruby war nicht sonderlich beeindruckt. Ein Rennen in der Provinz konnte man nicht mit dem Melbourne Cup vergleichen. Aber immerhin war das Pferd ein paarmal siegreich gewesen, es konnte also nicht völlig wertlos sein.

»Ich selbst wette allerdings nicht«, fuhr Mrs. Cratchley fort. »Mein Mann hat an der Rennbahn viele Male seinen Lohn verspielt. Dann mussten die Kinder und ich tagelang um Essen betteln oder anschreiben lassen, und wenn er die Woche darauf wieder alles verlor, konnten wir unsere Schulden nicht einmal bezahlen. Spielleidenschaft ist ein Fluch, wenn du mich fragst.«

»Ja, da haben Sie wohl Recht«, pflichtete Ruby ihr bei. Sie dachte an das viele Geld, das ihr Vater verspielt hatte. »So, das hätten wir«, meinte sie dann und begutachtete ihre Arbeit zufrieden. »Haben Sie einen Spiegel irgendwo?«

»Ich denke schon. In letzter Zeit allerdings habe ich einen weiten Bogen um jeden Spiegel gemacht«, sagte Mrs. Cratchley.

Sie ging ins Haus und kam Augenblicke später mit einem Handspiegel zurück. »Bin das wirklich ich?«, staunte sie, während sie sich aus allen Winkeln betrachtete.

Ruby lächelte. »Sie sehen in der Tat verändert aus. Sie haben von Natur aus lockiges Haar, das kommt jetzt viel besser zur Geltung. Also, ich finde, Sie sehen mindestens zehn Jahre jünger aus!«

»So fühle ich mich auch.« Mrs. Cratchley lächelte zum allerersten Mal, seit Ruby sie kannte. Ehrfürchtig staunend berührte sie ihre Haare. »Du hast nicht zufällig etwas zum Färben dabei? Ich bin ein bisschen grau geworden.«

»Nein. Zum Glück! Stellen Sie sich bloß mal vor, was passiert wäre, als mein Koffer voll Wasser gelaufen ist. Dann wären alle meine Sachen ruiniert und nicht bloß ein paar meiner Schminkutensilien. Aber ich habe ein gutes Shampoo dabei, das können Sie gerne nehmen. Es hat eine tropische Duftnote – Kokosnuss und Mandeln.«

Mrs. Cratchley strahlte. »Da sag ich nicht Nein!« Sie konnte sich nicht sattsehen an ihrem neuen, jüngeren Ich. Normalerweise wusch sie sich die Haare mit Kernseife, ein richtiges Shampoo wäre ein ganz besonderer Luxus.

Ruby hatte plötzlich eine Idee. »Was meinen Sie, ob es hier noch mehr Leute gibt, die sich gerne die Haare schneiden lassen würden?«

»Ganz bestimmt sogar. Warum? Denkst du darüber nach, noch ein Weilchen zu bleiben?« Myra Cratchley, die normalerweise das Alleinsein vorzog, war selbst überrascht, wie sehr sie Rubys Gesellschaft genoss.

»Nur so lange, bis ich alles erledigt habe, was ich wollte. Und das wird länger dauern als geplant, fürchte ich«, gab sie bedrückt zurück. Einen Moment später hellte sich ihre Miene auf. »Vielleicht könnte ich ja in einem der leer stehenden Geschäfte einen Laden eröffnen.« Da hatte sie so lange von ihrem eigenen Salon geträumt, und jetzt sollte sich ihr Wunsch ausgerechnet in dieser Geisterstadt erfüllen. Die Ironie entging ihr nicht.

»Da musst du den Bürgermeister fragen. Ihm gehören die leeren Läden.«

»Und wer ist der Bürgermeister?«

Myra Cratchley zögerte. »Charlie Gillard. Er ist auch unser Friedensrichter und Postamtsvorsteher. Er ist ein sehr angesehener Mann in Silverton.«

»Soll das heißen, niemand würde glauben, dass er Girra in betrunkenem Zustand belästigt?«

»Selbst wenn sie es glauben würden – die Männer würden so tun, als hätten sie nichts gesehen. Die meisten sind nämlich nicht besser.«

»Das ist nicht richtig«, empörte sich Ruby.

»Das stimmt. Aber Tatsache ist nun einmal, dass die Aborigines anders behandelt werden. Das wird sich hoffentlich irgendwann einmal ändern, aber das hier ist eine Kleinstadt mit kleinkarierten Ansichten. Charlie besitzt das einzige Kaufhaus. Die Leute würden ihn nicht verlieren wollen. Außerdem könnte er Girra eine Menge Ärger machen.«

»Inwiefern?«

»Sie ist erst fünfzehn und kümmert sich tagelang ganz allein um ihre jüngeren Geschwister. Man könnte ihren Eltern Vernachlässigung ihrer Pflichten vorwerfen.«

Jetzt war Ruby beunruhigt. »Glauben Sie, er würde die Behörden informieren?«

»Nun, angesichts seiner Drohungen muss man damit rechnen.«

Ich muss Girra warnen, schoss es Ruby durch den Kopf. Sie muss die Kinder aus der Stadt bringen, damit sie sicher sind.

»Brauchst du Geld für die Fahrt nach Hause?«, fragte Mrs. Cratchley. »Ist das der Grund, warum du arbeiten möchtest?«

»Nein.« Ruby schüttelte den Kopf. Sie hatte einen Hintergedanken: Sie hoffte, die Leute würden sich gesprächiger zeigen, wenn sie ihnen die Haare schnitt. Auf diese Weise könnte sie vielleicht mehr über Jed Monroe erfahren. »Sie glauben nicht, was einem die Leute alles erzählen, wenn sie im Frisierstuhl sitzen«, meinte sie augenzwinkernd.

Myra Cratchley verstand. Diese Ruby war ein kluges Mädchen. »Hast du Hunger? Ich mache mir nämlich jetzt ein Omelett.«

Ruby rieb sich vielsagend den Bauch. »Ich sterbe fast vor Hunger!«

10

Ruby sah sich ungläubig um, als sie Myra Cratchleys vollgestopfte Küche betrat. Jeder Zentimeter Wand war mit Regalen zugestellt, in denen alle möglichen Dinge untergebracht waren. An der Decke hatte Myra Haken angebracht, an denen merkwürdige Gegenstände hingen, und auf dem Fußboden stapelten sich unzählige Kartons, aus denen noch mehr Kram quoll.

»Stoß dich nicht«, warnte Myra Cratchley. »Ich weiß inzwischen, wo alles hängt und steht, aber ich hab's auf die harte Tour gelernt. Ich hab mir x-mal den Kopf angeschlagen.«

Auch der lange Tisch stand voll. Ein bisschen Platz war nur an einem Ende. Sie setzten sich dorthin, um ihr Omelett zu essen. Auf Rubys Frage erklärte Myra, dass jeder Gegenstand eine Geschichte habe. Die meisten Utensilien stammten aus der Zeit Anfang bis Mitte des 19. Jahrhunderts und seien von einigen der ersten Siedler nach Australien gebracht worden, unter anderem von ihrer Großmutter Myrtle Schulz, die deutsche und griechische Vorfahren habe. Myra lebte förmlich auf, als sie von ihrem bunten Sammelsurium sprach.

»Ich seh schon, Sie sind eine leidenschaftliche Sammlerin«, bemerkte Ruby, als Mrs. Cratchley ihr einen uralten Fleischwolf vorführte, der noch einwandfrei funktionierte. »Aber wo haben Sie das ganze Zeug her?«

»Bevor ich hierher gezogen bin, habe ich gerne Versteigerungen von Haushaltsgegenständen besucht. Da kann man die erstaunlichsten Sachen zu einem Spottpreis ergattern. Zwangsversteigerungen habe ich aus Prinzip immer gemieden, aber bei Haushaltsauflösungen wegen Todesfall oder Umzugs kann man richtige Schätze entdecken. Ich schaue heute noch regelmäßig in der Zeitung, ob irgendwo eine entsprechende Versteigerung stattfindet, und wenn ich denke, es könnte sich lohnen, fahre ich rüber nach Broken Hill. Das ist eben ein Hobby von mir. Diesen Fleischwolf habe ich übrigens auf der Müllhalde in Broken Hill entdeckt. Das ist auch ein guter Platz zum Stöbern.«

Ruby verzog angewidert das Gesicht bei dem Gedanken, in stinkenden Abfällen zu wühlen.

Myra Cratchley bemerkte es. »Wenn jemand stirbt, werfen die Angehörigen oft viele Dinge weg, für die sie keine Verwendung haben, aber für mich sind das Kostbarkeiten. Du hältst mich wahrscheinlich für verrückt, aber ich finde so alte Sachen einfach faszinierend.« Sie blickte sich um und seufzte. »Ich weiß bloß nicht, was aus dem ganzen Kram werden soll, wenn ich einmal nicht mehr bin. Meine Kinder werfen bestimmt alles weg.«

»Man könnte es einem Museum schenken«, schlug Ruby vor.

»Ja, das ist eine gute Idee.«

»Girra hat erzählt, in dem ehemaligen Gerichtsgebäude und dem Gefängnis soll ein Museum eingerichtet werden. Wär das nicht etwas für Ihre Kostbarkeiten? Dann bräuchten Sie sich keine Sorgen mehr darum zu machen.« Außerdem gäbe es dann wieder Luft hier, dachte Ruby, sagte es aber nicht laut.

»Tja, ich weiß nur nicht, was Roy Holloway für Pläne für sein Museum hat.« Der frühere Urkundsbeamte lebte fast genauso zurückgezogen wie sie selbst, deshalb hatten sie nie darüber gesprochen.

»Nun, das lässt sich ja herausfinden. Weiß er, was Sie hier zusammengetragen haben?«

Myra Cratchley runzelte die Stirn. »Er war nie hier, hat das alles also noch nicht gesehen, wenn du das meinst. Aber ich habe sicher mal erwähnt, dass ich ein paar alte Dinge besitze.«

»Ein paar alte Dinge? Wenn er das hier sehen könnte – das wäre für ihn wie Weihnachten und Geburtstag zusammen!«

»Meinst du wirklich?«

»Na klar. Er muss doch auch eine Schwäche fürs Sammeln haben, sonst würde er kein Museum eröffnen wollen.«

»Stimmt«, erwiderte Mrs. Cratchley, als wäre ihr der Gedanke noch nie gekommen.

Sie schwiegen ein Weilchen. Dann fragte Ruby: »Leben von Ihren Kindern welche hier in Silverton?«

»Um Himmels willen, nein!«, entgegnete Mrs. Cratchley, als wäre die bloße Vorstellung geradezu lachhaft. Ihre Kinder kamen nicht einmal gern zu Besuch nach Silverton. »Ein Sohn lebt mit seiner Familie in Broken Hill. Er hat eine verantwortungsvolle Stelle im Bergwerk, daher sehe ich ihn nur selten. Die Mädels sind nach der Schule nach Adelaide gezogen. Sie sind beide verheiratet und haben insgesamt sechs Kinder. Meine anderen beiden Söhne leben in Kalgoorlie in Western Australia. Sie sind ebenfalls im Bergbau tätig und haben beide Familie.«

»Würden Sie nicht lieber näher bei einem Ihrer Kinder wohnen?«, fragte Ruby verwundert. »Dann könnten Sie doch auch Ihre Enkel öfter sehen.«

Myra Cratchleys verwitterte Züge wurden traurig. »Sie wollen mich nicht bei sich haben.« Als sie den mitleidigen Ausdruck auf Rubys Gesicht sah, fügte sie hinzu: »Ich bin selbst schuld daran. Ich habe sie zu unabhängigen Menschen erzogen, sie brauchen mich nicht. Nach dem Tod ihres Vaters musste ich arbeiten gehen; ich hatte keine Zeit, sie zu verhätscheln und zu verwöhnen. Und selbst wenn ich die Zeit gehabt hätte, wäre ich abends viel zu erschöpft gewesen. Sie verstehen nicht, wie verdammt hart das damals war, weil sie ihre Kinder nicht allein aufziehen müssen. Ich hoffe für sie, dass sie es nie erfahren.«

Ruby nickte stumm.

Sie räumten die Küche auf und spülten das Geschirr, dann wuschen sich Ruby und Mrs. Cratchley gegenseitig die Haare in der Spüle und setzten sich nach draußen, um sie in der Nachmittagssonne trocknen zu lassen. Myra Cratchley fasste sich immer wieder verzückt in ihre kurzen, frisch gewaschenen Haare, die sich wunderbar weich anfühlten.

»Ich hab zwar nur einige wenige Sachen zum Wechseln eingepackt«, sagte Ruby, »aber ohne ein gutes Shampoo würde ich niemals verreisen.«

»Vielleicht sollte ich mir auch angewöhnen, Shampoo zu benutzen anstatt Kernseife«, meinte Myra Cratchley leicht verlegen. »Aber wir hatten jahrelang nichts anderes. Und nach dem Waschen haben wir die Haare mit Essig gespült, damit sie schön glänzten.«

Ruby verzog schmerzlich das Gesicht. »O je! Seife ist das Schlimmste, was Sie Ihrem Haar antun können!«

»Ach was! Ich hab meinen Kindern die Haare immer mit Seife gewaschen, und es hat ihnen überhaupt nicht geschadet«, beharrte die ältere Frau. »Außerdem, wozu der ganze Aufwand? Manchmal vergehen Wochen, ohne dass ich einen Menschen sehe.«

Ruby, die tagtäglich einige Dutzend Leute traf, sah Myra ungläubig an.

»Apropos Menschen – ich glaube, ich werde mich jetzt noch einmal zum Pub aufmachen«, sagte sie dann.

Ihre gewaschenen Sachen waren glücklicherweise schon getrocknet. Für ihren zweiten Abstecher ins Silverton Hotel entschied sie sich für Jeans und eine kurzärmelige rote Bluse mit Rüschen am Ausschnitt. Sie schlüpfte in das einzige Paar Schuhe, das sie mitgenommen hatte – vorne offene Sandalen mit einem kleinen Absatz und einem Fersenriemen –, und legte etwas Make-up auf. Wenigstens einige ihrer Schminksachen hatten im Wasser keinen nennenswerten Schaden genommen. Zu guter Letzt klemmte sie sich rote Clips an die Ohrläppchen.

»Du hast dich aber ganz schön in Schale geschmissen«, meinte Myra Cratchley, als Ruby aus dem aus altem Bauholz und Wellblech selbst gebauten Bad kam. Das Haus hatte kein Badezimmer besessen, als Myra es gekauft hatte, es gab nur einen Abort einige Meter hinter dem Haus.

»Danke.« Ruby lächelte.

Sie fühlte sich jetzt viel wohler, auch wenn sie das Duschen nicht so schnell vergessen würde. Die Konstruktion bestand aus einem wassergefüllten Eimer mit durchlöchertem Boden, den Mrs. Cratchley an der Decke aufgehängt hatte. War das Wasser durchgelaufen, was ziemlich schnell ging, musste man auf einen Stuhl klettern und den Kübel von Neuem füllen. Volle Eimer standen bereits parat. Ruby hatte drei Mal nachgefüllt. Bei dem warmen Wetter konnte man Wasser direkt aus dem Schlauch nehmen; wäre es kalt gewesen, hätte man das Wasser erst einmal erwärmen müssen.

»Na, was sagst du zu meiner Dusche? Nicht schlecht, oder?«, meinte Mrs. Cratchley stolz.

»Schon, aber mit einem richtigen Duschkopf wäre es natürlich noch besser«, erwiderte Ruby vorsichtig. Sie wollte ihre Gastgeberin nicht kritisieren.

»Eine richtige Dusche kostet aber eine ganze Stange. Ein Verwandter von Charlie Gillard ist Klempner; er wollte fast hundert Dollar für die Klempnerarbeiten im Bad, und so viel hab ich nicht.«

Diese Worte machten Ruby nachdenklich. Ihr fiel ein, was sie zu ihrer Mutter über Fern Bay gesagt hatte, das unbestreitbar ein idyllisches Städtchen war, vor allem, wenn man es mit Silverton verglich. Ihre Tante besaß zwar nur ein kleines Häuschen, aber die Immobilien dort waren wegen der Lage am Meer teuer. Jetzt begriff Ruby, wie lächerlich ihr Gejammer gewesen war.

»Warum kommen Sie nicht mit in den Pub, Mrs. Cratchley?«, sagte sie spontan. »Dann könnten Sie den Einheimischen Ihre neue Frisur vorführen.«

Die Einladung rührte die ältere Frau, was sie sich jedoch nicht anmerken ließ. »Du kannst ruhig Myra zu mir sagen«, gab sie zurück und fügte belustigt hinzu: »Ich glaube nicht, dass mich jemand erkennen würde. Ich bin nie der Typ gewesen, der gern in Lokalen herumhockt, weißt du. Geh du nur. Aber pass auf dich auf. Du siehst zum Anbeißen aus, und ich wette, jeder Mann in der Stadt wird ein Auge auf dich werfen.«

Ruby versprach es ihr und machte sich auf in das kleine Städtchen.

Auf dem Weg zum Silverton Hotel hielt Ruby nach Girra Ausschau. Es tat ihr leid, dass das Aborigine-Mädchen sich von ihr verraten fühlte. Sie musste die Sache vor ihrer Abreise unbedingt richtigstellen.

Obwohl die Sonne allmählich zum westlichen Horizont hinunterwanderte, war es immer noch sehr heiß. Ruby brach der Schweiß aus allen Poren. Sie sah schon von Weitem mehrere Fahrzeuge vor dem Hotel stehen, alle waren mit einer roten Staubschicht bedeckt. Sie konnte auch den Lärm hören, der aus der Bar drang.

Ruby hatte die Veranda noch nicht betreten, als einige der Gäste drinnen sie schon durch die geöffneten Fenster erspähten. Nach ihrer anfänglichen Überraschung begrüßten sie sie mit lautem, fröhlichem Gejohle. Ruby, die angenommen hatte, der Wirt habe die Leute vor ihr gewarnt, und daher mit einem eher reservierten Empfang gerechnet hatte, war verblüfft.

»Hallo!«, rief sie zurück und hoffte, die Stimmung werde nicht umschlagen, wenn sie erfuhren, dass sie auf der Suche nach Jed Monroe war, dem »Helden« der Stadt.

»Einen schönen guten Tag«, grüßte ein älterer Mann, als sie die Bar betrat. »Von wo hat Sie der Wind denn hergeweht?«

»Aus Sydney«, antwortete sie.

»Aha, ein Großstadtgewächs. Schön, mal wieder ein neues Gesicht in der Stadt zu sehen. Was trinken Sie?«

Normalerweise bevorzugte Ruby Wodka Tonic, aber erstens brauchte sie etwas gegen den Durst, und zweitens tranken alle anderen Bier. Sie wollte nicht gegen den Strom schwimmen.

»Ein Bier, bitte«, sagte sie deshalb und blickte sich flüchtig um. Mindestens dreißig Gäste befanden sich in dem kleinen Raum.

»Im Ernst? Ich hätt gedacht, Sie würden was Edleres trinken.« Der Mann lächelte, sodass man die Lücken in seinem Gebiss sehen konnte. »Ich bin übrigens Ernie Mitchell.« Er streckte ihr die Hand hin. Sie war rau, sein Händedruck kräftig. Inzwischen war Ruby von mehreren Männern umringt. Alle trugen Shorts, Unterhemden und Sandalen. Die meisten waren unrasiert und offenbar schon lange nicht mehr beim Friseur gewesen. Dennoch freute sie sich über den herzlichen Empfang.

»Wie heißen Sie, Schätzchen?«, fragte Ernie und drückte ihr ein großes Glas Bier in die Hand.

»Ruby Rosewell«, antwortete sie und bedankte sich für das Bier.

Aus den Augenwinkeln sah sie, wie Jacko, der Darts gespielt hatte, schnurstracks zu ihr eilte. Sie blickte sich verstohlen um. Es war ungefähr fünf Uhr, und sie fragte sich, ob einer der Männer, die sie mit unverhohlener Neugier musterten, Jed Monroe war.

»Hallo, Miss!« Jacko, der sich einen Weg zu ihr gebahnt hatte, strahlte sie an.

Ruby biss sich unwillig in die Wange. Anscheinend dachte er, sie habe sich mit ihm verabredet. »Hallo«, erwiderte sie kühl.

»Schön, dass Sie gekommen sind. Ich war mir nicht sicher, ob Sie es schaffen würden«, fuhr er fort und wurde rot.

»Woher kennst du denn diese bildhübsche junge Dame?«, fragte Ernie sichtlich verblüfft darüber, dass Jacko bereits Rubys Bekanntschaft gemacht hatte.

Jacko kam mit allen Männern bestens aus, aber die Frau, die ihn attraktiv fand, musste Ernies Ansicht nach erst noch geboren werden. Und jetzt sollte ausgerechnet eine schöne junge Frau wie diese Fremde romantische Absichten hegen? Das kam Ernie sehr verdächtig vor.

Ruby setzte ihr Glas an die Lippen und trank es in einem Zug halb aus.

»Wir sind uns schon mal begegnet, und sie hat gesagt, sie würde um fünf herkommen«, erklärte Jacko voller Stolz. Er hatte sich für alle Fälle rasiert und sich großzügig mit Old-Spice-Rasierwasser parfümiert, was dazu geführt hatte, dass seine Kumpel ihn gnadenlos aufzogen, als er in den Pub gekommen war.

»Jetzt versteh ich! Deshalb stinkst du so fürchterlich!«, sagte Ernie lachend. Die anderen stimmten gut gelaunt mit ein.

Ruby wünschte, es gäbe einen Weg, klarzustellen, dass sie keine Verabredung mit Jacko hatte, ohne dessen Gefühle zu verletzen. Da ihr nichts einfiel, wandte sie sich Mick Doherty zu, der hinter der Theke stand und sich über ihr Dilemma amüsierte.

»Hallo, Mr. Doherty.«

»Hallo, Schätzchen«, erwiderte er freundlich. »Ich bin Mick. So nennen mich alle hier. Das wegen heute Morgen tut mir leid, war allein meine Schuld. Sie tragen es mir hoffentlich nicht nach.«

»Ach was, überhaupt nicht«, entgegnete Ruby erleichtert und leerte ihr Glas bis auf den letzten Tropfen.

Der Wirt zog belustigt die Brauen hoch. »Darf's noch mal ein kühles Blondes sein oder lieber ein Glas Eiswasser?«, grinste er.

Ruby lächelte. »Noch ein Bier, bitte.« Die Hitze hatte ihre Kehle ganz ausgedorrt.

Als sie ihren Geldbeutel aus der Tasche ihrer Jeans zog, sagte Mick: »Das hier geht aufs Haus.«

»Oh, das ist nett, danke.« Sie lächelte ihm zu und entspannte sich.

Die Männer stellten sich ihr vor, aber sie vergaß ihre Namen sofort wieder, weil es ein ganz bestimmter war, auf den sie wartete. Jetzt erst fielen ihr die Frauen an einem Tisch auf der gegenüberliegenden Seite auf. Sie saßen neben einer offenen Tür, die zu einer Art kleinem Biergarten hinausführte. Biergläser standen vor ihnen auf dem Tisch, und ihre schweißbedeckten, braun gebrannten, zerfurchten Gesichter wirkten abgekämpft. Sie hatten nur Sekunden gebraucht, um Ruby von ihrer modischen Frisur bis hinunter zu ihren Riemchensandalen zu taxieren. Diese Person würde es keine fünf Minuten in einer Stadt wie Silverton im tiefsten Outback aushalten, wo das Aufregendste, das passierte, der gelegentliche Sandsturm war. Ihre Neugier hielt sich daher in Grenzen, was man von den Männern allerdings nichts behaupten konnte.

»Seht euch bloß mal unsere Ehemänner an«, bemerkte Betty McGuire angewidert. »Man könnte meinen, sie hätten noch nie ein hübsches Ding mit einer guten Figur gesehen.«

»Mein Ernie sabbert schlimmer als unser Hund«, ergänzte Connie Mitchell, was die anderen beiden zum Lachen brachte.

Ruby wandte sich Jacko zu. »Ist Jed Monroe auch da?«, fragte sie mit gedämpfter Stimme, weil sie Mick nicht gegen sich aufbringen wollte.

»Nein.« Jacko warf einen flüchtigen Blick in Micks Richtung. »Er hat die Stadt verlassen, und ich weiß nicht, wann er zurückkommen wird.«

Ruby sah ihn misstrauisch an. Das klang ziemlich einstudiert, fand sie.

Zwei Stunden später hatte sie mit jedem Gast im Lokal gesprochen und war mit jedem per Du. Sie war zu etlichen Glas Bier und zwei Whiskey eingeladen worden, sodass sie mittlerweile reichlich beschwipst war und leicht schwankte. Sie hatte Darts gespielt, hundsmiserabel zwar, aber mit großem Spaß. Sie hatte auch mit den Frauen geplaudert, die ebenfalls behaupteten, Jed Monroe habe die Stadt verlassen. Doch niemand konnte ihr sagen, wohin er gegangen war oder wann er zurückkommen würde.

Sooft sie ihr Glas ausgetrunken hatte, wurde ihr das nächste hingestellt. Bald konnte sie sich kaum noch auf den Beinen halten. Sie kletterte mühsam auf einen Barhocker und nuschelte: »Jetzt sollte ich mal eine Runde schmeißen.«

»Kommt nicht infrage, du bist unser Gast heute Abend«, widersprach Barnsey. Colin Barnes, wie er mit richtigem Namen hieß, war Bergmann gewesen und schürfte immer noch in der alten Day-

Dream-Mine, die 1886 stillgelegt worden war. »Du hast uns immer noch nicht erzählt, was dich eigentlich nach Silverton geführt hat.«

»Oh, das ist eine lange, ziemlich verworrene Geschichte«, seufzte Ruby.

»Wir haben Zeit. Wir würden zu gern erfahren, was ein so hübsches junges Ding hierher verschlagen hat.«

Wieder seufzte Ruby. »Tja, alles hat wohl damit begonnen, dass meine Mutter meinen Vater kennenlernte.«

Barnsey blickte überrascht und leicht verwirrt drein. »Das ist aber lange her, oder?« Er streifte die Gäste neben sich mit einem Seitenblick.

»Ich hab doch gesagt, es ist eine lange Geschichte. Wollt ihr sie immer noch hören?«

»Ja, erzähl, was ist passiert!«, drängte Ernie.

Und so fing Ruby ganz am Anfang an, mit der Ehe ihrer Mutter mit einem brutalen, zwielichtigen Mann.

»Soll das heißen, er gehörte einem Gangstersyndikat an?«, fragte Ernie.

Ruby nickte. »Gut möglich.«

Die Gäste wechselten bestürzte Blicke. Ruby erzählte, wie ihre Mutter vor ihrem Mann geflüchtet war und wie sie ihren Vater kennengelernt und eine Affäre mit ihm begonnen hatte. Sie umriss in knappen Sätzen die Ereignisse, die dazu geführt hatten, dass sie auf der Suche nach Jed Monroe nach Broken Hill und weiter nach Silverton gefahren war. Sie war so in ihre Geschichte vertieft, dass sie gar nicht merkte, wie alle im Lokal näher an sie herangerückt waren.

»Tja, jetzt wisst ihr's«, meinte sie zum Schluss. »Deshalb bin ich hier.«

»Das ist ja eine abenteuerliche Geschichte«, murmelte Barnsey.

Ein Millionär, der sein gesamtes Vermögen verspielte, seiner Frau und seinen Kindern nur einen Haufen Schulden hinterließ, aber seiner Geliebten ein Halsband und seiner Tochter einen Anteil an einem Rennpferd vermachte? Das schien alles ziemlich weit hergeholt. Und ein verheirateter Mann, der sich eine Geliebte hielt, behagte ihm als Familienmensch noch viel weniger.

Warum sie sich denn nie mit ihrem Vater getroffen habe, wollte Betty McGuire wissen, und ob er ihren Halbgeschwistern tatsächlich nichts hinterlassen habe. Ihr Vater sei zwischen zwei Familien hin und her gerissen gewesen, erklärte Ruby, und habe sich für eine entscheiden müssen. Sie erzählte von dem Mercedes für die Tochter und der Jacht für den Sohn und wie sich die beiden darüber empört hatten.

Sie wünschte, *ihr* würde jemand einen Mercedes vererben, brummelte Betty, und Connie meinte, sie würde die Jacht jederzeit nehmen, ganz egal, in welchem Zustand sie sei.

»Warum hat dein Vater seine Frau denn nicht verlassen, wenn doch Emily seine große Liebe gewesen ist?«, wollte einer der Männer wissen.

Und Ruby erzählte auch von Carmel. »Sie hat sich die Treppe hinuntergestürzt, um ihren Mann an sich zu fesseln; seitdem sitzt sie im Rollstuhl. Jedenfalls hat meine Mutter den starken Verdacht, dass es so gewesen ist.«

Ruby konnte sich inzwischen kaum noch auf dem Barhocker halten und hatte Mühe, sich verständlich auszudrücken. Einige der Einheimischen glaubten, dass sie die ganze Geschichte nur erfunden hatte oder zumindest stark übertrieb, um die wahren Gründe für ihre Suche nach Jed Monroe zu verschleiern.

»Dann gehört dir also die Hälfte von Silver Flake, wenn ich das richtig verstanden habe«, sagte Barnsey. Dass Jed nicht der alleinige Besitzer des Pferdes sein sollte, war ihm neu.

»So ist es, aber ich will das Pferd nicht«, nuschelte Ruby. »Ich will Jed Monroe meinen Anteil verkaufen und auf dem schnellsten Weg zurück nach Sydney.«

Die Gäste wechselten zweifelnde Blicke.

»Was ist Silver Flake deiner Ansicht nach denn wert?«, fragte Barnsey.

»Ich hab keinen blassen Schimmer. Aber so wie ich mein Glück kenne, wahrscheinlich nicht viel. Egal, ich kann jeden Cent brauchen. Vor ein paar Tagen hab ich meinen Job verloren, und meine Mom und ich mussten aus unserer Wohnung ausziehen, weil wir die Miete nicht mehr bezahlen konnten.«

»Wo ist deine Mom denn jetzt, Schätzchen?«, fragte Agatha Barnes, die neben Colin getreten war, mit dem sie seit fünfundvierzig Jahren verheiratet war.

»Bei ihrer Schwester«, antwortete Ruby. Im nächsten Moment riss sie die Augen auf und schnappte erschrocken nach Luft. »O mein Gott, sie macht sich bestimmt Sorgen, weil sie noch nichts von mir gehört hat!«

»Und warum bist du nicht mitgegangen?«, fragte Agatha weiter. »War bei deiner Tante kein Platz mehr für dich?«

»Doch, schon, aber ich wollte nicht in einem Nest wie Fern Bay leben. Ich brauche die Großstadt, ich liebe Partys und gehe gern in Musikbars. Ich weiß nicht, wie ihr das hier draußen aushaltet, in diesem Staub und in dieser Einöde!« Dann wurde ihr bewusst, was sie gesagt hatte, und sie schlug sich die Hand vor den Mund. »Nehmt das bitte nicht persönlich«, fügte sie hinzu. »Ich kann nicht glauben, dass ich am selben Tag, an dem ich erfahren habe, dass mein Vater nicht tot gewesen war, sondern ganz in der Nähe gelebt hatte, erst meine Stelle verloren und dann meinen Verlobten in flagranti ertappt habe! Ich meine, wie hoch ist die Wahrscheinlichkeit, dass so etwas passiert?«

Barnsey guckte sie verdutzt an. »Du warst verlobt?«

»Ja, hab ich das nicht erwähnt?«

»Nein, hast du nicht.« Barnsey zog die Brauen hoch und blickte vielsagend in die Runde.

»Gavin hat mich mit einer anderen betrogen«, sagte Ruby bitter.

»So ein Dreckskerl«, empörte sich Connie Mitchell.

»Du hättest ihn an den Kastrationsapparat anschließen sollen«, witzelte Ernie, und die Männer lachten.

»Ach, halt den Mund, Ern«, wies Connie ihren Mann zurecht. Sie sah Ruby an. »Und was hast du gemacht, als du dahintergekommen bist?«

Ruby schnitt eine Grimasse. »Ich bin zu seiner Wohnung gegangen und hab ihn erwischt, wie er Chrissie Williams küsste. Chrissie ist das Flittchen in unserem Viertel, sie spannt jedem Mädchen den Freund aus.«

»Wie sieht sie denn aus?« Jacko lief förmlich das Wasser im Mund zusammen. Betty gab ihm einen tadelnden Klaps auf den Arm, aber er bemerkte es genauso wenig wie Ruby.

»Blond, blaue Augen, große … na, ihr wisst schon. Ich hab Gavin zur Rede gestellt und gesagt …« Ruby brach unvermittelt ab. »Ach, egal.«

»Nein, nein, erzähl schon, was hast du zu ihm gesagt?«, drängte Betty aufgeregt.

Ruby schüttelte verlegen den Kopf. »Nein, das kann ich nicht.«

»Natürlich kannst du das. Wir werden es auch ganz bestimmt nicht weitererzählen«, versicherte Betty, was angesichts der Tatsache, dass praktisch die ganze Stadt im Pub versammelt war, ein lächerliches Versprechen war.

»Genau, wir sind weltoffen und tolerant hier draußen«, ergänzte Barnsey. »Uns schockiert so schnell nichts.«

»Das vielleicht schon«, meinte Ruby.

Barnsey schüttelte den Kopf. »Glaub ich nicht.«

»Hast du ihm erzählt, dass du ein Kind von ihm kriegst?«, fragte Jacko.

Ruby starrte ihn groß an, woraufhin Agatha ihn in den Magen boxte. »Zu der Sorte Mädchen gehört Ruby nicht«, schalt sie ihn.

Jacko lief rot an und rieb sich den Bauch. »Hätte ja sein können«, keuchte er.

»Na ja, ich mach so was sonst wirklich nicht, aber Gavin hatte es verdient«, sagte Ruby.

Das machte alle nur noch neugieriger.

»Los jetzt, raus mit der Sprache!«, forderte Connie sie auf.

Ruby druckste noch eine Sekunde herum, dann feixte sie: »Ich hab ihm gesagt, er soll zum Arzt, ich hätte mir bei ihm etwas geholt.«

»Etwas geholt?«, echote Jacko ganz konfus.

»Den Tripper, du Hornochse!«, klärte Ernie ihn auf.

Jacko wurde knallrot. »Ach so!«

Ausnahmslos jeder im Lokal starrte Ruby jetzt an, und sie bereute ihre Offenheit bereits. Doch dann, zu ihrer Verwunderung, brachen alle in schallendes Gelächter aus.

»Gut gemacht, Schätzchen!«, lobte Agatha mit Lachtränen in den Augen. »Du hast eine Menge Fantasie, scheint mir.«

»Ja, das stimmt.« Ruby nickte. »Die Rache war wirklich süß, aber nur eine kleine Weile. Als ich nach Hause kam, erzählte meine Mutter mir die Geschichte von meinem Vater. Da war er all die Jahre am Leben gewesen, und ich habe ihn nie kennengelernt. Habt ihr eine Ahnung, wie weh das tat?«

Ein kleiner Schluchzer stieg ihr in der Kehle auf. Der Alkohol machte sie rührselig. Die Einheimischen dachten, sie liefere die Vorstellung ihres Lebens. Aber sie spielten mit.

»Armes Schätzchen.« Agatha rieb ihr tröstend über den Arm. »Da hast du aber ganz schön was mitgemacht, hm?«

»Ja, und jetzt bin ich hier und kann nicht mal mit Jed Monroe sprechen, damit er mir meinen Anteil an dem Pferd abkauft«, murmelte Ruby seufzend. Sie bemerkte nicht, wie die anderen Gäste vielsagende Blicke wechselten. Ein paar Sekunden herrschte Schweigen, dann fragte sie: »Wo ist er gleich noch mal hingefahren?«

»Wir wissen es nicht«, antwortete Barnsey. »Er trainiert sein Pferd mal da, mal dort.«

Ruby stieß abermals einen tiefen Seufzer aus. »Na ja, wenigstens kann ich mich damit trösten, dass ich nicht die Einzige bin, die ihn sucht und nicht findet.«

»Was meinst du damit?« Mick Doherty, der sich lässig auf die

Theke gestützt hatte, richtete sich beunruhigt auf. »Wer sucht denn noch nach ihm?«

»Zwei Männer in einem Ford Pick-up.«

Schweigen trat ein. Fast eine geschlagene Minute sagte niemand etwas.

»Wo hast du die beiden denn gesehen?«, fragte Barnsey dann, wobei er Mick mit einem flüchtigen Blick streifte.

»Unten am Fluss, so gegen Mittag«, erwiderte Ruby und gähnte zerstreut. »Sie kamen drüben von der anderen Seite angefahren und haben gehalten und gefragt, ob man den Fluss gefahrlos durchqueren könne. Das fragen die ausgerechnet mich! Wo ich fast im Fluss ertrunken wäre.« Sie zuckte mit den Achseln.

»Was haben sie sonst noch gesagt?«, forschte Mick.

»Nicht viel. Sie wollten wissen, ob ich Jed Monroe kenne, sie wollten mit ihm reden, sagten sie. Ich sei ihm nie begegnet, habe ich geantwortet, und das stimmt ja auch.«

»Und was ist dann passiert?«, fragte Mick betont beiläufig.

»Sie sind wieder eingestiegen, haben gewendet und sind in Richtung Broken Hill davongefahren.«

»Haben sie erwähnt, ob sie zurückkommen werden?«

»Nein. Ich hab noch gefragt, ob ich Jed Monroe etwas ausrichten soll, falls ich ihn treffe, aber sie meinten, ich solle nichts sagen, sie wollten ihn überraschen.«

»So?« Ein wachsamer Ausdruck trat auf Micks Gesicht. »Das ist ja interessant.«

11

Es war kurz vor Mitternacht, und Myra Cratchley war gerade eingeschlafen, als sie von einem Motorengeräusch wieder geweckt wurde. Reifen knirschten über den steinigen Boden, Autotüren wurden geöffnet und fielen zu, gedämpfte Stimmen drangen an ihr Ohr. Eine Sekunde später war sie hellwach.

»Ich kann allein gehen, vielen Dank«, lallte Ruby.

»Schsch!«, machte eine Frauenstimme. »Nicht so laut! Myra schläft bestimmt schon. Sie steht ja immer mit den Hühnern auf.«

Ruby kicherte. »La-le-lu, und der Mond im Mann schaut zu«, grölte sie, brach ab und giggelte: »Hoppla! Ich meine natürlich, der Mann im Mond schaut zu …«

»Nicht so laut!«, ermahnte eine Frauenstimme zum zweiten Mal.

Myra stand auf, ging durch den Flur und trat aus dem Haus. Jacko und Harold McGuire gingen gerade wieder zu Harolds Auto zurück. Betty saß hinten im Fond. Sie saß immer hinten, wie die englische Königin, selbst wenn sie mit Harold allein im Auto fuhr.

»Bist du sicher, dass du hier übernachten kannst, Schätzchen?«, fragte Betty skeptisch durch das offene Fenster. Sie kannte Myra und wusste, dass sie lieber für sich blieb, daher kam es ihr merkwürdig vor, dass sie eine ihr fremde Person bei sich wohnen ließ.

»Hab ich doch gesagt, oder nicht?«, nuschelte Ruby. »Myra und ich verstehen uns glänzend.« Sie hickste laut und schlug sich dann kichernd die Hand vor den Mund.

»Es stimmt, was sie sagt«, bekräftigte Myra, als sie, den Gürtel ihres Morgenmantels verknotend, aus der Dunkelheit ins Licht der Autoscheinwerfer trat.

Ruby schwankte und konnte sich kaum noch auf den Beinen halten, so betrunken war sie. Das machte Myra wütend, sie hatte sich den ganzen Abend um die junge Frau gesorgt.

»Ich hab ja nur gefragt, Myra«, beschwichtigte Betty sie. »Ruby hat ein bisschen zu tief ins Glas geschaut, sie sollte sofort ins Bett gehen und sich richtig ausschlafen.«

»Ich kümmere mich schon um sie«, erwiderte Myra.

Sie warf Jacko einen finsteren Blick zu, weil er Ruby schamlos anstierte. Sie hatte die Schlafkoje im Wohnwagen bereits hergerichtet, fragte sich aber plötzlich, ob es klug war, die junge Frau hier draußen allein zu lassen. Sie überlegte, ob sie eine Kaninchenfalle vor der Wohnwagentür aufstellen sollte, entschied sich dann jedoch dagegen. Sie wollte nicht, dass Ruby womöglich hineintrat, wenn sie nachts aufstehen und zum Abort müsste.

»Komm ja nicht auf dumme Gedanken, Jacko!«, rief sie dem jungen Mann drohend zu. »Ich hab meine Winchester griffbereit.«

Da sie niemals ein Tier erschießen würde, hatte sie die Waffe nur mit Platzpatronen geladen, falls sie einmal eine Schlange aus dem Hühnerstall vertreiben musste. Aber das brauchte Jacko ja nicht zu wissen.

Jacko kratzte sich verlegen am Hinterkopf, erwiderte aber nichts. Er wusste, es war besser, sich nicht mit Myra anzulegen. Wortlos stieg er ein. Harold setzte sich ans Steuer, wendete und fuhr davon.

»Myra hätte sich wenigstens dafür bedanken können, dass wir das Mädchen nach Hause gebracht haben«, brummte Betty.

Am anderen Morgen war Ruby ziemlich verkatert.

»Ich war zwar nicht mehr ganz nüchtern gestern Abend, aber ich bin mir trotzdem sicher, dass mich die Leute angelogen haben«, sagte sie zu Myra, als diese ihr Rührei auf Toast und gesüßten schwarzen Tee zum Frühstück hinstellte. Ruby drehte sich bei dem

Anblick fast der Magen um. »Bei meiner ersten Begegnung mit Jacko hat er nämlich nichts davon gesagt, dass Jed Monroe die Stadt verlassen habe, aber gestern Abend dann hat er es auf einmal behauptet, so wie alle anderen, die ich gefragt habe. Es klang, als hätte er den Satz auswendig gelernt. Hätte ich doch bloß nicht so viel getrunken«, stöhnte sie und hielt sich ihren pochenden Schädel. »Ich hätte sicher mehr aus ihm rausbekommen, wenn ich nicht so beschwipst gewesen wäre.«

»Ja, du hast scheinbar wirklich eine ganze Menge zu viel getrunken«, grummelte Myra. Sie war die halbe Nacht aufgeblieben und hatte Wache gehalten, nur für den Fall, dass einer der Männer auf die Idee kam, sich in den Wohnwagen zu schleichen. Das hob ihre Laune nicht gerade. Außerdem war sie sauer, weil sie die scharfe Munition für die Winchester, die sie sich für den Notfall gekauft hatte, nicht gefunden hatte.

»Ich wollte wirklich nicht so viel trinken, aber die Leute waren so nett, alle haben darauf bestanden, mir einen auszugeben.«

Myra zog die Brauen hoch. »Das haben die nicht aus Nettigkeit getan.«

Rubys Hirn fühlte sich zwar noch ein bisschen schwammig an, aber sie konnte nicht glauben, was Myra da andeutete. Was für einen Grund sollten die Leute gehabt haben, sie mit Alkohol abzufüllen? Sie wusste noch, wie aufmerksam und interessiert sie zugehört hatten, als sie praktisch ihr ganzes Leben vor ihnen ausgebreitet hatte. Jetzt, da sie wieder einigermaßen nüchtern war, war es ihr schrecklich peinlich.

Würde es Folgen haben, dass sie völlig fremden Menschen so viele persönliche Dinge anvertraut hatte?

Nach dem Frühstück bat Ruby Myra, sie zu Charlie Gillard zu begleiten. Sie wollte ihn fragen, ob sie in einem der leer stehenden Läden vorübergehend einen Frisiersalon eröffnen durfte, und hoffte auf Myras Unterstützung. Charlies Laden war geschlossen, was laut

Myra völlig ungewöhnlich war. Um diese Zeit hatte er normalerweise schon längst geöffnet.

»Hoffentlich ist er nicht krank«, sorgte sie sich. Sie gingen zu seinem Haus, aber niemand antwortete auf ihr Klopfen und Rufen. Die beiden Frauen kehrten auf die Hauptstraße zurück. »Seltsam«, bemerkte Myra nach einer Weile. »Die Stadt wirkt wie ausgestorben.«

Ruby fand, dass das eine eigenartige Bemerkung war. »Woran erkennst du das?«

Myra sah sie verdutzt an. »Na, weil niemand zu sehen ist«, erwiderte sie, als sei das ja wohl klar.

Ruby war perplex, sagte aber nichts mehr, weil sie Myra nicht zu nahetreten wollte.

Als sie um die Ecke der Layard Street bogen, sahen sie eine Menschenansammlung vor dem Pub.

»Also da sind sie alle!« Myra schirmte die Augen gegen die Morgensonne ab. »Da ist ja auch Charlie.«

»Was ist denn da los?«, fragte Ruby.

»Sieht wie eine Bürgerversammlung aus, aber mir hat niemand was davon gesagt. Komm, wir schauen mal nach.«

Als sie näher kamen und bemerkt wurden, setzte Geflüster und Getuschel ein, die Leute stießen sich an, und zu guter Letzt drehten sich alle nach ihnen um. Ein frostiges Schweigen entstand.

»Was ist denn hier los?«, fragte Myra, als sie die finsteren Blicke bemerkte, die Ruby galten.

»Das würden wir auch gern wissen«, erwiderte Burt Wilkinson. Ruby kannte ihn, aber im Gegensatz zum Vorabend wirkte er jetzt abweisend und feindselig. »Die Kleine da hat uns gestern Abend eine abenteuerliche Geschichte aufgetischt. Sie ist eine ganz famose Lügnerin, das muss man ihr lassen.«

Ruby klappte der Unterkiefer herunter. »Ich weiß, dass ich angeheitert war, aber alles, was ich erzählt habe, war die Wahrheit!«

»Ach ja? Hat sich eher wie ein Märchen angehört«, versetzte Burt.

»Die Camilleri-Brüder haben dich geschickt, ist es nicht so?«, fragte Mick Doherty.

»Die Camilleri-Brüder?«, wiederholte Ruby verwirrt. »Wer soll das sein?« Sie wünschte, ihr wäre nicht so speiübel und schwindlig.

»Das weißt du doch ganz genau«, rief jemand aufgebracht. »Warum gibst du es nicht einfach zu?«

»Das würde ihnen ähnlich sehen, ein hübsches Mädchen mit einer rührseligen Geschichte herzuschicken, damit sie an Jed rankommen«, sagte Burt und erntete zustimmendes Gemurmel.

Ruby hatte nicht die leiseste Ahnung, wovon die Leute redeten, und Myra war genauso verwirrt wie sie.

»Die Idee mit den beiden Männern, die nach Jed gefragt haben, war gar nicht schlecht«, rief ein anderer dazwischen.

Die Frauen hatten bisher geschwiegen, musterten Ruby aber so finster, als fühlten sie sich von ihr zum Narren gehalten.

»Aber es stimmt!«, protestierte Ruby. »Da waren wirklich zwei Männer, die nach Jed Monroe gefragt haben.«

Mick Doherty machte eine unwillige Handbewegung. »Wir alle finden, du solltest so bald wie möglich aus der Stadt verschwinden.«

»Einen Augenblick mal«, mischte sich Myra ein. »Was wollen diese Camilleri-Brüder von Jed Monroe, und wieso sollten sie jemanden wie Ruby auf ihn ansetzen? Weshalb habe ich bisher nie ein Wort darüber gehört?«

Sie sah Charlie an, der den Blick senkte. Obwohl sie so oft in seinen Laden kam, hatte er es nicht für nötig befunden, ihr mitzuteilen, was alle anderen offenbar wussten?

Niemand antwortete ihr.

»Also? Was ist jetzt?«, sagte Myra ärgerlich und schaute von einem zum anderen, bis ihr Blick sich wieder auf Charlie heftete, der in die andere Richtung guckte.

»Tut mir leid, Myra, aber wir können nicht darüber reden«, sagte Mick schließlich.

Myra stemmte die Hände in die Seiten. »Wieso? Weil ihr glaubt, dass ich auch Teil dieser … dieser angeblichen Verschwörung bin – oder was immer es sein soll?«

»Wir glauben, dass man dich benutzt hat, Myra«, erwiderte Charlie ernst.

Ruby war schockiert über diese Unterstellung. »Ich habe niemanden benutzt!«

Mick sah sie an. »Du kannst den Camilleri-Brüdern sagen, dass deine Mission nicht erfolgreich war.«

Ruby hätte vor Zorn fast mit dem Fuß aufgestampft. »Ich kenne keine Camilleri-Brüder, und ich habe keine Ahnung, wovon ihr redet!«

Auch Myra verlor allmählich die Geduld. »Sie hat euch doch bestimmt erzählt, dass sie Mitbesitzerin von Jeds Pferd ist, oder?«

»Und warum sollten wir ihr das abnehmen?«, konterte Mick. »Soviel wir wissen, ist Jed der alleinige Eigentümer.« Wieder sah er Ruby an. »Oder hast du irgendwelche Papiere, die deine Geschichte beweisen können?«

Ruby schwieg. Zum ersten Mal fragte sie sich, warum sie keine Unterlagen bekommen hatte – nichts, das sie als Miteigentümerin auswies.

»Wenn dir die Hälfte des Pferdes gehört, musst du auch für die Hälfte des Unterhalts aufkommen. Hast du mal daran gedacht, Mädchen?«, sagte Ernie.

»Und ob. Das war mein erster Gedanke. Ich war alles andere als begeistert von dieser Erbschaft. Aber wenn ich die Hälfte der Unterhaltskosten tragen muss, dann kann ich auch die Hälfte der Siegprämien einstreichen.«

»Sie sollte die Chance haben, selbst mit Jed Monroe zu reden«, warf Myra ein. »Sagt ihr endlich, wo er steckt.«

Mick schüttelte den Kopf. »Jed hat nie einen Partner erwähnt. Er hätte es uns bestimmt gesagt.«

»Ruby, du kannst deine Geschichte sicherlich beweisen, nicht wahr?« Myra sah sie hoffnungsvoll an.

»Na ja, ich … ich bin sicher, Jed Monroe würde bestätigen, dass er das Pferd zusammen mit meinem Vater gekauft hat.«

Die Leute machten skeptische Gesichter.

»Jed ist aber nun mal nicht da«, beharrte Mick störrisch.

Ein Gedanke durchzuckte Myra. »Hast du nicht ein Testament erwähnt, Ruby? Dein Vater hat es doch bestimmt von einem Anwalt aufsetzen lassen.«

»Ja, stimmt. Er heißt Marshall Humphries und war der Testamentsvollstrecker.«

»Ruf ihn an, Mick«, sagte Myra. »Dann kann er dir Rubys Geschichte bestätigen.«

Mick rieb sich das Kinn. »Wo hat er denn seine Kanzlei?«

»In Longueville, an der Nordküste von Sydney«, antwortete Ruby. »Ich weiß aber nicht, ob er dort erreichbar ist. Sein Büro wurde überschwemmt, er musste es für eine Weile schließen.«

Sie hatte den Satz noch nicht beendet, als ein höhnischer Ausdruck auf die Gesichter der Umstehenden trat. Sie dachten, sie erzähle ihnen wieder irgendein Lügenmärchen.

»Es muss ja ganz schön geschüttet haben in Sydney«, spottete jemand. »Komisch, dass wir hier nichts von einer Überschwemmung mitgekriegt haben.«

»Es war ein Wasserrohrbruch«, erklärte Ruby.

»Aber klar doch«, höhnte jemand anders.

»Mr. Humphries kann bestätigen, was ich euch gesagt habe.« Ruby sah Mick an. »Bitte ruf ihn an.«

Mick seufzte. »Wie ist seine Telefonnummer?«

»Das … das weiß ich leider nicht.«

»Ruf die Vermittlung an, sie wird dich weiterverbinden«, forderte Myra ihn ungeduldig auf.

Mick ging in den Pub, die Einheimischen strömten hinterher. Ruby und Myra schlossen sich an.

»Ist das wirklich wahr, dass das Anwaltsbüro durch einen Wasserrohrbruch überschwemmt wurde?«, flüsterte Myra.

Ruby sah sie bestürzt an. »Glaubst du mir etwa auch nicht?«

»Doch, schon, aber in Anbetracht der Umstände klingt das schon ein bisschen weit hergeholt.«

Ruby schüttelte den Kopf. »Nicht, wenn man bedenkt, was mir in letzter Zeit alles passiert ist. Die Testamentseröffnung fand im Haus meines Vaters statt, in Anwesenheit seiner Frau und seiner beiden erwachsenen Kinder. Das war sehr angenehm!« Sie verdrehte vielsagend die Augen.

Myra verzog das Gesicht. »Ja, das kann ich mir vorstellen.«

Mick griff zum Telefon und bat die Vermittlung, ihn mit Marshall Humphries in Longueville, Sydney, zu verbinden. Augenblicke später hatte er den Anwalt am Apparat, der sich jedoch auf seine Schweigepflicht berief. Daraufhin rief Mick Ruby ans Telefon, die Marshall Humphries den Sachverhalt kurz erklärte und ihm erlaubte, die entsprechenden Auskünfte zu erteilen.

Als Mick zwei Minuten später das Gespräch beendet hatte, sagte er zu den anderen: »Anscheinend stimmt es, was sie uns erzählt hat. Sie hat tatsächlich von ihrem Vater einen Anteil an Silver Flake geerbt.«

Erstaunte Ausrufe waren zu hören. Der Anwalt hatte Mick auch mitgeteilt, dass er Ruby die Besitzurkunde zugeschickt habe, diese aber als nicht zustellbar wieder zurückgekommen sei.

»Hoffentlich glaubt ihr mir jetzt«, sagte Ruby, der eine Zentnerlast vom Herzen fiel. »Also, wo finde ich Jed Monroe?«

»Er ist wirklich nicht in der Stadt«, erwiderte Mick, jetzt in freundlicherem Ton.

»Aber ich habe ihn doch vor Kurzem noch gesehen«, warf Myra ein.

Mick schüttelte den Kopf. »Er hat die Stadt verlassen, er kann aber jeden Tag zurück sein.«

Ruby verzog unwillig das Gesicht. »Geht's nicht ein bisschen genauer?«

»Leider nicht. Jed kommt und geht, wie es ihm passt.«

»Na schön«, entgegnete Ruby trotzig. »Jetzt habe ich so lange auf ihn gewartet, dann kann ich auch noch ein bisschen länger warten.«

»Ich werde trotz allem das Gefühl nicht los, dass die Leute wissen, wo sich Jed Monroe mit seinem Pferd versteckt hält«, sagte sie zu Myra auf dem Heimweg.

»Ich weiß offen gestanden nicht mehr, was ich noch glauben soll«, erwiderte Myra nachdenklich. »Ich verstehe das alles nicht. Wer zum Teufel sind diese Camilleri-Brüder, und warum sind sie hinter Jed her? Charlie weiß offensichtlich Bescheid, und trotzdem hat er mir gegenüber nie ein Wort über diese Sache verloren.« Das kränkte sie mehr, als sie zugeben wollte. Sie fühlte sich ausgegrenzt.

Ruby hatte ganz andere Sorgen. »Wenn Jed Monroe in irgendwelchen Schwierigkeiten steckt, kann er mir meinen Anteil womöglich nicht abkaufen. Was soll ich dann bloß machen?«

Sie war fast pleite. Sie hatte nicht einmal eine Rückfahrkarte nach Sydney, weil sie damit gerechnet hatte, Geld aus dem Verkauf des Pferdes zu bekommen. Wenn nun nichts daraus wurde, würde sie am Ende noch in Fern Bay landen und mit ihrer Mutter bei ihrer Tante wohnen müssen.

»Vielleicht kann er dich nach dem nächsten Rennen ausbezahlen.«

»So lange kann ich nicht warten. Außerdem – wer sagt mir, dass das Pferd gewinnen wird? Ich muss irgendwie zu Geld kommen.«

»Dann wird dir nichts anderes übrig bleiben, als zu arbeiten«, erwiderte Myra. »Leute, die einen Haarschnitt brauchen, gibt es genug in dieser Stadt.«

Eine Stunde später standen Ruby und Myra zum zweiten Mal an diesem Vormittag vor Charlies Laden. Diesmal hatte er geöffnet. Nur eine einzige, etwa siebzigjährige Kundin stand vor den Lebensmittelregalen, studierte das Angebot und konnte sich offensichtlich nicht entscheiden.

»Das ist Ina Bobbin«, sagte Myra. »Sie muss ihre Nase ständig in anderer Leute Angelegenheiten stecken, nörgelt andauernd herum und ist eine richtige Nervensäge.«

Ruby guckte sie entsetzt an. Wie konnte Myra so daherreden, da die Frau keine drei Meter entfernt neben ihnen stand?

Als Mrs. Bobbin sich zu ihnen umdrehte, spannte Ruby sich unwillkürlich an und machte sich auf eine Auseinandersetzung gefasst. Doch Ina Bobbin lächelte Myra zu, und diese grüßte mit lauter Stimme zurück. Mrs. Bobbin hielt den Kopf schief, legte ihre Hand hinters Ohr und meinte, nein, sie wisse leider nicht, wie spät es sei. Anscheinend war die Gute stocktaub. Ruby entspannte sich wieder.

»Ich finde in diesem schlecht sortierten Laden nie, was ich suche«, klagte Mrs. Bobbin.

»Dann kauf eben in Broken Hill ein«, grummelte Myra, was Ina natürlich nicht hörte.

Sie solle ihre Lesebrille aufsetzen, schrie Charlie ihr zu, doch auch das hörte sie nicht, und der Ladenbesitzer zuckte resigniert die Achseln.

Myra reichte ihm den kleinen Eimer mit den zwei Dutzend Eiern, die sie im Hühnerstall gesammelt hatte.

»Danke, Myra, ich hatte schon keine mehr.« Charlie stellte den Eimer hinter dem Ladentisch ab, nahm ein paar Münzen aus einer Blechdose und drückte sie ihr in die Hand. »Deine neue Frisur gefällt mir«, sagte er bewundernd. »Du siehst viel jünger aus, wie eine Vierzigjährige.«

Myra errötete, bedankte sich aber nicht für das Kompliment. Sie war sichtlich sauer auf Charlie. Myra steckte das Geld in ihren kleinen Geldbeutel, sah Charlie an und sagte streng: »Wir müssen mit dir reden, Charlie.«

»So?«

Charlie streifte Ruby mit einem nervösen Seitenblick. Ging es etwa wieder darum, was er letztens im Pub getan oder gesagt hatte? Er wünschte, er könnte sich erinnern.

»Ruby würde gern einen der leer stehenden Läden für ein paar Tage übernehmen.«

»Was?« Charlie guckte sie verdutzt an. »Wozu braucht sie ihn denn?«

»Ich bin Friseurin«, warf Ruby ein, »und mir scheint, in dieser Stadt könnte jeder einen Haarschnitt vertragen.«

»So?«, sagte Charlie noch einmal. Er wirkte überrascht, dass sie eine besondere Fähigkeit besaß.

»Ja, ich brauche weder viel Platz noch eine Ladeneinrichtung. Ich werde nur schneiden, nicht waschen oder Dauerwellen legen oder solche Dinge. Und weil ich Ihnen keine Miete bezahlen kann, dachte ich, ich gebe Ihnen zehn Prozent vom Umsatz. Was sagen Sie dazu?«

»Zwanzig Prozent wären besser«, antwortete Charlie wie aus der Pistole geschossen.

»Charlie Gillard!« Myra drohte ihm mit dem Zeigefinger. »Du bist mir einige Erklärungen schuldig, versuch also nicht, diese junge Dame über den Tisch zu ziehen!«

»Schon gut, schon gut!« Charlie hob beschwichtigend beide Hände. »Einverstanden, zehn Prozent.« Er wandte sich Ruby zu. »Wie kann ich Ihnen helfen?«

»Nun, ich brauche bloß einen Stuhl, einen Besen und einen Abfalleimer. Ach, und ein Schild, das ich draußen vor dem Laden aufstellen kann. Darauf möchte ich schreiben, was ich anbiete und was es kostet.«

»Gut. Ich will nur noch Mrs. Bobbin bedienen, dann werde ich euch die Läden zeigen.«

Ruby und Myra gingen schon vor und überlegten, welche der beiden Räumlichkeiten sich besser eignete. »Ich kann nicht glauben, dass ich tatsächlich meinen eigenen Salon haben werde«, sagte Ruby ganz aufgeregt. »Das war schon immer mein Traum, ein eigener

Salon in Sydney! Deshalb will ich ja meinen Anteil an dem Pferd verkaufen. Ich möchte ein Geschäft wie das, in dem ich gearbeitet habe, hell und modern und mit einem tollen Arbeitsklima.«

»Na ja, betrachte das eben als eine Art Übung für den Salon, den du eines Tages haben wirst«, meinte Myra.

Als Charlie wenig später zu ihnen stieß, entschied sich Ruby für den kleineren der beiden Läden. Charlie eilte davon, um die Dinge zu besorgen, die Ruby benötigte, und als er zurückkam, half Myra ihr, die Spinnweben zu entfernen und den Boden zu fegen. Die Schiefertafel, die Charlie mitgebracht hatte, stellte er manchmal vor seinem Geschäft auf, um auf Sonderangebote hinzuweisen.

Bevor er in seinen Laden zurückkehrte, wandte er sich Myra zu. »Myra, ich weiß, dass du mir böse bist.«

»Du merkst aber auch alles«, entgegnete sie trocken.

»Mick hat einige von uns gebeten, nach verdächtigen Männern Ausschau zu halten, die sich nach Jed erkundigen. Viel mehr weiß ich auch nicht.«

»Ich glaube dir kein Wort.«

»Das ist aber die Wahrheit«, beteuerte Charlie.

»Warum hat mir niemand von der Bürgerversammlung heute Morgen erzählt?«

Charlie sah Ruby an.

»Meinetwegen, Myra«, sagte sie. »Das ist doch logisch.«

»Nun, sie haben sich alle in dir geirrt«, sagte Myra.

»Ja, das ist richtig.« Charlie nickte und sah wieder Ruby an. »Es tut mir wirklich leid, dass wir so unfreundlich zu Ihnen waren. Die anderen bedauern das sicherlich auch.«

»Die meisten Leute in dieser Stadt sind engstirnig und borniert. Man muss sich doch bloß ansehen, wie sie die Aborigines behandeln.« Myra guckte Charlie bei diesen Worten an.

Der wurde rot. »Nun … äh … ich muss in den Laden zurück. Wenn die Damen mich jetzt entschuldigen würden …« Er wandte sich ab und eilte davon.

»Die Menschen ändern sich nicht über Nacht«, meinte Myra. »Die älteren schon gar nicht.«

»Da wir gerade von Aborigines sprechen – hast du Girra zufällig gesehen?«, fragte Ruby.

»Nein, aber das muss nichts heißen.«

Ruby nagte an ihrer Unterlippe. Sie wünschte, sie könnte noch einmal mit Girra reden.

Da sie immer noch ein wenig verkatert war, beschloss sie, ihr Geschäft erst am anderen Morgen zu eröffnen. Sie nahm die Schiefertafel mit zu Myra und suchte nach einem Namen für ihren Salon. Zu guter Letzt beschloss sie, ihn Just Cuts, »Nur Haarschnitte«, zu nennen, weil sie ihren Kunden nur das und nichts anderes anbieten konnte.

An diesem Abend gab es im Silverton Hotel praktisch nur ein einziges Gesprächsthema: Ruby, Jed und das Rennpferd. Die meisten fragten sich, was passieren würde, falls Jed es sich nicht leisten konnte, Ruby auszubezahlen. Einige glaubten, dass Ruby dann vermutlich versuchen würde, ihren Anteil jemand anderem zu verkaufen, einem Fremden möglicherweise, der darauf bestehen würde, das Rennpferd in die Großstadt zu bringen. Andere dachten, Ruby werde vielleicht in Silverton bleiben, um auf das Training Einfluss zu nehmen, was Jed aber, und darin waren sich alle einig, niemals dulden würde. Es gab sogar welche, die überlegten, Ruby ihren Anteil abzukaufen, doch keiner hatte die finanziellen Mittel dazu. Nicht einmal Mick.

Als Mick die Bar zugesperrt hatte, stieg er in seinen Wagen und fuhr Richtung Umberumberka. Nach etwa fünf Kilometern sah er auf der Mundi-Mundi-Ebene den Schein eines Lagerfeuers und nicht weit davon entfernt Jeds Wohnmobil. Abgesehen von Kadee, dem Jockey, war Mick der Einzige, der Jeds Aufenthaltsort kannte.

Jed lag in seinem Schlafsack dicht neben dem knisternden Feuer. Nur hier hatte man nachts vor den Moskitos Ruhe. Da er immer vor

Tagesanbruch aufstand, musste er rechtschaffen müde sein. Dennoch war er noch wach und blickte verzaubert zum samtschwarzen Himmel hinauf, wo unzählige Sterne funkelten und die silberne Mondsichel hing. Der Anblick der ins zarte Mondlicht getauchten Mundi-Mundi-Ebene faszinierte ihn immer wieder von Neuem. Für die Ureinwohner, die hier zu Hause waren und in der Nähe ihre Lager hatten, darunter die Stämme der Bulalli, Barkinji und Wilyakali, war die Ebene ein magischer Ort, ein Sitz der Geister und Götter. In Mootwingee, westlich des Darling River, konnte man die Kunst der Aborigines in Form von Felszeichnungen bewundern.

Jed hatte Silver Flake unweit seines Schlafplatzes angepflockt. Im Mondlicht sah die Stute aus wie in einen silbernen Umhang gehüllt, der dort, wo Mähne und Schweif sich befanden, mit blassgoldenen Troddeln geschmückt war.

Jed setzte sich abrupt auf, als er ein Auto kommen hörte, und das Pferd spitzte die Ohren. »Wir kriegen Besuch, was, mein Mädchen?«

Dann erkannte er Micks Ute und kurz darauf auch den vertrauten breitbeinigen Gang seines Freundes, als dieser ausgestiegen war und in der Dunkelheit auf ihn zukam.

»Hey, Mick, was machst du denn hier? Wär doch nicht nötig gewesen, extra herzufahren, um mir ein Bier zu bringen«, flachste er. Er freute sich, Gesellschaft zu bekommen, und wenn Mick tatsächlich ein paar Flaschen Bier dabeihatte, umso besser.

»Das ist dein Glückstag, Kumpel«, erwiderte Mick und reichte ihm eine braune Papiertüte mit zwei Bierflaschen. »Aber deswegen bin ich nicht hergekommen.«

Jed machte eine Flasche auf und nahm einen kräftigen Schluck. »Aaah! Das tut gut.« Er wischte sich mit dem Handrücken über den Mund. »Du glaubst nicht, wie sehr ich mich nach einem kühlen Blonden gesehnt habe.« Er sah Mick an und bemerkte dessen besorgte Miene. »Was ist los? Hast du etwa Besuch von diesem lichtscheuen Duo gehabt?«, fragte er stirnrunzelnd.

»Nein, der Black Hill Creek führt Hochwasser, deshalb werden wir ein paar Tage mehr oder weniger von der Außenwelt abgeschnitten sein.«

»Das tut mir leid für die Einwohner von Silverton, aber wenigstens brauchst du dann nicht zu befürchten, dass irgendwelche Gangster auf der Suche nach mir auftauchen.«

»Tja, weißt du, da sind tatsächlich zwei verdächtige Typen aufgetaucht, aber drüben auf der anderen Seite des Flusses. Könnten die Camilleri-Brüder gewesen sein oder zwei andere Handlanger von Eddie Muntz.«

Jed, der sich an einen Heuballen gelehnt hatte, über den er eine Decke und seinen Sattel geworfen hatte, setzte sich auf. »Woher weißt du das?«

»Jemand hat sie gesehen. Deine neue Partnerin. Sie war unten am Fluss, als die beiden angefahren kamen und sich nach dir erkundigten.«

»Einen Augenblick.« Jed hob die Hand und runzelte verwirrt die Stirn. »Hast du gerade ›neue Partnerin‹ gesagt?«

»Ganz recht. Erinnerst du dich an diese Frau, die vor ein paar Tagen, als du in der Stadt warst, im Pub angerufen hat?«

Jed nickte.

»Sie ist deine neue Partnerin, wie sich herausgestellt hat. Ich hab mit ihrem Anwalt telefoniert. Ihr Vater war Joe Jansen.«

»Joe Jansen«, wiederholte Jed.

»Du kennst ihn?«

Wieder nickte Jed. »Allerdings.«

»Nun, er ist gestorben und hat seiner Tochter seinen Anteil an Silver Flake vermacht.«

»Joe ist tot?« Jed machte ein bestürztes Gesicht. »Verdammt, das hab ich nicht gewusst.«

Mick musterte ihn erstaunt. »Wieso hast du mir nie von diesem Mann erzählt oder erwähnt, dass ihm ein Anteil an dem Pferd gehört?« Sie waren seit Jahren eng befreundet, deshalb fand er das verwunderlich.

»Da gab's nicht viel zu erzählen«, erwiderte Jed achselzuckend. »Ich habe Joe vor ein paar Jahren in Sydney kennengelernt. Wir sind ins Gespräch gekommen, haben ein paar Bierchen zusammen getrunken, und irgendwie sind wir dann auf dem Pferdemarkt gelandet, wo wir zusammen Silver Flake gekauft haben.«

»Ich hab immer gedacht, du willst keinen Partner, weil du es nicht leiden kannst, wenn dir jemand reinredet.«

»Das ist richtig, aber das waren ganz besondere Umstände damals. Joe und ich waren beide ausgesprochene Pferdenarren. Er hatte zwar nie ein eigenes Pferd besessen, aber viel Zeit an der Rennbahn verbracht. Ich hatte damals schon als Trainer gearbeitet und kannte mich auch mit Pferdewetten aus. Silver Flake ist uns sofort ins Auge gestochen. Es kommt vor, dass das Potenzial eines guten Pferdes übersehen wird, bloß weil es ein paar Probleme hat. Genau so ein Pferd war Silver Flake. Sie war zwei Jahre alt, als ich sie hierher brachte.«

»Ich erinnere mich. Du hast mir erzählt, dass sich schon ein paar Trainer an ihr versucht hätten, ohne Erfolg. Alle sagten, sie tauge nichts. Sie sei aus einer nicht anerkannten Zucht.«

»Stimmt, trotzdem war ich meiner Sache ziemlich sicher. Immerhin hatte ich bereits ein paar Sieger trainiert. Ich wollte es noch einmal wissen. Ich spürte noch dieses Feuer in mir. Ich wusste, wenn sich an diesem Tag kein Käufer für Silver Flake fand, würde sie in der Abdeckerei landen. Obwohl sie für einen günstigen Preis angeboten wurde, hatte ich nicht genug Geld. Da schlug Joe vor, sie gemeinsam zu kaufen. Er wolle nichts weiter mit dem Pferd zu tun haben, sagte er, was mir ganz recht war, und so wurden wir uns schnell einig.«

»Hast du gewusst, dass er Geld wie Heu hatte?«

»Nun, ich dachte mir schon, dass er nicht gerade ein armer Schlucker war. Aber er stand mit beiden Beinen fest auf dem Boden, sonst hätte ich mich gar nicht erst mit ihm abgegeben.«

Mick schwieg einen Augenblick. »Ich verstehe trotzdem nicht, dass du mir nie davon erzählt hast.«

»Wozu?« Wieder zuckte Jed mit den Schultern. »Joe war ein stiller Teilhaber. Ich hab ihm vielleicht zweimal im Jahr geschrieben und ihm von Silver Flakes Fortschritten berichtet. Er ist zu einigen Rennveranstaltungen gekommen, und das war's auch schon.«

»Hast du gewusst, dass er eine Tochter hat?«

»Er hat es irgendwann einmal erwähnt. Ich glaube, sie hieß Jennifer. Er hatte auch einen Sohn, Justin. Ich hatte das Gefühl, die beiden waren reichlich verwöhnt. Ich glaube, er war ein bisschen enttäuscht von ihnen.«

Mick sah ihn verwirrt an. Dann dämmerte es ihm. »Oh, das sind die Kinder aus seiner Ehe. Nein, ich spreche von seiner anderen Tochter. Ruby. Ihr hat er den Anteil an Silver Flake vermacht. Anscheinend hatte Joe eine Geliebte, und Ruby ist ihre gemeinsame Tochter.«

Jetzt war es Jed, der ein verdutztes Gesicht machte. »Im Ernst? Das höre ich zum ersten Mal.«

»Wir dachten erst, Ruby käme im Auftrag der Camilleri-Brüder, da haben wir sie in die Mangel genommen.«

»In die Mangel genommen?«, echote Jed. »Was habt ihr denn mit ihr gemacht?«

Als Mick ihm von ihren Anstrengungen, Ruby wieder loszuwerden, erzählte, staunte Jed nicht schlecht. »Und sie ist trotzdem dageblieben? Die Kleine muss ja ein ganz schön dickes Fell haben.« Vor seinem geistigen Auge entstand das wenig schmeichelhafte Bild eines kräftigen, resoluten Mannweibs.

»O ja, die ist zäh«, bestätigte Mick. »Und sie kann einiges vertragen. Ich glaube, sie könnte Jacko unter den Tisch trinken.«

»Sogar Ina Bobbin könnte Jacko unter den Tisch trinken«, erwiderte Jed lachend.

Die Männer schwiegen eine Weile. Sie schauten den Insekten zu, die vom Schein des Feuers angelockt wurden, und genossen die Stille und den Frieden der Mundi-Mundi-Ebene.

»Sie wird erst wieder abreisen, wenn sie mit dir gesprochen hat, Jed«, sagte Mick schließlich.

»Hat sie gesagt, was sie will?«

»Sie möchte dir ihren Anteil verkaufen.«

Jed schnaubte höhnisch. »Und woher soll ich das Geld nehmen? Der Unterhalt eines Rennpferds ist eine teure Angelegenheit. Und wenn Flake ein Rennen gewinnt, geht das meiste für Futter oder den Tierarzt drauf.«

»Und der Rest für deine Schulden in meinem Pub«, ergänzte Mick grinsend. »Du wirst trotzdem nicht drum herumkommen, mit ihr zu reden, Jed. Wie gesagt, die Kleine ist ganz schön hartnäckig.«

»Was weiß sie über mich?«

»Im Grunde gar nichts. Wir haben ihr nur erzählt, dass du nicht da seist und wir auch nicht wüssten, wann genau du zurückkämst.«

Jed nahm einen weiteren kräftigen Schluck aus der Flasche. Nachdenklich starrte er in die Flammen. »Dann wird mir wohl nichts anderes übrig bleiben, als in die Stadt zu kommen und mit ihr zu reden.«

»Könnte riskant sein, falls die Camilleri-Brüder tatsächlich in der Gegend herumschnüffeln«, gab Mick zu bedenken.

Jed strich sich über seinen buschigen Bart. Ein Mundwinkel hob sich. »Schätze, im Augenblick würde mich nicht mal meine eigene Mutter wiedererkennen.« Er schwieg einen Augenblick und fragte dann: »Wie ist sie denn so?«

»Ruby?«

Jed nickte und setzte die Bierflasche abermals an die Lippen. Ruby war ein hübscher Name, aber er passte nicht zu dem Bild, das er sich von ihr gemacht hatte.

Mick überlegte kurz. »Ich würde sagen, sie ist etwa Mitte zwanzig. Sie hat eine Figur, dass Jacko bei ihrem Anblick buchstäblich das Wasser im Mund zusammenläuft, und er war gestern Abend weiß Gott nicht der Einzige, der zu sabbern anfing.«

»So attraktiv, hm?« Jed strich das Bild vor seinem inneren Auge durch.

»Verdammt attraktiv. Aber seien wir doch mal ehrlich: Die meisten Männer in Silverton, dich und mich mit eingeschlossen, haben schon lange keine rassige Frau mehr gesehen.« Er lachte.

Jed lachte mit. »Ja, das kannst du laut sagen. Wenn wir ein paar Bierchen gezischt haben, finden wir sogar Bernie Lewis' Kamele attraktiv.«

»Da hast du allerdings Recht. Aber diese Ruby ist auch in nüchternem Zustand betrachtet eine verdammt hübsche Person. Sie hat eine modische Frisur und die schönsten blauen Augen, die ich je gesehen habe – und ein süßes Lächeln. Sie ist weiblich und hat trotzdem Mumm in den Knochen. Das ist eine verführerische Mischung.«

Jed sah Mick von der Seite an. »Klingt, als wärst du in sie verknallt.«

»Ich? Quatsch! Ich habe nur versucht, sie möglichst genau zu beschreiben.«

»Vielleicht reist sie ja doch wieder ab, wenn ich mich nicht blicken lasse.«

Jed fragte sich, ob sein alter Kumpel ihm nicht einen Bären aufband. Er und Mick hatten sich schon öfter Streiche gespielt. Es würde ihn daher gar nicht wundern, wenn er diese Ruby kennenlernte und sie in Wirklichkeit wie der Hintern eines Kamels aussah.

»Hab ich schon erwähnt, dass sie nicht nur attraktiv, sondern auch eigensinnig und klug ist?«

»Okay, ich hab's kapiert«, erwiderte Jed lachend. Jetzt war er aber wirklich neugierig auf diese Frau.

»Charlie Gillard sagt, sie will in einem der leer stehenden Läden den Leuten die Haare schneiden.«

»Was?«

»Ja, sie ist anscheinend Friseurin von Beruf.« Mick schwieg einen Moment, dann fragte er: »Wann wirst du in die Stadt kommen?«

Jed schüttelte den Kopf. »Weiß noch nicht. Ich will Flakes Training für den Alice Springs Cup nicht unterbrechen. Bald, denke ich.«

»Gut. Ich komm wieder vorbei, falls es irgendetwas Neues geben sollte.« Mick stand auf und stapfte zu seinem Wagen. »Mach's gut, Jed«, rief er über die Schulter.

»Ja, du auch. Und wenn du das nächste Mal kommst, bring ein Foto von dieser Ruby mit!«

»Wieso? Glaubst du mir etwa nicht?«, entgegnete Mick lachend.

Er wusste, was Jed dachte, und es fiel ihm nicht im Traum ein, seine Zweifel zu beseitigen.

12

Am anderen Morgen ging es Ruby viel besser. Sie nahm die Schiefertafel und machte sich in aller Frühe auf den Weg zu ihrem Laden. Ihr Laden! Es war ein merkwürdiges, zugleich aber auch aufregendes Gefühl, die Tür zu ihrem eigenen Geschäft aufzuschließen, selbst wenn es sich nur um einen leeren Raum an einer Straße handelte, die ruhiger war als ein Friedhof am Birdsville Track. Sie stellte das Schild, auf dem sie einen Haarschnitt für läppische fünf Dollar anbot, vor die Tür und wartete.

Eine Stunde verging, dann noch eine. Gelegentlich ging zwar jemand vorbei und betrachtete das Schild neugierig, aber niemand kam herein. Ruby war das unbegreiflich, da doch jeder im Städtchen einen Haarschnitt nötig hatte. Schließlich änderte sie den Preis, verlangte nur noch vier Dollar und wartete. Niemand kam. Sie setzte den Preis noch einmal herab, auf drei Dollar. Doch die wenigen Passanten, die vorbeikamen, gingen weiter. Zu guter Letzt trat sie vor die Tür und sprach die Leute an. Jeder schüttelte nur den Kopf und winkte ab.

Als sie bis drei Uhr keinen einzigen Kunden gehabt hatte, war sie ziemlich verzweifelt. Da half es auch nichts, dass Myra vorbeikam und ihr Mut machte.

»Das wird schon«, versicherte sie. »Die Leute müssen sich erst an den Gedanken gewöhnen, dass sie sich hier die Haare schneiden lassen können. Das ist nicht wie in der Großstadt. Auf dem Land braucht alles seine Zeit.«

Nachdem Myra gegangen war, senkte Ruby den Preis auf zwei Dollar. Tiefer kann ich wirklich nicht mehr gehen, sonst bezahle ich am Ende meine Kunden fürs Haareschneiden, dachte sie seufzend. Eine weitere Stunde verging. Niemand kam. Ruby wollte gerade aufgeben, das Schild hereinholen und den Laden schließen, als eine Frau mit einem etwa achtjährigen Jungen und einem vielleicht zwei Jahre jüngeren Mädchen hereinkam.

»Hallo«, grüßte die Frau. Es klang fast ein wenig ängstlich. »Wir würden uns gern die Haare schneiden lassen.«

Ruby konnte es kaum glauben. »Aber gern! Wer möchte zuerst?«, fragte sie ganz aufgeregt. Sie sah die Frau an, die trotz der Hitze eine Wollmütze trug, was sie reichlich seltsam fand.

»Sie haben das doch schon einmal gemacht, oder?«, erkundigte sich die Frau. Sie hatte von Myras neuer Frisur gehört, die unter den Frauen das Gesprächsthema Nummer eins war.

»Aber ja, ich bin gelernte Friseurin und habe jahrelang in einem Salon in Sydney gearbeitet«, versicherte Ruby ihr.

Die Frau zog ihren widerstrebenden Sohn am Arm zu dem Stuhl hin. »Du setzt dich jetzt da hin und rührst dich nicht, Frederick, verstanden?«, sagte sie streng.

Er werde todschick aussehen mit seinem neuen Haarschnitt, versicherte Ruby dem verschüchtert dreinblickenden Jungen, als sie ihm einen von Myra geborgten Umhang um die Schultern legte.

»Das sind die ersten Kinder, die ich hier sehe«, sagte sie zu seiner Mutter. »Abgesehen von den Aborigine-Kindern, meine ich. Gehen sie in Broken Hill zur Schule?«

»Nein, es gibt hier im Ort eine kleine Schule mit acht Schülern. Aber wenn wir nur einen einzigen Schüler weniger haben, wird die Regierung unsere Schule schließen. Ich bin übrigens die Lehrerin, Helen Carter. Und Sie sind Ruby, nehme ich an.«

»Ganz recht. Ruby Rosewell. Freut mich, Sie kennenzulernen, Mrs. Carter. Ich hätte eine Bitte. Wenn Sie mit mir zufrieden sind, wären Sie so nett, den anderen Müttern Bescheid zu sagen, damit sie ihre Kinder auch zu mir schicken? Mundpropaganda ist die beste Werbung.«

»Ja, mach ich«, erwiderte Helen. Ruby steht die wirkliche Bewährungsprobe erst noch bevor, dachte sie.

Helen war mit dem Ergebnis sehr zufrieden, als ihr Sohn fertig war. Sonya, ihre kleine Tochter, kam als Nächstes an die Reihe. Als auch sie einen hübschen neuen Haarschnitt hatte, schickte Helen ihre beiden Kinder los, sich ein Eis zu kaufen. Dann setzte sie selbst sich auf den Stuhl.

»Ich muss Sie warnen«, sagte sie zu Ruby. »Meine Haare sind eine echte Herausforderung für Sie. Mein Mann hat sie mir nämlich vor einer knappen Woche geschnitten und total ruiniert.«

Daher also die Wollmütze. »Das kriege ich schon wieder hin«, meinte Ruby zuversichtlich und wollte ihr die Mütze vom Kopf ziehen. Doch Helen hielt sie mit beiden Händen fest.

»Ich habe mich seitdem nicht mehr auf die Straße getraut«, sagte sie panisch. »In die Schule bin ich natürlich schon gegangen, aber die Kinder haben mich nie gefragt, warum ich eine Mütze trage.«

Jetzt wurde Ruby ein wenig nervös. Sie fragte sich, was in aller Welt sie wohl unter der Mütze erwartete. »Sie müssen sie schon abnehmen, Mrs. Carter, sonst kann ich nichts für Sie tun.« Sie wartete.

»Sagen Sie bitte Helen, und ich sollte vielleicht hinzufügen, dass Rex, mein Mann, von Beruf Schafscherer ist.« Ganz langsam zog sie ihre Mütze vom Kopf.

Ruby hatte ein professionelles Lächeln aufgesetzt, das allerdings zu einer Maske erstarrte, als sie sah, was von Helens Haaren noch übrig geblieben war.

»Sie können mir auch nicht helfen, nicht wahr?«, jammerte Helen mit weinerlicher Stimme, als sie Rubys Gesichtsausdruck sah.

Ruby riss sich zusammen. »Das kriegen wir schon wieder hin«, wiederholte sie beruhigend. Aber einfach würde es nicht werden, das war ihr jetzt klar. Helen sah tatsächlich wie ein geschorenes Schaf aus. Wie ein stümperhaft geschorenes Schaf.

»Rex hat es nur gut gemeint«, wimmerte sie. »Es ist furchtbar für ihn, dass er mich so zugerichtet hat. Heute Morgen ist er ganz geknickt wieder an die Arbeit zurückgekehrt.«

»Ach was, alles halb so schlimm«, tröstete Ruby sie. »Ob Sie's glauben oder nicht, aber ich hab schon Schlimmeres gesehen.«

»Wirklich?« Helen schnäuzte sich kräftig.

»Wenn ich es Ihnen sage! Ich habe in einem gut gehenden Salon gearbeitet; was glauben Sie, was mir da schon alles untergekommen ist! Mütter, die ihren Kindern Kaugummi aus den Haaren geschnitten und einen gewaltigen Schaden angerichtet hatten, oder Kinder, die an ihren eigenen Haaren oder denen ihrer Geschwister mit einer Schere herumgeschnippelt oder an Dads Rasierapparat hantiert hatten. Aber Haare wachsen ja zum Glück wieder.«

Helen erkannte, dass Ruby Recht hatte. Auch wenn sie im Moment aussah, als wäre sie unter einen Rasenmäher gekommen, die Welt ging davon nicht unter. Sie brachte sogar ein kleines Lächeln zustande. »Na, dann legen Sie mal los, viel schlimmer kann es ja nicht werden.« Sie wurde rot, als ihr bewusst wurde, dass Ruby das falsch verstehen könnte. »So war das nicht gemeint«, fügte sie hastig hinzu.

Ruby lächelte. »Es wird schon sehr kurz werden, Helen, aber wenigstens werden Sie es nicht mehr unter einer Mütze verstecken müssen. Wer weiß, vielleicht lösen Sie sogar einen neuen Trend aus.«

Als Ruby am Abend nach Hause kam, war sie guter Dinge.

»Mir scheint, du hast doch noch Kundschaft gehabt«, sagte Myra.

»Ich habe sechs Dollar eingenommen«, erwiderte Ruby stolz. »Das ist immerhin etwas. Und jetzt, da einer den Anfang gemacht hat, werden die anderen bestimmt auch bald kommen. Charlie wollte seinen Anteil vom Umsatz übrigens nicht annehmen. Ich glaube, er hatte Mitleid mit mir.«

»Anscheinend hat er doch ein Herz«, grummelte Myra, die ihm immer noch böse war. »Morgen sieht bestimmt alles ganz anders aus, du wirst sehen. Wer war denn da zum Haareschneiden?«

»Helen Carter mit ihren beiden Kindern. Erst waren die Kinder dran und dann Helen.«

Myra guckte sie ungläubig an. »Du verlangst nur zwei Dollar für einen Haarschnitt?«

»Ja. Es ist doch niemand gekommen, was hätte ich denn machen sollen? Mir geht es in erster Linie nicht um das Geld, obwohl ich es brauchen kann, sondern darum, das Vertrauen der Leute zu gewinnen und an Informationen zu kommen. Aber so sauer habe ich mir mein Geld noch nie verdient, das kann ich dir sagen! Die arme Helen sah zum Fürchten aus, weil ihr Mann versucht hatte, ihr die Haare zu schneiden.« Ruby schmunzelte. »Wahrscheinlich mit dem gleichen Apparat, mit dem er sonst die Schafe schert«, fügte sie hinzu.

»Und, hast du was retten können?«

»Ja, sie sieht jetzt richtig gut aus, wenn mir das Eigenlob gestattet ist. Und was noch wichtiger ist, sie selbst fühlt sich wieder wohl in ihrer Haut. Sie hat eine Naturkrause, die ich zwar ganz kurz schneiden musste, aber wenigstens kann sie sich jetzt wieder ohne Kopfbedeckung aus dem Haus wagen.«

Am anderen Morgen wartete bereits eine Kundin vor dem Laden, als Ruby um neun hinkam.

»Kostet ein Haarschnitt immer noch zwei Dollar?«, fragte sie.

Ruby nickte. »Ja.«

»Wunderbar. Dann würde ich mir jetzt gern die Haare schneiden lassen, und später, sobald die Schule aus ist, komme ich noch einmal mit meinen Kindern vorbei. Ich bin übrigens Sandy Wilkinson.«

Der Name kam Ruby bekannt vor. »Wilkinson … Dann sind Sie Burts Frau?«

»Stimmt.« Sandy blickte leicht verlegen drein. »Wie Sie heißen, weiß ich. Sie sind Stadtgespräch hier.«

»Ja, ich habe einen ziemlichen Wirbel veranstaltet, scheint mir«, erwiderte Ruby. »Aber jetzt wissen Burt und die anderen wenigstens, dass ich tatsächlich Miteigentümerin von Silver Flake bin. Sie haben mich alle für eine Lügnerin gehalten.«

»Nun, hätte Jed nur ein einziges Mal erwähnt, dass er einen Partner hat, hätte die Sache vermutlich anders ausgesehen«, meinte Sandy und setzte sich.

Ruby legte ihr den Umhang um. »Da haben Sie wahrscheinlich Recht.« Sie schwieg einen Augenblick und fragte dann: »Wie ist er denn so? Jed, meine ich.«

Sandy dachte kurz nach. »Tja, wie soll man ihn beschreiben … Wie Männer halt so sind. Er trifft sich gern mit seinen Kumpels im Pub, sagt nicht Nein zu einem Drink, schwatzt und lacht gern. Aber so sind die meisten hier draußen. Sie finden, Frauen sollten zu Hause bleiben, Kinder kriegen, kochen und waschen.«

»Oh.« Anscheinend hatte Sandy ein Hühnchen mit ihrem Mann zu rupfen. Viele Kundinnen schütteten beim Friseur ihr Herz aus, das wusste Ruby aus Erfahrung. Sie hatte so viele Geschichten gehört, dass sie ein Buch hätte schreiben können. »Wie sieht er denn aus? Ich würde ihn ja gar nicht erkennen, wenn er hier vorbeikäme.«

Sandy zuckte die Achseln. »Groß, dunkelhaarig und braun gebrannt, weil er mit seinem Pferd ständig an der frischen Luft arbeitet. Frisch rasiert und in sauberen Sachen sieht er gar nicht übel aus. Allerdings sieht man ihn so nur selten.«

Ruby versuchte, aus diesen Informationen ein Bild von Jed zusammenzusetzen. »Und was können Sie mir sonst noch über ihn sagen?«

»Nun, er hat dunkelbraune Augen und viele Lachfältchen in den Augenwinkeln. Er ist durchtrainiert, weil er gelegentlich als Viehtreiber arbeitet, um sich etwas dazuzuverdienen, damit er mit Flake zum nächsten Rennen fahren kann. Und er hat einen reichlich trockenen Humor, an den man sich erst gewöhnen muss.«

Das klang alles hochinteressant, fand Ruby. »Wie alt ist er eigentlich?«

»Hm, ich erinnere mich, dass Burt vor nicht allzu langer Zeit ziemlich angeheitert von Jeds Geburtstagsfeier nach Hause kam. Sie hätten Jeds Zweiunddreißigsten gefeiert, hat er gesagt. Andererseits ist mein Mann nie um eine Ausrede verlegen, wenn es darum geht, sich volllaufen zu lassen.«

Ruby lächelte. »Ist Jed verheiratet? Hat er Kinder?«

»Ich weiß nicht, ob er mal verheiratet war, hier hat er jedenfalls keine Frau. Ich glaube, er hat eine Zeit lang in Broken Hill gewohnt, aber auch anderswo, wo er Pferde trainiert hat. Hier verbringt er seine Zeit fast ausschließlich mit Silver Flake, wenn er nicht im Pub ist.«

Nicht lange nachdem Sandy Wilkinson gegangen war, betrat der erste männliche Kunde, ein älterer Herr namens Henry Cousins, den Laden. Ruby verwickelte auch ihn in ein Gespräch über Jed Monroe. Die Beschreibung, die Henry ihr gab, wich jedoch stark von der Sandys ab. Jed sei nicht sehr groß, etwa mittleren Alters mit ergrauendem Haar und einem eher mürrischen Wesen.

»Sind Sie sicher, dass wir denselben Mann meinen?«, fragte Ruby ganz verwirrt.

»Aber ja, ganz sicher. Jed Monroe.«

Ruby wunderte sich zwar, ließ die Sache aber auf sich beruhen. Wenig später kam Agatha Barnes, Colins Frau, vorbei, um sich die Haare schneiden zu lassen.

»Wie geht es dir?«, fragte sie, als sie sich setzte.

»Danke, das Geschäft läuft heute schon ganz gut. Jed Monroe hat nicht zufällig etwas von sich hören lassen, oder?«

Agatha schüttelte den Kopf. »Nicht, dass ich wüsste, Schätzchen.«

»Wie alt ist er eigentlich?«

»Jed? Vierzig, würde ich sagen.«

»Komisch, der eine sagt, er sei zweiunddreißig, der andere, mittleren Alters.«

Agatha machte eine vage Handbewegung. »Man kann das Alter

der Menschen im Outback nur schwer schätzen. Wer viel draußen an der frischen Luft arbeitet so wie Jed, wird von Wind und Wetter gegerbt und sieht möglicherweise älter aus, als er ist.«

Dann wechselte sie das Thema, und Ruby gelang es nicht, auch nur eine einzige weitere Frage zu stellen. Sie hatte den Verdacht, dass die Leute sie bewusst in die Irre führten, um Jeds Identität zu verschleiern. Aber er konnte sich ja nicht ewig vor ihr verstecken.

Ihr nächster Kunde war Ernie Mitchell. Ruby bat auch ihn, ihr Jed zu beschreiben.

»Heute kannst du ihn selbst in Augenschein nehmen, Mädchen«, sagte er.

»Wirklich?«

»Ja, hab gehört, er kommt in die Stadt.«

»Wer hat das gesagt?«

Ernie rutschte sichtlich unbehaglich auf dem Stuhl hin und her. »Weiß ich nicht mehr, aber gehört hab ich's.«

Ruby traute ihm diesbezüglich genauso wenig wie den anderen Kunden vor ihm. Sie sah zufällig aus dem Fenster, als jemand vorbeiging und Ernie verstohlen ein Zeichen gab.

»Was hat das denn zu bedeuten?«, wollte sie wissen, während sie Ernie den Umhang abnahm und ihm die Haare von den Schultern bürstete.

»Das? Oh … äh … das war nur Wally, dieser Spaßvogel.« Ernie stand auf. Er hob unvermittelt den Zeigefinger und fragte: »Hörst du das?«

Ruby lauschte. »Nein, was denn?«

»Hörst du's nicht? Das wird Jed auf Silver Flake sein.«

Ruby lauschte angestrengt, hörte aber rein gar nichts.

Ernie nickte. »Das ist er, jede Wette.« Er drückte Ruby zwei Dollar in die Hand.

Sie steckte das Geld ein, lief aus dem Laden und guckte aufgeregt die Hauptstraße hinunter, erst zur einen, dann zur anderen Seite. Durch den vom Wind aufgewirbelten roten Staub konnte sie in der

Ferne tatsächlich einen Reiter erkennen, der einen Jockeydress in leuchtenden Farben trug.

»Er liebt große Auftritte, was?«, bemerkte sie zu Ernie, der neben sie getreten war.

»Er reitet einen Champion. Man kann es ihm nicht verdenken, dass er mit ihm angeben will.«

Inzwischen hatten sich am Straßenrand weitere Leute eingefunden, die sich das Schauspiel offenbar nicht entgehen lassen wollten. Ruby fieberte förmlich vor Aufregung. Endlich würde sie das Rennpferd sehen, das ihr Vater ihr hinterlassen hatte. Was für ein bewegender Augenblick! Sie vertraute Ernie, der ganz gerührt über ihr Geständnis schien, ihre Gefühle an.

Die Augen mit einer Hand beschattend, blickte sie dem Reiter entgegen. Er kam langsam näher, und dann, als er an ihr vorbeiritt, klappte Ruby der Unterkiefer herunter. Das Pferd war ein Esel, einer von denen, die durch die Stadt streiften, womöglich derselbe, der sie attackiert hatte, und der Reiter war einer der älteren Männer aus der Bar. Er trug einen Jockeydress in Lila und Gelb samt Jockeybrille, und er stand in den Steigbügeln und tat so, als triebe er den armen alten Esel mit der Reitgerte zu schnellerem Tempo an. Die Leute jubelten ihm zu, als er praktisch im Schneckentempo vorbeitrabte, und lachten schallend. Ruby warf Ernie, der sich ebenfalls vor Lachen bog, einen bitterbösen Blick zu.

»Wirklich sehr komisch«, fauchte sie. Sie machte auf dem Absatz kehrt, stürmte zurück in den Laden und warf die Tür hinter sich zu. Die Leute lachten noch lauter.

Ruby hatte sich noch nie so gedemütigt gefühlt.

Myra amüsierte sich köstlich über die Geschichte, als Ruby sie ihr am Abend erzählte.

»Das ist überhaupt nicht lustig«, jammerte Ruby, die ein bisschen Mitleid erwartet hatte. Myras Reaktion kränkte sie.

»Und ob das lustig ist«, keuchte Myra, die vor Lachen kaum noch

Luft bekam. Sie lachte, bis ihr die Tränen über die Wangen rollten. »Ich wünschte, ich wäre dabei gewesen! Das hätte ich zu gern gesehen!«

Ruby kniff ärgerlich die Lippen zusammen und entschied, dass offenbar nicht viel in Silverton passierte und die Leute deshalb so leicht zum Lachen zu bringen waren.

Am nächsten Morgen hatte Ruby gerade erst aufgeschlossen, als mehrere Männer in den Laden kamen: Mick Doherty, Burt Wilkinson, Jacko und ein weiterer namens Herb, den sie noch nicht kannte. Er begrüßte sie mit einem Händedruck und musterte sie neugierig. Drei hatten sogar Stühle mitgebracht. Mick nahm als Erster Platz, um sich die Haare schneiden zu lassen.

»Na, wie läuft's denn so, Ruby? Hab viel Gutes über deine Arbeit gehört, du machst deine Sache anscheinend prima.«

»Das freut mich«, erwiderte sie. »Ich kann nicht klagen, das Geschäft läuft inzwischen ganz gut.«

»Ach übrigens, deine Mutter hat gestern Abend angerufen, und ich hab ihr von deinem Laden erzählt«, fuhr Mick fort.

Ruby guckte ihn verdutzt an. »Meine Mutter?«

»Ja, sie hat sich Sorgen gemacht, weil sie nichts von dir gehört hat und du eigentlich Dienstag oder Mittwoch zurück sein wolltest. Ich hab ihr gesagt, dass es dir gut geht und du bei einer sehr netten Frau wohnst.«

»Danke, Mick. Ich wollte ihr heute sowieso noch ein paar Zeilen schreiben, es gibt ja kein öffentliches Telefon hier.«

»Du kannst von der Bar aus telefonieren«, bot Mick ihr an. »Aber wie gesagt, ich hab deine Mom beruhigt und ihr erklärt, dass du auf Jed warten willst und solange als Friseurin arbeitest. Das sei eine tolle Idee, hat sie gemeint.«

»Das war nett von dir, Mick, danke. Aber ich werde ihr trotzdem schreiben.« Ruby hatte schreckliche Sehnsucht nach ihrer Mutter. »Da wir gerade von Jed sprechen – habt ihr inzwischen etwas von ihm gehört?« Sie sah die drei anderen an, die nebeneinander an der Wand saßen.

»Nein, kein Wort«, meinte Jacko mit einem Seitenblick auf den Mann neben ihm.

»Kann gut sein, dass er heute in die Stadt kommt«, sagte Mick und funkelte Jacko finster an.

»Ja, das … äh … kann gut sein«, stammelte Jacko.

Ruby sah ihm an, wie verlegen er war. »Das hab ich gestern schon einmal gehört. Von Ernie. Ich nehme an, die Geschichte mit dem Jockey auf dem Esel hat sich bis zu euch herumgesprochen, oder?«

Mick konnte sich nur mit Mühe das Grinsen verbeißen. »Nein, davon hör ich zum ersten Mal«, beteuerte er todernst. Natürlich hatte er von dem Streich, den sie Ruby gespielt hatten, gehört und sich köstlich darüber amüsiert. In der Nacht war er zu Jed hinausgefahren und hatte ihm davon erzählt, und Jed hatte schallend gelacht. »Muss ein Bild für die Götter gewesen sein.«

Ruby schnaubte grimmig.

»Ich finde es nicht nett, dass man Sie so durch den Kakao gezogen hat«, sagte Herb. Die anderen sahen ihn seltsam an.

Ruby lächelte ihm zu, erfreut, dass wenigstens einer auf ihrer Seite stand. »Tja, einige Leute in dieser Stadt haben offenbar einen merkwürdigen Sinn für Humor.«

»Allerdings«, pflichtete Herb ihr bei. »Es gibt eine Menge Witzbolde in Silverton.«

Als Mick fertig war, kam Burt an die Reihe und danach Jacko und zum Schluss Herb. Die anderen drei warteten, während Ruby ihm nicht nur die Haare schnitt, sondern auch den Bart stutzte. Herb versuchte, sie in eine Unterhaltung zu verwickeln, aber Ruby hörte nur mit halbem Ohr hin, weil sie überzeugt war, dass die anderen drei von Jed sprachen. Sie belauschte ihr Gespräch.

Als sie Herb bedient hatte, stand er auf und trat mit seinen Kumpels ans Fenster. Alle schauten neugierig hinaus.

»Da kommt Jed«, sagte Mick leise.

»Auf Silver Flake«, raunte Burt.

»Was gibt's denn da zu sehen?« Ruby stellte sich auf Zehenspitzen und versuchte, einen Blick zu erhaschen.

»Nichts, nichts«, erwiderte Mick beiläufig. »Danke fürs Haareschneiden, Ruby. Vielleicht sehen wir uns später noch.« Alle vier zahlten und verließen den Laden.

»Kommst du später in den Pub, Rowie?«, sagte Jacko zu Herb.

Ruby hörte es zufällig, dachte sich jedoch nichts dabei. Sie hatte das ungute Gefühl, dass die Männer irgendetwas im Schilde führten. Sie folgte ihnen nach draußen, wo sie stehen geblieben waren und die Hauptstraße hinuntersahen. Von dort näherte sich ein Reiter in einem bunten Hemd auf einem Tier, das zu groß für einen Esel war.

»Was kommt denn da?«, fragte Ruby stirnrunzelnd.

»Das ist Silver Flake«, erwiderte Mick ernst.

Jetzt konnte sie erkennen, dass es sich bei dem Tier um ein Kamel handelte, das mit vorgestrecktem Hals heranstakste. Und geritten wurde es von Bernie Lewis in einem Jockeydress und mit Mütze.

»Das ist ein Kamel«, stellte Ruby fest.

»Klar ist das ein Kamel. Hast du gedacht, Flake sei ein Pferd?«

»Allerdings.« Ruby verschränkte die Arme vor der Brust.

»Hoffentlich bist du jetzt nicht enttäuscht!« Mick lachte und rief: »Vorwärts, Flake!« Bernie winkte ihnen im Vorbeireiten fröhlich zu, und alle grölten vor Begeisterung.

Statt böse zu sein, weil man sie schon wieder auf den Arm genommen hatte, musste Ruby lauthals lachen, so komisch war der Anblick. Es dauerte ein paar Sekunden, bis sie merkte, dass die Männer abrupt verstummt waren. Sie folgte ihren Blicken, und dann war ihr klar, was sie ablenkte: Der Ford Pick-up, den sie unten am Fluss gesehen hatte, stand am Ende der Straße.

»Das sind die Camilleri-Brüder«, murmelte Mick sorgenvoll. Er sah Ruby an. »Kein Wort über Jed, verstanden?« Bevor sie antworten oder Fragen stellen konnte, eilten Mick, Burt und Jacko Richtung Pub davon. Herb war plötzlich wie vom Erdboden verschluckt.

Ruby ging in den Laden zurück und schloss die Tür ab. Sie spähte aus dem Fenster und sah den Ford langsam vorbeirollen. Die Männer schauten zu ihr herüber. Ruby bekam Herzklopfen. Sie verließ das Geschäft durch den Hintereingang und hastete im Laufschritt zu Myras Haus. Nach einer Weile blickte sie sich um. Der braune Ford folgte ihr und hielt direkt auf sie zu. Sie zwang sich, langsamer zu gehen, um keinen Verdacht zu erregen. Es dauerte nicht lange, bis der Wagen sie eingeholt hatte.

»Hallo! So sieht man sich wieder, hm?«, rief der Mann auf dem Beifahrersitz ihr zu.

Ruby blieb stehen. Ihr Herz raste, ihr Mund war trocken. »Hallo«, antwortete sie vorsichtig.

Der Mann hielt sich nicht mit einer langen Vorrede auf. »Haben Sie zufällig Jed Monroe gesehen?«

»Nein.« Obwohl es die Wahrheit war, wurde Ruby rot. »Ich meine, ich kenne ihn ja nicht, aber ich hab gehört, er soll die Stadt verlassen haben.«

»Hm.« Der Mann musterte sie. »Wo brennt's denn?«

»Wie bitte?«, fragte Ruby verwirrt.

»Sie scheinen es ziemlich eilig zu haben.«

»Ach so. Ja, ich … will nach Hause.«

»Ist es nicht ein bisschen zu heiß zum Rennen?«

»Ich … ich muss dringend auf die Toilette. Und es gibt keine öffentliche Toilette im Ort.« Sie ging weiter.

Der Pick-up fuhr wieder an. »Und Sie wissen wirklich nicht, wo wir Jed Monroe finden können?«

Diesmal schwang ein drohender Unterton in der Stimme des Mannes mit. Ruby bemerkte eine Narbe auf seiner rechten Wange – wie von einer Stichwunde. Das Gesicht des Fahrers konnte sie nicht sehen.

»Das habe ich doch bereits gesagt. Sie scheinen ihn ja sehr dringend sprechen zu müssen.«

»Allerdings, und früher oder später finden wir ihn auch. Sagen Sie ihm das, wenn Sie ihn sehen.«

»Ich …« Doch da beschleunigte der Wagen bereits.

Nach ein paar Metern wendete er und fuhr Richtung Hauptstraße zurück. Die beiden Insassen starrten Ruby im Vorbeifahren finster an. Dieses Mal konnte sie auch das Gesicht des Fahrers sehen. Er sah seinem Bruder sehr ähnlich, und sein Blick ließ sie frösteln.

So schnell sie konnte lief sie zu Myra.

»Was ist denn passiert?«, fragte diese, als Ruby völlig aufgelöst das Haus betrat.

»Diese Männer in dem Ford Pick-up sind wieder da, die Camilleri-Brüder. Sie haben mich gerade abgefangen und nach Jed Monroe gefragt. Ich möchte nicht in seiner Haut stecken, wenn sie ihn erwischen. Diese Typen können einem wirklich Angst machen.«

»Möchte wissen, was sie von ihm wollen«, murmelte Myra.

Sie war sich ziemlich sicher, dass Charlie Bescheid wusste, und nahm sich vor, ihn demnächst auszuhorchen.

13

Die Begegnung mit den Camilleri-Brüdern ging Ruby nicht aus dem Kopf. Myra, die sich anscheinend nur von Eiern und Büchsenfleisch ernährte, machte ihr ein Omelett zum Abendessen, und danach fühlte sie sich ein bisschen besser. Dennoch war sie innerlich so aufgewühlt, dass sie in dem vollgestopften Haus zu ersticken glaubte. Ruby beschloss, einen Spaziergang zu machen – sie wollte sich die Schule und die katholische Kirche ansehen, von der Myra ihr erzählt hatte.

»Sonntags kommt ein Pfarrer aus Broken Hill, der den Gottesdienst abhält. Fast alle gehen hin, auch wenn sie nicht katholisch sind. Auf diese Weise treffen sich auch mal jene, die nicht in den Pub gehen. Das sind allerdings die wenigsten.«

Als Ruby Richtung Silverton schlenderte, betrachtete sie staunend den Abendhimmel, der in den unglaublichsten Farben schimmerte. Warum war ihr diese wunderschöne Abendstimmung noch nie aufgefallen? Vom Balkon ihrer Wohnung in Sydney hatte sie zwischen den Hochhäusern hindurch immer nur ein Stück vom Himmel sehen können. Dazu kam der Dunst der Autoabgase und Fabrikschornsteine, der immer über der Stadt hing. Sie hatte jedenfalls nie zuvor einen so prachtvollen Sonnenuntergang gesehen wie hier im Outback.

Irgendwie müssen die Leute hier ja für ihr karges Leben entschädigt werden, dachte sie sarkastisch. Die Stille machte sie fast wahnsinnig. Sie vermisste das pulsierende Leben der Großstadt, vor allem aber die Musik. Myra besaß zwar ein Transistorradio, aber das war schon uralt, und man konnte nur einen einzigen Klassiksender in Broken Hill damit empfangen.

Allmählich wurde es kühler, und Ruby genoss die Bewegung an der frischen Luft. Abends war es im Haus kaum auszuhalten, weil sich die Hitze des Tages angestaut hatte. Außerdem ging Myra früh zu Bett, weil sie bereits mit den Hühnern aufstand. Sie solle ja vorsichtig sein, falls diese Camilleri-Brüder noch in der Nähe seien, hatte sie Ruby gewarnt, doch die war sich ziemlich sicher, dass die beiden Männer nicht mehr in der Gegend waren. Dennoch ging ihr die Begegnung nicht mehr aus dem Kopf – vor allem die Art, wie sie sie angesehen hatten. Es überlief sie kalt, wenn sie daran dachte.

Ruby schlenderte durch die Abbott Street auf die Loftus Street zu, wo sich die Schule und die Kirche befanden, und summte einen ihrer Lieblingsschlager, *You can't hurry love* von den Supremes.

»Wo gehst du denn hin, Ruby?«, rief plötzlich jemand hinter ihr.

Zu Tode erschrocken wirbelte Ruby herum. Ihr Herz klopfte so heftig, dass ihr regelrecht schwindlig war. »Girra!«, stieß sie atemlos hervor, eine Hand an ihren Hals gepresst. »Meine Güte, hast du mich erschreckt!«

»Entschuldige, das wollte ich nicht. Ich dachte, du hättest mich gehört.«

»Ich war mit meinen Gedanken ganz woanders, weißt du.« Da sie barfuß ging, konnte Girra sich lautlos bewegen, was beim Heranpirschen an Beute auf der Jagd sehr hilfreich war. Das Mädchen war allein. Ruby nahm an, dass ihre Eltern zurückgekehrt waren und die jüngeren Geschwister sich wieder in ihrer Obhut befanden. »Aber es ist gut, dass ich dich treffe«, fuhr Ruby fort. »Ich weiß, ich habe dich verärgert, das wollte ich nicht. Ich will nicht, dass du denkst, ich hätte Charlie in Schutz genommen.«

Girra blickte zu Boden und schwieg.

»Ich mache mir Sorgen wegen deiner Geschwister. Man kann nicht wissen, auf was für Ideen Charlie kommt. Vielleicht solltet ihr euch von der Stadt fernhalten.«

»Wir sind nie lange an einem Ort.« Ihr Vater und einige andere Männer ihres Clans hielten stets einen Speer bereit für jeden, der versuchen sollte, die Kinder wegzunehmen. Doch das sagte sie Ruby nicht. »Ich bin gekommen, weil ich dir sagen wollte, dass Jed Monroe mit seinem Pferd auf der Mundi-Mundi-Ebene campiert. Suchst du immer noch nach ihm?«

»Ja.« Ruby nickte aufgeregt. »Wo ist die Mundi-Mundi-Ebene denn?«

»Richtung Umberumberka.«

»Und woher weißt du, dass er dort ist?«

»Meine Leute haben ihn gesehen. Er trainiert sein Pferd dort draußen.«

»Hm. Wie weit ist es denn bis dorthin?«

»Zu Fuß ungefähr eine Stunde, wenn du querfeldein gehst.« Girra zeigte mit dem Finger in die Richtung, in der Myras Haus lag. »Ein bisschen länger, wenn du auf der Straße bleibst.«

Ruby nagte an ihrer Unterlippe. »Da sind zwei zwielichtige Typen, die Jed suchen, die Leute hier wollen verhindern, dass sie ihn finden. Die Straße kann ich nicht nehmen; es könnte ja sein, diese Männer sehen mich und folgen mir. Mit denen ist nicht zu spaßen, und sie haben mich schon zwei Mal nach Jed gefragt.«

»Dann warte, bis er wieder in die Stadt kommt«, schlug Girra vor.

»Das kann dauern. Ich will keine Minute länger als unbedingt nötig in diesem Nest festsitzen. Nein, ich werde heute noch zu ihm gehen und mit ihm reden. So eine Chance bietet sich vielleicht nie wieder.«

Girra hielt das nicht unbedingt für klug, aber Ruby schien fest entschlossen. »Ich werde dir den Weg zeigen.«

Ruby nickte. In gut einer Stunde würde es dunkel werden, aber sie durfte sich diese Gelegenheit, mit Jed Monroe zu reden, nicht entgehen lassen, wenn sie, was ihr größter Wunsch war, endlich wieder in ihr altes Leben zurückkehren wollte. »Kannst du nicht mit mir kommen?«

Girra schüttelte den Kopf. »Ich habe etwas zu essen für meine Familie besorgt, das muss ich in unser Lager zurückbringen.« Sie hielt eine Tasche hoch, in der sie Jamswurzeln und Insektenlarven gesammelt hatte. »Aber ich zeige dir, wie du hinkommst und wieder zurück. Komm mit.«

Girra führte Ruby von Myras Haus aus etwa anderthalb Kilometer in nordwestlicher Richtung über den alten Schienenweg von Silverton. Dort zeigte sie ihr die Mundi-Mundi-Ebene, die sich erstreckte, so weit das Auge reichte.

»Siehst du die Bäume dort?«, fragte sie und deutete nach Westen. »In die Richtung musst du gehen.«

»Gut«, sagte Ruby zögernd. »Aber die sind ja weiß Gott wie weit weg. So weit kann ich nicht laufen.« Außer den Bäumen in der Ferne war auf der kargen Ebene nichts zu sehen.

»Bis zu Jeds Lager ist es nicht so weit. Du musst nur in diese Richtung gehen, dann findest du ihn.«

»Es wird bald dunkel. Was mach ich, wenn ich zurückwill?«, murmelte Ruby vor sich hin.

»Du musst die Straße nehmen«, riet Girra ihr. »Du würdest dich sonst in der Dunkelheit verlaufen.«

Ruby nickte. »Falls diese zwei Typen auftauchen, würde ich ja die Scheinwerfer ihres Autos sehen und könnte rechtzeitig in Deckung gehen.«

»Genau.«

»Aber ich werde Jeds Lager doch vor Einbruch der Dunkelheit erreichen, nicht wahr?«, fragte Ruby, der nicht ganz wohl in ihrer Haut war bei dem Gedanken, mutterseelenallein diese Einöde zu durchqueren.

»Beeil dich, dann schaffst du es«, versicherte Girra ihr. »Ich muss jetzt weiter zu meinen Leuten.«

Das Aborigine-Mädchen entfernte sich rasch. Ruby sah ihr mit gemischten Gefühlen nach. Aber als Girra sich umdrehte und ihr aufmunternd zuwinkte, fasste sie neuen Mut. Sie wusste, dass ihr Entschluss richtig gewesen war. Lächelnd winkte sie zurück.

Den Blick auf die Bäume in der Ferne gerichtet, schritt Ruby zügig aus. Da der Boden steinig und stellenweise mit dornigem Unkraut überwuchert war, war sie froh, dass sie Myras flache, bequeme alte Treter an den Füßen hatte. Eidechsen huschten über die rote Erde, ein ganzes Stück weiter weg hüpften Kängurus, eine Schlange flüchtete eilig durch den Staub.

Als die Sonne untergegangen war, wurde Ruby nervös. Keine Spur von einem Lagerfeuer, das auf Jed hingedeutet hätte, war zu sehen. Als sie sich umdrehte und die Stadt nicht mehr sehen konnte, wusste sie, dass es kein Zurück mehr gab. Ihr würde nichts anderes übrig bleiben, als die Straße zu suchen. Ruby ging noch schneller. Sie war schweißgebadet und spürte, wie ihre Kräfte nachließen. Außerdem hatte sie schrecklichen Durst.

Es dauerte nicht lange, da zeichneten sich die Bäume nur noch als schwache Silhouette gegen den dunkler werdenden Himmel ab. Ruby geriet allmählich in Panik. Die Straße war nirgends zu sehen. Sie hatte völlig die Orientierung verloren. Sollte sie umkehren? Aber wenn sie nur ein ganz klein wenig vom Weg abkam, würde sie womöglich an der Stadt vorbeilaufen, ohne es zu merken. Sie haderte mit sich. Vielleicht war es doch keine so gute Idee gewesen, sich kurz vor Einbruch der Dunkelheit ganz allein auf den Weg zu machen. Wenn sie sich nun verirrte und nie gefunden wurde? Was, wenn sie ihre Mutter nie mehr wiedersah? Sie hielt inne und schaute sich um. Eine Angst, noch lähmender als die in der Nacht, als Bernie Lewis sie an der Straße nach Silverton zurückgelassen hatte, saß ihr in den Gliedern.

Plötzlich sah sie Autoscheinwerfer in der Ferne aufblitzen und hörte, wenn auch nur schwach, das Geräusch eines Motors. Das Fahrzeug kam auf sie zu. Ob das Jed Monroe war? An der Auf- und Abwärtsbewegung des Scheinwerferlichts erkannte sie, dass der

Wagen über holpriges Gelände fuhr. Dann bremste er ab, bog scharf nach rechts und beschleunigte, was nur bedeuten konnte, dass er sich jetzt auf einer asphaltierten Straße befand.

O nein, dachte sie verzweifelt. War sie den ganzen weiten Weg gelaufen, nur um Jed davonfahren zu sehen? Ärgerlich und enttäuscht ballte sie die Fäuste. Doch dann überlegte sie. Das Fahrzeug war ein Pick-up gewesen, da war sie sich ziemlich sicher, aber es war kein Pferdeanhänger angekoppelt gewesen. Jed würde sein Pferd doch sicherlich nicht unbewacht hier draußen zurücklassen, wenn er die Absicht hätte, länger fortzubleiben.

Ruby beschloss, bis zur Straße weiterzugehen und dann zu entscheiden, was sie tun würde. Sie guckte angestrengt auf den Boden, um nicht in einen Kaninchen- oder Wombatbau zu treten. Dabei könne man sich leicht ein Bein brechen, hatte Girra sie gewarnt.

Plötzlich vernahm sie ein seltsames Geräusch. Es hörte sich wie Hufgetrappel an, und es kam rasch näher. Ruby schaute auf. Ein großer Schatten raste genau auf sie zu. Sie schrie auf, kniff die Augen zusammen und machte sich auf den Zusammenprall gefasst. Ein Schnauben und Prusten war zu hören, dann schlug ihr etwas ins Gesicht. Ruby verlor das Gleichgewicht und stürzte.

Der Aufprall war hart und schmerzhaft. Die eine Hälfte ihres Gesichts brannte, in ihrem Handgelenk pochte es, weil sie auf einem scharfkantigen Stein aufgeschlagen war. Plötzlich war es ganz still geworden. Ruby rappelte sich langsam wieder hoch. Nur ein paar Schritte entfernt konnte sie die Umrisse eines Pferdes erkennen. Ein Strick hing von seinem Halfter herunter. Es musste dieses Seil gewesen sein, das sie im Gesicht getroffen hatte, als das Tier versucht hatte, ihr auszuweichen.

Ruby blickte sich um und lauschte, während das Pferd nervös mit den Hufen scharrte. Irgendetwas – oder irgendjemand – musste es erschreckt haben. Sie betrachtete das Tier. Es war von heller Farbe, möglicherweise grau, mit einem dunklen Kopf. Obwohl sie kaum Ahnung von Pferden hatte, ahnte sie, dass dieses majestätische Tier wunderschön war. Es tänzelte hin und her und schlug mit dem Schweif. Was konnte ihm solche Angst eingejagt haben?

»Wo kommst du denn her?«, fragte sie sanft. Das alles gefiel ihr gar nicht. Ruby wusste instinktiv, dass das Pferd Silver Flake war. Wo also war Jed Monroe und warum lief das Tier reiterlos durch die Nacht? Sie musste an das Auto denken, dessen Scheinwerfer sie gesehen hatte, und eine böse Vorahnung überkam sie. Ganz langsam ging Ruby auf das Pferd zu, wobei sie beruhigend auf es einredete.

»Na komm schon, mein Junge.« Es hätte natürlich auch eine Stute sein können, aber das spielte in diesem Augenblick wohl keine Rolle. »Was machst du denn ganz allein hier draußen?«

Das Pferd stampfte aufgeregt mit den Hufen und warf wiehernd den Kopf zurück.

»Ich tu dir nichts, ich will dir doch nur helfen. Du kennst mich nicht, aber du gehörst zur Hälfte mir, deshalb ist es in meinem eigenen Interesse, dafür zu sorgen, dass dir nichts geschieht.«

Ruby war nur noch zwei, drei Schritte von dem Tier entfernt, das weniger Angst vor ihr hatte als sie vor ihm. Einige Sekunden verstrichen, dann streckte es zögernd den Kopf vor. Ruby konnte seinen warmen Atem auf ihrem Gesicht und ihrer Schulter spüren. Obwohl sie Angst davor hatte, wieder gezwickt zu werden, hielt sie ihm ihre Hand zum Beschnuppern hin. Dann griff sie vorsichtig nach dem Strick. Fast im selben Augenblick fiel ihr etwas Dunkles im unteren Bereich des Schulterblatts auf, das feucht schimmerte. Als sie dorthin fasste, zuckte das Pferd zusammen. Ruby rieb ihre klebrigen Finger aneinander.

»Du blutest ja«, sagte sie erschrocken.

Das Pferd stampfte abermals mit den Hufen und wieherte. Plötzlich setzte es sich in Bewegung. Es trabte los, und Ruby rannte hinterher. Sie wollte nicht, dass es wieder allein durch die Nacht irrte, zumal es verletzt war.

»Brrr!«, rief sie, weil sie kaum mit ihm Schritt halten konnte. »Brrr!« Das sagten die Leute im Film immer. Und es funktionierte tatsächlich. Das Pferd blieb stehen. »Komm, wir gehen da lang«, sagte Ruby angespannt.

Sie führte das Tier in die Richtung, aus der das Auto gekommen war. Schon nach kurzer Zeit erreichten sie die Straße. Als sie sie überquert hatten, wurde das Pferd wieder nervös.

»Na komm, mein Guter«, redete Ruby beschwichtigend auf das Tier ein. »Du bist ein Prachtbursche, weißt du das? Wo ist Jed, hm? Geht es ihm gut?«

Die Unruhe des Pferdes übertrug sich auf Ruby. Wieder beschlich sie ein beklemmendes Vorgefühl. Sie verlangsamte ihren Schritt und lauschte angestrengt. Es war inzwischen richtig dunkel geworden, doch nach einer Weile konnte sie die Umrisse eines Wohnmobils und eines weiteren Fahrzeugs, vermutlich eines Pferdehängers, erkennen. Kein Lagerfeuer brannte. Vielleicht versperrten die Fahrzeuge ihr auch den Blick darauf.

Statt zwischen den Fahrzeugen hindurchzugehen, machte Ruby einen Bogen um sie herum. Das Pferd prustete.

»Flake?«, rief eine schwache Männerstimme. »Komm her zu mir, mein Mädchen.« Ein Ächzen und Stöhnen folgte.

»Mr. Monroe?«, rief Ruby. »Sind Sie das? Alles in Ordnung?«

»Wer ist da?« Anspannung und Schmerz verzerrten Jeds Stimme.

Ruby hörte es rascheln und schlurfen und fragte sich, ob er nach einer Waffe suchte. Sie hoffte inständig, dass er nicht auf sie schießen würde. »Ruby Rosewell«, rief sie. »Ich habe Ihr Pferd gefunden. Eigentlich müsste ich sagen, *unser* Pferd.«

»Geht es ihr gut?«, fragte er besorgt.

Hinter dem Anhänger brannte tatsächlich ein kleines Feuer, das hieß, ein paar glimmende Holzscheite waren davon übrig geblieben; deshalb hatte Ruby es nicht sehen können. Jed Monroe lag auf der von ihr abgewandten Seite des Feuers. »Sie ist verletzt, sie blutet.«

»Diese verfluchten Mistkerle«, stieß Jed zornig hervor. »Bringen Sie sie her, damit ich sie mir ansehen kann.«

Jed setzte sich mühsam auf. Er warf ein paar Holzscheite in die

Glut, und die Flammen loderten in den Himmel. Ächzend hielt er sich die Seite, einen Arm konnte er nicht richtig bewegen.

Im Schein des Feuers sah sie sein blutverschmiertes Gesicht. Einen Moment lang starrte Ruby ihn sprachlos an. »Oh, hallo, *Herb*, netter Haarschnitt«, sagte sie ärgerlich. Jetzt begriff sie, weshalb Jacko ihn Rowie genannt hatte. Das war sein Spitzname, eine Abkürzung für Monroe.

»Wo zum Teufel kommen Sie denn her?«, entgegnete Jed nicht minder verdrossen.

»Ich habe einen Spaziergang gemacht, als *unser* Pferd mich fast über den Haufen gerannt hätte.«

»Einen Spaziergang? Bei Nacht, meilenweit von der Stadt entfernt? Erzählen Sie mir doch keine Märchen. Hey, einen Augenblick mal. Sind Sie mit den Camilleri-Brüdern gekommen? Stecken Sie also doch mit diesen Ganoven unter einer Decke?«

Ruby schnaubte. »Blödsinn! Ich habe mich allein auf den Weg gemacht.«

Seine Augen wurden schmal. »Dann müssen sie Ihnen gefolgt sein. Verdammt, Sie sind schuld daran, dass Flake verletzt wurde! Da haben Sie ja was Schönes angerichtet.«

»Mir ist niemand gefolgt. Ich bin querfeldein gegangen.«

»Erzählen Sie mir doch nichts«, knurrte Jed. »Sie hätten den Weg niemals allein finden können.«

»Stimmt, jemand hat ihn mir gezeigt.«

»Ich glaube Ihnen kein Wort. Keiner in der Stadt würde Ihnen verraten, wo ich bin. Gerade hatte ich Besuch von den Camilleri-Brüdern, und ein paar Minuten später tauchen Sie auf. So viele Zufälle gibt's gar nicht.«

»Glauben Sie doch, was Sie wollen«, gab Ruby wütend zurück. »Aber anstatt mich als Lügnerin hinzustellen, sollten Sie mir dankbar sein. Wäre ich nicht in der Nähe gewesen, würde dieses Pferd immer noch verletzt in der Dunkelheit herumirren. Sie wären in Ihrem Zustand ja wohl kaum in der Lage gewesen, es zu suchen.«

Jed hatte sich inzwischen aufgerappelt. Er hinkte auf sie zu, riss ihr den Strick aus der Hand und führte das Pferd näher ans Feuer.

Ruby war stocksauer. »Was fällt Ihnen überhaupt ein, mir vorzuwerfen, ich würde lügen, wenn Sie in meinen Laden kommen und sich nicht einmal zu erkennen geben? Man hat Ihnen doch bestimmt gesagt, dass ich mit Ihnen reden muss.«

Jed beugte sich zur Wunde an Flakes Vorderbein hinunter. »Ich brauche den Verbandskasten. Er ist hinten im Wohnmobil.« Er stieß einen gedämpften Fluch aus, weil die Verletzung tief war und genäht werden musste. Doch zuallererst musste er die Blutung zum Stillstand bringen. »Na los, worauf warten Sie?«

Ruby verdrehte gereizt die Augen und stapfte dann zum Wagen.

»In einer gelben Kiste!«, rief Jed.

Als sie ihm das Verbandszeug gebracht hatte, damit er die Wunde säubern und verbinden konnte, blickte sie sich um. Es war nicht zu übersehen, dass hier ein Kampf stattgefunden hatte.

»Was ist denn passiert?«, fragte sie, nachdem Jed das Pferd wieder angepflockt hatte.

Er antwortete nicht.

»Warum sollten diese Männer das Pferd verletzen? Ich könnte ja verstehen, wenn sie ein Problem mit Ihnen haben, aber einem unschuldigen Tier Schmerzen zuzufügen ist ja wohl das Letzte.«

»Diese Leute kennen keine Skrupel«, ächzte Jed und ließ sich schwerfällig zu Boden fallen. Blut und Schweiß vermischten sich auf seinem schmerzverzerrten Gesicht.

»Sie sind verletzt«, sagte Ruby und ging zu dem Verbandskasten, den er neben dem Feuer hatte liegen lassen.

»Da ist nichts drin gegen gebrochene Rippen«, keuchte Jed.

»Woher wollen Sie wissen, dass sie gebrochen sind?«

»Weil ich kaum Luft kriege, so höllisch tut das weh. Kein Wunder, so wie die mir in die Rippen getreten haben …«

Ruby machte ein bestürztes Gesicht. »Getreten?«

»Na, von einer zu festen Umarmung kommt das sicher nicht«, bemerkte Jed trocken.

Ruby funkelte ihn böse an. »Und was ist mit Flake passiert?«

Jed rief sich die Szene ins Gedächtnis zurück. Während einer der Gangster ihn festgehalten hatte, war der andere mit dem Messer auf das Pferd losgegangen. Jed hatte geglaubt, er wolle ihm die Kehle durchschneiden, und war vor Angst um Flake fast ohnmächtig geworden. Doch die Stute hatte sich aufgebäumt, und Dominic Camilleri hatte nur den Vorarm getroffen und gleichzeitig den Strick durchtrennt, mit dem Flake festgebunden war, sodass sie hatte fliehen können.

»Ich hätte nicht gedacht, dass sie so weit gehen würden, Flake etwas anzutun. Aber diese Dreckskerle schrecken vor nichts zurück. Die Wunde muss genäht werden.«

»Kommen Sie, lassen Sie mich wenigstens Ihr Gesicht säubern«, sagte Ruby. »Und ich will endlich wissen, was es mit diesen Camilleri-Brüdern auf sich hat – warum sie *unserem* Pferd etwas getan haben. Silver Flake gehört nämlich zur Hälfte mir. Mick Doherty kann Ihnen das bestätigen.«

»Schon gut, ich glaub's Ihnen ja«, brummte Jed, als sie ihm vorsichtig das Gesicht abtupfte. »Die Camilleri-Brüder sind bezahlte Schläger, die für einen Buchmacher namens Eddie Muntz arbeiten. Er wollte, dass Flake den Broken Hill Cup verliert. Er hat mir Geld dafür angeboten, das ich natürlich nicht genommen habe, und da hat er mir gedroht, was ich jedoch nicht ernst nahm. Wahrscheinlich ist er jetzt beleidigt.«

Wie konnte er in dieser Situation noch Witze machen? »Warum sollte Flake denn das Rennen nicht gewinnen?«

»Weil für Eddie ein Haufen Geld auf dem Spiel stand. Aber er hat die Wetten nun mal angenommen, und ich würde meinen Jockey nie anweisen, ein Pferd absichtlich zu zügeln.«

»In Silverton und Broken Hill sollen ja eine Menge Leute auf Flake gesetzt haben.«

Er nickte. »Ich habe nie irgendwelche krummen Touren gemacht, und praktisch jeder, der ein paar Dollar auf Flake gesetzt hat, muss sich sein Geld sauer verdienen. Da ist es meine verdammte Pflicht, alles zu tun, damit sie als Erste über die Ziellinie geht.«

Ruby begann, ihre Meinung, die sie von Jed gewonnen hatte, zu überdenken. Er hatte Charakter, und das gefiel ihr.

»Ich hab gehört, Sie wollen mir Ihren Anteil an Flake verkaufen«, fuhr er nach einer kleinen Pause fort.

Sie nickte. »Stimmt. Ich kann nichts anfangen mit einem Rennpferd. Ich will meinen eigenen Frisiersalon in Sydney eröffnen, und dafür brauche ich ein bisschen Kapital.«

»Tja, da haben Sie wohl Pech gehabt. Zumindest im Augenblick.«

Ruby hielt mitten in der Bewegung inne. »Was soll das heißen?«

»Das soll heißen, dass ein Rennpferd verdammt teuer im Unterhalt ist. Mit dem Sieggeld aus dem Broken Hill Cup konnte ich Futter und den Hufschmied bezahlen. Das bisschen, das übrig war, haben die Camilleris gefunden und mitgenommen. Jetzt muss ich Flake zum Tierarzt bringen, und ich habe kein Geld mehr.«

Er war verständlicherweise wütend und verbittert, aber auch Ruby war tief enttäuscht. Sie wollte endlich zurück nach Sydney, und dafür brauchte sie Geld. »Könnten Sie sich das Geld nicht leihen, damit Sie mich ausbezahlen können?«

»Ich besitze nichts außer dem Pferd, und das werde ich garantiert nicht verpfänden. Nein, Sie werden schon warten müssen, bis Flake das nächste große Rennen gewinnt. Dann kann ich Sie ausbezahlen.«

»Und wann wird das sein?«

»Eigentlich wollte ich sie zum Alice Springs Cup anmelden, aber daraus wird jetzt wohl nichts mehr werden.«

»Wegen ihrer Verletzung?«

»Einmal das, und zum anderen kann ich nicht wie geplant arbeiten, um das Geld für die Startgebühr zusammenzukriegen.«

»Flake muss auf alle Fälle von einem Tierarzt untersucht werden.«

»Kein Tierarzt kommt nach Silverton, wenn er nicht im Voraus bezahlt wird. So läuft das nun einmal.«

»Dann werden wir eben einen Weg finden müssen, das Geld aufzutreiben. Sie braucht einen Tierarzt, ob sie nun das Rennen läuft oder nicht.«

Jed sah Ruby finster an. »*Wir?* Was Flake angeht, treffe ich ganz allein die Entscheidung.«

»Irrtum. Sie gehört zur Hälfte mir, schon vergessen?«

»Ich habe das Pferd nur zusammen mit Ihrem Vater gekauft, weil er sich bereit erklärte, ein stiller Teilhaber zu sein und sich nicht in meine Entscheidungen einzumischen.«

»Ich bin nicht mein Vater«, versetzte Ruby. »Sie brauchen meine Hilfe, ob es Ihnen gefällt oder nicht. Wie wollten Sie die Startgebühr denn aufbringen?«

»Ich hätte auf dem Weg nach Alice Springs auf den Schaffarmen gearbeitet, aber das kann ich jetzt vergessen.« Er stöhnte laut, als er versuchte, sich anders hinzusetzen.

»Dann werden wir uns etwas anderes einfallen lassen. Zunächst mal sollten Sie zum Arzt, damit er Sie untersuchen kann. Charlie Gillard hat einen Dr. Blake erwähnt. Vielleicht sind die Rippen ja nur angeknackst oder geprellt.«

Jed verdrehte die Augen und stöhnte abermals. Ruby wusste nicht, ob vor Schmerzen oder vor Gereiztheit.

Sie kramte ein Jodfläschchen aus dem Verbandskasten, tropfte ein bisschen Jod auf ein Tuch und tupfte damit die Wunden in Jeds Gesicht ab. »Sie müssen diese Camilleris doch kommen gehört haben, oder?«

Jed zuckte zusammen, das Jod brannte. »Ich hab einen Wagen gehört, aber ich dachte, es sei Mick. Er kommt gelegentlich her und bringt mir ein Bier. Bevor ich gemerkt habe, was los war, hatten sie mich in der Mangel. Ich hatte keine Chance, weil ich schon in meinem Schlafsack lag.« Inzwischen war ihm klar geworden, wie sie ihn gefunden hatten: Sie mussten beobachtet haben, wie er die Stadt auf der Straße nach Umberumberka verlassen hatte. Er verwünschte sich für seine Dummheit.

»Und, war's das jetzt? Werden sie Sie jetzt in Ruhe lassen?«

Er schüttelte den Kopf. »Sie wollen Geld. Das hier war bloß eine Warnung.« Ruby öffnete den Mund, um etwas zu sagen, doch Jed kam ihr zuvor. »Ich werde Flake nicht verkaufen, niemals, für kein Geld der Welt. Sparen Sie sich diesen Vorschlag also.«

Es machte ihn sympathisch, dass er so an seinem Pferd hing, aber das änderte nichts an der Tatsache, dass er sie nicht ausbezahlen konnte und sie den weiten Weg anscheinend umsonst gemacht hatte. »Vielleicht sollten Sie die Polizei einschalten.«

»Kommt nicht infrage. Das würde alles nur noch schlimmer machen. Es geht mir nicht um mich; ich habe nur Angst um Flake. Ich will nicht riskieren, dass sie sie noch einmal verletzen oder sogar Schlimmeres mit ihr anstellen. Sobald sie richtig gesund ist, werden wir von hier weggehen, irgendwohin, wo sie uns nicht finden werden.«

Ein Auto näherte sich. Sie hörten es beide. Ruby riss entsetzt die Augen auf, und Jed versuchte, auf die Beine zu kommen. Sein Gesicht war schmerzverzerrt.

»Nehmen Sie Flake und laufen Sie weg, wenn ich es Ihnen sage«, keuchte er.

»Und was ist mit Ihnen?« Alle Farbe war aus Rubys Gesicht gewichen.

»Kümmern Sie sich nicht um mich! Retten Sie das Pferd!« Er hatte unter größter Anstrengung ein dickes Stück Holz vom Boden aufgehoben.

Ein Wagen bog von der Straße ab und holperte auf das Lager zu. Jed spähte vorsichtig hinter seinem Wohnmobil hervor.

»Alles in Ordnung, das ist nur Mick«, sagte er und seufzte erleichtert.

Der Wagen stoppte. Mick sprang heraus, gefolgt von Jacko.

»Bist du okay, Jed?«, rief Mick besorgt.

»Ja, alles bestens«, stöhnte Jed. Er musste sich an sein Fahrzeug lehnen.

»Er lügt. Er ist verletzt und das Pferd auch.«

Mick und Jacko fuhren überrascht herum, als sie die weibliche Stimme vernahmen und Ruby mit Silver Flake auf der anderen Seite des Feuers sahen.

»Wie bist du denn hergekommen?«, fragte Mick misstrauisch.

»Zu Fuß.«

Ungläubiges Staunen malte sich auf den Gesichtern der beiden Männer. »Zu Fuß!« Mick schnaubte. »Ausgeschlossen. Woher hast du überhaupt gewusst, dass Jed hier ist?«

»Einer der Aborigines hat es mir erzählt und mir den Weg gezeigt. Ich möchte aber nicht sagen, wer es war.«

Das war auch nicht nötig, die Männer wussten es so oder so. Ruby war in der Stadt mit Girra gesehen worden.

»Was macht ihr hier? Habt ihr gewusst, dass die Camilleris hier waren?« Jed ließ sich ächzend auf den Boden fallen.

»Wir haben ihren Pick-up gesehen, als er von der Straße nach Umberumberka kam und durch die Stadt fuhr; da haben wir uns Sorgen gemacht.« Mick betrachtete stirnrunzelnd den blutdurchtränkten Verband an Flakes Vorderbein. »Wir bringen dich und das Pferd besser in die Stadt zurück. Steig ein, ich werde fahren, Jacko kann meinen Ute zurückfahren.«

Jed widersprach nicht. Mick und Jacko packten alles zusammen, löschten das Feuer und luden das Pferd in den Hänger. Ruby stieg zu Jacko in den Ute, und sie machten sich auf den Weg zurück nach Silverton.

14

Mick hatte den Pub schon früh geschlossen, was, besonders an einem Samstagabend, auf wenig Gegenliebe gestoßen war. Dann war er mit Jacko zur Mundi-Mundi-Ebene hinausgefahren. Niemand sah sie, als sie mit Jed und dem Pferd zurückkamen, und das war gut so. Mick hatte zwar Vertrauen zu den Leuten im Ort, aber was sie nicht wussten, würden sie den Camilleri-Brüdern auch nicht verraten können.

Sie stellten die Fahrzeuge hinter dem Hotel ab und halfen Jed ins Haus. In einem Vorratsraum hinten im Pub hatte Mick ein Bett aufgestellt, das er gern benutzte, wenn er zu betrunken war, um sich auf den Heimweg zu machen, und dorthin brachten sie Jed.

Mick lebte allein in einem kleinen Holzhaus unweit der Schule. Manchmal wäre es ihm lieber, wenn daheim jemand auf ihn wartete. Er war sieben Jahre zuvor aus Shepparton in Victoria hergezogen. Gloria, seine Frau, und seine damals zwölf und fünfzehn Jahre alten Söhne hatten nicht mitkommen wollen. Ihre Ehe hatte in einer Krise gesteckt, sie hatten von einer Trennung auf Probe gesprochen, und als sich die Gelegenheit bot, das Silverton Hotel zu übernehmen, hatte Mick zugegriffen. Sie dachten, die Trennung würde ihrer Ehe guttun, doch das war nicht der Fall gewesen. Mick hatte sich in Silverton eingelebt und Freude an seinem Beruf, und Gloria lebte ihr eigenes Leben – sie hatten kaum noch Kontakt. Mick vermisste seine Söhne, aber momentan konnte er an seiner Situation nichts ändern.

Jetzt schickte er Jacko zu Dr. Blake. Kurze Zeit später kamen die beiden zurück, Cyril Blake in Morgenmantel und Hausschuhen. Mit ernster Miene stellte er seinen Arztkoffer ab.

Nachdem er Jed untersucht hatte, meinte der Arzt: »Na ja, Sie haben einiges abgekriegt, aber es gibt auch eine gute Nachricht.«

»Ich könnte eine gebrauchen«, krächzte Jed und unterdrückte einen quälenden Hustenreiz.

»Gebrochen ist nichts, lediglich einige Rippen dürften angeknackst sein und stark gequetscht.« Jacko hatte Cyril Blake erzählt, was passiert war, und der Arzt war der Meinung, dass Jed von Glück sagen konnte, noch am Leben zu sein. »Das heilt wieder, aber ich glaube nicht, dass Sie in nächster Zeit verreisen werden.« Er kannte Jeds Ehrgeiz und wusste von seinem Traum, den Alice Springs Cup zu gewinnen.

»Und das soll die gute Nachricht sein? Machen Sie Witze? Ich fühle mich, als wäre ich von einem Viehtransporter überrollt worden.« Jed stöhnte. Man sah ihm an, dass die Schmerzen kaum auszuhalten waren.

»Anfangs sind angebrochene und geprellte Rippen genauso schmerzhaft wie gebrochene, aber sie heilen schneller. Sie sollten auf jeden Fall ins Krankenhaus nach Broken Hill und sich röntgen lassen.«

»Keine zehn Pferde kriegen mich noch einmal ins Auto und auf diese verdammte Holperstrecke«, ächzte Jed.

Sein Gesicht war schweißüberströmt, und das offene Hemd klebte ihm am Rücken. Obwohl Mick so langsam und vorsichtig wie möglich zurückgefahren war, hätte er bei jeder noch so kleinen Erschütterung aufschreien mögen vor Schmerz.

Der Arzt nickte. Die Straße war schon für einen gesunden Menschen eine Zumutung. Mit seinen zweiundsiebzig Jahren hasste er die Fahrt nach Broken Hill, fuhr aber dennoch einmal im Monat dorthin, um sich mit zwei Kollegen im Ruhestand zu treffen, die sich ebenfalls für die neuesten medizinischen Erkenntnisse und Heilverfahren interessierten. Durch ihren Gedankenaustausch trainierte er sein Gehirn.

»Schön, dann müssen Sie aber strenge Bettruhe halten. Je weniger Sie sich bewegen, desto weniger Schmerzen werden Sie haben.«

Jed verzog das Gesicht. »Bettruhe? Wie soll ich das machen? Ich habe ein Pferd, um das ich mich kümmern muss.«

»Bitten Sie jemand anderen darum. Ich kann Ihnen nur dringend dazu raten, Jed. Ob Sie meinen Rat befolgen werden oder nicht, steht auf einem anderen Blatt.« Cyril nahm ein Fläschchen Tabletten aus seinem Arztkoffer. »Die lasse ich Ihnen da gegen die Schmerzen. Ich habe leider nichts Stärkeres. Wie gesagt, Sie sollten sich unbedingt in Broken Hill gründlich untersuchen lassen.«

»Ja, ja.« Jed winkte ab. »Hören Sie, Cyril, Flake ist verletzt, die Wunde muss genäht werden. Ich würde Sie nicht darum bitten, wenn es nicht dringend wäre.«

Der Arzt schüttelte den Kopf. »Ich bin kein Tierarzt, Jed. Flake ist ein wertvolles Tier, ich möchte kein Risiko eingehen. Jacko hat mir erzählt, dass sie eine offene Wunde hat; sie muss vermutlich mit Penizillin behandelt werden oder einer Kombination aus verschiedenen Medikamenten, damit es keine Infektion gibt. Ich wüsste gar nicht, welche Dosierung ein Pferd braucht.«

»Schon gut«, murmelte Jed mutlos. »Ich wollte wenigstens gefragt haben.«

»Tut mir leid, Jed.« Cyril packte seine Tasche und verabschiedete sich. Jacko bot ihm an, ihn nach Hause zu fahren.

»Wir müssen versuchen, den Tierarzt anzurufen, und fragen, was ein Hausbesuch kosten würde«, sagte Ruby zu Mick.

»Morgen ist Sonntag, ich weiß nicht, ob da überhaupt einer herkommen wird«, erwiderte er.

»Wir müssen es auf alle Fälle versuchen«, beharrte Ruby.

Obwohl es schon spät war, rief Mick bei einem Tierarzt namens Barker in Broken Hill an, bei dem Jed früher schon gewesen war. Die Praxis befand sich im Haus des Arztes; war sie geschlossen, wurden die Anrufe in seine Privaträume weitergeleitet. Es klingelte ein paarmal, bevor abgenommen wurde. Mick erklärte, worum es ging, stellte Fragen, hörte zu und wandte sich dann an Ruby.

»Fünfzig Piepen, wenn er am Sonntag herkommt und sich das Pferd ansieht. Das Nähen der Wunde oder Medikamente kosten natürlich extra. Also, soll ich ihm sagen, er soll herkommen?«

Ruby wusste zwar noch nicht, woher sie das Geld nehmen sollte, aber sie musste es auf alle Fälle versuchen. »Ja, er soll morgen Nachmittag kommen. Bis dahin habe ich das Geld irgendwie aufgetrieben.«

Jed, der durch die offene Tür alles mit anhören konnte, rief: »Ach ja, und wie, wenn ich fragen darf?«

»Ich hab zwanzig Dollar beim Haareschneiden eingenommen«, erwiderte sie. »Ich werde den Preis morgen heraufsetzen, dann kriege ich auch den Rest zusammen.«

»Und wenn nicht?«, fauchte Jed wütend. »Morgen ist Sonntag. Vielleicht haben die Leute keine Lust, sich am Sonntag die Haare schneiden zu lassen.«

Daran wollte Ruby lieber nicht denken. Sie musste publik machen, dass sie das Geld für Flake brauchte, dann würden die Leute sicherlich kommen und wären auch bereit, einen höheren Preis zu bezahlen.

»Flake braucht einen Arzt, Jed«, sagte Mick geduldig. Jed passte es nicht, dass über seinen Kopf hinweg entschieden wurde, aber irgendetwas musste geschehen. »Die Wunde muss genäht werden, und zwar bald, sonst entzündet sie sich.«

Bis dahin würden sie sie sauber halten und verbinden, damit die Fliegen nicht angelockt würden, die mit der aufgehenden Sonne in Scharen ausschwärmten.

»Das weiß ich selbst«, gab Jed bissig zurück.

»Reg dich nicht auf, wir meinen es doch nur gut«, sagte Mick beschwichtigend.

Nachdem er noch einmal mit dem Tierarzt gesprochen und

einen Termin für den folgenden Nachmittag vereinbart hatte, ging er mit Ruby ins Hinterzimmer. Jed war kreidebleich, Bäche von Schweiß rannen ihm über den Körper.

»Was können wir tun, damit Flake heute Nacht in Sicherheit ist?«, fragte Ruby. Sie hatten die Stute aus dem Hänger geführt und getränkt.

»Wir dürfen sie nicht in die Ställe an der Rennbahn bringen, das ist zu gefährlich, zumal ich nicht auf sie aufpassen kann.«

Jed war halb wahnsinnig vor Sorge um das Tier. Was, wenn diese Gangster noch einmal zurückkamen? Er war nie auf den Gedanken gekommen, dass seine Weigerung, sich von Eddie Muntz bestechen zu lassen, Flake in Gefahr bringen könnte.

»Ich weiß, was wir machen«, sagte Mick. »Ich werde dein Wohnmobil und den Hänger zu mir fahren und in meinem Carport unterstellen. Dann sind sie von der Straße weg. Und Flake werden wir in den Schuppen hinter dem Hotel bringen. Ich muss bloß ein paar Sachen umräumen, dann hat sie dort genug Platz. Und keiner kann sie sehen. Ich werde hier bei dir bleiben, falls du Hilfe brauchen solltest.«

»Das ist eine ausgezeichnete Idee«, meinte Ruby und sah Jed erwartungsvoll an.

»Ich brauche keinen Babysitter«, knurrte der gereizt. »Geh nach Hause und schlaf dich aus, damit du morgen ausgeruht bist.« Sonntags war der Pub von vier bis sechs Uhr nachmittags geöffnet.

»Als ob ich mich jetzt aufs Ohr hauen und in Ruhe schlafen könnte!« Mick verdrehte vielsagend die Augen.

Jed schnaubte. Er wusste ja, dass Mick ihm nur helfen wollte. Aber dieses Gefühl des Ausgeliefertseins machte ihn wahnsinnig.

»Ich werde mich jetzt besser auf den Heimweg machen«, sagte Ruby. »Ich möchte morgen in aller Frühe im Laden sein. Mick, sei so gut und erzähl möglichst vielen Leuten, dass der Erlös meiner Arbeit Flake zugute kommt.«

Mick schüttelte bedauernd den Kopf. »Ich geh nicht in die Kirche; ich werde vor morgen Nachmittag niemanden zu Gesicht bekommen. Wenn ich ein bisschen Geld übrig hätte, würde ich es euch ja geben, aber der Pub trägt sich ja kaum selbst.«

»Ist in Ordnung. Ich kriege das Geld schon zusammen«, sagte Ruby zuversichtlich. Sie sah Jed an. »Dann bis morgen.«

Er würdigte sie weder einer Antwort noch eines Blickes.

Ein lautes Klopfen ließ alle drei zusammenfahren.

»Gib mir etwas, damit ich mich verteidigen kann«, zischte Jed und richtete sich mühsam auf. Mick warf ihm den Kricketschläger zu, der hinter der Tür stand. Gelegentlich spielte er eine Runde mit seinen Gästen zum Zeitvertreib. »Verdammt, Flake ist ganz allein da draußen!«

»Vielleicht ist es nur Jacko«, sagte Ruby. »Ich werde nachsehen.«

»Du bleibst, wo du bist«, befahl Mick. Er zog eine Flinte unter dem Bett hervor, legte den Finger an die Lippen und ging leise nach vorn in die Bar. Durch die Milchglasscheibe in der Tür konnte er eine Gestalt auf der Veranda erkennen. Er brachte das Gewehr in Anschlag.

»Mick, bist du da?«, rief eine Frau.

»Das ist Myra«, sagte Ruby erleichtert. »Wahrscheinlich sucht sie mich.«

Mick ließ die Waffe wieder sinken, und Jed fiel ächzend auf das Bett zurück.

»Hast du Ruby gesehen, Mick?«, war Myras erste Frage, als Mick ihr die Tür öffnete. »Hoffentlich ist ihr nichts zugestoßen. Sag mal, das Auto hinter dem Haus und der Pferdehänger gehören doch Jed, oder nicht?«

»Ich werde dir alles erklären, Myra«, sagte Ruby, die nach vorn geeilt war und jetzt an Mick vorbeischlüpfte.

»Da bist du ja! Gott sei Dank, ich habe mir schon solche Sorgen gemacht.« Myra hatte ernsthaft erwogen, ein paar Leute zusammenzutrommeln, um nach Ruby zu suchen.

»Entschuldige, Myra, das wollte ich nicht.« Ruby winkte Mick zum Abschied flüchtig zu und ging mit Myra zurück zu deren Haus. »Ich war auf der Mundi-Mundi-Ebene, ich habe Jed Monroe gesucht.« Sie berichtete ihr, was sich zugetragen hatte.

»Mir scheint, ich habe mir zu Recht Sorgen gemacht«, bemerkte Myra missmutig, als sie geendet hatte.

»Wer weiß, was Silver Flake passiert wäre, wäre ich nicht zufällig dort gewesen und hätte sie gefunden, Myra. Wir haben den Tierarzt angerufen, aber er verlangt fünfzig Dollar nur fürs Kommen, alles andere noch gar nicht mitgerechnet. Ich habe schon zwanzig Dollar eingenommen, den Rest will ich morgen beschaffen. Ich werde den Laden aufmachen, obwohl Sonntag ist, und den Preis für einen Haarschnitt heraufsetzen.«

»Wann kommt der Tierarzt denn?«

»Am Nachmittag, ich hab also nicht viel Zeit.«

»Da musst du aber eine Menge Kunden bedienen, Ruby. Glaubst du wirklich, dass du das schaffst? Wer geht schon am Sonntag zum Haareschneiden?«

»Es muss einfach klappen, Myra. Diese Gangster haben Jed alles geraubt, was er noch besaß. Er kann die Tierarztrechnung auf keinen Fall bezahlen.«

Ruby wälzte sich stundenlang hin und her und fand keinen Schlaf, so sehr sorgte sie sich um Silver Flake. Um vier Uhr morgens hielt es sie nicht mehr in ihrem Bett. Sie stand auf, schlüpfte in ihre Sachen und ging zum Hotel. Nirgendwo brannte Licht, alles war ruhig.

Ruby schlich hinters Haus zu dem Schuppen, in dem das Pferd untergebracht war. Die Tür quietschte in den Angeln, als sie sie öffnete. Sie machte sie nicht wieder zu, damit frische Luft hereinkonnte. Drinnen war es furchtbar stickig, und das Pferd, das mit hängendem Kopf auf dem Strohlager stand, das Mick provisorisch hergerichtet hatte, tat ihr leid.

»Wie geht es dir, mein Mädchen?«, flüsterte sie. »Hast du große Schmerzen?« In dem schwachen Mondlicht, das durch die Tür hereinfiel, konnte sie sehen, wie Flakes Bein zitterte. Der Verband war schon wieder blutdurchtränkt. Sie streichelte Flakes Kopf. »Später kommt der Tierarzt, danach geht es dir besser, ganz bestimmt.«

Mick hatte frisches Verbandszeug dagelassen, so konnte Ruby den Verband wechseln. Beruhigend redete sie auf Flake ein und streichelte sie. Zu ihrer eigenen Überraschung hatte sie ihre Angst vollständig verloren. Die Stute sah sie neugierig mit ihren großen, warmen braunen Augen an und schien ihr aufmerksam zuzuhören.

Ruby ahnte nicht, dass Mick sie heimlich beobachtete. Er hatte das Quietschen der Scheunentür gehört und war mit seiner Flinte hinausgegangen, um nachzusehen. Ein paar Minuten blieb er und schlich sich dann unbemerkt zurück in die Bar.

Jed, der vor Schmerzen nicht schlafen konnte, rief angespannt: »Und, hast du gesehen, wer sich da draußen herumtreibt?«

»Nur Ruby. Sie sieht nach dem Pferd.«

»Um diese Zeit?« Jed war sofort misstrauisch. »Hoffentlich kommt sie nicht auf die Idee, mir mein Pferd zu klauen.«

»Blödsinn«, erwiderte Mick, ganz perplex, dass Jed auf so einen Gedanken kam. »Außerdem ist es auch ihr Pferd. Sie redet mit ihm und leistet ihm Gesellschaft. Anscheinend konnte sie auch nicht schlafen.«

»Lass dich nicht von der Kleinen einwickeln, Mick. Das Pferd ist für sie nichts weiter als eine Geldanlage. Wenn Silver Flake keine Rennen laufen kann, kriegt sie kein Geld. Nur darum kümmert sie sich so hingebungsvoll um das Pferd.«

Mick antwortete nicht, aber er dachte sich seinen Teil. Jed lag völlig falsch mit seiner Einschätzung. So wie er das sah, machte sich Ruby aufrichtig Sorgen um Silver Flake.

Um acht Uhr schloss Ruby den Laden auf und setzte kurzerhand den Preis für einen Haarschnitt auf fünf Dollar herauf. Das war das Äußerste. Mehr konnte sie nicht verlangen; die Leute im Ort besaßen nicht viel.

Eine Stunde später kam Myra vorbei. Sie war auf dem Weg zu Charlie Gillard, wo sie frische Eier abliefern wollte.

»Und, ist schon wer da gewesen?«

Ruby schüttelte sorgenvoll den Kopf. »Nein. Kein Mensch.«

»Die kommen schon noch«, beruhigte Myra sie. »Spätestens nach dem Gottesdienst um zehn.« Sie eilte weiter.

Als sie Charlies Laden betrat, sagte sie: »Hör mal, Charlie, tu mir einen Gefallen. Sag den Leuten, dass Ruby Geld für den Tierarzt auftreiben muss, der heute Nachmittag wegen Flake herkommt. Sie sollen doch so nett sein und sich von ihr die Haare schneiden lassen.«

»Wieso, was ist mit Flake?«, fragte er verwundert.

»Das weißt du nicht?« Myra war ehrlich erstaunt. »Tja, tut mir leid, aber ich fürchte, ich kann nicht darüber sprechen.«

Charlie begriff: Sie wollte es ihm heimzahlen. »Ich kann nicht helfen, wenn ich nicht weiß, worum es geht«, sagte er frustriert.

Myra nickte. »Ja, das Gefühl kenne ich.«

»Also gut, Myra, du hast gewonnen.« Er breitete die Hände aus. »Es tut mir leid, okay?«

»Na schön.« Sie sah ihn scharf an. Sie würde ein andermal mit ihm über Girra reden. »Jed ist heute Nacht auf der Mundi-Mundi-Ebene von den Camilleri-Brüdern überfallen worden. Sie haben ihn zusammengeschlagen, er hat angeknackste und gequetschte Rippen, und Flake hat eine tiefe Wunde am Vorarm, die genäht werden muss.«

Charlie machte ein bestürztes Gesicht. »Du meine Güte! Ich werde tun, was ich kann, Myra«, versprach er.

Sie bedankte sich und eilte wieder nach Hause. Normalerweise hätte sie den Gottesdienst besucht, aber ihre Hühner waren so stark von Federmilben befallen, dass sie sie gründlich abbürsten und den Hühnerstall bis in den kleinsten Winkel sauber machen musste. Das konnte nicht warten.

Sie war zwei Stunden beschäftigt. Danach machte sie sich noch einmal auf, um bei Ruby vorbeizuschauen. Diese war in Tränen aufgelöst: Sie hatte nur einen einzigen Kunden gehabt. Wie sollte sie es da schaffen, rechtzeitig das Geld aufzutreiben?

»Mach dir keine Sorgen!«, sagte Myra. »Ich habe eine Idee.«

Helen Carter leitete nach dem Gottesdienst die Sonntagsschule. Sie wollte die Kinder gerade entlassen, als Myra aufgeregt hereinkam.

»Ich brauche Ihre Hilfe, Helen.«

Sie erklärte der Lehrerin die Situation und weihte sie in ihren Plan ein. Helen war sofort dabei.

»Sie haben übrigens eine wunderschöne neue Frisur, Myra«, sagte sie strahlend. »Wenn das nicht eine gute Werbung ist.«

»Dieses Kompliment kann ich nur zurückgeben«, antwortete Myra.

Schnell verabschiedete sie sich von Helen und kehrte schnurstracks zu Ruby zurück.

»Pass auf, jetzt dauert es nicht mehr lange, und die Kunden werden kommen«, versicherte sie. Sie sehe später noch einmal vorbei, versprach sie und ging nach Hause. Ruby guckte ihr verdutzt nach.

Unterdessen hatte Helen Carter Zettel geschrieben, auf denen sie mit ein paar Sätzen erklärte, was Ruby vorhatte. Sie gab den Kindern die Zettel mit und bat sie, die Blätter überall in der Stadt zu verteilen. Im Nu wussten alle Bescheid.

Myra hatte nicht zu viel versprochen: Es dauerte nicht lange, bis die Einwohner von Silverton herbeiströmten, um sich die Haare schneiden zu lassen.

Ruby war selig. Sie konnte ihr Glück kaum fassen.

Der Tierarzt hatte sich für die Zeit zwischen fünf und sechs Uhr angekündigt. Es war Viertel vor fünf, als immer noch Kunden darauf warteten, bedient zu werden. Ruby war sich nicht sicher, ob sie schon genug eingenommen hatte, um auch die Behandlung des Tieres und die Medikamente zahlen zu können. Sie war verschwitzt und durstig und sichtlich abgekämpft.

»Tragen Sie mich für morgen ein«, sagte Martin O'Flaherty und reichte ihr fünf Dollar. »Es ist besser, wenn Sie sich meinen Haarschopf vornehmen, wenn Sie ausgeruht sind«, fügte er augenzwinkernd hinzu.

»Ja, mich auch«, meinte Jim McLeash und drückte ihr ebenfalls das Geld schon in die Hand.

»Aber ich hab gar keinen Terminkalender, wo ich das eintragen könnte«, stammelte Ruby verdutzt. Abgesehen von den Stühlen, die Mick und seine Kumpels mitgebracht und dagelassen hatten, konnte sie ihren Kunden nicht einmal Sitzgelegenheiten anbieten, sodass sie stehend warten mussten, was Ruby nur noch mehr unter Druck setzte.

»Ist auch nicht nötig«, meinte ein anderer und warf ihr einen Geldschein zu. »Wir denken schon dran.« Die anderen nickten zustimmend und bezahlten sie ebenfalls im Voraus.

»Ich danke euch, habt vielen Dank«, murmelte Ruby tief bewegt.

»Wir alle wollen, dass Flake wieder beim Rennen starten kann«, sagte Martin. »Und selbst wenn nicht, hat sie es verdient, von einem Tierarzt behandelt zu werden, wie es sich gehört. Falls diese Gangster sich hier noch einmal blicken lassen, werden wir ihnen einen gebührenden Empfang bereiten!«

Jim McLeash und die anderen nickten zustimmend. Alle waren hell empört über das, was geschehen war.

»Dass sie Jed zusammengeschlagen haben, ist schlimm genug, aber ein Pferd zu quälen ist das Allerletzte. So etwas werden wir in unserer Stadt nicht dulden«, fügte Martin hinzu.

Alle pflichteten ihm bei.

»Und wir sind alle der Meinung, dass es unheimlich nett von Ihnen ist, an einem Sonntag zu arbeiten, um das Geld für den Tierarzt aufzubringen«, ergänzte Ann Nicholls. »Sie haben Mumm in den Knochen, das verdient Anerkennung.«

»Ich danke Ihnen.« Ruby kamen die Tränen vor Rührung.

»Da kommt der Doc«, rief Jim, als ein Wagen vorbeifuhr.

»Oh, dann geh ich jetzt besser.« Ruby nahm das Kästchen mit ihren Einnahmen. »Nochmals danke. Ich werde morgen ab acht Uhr wieder hier sein. Kommt vorbei, wann immer es euch passt!«

Als Ruby den Schuppen hinter dem Hotel erreichte, waren Jed und Mick schon da und sprachen mit dem Tierarzt, der offenbar ein anderer war als der, der Flake normalerweise behandelte. Jed krümmte sich vor Schmerzen und hielt sich die Rippen.

»Tja, die Wunde muss genäht werden«, meinte Dr. Barker. »Im Moment ist sie zwar sauber, aber bei der Hitze kann sich das schnell ändern, auch wenn der Schnitt nicht sehr tief ist. Zum Glück wurden keine größeren Blutgefäße verletzt.« Er sah Jed an. »Wie ist das denn passiert?«

Jed zögerte. Es fiel ihm schwer, darüber zu sprechen. Mick nahm es ihm ab. Der junge Tierarzt schien nicht allzu überrascht. Er wusste um die Methoden im Renngeschäft und mit welchen Mitteln Ergebnisse manipuliert wurden.

»Ich habe drei Jahre als Tierarzt am Flemington Race Course gearbeitet«, sagte er kopfschüttelnd. »Die Wetter haben keine Ahnung, was hinter den Kulissen wirklich abläuft.«

Ruby drückte Jed unauffällig die kleine Schachtel mit dem Geld in die Hand. »Das sollte reichen«, flüsterte sie.

Jed war sichtlich peinlich berührt, aber er nahm das Geld.

Dr. Barker injizierte ein lokales Betäubungsmittel und nähte die Wunde. Ruby musste wegschauen. Flake hingegen schien die Prozedur nichts auszumachen, sie hielt ganz still.

Als er fertig war, untersuchte er die Stute und meinte dann, er könne nichts weiter feststellen; ihr Zustand sei ausgezeichnet.

»Das heißt, ich kann sie unbedenklich für ein Rennen melden?«, fragte Jed.

»Es kann immer etwas passieren, auch bei einem völlig gesunden Tier, da gibt es keine Garantien, aber meiner Meinung nach ist sie topfit. Im Gegensatz zu Ihnen.« Er musterte Jed. »Rippenbrüche?«

»Nur Quetschungen, hat der Arzt gemeint.« Er schaute zu, als Dr. Barker Flake noch eine Penizillinspritze gab.

»Dagegen gibt's leider keine Medizin«, meinte der Tierarzt, als er seine Sachen zusammenpackte und dann die Rechnung schrieb. »Das braucht eben seine Zeit.«

Das war das Letzte, das Jed hören wollte, selbst wenn es die Wahrheit war. Er gab dem Arzt das Geld, verabschiedete sich von ihm und wandte sich Ruby zu.

»Sie können ebenso gut nach Hause zurückfahren; Flake wird so schnell kein Rennen mehr laufen«, sagte er frustriert. »Ich bin nicht in der Lage, sie zu trainieren, und bis ich wieder vollständig gesund bin, wird sie ihre Form verloren haben«, fügte er niedergeschlagen hinzu.

Ruby wollte widersprechen, doch Mick warf ihr einen warnenden Blick zu. Dies war nicht der Zeitpunkt für eine Diskussion. Also sagte sie nichts. Sie ging bis zur Hauptstraße, wo sie einen Moment innehielt. Statt zu Myras Haus zurückzukehren, beschloss sie, zum Fluss hinunterzuschlendern. Sie wollte eine Weile mit ihren Gedanken allein sein.

Ruby setzte sich unter einen Eukalyptusbaum und starrte dumpf vor sich hin. Das Wasser war fast vollständig abgeflossen und hatte eine dicke Schlammschicht hinterlassen.

»Du hast Jed gefunden«, sagte plötzlich eine Stimme neben ihr. Ruby fuhr zusammen. Langsam sollte sie sich daran gewöhnen, dass Girra scheinbar aus dem Nichts auf einmal neben ihr auftauchte.

»Ja, ich hab ihn gefunden.« Sie seufzte bedrückt.

»Warum bist du dann traurig?«, fragte das Mädchen und setzte sich neben sie.

Ruby erzählte ihr, was sich zugetragen hatte. »Tja, und jetzt kann Jed das Pferd nicht mehr trainieren, weil er sich schonen muss«, schloss sie.

»Es wird meistens von Kadee geritten«, sagte Girra, die ihr aufmerksam zugehört hatte.

»Kadee? Wer ist das?«

»Jeds Jockey.« Girra sah Ruby an. »Der Flussschlamm kann Jed gesund machen.«

Ruby war verwirrt. »Der Flussschlamm?«

»Ja, er besitzt Heilkraft.«

Ruby wusste nicht, was sie davon halten sollte. »Wie kann der Schlamm ihn gesund machen?«

»Ich weiß es nicht, aber es ist so. Das ist Medizin meines Volkes. Mein Onkel wurde von einem Känguru angegriffen und übel verletzt, und der Schlamm hat ihn geheilt.«

»Wirklich?« Ein Hoffnungsfunke glomm in Ruby auf.

Girra nickte.

»Was muss Jed machen? Kannst du es ihm zeigen?«

»Meine Mutter kann es und einige der Stammesältesten. Jed wird sich jedoch weigern. Die Weißen haben kein Vertrauen in die Medizin meines Volkes.«

»Aber wenn es hilft …«

Wieder nickte Girra. »Unsere Medizin ist alt, uralt, sie hilft seit langer, langer Zeit den Menschen.«

Ruby wusste, dass es keine Ärzte gegeben hatte, bevor die Weißen sich in Australien niederließen, trotzdem hatte die Urbevölkerung Krankheiten und Unfälle überlebt. »Ich werde Jed davon erzählen, Girra.« Sie sprang auf. »Ich werde ihn überreden, es auszuprobieren.«

Girra sah sie skeptisch an.

Am liebsten wäre Ruby sofort zu Jed geeilt, doch dann sagte sie sich, dass es besser war, zu warten, bis er sich ausgeruht und einen klaren Kopf hatte. Und sie selbst war hungrig, durstig und völlig erschöpft. Viel zu erschöpft für eine zermürbende Auseinandersetzung mit einem störrischen Mann.

15

Am Montagmorgen stand Ruby früh auf. Sie ging jedoch nicht gleich in ihren Laden, sondern zum Hotel. Es war noch nicht einmal sieben Uhr, aber Mick war schon bei Flake. Er hatte sie bereits gefüttert und füllte gerade ihren Eimer mit frischem Wasser, als Ruby in die offene Tür trat.

»Guten Morgen, Mick!«

Er fuhr so heftig zusammen, dass das Wasser aus dem Eimer schwappte. »Herrgott, Ruby, hast du mich vielleicht erschreckt!« Eine Hand an die Brust gepresst, drehte er sich zu ihr um. »Ich hätte fast 'nen Herzschlag bekommen!«

»Entschuldige, das wollte ich nicht.« Sie konnte seinem übermüdeten Gesicht ansehen, dass er kaum geschlafen hatte. »Ich wollte nur sehen, wie's Flake geht.«

Mick seufzte. »Im Gegensatz zu Jed geht es ihr schon wieder recht ordentlich.«

»Macht der Patient dir das Leben schwer?« Ruby strich über Flakes samtige Nüstern.

»Allerdings. Ich kann ihn ja verstehen. Er hat Schmerzen, er kann Flake nicht trainieren, und Geduld hat er auch keine.«

»Ich wüsste da vielleicht etwas, das ihm hilft.«

»Ach ja?« Mick hatte das alte Stroh inzwischen zusammengeharkt, jetzt verteilte er frisches auf dem Boden.

»Die Aborigines kennen ein Heilmittel, das man bei Rippenprellungen anwendet. Es soll wahre Wunder wirken, hab ich mir sagen lassen.«

»Ich bezweifle, dass Jed etwas davon wissen will. Er würde lieber eine Flasche Whiskey leeren, um die Schmerzen zu betäuben.«

»Also ich finde, es wäre einen Versuch wert.«

Mick zuckte mit den Schultern. Im Gegensatz zu manchen anderen im Ort hatte Jed zwar großen Respekt vor den Ureinwohnern, dennoch würde es vermutlich nicht einmal einer so zielstrebigen jungen Frau wie Ruby gelingen, ihn zu einer unkonventionellen Behandlung zu überreden.

»Hat er schon gefrühstückt?«, fragte sie.

»Nein, er wollte, dass ich zuerst das Pferd versorge.«

»Schön, dann werde ich ihm etwas machen.«

Ruby ging in die kleine Küche hinter der Bar, kochte Kaffee und toastete Brot, dann brachte sie Jed beides ans Bett. Er nahm das Frühstück grußlos und ohne ein Wort des Dankes entgegen und klagte nur, er habe vor Schmerzen kein Auge zugetan.

»Das tut mir leid«, entgegnete sie. »Ich hol schon mal Wasser und einen Schwamm.«

»Was? Wozu das denn?« Jed guckte sie stirnrunzelnd an.

»Sie müssen sich doch waschen. Ich werde Ihnen dabei helfen.«

»Vergessen Sie's«, knurrte er. »Das mach ich selbst, wenn es mir wieder besser geht.«

»Mir scheint, ich muss deutlicher werden.« Ruby stemmte die Hände in die Seiten. »Sie stinken wie ein Ziegenbock.«

»Zum Glück muss ich niemandem gefallen.«

»Sie müssen sich waschen, und damit basta.«

Jed verdrehte gereizt die Augen. »Schon gut, schon gut. Ich mach's allein.«

»Wie Sie wollen. Falls Sie es nicht allein schaffen, rufen Sie, damit Ihnen jemand hilft.« Sie machte auf dem Absatz kehrt und verließ das Zimmer.

»Tyrannisches Weib«, brummte Jed.

»Das hab ich gehört!«, rief sie.

»Hoffentlich«, gab er zurück.

Nach dem Frühstück diskutierten Jed und Mick über die Pflege des Pferdes. Als Ruby mit einer Schüssel Wasser, mit Handtuch, Seife und Schwamm hereinkam, warf Jed ihr einen warnenden Blick zu. Sie stellte alles auf einer Kiste an der Wand ab.

»Ich geh ja schon. Rufen Sie, falls Sie Hilfe brauchen«, sagte sie.

»Ganz sicher nicht.«

Ruby sah Mick an und verdrehte vielsagend die Augen.

Als sie gegangen war, schaute Mick seinen Freund an und schüttelte nur den Kopf.

»Was?«, knurrte Jed gereizt. »Findest du etwa auch, dass ich wie ein Ziegenbock stinke?«

»Nein, ich finde, dass du nicht mehr ganz dicht sein kannst«, raunte Mick. »Wenn eine bildhübsche Person wie Ruby anbieten würde, mir beim Waschen zu helfen, würde ich ganz bestimmt nicht Nein sagen.«

»Du hast leicht reden, du bist ja nicht in meiner Lage.«

Mick dachte kurz darüber nach. »Du hast wahrscheinlich Recht. Du könntest die Situation ja nicht einmal ausnutzen. Entschuldige, Kumpel.«

Bemitleidet zu werden verdross Jed nur noch mehr. »Hast du eigentlich nichts zu tun?«, fauchte er.

Mick hob beschwichtigend beide Hände. »Ich geh ja schon, reg dich bloß nicht auf.«

Ruby, die sich zum Schein draußen beschäftigt hatte, wartete, bis Mick außer Sichtweite war. Dann schlich sie an die Tür zum Vorratsraum und lauschte. Jed stöhnte und ächzte und stieß gedämpfte Verwünschungen aus, als er sich aufzurichten versuchte. Sie wartete auf das Plätschern von Wasser, aber es kam nicht. Vorsichtig spähte sie um die Ecke. Jed kämpfte mit seinem Hemd, doch er schaffte es nicht, aus den Ärmeln zu schlüpfen; die Schmerzen waren einfach zu groß. Schließlich gab er es auf und ließ sich schwer atmend wieder zurücksinken.

Ruby trat leise ein paar Schritte von der Tür zurück. »Brauchen Sie Hilfe?«, rief sie.

»Nicht von Ihnen«, lautete die ungehaltene Antwort.

»Wie Sie wollen. Jacko ist gerade gekommen. Soll ich ihn reinschicken? Ich glaube allerdings nicht, dass er besonders sanft mit Ihnen umgehen wird.«

»Also gut«, grummelte Jed resigniert.

»Also gut was? Soll ich Jacko reinschicken oder nicht?«

»Nein, ich möchte, dass Sie mir helfen«, erwiderte er kleinlaut.

Ruby trat in die offene Tür und zögerte.

Er funkelte sie finster an. »Was ist? Ich kann nicht den ganzen Tag hier sitzen und warten«, blaffte er sie an.

Ruby ignorierte seine unverschämten Worte. Schweigend ging sie zu ihm, zog ihm vorsichtig das Hemd aus, tauchte dann den Schwamm ins Wasser, drückte ihn aus und fuhr ihm behutsam über den Rücken und die breiten Schultern. Jed gab es nicht gern zu, aber das kühle Wasser war eine Wohltat.

»Ich hatte gestern Abend eine interessante Unterhaltung mit Girra«, sagte Ruby, als sie spürte, dass er sich entspannte. »Die Aborigines kennen anscheinend ein gutes Heilmittel gegen Prellungen.«

Jed sagte immer noch nichts. Ruby wusch ihm jetzt die muskulöse Brust. Obwohl sie sehr vorsichtig war, zuckte er zusammen und verzog das Gesicht vor Schmerz.

»Tut mir leid«, flüsterte sie.

Er hielt seinen Blick gesenkt, als wäre es ihm peinlich, dass sie so nah bei ihm saß. »Und was für ein Heilmittel ist das?«, fragte er, um die angespannte Situation zu entkrampfen.

»Schlamm aus dem Fluss.«

»Schlamm«, wiederholte er. Jetzt blickte er doch auf, die Stirn in Falten gezogen. »Und wie soll Schlamm bei geprellten Rippen helfen?«

»Ich weiß nicht, aber anscheinend funktioniert es wirklich.«

»Für mich klingt das nach Quacksalberei«, brummte er. »So, das reicht jetzt.« Abrupt schob er ihre Hand weg und ließ sich erschöpft in die Kissen fallen.

»Hätte ich mir ja denken können«, zischte Ruby. »Anstatt Neuem gegenüber aufgeschlossen zu sein und etwas Unkonventionelles auszuprobieren, baden Sie lieber in Selbstmitleid.«

Sie stand auf, nahm die Wasserschüssel und die anderen Sachen an sich und wandte sich zur Tür. Jed funkelte sie böse an und schnalzte mit der Zunge.

»Machen Sie doch, was Sie wollen. Dann müssen Sie eben weiter leiden.« Ruby verließ das Zimmer mit zornigen Schritten, knallte die Schüssel zusammen mit dem Waschzeug in der Küche auf die Anrichte, stürmte aus dem Hotel und fauchte dem verdutzten Mick, der den Staub von der Veranda fegte, im Vorbeigehen zu: »Jed Monroe ist der größte Dickschädel, dem ich je begegnet bin!« Dann eilte sie zu ihrem Laden.

Mick stellte den Besen hin und ging durch die Bar in die Vorratskammer. »Was war denn los? Wieso ist Ruby so sauer?«, fragte er Jed.

Jed machte eine wegwerfende Handbewegung. »Sie hat gemeint, die Aborigines könnten meine Rippenprellungen mit Schlamm heilen, und wurde fuchsig, als ich nichts davon wissen wollte.«

»Wer weiß, vielleicht hilft es ja wirklich.«

Jed musterte Mick abschätzig. »Das ist doch wohl nicht dein Ernst! Wie soll Schlamm geprellte Rippen heilen können? Das ist nichts als Aberglaube.«

»Hast du mal daran gedacht, dass die Ureinwohner viele tausend Jahre hier überlebt haben, lange bevor die Weißen kamen? Das hätten sie nicht geschafft, wenn sie nichts von Heilmitteln und Heilbehandlung verstünden.«

»Wer weiß, wie viele gestorben sind, weil sie kein Penizillin hatten«, erwiderte Jed.

»Trotzdem glaube ich, dass sie Dinge über Heilpflanzen und solche Sachen wissen, von denen wir keine Ahnung haben.«

»Hast du jemals eine ihrer Heilmethoden angewendet?«

Mick schüttelte den Kopf. »Nein, weil es nicht nötig war. Aber ich täte es, wenn sonst nichts helfen würde.«

»Ich nicht«, knurrte Jed. »Ich werde mich ganz bestimmt nicht zum Fluss hinunterschleppen, um etwas auszuprobieren, an das ich nicht glaube.«

»Das bleibt dir überlassen. Aber wenn der Arzt nichts weiter für dich tun kann, was hast du schon zu verlieren?«

»Ruby will mich doch nur aus einem einzigen Grund so schnell wie möglich wieder auf den Beinen sehen – damit ich mit Flake zum Rennen nach Alice Springs fahren kann. So kommt sie an ihr Geld, das ist alles, was sie interessiert. Mir kann sie nichts vormachen«, stieß Jed bitter aus.

»War es nicht immer dein Traum, mit Flake beim Alice Springs Cup an den Start zu gehen?«

Jed fiel auf, dass sein Freund nicht zum ersten Mal Partei für Ruby ergriff. »Natürlich, und das möchte ich immer noch, aber daraus wird jetzt nichts mehr.« Jed war maßlos enttäuscht, aber das wusste Ruby sicherlich auch.

Mick kratzte sich am Hinterkopf. »Als ich vorhin nach Flake gesehen habe, ist mir übrigens aufgefallen, dass sie fast nichts gefressen hat. Die Wunde sieht allerdings gut aus, ich glaube nicht, dass sie Schmerzen hat und deswegen nicht frisst.«

»Ich kann mir schon denken, was sie hat. Sie fühlt sich fremd hier, und sie war noch nie mehr als ein paar Stunden von mir getrennt.«

»Du meinst, sie hat Sehnsucht nach dir?«, fragte Mick ungläubig.

»Hundertprozentig.« Jed hatte auch Sehnsucht nach seinem Pferd, doch das wollte er nicht zugeben, weil es seiner Meinung nach nicht besonders männlich war. »Ich würde ja zu ihr gehen, aber ich kann unmöglich aufstehen. Jeder Atemzug tut weh, und Sitzen – und wenn es bloß ein paar Minuten sind – ist die Hölle!«

»Ich weiß, was wir machen«, sagte Mick und ging hinaus.

An einer Seite des Pubs, neben dem Eingang zum Keller, befand sich eine Doppeltür. Sie stammte noch aus der Zeit, als Silverton eine wohlhabende Stadt war und das Bier in Fässern angeliefert wurde. Heute genügte es, wenn Mick alle zwei Wochen nach Broken Hill fuhr und eine Fuhre Bier besorgte. Nur zu Ostern und Weihnachten wurde er noch von einem Großhandel beliefert, aber nur, wenn er eine gewisse Menge abnahm. Er schob den Riegel der Doppeltür zurück und öffnete sie.

Jacko, der wie jeden Morgen im Hinterhof leere Flaschen in Kästen sortierte und diese stapelte, sah ihm neugierig zu. »Was hast du denn vor?«, fragte er.

Mick ging an ihm vorbei zum Schuppen. »Ich sorge dafür, dass zwei Freunde wieder vereint werden.«

Jacko machte ein verdutztes Gesicht. Und als Mick das Pferd an ihm vorbei zu dem nicht mehr benutzten Eingang führte, klappte ihm der Unterkiefer herunter.

»Du wirst doch nicht …«

»Doch, genau das werde ich«, sagte Mick und brachte Flake, als wäre es das Selbstverständlichste, in die Bar.

Jed hörte das Klappern der Hufe auf dem Holzboden. Er drehte den Kopf und konnte es nicht fassen, als er Flake im Türrahmen der Vorratskammer erblickte.

Zum ersten Mal seit langer Zeit brachte er ein schwaches Lächeln zustande. »Hallo, mein Mädchen«, sagte er und streckte seine Hand aus.

Flakes Ohren zuckten vor und zurück, sie lief zu ihm, schnaubte leise und beschnupperte seine Hand.

Mick lächelte. »Flake fühlt sich einsam im Schuppen. Schätze, jetzt ist euch beiden geholfen.«

»Ein Pferd in einem Pub verstößt doch bestimmt gegen alle möglichen Hygienevorschriften, oder?«

»Mag sein«, erwiderte Mick gleichgültig. »Aber wenn die Leute ihre Hunde mit reinbringen dürfen, warum soll dann nicht auch ein Pferd hereindürfen?«

Jed musste abermals lächeln. Unter Micks rauer Schale steckte ein weicher Kern, auch wenn er sich große Mühe gab, das zu verheimlichen.

»Und solange sie hier hinten bleibt, hat bestimmt niemand was dagegen. Hier drinnen, wo wir beide auf sie aufpassen können, ist es auch sicherer als draußen im Schuppen.«

Jed nickte zustimmend. »Du bist ein wirklich guter Freund, Mick. Danke für alles.«

Mick zuckte mit den Schultern. »Du würdest das Gleiche doch auch für mich machen.«

»Verlass dich lieber nicht darauf«, flachste Jed und lachte, verstummte aber sofort wieder und hielt sich seine schmerzende Seite.

»Das hast du jetzt davon«, grinste Mick. »Geschieht dir ganz recht.«

Obwohl in Rubys Laden an diesem Tag viel los war, schweiften ihre Gedanken immer wieder ab. Jed und seine Halsstarrigkeit gingen ihr einfach nicht aus dem Kopf. Als Jim McLeash mit Martin O'Flaherty hereinkam, beschloss sie, die beiden zu fragen, was sie von der Heilkunst der Ureinwohner hielten. Sie erzählte ihnen von dem Schlamm, der angeblich heilende Wirkung bei Rippenprellungen hatte.

Jim nickte. »Das ist gut möglich. Mein Cousin Gerry arbeitete früher auf einer von Sidney Kidmans Rinderranches im Kimberley und hatte einen schweren Unfall. Dass er noch lebt, hat er nur der Heilkunst der Ureinwohner zu verdanken.«

»Was ist denn passiert?«, fragte Ruby aufrichtig interessiert.

»Gerry trieb mit ein paar eingeborenen Viehhirten Rinder zusammen, etliche hundert Kilometer von der Ranch entfernt, als sein Pferd vor einer Schlange scheute und ihn abwarf, ausgerechnet an einem alten Zaun rings um einen stillgelegten Brunnen. Er spießte sich das Bein an einem Pflock auf und verletzte sich den Arm am Stacheldraht. Es hätte Tage gedauert, zur Ranch zurückzureiten, wo sie den Arzt hätten verständigen können, damit er mit dem Flugzeug herausgeflogen käme. Also haben die Aborigines seine Wunden an Ort und Stelle versorgt, so gut sie konnten. Gerry sagt, wären sie nicht gewesen, wäre er jetzt nicht mehr am Leben.«

»Und was haben sie gemacht?«, fragte Ruby gespannt.

»So genau weiß ich das nicht, aber ich erinnere mich, dass er etwas von einem Brei aus Pflanzen und Lehm erzählt hat, der zum Desinfizieren und Heilen auf die Wunden aufgetragen wurde. Gerry sagt, er hätte bei der Hitze sonst garantiert innerhalb von zwölf Stunden eine Blutvergiftung bekommen, zumal der Stacheldraht rostig gewesen war. Er zieht seitdem zwar sein Bein ein bisschen nach, aber er kann von Glück sagen, dass er überhaupt noch laufen kann.«

»Das ist ja unglaublich«, staunte Ruby.

Jetzt fiel auch Martin eine Geschichte zu dem Thema ein. »Ein Freund von mir lebte eine Zeit lang in Wilcannia. Vor ein paar Jahren bekam er plötzlich einen Ausschlag am ganzen Körper. Als er ins Krankenhaus ging, meinte der Arzt, das sei eine allergische Reaktion. Er gab ihm Spritzen und Salben, aber nichts half. Sie wollten ihn zu einem Spezialisten in die Stadt schicken, aber mein Freund leitete das Postamt und hatte keine Vertretung. Die Ekzeme auf seiner Haut wurden immer größer und juckten wie verrückt. Er wusste nicht mehr, was er noch machen sollte. In seiner Not wandte er sich an die Aborigines. Sie stellten eine Salbe für ihn zusammen, eine Mischung aus Tierfett und einem Sud aus Gräsern, die sie vierundzwanzig Stunden in Wasser hatten ziehen lassen.«

Ruby ließ ihre Schere sinken. »Gewöhnliches Gras?« So simpel war das Ganze?

»Nicht irgendein Gras, sondern ein ganz bestimmtes, das am Ufer des Darling River wächst und heilende Kräfte haben sollte.«

»Ach so.«

»Mein Freund schmierte sich die Salbe auf die Haut und trank von dem Sud. Der Juckreiz verschwand binnen kürzester Zeit, und die Haut heilte innerhalb weniger Tage vollkommen, nachdem er wochenlang gelitten hatte.« Martin lachte. »Er soll allerdings gerochen haben wie ein Sonntagsbraten und bei den streunenden Hunden in der Stadt äußerst beliebt gewesen sein«, fügte er hinzu. Dann wurde er wieder ernst. »Man sollte die Heilkunst der Aborigines nicht unterschätzen. Jed ist ein Narr, wenn er es nicht zumindest versucht.«

»Das finde ich auch.« Ruby war froh, dass die beiden Männer ihrer Meinung waren. »Dr. Blake und der Tierarzt haben gemeint, sie könnten nichts für ihn tun, also hat er doch nichts zu verlieren, oder?«

»Richtig«, pflichteten Jim und Martin ihr bei.

»Aber auf mich hört er nicht. Könntet ihr nicht mal mit ihm reden?«

»Versuchen können wir's ja«, sagte Martin.

»Das ist nett. Erzählt ihm doch, was ihr mir gerade erzählt habt. Vielleicht kann ihn das ja überzeugen.«

Ruby blieb dennoch skeptisch. So wie sie Jed einschätzte, würde er sich erst umstimmen lassen, wenn die Schmerzen ihn mürbe gemacht hatten.

Als Ruby am Abend nach Hause kam, war sie völlig erledigt und wollte nur noch eines: die Füße hochlegen und sich ausruhen. Doch dazu kam es nicht. Myra war in heller Aufregung.

»Was ist denn passiert?«, fragte Ruby.

»Ach, Dot und Hennie haben sich wieder gestritten, und dann hat sich Sally, die ihre Nase ja immer überall hineinstecken muss, auch noch eingemischt.«

Ruby erinnerte sich, dass Myra am Nachmittag mit einem Glas eingelegter Eier zum Freimaurersaal hatte gehen wollen, wo sich ihre Näh- und Strickgruppe traf. Die Frauen stellten ihre Handarbeiten wohltätigen Einrichtungen wie der Heilsarmee in Adelaide zur Verfügung.

»Dieses Mal ist mir der Kragen geplatzt! Ich hab einen Eimer

Wasser über ihnen ausgeleert, das hat sie wieder zur Besinnung gebracht!«

»Du hast was?« Ruby guckte sie entgeistert an. »Du meine Güte!« Sie hatte Sally kennengelernt: Diese Frau war nicht der Typ, der sich irgendetwas gefallen ließ.

»Jawohl! Das hat sie abgekühlt, das kann ich dir sagen. Und wenn sie noch einmal so einen Zirkus veranstalten, werde ich es wieder machen.«

»Vielleicht solltest du dich da raushalten, Myra. Sollen sie es doch unter sich ausmachen.«

»Nein, nein, das stiftet unter den anderen nur Unruhe. Ich kann nicht einfach tatenlos zusehen.« Sie griff grimmig nach einem großen Kochtopf, der auf dem Herd stand. »Damit hab ich ihnen gedroht. Sollen sie nur so weitermachen, dann werden sie schon sehen, was ihnen blüht!«

Ruby starrte Myra an. »Du hast ihnen gedroht, ihnen mit dem Topf eins überzubraten?«

»Nein, ich hab ihnen gedroht, dass sie da reinkommen!«

Einen Augenblick war Ruby wie versteinert. Hatte Myra den Verstand verloren? Dann begriff sie plötzlich und brach in schallendes Gelächter aus. Jetzt war Myra es, die sie verblüfft anstarrte.

»Ach Gott, du meinst deine Hühner!«, keuchte Ruby.

»Natürlich meine ich die Hühner. Was hast du denn gedacht?«

»Dass du von den Frauen aus deiner Näh- und Strickgruppe sprichst. Ich habe eine Frau namens Sally kennengelernt und mir gerade ihre Reaktion vorgestellt, als du einen Eimer Wasser über ihr ausgeschüttet hast!« Ruby fing wieder zu lachen an.

»Wenn ich das bei Sally Jenkins versuchte, würde *sie mir* eins überbraten«, sagte Myra kopfschüttelnd und lachte mit.

Ruby ließ sich auf einen Stuhl fallen und wischte sich die Lachtränen aus den Augen. »Weißt du, worauf ich jetzt Lust hätte? Auf ein kühles Bier. In Sydney hab ich nie Bier getrunken, aber bei dieser Hitze hier gibt es nichts Besseres.«

»Das sagen die Männer hier auch immer. Einen Staubfänger nennen sie ein großes Glas Bier. Ich könnte jetzt auch eines vertragen. Hättest du etwas dagegen, wenn ich mitkomme?«

»Aber nein, ganz und gar nicht, ich würde mich freuen«, sagte Ruby erfreut.

Als Ruby und Myra in den Pub kamen, war es dort schon ziemlich voll. Wie alle anderen guckten sie reichlich verdattert drein, als sie Flake im hinteren Teil des Raumes in der offenen Tür der ehemaligen Vorratskammer sahen, die jetzt Jeds Krankenzimmer war. Doch dann lächelten sie. Ann und Walt Nicholls brachten immer ihre alte Cattledog-Hündin mit herein, weil sie sich nicht mit Rex, Ernies Hund, vertrug, der draußen auf der Veranda auf sein Herrchen wartete. Und die Hündin der Nicholls war nicht der einzige Vierbeiner in der Bar.

»Ist das hier die Arche Noah?«, wunderte sich Myra.

»Nein, ich ziehe neuerdings nur ein besseres Publikum an«, erwiderte Mick lachend. »Schön, dich zu sehen, Myra. Schicke Frisur.«

»Danke, Mick. Hab ich Ruby zu verdanken. Sie hat die ganze Stadt verschönert, sogar dich.«

Mick grinste gutmütig. »Ja, wir sind nicht mehr der ungepflegte Haufen, der wir noch bis vor Kurzem waren.«

»Wie geht's dem Patienten?«, fragte Ruby.

»Der ist mürrisch wie immer, aber ich glaube, Flakes Nähe tut ihm gut.«

Ruby ließ ihren Blick über die Gäste schweifen. Auch Jim und Martin waren da. In diesem Moment schauten die beiden auf, lächelten ihr zu, schüttelten dann aber den Kopf und zeigten mit dem Daumen nach unten. Es war ihnen also nicht gelungen, Jed zu einer Behandlung zu überreden.

»Tja, dann wird Jed wohl weiter leiden müssen«, bemerkte Myra, die von Ruby eingeweiht worden war.

»Abwarten«, erwiderte sie. »Ich bin sicher, dass ihn die Schmerzen früher oder später mürbe machen werden.«

»Da könntest du Recht haben«, stimmte Mick zu. »Und, was darf's sein, Ladys?«

Eine Stunde später amüsierte sich praktisch die gesamte erwachsene Einwohnerschaft von Silverton in der Bar. Ruby duzte sich jetzt auch mit den wenigen, mit denen sie noch per Sie gewesen war, sogar mit Jed. Jeder hatte irgendeine Pferdeanekdote zu erzählen. Colin Barnes holte sogar seinen Fotoapparat, um Ruby mit Flake zu fotografieren. Zuerst wollte sie nicht, doch dann ließ sie sich von Colin überreden. »Wenn Flake den Alice Springs Cup gewinnt, wollen wir doch Fotos von ihr und ihren Besitzern aufhängen.« Er zeigte auf die mit Schnappschüssen zugepflasterte Wand.

Auch Charlie Gillard war gekommen. Er setzte sich mit seinem Bier, von dem er kaum etwas trank, in eine ruhige Ecke. Myra konnte verstehen, dass er zwar dabei sein, aber nicht auffallen wollte. Sie beschloss dennoch, ihn im Auge zu behalten.

Als das Gelächter und das fröhliche Stimmengewirr zunahmen, versuchte Jed aufzustehen, aber die Schmerzen waren so schlimm, dass er fast ohnmächtig geworden wäre. Resigniert ließ er sich auf sein Lager zurücksinken. Colin Barnes brachte ihm ein Bier, das er gierig trank. Mick hatte ihm einen Eimer hingestellt, damit er sich erleichtern konnte.

»Wie ist Jed eigentlich dazu gekommen, Pferde zu trainieren?«, fragte Ruby, als Mick hinter die Theke zurückkam.

»Vor ein paar Jahren hat er im Westen von Victoria auf einer Schaf- und Rinderranch gearbeitet. Ein Sohn des Besitzers hat Springpferde trainiert, und Jed hat ihm manchmal dabei geholfen. Das hat ihm so viel Spaß gemacht, dass er nicht mehr davon loskam. Er hat eine Lizenz als Halter und Trainer beantragt und anfangs Pferde anderer Leute trainiert. Mehr als ein paar tausend Dollar Preisgeld haben sie anscheinend zwar nicht gewonnen, aber Jed gab es die Gelegenheit, sich mit der Materie vertraut zu machen.«

»Aus was für einer Zucht stammt Silver Flake eigentlich?«

»Weißt du, das Komische ist, dass ein gutes Pferd nicht unbedingt auch einen guten Stammbaum haben muss. Du kannst eine Menge Geld für ein Rassepferd ausgeben, das nichts taugt, und ein anderes, das du für ein Butterbrot kaufst, gewinnt jedes Rennen. Das kommt zwar nicht häufig vor, aber das gibt es. Und Jed ist fest überzeugt, dass Flake großes Potenzial hat.«

Ruby nickte. »Sie ist wunderschön, nicht wahr?« In diesem Augenblick stülpte einer der Männer Flake seinen Hut über die Ohren. Alle lachten, und Colin griff schnell zum Fotoapparat.

»Ja, das ist sie, aber als Jed sie hierher brachte, war sie ein richtiges Biest. Sie hat gebissen, ausgeschlagen und sich jedes Mal, wenn er sie satteln wollte, die Satteldecke wieder heruntergezogen. Ich weiß nicht, wie viele Decken sie zerfetzt hat. Ich habe nie ein Pferd gekannt, das schwieriger war. Wir alle haben Jed gesagt, es habe doch keinen Sinn, er solle sie aufgeben, aber er hat weitergemacht. Und er hat es tatsächlich geschafft, sie zu zähmen. Ein Pferd mit einem besseren Charakter wirst du so schnell nicht finden. Jed kann mit Tieren umgehen, vor allem mit Pferden, das muss man ihm lassen. Er hat eine besondere Begabung dafür.«

Myra nickte anerkennend. »Das ist wirklich bewundernswert.«

Ruby pflichtete ihr bei. »Nur schade, dass er sich selbst nicht helfen lassen will.«

Drei der Männer waren aufgestanden und hatten sich hinter die Bartheke gebückt. Ruby machte große Augen, als sie zwei Gitarren und ein Set Bongotrommeln hervorholten und zu spielen anfingen. Sofort wippte sie im Takt mit dem Fuß.

»Magst du Musik?«, fragte Mick.

»Und wie! Musik ist eins von den Dingen, die ich hier am meisten vermisse.«

»Wir machen hier oft Musik. Kannst du singen?«

»Nur unter der Dusche«, gestand sie verlegen.

»Tanzt du gern?«

»O ja, für mein Leben gern!«

»Na, dann los!« Mick kam hinter der Theke hervor und ergriff ihre Hand.

»Was denn, hier? Jetzt?« Niemand sonst tanzte, und Ruby war das ein bisschen peinlich.

»Klar, warum nicht?« Mick legte seine Arme um sie und schwenkte sie herum. Ruby musste lachen, als Mick versuchte, eine Art Jive zu tanzen. Die anderen Gäste johlten und klatschten Beifall.

Als das Stück zu Ende war, rief Ann Nicholls: »Spiel *Peggy Sue*, Les!«

»O nein, nicht schon wieder!«, stöhnte Mick, und alle lachten. Ann wünschte sich nie etwas anderes als *Peggy Sue* von Buddy Holly.

»Wie wär's mit *Hello Mary Lou* von Ricky Nelson?«, sagte Ruby.

»Sehr gut!«, stimmte Mick zu. »Ja, Les, spiel uns das!«

Les Burdett kam seiner Aufforderung nach, und Ruby ließ sich abermals von Mick durchs Lokal wirbeln. Sie lachte und amüsierte sich prächtig.

Jed hörte zwar, was in der Bar vor sich ging, konnte aber nichts sehen. Anscheinend hatten alle unheimlich viel Spaß, was ihn wurmte. Ruby schien sich bei allen einzuschmeicheln, und das gefiel ihm ganz und gar nicht.

16

Am Mittwoch hatte Jed genug vom Herumliegen und von den Schmerzen. Es machte ihn fast wahnsinnig, nicht für sich selbst und sein Pferd sorgen zu können, so wie er es gewohnt war. Und dass er sich anhören musste, wie in der Bar Musik gemacht, gesungen, getanzt und gelacht wurde, schlug ihm zusätzlich aufs Gemüt. Ruby war inzwischen bei allen äußerst beliebt, was ihn gewaltig ärgerte. Ihm konnte sie nichts vormachen: Er wusste, dass sie die Stadt verlassen würde, sobald sie bekommen hatte, was sie wollte.

Außerdem hatte er den Verdacht, dass sich zwischen Ruby und Mick etwas entwickelte, das über Freundschaft hinausging. Als Mick die Lichter im Pub löschte und die Tür zusperrte, sprach er ihn darauf an.

»Ihr verbringt viel Zeit zusammen, du und Ruby«, sagte er beiläufig. »Hast du etwa ein Auge auf sie geworfen?«

»Ich schätze mal, jeder Mann in Silverton hat ein Auge auf sie geworfen. Sie ist lustig und ein richtiger Kumpel. Ich wäre überglücklich, wenn ich Chancen bei ihr hätte. Nicht, dass ich mir ernsthaft welche ausrechne – ich denke, sie findet mich viel zu alt«, fügte er augenzwinkernd hinzu. Er war Anfang vierzig.

Jed fand das gar nicht komisch. »Lass lieber die Finger von ihr, sie macht dich nur unglücklich. Sie will ihr Geld, und wenn sie das hat, wird sie schneller wieder abhauen, als du ›letzte Runde‹ sagen kannst.«

Etwas in seinem Tonfall ließ Mick aufhorchen. »Hey, hast *du* vielleicht ein Auge auf sie geworfen? Dann sag es. Ich will nicht, dass ein Mädchen zwischen uns steht. Dafür sind wir schon viel zu lange befreundet.«

»Ich? Blödsinn.« Jed schnaubte verächtlich.

»Dann ist es ja gut«, meinte Mick fröhlich.

Ruby kam weiter jeden Morgen zum Hotel, half Jacko und Mick beim Füttern der Stute und nahm sie dann auf einen langen Spaziergang mit, um ihr Bewegung zu verschaffen. Jed hatte sich damit einverstanden erklärt, vorausgesetzt, sie ließ sich aus Sicherheitsgründen von zwei Männern aus dem Ort begleiten. Ruby konnte sich über einen Mangel an Freiwilligen nicht beklagen.

Silver Flake war intelligent und lammfromm, man konnte sich fast nicht vorstellen, dass sie jemals anders gewesen war. Ruby hatte sie im Nu in ihr Herz geschlossen. Was man von ihrem Teilhaber nicht behaupten konnte. Sie ging Jed nach Möglichkeit aus dem Weg, was ihm nicht entging. Da er große Schmerzen hatte, war er ständig gereizt und schlecht gelaunt. Ruby, Mick und Jacko versorgten ihn mit dem Nötigsten wie Essen und Trinken, ließen ihn aber ansonsten fast die ganze Zeit allein. Sie hofften, dass die Einsamkeit und die Schmerzen ihn früher oder später dazu bringen würden, die Behandlungsmethode der Ureinwohner auszuprobieren. Und ihr Plan funktionierte. Die Frage war nur, ob es für eine Teilnahme am Alice Springs Cup nicht zu spät war. Man musste sich nicht besonders mit Rennpferden auskennen, um zu wissen, dass sie mit jedem Tag Nichtstun an Fitness und Kondition verloren.

Als Ruby am Donnerstagmorgen mit Flake zurückkam, war sie bester Laune. Burt, Ernie und Jim hatten sie begleitet und so herumgefrotzelt, dass Ruby vor lauter Lachen Seitenstechen bekommen hatte. Jim müsse ständig größere Schuhe kaufen, hatte Burt gemeint, weil er sich nie die Fußnägel schneide.

»Eigentlich hat er Größe 41, aber er trägt 45. Guck dir bloß mal diese Latschen an! Die reinsten Kähne! Darin könnte er Australien umsegeln!«

Jim stritt das vehement ab, weigerte sich aber, Burts Aufforderung nachzukommen und Ruby seine Zehennägel zu zeigen, worüber sie im Grunde ganz froh war. Allerdings war ihr schon aufgefallen, dass Jims Füße im Verhältnis zu seiner Größe und seinem Körperbau riesig erschienen.

Ernie schlug in die gleiche Kerbe. »Du hast sogar die Kappe deiner Arbeitsstiefel abschneiden müssen, weil du keine größeren bekommen hast!«

»Das war ganz anders, Ernie«, sagte Burt. »Seine Zehennägel haben sich durchs Leder gebohrt und die Kappe abgetrennt.«

»Ich hab ein Loch reingeschnitten, weil die Schuhe viel zu warm waren, ihr Blödmänner«, verteidigte sich Jim. Er wurde rot.

Burt klopfte ihm auf die Schulter. »Nimm's nicht tragisch, Jim. Sogar ein Bär würde dich um deine Krallen beneiden.«

Ruby lachte Tränen. Jim war keineswegs beleidigt, er stimmte in das allgemeine Gelächter ein.

Die Art, wie die Leute in Silverton miteinander umgingen, berührte Ruby. Mochten sie auch ihre Scherze miteinander treiben und sich gegenseitig auf den Arm nehmen, so waren sie doch füreinander da. Dieses Gemeinschaftsgefühl war ihr neu. In dem Mietshaus in Sydney, wo sie mit ihrer Mutter gewohnt hatte, hätten sie sich im Notfall nur an Beryl und Tom, ihre unmittelbaren Nachbarn, wenden können. Alle anderen Hausbewohner grüßte man, wenn man sich im Treppenhaus begegnete, aber das war auch schon alles. Ruby und ihre Mutter hatten höchstens fünf namentlich gekannt, aber sie wäre gar nicht überrascht, wenn in Silverton jeder wüsste, wann die anderen Geburtstag hatten.

Die Sympathie und Bewunderung für die Menschen hier kam für sie selbst unerwartet. Sie würde sie vermissen, wenn sie in die Stadt zurückkehrte. Und die Leute würden sie wahrscheinlich auch vermissen, vor allem die Männer. Sie umschwärmten sie und wetteiferten um ihre Aufmerksamkeit; sie stritten sich sogar darum, wer sie und Flake auf ihrem morgendlichen Spaziergang begleiten durfte. Mick hatte eine Liste angelegt, damit jeder einmal an die Reihe kam.

Als sie Mick erzählte, wie Ernie und Burt den armen Jim aufgezogen hatten, musste auch er darüber lachen. »Ja, Jims Zehennägel sind berühmt von Silverton bis nach Southport«, flachste er.

Jed hörte sie miteinander scherzen und lachen. Das war der Tropfen, der das Fass zum Überlaufen brachte. Er musste etwas tun, damit er endlich wieder auf die Beine kam.

»Ruby!«, rief er.

»Ja?« Sie trat in die offene Tür. »Brauchst du etwas?« Sie tat, als wäre sie in großer Eile.

»Hast du viele Kunden heute Morgen?«

»Ja, weil ich noch nicht alle drannehmen konnte, die mich bereits bezahlt haben.« Das war geschwindelt. Inzwischen hatte sie fast jedem Einwohner einen neuen Haarschnitt verpasst, sodass nicht viel zu tun und der Tag ziemlich lang war. »Warum fragst du?«

Jed holte Luft. »Ich halte es nicht länger hier aus, ich werde die Sache mit dem Flussschlamm ausprobieren. Dann komme ich wenigstens mal hier raus. Mir fällt so langsam wirklich die Decke auf den Kopf.«

Ruby triumphierte innerlich, ließ sich jedoch nichts anmerken. »Gut, wenn ich Girra sehe, werde ich sie fragen.«

»Bitte bald, wenn's geht.«

»Falls es funktioniert, haben wir dann genug Zeit, Flake für das Rennen in Alice Springs vorzubereiten?«

Jeds Augen wurden schmal. Sie dachte nur an das Geld; das war alles, was sie interessierte. »Vielleicht. Aber das bedeutet harte Arbeit, damit sie wieder in Form kommt.«

»Gut.«

Ruby wandte sich ab und strahlte. Als sie durch die Bar ging, gab sie Mick verstohlen ein Okay-Zeichen. Er nickte und lächelte. Sie hatte es geschafft.

Bereits am anderen Morgen half Mick seinem Freund auf die Ladefläche seines Ute Pick-up. Er hatte sie mit Stroh und Decken so gut es ging gepolstert, sodass Jed sich hinlegen konnte. Wie einen Sack Mehl transportierte Mick ihn zum Fluss hinunter. Girra, Jinny, ihre Mutter, sowie Kiah, ihre Großmutter, warteten bereits auf ihn. Sie hatten diese Stelle ausgesucht, weil die ausladenden Äste eines Eukalyptusbaumes Schatten spendeten. Da die beiden älteren Frauen, vor allem Kiah, nicht besonders gut Englisch sprachen, übernahm Girra die Rolle der Dolmetscherin. Jed musste sich bis auf die Unterwäsche ausziehen und sich in eine grabähnliche Vertiefung am Ufer legen. Dann bedeckten die Frauen ihn mit Schlamm; nur Kopf, Unterarme und Hände blieben frei. Mit Flusswasser, das sich in einer kleinen Mulde gesammelt hatte, wurde der Schlamm übergossen, weil er gleichmäßig feucht bleiben musste.

»Und, wie ist es?« Mick blickte auf Jed hinunter, der sich schutzlos und ausgeliefert fühlte.

»Der Schlamm fühlt sich kühl an und erstaunlich schwer.« Jed versuchte unbeholfen, die Fliegen von seinem Gesicht zu verscheuchen. »Hoffentlich hält mir jemand die Käfer und Ameisen vom Kopf fern«, brummelte er. Er war überrascht, wie gut diese Schlammpackung tat. Es war eine wahre Wohltat, ausnahmsweise einmal nicht zu schwitzen. Sein Brustkorb schmerzte zwar sogar bei jedem etwas kräftigeren Atemzug, aber die erfrischende Kühle des Schlamms lenkte ihn ab. »Wie lange muss der Schlamm denn draufbleiben?«, fragte er Girra.

Sie besprach sich mit ihrer Mutter und ihrer Großmutter und übersetzte ihm dann, was sie gesagt hatten. »Wenn die Sonne hoch am Himmel steht«, sagte sie und zeigte nach oben, »kannst du aufstehen.«

»Schön, dann werde ich dich gegen Mittag wieder abholen, mein Junge«, meinte Mick und ging zu seinem Ute zurück.

Jed blickte ihm nach. Ihm war ein bisschen mulmig zumute, so ganz allein mit den Frauen. Die drei unterhielten sich, und dann erklärte Girra ihm, die Behandlung müsse vier, besser noch fünf Tage hintereinander durchgeführt werden.

Jinny machte ein paar Schritte entfernt Feuer, setzte sich mit Kiah hin und schwatzte mit ihr, während Girra loszog, um etwas Essbares zu suchen. Sie kam bald darauf mit einer Echse und ein paar Jamswurzeln zurück und warf alles miteinander in die Glut. Jinny und Kiah überprüften in regelmäßigen Abständen, ob der Schlamm noch feucht genug war. Wenn nicht, gossen sie wieder ein wenig Wasser darüber. Jed machte die Augen zu und versuchte, sich zu entspannen. Nach einer Weile hörte er ein leises Scharren dicht neben sich. Als er erschrocken die Augen aufriss, sah er eine der Frauen mit einem Stock eine riesige Ameise von seinem Ohr schnippen. Die Frauen plapperten miteinander und gestikulierten lebhaft, und Jed glaubte zu verstehen, dass sein Ohr angeschwollen wäre wie ein Ballon, wenn die Ameise ihn gezwickt hätte. Sie schienen das sehr komisch zu finden, aber er konnte gar nicht darüber lachen.

»Kennst du jemanden, dem diese Behandlung geholfen hat?«, fragte er Girra. Er hatte keine Lust, seine Zeit zu verschwenden. »Ich meine, jemanden mit der gleichen Verletzung wie ich.« Ihm fiel das Misstrauen in ihrem Blick auf, ihre höfliche, aber reservierte Haltung.

Girra wandte sich an ihre Mutter und ihre Großmutter, hörte zu, nickte. Dann sah sie Jed an. »Mein Vater fiel von einem Baum, als er noch klein war, und hat sich hier verletzt.« Sie legte die Hand auf ihre Rippen. »Er hatte schlimme Schmerzen. Da hat meine Großmutter ihn auch mit Schlamm behandelt.«

»Wo? Hier?«

»Nein, im Norden, am Darling River.«

»Und er wurde wieder gesund?«, fragte Jed skeptisch und hoffnungsvoll zugleich.

Girra sprach mit ihrer Großmutter, und Jed sah, wie diese nickte.

Er beobachtete die Frauen unauffällig. Kiah war hager und wirkte fast zerbrechlich. Jinny hatte magere Beine, aber einen rundlichen Körper. Die beiden trugen farbenfrohe Kleidung und hatten sich Tücher um den Kopf gebunden, gingen aber barfuß. Girra hatte ein schlichtes Kleid an, ihre langen Haare hingen ihr offen über den Rücken. Sie war ein hübsches Mädchen. Jed wusste, dass das den Männern in der Stadt nicht verborgen blieb.

Er wusste auch, dass Girra schon viel Leid in ihrem jungen Leben erlebt hatte. Mindestens zwei Kinder, denen sie sehr nahestand, waren in staatlich geleitete Waisenhäuser gesteckt worden. Die Mutter der beiden war an gebrochenem Herzen gestorben, erzählte man sich. Vermutlich war das der Grund für Girras Wachsamkeit und ihr Misstrauen den Weißen gegenüber. Wer konnte es ihr unter diesen Umständen verdenken?

Während die beiden älteren Frauen in einem fort schwatzten, mal nachdenklich oder bedrückt dreinblickten, mal schallend lachten, saß Girra still daneben.

»Ich bin dir sehr dankbar für deine Hilfe«, sagte Jed zu ihr. »Bitte sag deiner Mutter und deiner Großmutter, dass ich ihnen danke.«

Girra nickte und übersetzte. Die beiden Frauen lächelten nur, als wäre ihre Hilfe ganz selbstverständlich.

In diesem Moment schämte sich Jed für seine Mitbürger, von denen die meisten die Ureinwohner mit herablassender Verachtung behandelten. Er fand, es wurde Zeit, dass sich die Dinge änderten, aber er machte sich nichts vor: Vor allem die Älteren würden ihre Meinung nicht so schnell ändern.

»Wo sind eigentlich deine Geschwister?«, fragte er beiläufig. Girra machte ein erschrockenes Gesicht.

»Bei meinem Vater«, antwortete sie misstrauisch.

Die Schürfwunden in Jeds Gesicht lockten immer mehr Fliegen an. Ärgerlich schlug er nach ihnen. Schließlich stand Jinny auf und verrührte ein bisschen Flussschlamm, der einen hohen Lehmanteil besaß, mit Wasser zu einem Brei, den sie Jed ins Gesicht schmierte. Als dieser unwillig zurückzuckte, erklärte Girra ihm, dass der Schlamm nicht nur Heilkräfte habe, sondern auch die Fliegen fernhielte.

Verblüfft musste Jed feststellen, dass sie Recht hatte. Tatsächlich wurde er nicht mehr von Insekten belästigt.

Mick hielt sein Versprechen und holte Jed gegen Mittag wieder ab. Er lachte sich halb tot über seinen schlammverkrusteten Freund, als er ihn im Hof hinter dem Hotel gründlich abspritzte.

»Schlamm ist doch gut für die Haut, oder nicht? Du wirst nach der Behandlung bestimmt zehn Jahre jünger aussehen und dich vor Verehrerinnen kaum retten können«, frotzelte er.

»Dann solltest du es unbedingt auch mal versuchen, vielleicht verschönert es ja deine hässliche Visage«, gab Jed zurück. Mick lachte gutmütig.

Jed war erschöpft von der Prozedur und legte sich gleich wieder hin. Die Schmerzen waren nicht besser geworden, aber sein Brustkorb hatte sich grün und lila verfärbt. Das sei ein gutes Zeichen, meinte Dr. Blake bei seinem Besuch am Nachmittag, das Schlimmste sei überstanden. Jed erzählte ihm nichts von der Schlammbehandlung.

Die ganze Nacht hindurch war er in Schweiß gebadet, sodass er sich richtiggehend auf den kühlenden Schlamm am kommenden Tag freute. Als Ruby morgens vorbeikam, sah sie verdutzt, dass Jed bereits auf den Beinen war und zu Micks Wagen ging. Sie fand, er bewegte sich schon ein bisschen besser. Ruby gab ihm ein halbes Dutzend Eier für die Aborigine-Frauen mit.

»Myra hat gemeint, sie würden sich vielleicht darüber freuen.«

Jed nickte. »Das ist lieb von ihr. Ich lasse danken.«

»Und, wie war's gestern?« Sie hatte am Abend noch vorbeigeschaut, aber da hatte er schon geschlafen.

»Es hat erstaunlich gutgetan, aber Schmerzen habe ich immer noch.« Er wirkte zerstreut.

»So schnell kann das auch sicher nicht gehen mit der Heilung. Du musst schon ein bisschen Geduld haben«, gab Ruby zurück.

Jed reagierte nicht auf ihre Worte. Aber er sah sie ernst an. »Du kannst nicht zufällig reiten, oder? Flake sollte ein paar Runden galoppieren.«

»Nein, aber ich würde es gern lernen«, sagte Ruby sofort. Sich auf einem Pferderücken den Wind, und sei es ein heißer Wind, um die Nase wehen zu lassen, musste herrlich sein.

Jed guckte, als wäre Ruby nicht ganz bei Trost. »Man kann auf einem Pferd wie Flake nicht reiten lernen.«

»Wieso nicht? Sie ist doch so brav.«

»Ein Anfänger kann kein Rennpferd reiten.«

»Ah, ich verstehe. Ich bin kein Mann«, sagte Ruby pikiert.

»Das hat damit überhaupt nichts zu tun. Ein Rennpferd ist ein willensstarkes Tier, das einen erfahrenen Reiter braucht. Es kann eine Geschwindigkeit von sechzig bis siebzig Stundenkilometern erreichen. Ein Anfänger würde in null Komma nichts aus dem Sattel geschleudert werden und sich das Genick brechen.«

»Für wie dumm hältst du mich denn?«, entrüstete sich Ruby. »Ich würde niemals so schnell reiten, wenn ich mir nicht ganz sicher wäre, dass ich im Sattel bleiben kann.«

Jed winkte ab. »Nein, nein, kommt nicht infrage. Ich werde mich mit meinem Jockey in Verbindung setzen. Sag mal, Mick, kannst du Kontakt mit Kadee aufnehmen?«

»Klar doch, kein Problem.«

Auf dem Weg zum Wagen drehte sich Jed noch einmal zu Ruby um. »Du hast doch jemanden, der dich auf deiner Runde mit Flake begleitet, oder?«

»Ja«, antwortete sie knapp.

»Ich hab gestern Abend mit Bernie Lewis gesprochen. Er wird Flake wahrscheinlich im Lauf des Tages abholen. Er hat draußen bei sich eine Rennbahn, wo er seine Kamele trainiert; er hat gesagt, Kadee könne Flake dort reiten. Ich glaube nicht, dass sich die Camilleri-Brüder dorthin wagen würden.«

»Sonst würde er sie vermutlich mit seiner Donnerbüchse empfangen«, sagte Mick lachend.

Die Feuerwaffe befand sich seit vier Generationen im Besitz von Bernies Familie. Es war keine richtige Donnerbüchse, aber er nannte sie so, weil sie sehr alt war und Schuss für Schuss von Hand geladen werden musste. Alle zogen ihn damit auf, dass er sich in die Luft jagen werde, falls er das Ding wirklich einmal abfeuere. Aber Bernie versicherte immer wieder, die Waffe funktioniere tadellos, und bisher hatte noch niemand gewagt, ihm das Gegenteil zu beweisen.

»Vielleicht kann ich ja irgendwie helfen«, bot Ruby freudig an.

Jed riss entsetzt die Augen auf. »Auf keinen Fall! Kadee weiß genau, was zu tun ist und wie ich mir das Training vorstelle. Du könntest alles zunichte machen oder Probleme verursachen, von denen du nicht einmal weißt, dass es sie gibt!« Er griff sich an die Seite, weil er vor Aufregung tief durchgeatmet hatte, was ihm starke Schmerzen bereitete.

»Schon gut, schon gut«, sagte Ruby beschwichtigend. »Reg dich wieder ab. Ich hab gemeint, dass ich vielleicht beim Füttern oder Tränken oder bei der Pflege helfen könnte.«

»Ach so. Du kannst meinetwegen das Sattelzeug reinigen und den Wassertrog sauber machen. Was das Futter angeht, so muss Flake eine spezielle Mischung bekommen, falls ich sie doch noch zum Rennen melde und sie auch nur den Hauch einer Chance haben soll. Alles, was man dafür braucht, ist in Penrose Park im Stall«, erklärte er.

»Kein Problem, ich werde alles holen«, bot Mick sofort an.

»Danke, Kumpel.« Jed sah Ruby an. »Wir treffen uns hier gegen Mittag. Dann werden wir uns über die Fütterung unterhalten. Bis dahin bekommt sie nichts, klar?«

»Ja, ja, alles klar«, murmelte Ruby.

Sie wusste längst, wie heikel Jed war, wenn es um Flakes Ernährung ging. Sogar vom Bett aus überwachte er, wann und was die Stute zu fressen bekam. Einmal wollte einer der Männer in der Bar ihr zum Spaß Erdnüsse füttern. Jed bekam es mit und wurde furchsteufelswild. Ein anderes Mal hatte Mick jemanden dabei ertappt, wie er Flake ein Glas Bier anbot. Er hatte es ihm hastig weggenommen und ausgeschüttet, bevor Jed Wind davon bekam.

Am späten Vormittag kam Bernie und lud Silver Flake in seinen Anhänger, um sie zu seiner Ranch hinauszubringen. Ruby kehrte gegen Mittag ins Hotel zurück. Sie brachte Jed, der von seiner Schlammbehandlung zurück war, ein Sandwich mit, das er im Sitzen aß.

»Ich hab das Gefühl, es geht dir etwas besser, oder?«, meinte sie. Er hatte bisher kaum ein Wort über den Erfolg oder Misserfolg der Behandlung gesprochen.

»Der kühle Schlamm tut wirklich gut«, nuschelte er mit vollem Mund. »Das Atmen tut zwar immer noch weh, aber ich denke, in ein paar Tagen wird sich das bessern.«

»Hoffen wir's«, sagte Ruby.

Jed warf ihr einen sonderbaren Blick zu. Als er sein Sandwich aufgegessen hatte, ließ er sich erschöpft in die Kissen fallen.

»Tut mir leid, dass ich heute Morgen so kurz angebunden war. Aber Flake ist nun mal kein gewöhnliches Pferd, sondern ein Rennpferd, das besondere Pflege braucht.«

»Das verstehe ich ja, aber ich würde so gern helfen. Du musst mir nur sagen, was ich tun soll. Ich verspreche, dass ich mich strikt an deine Anweisungen halten werde.«

»Du kannst es wohl kaum erwarten, an dein Geld zu kommen, was?«

Seine Bemerkung kränkte sie. »Ich bin hergekommen, um meinen Anteil an Flake zu verkaufen, das ist richtig. Aber das heißt nicht, dass ich nicht ihr Bestes will. Ich bin nicht vollkommen gefühllos.«

Er erwiderte nichts darauf. Schließlich sagte er: »Das Training und die Ernährung sind für ein Rennpferd von allergrößter Bedeutung. Zu intensives Training kann das Pferd überanstrengen, sodass es am Renntag keine Leistung mehr bringen kann. Wird es zu wenig trainiert, kann das zu Krämpfen, Zerrungen oder Verletzungen führen. Ein weiterer Faktor, vor allem im australischen Sommer, ist die Hitze. Es ist gar nicht so einfach, das Training genau richtig zu dosieren. Normalerweise reite ich selbst, aber wenn ich die Zeit nehmen will, fahre ich auf die Mundi-Mundi-Ebene hinaus, und dann reitet Kadee. Der Trainer ist auf die Beobachtungsgabe und die Erfahrung des Jockeys angewiesen; er muss imstande sein, genau zu erklären, wie das Pferd läuft. Das heißt, auf Kadees Schultern lastet eine große Verantwortung.«

»Dann möchte ich erst recht helfen. Kadee kann schließlich nicht alles allein machen, oder?«

»Nein, wahrscheinlich nicht«, gab Jed widerwillig zu.

»Ich will nur rasch Papier und Bleistift holen, dann sagst du mir, was Flake zu fressen bekommt und wann. Kadee kann das Reiten und die Pflege übernehmen, ich kümmere mich um den Rest.«

Sie schrieb gewissenhaft auf, was Jed ihr diktierte. Anschließend fuhr sie mit Mick nach Penrose Park hinaus. Neben der kleinen Rennbahn und den Stallungen gab es noch ein paar andere Gebäude.

»Früher sind die Leute aus der Gegend oft zum Picknicken hierhergekommen«, sagte Mick. »Magst du Picknicks?«

»Ja, aber in Sydney hatte ich in den letzten Jahren kaum Gelegenheit zu picknicken.« Ihre Mutter war früher, als sie noch klein gewesen war, öfter in einen Stadtpark mit ihr gegangen. Aber das war lange her.

»Dann werden wir das nachholen«, schlug Mick vor. »Du wirst zu Hause erzählen können, du hättest in Silverton gepicknickt. Das wird die Großstädter bestimmt schwer beeindrucken.« Er lachte über seinen eigenen Witz, was wiederum Ruby zum Lachen brachte.

Sie gingen zu der abgeschlossenen Box, in der Jed die Futtermittel aufbewahrte, und luden alles, was sie brauchten, in den Ute.

Dann fuhren sie weiter zu Bernie Lewis' Farm, die an der Straße lag, die von Penrose Park weiterführte. Das alte Farmhaus hätte einen neuen Anstrich und etliche neue Dachschindeln gebrauchen können. Ruby war nicht sonderlich überrascht. Irgendwie passte das

Haus zu Bernie. Hinter dem Gebäude befanden sich Stallungen und eine runde Rennbahn. In mehreren Koppeln standen ein, zwei Kamele auf dem ausgedorrten Boden.

»Flake passt gut hierher«, meinte Ruby, als sie die elegante, gepflegte graue Stute in ihrer Koppel sah und sie mit den plumpen Kamelen verglich, denen das Fell in großen Büscheln ausging.

»Mag sein, aber hier werden die Camilleri-Brüder sie bestimmt nicht vermuten; und nur darauf kommt es an.«

»Warum habt ihr das Pferd nicht eher hier versteckt?«, fragte Ruby neugierig.

»Daran gedacht habe ich, aber ich glaube, Jed wollte sie nach dem Angriff lieber in seiner Nähe haben.«

»Ja, kann ich verstehen. Das war nett von dir, dass du Flake in die Bar gelassen hast«, fügte sie lächelnd hinzu. »Das hätten bestimmt nicht viele getan.«

»Oh, das kommt häufiger vor, als du glaubst. Nach der Schule habe ich oben im Northern Territory gearbeitet. Die meisten Wirte dort haben ein oder zwei Hunde, aber eine Bar hatte ein Pferd als Stammgast. Es hat sogar Bier getrunken, und zwar in rauen Mengen. Einmal hatte es eine solche Schlagseite, dass es umgekippt ist. In der Golfregion von Queensland gibt es einen Pub, in der ein Schwein als Haustier gehalten wird. Ein Rennpferd in einer Bar ist also keine Besonderheit.«

Ruby ging zu Flake und streichelte ihre samtigen Nüstern. »Sie fühlt sich bestimmt einsam hier, wo sie doch die letzten Tage so viel Gesellschaft hatte.«

»Sie hat doch die Kamele«, erwiderte Mick grinsend und begann, das Futter auszuladen.

»Das kann man ja wohl nicht vergleichen.« Sie wusste, dass sie die Stute vermissen würde. »Wo wohnt Kadee eigentlich?«

»Der Wilyakali-Clan hat sein Lager südlich von Silverton. Ich werde nachher vorbeifahren, wenn ich dich bei Myra abgesetzt habe.«

Ruby sah ihn überrascht an. »Der Jockey ist ein Aborigine?«

Mick nickte. »Mir scheint, Flake hat Hunger.« Die Stute war zu ihrem leeren Trog getrabt.

Ruby faltete das Blatt Papier mit Jeds Anweisungen auseinander. Sie hatten Luzernespreu und Luzerneheu, Haferheu, Haferkörner, Rollgerste und einen Futterzusatz mitgenommen, der im Wesentlichen Kalium enthielt. Die einzelnen Zutaten mussten genauestens abgewogen werden, damit das Mischungsverhältnis stimmte. Jed hatte eine eigene Waage dafür, die sie ebenfalls von der Rennbahn mitgebracht hatten. Er hatte Ruby eingeschärft, das Pferd auf keinen Fall vor dem Training zu füttern, sondern immer danach.

Er hatte ihr auch erklärt, wie das Training aufgebaut werden musste. Im gemäßigten Training sollte das Pferd frühmorgens ein bis zwei Stunden im Schritt, im Trab, im kurzen Galopp und im gestreckten Galopp bewegt werden; abends genügte ein leichter Galopp. Die Trainingsintensität würde sich steigern, je näher der Zeitpunkt des Rennens rückte. Da Flake einige Tage nicht trainiert worden war, musste das Programm entsprechend geändert werden. Jed hatte Mick aufgetragen, Kadee zu informieren, wie viel Training Flake versäumt hatte, damit der Jockey seine Arbeit darauf abstimmen konnte.

Nachdem das Futter fertig gemischt und in Flakes Trog gefüllt worden war, stiegen Mick und Ruby wieder ins Auto. Mick setzte Ruby bei Myra ab.

»Mal sehen, ob ich Kadee antreffe. Vielleicht können wir uns morgen früh bei Bernie treffen«, meinte er.

»Kann ich mitkommen?«, fragte Ruby sofort.

»Ja, klar.« Mick grinste erfreut. Er hatte gehofft, dass sie das fragen würde. »Ich hol dich um sechs ab.«

Ruby glaubte sich verhört zu haben. »Um sechs?«

»Für ein Rennpferd beginnt der Tag früh. Jed sitzt normalerweise schon um fünf im Sattel.«

17

Wie versprochen holte Mick Ruby am anderen Morgen bei Sonnenaufgang ab. Auf dem Weg zu Bernies Farm fuhren sie an der Rennbahn vorbei und nahmen noch einmal Futter für Flake mit. In großen Städten seien Rennbahnen und Stallungen beleuchtet, erklärte Mick, sodass die Trainer bereits vor Tagesanbruch mit der Arbeit beginnen könnten. Nicht so in Penrose Park, hier sei es nachts stockdunkel. Jed müsse auf die ersten Sonnenstrahlen warten, bis er mit der Arbeit auf der Bahn beginnen könne.

»Warum? Wäre es nachts zu gefährlich?«, wollte Ruby wissen.

»Ja, das Problem sind nachtaktive Tiere wie Wombats, Opossums und Nasenbeutler. Nicht zu vergessen die umherstreifenden Ziegen. Die sind ein fast noch größeres Problem. Ich selbst bin im Dunkeln schon über sie gestolpert.« Weil er sturzbetrunken gewesen war, doch das behielt er für sich. »Bei einem Zusammenstoß könnte das Pferd schwer verletzt und der Reiter sogar getötet werden.«

»Daran hab ich nicht gedacht.« Nach einer kleinen Pause fuhr sie fort: »Ich hab noch nie einen Nasenbeutler gesehen. Der Name klingt irgendwie lustig, finde ich.«

»Nasenbeutler werden oft mit einem großen Nagetier verwechselt«, sagte Mick.

»Oh.« Ruby verzog das Gesicht. »Dann ist ›lustig‹ vielleicht nicht der richtige Ausdruck.« Mick grinste. »Aber wie sehen sie denn eigentlich aus?«

»So ähnlich wie ein Bilby. Kennst du den?«

»Ja, von Fotos.«

»Dann weißt du, dass er ungefähr so groß wie eine Katze ist, eine spitze Schnauze und Ohren wie ein Kaninchen, einen buckligen Rücken und einen dünnen Schwanz hat. Wie der Name schon sagt, sind es Beuteltiere; sie tragen ihre Jungen in einem Hautbeutel mit sich, der die Öffnung nach hinten hat.«

»Wirklich?«, staunte Ruby.

»Ja, das hat die Natur hervorragend eingerichtet. Er gräbt nämlich viel im Boden, und auf diese Weise schaufelt er keine Erde in den Beutel.«

»Das ist genial!«

»Ja, das ist es wirklich. Aber sie gehören, wie gesagt, zu den nachtaktiven Tieren; deshalb ist es besser, mit der Arbeit auf der Bahn bis Tagesanbruch zu warten. Außerdem ist es dann angenehm kühl. Ich selbst steh zwar normalerweise nicht so früh auf, aber ich weiß, dass Jed diese Tageszeit liebt. Besonders gern fährt er mit Flake zum Training auf die Mundi-Mundi-Ebene hinaus. Er sagt, bei Tagesanbruch und Sonnenuntergang sei das ein magischer Ort. Als die Camilleri-Brüder ihn in der Stadt suchten, fühlte er sich dort draußen sicher, aber damit dürfte es jetzt wohl vorbei sein.«

»Man muss etwas gegen diese Leute unternehmen. Ich finde, Jed sollte die Polizei einschalten.«

»Er hat Angst, die Gangster könnten sich dann an Flake rächen; deshalb will er die Polizei da raushalten.«

Das konnte Ruby sogar verstehen.

Als sie die Einfahrt hinauffuhren, die seitlich am Farmhaus vorbeiführte, trat Bernie auf die Veranda heraus. Cindy, seine treue alte Hündin, bellte wie wild. Mick hielt kurz an.

»Morgen, Bernie. Alles ruhig gewesen, hoffe ich. Oder hat jemand hier herumgeschnüffelt?«

Bernie kam oft ein, zwei Wochen nicht in die Stadt. Er braute sein eigenes Bier und brauchte kaum etwas an Vorräten, und so hatte er erst zwei Tage zuvor von dem Überfall auf Jed und sein Pferd erfahren. Sofort hatte er angeboten, Flake bei sich unterzustellen, damit Jed sie auf seiner Bahn trainieren konnte.

Bernie befahl Cindy, still zu sein. »Nein, alles ruhig.« Hatte er ein paar Bierchen intus, nickte er zwar meistens ein, aber Cindy hätte mit Sicherheit angeschlagen und ihn geweckt, wenn sich jemand auf seinem Anwesen herumgetrieben hätte. Und für diesen Fall war Bernie gerüstet: Seine alte Flinte stand griffbereit hinter der Tür.

»Du erinnerst dich doch an Ruby? Du hast sie vor knapp zwei Wochen bis *fast* nach Silverton mitgenommen.«

Bernie kratzte sich nachdenklich am Hinterkopf. Dann dämmerte es ihm. »Aber ja erinnere ich mich! Die süße Kleine in dem kurzen Kleid mit dem schönsten Gestell, das ich je gesehen habe!«

Ruby wurde rot, aber Mick zwinkerte ihr zu. »Genau die.«

Als Bernie am Morgen danach aufgewacht war, hatte er zuerst geglaubt, das Ganze nur geträumt zu haben. Dann sah er, dass sein Truck und der Hänger nicht in der Einfahrt standen. Er erinnerte sich an seinen nächtlichen Fußmarsch mit seinem neuen Kamel und machte sich auf die Suche nach seinem Fahrzeug. Als er den Truck gefunden hatte und die Überreste verbrannter Zeitungen und die versengte Fußmatte sah, fiel ihm plötzlich die hübsche junge Frau ein, die er ganz allein in der Dunkelheit zurückgelassen hatte. Da ihn sein schlechtes Gewissen plagte, war er sofort nach Silverton gefahren und hatte sich im Pub erkundigt, ob eine Frau, auf die Rubys Beschreibung passte, in die Stadt gekommen war. Als Mick bejahte, war ihm ein Stein vom Herzen gefallen. Danach hatte ihn der Alltag wieder eingeholt, und er hatte Ruby vergessen.

»Hallo, Mr. Lewis«, grüßte sie und beugte sich vor, um an Mick vorbei aus dem Fahrerfenster zu schauen. Bei Tageslicht sah Bernie noch verwitterter und mindestens zehn Jahre älter aus.

Bernie wiederum fand, dass die junge Frau bei Tageslicht betrachtet noch viel schöner war. »Mr. Lewis?«, wiederholte er stirnrunzelnd. »Kenne ich nicht«, fügte er lachend hinzu.

»Mr. Lewis klingt nach einem Schulleiter oder einem Tierpräparator, finde ich«, schmunzelte Mick.

»Tja, ich kann zwei und zwei nicht zusammenzählen, und das einzige Ausgestopfte hier bin ich«, meinte Bernie lachend. Er steckte den Kopf zum Fenster herein und betrachtete Ruby genauer. »Ich kann nicht glauben, dass ich mein Kamel mitgenommen und Sie habe stehen lassen. Ich muss verrückt gewesen sein.«

»Ich werde dir nicht widersprechen«, grinste Mick.

»Was macht Ihr neues Kamel?«, fragte Ruby, um das Gespräch von sich abzulenken.

»Er ist ein richtiger Teufel. Neulich hat er mich so getreten, dass mein Knie angeschwollen ist wie eine Wassermelone. Die Schwellung ist zwar zurückgegangen, aber seht euch das an!« Er trat ein paar Schritte zurück und zog sein rechtes Hosenbein hoch. Zum Vorschein kamen knotige Krampfadern und ein lilafarbener Bluterguss oberhalb des Knies. Kein besonders schöner Anblick.

»Ach herrje!«, rief Ruby erschrocken. Sie wünschte, sie hätte nicht gefragt.

Mick verzog angewidert das Gesicht. »Um Himmels willen, Bernie, nicht um diese Uhrzeit! Warte wenigstens, bis ich mein erstes Bier gekippt habe.«

Bernie krempelte sein Hosenbein wieder herunter. »Ich brauche mehr als ein paar Bierchen, um den Schmerz zu betäuben, das kann ich dir sagen. Aber um auf den Kamelhengst zurückzukommen – ich schätze, er hat das Zeug zu einem guten Rennkamel. Sein Glück! Sonst würde ich ihn für den Tritt, den er mir verpasst hat, glatt erschießen.« Er lachte zwar, aber es war ein finsteres Lachen, und Ruby wusste nicht, ob er Spaß machte oder nicht. »Jeds Jockey ist übrigens schon da«, fügte er dann hinzu.

»Oh, sehr gut«, sagte Mick. »Ich war mir nicht sicher, ob Kadee kommen würde. Als ich gestern im Lager des Clans war, hatte ich den Eindruck, dass es Streit gab und dass es um Kadee ging.«

Alle hatten wild durcheinander geredet und gestikuliert, aber

Mick verstand nicht, worum es ging. Nach diesem Vorfall war Mick sich nicht mehr so sicher gewesen, ob Kadee kommen würde.

»Man weiß eben nie so genau, was in den Köpfen der Aborigines vor sich geht«, bemerkte Bernie.

Die Clans schlugen ihr Lager oft auf seinem Land auf. Er hatte es aufgegeben, sie zu vertreiben, aber er hatte ein wachsames Auge auf seine Tiere.

Mick hob grüßend die Hand und ließ den Motor an. Als sie hinters Haus zu den Stallungen und Koppeln fuhren, fragte Ruby: »Hat er das ernst gemeint, dass er das Kamel erschießen wollte?«

Mick lachte, und sie sah ihn verwirrt an.

»Findest du das etwa komisch, dass er ein Kamel erschießen will, nur weil es ihn getreten hat?«

»Bernie kann weinen wie ein kleines Kind, wenn eines seiner Tiere stirbt. Und wenn eine der Stuten fohlt, gibt er einen aus. Er behauptet zwar, seine Kamele seien für ihn reine Nutztiere, aber man könnte glauben, er verliert einen Angehörigen, so sehr nimmt er es sich zu Herzen, wenn er ein Tier verliert. Glaub mir, sein Kamelhengst hat nicht das Geringste zu befürchten.«

Kadee und Flake hatten das Training bereits wieder aufgenommen. Mick und Ruby schauten ein paar Minuten zu, wie die Stute in kurzem Galopp ein paar Runden auf der Rennbahn drehte und dann in den gestreckten Galopp wechselte.

»Die Verletzung scheint sie überhaupt nicht zu beeinträchtigen«, sagte Mick erfreut.

»Du meine Güte, ist die schnell!«, staunte Ruby tief beeindruckt. »Sieh dir das an!« Sie sah zum ersten Mal in ihrem Leben aus nächster Nähe ein Rennpferd in Aktion, und der Anblick des edlen Tiers, das mit großer Geschwindigkeit dahinjagte, übte eine Faszination aus, der sie sich nicht entziehen konnte.

»Das ist noch gar nichts«, erwiderte Mick, der angesichts von Rubys Begeisterung lächeln musste. »Du solltest sie erleben, wenn sie so richtig aufdreht.«

Der kleine, schmächtige Jockey stand in den Steigbügeln und hatte sich weit über den Hals des Pferdes gebeugt. Er konzentrierte sich ganz auf seine Arbeit mit Flake.

Ruby konnte sich kaum losreißen von dem Anblick, um das Futter für Flake zu mischen. Danach meinte Mick mit einem Blick auf seine Armbanduhr: »Ich würde gern bleiben und dich mit Kadee bekannt machen, aber ich muss zurück in den Pub, sonst steht Jacko vor verschlossenen Türen, wenn er kommt.«

»Geh du nur, ich bleib noch ein bisschen«, sagte Ruby. »Ich werde später zu Fuß zurückgehen.«

»Bist du sicher? Heute wird es verdammt heiß. Ich könnte dich in einer Stunde, sobald ich alles erledigt habe, abholen, wenn du willst.«

Ruby schüttelte den Kopf. »Ich werd zu Fuß gehen. So weit ist es ja nicht.«

»Dann nimm wenigstens meinen Hut, damit du keinen Sonnenstich kriegst.«

»Danke, das ist lieb von dir.« Ruby nahm den Filzhut und setzte ihn auf. »Zu dumm, dass ich meine Sonnenbrille vergessen habe. Aber als du mich heute Morgen abgeholt hast, war von der Sonne noch nicht viel zu sehen.«

Mick lächelte, und sie lächelte zurück. »Mein Hut steht dir gut«, sagte er.

Unter der Hutkrempe schienen ihre Augen noch intensiver zu strahlen. Eine aberwitzige Sekunde lang verspürte er den unbändigen Wunsch, sie zu küssen.

»Ich komme mir wie ein richtiges Mädchen vom Land vor«, sagte Ruby. Ganz plötzlich hatte sie Heimweh. »Darf ich später meine Mom anrufen, Mick?«, fragte sie leise.

Sie hatte ihr zweimal geschrieben und einmal mit ihr telefoniert, aber in diesem Moment sehnte sie sich mehr denn je danach, ihre Stimme zu hören.

»Klar doch.« Der Zauber war gebrochen. Mick straffte sich und ging zu seinem Wagen. »Soll ich dich nicht doch lieber abholen?«, rief er über die Schulter.

»Nein, nein, wir sehen uns später.«

Ruby stand bei den Pferchen, als Kadee ein paar Minuten später mit Flake kam.

»Hallo, ich bin Ruby Rosewell, die Miteigentümerin von Silver Flake.«

Kadee war bereits von Mick informiert worden. »Hallo, ich bin Kadee«, antwortete der Jockey mit sanfter Stimme und stieg ab.

»Ja, ich weiß.« Ruby musterte die schmächtige, schlanke Person in der engen Hose, den abgetragenen staubigen Reitstiefeln und dem blau karierten Hemd, das viel zu groß war. Wahrscheinlich hatte es einmal einem kräftigeren Mann, wie zum Beispiel Jed, gehört. Dann nahm Kadee den Hut ab. Die Haare, die darunter zum Vorschein kamen, sahen aus wie mit einem Messer abgesäbelt.

Die milchkaffeebraune Haut und die für einen Aborigine ungewöhnlich feinen Gesichtszüge deuteten darauf hin, dass sich Weiße unter Kadees Vorfahren befanden. Die großen braunen Augen waren von langen Wimpern gesäumt, das freundliche Lächeln zeigte zwei Reihen perlweißer Zähne.

»Sie reiten wirklich gut«, fügte Ruby in aufrichtiger Bewunderung hinzu.

»Das Pferd läuft ganz von allein, ich muss mich bloß im Sattel halten«, scherzte Kadee. »Wie geht's Jed?«

»Schon besser. Er wird heute wieder mit Schlamm behandelt. Mick hat Ihnen bestimmt von dieser Heilmethode der Aborigines erzählt, oder?«

»Ja, das hat er.« Kadee nahm den Sattel herunter. »Er hat gesagt, Jed habe starke Schmerzen. Ich kenne mich aber offen gestanden nicht so gut mit der Heilkunst der Ureinwohner aus. Hoffen wir, dass es ihm hilft.«

Ruby nickte. »Das Nichtstun macht ihn fast wahnsinnig, er ist ein ziemlich schwieriger Patient.« Sie sah Kadee zu, dessen lässige Selbstverständlichkeit und Sicherheit im Umgang mit dem Pferd sie unwillkürlich beneidete. Obwohl der Jockey nicht älter als neunzehn oder zwanzig sein konnte, verfügte er offensichtlich bereits über eine langjährige Erfahrung mit Pferden.

»Wie lange wird es noch dauern, bis er Silver Flake wieder trainieren kann?«, erkundigte sich der Jockey.

»Ich weiß nicht genau. Ein paar Wochen, denke ich.«

»Dann wird er Silver Flake nicht zum Alice Springs Cup melden können.« Kadee griff zum Schlauch und spritzte die Stute ab. Die schien die Dusche zu genießen. Sie hob zwar den Kopf, als der Wasserstrahl auf ihre Brust und ihren Hals traf, wich aber nicht zurück. Kadee lachte und hielt das Gesicht in den feinen Sprühregen, den der heiße Wind zurückwehte.

»Genau das will er aber. Deshalb sollen Sie das Training langsam steigern. Ich würde Ihnen gern helfen, wenn ich kann.«

»Reiten Sie?«, fragte der Jockey. Er stellte das Wasser ab und rieb die Stute trocken, wobei er um die Wunde herum ganz vorsichtig war.

Ruby schüttelte bedauernd den Kopf. »Nein, leider nicht. Ich wünschte, ich könnte so über die Bahn galoppieren wie Sie. Aber vielleicht kann ich ja irgendetwas anderes tun.«

»Ich muss mit Jed unbedingt wegen des Trainings reden«, murmelte Kadee sorgenvoll.

Ruby runzelte die Stirn. »Warum? Stimmt etwas nicht?«

»Ich kann Silver Flake nicht mehr lange trainieren, höchstens noch ein paar Tage.«

Ruby fiel der Unterkiefer herunter. »Das kann nicht Ihr Ernst sein! Wir brauchen Sie doch!«

»Tut mir leid, aber es geht nicht. Und ich kann auch das Rennen in Alice Springs nicht reiten.«

»Aber wieso denn nicht?«, fragte Ruby fassungslos.

»Es gibt da etwas, das Jed nicht weiß.«

»Und das wäre?«

Kadee zögerte.

»Silver Flake gehört auch mir. Ich habe ein Recht darauf, es zu erfahren.«

»Na ja, bei mir ist etwas unterwegs.«

Ruby machte ein verwirrtes Gesicht. »Wie, unterwegs?«

Kadee zog das blau karierte Hemd ein Stück hoch. Über den schmalen Hüften war ein rundliches Bäuchlein zu sehen.

Ruby riss Mund und Augen auf. Sie starrte erst auf Kadees gewölbten Bauch und dann in ihr Gesicht.

»Ich erwarte ein Kind, und die Frauen meines Clans wollen nicht, dass ich länger reite, weil ich schon einmal ein Baby verloren habe. Ich habe ihnen versprochen, dass ich Jed heute sagen würde, dass ich nicht mehr reiten werde. Wenn sie wüssten, dass ich mein Versprechen gebrochen habe, wäre ich in ziemlichen Schwierigkeiten.«

»A-aber das ist doch nicht möglich!«, stotterte Ruby. »Ich meine, wie können Sie schwanger sein? Ich dachte ...« Verwirrt brach sie ab.

»Was?« Kadee zog die Stirn kraus.

»Es ist nur ... Ich meine, mir hat niemand gesagt, dass ... Ich wusste nicht, dass Kadee ein Mädchenname ist, deshalb habe ich Sie ...« *Für einen Mann gehalten,* wollte sie eigentlich sagen, fürchtete aber, den Jockey damit zu kränken. Deshalb fuhr sie fort: »Ich meine, Sie reiten so gut, dass ich davon ausgegangen bin, Sie seien ein Mann. Entschuldigen Sie.«

Kadee sah sie befremdet an. »Frauen können genauso gut reiten wie Männer«, erwiderte sie leicht verschnupft.

»Ganz bestimmt sogar, aber ich hatte den Eindruck, dass Jed das anders sieht. Es tut mir wirklich leid.« Ruby merkte selbst, dass sie wirres Zeug redete. »Falls es Sie tröstet – ich dachte, Sie seien ein gut aussehender junger Mann mit einer sanften Stimme.«

Kadees Lippen verzogen sich zu einem Lächeln.

»Was ist denn mit Ihren Haaren passiert? Ich bin Friseurin, deshalb frage ich. Es sieht fast aus, als wären sie mit einem Messer abgeschnitten worden. Warum macht ein Mädchen so etwas?«

»Ich wusste noch nicht, dass ich schwanger war, als ich mir die Haare abgeschnitten habe – mit einem Messer, stimmt, weil ich keine Schere hatte. Sie waren zu lang geworden; ich wäre nicht mehr als Junge durchgegangen und hätte nicht mehr am Rennen teilnehmen können.«

»Moment mal. Was heißt, Sie wären nicht mehr als Junge durchgegangen?«

»Weibliche Jockeys dürfen nicht zum Rennen gemeldet werden, deshalb reite ich immer als Junge.«

Ruby konnte es nicht fassen. »Und Sie sind damit durchgekommen?«

»Sie haben doch auch nichts gemerkt. Warum sollten andere Verdacht schöpfen?«

Da hatte sie allerdings Recht. »Ich bin eben davon ausgegangen …«

Kadee ließ Ruby nicht ausreden. »So wie alle anderen auch. Ich habe keine besonders weibliche Figur und trage meine Haare kurz. Außerdem sind die meisten Jockeys Weiße, die nichts mit einem Aborigine zu tun haben wollen. Das macht es für mich leichter, sie hinters Licht zu führen. Aber damit ist es nun vorbei.« Sie legte ihre Hand auf ihren Bauch und lächelte.

»Sie freuen sich auf das Baby, nicht wahr?« Kadee nickte, und Ruby gab sich Mühe, sich ihre Niedergeschlagenheit nicht anmerken zu lassen. »Wer wird das Pferd denn jetzt reiten, damit es in Form bleibt?«

»Sicher niemand aus Silverton. Jed sollte den Alice Springs Cup für dieses Jahr vergessen, zumal er verletzt ist.«

»Aber es ist nun mal sein großer Traum. Es ist einfach nicht fair, dass die Camilleri-Brüder alles zunichte machen, wofür er so hart gearbeitet hat.« Ruby überlegte fieberhaft. »Wir dürfen ihm nichts sagen, Kadee. Noch nicht. Wir müssen ihn in dem Glauben lassen, dass alles so weiterläuft wie bisher, bis wir Ersatz für Sie gefunden haben.«

»Wie stellen Sie sich das vor? Ich muss ihm doch erzählen, dass ich schwanger bin.« Kadee sah sie entgeistert an. »Ich kann ihm das doch nicht verheimlichen.«

Es dauerte eine kleine Weile, bis Ruby begriff. Wieder machte sie große Augen. »Oh«, brachte sie hervor. Sie hatte ja nicht ahnen können, dass Jed der Vater des Kindes war. Sie kam sich dumm vor. »Und wie wird er es Ihrer Meinung nach aufnehmen?«

»Oh, er wird sich ganz bestimmt freuen«, antwortete Kadee, ohne zu zögern. »Er wird zwar nicht begeistert sein, dass ich nicht mehr reiten kann, aber er weiß, wie sehr ich mir ein Kind gewünscht habe. Das sollte also nicht allzu überraschend für ihn kommen.« Sie wandte sich wieder Silver Flake zu, um sie vollends trocken zu rubbeln.

Ruby hatte es die Sprache verschlagen. Jed und dieses Mädchen, das vielleicht halb so alt war wie er? Sie vermochte sich das kaum vorzustellen.

Ein paar Minuten vergingen, dann sagte sie zögernd: »Ich weiß, das ist viel verlangt; aber könnten Sie nicht noch ein wenig warten, bis Sie Jed von dem Kind erzählen? Wenigstens so lange, bis er wieder ganz gesund ist? Die Sache mit dem Überfall und dass er jetzt wahrscheinlich seine Pläne für das Rennen in Alice Springs aufgeben muss – all das hat ihn doch ziemlich mitgenommen.«

»Ich weiß nicht recht«, murmelte Kadee unschlüssig.

»Wenn er jetzt erfährt, dass Sie das Training aufgeben müssen, wird ihn das bestimmt zusätzlich belasten.«

»Also gut«, stimmte Kadee ihr zu. »Aber sobald es ihm besser geht, wird er hierherkommen, und dann muss ich ihm von der Schwangerschaft erzählen.«

»Ja, natürlich«, sagte Ruby sofort. So hatte sie wenigstens eine Galgenfrist.

Silver Flake stieß mit der Nase gegen ihren Futtereimer hinter dem Koppelzaun.

Kadee lachte. »Nach dem Training hat sie immer einen Bärenhunger.« Sie führte die Stute in die Koppel und machte das Gatter hinter ihr zu. Silver Flake trabte sofort zu ihrem Trog und fing an zu fressen.

»Gibt es denn keinen Jockey in Broken Hill, der das Training fortführen könnte?«, fragte Ruby. Notfalls würde sie mehr arbeiten, um ihn zu bezahlen.

»Doch, es gibt sogar sehr gute Jockeys dort. Aber wer wirklich etwas taugt, arbeitet für die dortigen Rennställe. Jed hat es einmal mit zwei anderen versucht – der eine war völlig unzuverlässig, und der andere behandelte das Pferd nicht so, wie Jed es sich vorstellte, was immer wieder zu hitzigen Auseinandersetzungen führte. Und so kam es, dass schließlich ich den Job bekam. Mein Vater arbeitete als Viehhirte auf Bunyan Hill Station, einer Ranch westlich von Broken Hill. Ich bin praktisch auf einem Pferderücken groß geworden und konnte reiten, bevor ich laufen konnte. Mit drei Jahren ritt ich schon ganz allein.«

»Mit drei Jahren!«, wiederholte Ruby ungläubig.

»Ja. Auf der Ranch gab es zwei Shetlandponys, die eigentlich den Kindern des Besitzers gehörten. Aber die waren inzwischen zu groß für die Ponys geworden, deshalb durfte ich auf ihnen reiten.«

»Und Ihr Vater? Arbeitet er immer noch als Viehhirte?«

Ruby hatte das Gefühl, Kadees Vater könnte ein Weißer gewesen sein, aber sie wollte nicht so indiskret sein und sie direkt danach fragen.

»Er ist vor ein paar Jahren gestorben. Ich habe fünf Geschwister. Geld hatten wir keines, also mussten wir die Ranch verlassen und in ein Lager südlich von hier ziehen, wo wir von dem leben, was das Land hergibt.«

»Werden Sie dort bleiben, wenn das Baby erst einmal da ist?« Ruby fragte sich, ob Jed dem Mädchen eine gemeinsame Zukunft versprochen hatte.

»Ich würde lieber irgendwo in Stadtnähe wohnen, in einem Haus vielleicht.«

Ruby nickte. Sie hoffte, dass Jed auch zu seiner Verantwortung stand. »Woher hat Jed eigentlich gewusst, dass Sie so gut reiten können?«

»Er hat damals zusammen mit meinem Vater auf Bunyan Hill Station gearbeitet. Die beiden waren gut befreundet.«

Ruby war schockiert. Das machte Jeds Verhalten in ihren Augen noch fragwürdiger. »Wenn Sie schon als kleines Kind reiten gelernt haben, wieso kann ich das dann jetzt nicht auch?«

»Wer sagt das?«

»Jed. Er sagt, ich könne nicht auf Silver Flake reiten lernen.«

»Da hat er allerdings Recht. Für einen Anfänger ist sie viel zu temperamentvoll.«

»Aber sonst gibt es hier kein Pferd, auf dem ich reiten lernen könnte«, klagte Ruby.

»Bernie hat zwei Esel, vielleicht haben Sie sie schon in der Stadt gesehen. Sie könnten auf einem von denen reiten lernen«, schlug Kadee vor.

Ruby riss entsetzt die Augen auf. »Was? Eins von diesen Viechern hat mich gebissen!«

Kadee lachte laut heraus. Dann entdeckte sie zufällig Bernie in einem Pferch bei einem seiner Kamele. Sie fragte ihn gleich.

Bernie war sofort einverstanden. »Sicher, warum nicht? Für Banjo hab ich einen Sattel, der von Bessie muss erst ausgebessert werden. Ich werde euch Banjos Sattel holen, er dürfte allerdings ziemlich verstaubt sein.«

»Das macht nichts«, sagte Kadee. »Den kriegen wir schon sauber.«

Bernie ging auf die beiden zu. »Banjo könnte am Anfang ein bisschen griesgrämig sein, weil schon lange niemand mehr auf ihm geritten ist.«

»Noch griesgrämiger als sonst?«, bemerkte Ruby spitz. »Womöglich war er es, der mich neulich in der Stadt gezwickt hat.«

Bernie lachte. »Das war bestimmt nur ein zärtliches Knabbern. Ich seh mal vor dem Haus nach, ob Banjo und Bessie von ihrem Streifzug schon zurück sind. Spätestens zur Fütterungszeit trudeln sie immer hier ein.«

Kurze Zeit später hatte Bernie den Sattel gebracht und die beiden Esel in die Koppel neben Silver Flake geführt. Banjo und Bessie dürften nicht getrennt werden, hatte er den beiden jungen Frauen erklärt, weil sie sich sonst viel zu sehr aufregten. Die Esel und das Pferd beschnupperten sich durch den Zaun hindurch. Banjo und Silver Flake schienen sich gut zu verstehen, aber Bessie versuchte, den Eselhengst von Silver Flake wegzudrängen.

»Wahrscheinlich wittert sie in Silver Flake eine Nebenbuhlerin und ist eifersüchtig«, meinte Bernie.

Kadee lachte über diese Bemerkung, Ruby hingegen beäugte Banjo misstrauisch. Es war tatsächlich der Esel, der sie gezwickt hatte.

»Jed darf nicht wissen, dass ich reiten lerne«, sagte sie zu Bernie.

Sie wollte auf keinen Fall auf dem Esel gesehen werden; sie konnte sich lebhaft vorstellen, was für einen grotesken Anblick sie bieten würde.

»Ich werde schweigen wie ein Grab«, versprach Bernie. »Bessie wird übrigens nebenhertrotten, sie kann nicht allein hier zurückbleiben.«

»Oh. Na schön.« Ruby zuckte die Achseln. »Banjo wird sich hoffentlich benehmen, oder?«, fragte sie nervös. »Er wird mich doch nicht wieder zwicken?«

»Das kann ich nicht versprechen. Er zwickt nun mal gern, aber das ist nicht böse gemeint.«

»Nicht böse gemeint?«, empörte sich Ruby. »Ich hatte einen ganz schönen blauen Fleck.«

Bernie lachte nur.

»Dann wäre da noch die Sache mit dem Herunterfallen.« Kadee grinste frech.

»Ich würde es lieber vermeiden, aber ich denke, jeder Anfänger fällt mal herunter, oder?«

Kadee nickte. »Das stimmt. Wissen Sie, was? Kommen Sie heute Abend vorbei, und dann sehen wir, wie Sie sich auf Banjo machen. Ich werde auf Silver Flake nebenherreiten und Ihnen Anweisungen geben. Dann wird sich schnell herausstellen, ob Sie das Zeug zu einer Reiterin haben oder nicht.«

»Da fällt mir ein, ich hab gar keine Reitstiefel.«

»Ich habe Hesters aufgehoben, die können Sie gern haben«, warf Bernie ein. »Ich werd sie gleich mal holen, dann können Sie sie anprobieren.«

»Wunderbar, danke, Bernie!« Ruby strahlte. »Ich werd mich dann mal wieder auf den Rückweg machen, sonst schickt Mick am Ende noch einen Suchtrupp los. Wie sind Sie hergekommen, Kadee?«

»Zu Fuß.«

»Wie weit ist das denn?«

»Ungefähr eine Stunde. Unser Lager befindet sich am Black Hill Creek.« Kadee zeigte nach Süden.

Das bedeutete, dass sie noch vor Sonnenaufgang aufgebrochen sein musste. »Werden Sie jetzt den ganzen weiten Weg wieder zu Fuß gehen?« Es war jetzt schon ziemlich heiß, bald würde es unerträglich werden.

»Nein, ich treff mich unten am Fluss mit ein paar anderen Schwarzen, die dort ihr Lager haben. Das ist nicht weit. Ich werde ein paar Tage bei ihnen bleiben.«

Ruby nickte. Sie hatte zwar ein schlechtes Gewissen, weil sie mit ihrer Bitte, Jed noch nichts von der Schwangerschaft zu erzählen, einen Keil zwischen ihn und Kadee getrieben hatte, doch sie schob diese Gedanken von sich. Sie fand es verabscheuenswert, dass Jed mit dem Mädchen geschlafen hatte, zumal er mit Kadees Vater befreundet gewesen war. Ob die Idee mit dem Haus in Stadtnähe von ihm stammte? Würde er sein Versprechen halten? Mick hatte erwähnt, Jed beabsichtige, früher oder später fortzugehen. Vielleicht würde ihn die Nachricht, dass er Vater wurde, ja umstimmen.

Sie nahm sich vor, als Erstes einmal reiten zu lernen. War sie talentiert genug, sodass sie das Training mit Silver Flake auf der Rennbahn fortsetzen konnte, würde es ihr vielleicht gelingen, Jed zu überreden, die Stute doch noch zum Alice Springs Cup zu melden. In Alice Springs würde sich sicherlich ein Jockey finden, den sie engagieren könnten.

18

An diesem Abend sah Ruby erst einmal Kadee beim Reiten zu. Sie hatte Myra zwar von ihrem Plan erzählt, auf Banjo reiten lernen zu wollen, nicht aber Mick, der sie hergefahren hatte. Ihn würde sie erst einweihen, wenn sich herausstellte, dass ihr Talent ausreichte, um Silver Flake ernsthaft zu trainieren. Das Gleiche galt für Jed. Vorläufig würde sie ihm nichts von dem Reitunterricht sagen. Erst musste sie ganz sicher sein, dass sie sich nicht blamieren würde.

Als Kadee die Stute zur Koppel zurücklenkte, wurde Ruby ein wenig nervös. Sie hatte Hesters Reitstiefel an und ein Paar dicke Socken von Myra, weil ihr die Stiefel ein wenig zu groß waren. Bernie, der wieder an seine Arbeit zurückgekehrt war, nachdem er Banjo gesattelt hatte, hatte ihr außerdem eine richtige Reitkappe gegeben, damit sie bei einem Sturz besser geschützt wäre.

»Bist du so weit?«, fragte Kadee. Die beiden jungen Frauen waren zum zwangloseren Du übergegangen. Sie stieg ab und überprüfte Banjos Sattelgurt.

»Ich glaub schon«, murmelte Ruby, der ziemlich mulmig zumute war.

»Keine Angst, das klappt schon«, sagte Kadee aufmunternd. »Steig erst mal auf, dann sehen wir, ob die Steigbügel die richtige Länge haben.«

Als Ruby neben den Esel trat, schüttelte Kadee den Kopf. »Nein, nicht von rechts, man steigt immer links auf. Dreh den Steigbügel um – so, siehst du? Schieb deine linke Fußspitze hinein, zieh dich am Sattelknauf hoch und schwing das rechte Bein hinüber. Dabei drehst du mit dem Fuß den Steigbügel automatisch in die richtige Richtung.«

»Und wenn er mich beißt?«, fragte Ruby ängstlich, als der Esel den Kopf drehte und sie ansah, drohend, wie ihr schien.

»Falls er das versuchen sollte, gibst du ihm einen kräftigen Klaps auf die Nase. Du darfst dir nichts von ihm gefallen lassen.«

»Ich kann ihn doch nicht schlagen!«, erwiderte Ruby bestürzt.

»Keine Angst, das tut ihm nicht weh. Dadurch machst du ihm klar, dass du bestimmst, wo's langgeht, und nicht er. Dann hat er viel mehr Respekt vor dir.«

»Wenn du meinst«, sagte Ruby zweifelnd.

Als sie im Sattel saß, korrigierte Kadee ihre Haltung und zeigte ihr, wie man die Zügel richtig hielt und mit ihrer und der Beine Hilfe sein Reittier in Bewegung setzte und lenkte.

»Und, wie fühlst du dich?«, fragte sie dann.

»Ich komme mir ehrlich gesagt schon ein bisschen lächerlich vor«, gestand Ruby. Da sie relativ groß war, schien der Esel, der jetzt desinteressiert den Kopf hängen ließ, viel zu klein für sie. »Ich sehe doch bestimmt richtig bescheuert aus.«

»Ach was, überhaupt nicht«, behauptete Kadee, musste aber ein Grinsen unterdrücken. Sie stieg wieder auf.

Ruby warf ihr einen finsteren Blick zu. »Lügnerin!« Neben einem prachtvollen Pferd wie Silver Flake kam sie sich auf dem Esel und mit ihrer albernen Kappe noch viel lächerlicher vor.

In diesem Moment kam Bernie zurück. Er ließ Bessie aus ihrer Koppel, und die Eselstute begann aufgeregt zu schreien. Banjo hob den Kopf und antwortete ihr mit einem nicht minder lauten »Iah«.

»Was hat er denn?«, fragte Ruby erschrocken.

»Ich hab doch gesagt, man darf die beiden nicht trennen, sonst machen sie Rabatz«, sagte Bernie.

Kadee beugte sich vor und hakte einen Führstrick an Banjos Zügel ein. Dann machten sich die beiden Frauen auf den Weg zur Reitbahn, wo Banjo unvermittelt stehen blieb.

»Beine fest anlegen und mit den Oberschenkeln und den Knien Druck machen, so wie ich es dir gezeigt habe«, sagte Kadee.

Ruby tat es, aber der Esel rührte sich nicht vom Fleck.

»Drück ihm die Absätze in die Flanken«, riet Kadee.

Banjo bewegte sich keinen Millimeter.

Da stieg Kadee ab, stapfte zu einem kleinen Eukalyptusbaum am Rand der Bahn hinüber und brach einen an der Spitze belaubten Zweig ab. Sie ließ ihn prüfend durch die Luft sausen und nickte zufrieden. Als sie wieder aufgestiegen war, beugte sie sich zu Banjo hin, den Zweig wie eine Reitgerte in der erhobenen Hand.

»Was hast du vor?«, fragte Ruby stirnrunzelnd.

»Dem Burschen Beine machen. Festhalten!«

Sie gab Banjo mit dem Zweig einen Klaps auf die Kruppe, und der Esel setzte sich so plötzlich in Bewegung, dass Ruby um ein Haar abgeworfen worden wäre.

»Hilfe!«, kreischte sie erschrocken, obwohl nichts passieren konnte, weil Kadee immer noch den Führstrick in der Hand hielt.

»Keine Sorge, halt dich einfach fest und versuch, die Zügel und deine Beine einzusetzen.«

Ruby nickte ängstlich. Doch nachdem sie unter Kadees Anleitung ein paar Mal im Kreis über die Reitbahn geritten war, wurde sie sicherer und ihr Selbstvertrauen wuchs. Schließlich klinkte Kadee den Führstrick aus.

»Du machst das sehr gut«, lobte sie. Banjo schien anderer Meinung: Er tat seinen Unmut lautstark kund, und Bessie stimmte in sein Geschrei mit ein. Sooft er Anstalten machte, langsamer zu werden, schloss Kadee zu ihm auf und trieb ihn mit aufmunternden Worten an. Dennoch war ein leichter Trab die schnellste Gangart, zu der er zu bewegen war. Einige Male lief er im Zickzack über die Bahn, und Ruby hatte alle Mühe, ihn wieder auf Kurs zu bringen. Aber sie hielt ihm zugute, dass er schon alt war: vierundzwanzig, hatte Bernie gesagt und hinzugefügt, dass Esel dreißig Jahre und älter werden könnten. Obwohl es also ziemlich anstrengend war, auf dem störrischen Tier zu reiten, hatte Ruby viel Spaß. Sie und Kadee lachten viel.

Als sie zu guter Letzt zu den Koppeln vor den Stallungen zurückkehrten, war Ruby sehr zufrieden mit sich. Sie war nicht ein einziges Mal heruntergefallen! Kadees Anweisungen befolgend, stieg sie ab und nahm ihren Reithelm vom Kopf.

»Alle Achtung, fürs erste Mal hast du deine Sache ausgezeichnet gemacht«, sagte die junge Aborigine anerkennend.

Ruby strahlte. »Das hat wirklich Spaß gemacht. Ich kann's kaum erwarten, wieder in den Sattel zu steigen.«

Kadee freute sich über ihre Begeisterung. Sie zeigte ihr, wie Sattel und Zaumzeug abgenommen und gepflegt wurden. Nachdem sie die Stute und den Esel mit dem Schlauch abgespritzt und anschließend die Tränken gereinigt hatten, erklärte Kadee ihr, dass die Hufe nach jedem Training kontrolliert und Steinchen oder Grasbüschel mit einem Hufkratzer entfernt werden müssten, weil das Tier sonst lahmen könnte.

»Und, was meinst du? Hab ich das Zeug zu einer Reiterin?«, fragte Ruby aufgeregt, als die Tiere versorgt und wieder in ihren Ställen waren.

»Abwarten. Mal sehen, wie du dich morgen anstellst«, erwiderte Kadee. Sie fand es erstaunlich, wie gut Ruby sich bei ihrer ersten Reitstunde gehalten hatte, wollte aber nicht zu optimistisch klingen.

In diesem Moment kam Mick in seinem Ute angefahren. Ruby war sicher, dass er nicht wollte, dass sie in der Dunkelheit allein und zu Fuß in die Stadt zurückkehrte. Es würde nicht mehr lange dauern, bis die Sonne untergegangen war; schon wurde es kühler.

Ruby streifte schnell die Reitstiefel von den Füßen und schlüpfte in ihre Schuhe. »Vergiss nicht, das ist unser Geheimnis«, flüsterte sie Kadee zu.

»Von mir erfährt keiner was«, versprach die junge Frau. »Hallo, Mick!«, rief sie, als er ausstieg. »Wie geht's Jed?«

»Offenbar schon viel besser. Er kann einem fast schon wieder so fürchterlich auf die Nerven gehen wie vor seinem Unfall«, antwortete Mick trocken. Er sah Ruby an. »Jed möchte, dass du ihm berichtest, wie's der Stute geht.«

Ruby hatte sich so etwas schon gedacht. »Und, was soll ich ihm sagen?«, fragte sie Kadee.

»Sag ihm, alles in Ordnung. Silver Flake zeigt keine Anzeichen von Schmerz oder Lahmheit; morgen werde ich das Training steigern.«

Ruby nickte. »Gut.«

Mick wandte sich an Kadee. »Kann ich dich mitnehmen?«, fragte er.

»Warum nicht?«, meinte die junge Frau.

Alle drei kletterten in den Pick-up. Unweit des Flusses ließen sie Kadee aussteigen und fuhren dann weiter nach Silverton.

Joe und Frankie Camilleri warteten den Einbruch der Dunkelheit ab, bis sie Eddie Muntz einen Besuch abstatteten. Eddie war erst kurz zuvor aus dem Northern Hotel Pub nach Hause gekommen. Das Northern Hotel in der Beryl Street, das 1890 eröffnet und bis 1955 Brewers Arms Hotel geheißen hatte, war Eddies Stammlokal in Broken Hill. Mit seinen neunundsiebzig Jahren war Eddie trotz seiner Arthritis noch sehr rüstig und kräftig und hatte einen wachen Verstand. Er konnte sich gut an die Zeiten erinnern, als hinter dem Lokal Hunde- und Kamelrennen stattgefunden und sein Vater illegale Wetten angenommen hatte.

Der Buchmacher war gar nicht erfreut über den Besuch der Camilleris. Er zerrte die beiden vierschrötigen Brüder ins Haus, blickte sich kurz um, ob irgendjemand die Szene beobachtet hatte, und schlug die Haustür zu.

»Hab ich euch nicht gesagt, ihr sollt nicht hierherkommen? Man darf uns nicht zusammen sehen. Ich dachte, ich hätte mich klar genug ausgedrückt.« Eddie warf einen nervösen Blick durch das schmale Fenster neben der Tür.

»Wir waren vorsichtig, niemand hat uns gesehen«, sagte Joe beschwichtigend, als sie Eddie in die Küche seines aus feuerverzinktem Stahlblech erbauten Hauses folgten, in dem es nach der Hitze des Tages immer noch drückend warm war. Die drei Männer setzten sich an den handgeschreinerten Holztisch, den Eddie von seinem inzwischen verstorbenen Vater zu seiner Hochzeit mit Winifred McNaulty, seiner einzigen großen Liebe, im Jahr 1910 geschenkt bekommen hatte. Winifred war ein Jahr später im Kindbett gestorben, und auch das Baby, ein kleiner Junge, hatte nicht lange überlebt. Seitdem bewohnte Eddie das Haus ganz allein, was nicht zu übersehen war: Es fehlte jede weibliche Note.

Der Aschenbecher auf dem Tisch quoll über vor Zigarettenkippen, und eine brennende Zigarette lag auf dem Rand. Eddie war Kettenraucher. Handgeschriebene Wettscheine und ein paar Banknoten schauten aus einer Ledertasche neben dem Aschenbecher hervor. An diesem Tag hatte in Broken Hill ein Rennen stattgefunden, und Eddie hielt offenbar Kassensturz. Seinem mürrischen Gesicht nach zu urteilen hatte er einen weiteren herben Verlust eingefahren.

Obwohl er verärgert war über die Störung, fragte er gespannt: »Habt ihr meinen Auftrag ausgeführt?«

»Ja, alles erledigt«, antwortete Frankie zufrieden. »Wir haben Jed Monroe eine gehörige Abreibung verpasst.«

»Habt ihr auch dafür gesorgt, dass er weiß, wofür er sie bekommen hat?«

Frankie nickte. »Klar doch. Und jetzt rück die Kohle raus.«

Eddie fischte zwei Banknoten aus der Ledertasche und schob jedem der beiden einen Fünfzigdollarschein hin.

Die Brüder wechselten einen Blick und machten ein finsteres Gesicht. »Soll das ein Witz sein? Du hast einen Hunderter für jeden von uns versprochen, nicht einen Hunderter für uns beide!«, knurrte Joe.

»Den Rest kriegt ihr morgen«, gab Eddie unwirsch zurück. »Das war kein guter Tag für mich.«

Frankie erhob sich und baute sich drohend vor dem Buchmacher auf, der ihm im Stehen bestenfalls bis zur Taille reichte. »Das interessiert uns nicht! Wir haben eine Abmachung, schon vergessen?«

Eddie ließ sich nicht einschüchtern. Er war früher mit ganz anderen Typen fertig geworden. Außerdem hatte er ein gutes Leben gehabt und alles erreicht, und er hatte keine Angehörigen, die ihn vermissen würden. Wovor also sollte er Angst haben? Nein, er fürchtete sich weder vor Frankie noch vor dem Tod.

»Setz dich wieder hin, du Hornochse!«, donnerte er. »Ich habe einen gewaltigen Batzen verloren, als Jed sich weigerte, Silver Flake im Broken Hill Cup verlieren zu lassen; das muss ich erst wieder reinholen.«

»Das ist nicht unser Problem«, erwiderte Joe. »Wir wollen nur, was uns zusteht.«

»Hör zu! Einer meiner Männer wird mir gleich morgen früh das Geld bringen, das das Rennen heute eingebracht hat, und dann kriegt ihr, was euch zusteht. Aber jetzt was anderes. Im Futtermittelladen hab ich gehört, dass Jed sein Pferd zum Alice Springs Cup anmelden will. Das muss unbedingt verhindert werden, weil das Preisgeld beachtlich ist. Wenn ihr dafür sorgt, dass er nicht am Rennen teilnehmen kann, zahle ich jedem von euch zweihundert Dollar.«

Die beiden Brüder wechselten einen Blick. Sie brauchten dringend Arbeit und taten alles, damit sie nicht in irgendeinem Bergwerk unter Tage schuften mussten. Zwar hatte ein Onkel in Adelaide ihnen einen Job in seiner Gießerei in Aussicht gestellt, doch das war eine schweißtreibende und mit wenig mehr als zweihundert Dollar die Woche obendrein schlecht bezahlte Arbeit. Eddies Angebot war daher verlockend.

»Hast du das Geld bis morgen?«, fragte Frankie.

Eddie dachte kurz nach. »Die Hälfte«, sagte er dann. »Den Rest kriegt ihr nach Erledigung des Auftrags.« Er war nicht so dumm, den Brüdern zu vertrauen. »Ihr habt vierzehn Tage Zeit. Das Rennen findet zwar erst später statt, aber Jed wird Silverton in ungefähr zwei Wochen Richtung Alice Springs verlassen.«

»Und was ist mit unseren Auslagen?« Frankie sah den Buchmacher lauernd an. »Wer bezahlt uns die?«

»Also gut, aber nicht mehr als fünfzig Dollar«, brummte Eddie zähneknirschend. Die Brüder sollten nicht merken, wie sehr er darauf brannte, seine offene Rechnung mit Jed Monroe zu begleichen. Beim Rennen in Broken Hill hatte er fast die Hälfte aller Wetten auf Silver Flake angenommen und zu einer festen Quote angeboten. Er hatte Jed Geld geboten, viel Geld, wenn er dafür sorgte, dass das Pferd verlieren würde, doch Jed hatte sich nicht kaufen lassen. Und so kam es, dass Eddie, statt den erwarteten satten Gewinn einzustreichen, einen Verlust erlitten hatte, von dem er sich Monate oder gar Jahre nicht wieder erholen würde.

»Hast du zufällig eine Ahnung, wo wir uns Arsen beschaffen können?«, fragte Joe den Buchmacher unvermittelt.

Frankie wusste genau, was seinem Bruder durch den Kopf ging. »Rattengift enthält Arsen, oder etwa nicht?«

Eddie guckte verblüfft von einem zum anderen. »Moment mal, Jungs! Wofür in aller Welt braucht ihr Arsen? Ihr sollt Jed nur daran hindern, am Alice Springs Cup teilzunehmen. Ihr sollt ihn nicht umbringen!«

»Wer redet denn von Jed? Ich dachte eher an seinen Gaul. Ein totes Pferd kann kein Rennen laufen, oder?«, bemerkte Joe selbstgefällig. Er kam sich sehr schlau vor.

Eddie machte ein entsetztes Gesicht. »Ich habe eine Mordswut auf Jed Monroe, aber das Pferd kann doch nichts dafür. Ich lebe sehr gut von Pferderennen; ich werde nicht zulassen, dass ihr einem Tier etwas zuleide tut, kapiert?« Wütend starrte er die beiden Brüder an. »Ob ihr das kapiert habt?«

Die zwei schwiegen verdattert. Dann fragte Frankie: »Wie sollen wir ihn denn dann von der Teilnahme am Rennen abhalten?«

»Was weiß denn ich, lasst euch etwas einfallen! Benutzt euren

Verstand, sofern ihr einen habt. Aber kommt bloß nicht auf die Idee, das Pferd zu verletzen oder zu töten. Ist das klar?«

Frankie und Joe sahen sich verstohlen an und schwiegen mürrisch. Beide dachten das Gleiche: Hoffentlich bekam Eddie nicht Wind davon, was sie dem Pferd bereits angetan hatten.

Nach einer Weile brach Eddie die bedrückende Stille, indem er ein genervtes Knurren von sich gab. »Manipuliert meinetwegen seinen Pick-up, damit er auf dem Weg nach Alice Springs liegen bleibt«, sagte er. »Oder klaut ihn, dann hat er keine Zeit mehr, sich Ersatz zu beschaffen. Lasst euch etwas einfallen, dafür bezahle ich euch schließlich. Aber falls mir zu Ohren kommt, dass ihr dem Pferd etwas angetan habt, werdet ihr es bereuen; das schwöre ich euch!«

»Ja, ja«, murmelten die Brüder wie aus einem Munde.

Sie hatten zwar keine Angst vor Eddie, aber sie wussten, dass der Buchmacher Kontakte zu Leuten hatte, die sich ihrer mit Vergnügen annehmen würden.

Ruby war ein Naturtalent. Nach drei Tagen Reitunterricht konnte sie von Banjo auf Silver Flake wechseln. Nach weiteren fünf Tagen, in denen sie die Stute täglich einige Stunden geritten hatte, konnte sie unter Kadees Aufsicht über die Reitbahn galoppieren, zwar nicht in vollem Galopp, aber immerhin so schnell, dass es für die Stute ein gutes Training war. Kadee stieg überhaupt nicht mehr aufs Pferd, nachdem sie einige Male Unterleibskrämpfe bekommen hatte. Jed, dem es mittlerweile viel besser ging, konnte es kaum noch erwarten, zur Rennbahn hinauszukommen. Ruby war nichts anderes übrig geblieben, als Mick in ihr Geheimnis einzuweihen, damit er ihr half, Jed von Bernies Farm fernzuhalten. Mick fielen jedoch bald keine Ausreden mehr ein, so ungeduldig fieberte sein Kumpel dem Wiedersehen mit seinem Pferd entgegen.

Dann, eines Tages, als Ruby ihn gegen Mittag auf dem Heimweg besuchte, kündigte Jed an: »Heute Abend werde ich mit dir zu Bernie hinausfahren.«

Er wohnte noch im Vorratsraum des Pubs, und sein Wohnmobil stand nach wie vor in Micks Schuppen. Das war eine reine Vorsichtsmaßnahme, weil die Camilleris ein weiteres Mal in der Stadt gesehen worden waren. Offenbar hatten sie die Suche nach Jed noch nicht aufgegeben.

An diesem Morgen war das Training besonders gut gelaufen; Ruby war in Hochstimmung und sehr zufrieden mit sich. Jeds Ankündigung wirkte wie eine kalte Dusche. Ihre gute Laune verflog schlagartig.

»Ruh dich lieber noch einen Tag aus«, sagte sie schnell. »Du solltest nichts überstürzen, du bist immer noch nicht ganz auf der Höhe.«

Obwohl er anfangs skeptisch gewesen war, musste er zugeben, dass die Methode der Aborigines, die Schlammbehandlung, den Heilungsprozess ohne jeden Zweifel beschleunigt hatte.

»Ich war jetzt seit über einer Woche nicht mehr bei meinem Pferd«, entgegnete er sauer, als Mick Ruby beipflichtete. »Wenn es sein muss, werde ich eben selbst hinausfahren.«

»Silver Flake geht es gut«, erwiderte Ruby mit einem Anflug von Panik. »Sie war nie allein. Wenn Kadee und ich uns nicht mit ihr beschäftigen, hat sie die Kamele und ein paar Esel als Gesellschaft.«

»Ich möchte mal wieder die Zeit nehmen, damit ich weiß, wo sie mit dem Training steht«, beharrte Jed.

Ruby erschrak. Sie konnte dem Pferd natürlich keine Höchstleistung abverlangen so wie Kadee; dafür ritt sie noch nicht lange genug.

»Also?« Jed sah Mick an. »Wirst du mich zu Bernie rausfahren, oder soll ich meinen Wagen aus deinem Schuppen holen und mich selbst ans Steuer setzen?«

Mick drehte sich zu Ruby hin und zuckte hilflos mit den Achseln. Sie wussten beide, dass sich Jed nicht von seinem Vorhaben abbringen ließ.

»Na schön, wie du willst«, sagte Mick resigniert. »Ich werde dich rausfahren.«

»Kadee dürfte bald draußen sein«, meinte Jed mit einem Blick auf seine Armbanduhr. »Wir starten, sobald du so weit bist.«

»Alles klar. Ich werde Jacko sagen, er soll den Laden solange schmeißen. Sonntags ist eh nicht viel los.«

Mick sah Ruby an. Er wusste nicht, was sie vorhatte, aber im Grunde hatte sie keine Wahl: Sie musste Jed die Wahrheit sagen.

Auf der Fahrt zu Bernies Farm herrschte angespanntes Schweigen in Micks Geländewagen. Ruby saß vorne zwischen den beiden Männern. Als sie die Farm erreicht hatten, wandte sich Jed seinem Kumpel zu. Er könne sie hier absetzen und sie später wieder abholen, meinte er.

»Ich kann warten«, entgegnete Mick. Er war sich sicher, dass Ruby moralische Unterstützung brauchte.

»Nein, nein, fahr du nur zurück. Bei uns wird es eine Weile dauern.«

Mick nickte. »Na gut.« Als Ruby und Jed ausgestiegen waren, wendete er und fuhr nach Silverton zurück.

Bernie trat auf seine Veranda hinaus, als er Ruby und Jed auf die Stallungen zugehen sah.

»Hallo, Jed! Schön, dass du wieder unter den Lebenden weilst!«, rief er.

Cindy rannte bellend auf die Besucher zu, verstummte dann aber und wedelte freudig mit dem Schwanz, als sie Ruby erkannte.

»Hallo, Bernie. Ja, es ist ein wunderbares Gefühl, wenn die Schmerzen nachlassen«, antwortete Jed. Er würde es nie wieder als selbstverständlich betrachten, gesund zu sein, so viel stand fest.

»Bist du denn schon wieder fit genug zum Reiten?«, fragte Bernie, wobei er Ruby flüchtig ansah.

»Nein, erst in ein, zwei Wochen. Bis dahin soll Kadee das Training weiterführen. Mich hat's auf der Fahrt hierher ordentlich durchgeschüttelt, aber wenigstens tut das Atmen nicht mehr so weh.«

Ruby nagte nervös an ihrer Unterlippe. Hoffentlich sagte Bernie nichts von ihren Reitstunden. Er nahm bestimmt an, sie habe Jed bereits davon erzählt.

»Danke, dass ich Silver Flake bei dir unterstellen durfte, Bernie«, fuhr Jed fort. »Ich weiß das wirklich zu schätzen.«

»Nichts zu danken, ist gern geschehen. Ich hab gehört, diese zwei Ganoven haben in der Stadt wieder nach dir gesucht. Hier draußen waren sie nicht, zu ihrem Glück, sonst hätten sie was erleben können«, fügte er grimmig hinzu. Er nahm seine Aufgabe als Silver Flakes »Beschützer« offensichtlich sehr ernst, wofür Jed ihm aufrichtig dankbar war.

Jed nickte. »Ja, sie sind am späten Donnerstagabend durch Silverton gefahren.«

Er selbst hatte sich im Vorratsraum hinter der Bar aufgehalten, aber den Aufruhr draußen gehört, und Mick hatte ihm später erzählt, was vorgefallen war. Anscheinend waren die beiden Brüder dreist bis vor den Eingang des Pubs gefahren, dann aber von den Gästen, die um diese Zeit schon reichlich angetrunken waren, beschimpft und bedroht und sogar mit Flaschen beworfen worden, sodass sie klugerweise eilig den Rückzug angetreten hatten.

»Ich glaube, es wird Zeit für uns«, warf Ruby ein. »Silver Flake wartet bestimmt schon auf ihr Futter.«

Jed sah sie scharf an. »Du hast sie doch nicht etwa *vor* dem abendlichen Training gefüttert, oder?«

»Äh … nein … natürlich nicht«, stammelte Ruby.

»Ruby hat sich ganz rührend um das Pferd gekümmert«, setzte Bernie sich für sie ein. »Es ist bei ihr in besten Händen.«

Ruby hielt unwillkürlich den Atem an. Bernie würde ihr Geheimnis doch hoffentlich nicht ausplaudern?

»Das will ich auch hoffen«, brummte Jed und stapfte Richtung Stall davon. Ruby folgte ihm langsam.

Kadee war noch nicht da, und so verbrachte Jed einige Minuten damit, das Pferd liebevoll zu begrüßen. Die Wiedersehensfreude war auf beiden Seiten groß; das Pferd und sein Trainer hatten ganz offensichtlich eine besondere, innige Beziehung. Diese zärtliche Seite an Jed war neu für Ruby.

Während sie die beiden beobachtete, versuchte sie, den Mut aufzubringen, Jed von ihren Reitstunden zu erzählen. Doch sie schaffte es nicht, weil sie sich vor seiner Reaktion fürchtete. Um ihre innere Anspannung abzubauen, ging sie in die Sattelkammer hinüber und holte Satteldecke, Sattel und Zaumzeug.

»Hat Kadee gesagt, dass sie kommen würde?«, fragte Jed, der das Pferd genauestens in Augenschein nahm.

»Nein.«

Ruby streifte Silver Flake das Zaumzeug über. Kadee würde ihm natürlich sofort sagen, dass sie schwanger war, und Jed würde höchstwahrscheinlich sauer sein, weil sie ihm nicht längst reinen Wein eingeschenkt hatten.

»Aber heute Morgen war sie doch da, oder?«

Jed warf dem Pferd die Satteldecke über. Ruby kam ihm schnell zu Hilfe und wuchtete den Sattel darauf. Es war besser, wenn er sich nicht gleich am ersten Tag zu sehr anstrengte.

»Ja«, antwortete Ruby einsilbig.

Jed sah sie stirnrunzelnd an. »Stimmt was nicht?« Er zog den Sattelgurt fest und die Steigbügel herunter.

»Ich … ich muss dir was sagen.«

Nervös fuhr sich Ruby mit der Zungenspitze über die Lippen. Vor lauter Aufregung bekam sie fast keine Luft.

»Ja? Was denn?«

Ruby zögerte angesichts seiner finsteren Miene. »Ich … ich …«

»Was?«, fauchte er ungeduldig. »Hat es etwas mit Silver Flake zu tun?«

Seine Gereiztheit raubte ihr vollends den Mut. Plötzlich nahm sie hinter ihm eine Bewegung wahr. »Oh!«, rief sie. »Ich dachte nur, ich hätte da hinten etwas gesehen. Ich glaube, da ist irgendetwas in die Scheune gehuscht.«

Jed drehte sich um. »Eine Schlange?«

»Gut möglich.« Ruby nickte eifrig. »Ja, wahrscheinlich. Eine ziemlich große.«

Jed schnappte sich eine Schaufel und ging auf die Scheune zu. Aus einer plötzlichen Eingebung heraus schwang sich Ruby auf Silver Flakes Rücken, lenkte die Stute zur Reitbahn, drückte ihr die Absätze in die Flanken und galoppierte los. Sie hörte Jed hinter sich schreien, sie solle sofort zurückkommen, aber sie achtete nicht darauf.

Nach zwei Runden in schnellem Galopp kehrte sie zu Jed zurück, dessen Gesicht vor Wut rot angelaufen war.

»Was soll das, verdammt noch mal? Hast du den Verstand verloren?«, fuhr er sie an.

Er packte die Zügel und zerrte Ruby aus dem Sattel, eine Bewegung, die sein schmerzender Brustkorb ihm übel nahm. Jed verzog das Gesicht. Ruby brachte es nicht fertig, ihn anzusehen.

»Willst du dich umbringen, oder was?«

»Ich hab reiten gelernt«, sagte Ruby kleinlaut.

»Was?« Jed schaute erst die Stute an und dann Ruby. »Wie? Wann?« Als Ruby nicht antwortete und den Blick gesenkt hielt, fuhr er fort: »Du schuldest mir eine Erklärung, Ruby. Verrätst du mir endlich, was hier vor sich geht? Und wo ist eigentlich Kadee?«

»Hier bin ich, Jed«, sagte Kadee, die in diesem Moment auf sie zukam. Sie hatte nur die letzten Worte ihrer Unterhaltung aufgeschnappt.

Jed und Ruby drehten sich gleichzeitig zu ihr um.

Kadee sah Ruby lächelnd an. »Hast du Jed gesagt, dass du reiten kannst?«

»Nicht direkt«, murmelte Ruby.

»Vor ein paar Tagen hatte sie noch keinen blassen Schimmer vom Reiten, und jetzt reitet sie mein Pferd? Könnt ihr mir das mal erklären?«

»*Unser* Pferd«, verbesserte Ruby. Jed warf ihr einen vernichtenden Blick zu.

»Sie hat reiten gelernt, weil ich nicht mehr reiten kann«, sagte Kadee.

Jed verstand überhaupt nichts mehr. Einen Moment starrte er Kadee fassungslos an, dann stieß er aus: »Und warum nicht?«

Kadee legte sich eine Hand auf ihren Bauch und strahlte. »Weil ich schwanger bin.«

»Das gibt's doch nicht!«, entfuhr es Jed.

»Doch! Sind das nicht wundervolle Neuigkeiten?« Kadee strahlte übers ganze Gesicht.

Jed verschlug es die Sprache. Sekundenlang starrte er Kadee offenen Mundes an. Dann lächelte er und sagte: »Ja, das sind allerdings wundervolle Neuigkeiten!« Er nahm Kadee in die Arme und drückte sie fest.

Ruby hatte unwillkürlich den Atem angehalten. Jetzt blickte sie peinlich berührt zu Boden. Ihr war, als ob sie Zeugin einer sehr intimen Szene würde.

Nach einer Weile löste sich Kadee sanft von Jed. »Ruby hat auf Banjo reiten gelernt, stell dir vor. Und sie hat ihre Sache wirklich gut gemacht. Sie hat Talent«, erklärte sie.

Jeds Miene verfinsterte sich wieder. »Silver Flake ist kein Pferd für eine Anfängerin. Sie ist viel zu temperamentvoll.«

»Sie reitet sie schon seit ein paar Tagen und ist noch kein einziges Mal runtergefallen«, sagte Kadee stolz. »Los, Ruby, zeig ihm, was du kannst!«

Ruby sah Jed an, der mit sich kämpfte.

»Sie ist wirklich gut, Jed«, versicherte Kadee.

»Na schön.« Er nickte widerstrebend, da er viel auf Kadees Meinung gab. Dann drückte er Ruby die Zügel in die Hand und half ihr in den Sattel.

Ruby lenkte Silver Flake auf die Reitbahn und setzte sie in Trab. Sie hatte Angst, eine schnellere Gangart anzuschlagen, weil sie auf gar keinen Fall herunterfallen wollte. Nicht ausgerechnet dann, wenn Jed zusah.

»Das ist aber kein Training für Silver Flake«, murrte Jed.

Kadee nahm Ruby in Schutz. »Sie kann schon schneller reiten, sie ist bloß nervös, weil du zuschaust.«

Als Ruby an den beiden vorbeiritt, rief Jed ihr zu, sie solle das Pferd in Galopp setzen.

Erleichtert, weil Jed ihr offenbar mehr zutraute, kam Ruby seiner Aufforderung nach. Sie drückte ihre Absätze in Silver Flakes Flanken, und die Stute galoppierte an. Ruby genoss die warme Luft, die ihr ins Gesicht wehte.

Jed beobachtete sie aufmerksam. Für eine Anfängerin ritt sie erstaunlich gut, dennoch sorgte er sich. Wenn sie nun abgeworfen wurde und sich verletzte?

»Sie sollte wenigstens eine Reitkappe tragen«, brummelte er.

»Hat sie ja. Bernie hat ihr eine gegeben.«

Kadee sah sich um und entdeckte die Kappe neben dem Wassertrog. Sie hob sie auf und gab sie Jed.

Als Ruby wieder herangeritten kam, winkte Jed sie zu sich. Ruby blickte sorgenvoll drein, weil sie dachte, er sei unzufrieden, aber Jed reichte ihr die Reitkappe hinauf und sagte: »Setz die sicherheitshalber auf.«

Ein Lächeln huschte über ihr Gesicht, als sie die Reitkappe aufsetzte und den Riemen unter ihrem Kinn festmachte.

»Du kannst dir aber trotzdem die Knochen brechen, wenn du herunterfällst. Also geh kein unnötiges Risiko ein, verstanden?«

»Verstanden«, erwiderte Ruby und kehrte auf die Reitbahn zurück, wo sie noch ein paar Runden im Galopp ritt. Schließlich rief Jed ihr zu, dass es jetzt genug sei. Sie lenkte Silver Flake zu ihm und stieg ab.

»Und, was meinst du?«, fragte sie gespannt. »Glaubst du, ich kann sie so weit trainieren, dass sie für das Rennen fit ist?«

»Wozu?«, entgegnete Jed bitter. »Wozu der ganze Aufwand, wenn wir keinen Jockey haben?«

»Aber wir könnten doch in Alice Springs einen Jockey anstellen – oder nicht?«

»Wir brauchen einen *guten*, nicht irgendeinen zweitklassigen.«

»Wir finden bestimmt einen«, sagte Ruby voller Zuversicht. »Wenn wir ein bisschen herumtelefonieren, werden wir schon einen geeigneten auftreiben.«

»Auch ein Jockey arbeitet nicht umsonst«, wandte Jed ein. »Woher willst du denn das Geld nehmen?«

»Ich werde unterwegs arbeiten, wenn wir nach Alice Springs fahren. Hast du nicht selbst gesagt, dass du dich normalerweise auf Farmen verdingst, um das Geld für die Startgebühr zu verdienen? Ich werde eben den Leuten die Haare schneiden. Die Menschen auf den abgelegenen Höfen kommen sicher nicht oft zum Friseur.«

»Meistens schneiden sie sich gegenseitig die Haare.«

»Das Ergebnis ist nicht ganz das gleiche, oder?« Sie sah vielsagend Kadee an. Jed folgte ihrem Blick und musste zugeben, dass sie Recht hatte. Die junge Aborigine fasste sich verlegen an ihre stümperhaft gestutzten Haare. »Mach dir nichts draus, ich werde dir einen richtigen Haarschnitt verpassen«, versprach Ruby.

Jeds Miene hatte sich verdüstert. »Du würdest wirklich alles tun, um an dein Geld zu kommen, nicht?«, stieß er gepresst hervor. »Du kannst es gar nicht erwarten, deinen Anteil an dem Pferd zu verkaufen. Dafür riskierst du es sogar, dir den Hals zu brechen.«

Ruby klappte die Kinnlade herunter. Sie starrte Jed fassungslos an. Seine Anschuldigung traf sie so schwer, dass sie drauf und dran war zu weinen, aber sie beherrschte sich. Zornig ballte sie die Fäuste.

»Ich bin nicht so versessen auf das Geld, dass ich dafür mein Leben riskieren würde. Ich dachte, du wolltest den Alice Springs Cup gewinnen? Wenn wir Silver Flake nicht zum Rennen melden, haben die Camilleri-Brüder gewonnen. Willst du das vielleicht lieber?«

»Nein, natürlich nicht«, knurrte Jed.

»Dann hör endlich auf, so negativ zu sein. Ich bin bereit, das Pferd zu trainieren und Geld für unsere Auslagen und für einen Jockey zu verdienen, und du kommst mir ständig mit irgendwelchen neuen Ausreden, warum wir Silver Flake nicht zum Rennen melden können. Hast du dir mal überlegt, dass ich auch einfach abreisen und warten könnte, bis du mir meinen Anteil auszahlen kannst, oder dass ich meinen Anteil irgendeinem Fremden verkaufen könnte?«

Bei dieser Vorstellung riss Jed erschrocken die Augen auf.

»Im Augenblick bist du auf meine Hilfe angewiesen, ob es dir passt oder nicht«, fügte Ruby hinzu.

»Sie hat Recht, Jed«, warf Kadee ein. »Du hast so viel Arbeit und Zeit in die Vorbereitung auf das Rennen investiert. Bevor diese Gangster dich zusammengeschlagen haben, warst du zuversichtlich, dass Silver Flake eine ausgezeichnete Chance auf den Sieg hat und sogar eine neue Rekordzeit laufen könnte. Das Pferd wird nicht jünger, weißt du. Entweder jetzt oder nie.«

Jed ließ sich ihre Worte durch den Kopf gehen. Er dachte auch an die Camilleris, die mit Sicherheit weiter nach ihm suchen würden. In Alice Springs, das weit außerhalb ihres Aktionskreises lag, wäre er wenigstens vor ihnen sicher.

»Jetzt, da das Training so lange unterbrochen worden ist, sind die Gewinnchancen deutlich gesunken«, murmelte er und tätschelte Silver Flake den Hals.

»Wenn sie nicht an den Start geht, hat sie überhaupt keine Chance zu gewinnen«, sagte Ruby.

»Richtig«, pflichtete Kadee ihr bei. »Ihre Chancen stehen ungefähr 1:10, aber sie hasst es zu verlieren.«

»Ich kann es kaum erwarten, sie rennen zu sehen«, rief Ruby aufgeregt.

Jed zögerte, fand aber keine Argumente mehr, und so nickte er schließlich und sagte: »Also gut. Wir werden nach Alice Springs fahren. Aber das bedeutet, dass in den nächsten Tagen eine Menge Arbeit auf uns wartet!«

19

Es war gegen Mitternacht, als Myra von einem markerschütternden Schrei aus dem Schlaf gerissen wurde. Sie fuhr senkrecht im Bett hoch und lauschte mit klopfendem Herzen. Nichts. Alles war ruhig. Sie lauschte noch ein paar Sekunden und sagte sich dann, dass sie offenbar nur geträumt hatte. Erleichtert legte sie sich wieder hin. Sie hatte kaum die Augen geschlossen, als ein zweiter Schrei die Stille zerriss.

Myra schreckte abermals hoch. Also war es doch kein Traum gewesen. Myra stand eilig auf, tastete mit den Füßen im Dunkeln nach ihren Hausschuhen und lief im Nachthemd nach draußen und schnurstracks zu dem Wohnwagen, in dem Ruby wohnte, seit sie in Silverton war. Sie spähte hinein und sah, dass Ruby friedlich schlief. Myra kam sich plötzlich dumm vor. Hatte sie sich die Schreie doch nur eingebildet? Aber dann hörte sie ein merkwürdiges, gedämpftes Geräusch, eine Art Ächzen.

»Wer ist da?«, rief sie. »Kommen Sie raus, damit ich Sie sehen kann!«

Stille.

Myra ging zurück ins Haus, holte eine Taschenlampe aus der Küche und leuchtete die Umgebung ab, aber sie konnte nichts Verdächtiges erkennen. Ringsum herrschte wieder Stille. Sie ging zum Hühnerstall hinüber, aber auch dort war alles ruhig. In einem weiten Bogen ging sie um das Haus herum und leuchtete in jeden Strauch. Nichts.

»Was machst du denn hier draußen mitten in der Nacht?«, sagte plötzlich eine Stimme hinter ihr.

Myra fuhr zusammen, kreischte auf und ließ vor Schreck die Taschenlampe fallen. Hastig bückte sie sich danach und richtete den Strahl auf das verschlafene Gesicht von Ruby, die in dem grellen Licht blinzelte und abwehrend die Hand hob.

»Himmel noch mal«, murmelte Myra. Sie ärgerte sich selbst über ihre Schreckhaftigkeit.

»Was ist denn los?«, fragte Ruby schlaftrunken. »Wonach suchst du?«

»Ich dachte, ich hätte etwas gehört«, erwiderte Myra, eine Hand noch immer auf ihrem wild klopfenden Herzen, das sich nur langsam wieder beruhigte. »Aber anscheinend habe ich mich getäuscht.« Sie wollte Ruby nicht unnötig beunruhigen. Die junge Frau stand morgens in aller Frühe auf, fuhr zu Bernie hinaus, um Silver Flake zu trainieren, kehrte anschließend in ihren Salon in der Stadt zurück und arbeitete abends ein weiteres Mal mit dem Pferd. Wenn sie nach Hause kam, war sie völlig erledigt; sie brauchte ihren Schlaf. »Geh nur wieder ins Bett, ich leg mich auch wieder hin«, fügte sie hinzu.

Nach einem letzten prüfenden Blick in die Runde ging sie ins Haus zurück. Ruby schüttelte den Kopf. Seltsam, wie viel Aufregendes in diesem Städtchen passierte.

Als Myra am folgenden Morgen die Eier im Hühnerstall einsammelte, war Ruby schon mit Jed zu Bernie hinausgefahren. Myra machte sich auf den Weg zu Charlie, um ihm die frischen Eier zu bringen, doch sein Laden war noch geschlossen. Komisch, dachte Myra, normalerweise öffnet er doch schon eine Viertelstunde vorher, um halb acht. Verwundert ging sie zu ihm nach Hause. Sie klopfte an die Vordertür, aber niemand antwortete. Erst als sie um das Haus herumgegangen war, an die Fliegengittertür geklopft, durch das Drahtgeflecht gespäht hatte und nach Charlie rief, hörte sie etwas.

»Komm rein, Myra«, sagte er mit matter Stimme.

Sie kam seiner Aufforderung nach und fand ihn am Küchentisch sitzend, eine volle Tasse Tee vor sich, die er offenbar nicht angerührt hatte.

»Warum bist du nicht im Laden? Hast du mich vorne nicht klopfen gehört? Was ist denn los, Charlie?« Myra sah ihn prüfend an. »Fehlt dir was?«

»Irgendetwas stimmt nicht«, murmelte Charlie mit gesenktem Kopf.

Er war in der Tat schrecklich blass. »Soll ich Cyril Blake holen?«

»Nein!«, sagte Charlie schnell. Er stützte seinen Kopf in seine Hände und fuhr leise fort: »Myra, ich glaube, ich habe etwas Schreckliches getan.«

Myra machte ein verwirrtes Gesicht. »Wie meinst du das?«

Charlie erhob sich schwerfällig und stapfte zu einem Stapel Zeitungen in einer Ecke. Er nahm die obersten weg und zog ein Hemd hervor, das er offensichtlich darunter versteckt hatte. Myra schnappte erschrocken nach Luft, als sie die Blutflecken vorne drauf sah.

Sie griff nach dem Hemd und betrachtete die Flecken genauer. »Was ist denn passiert?«

»Das ist es ja, Myra, ich habe nicht die geringste Ahnung«, antwortete Charlie kopfschüttelnd. »Ich war gestern Abend auf ein paar Bierchen im Pub. Eigentlich dürfte ich ja keinen Alkohol trinken, wegen der Medikamente, die ich als Epileptiker nehmen muss. Aber bei der Hitze kann ich manchmal einfach nicht Nein sagen zu einem kühlen Bier, und Mick und die anderen wissen nicht, dass ich nicht trinken darf. Ich habe ihnen nie davon erzählt.«

»Ich wusste es auch nicht!«, sagte Myra. »Aber ich kann dich verstehen.« Der Pub war der Treffpunkt für die Männer in Silverton, und zu einem geselligen Beisammensein unter Männern gehörte nun einmal ein Drink. Charlie wollte verständlicherweise nicht ausgegrenzt werden. »Vielleicht hast du einen über den Durst getrunken, bist gestürzt und hast dich verletzt, Charlie.«

Myra versuchte, Ruhe zu bewahren, aber im Hinterkopf hatte sie die Schreie, die sie in der Nacht gehört hatte, und das, was Ruby ihr von Charlies aggressivem Verhalten Girra gegenüber erzählt hatte.

Er schüttelte den Kopf und nahm sein Hemd wieder an sich. »Nein, ich habe mich schon untersucht. Ich habe keine Schramme, keine Wunde, nichts. Glaubst du … glaubst du, dass ich jemanden verletzt haben könnte, Myra? Wenn ich zu viel trinke, habe ich regelrechte Blackouts. Ich kann mich am nächsten Tag an nichts mehr erinnern, nicht einmal daran, wie ich nach Hause gekommen bin.«

Myra konnte ihm ansehen, wie sehr ihn die Ungewissheit quälte. Dennoch beschloss sie, ihm die Wahrheit zu sagen. »Eigentlich halte ich das für ausgeschlossen, Charlie, aber ich habe letzte Nacht Schreie in der Nähe des Hauses gehört.«

»O Gott!«, stöhnte er verzweifelt. Das blutbefleckte Hemd fiel ihm aus der Hand.

»Jetzt denk nicht gleich das Schlimmste, Charlie. Ich habe die ganze Umgebung mit meiner Taschenlampe abgesucht und nichts Verdächtiges gefunden.«

Charlies Gesicht nahm einen entsetzten Ausdruck an. »Wenn ich nun jemanden getötet und … und die Leiche irgendwo versteckt habe?« Wieder stöhnte er auf. »Was, wenn ich eine Art Monster bin?«

»Unsinn, Charlie, du kannst doch keiner Fliege was zuleide tun«, erwiderte Myra. Zumindest hatte sie das bisher geglaubt. »Und jetzt komm! Du musst den Laden aufmachen, sonst fangen die Leute an, Fragen zu stellen. Es gibt bestimmt eine ganz harmlose Erklärung für das Blut auf deinem Hemd.«

»Zum Beispiel? Ich versuche seit Stunden, eine harmlose Erklärung zu finden, aber mir ist keine eingefallen.«

»Na ja, du könntest im Dunkeln über ein verwundetes Tier gestolpert sein.«

Ein hoffnungsvoller Ausdruck trat auf Charlies Gesicht. »Meinst du wirklich?«

Myra zögerte. Wenn sie ehrlich war, hielt sie das für eher unwahrscheinlich. Aber würde sie Charlie von seinem Übergriff auf Girra erzählen, würde er sich sofort selbst anzeigen. Der Charlie, den sie kannte, war nämlich ein durch und durch anständiger und rechtschaffener Mann. Alle in der Stadt mochten ihn.

»Ja, das ist doch denkbar«, beruhigte sie ihn.

»Und die Schreie, die du gehört hast?«

»Vielleicht hab ich nur geträumt.« Sie wusste, dass es kein Traum gewesen war, aber sie hatte die Umgebung ihres Hauses an diesem Morgen noch einmal abgesucht und nichts gefunden. Schon gar nicht irgendeinen Hinweis darauf, dass irgendwo jemand verscharrt worden war. »Und jetzt komm endlich, bevor die Leute hier nach dir suchen, weil sie sich wundern, warum du noch nicht aufgesperrt hast!«

Nicht lange nachdem Myra und Charlie die Ladentür aufgeschlossen hatten, standen Jinny und Toby Angiwarra, Girras Eltern, davor. Myra wurde nervös, aber Charlie dachte sich nichts dabei, als er die beiden sah.

»Hallo, Jinny, Toby«, grüßte Myra, als die beiden eintraten. Ihre Mienen waren sehr ernst. »Was kann ich für euch tun?«

»Wir suchen Girra. Habt ihr sie gesehen?«, fragte Jinny in gebrochenem Englisch.

Sie war um die vierzig, Toby irgendwo in den Fünfzigern, sah aber fast wie siebzig aus. Er war seit Jahren gesundheitlich angeschlagen. Unter anderem litt er am grünen Star, eine bei den Aborigines weitverbreitete Augenkrankheit. Daher war er auf seine Frau angewiesen, und Jinny wiederum brauchte Girras Unterstützung.

Myra blieb fast das Herz stehen. »Nein. Wieso, ist etwas passiert?«

»Sie ist gestern Abend nicht ins Lager zurückgekommen«, sagte Jinny.

Myra streifte Charlie mit einem flüchtigen Blick. Er machte ein besorgtes Gesicht.

»Ich habe sie schon seit ein paar Tagen nicht mehr gesehen«, antwortete Myra wahrheitsgemäß.

»Wenn ihr sie seht, sagt ihr bitte, sie soll sofort nach Hause kommen«, bat Jinny.

»Das werden wir«, versprach Myra.

Als die beiden den Laden verlassen hatten, wandte sich Charlie ihr zu. Er sah ihr an, dass sie etwas bedrückte.

»Du denkst doch nicht, ich könnte etwas mit Girras Verschwinden zu tun haben, oder?«

Myra holte tief Luft. Sie konnte die Wahrheit nicht länger vor ihm geheim halten. »Charlie, ich habe vor Kurzem erfahren, dass du dich Girra gegenüber in betrunkenem Zustand mehr als einmal sehr aggressiv verhalten hast. Du hast sie auch in der Nacht, als Ruby hierherkam, im Flussbett angegriffen. Ruby ist dem Mädchen zu Hilfe gekommen und hat dich mit ihrem Koffer niedergeschlagen.«

»Was?« Charlie sank benommen auf einen Stuhl hinter dem Ladentisch. Nach ein paar Sekunden blickte er anklagend auf. »Warum hast du mir das nicht schon früher gesagt? Dann hätte ich doch sofort mit dem Trinken aufgehört.«

»Komm mir nicht so, Charlie Gillard«, versetzte Myra zornig. »Gib nicht mir die Schuld. Woher hätte ich denn wissen sollen, dass du wegen deiner Medikamente keinen Alkohol trinken darfst?«

»Du hast Recht, Myra, entschuldige.« Er ließ betreten den Kopf hängen.

Myras Zorn verrauchte. »Ich glaube trotzdem nicht, dass du irgendjemandem etwas zuleide tun könntest, Charlie. Jedenfalls nicht, solange du nüchtern bist.«

»Aber wenn ich getrunken habe, sieht die Sache offenbar anders aus«, erwiderte Charlie bitter. »Und jetzt wird Girra vermisst, und ich habe Blutflecken auf meinem Hemd. O Gott, was habe ich nur getan?«

»Ich finde, du solltest mit Cyril Blake reden, und zwar heute noch.«

»Und ihm was sagen? Dass ich vielleicht Girra getötet habe?«

»Nein, natürlich nicht. Frag ihn, ob es möglich ist, dass du eine solche Tat begehen könntest, ohne dich später daran zu erinnern. Weißt du, was? Ich werde den Doktor holen, dann kannst du hier im Laden bleiben. Sonst wundern sich die Leute vielleicht, warum du zusperrst, und stellen Fragen. Ich bin gleich wieder da.«

Myra eilte hinaus und kam einige Minuten später mit Cyril Blake zurück. Charlie fühle sich nicht wohl, hatte sie ihm nur gesagt. Da keine Kunden im Laden waren, erklärte sie dem Arzt kurz, worum es ging, ohne allerdings das blutbefleckte Hemd zu erwähnen.

»Ich habe gestern Abend ein paar Bier getrunken, Cyril«, fügte Charlie hinzu. »Ich weiß, ich sollte keinen Alkohol trinken, aber ich hatte mindestens sechs Halbe. Als ich heute Morgen aufgewacht bin, konnte ich mich nicht einmal mehr daran erinnern, dass ich den Weg nach Hause gefunden habe.«

»Nun, das Medikament, das du für deine Epilepsie nimmst, enthält Lysergsäurediethylamid, und das kann in seltenen Fällen Halluzinationen verursachen«, erklärte der Arzt mit ernster Miene.

»Ich hatte noch nie Halluzinationen, das wüsste ich doch.«

»Solange du nüchtern bist, ja«, bemerkte der Arzt.

Charlie senkte beschämt den Kopf.

»Könnte er unter dem Einfluss des Medikaments und des Alkohols irgendetwas Schreckliches tun?«, fragte Myra. »Irgendetwas, das gar nicht zu ihm passt und an das er sich später nicht mehr erinnern kann?«

»Ausschließen kann man das nicht«, erwiderte Cyril bedächtig. »Aber wenn er an Halluzinationen litte, könnte er sich auch einbilden, etwas Schreckliches getan zu haben.« Er sah Charlie an. »Gibt es einen bestimmten Grund, warum ihr mich das fragt?«

Myra und Charlie wechselten einen Blick. »Wir müssen ihm von Girra erzählen«, sagte Myra schließlich. »Wir haben keine andere

Wahl, Charlie«, fügte sie hinzu, als er schwieg und ein bestürztes Gesicht machte. »Wenn Girra nicht wieder auftaucht, müssen wir nach ihr suchen.«

Auf Cyrils Stirn traten Sorgenfalten. »Wovon redet ihr eigentlich?«

»Girra, eine der jungen Aborigines aus der Gegend hier, wird vermisst. Ihre Eltern waren vorhin da und haben nach ihr gesucht.«

»Das wusste ich nicht. Ich kenne Girra und die Angiwarras. Aber was hat das alles mit Charlie zu tun?«

Charlie blickte abermals zu Boden. »Ich habe heute Morgen große Blutflecken auf meinem Hemd entdeckt. Und ich weiß nicht, wie das Blut dahingekommen ist.«

»Und?«, fragte der Arzt verwirrt.

»Ich bin heute Nacht von lauten Schreien aufgewacht«, sagte Myra. »Und jetzt machen wir uns Sorgen.«

»Ich verstehe«, sagte Cyril langsam. Er dachte einen Augenblick nach. »Habt ihr das Hemd schon gewaschen?«

»Was hast du vor?«, fragte Myra.

»Ich muss nachher nach Broken Hill; ich würde das Hemd gern mitnehmen und das Blut untersuchen lassen«, antwortete Cyril.

»Wozu das denn?«, wunderte sich Charlie.

»Zur Bestimmung der Blutgruppe. Du hast Null negativ, eine sehr seltene Blutgruppe. Falls das Blut auf deinem Hemd auch Null negativ ist, steht mit großer Sicherheit fest, dass es von dir stammt. Das würde bedeuten, du hast niemandem etwas zuleide getan.«

Charlie blickte ganz verwirrt drein. »Aber ich spende zweimal im Jahr beim Roten Kreuz in Broken Hill Blut, und die haben mir gesagt, das Krankenhaus sei sehr dankbar dafür. Wenn meine Blutgruppe so selten ist, können sie mit meinem Blut doch nicht viel anfangen, oder?«

»Menschen mit Null negativ eignen sich als Spender für jede beliebige Blutgruppe, dürfen aber selbst keine andere Blutgruppe als ihre eigene bekommen.«

»Aber falls das Blut sein eigenes ist, wie ist es dann dahingekommen?«, fragte Myra. »Er sagt, er habe keine Schnittverletzungen oder andere Wunden.«

Charlie nickte zustimmend.

»Das weiß ich auch nicht. Klären wir erst einmal ab, ob es sich um Charlies Blut handelt oder nicht«, meinte der Arzt.

Charlie war gar nicht wohl in seiner Haut. Er hatte das dumpfe Gefühl, etwas Furchtbares getan zu haben. Wahrscheinlich, dachte er, ist es nur eine Frage der Zeit, bis ich verhaftet werde.

Wie an den meisten Tagen schloss Ruby ihren Laden über Mittag zu und ging zum Mittagessen zu Myra, die Eier auf Toast und gedünstete Tomaten vorbereitet hatte.

»Hast du es schon gehört? Girra ist verschwunden«, sagte Myra.

»Das ist aber komisch.« Ruby schüttelte den Kopf. »Glaubst du, wir müssen uns Sorgen machen? Ich meine, sie ist doch immer viel unterwegs gewesen – und meistens allein. Das ist eigentlich nicht ungewöhnlich.«

»Ich weiß nicht«, murmelte Myra. Sie sagte absichtlich nichts von dem Blut auf Charlies Hemd, weil sie erst abwarten wollte, was Cyril Blake herausfand.

Plötzlich klopfte jemand heftig an die Hintertür.

Myra sprang auf und öffnete. Vor ihr stand Jinny mit ihren beiden Jüngsten. Alle drei waren ganz außer Atem. Myra musterte die drei verdutzt. Jinny gleich zweimal an einem Tag zu sehen war mehr als ungewöhnlich. Sonst begegnete sie ihr vielleicht einmal im Monat.

Girras Mutter war anfangs nicht begeistert gewesen, als ihre Tochter sich mit Myra anfreundete, weil sie den Weißen mit Misstrauen gegenüberstand. Doch Girra hatte ihre Mutter mit der Zeit davon überzeugen können, dass Myra eine Freundin war.

Myras erster Gedanke beim Anblick der aufgeregt wirkenden Aborigines war, dass sie Girra gefunden hatten und ihr irgendetwas zugestoßen war.

»Was ist passiert, Jinny?«, fragte sie und hielt unwillkürlich den Atem an.

»Die bösen Männer«, keuchte Jinny. »Die bösen Männer kommen! Girra! Wo ist Girra? Ich brauche sie doch!«

»Jetzt beruhige dich erst mal, Jinny. Was für böse Männer? Wovon redest du? Vielleicht kann ich dir ja helfen.«

Jinny drückte ihre Kinder fest an sich und wimmerte: »Die Weißen – sie wollen mir meine Kleinen wegnehmen! Du musst mir helfen.«

»Das werde ich, Jinny, komm erst mal rein.« Myra zog die drei ins Haus. Sie war froh, dass Jinny wenigstens so gut Englisch sprach, dass sie sich verständlich machen konnte. »Girra ist demnach noch nicht wieder aufgetaucht?«

Jinny schüttelte den Kopf. In ihren Augen schimmerten Tränen. »Vielleicht ist sie den weißen Männern in die Hände gefallen.«

Myra wünschte fast, es wäre so, denn das würde bedeuten, dass Charlie nichts mit ihrem Verschwinden zu tun hatte.

Als Jinny sich ein wenig beruhigt hatte, erzählte sie, ein Auto mit zwei weißen Männern darin sei am Lager ihres Clans vorgefahren, und die Männer hätten sich nach den Kindern der Angiwarras erkundigt. Die Kinder seien nicht da, habe sie erwidert, sie seien mit den Älteren auf der Suche nach Honigameisen, die als eine süße Leckerei galten.

»Die Männer sind gekommen, weil sie mir Oola und Myall wegnehmen wollen«, jammerte Jinny.

Die Weißen konnten aber die Aborigines offenbar nicht auseinanderhalten und erkannten die Angiwarras nicht. Als plötzlich alle im Lager anwesenden Mütter, die ebenfalls um ihre Kinder bangten, in verschiedene Richtungen davonrannten, war es Jinny im allgemeinen Durcheinander gelungen zu fliehen. Sie hatte Oola und Myall gefunden und hergebracht, weil Myras Haus ihr das sicherste Versteck zu sein schien.

»Wer sind diese Männer?«, fragte Ruby, die verwundert zugehört hatte.

»Wahrscheinlich sind sie vom Ausschuss zum Schutz der Aborigines«, stieß Myra gepresst hervor und fügte schnaubend hinzu: »Diese Bezeichnung ist ein absoluter Witz!«

»Und warum sollen die Kinder ihren Eltern weggenommen werden?«

»Angeblich geschieht das nur zu ihrem eigenen Besten, aber der wahre Grund ist, dass Weiße unter ihren Vorfahren waren.«

»Im Ernst?«, staunte Ruby, die das beim Anblick der dunkelhäutigen Kinder kaum glauben konnte.

Myra nickte. »Ich glaube, in den Adern von Oolas und Myalls Großvater floss weißes Blut. Die Regierung will diese Kinder in die weiße Gesellschaft eingliedern, mit dem Ziel, dass es irgendwann keine Ureinwohner mehr gibt.«

Ruby war einen Augenblick sprachlos. »Aber wieso denn?«

»Weil sie die Aborigines für minderwertig halten, auch wenn sie das offiziell nie zugeben würden. Sie nehmen die Kinder unter irgendeinem fadenscheinigen Vorwand wie Vernachlässigung ihren Eltern weg und stecken sie in staatliche Waisenhäuser oder kirchliche Einrichtungen. Viele werden in weiße Familien vermittelt, wo sie ihr Dasein als Dienstboten fristen. Helen Carter macht das rasend, weil diese Kinder keine Schule besuchen, keine Ausbildung bekommen, nichts. Sie werden aus ihren Familien herausgerissen und sind letztendlich noch schlimmer dran als zuvor. Sie lernen nichts über ihre Herkunft, über die Sitten und Bräuche ihres Volkes. Und sie integrieren sich ganz bestimmt nicht in die Gesellschaft der Weißen.«

Als Myra geendet hatte, wandte sich Jinny an sie. Sie hatte kaum etwas von dem verstanden, was Myra Ruby erklärt hatte, aber sie bat sie inständig, Oola und Myall bei sich zu verstecken.

Myra zögerte. Sie würde sich eine große Verantwortung aufbürden.

»Du kannst ihr das nicht abschlagen«, sagte Ruby. »Jinny und ihre Mutter haben Jed geholfen.«

»Ich weiß, aber wenn nun etwas passiert? Dann werden Jinny und Toby mir die Schuld geben.«

»Du bist ihre einzige Hoffnung, Myra.«

Myra seufzte. »Also gut. Lass die Kinder hier«, sagte sie zu Jinny. Diese dankte ihr und versprach, die Kleinen zu holen, sobald es dunkel geworden war.

Als sie fort war, schenkte Myra den Kindern etwas zu trinken ein. »Hoffentlich kommen die Männer von der Regierung nicht hierher«, sagte sie sorgenvoll. »Wer auch immer die Behörden informiert hat, hat ihnen bestimmt auch gesagt, dass Girra öfter hier bei mir ist.« Sie hatte Charlie in Verdacht, der Informant zu sein. Immerhin hatte er Girra damit gedroht, als er betrunken war.

»Glaubst du, die können einfach hier aufkreuzen und dein Haus durchsuchen?«

»Keine Ahnung. Ich muss unbedingt mit Helen reden.«

Ruby sah sie fragend an. »Wieso Helen?« Was hatte die Lehrerin damit zu tun?

»Ich habe mich schon einmal mit ihr über dieses Thema unterhalten, weil sie sich über die Rechte der Aborigines informiert hat – nicht, dass sie besonders viele hätten. Genau wie ich ist sie strikt dagegen, dass die Kinder ihren Eltern weggenommen werden, aber die meisten Weißen finden nichts dabei. Sie denken, es ist nur zu ihrem Besten. Ich will gleich mal rüber in die Schule, vielleicht hat Helen eine Idee, wie wir diese Kinder beschützen können. Bleibst du solange hier und passt auf sie auf?«

»Und wenn jemand kommt?«, fragte Ruby beunruhigt. »Was soll ich dann machen?«

»Schließ die Türen ab, und lass niemanden herein. Ich will die Kinder nicht mitnehmen; es könnte ja sein, dass die Regierungsleute noch in der Stadt sind. Ich beeil mich, ich bin gleich zurück.«

Myra war bereits über eine halbe Stunde weg, als Ruby ein Auto heranfahren hörte. Sie spähte durch die Gardine am Wohnzimmerfenster. Eine schwarze Limousine hielt vor dem Haus. Zwei Männer stiegen aus, gingen zur vorderen Eingangstür und klopften energisch.

Mit heftig klopfendem Herzen huschte Ruby in die Küche zurück, wo die beiden Kinder von Myras selbst gebackenen Keksen aßen. Sie hoffte inständig, die beiden Männer würden wieder gehen, wenn niemand öffnete, aber Sekunden später sah sie einen der beiden am Küchenfenster vorbei zur Rückseite des Hauses gehen, während der andere einen Blick in den Wohnwagen warf.

Ruby blieb fast das Herz stehen, als kräftig am Knauf der verschlossenen Tür gerüttelt wurde. Die Kinder blickten erschrocken auf, und Ruby legte ihren Zeigefinger an die Lippen, um ihnen zu bedeuten, still zu sein. Die Glasfüllung im oberen Teil der Hintertür war ebenso wie das Küchenfenster mit einer Gardine verhängt, sodass man die Silhouette des ungebetenen Besuchers erkennen, dieser aber nicht hereinschauen konnte. Nach einem Augenblick kam der zweite Mann hinzu, und sie besprachen sich.

»Doch«, hörte Ruby einen der beiden sagen, »das ist ganz sicher das Haus von Myra Cratchley, und sie ist mit den Angiwarras befreundet. Ist es nicht seltsam, dass abgeschlossen ist? Ich habe immer gedacht, auf dem Land sperrt niemand seine Türen zu.« Seine Stimme klang sehr misstrauisch.

Ruby nahm die Kinder bei der Hand und schlich mit ihnen aus der Küche und ins Schlafzimmer. Sie bemerkte, dass das Fenster dort einen Spalt offen stand. Als sie es nach unten schob, quietschte es ein wenig, und sie verzog erschrocken das Gesicht. Sie fummelte am Riegel herum, aber der war so lange nicht benutzt worden, dass er festsaß und sich keinen Millimeter bewegen ließ. Plötzlich hörte sie, wie die beiden Männer um die Hausecke bogen und näher kamen. Hastig wich sie zur Tür zurück, wo Oola und Myall verängstigt stehen geblieben waren.

Myall begann zu weinen. Die Kinder spürten natürlich, dass irgendetwas ganz und gar nicht in Ordnung war. Ruby kniete sich neben die beiden nieder, zog sie tröstend an sich, strich ihnen beruhigend über den Rücken und behielt gleichzeitig das Fenster im Auge. Jetzt tauchten die Umrisse der zwei Männer davor auf. Als einer zögernd stehen blieb, hielt Ruby den Atem an. Doch dann gingen beide weiter. Ruby wartete ein paar Sekunden, schlich dann zum Fenster und spähte vorsichtig hinaus. Die Männer warfen einen Blick in den Hühnerstall und inspizierten auch den Schuppen daneben. Dann verschwanden sie aus Rubys Blickfeld.

Sie fasste die Kinder an der Hand, das eine rechts, das andere links, und tappte auf Zehenspitzen in den Gang hinaus, wo sie angespannt lauschend darauf wartete, dass der Motor angelassen wurde. Die Sekunden schienen sich zu Stunden zu dehnen.

Plötzlich wurde wieder am Knauf der Hintertür gerüttelt. Ruby fuhr erschrocken zusammen. Einen Augenblick später war ein dumpfes Krachen zu hören. Offenbar hatte sich einer der Männer mit der Schulter gegen die Tür geworfen und versuchte, sie einzudrücken.

Ruby wich mit den Kindern ins Schlafzimmer zurück. Sie dachte an Myra, an die arme Jinny, an ihren Schmerz, wenn die Kinder bei ihrer Rückkehr nicht mehr da wären. Obwohl sie verzweifelt dagegen ankämpfte, spürte sie Panik in sich aufsteigen. Sie sah auf die Kinder hinab, die ihr ihre vertrauensvollen Gesichter zugewandt hatten. Tapfer lächelte sie ihnen zu. Sie durfte sich ihre Angst nicht anmerken lassen, die Kleinen waren sowieso schon ganz verstört.

Fieberhaft überlegte sie, was sie tun sollte. Sich im Schrank oder unter dem Bett verstecken? Aber die Männer würden das Haus mit Sicherheit gründlich durchsuchen. Wieder krachte es dumpf, als sich einer von ihnen gegen die Tür warf.

»Komm, wir steigen durchs Küchenfenster ein, es ist nicht verriegelt«, hörte sie den einen rufen. Dann folgten eilige Schritte, als der andere ums Haus herumging.

Ruby fackelte nicht lange. Sie schob das Schlafzimmerfenster so leise wie möglich hoch, kletterte hinaus und hob erst Oola, dann Myall aus dem Fenster. Sie nahm die Kinder bei der Hand und rannte los, ohne sich noch einmal umzudrehen.

Myra sah die schwarze Limousine, die vor ihrem Haus stand, schon von Weitem, als sie von der Schule zurückkam. »O mein Gott«, entfuhr es ihr. Sie wusste sofort, wem das Auto gehörte. Sie dachte blitzschnell nach, kehrte um und lief zum Hotel.

Mick, der mit Jacko allein im Pub war, hörte den Motor seines Ute röhren. Kurz darauf brauste der Wagen am Fenster vorbei stadtauswärts.

»Hey!«, schrie Mick und rannte auf die Veranda hinaus. Sein Geländewagen verschwand in einer riesigen Staubwolke. »Was soll das? Komm zurück, verdammt!«

Der Zündschlüssel hatte gesteckt, und Myra hatte keine Sekunde gezögert. In halsbrecherischem Tempo jagte sie heimwärts. Sie fuhr an der Limousine vorbei zur Rückseite ihres Hauses, trat auf die Bremse und sprang heraus, kaum dass der Wagen zum Stillstand gekommen war.

»Was haben Sie hier zu suchen?«, herrschte sie die beiden Männer in Anzügen auf ihrer Veranda an. Sie sah, dass die Hintertür weit offen stand.

»Wir suchen die Hauseigentümerin«, entgegnete der eine scheinbar gelassen. »Sind Sie zufällig Myra Cratchley?«

»Zufällig ja«, gab sie zornig zurück. Gleichzeitig war sie erleichtert, dass sie Ruby und die Kinder offenbar nicht entdeckt hatten. »Sind Sie etwa in meinem Haus gewesen?« Sie hatte Ruby doch eingeschärft, sämtliche Türen abzusperren.

»Äh … nein … Als wir geklopft haben, ist die Tür von allein aufgesprungen«, antwortete einer der beiden.

»Erzählen Sie mir doch nichts!«, fauchte Myra. »Ich habe die Tür abgeschlossen, als ich fortgegangen bin.« Sie blickte sich flüch-

tig um. Ruby und die Kinder waren nirgends zu sehen. »Wer sind Sie überhaupt? Was wollen Sie hier? Und woher kennen Sie meinen Namen?«

»Ich bin Nicholas Phillips, und das ist Leon Kozlowski. Wir sind vom Ausschuss zum Schutz der Aborigines.«

»Nun, ich bin keine Aborigine, wie Sie sehen können«, erwiderte Myra giftig. »Also, was wollen Sie?«

Sie war auf die Veranda hinaufgegangen und hatte sich, die Arme vor der Brust verschränkt, vor die offene Tür gestellt. Aber sie machte sich nichts vor: Wahrscheinlich waren die beiden längst im Haus gewesen.

»Uns ist zu Ohren gekommen, dass Sie mit der Familie Angiwarra befreundet sein sollen, Mrs. Cratchley«, sagte Nicholas Phillips.

Myra musterte ihn kalt. »Ach ja? Und wer hat Ihnen das zugetragen?«

»Das dürfen wir Ihnen leider nicht mitteilen.«

»So, das dürfen Sie nicht! Ich sag Ihnen was: Es geht Sie überhaupt nichts an, mit wem ich befreundet bin und mit wem nicht.« Myra war jetzt ausgesprochen aggressiv.

»Da mögen Sie Recht haben. Die Sache ist nur die: Wir suchen zwei vernachlässigte Kinder der betreffenden Familie.«

»Ich kenne keine Kinder, die vernachlässigt wären«, versetzte Myra. »Das wär's dann wohl, meine Herren.«

Sie wandte sich ab, um ins Haus zu gehen, doch bevor sie die Tür zumachen konnte, trat der zweite Mann, der bisher geschwiegen hatte, auf sie zu. Seine Augen waren kalt und starr wie die einer Schlange, sein Blick mitleidslos.

»Es ist meine Pflicht, Sie darüber aufzuklären, dass Sie gegen das Gesetz verstoßen, wenn Sie die gesuchten Aborigine-Kinder bei sich verstecken, Mrs. Cratchley.«

»Ich fürchte mich nicht vor einem Gesetz, das es zulässt, dass Kinder ohne triftigen Grund ihren Eltern weggenommen werden«, gab Myra trotzig zurück.

»Was … ist denn … hier los?«, keuchte Mick, der in diesem Moment um die Hausecke gerannt kam.

Er war ganz außer Atem, sein Hemd war durchgeschwitzt, und der Schweiß lief ihm in Strömen übers Gesicht. Er hatte beobachtet, wie sein Geländewagen hinter Myras Haus verschwunden war, und dann auch die fremde schwarze Limousine bemerkt. Irgendetwas stimmte nicht, das sagte ihm sein Gefühl. Also waren er und Jacko losgerannt, aber Jacko hatte auf halber Strecke schlapp gemacht. Keiner von beiden war auf die Idee gekommen, Jackos Wagen zu nehmen.

Mick, der die drohende Haltung der beiden Fremden registrierte, schätzte die Situation sofort richtig ein. Er trat neben Myra und sagte: »Also? Was ist hier los?«

»Eine Regierungsangelegenheit«, erwiderte Kozlowski kurz angebunden.

»Sie hören von uns«, fügte Phillips an Myra gewandt hinzu. Dann drehten sich die beiden Männer um und gingen zu ihrem Auto.

»Die Mühe können Sie sich sparen«, murmelte Myra. Sie zitterte am ganzen Körper.

Als die Besucher außer Hörweite waren, wandte sie sich Mick zu. »Tut mir leid, dass ich mir deinen Wagen geborgt habe, ohne zu fragen. Aber als ich das schwarze Auto vor meinem Haus sah, geriet ich in Panik, und ich hatte keine Zeit für lange Erklärungen.«

»Was wollten die beiden denn von dir?«, fragte Mick verwirrt.

Statt einer Antwort lief Myra ins Haus, eilte von Zimmer zu Zimmer und kam dann in die Küche zurück. »O mein Gott, sie sind fort! Wo können sie nur sein?«, jammerte sie.

Mick verstand überhaupt nichts mehr. »Wer? Von wem redest du, Myra?«

»Von Ruby, Oola und Myall. Ich habe die drei allein hier zurückgelassen. Und jetzt sind sie nicht mehr da.« Myra knetete nervös ihre Hände. Ruby musste mit den Kindern aus dem Haus geflüchtet sein, das war die einzige logische Erklärung. Und jetzt waren sie irgendwo dort draußen, ihren Verfolgern wehrlos ausgeliefert. »Wir müssen sie finden, Mick! Wir müssen sie finden, bevor sie diesen Männern in die Hände fallen.«

Mick begriff zwar noch immer nicht, was eigentlich los war, aber er sah, wie verzweifelt Myra war. »Also gut. Komm, machen wir uns auf die Suche.«

Als sie die hintere Veranda hinuntergingen, nahm Myra eine Bewegung beim Hühnerstall wahr. Hinter dem Drahtgeflecht duckten sich Ruby und die beiden Kinder. Da der Hühnerstall bereits durchsucht worden war, hatte Ruby das für ein sicheres Versteck gehalten.

Myra fiel ein Stein vom Herzen. »Oh, Gott sei Dank, da seid ihr ja!«, rief sie erleichtert aus.

Charlie war mit seinen Gedanken ganz woanders, als er seine Kundschaft bediente. Und so kam es, dass er Salz in Zuckertüten füllte und Seifenpulver mit Mehl verwechselte. Mehrmals wurde er gefragt, ob ihm etwas fehle. Er habe sich nur den Magen verdorben, sagte er zu Connie Mitchell, worauf sie ihm anbot, ihm eine Suppe zu kochen. Zu Burt Wilkinson meinte er, er habe schlimme Kopfschmerzen.

»Kein Wunder, bei den vielen Bierchen, die du gestern Abend gezischt hast«, erwiderte Burt lachend, ohne zu ahnen, dass er Charlies Ängste damit nur schürte.

Charlie war allein im Laden, als zwei Männer eintraten: zwei Fremde in Anzügen. Der Ladenbesitzer erstarrte. Die Männer sahen aus wie von einer Behörde, und Charlie war sicher, wegen Girras Verschwinden verhaftet oder zumindest verhört zu werden.

»Mr. Gillard?«, fragte Nicholas Phillips.

»Ganz recht«, krächzte Charlie heiser. Dann räusperte er sich.

»Wir müssen uns mit Ihnen unterhalten, Sir«, sagte Leon Kozlowski.

Charlies Knie gaben nach.

20

Endlich erfuhr Mick von Myra und Ruby, was geschehen war.

»Diese Männer dachten, ich würde die Kinder bei mir verstecken, deshalb sind sie in mein Haus eingebrochen«, sagte Myra.

Ruby nickte. »Ja, ich hab gehört, wie der eine sagte, sie könnten durchs Küchenfenster einsteigen.«

»Und als sie den Wagen kommen hörten, haben sie das Haus schnell durch die Hintertür verlassen.« Myra schäumte vor Wut, dass sie es gewagt hatten, widerrechtlich in ihr Haus einzudringen. Dummerweise konnte sie die Männer nicht zur Rede stellen, ohne damit zuzugeben, dass sich jemand im Haus aufgehalten hatte. »Diese Typen werden sich bestimmt noch eine Weile in der Stadt herumtreiben. Ich muss die Kinder zur Schule bringen; dort sind sie in Sicherheit.«

»Ich fahr euch rüber«, bot Mick an.

»Und wenn sie uns nun sehen?«

»Wir könnten sie auf der Ladefläche unter einer Plane verstecken.«

»Das ist eine gute Idee«, sagte Ruby. »Ich werde mit ihnen unter die Plane kriechen, damit sie keine Angst haben. Wir machen einfach ein lustiges Spiel daraus.«

Myra war ihr dankbar für diesen Vorschlag. Und so machten sie es: Ruby kletterte mit den Kindern auf die Ladefläche, und Mick warf eine Plane über sie.

»O mein Gott, ist das heiß hier drunter!«, stöhnte Ruby. Mick versprach, sich zu beeilen.

Myra stieg vorne ein.

»Wann hast du eigentlich das letzte Mal hinterm Steuer gesessen, Myra?«, fragte Mick, als er wendete und Richtung Schule fuhr. Er hatte das Röhren des Motors gehört und war ziemlich sicher, dass sie den ganzen Weg im ersten oder zweiten Gang zurückgelegt hatte, anstatt hochzuschalten. »Ich wusste gar nicht, dass du überhaupt fahren kannst.«

Myra warf ihm einen belustigten Blick zu. »Mein Mann und ich hatten sogar ein Auto, als wir heirateten, stell dir vor.«

»Ehrlich? Ich wusste gar nicht, dass es damals schon Autos gab«, erwiderte Mick in gespieltem Erstaunen.

»Sehr witzig! Das war 1937, und wir hatten ein dunkelgrünes Ford-Coupé Baujahr 1935. Eine richtige Schönheit«, fügte sie stolz hinzu. »Als mein Mann und ich uns 1936 kennenlernten, arbeitete er schon seit zehn Jahren in der Ford-Niederlassung in Geelong.«

Sie erwähnte weder, dass er jeden Penny für den Kauf des Autos gespart, noch, dass er den Wagen ein Jahr nach ihrer Hochzeit wieder verkauft hatte, weil sie das Geld für ihr gemeinsames Zuhause und ihr erstes Kind benötigten.

»Das hab ich nicht gewusst«, sagte Mick.

»Du weißt noch vieles nicht«, gab Myra zurück. Die gutmütigen Frotzeleien zwischen ihnen waren längst Tradition geworden.

»Und wann genau hast du das letzte Mal hinterm Steuer gesessen? In den Dreißigern?«

»Ach was, so lange ist es nun auch wieder nicht her«, fauchte Myra. Sie dachte nach. »Das muss so um 1955 herum gewesen sein. Ja, damals hab ich mir von meinem Nachbarn in Broken Hill das Auto geliehen, weil ich meinen Jüngsten mit einer Platzwunde am Kopf ins Krankenhaus fahren musste. Er war aufs Schuppendach geklettert und heruntergefallen.« Sie lächelte, als sie daran zurückdachte. Damals allerdings war sie in heller Aufregung und voller Sorge um ihr Kind ins Krankenhaus gerast. »Alles war voller Blut. Ich dachte, er stirbt, aber die Wunde wurde mit zehn Stichen genäht, und ich drohte ihm, ich würde ihn zur Adoption freigeben, wenn er noch ein einziges Mal auf den Schuppen kletterte.«

»Wenn das so lange her ist, ist dein Führerschein bestimmt nicht mehr gültig«, bemerkte Mick und wackelte drohend mit dem Zeigefinger.

»Was für ein Führerschein?«, schmunzelte Myra. »Den brauchte man in grauer Vorzeit noch nicht.«

Mick schüttelte seufzend den Kopf und nahm sich vor, künftig den Zündschlüssel abzuziehen, wenn er den Wagen vor dem Hotel parkte.

Als sie durch die Hauptstraße fuhren, sah Myra die schwarze Limousine vor Charlies Laden stehen. Ein ungutes Gefühl beschlich sie. Sie hoffte inständig, dass er nichts Nachteiliges über Girra oder die Kinder erzählte. Aber jemand musste die Behörden informiert haben, und sie hatte den starken Verdacht, dass dieser Jemand Charlie war.

Auch Helen Carter, die Lehrerin, war bestürzt, als Myra ihr vom drohenden Schicksal der Angiwarra-Kinder erzählte. Das war nicht die einzige schlechte Nachricht dieses Morgens. Sie hatte außerdem erfahren, dass Sam Brentworth, der siebenjährige Enkelsohn von Agatha und Colin Barnes – und einer ihrer Schüler –, mit seinen Eltern, die sich nach einer Trennung wieder versöhnt hatten, nach Adelaide zurückkehren würde. Das bedeutete mit ziemlicher Sicherheit die Schließung der Schule, da künftig nur noch sieben Schüler die Schule besuchen würden und es mindestens acht sein mussten.

Zu guter Letzt glaubten Myra und Helen eine Lösung gefunden zu haben: Oola und Myall sollten am Unterricht teilnehmen. Dadurch würde schließlich auch die Forderung nach Integration in die weiße Gesellschaft erfüllt werden, und Helen konnte sich nicht vorstellen, dass die Männer vom Ausschuss zum Schutz der Aborigines die Kinder gewaltsam aus der Schule schaffen würden.

»Helen, schicken Sie ein paar Kinder zu ihren Eltern. Sie sollen versuchen, so viele Erwachsene wie möglich aufzutreiben – wir brauchen Verstärkung, wenn die Männer hier auftauchen«, sagte Myra.

Leider gab es in Silverton keinen Polizeiposten, und ob die Einwohner sich für die Kinder stark machen würden, war mehr als fraglich. Hinzu kam die Befürchtung, andere Mütter könnten ihre Sprösslinge aus der Schule nehmen, wenn sie erfuhren, dass Kinder der Ureinwohner zusammen mit ihrem Nachwuchs unterrichtet wurden. Aber Helen fand, dass sie eine moralische Verpflichtung hatte, den Kindern der Angiwarras zu helfen.

Myra versprach, die beiden nach Schulschluss wieder abzuholen, wenn sie nicht vorher in Aktion treten musste. Ruby blieb in der Schule, damit Oola und Myall, die nach den Ereignissen des Tages ohnehin schon ganz verstört waren, sich in der fremden Umgebung nicht fürchteten.

Myra dankte Helen und Ruby noch einmal, eilte hinaus und stieg wieder zu Mick ins Auto. Sie bat ihn, sie an der Hauptstraße abzusetzen.

»Ich möchte mich noch einmal dafür entschuldigen, dass ich deinen Wagen genommen habe, ohne dich zu fragen, Mick«, sagte Myra, als sie gegenüber von Charlies Laden hielten. »Ich hatte solche Angst, als ich das Regierungsfahrzeug vor meinem Haus stehen sah.«

»Ist schon in Ordnung, Myra, ich versteh schon«, erwiderte Mick mit einem flüchtigen Blick zu der schwarzen Limousine hinüber, die immer noch vor dem Laden parkte. »Aber vielleicht solltest du dich da raushalten, weißt du. Die Regierung wird schon wissen, was sie tut.«

Myra war fassungslos. »Nein, sie weiß es eben nicht!«, widersprach sie heftig. »Es kann doch nicht richtig sein, diese Kinder ihren Eltern wegzunehmen!«

»Sie werden schon ihre Gründe haben.«

»Na, dann werde ich mir diese Gründe mal vorknöpfen«, gab Myra zornig zurück und stieg aus.

Mick hatte keine Ahnung, was sie damit meinte, aber er hatte keine Zeit, Fragen zu stellen. Nachmittags herrschte Betrieb im Pub, er musste unbedingt zurück. Eine Staubwolke aufwirbelnd, fuhr er weiter.

Myra überquerte die Straße und betrat forsch den Laden. Die beiden Regierungsbeamten drehten sich erstaunt zu ihr um, und Charlie lief feuerrot an, als er sie sah. Myra wertete das als Schuldeingeständnis und schäumte innerlich.

»Entschuldigen Sie mich einen Augenblick, meine Herren«, murmelte Charlie. »Ich möchte die Dame nur schnell bedienen.«

»Ich kann warten«, entgegnete Myra kalt. Sie verschränkte die Arme vor der Brust und funkelte Charlie grimmig an.

»Nein, nein, wir haben Zeit, Mrs. Cratchley«, sagte Nicholas Phillips.

Myra sah Charlie unverwandt an. Er war sichtlich erstaunt, dass die Männer vom Ausschuss zum Schutz der Aborigines ihren Namen kannten.

»Stimmt etwas nicht, Charlie?«

Er räusperte sich. »Nein, ich … äh … ich habe diesen Herren gerade erklärt, dass ein … ein Missverständnis vorliegt.«

Myra zog eine Braue hoch. »Ein Missverständnis«, wiederholte sie. »Soso. Inwiefern?«

Charlie wechselte die Farbe und nestelte an seinem Hemdkragen herum. Er sah aus, als müsste er sich dringend hinsetzen.

»Wir gehen einer Beschwerde von Mr. Gillard nach, Madam«, sagte Leon Kozlowski.

Myra starrte Charlie an. »Einer Beschwerde? Was hast du getan, Charlie?«, zischte sie.

»Ich weiß es doch nicht«, flüsterte er zerknirscht. »Was es auch sein mag, ich wünschte, ich hätte es nicht getan.«

Myra sah sich in ihrer Vermutung bestätigt. Charlie hatte sich offenbar mit der Behörde in Verbindung gesetzt, als er betrunken gewesen war, und jetzt konnte er sich an nichts mehr erinnern.

Sie wandte sich den beiden Beamten zu. »Ich bin gut befreundet mit Mr. Gillard, deshalb plaudere ich kein großes Geheimnis aus, wenn ich Ihnen sage, dass er hin und wieder zu viel trinkt und dann Dinge tut, die er besser nicht tun sollte und an die er sich hinterher nicht mehr erinnern kann.« Sie sah Charlie an. »Das stimmt doch, Charlie?«

»Ja, genauso ist es«, pflichtete er ihr eifrig bei. »Ich kann mich überhaupt nicht daran erinnern, Ihrer Behörde geschrieben zu haben. Es tut mir wirklich leid, dass Sie umsonst hierhergekommen sind. Die fraglichen Kinder sind keineswegs vernachlässigt, ihre ältere Schwester kümmert sich um sie, und sie ist ein sehr zuverlässiges Mädchen.«

»In Ihrem Schreiben behaupten Sie, zwei kleine Kinder würden tagelang in der Obhut einer Fünfzehnjährigen zurückgelassen, und die Kinder hätten weder ein Dach über dem Kopf noch genügend zu essen. Und jetzt sagen Sie, dass Sie das nur erfunden haben?« Kozlowski musterte ihn abschätzig.

»Äh … nein, aber das Mädchen ist wie gesagt sehr zuverlässig …«

»Charlie!«, fuhr Myra ärgerlich dazwischen. »Das ist nicht sehr hilfreich.«

»Nun, wenn Ihre Angaben der Wahrheit entsprechen, müssen wir der Sache nachgehen«, sagte Kozlowski. »Und die Kinder sollten gemeinsam mit ihrer älteren Schwester für die Dauer der Untersuchung zu ihrem eigenen Besten in einem Heim untergebracht werden.«

»Die ältere Schwester wird vermisst«, brach es aus Charlie heraus.

»Vermisst?« Die beiden Beamten horchten auf.

»Nein, nein, das … äh … das hat sich aufgeklärt«, rief Myra hastig dazwischen.

Charlie sah sie erstaunt und erleichtert zugleich an. »So?«

»Ja, sie … sie hat einen anderen Clan besucht.« Myra wandte sich den Beamten zu. »Hören Sie, was Sie da erzählen, dass die Kinder in einem Heim besser untergebracht wären, ist doch völliger Quatsch. Seit wann sind Kinder in der Obhut des Staates besser aufgehoben als bei ihren Eltern?«

»Seit diese Eltern ihre minderjährigen Kinder tagelang sich selbst überlassen«, antwortete Kozlowski. »Das ist Vernachlässigung. Wenn Sie uns jetzt entschuldigen würden. Wir haben eine Aufgabe zu erfüllen, und die lautet, diese Kinder zu ihrem eigenen Schutz von hier wegzubringen. Falls die Eltern dagegen vorgehen wollen, werden sie rechtliche Schritte einleiten müssen.« Er und sein Kollege nickten Myra und Charlie kurz zu und wandten sich dann zum Gehen.

»Sie wissen doch ganz genau, dass ihnen die Mittel dazu fehlen«, rief Myra ihnen empört nach. Sie ballte die Fäuste und funkelte Charlie zornig an.

Dieser lief den beiden Männern nach. »Hören Sie, dieser Brief, den ich Ihnen geschrieben habe, war ein großer Fehler. Ich hatte kein Recht, solche Behauptungen aufzustellen. Das war alles ein großes Missverständnis!«, sagte er verzweifelt.

»Ich fürchte, es ist zu spät, Ihre Anschuldigungen zurückzunehmen, Mr. Gillard, auch wenn Sie sich jetzt dazu genötigt fühlen«, sagte Phillips mit einem bedeutungsvollen Blick in Myras Richtung. »Wir werden die Kinder schon finden«, fügte er drohend hinzu.

Myra presste ihre Lippen zusammen.

Charlie schaute der schwarzen Limousine nach, die sich rasch entfernte, und drehte sich dann zu Myra um. »Es tut mir wirklich leid, Myra«, murmelte er.

»Dann beweis es«, erwiderte sie.

»Wie denn? Ich habe doch versucht, ihnen zu erklären, dass alles nur ein Missverständnis war.«

Myra dachte kurz nach. »Trommle so viel Leute wie möglich zusammen und bring sie zur Schule hinüber. Wenn diese Typen dorthin kommen, um die Kinder mitzunehmen, müssen wir sie aufhalten.«

»Können wir das denn? Legal, meine ich?«

»Ich hoffe es.«

Charlie stutzte. »Wieso Schule? Was machen die Kinder in der Schule?«

»Wir haben sie kurzerhand dort angemeldet und zu den anderen Kindern in das Klassenzimmer gesteckt, zu ihrem eigenen Schutz. Ich geh gleich mal rüber.«

Viele Einwohner, darunter Mick, Jacko und Jed und etliche andere Pub-Besucher, waren dem Aufruf nachgekommen und herbeigeströmt.

»Was ist denn passiert?«, wollte Colin Barnes von Helen wissen. »Was sollen wir denn hier?«

»Ich weiß auch nicht«, antwortete die Lehrerin kopfschüttelnd. »Das war Myras Idee.«

In diesem Moment kam Myra herein. Sie war ganz außer Atem und wischte sich mit einem Taschentuch den Schweiß von der Stirn. »Ich werde euch alles erklären«, keuchte sie. Als sie wieder Luft bekam, fuhr sie fort: »Ihr habt doch bestimmt diese schwarze Limousine gesehen, die ein paar Mal hier durch die Stadt gefahren ist.«

»Sind das diese Gangster, diese Camilleri-Brüder?«, fragte Agatha Barnes besorgt.

»Nein, das sind zwei Männer vom Ausschuss zum Schutz der Aborigines. Sie wollen die beiden Jüngsten der Angiwarras mitnehmen.«

»Und was hat das mit uns zu tun?«, fragte Connie Mitchell.

»Die Beamten behaupten, die Kinder seien vernachlässigt, aber das ist nicht wahr. Ihre Familie kümmert sich rührend um sie. Außerdem werden sie von jetzt an die Schule besuchen.«

»Was?«, rief Sandy Wilkinson ungläubig aus. Sie sah Helen an, und diese nickte.

»Da Sam von hier wegziehen wird, haben wir zu wenig Schüler; die Schule würde also geschlossen werden. Ich müsste Frederick und Sonya in einer Schule in Broken Hill anmelden, und das würde bedeuten, wir müssten von hier wegziehen. Oder aber die Kinder jeden

Tag hin- und herkutschieren. Euch würde es nicht anders ergehen. Das ist euch hoffentlich klar.«

»Für die Stadt wäre es gar nicht gut, wenn du von hier fortzögest, Helen«, sagte Mick. Er dachte ans Geschäft. Silverton lief ohnehin bereits Gefahr, eine Geisterstadt zu werden, so wie viele ehemalige Bergwerksstädte.

»Stimmt, das wäre es ganz sicher nicht«, stimmte sie ihm zu.

»Aber müssen wir denn unbedingt Aborigine-Kinder in die Schule aufnehmen?«, fragte Sandy.

»Haben wir eine andere Wahl?«, fragte Helen zurück. »Es gibt keine Arbeit hier, also ziehen auch keine neuen Familien hierher. Je mehr Schüler wir haben, farbige oder weiße, desto mehr Gelder werden wir von der Regierung bekommen. Wir werden Bücher, Schreibmaterial, Spielsachen kaufen können. Ihr wisst doch selbst, dass sich das Schulhaus in einem desolaten Zustand befindet.«

Sandy legte ihre Stirn in Falten. »Das ist schon richtig, aber …«

»Aber was?«, warf Helen ein. »Alle Kinder haben das Recht, eine Schule zu besuchen und eine Ausbildung zu bekommen. Wir sind alle Australier, oder etwa nicht?«

»Ja, sicher«, räumte Sandy ein.

»Dann sollten wir auch zusammenhalten«, sagte Myra. Sie warf einen nervösen Blick auf die schwarze Limousine, die auf das Schulhaus zusteuerte.

Phillips und Kozlowski wunderten sich, dass sämtliche Einwohner der Stadt zur Schule strömten. Die beiden Männer wechselten einen vielsagenden Blick.

»Ich glaube, wir haben die Kinder gefunden«, sagte Kozlowski.

Sein Partner nickte. »Holen wir sie und verschwinden von hier.«

Der Wagen wirbelte eine Staubwolke auf, als er vor der Schule anhielt. Die beiden Männer stiegen aus.

»Wir suchen die Angiwarra-Kinder«, sagte Phillips. »Sie sind nicht zufällig da drin, oder? Falls doch, ist es Ihre Pflicht, sie unverzüglich herauszugeben.«

Ruby, die drinnen mit den Kindern spielte, warf einen Blick aus dem Fenster. Falls sich die Situation zuspitzte, würde sie nicht davor zurückschrecken, noch einmal mit Oola und Myall zu fliehen.

Es war Helen, die Phillips antwortete. »Da irren Sie sich. Die beiden Kinder sind in dieser Schule angemeldet, Sie können sie nicht ohne Weiteres mitnehmen.«

»Warum wollen Sie sie eigentlich in ein Heim stecken?«, fragte Sandy neugierig. Es interessierte sie, ob die Eltern ihre Kinder vielleicht schlecht behandelt hatten.

»Die Kinder werden vernachlässigt, die Einweisung in ein Heim geschieht in ihrem eigenen Interesse«, antwortete Kozlowski.

Myra schnaubte ärgerlich. »Vernachlässigt! Das ist doch gar nicht wahr!«

»Inwiefern vernachlässigt?«, fragte Sandy.

»Nun …«, antwortete Phillips mit einem Seitenblick auf Charlie, der Roy Holloway und Dr. Blakes Frau Vonnie mitgebracht hatte. »Nach unseren Informationen werden die Kinder sich selbst überlassen, während die Eltern auf *walkabout* sind. Das ist Vernachlässigung.«

»Aber das ist bei den Aborigines nun einmal so, das ist Teil ihrer Lebensweise«, sagte Sandy, und Burt, ihr Mann, nickte zustimmend. »Die große Schwester passt auf die Kleinen auf, wenn die Eltern auf Wanderschaft gehen, und das Mädchen ist die reinste Glucke, glauben Sie mir.«

»Genau«, pflichtete Myra ihr bei. »Sie kümmert sich ausgezeichnet um die Kinder, das wird Ihnen jeder hier bestätigen.«

Phillips warf Charlie abermals einen vielsagenden Blick zu.

»Hast du irgendetwas mit der Sache zu tun, Charlie?«, fragte Burt. Ihm war aufgefallen, dass sich Charlie nicht besonders wohl in seiner Haut fühlte.

Charlie senkte den Blick. Als er nach einer Weile wieder aufschaute, sah er, dass alle ihn anstarrten.

»Hast du uns etwas zu sagen, Charlie?«, fragte Mick.

Charlie räusperte sich und lockerte mit einem Finger seinen Hemdkragen. »Es gibt da etwas, das ihr nicht von mir wisst«, begann er zögernd.

Vonnie Blake nickte ihm aufmunternd zu. Sie war Krankenschwester gewesen und hatte ihrem Mann in seiner Praxis assistiert, daher kannte sie die Krankengeschichte jedes Patienten so gut wie Cyril selbst.

»Und das wäre?«, fragte Sandy.

»Na ja, ich bin Epileptiker, wie ihr wisst –«

»Und was hat das mit der Sache hier zu tun?«, fiel Burt ihm ins Wort.

»Nun lass ihn doch mal ausreden«, fuhr Myra ihn an.

Die beiden Beamten versuchten unterdessen, den günstigen Augenblick zu nutzen und in den Schulhof zu schlüpfen, doch Mick und Jed versperrten ihnen den Weg.

Charlie schwieg einen Augenblick. Dann sagte er: »Ich muss Medikamente gegen die epileptischen Anfälle nehmen. Eigentlich darf ich dann keinen Alkohol trinken, weil das zu Blackouts und Gedächtnislücken führt. Ich mache dann die dümmsten Sachen und weiß es hinterher nicht einmal mehr.«

Mick machte ein finsteres Gesicht. »Warum hast du das nicht schon früher gesagt?«

»Ich weiß auch nicht. Meine einzige Entschuldigung ist mein dummer Stolz«, erwiderte Charlie kleinlaut.

Mick war sauer. »Wenn ich das gewusst hätte, hätte ich dir doch keinen Alkohol ausgeschenkt. Oder ich hätte wenigstens dafür gesorgt, dass du sicher nach Hause kommst und ins Bett gehst und deinen Rausch ausschläfst. Dann haben wir den Besuch dieser beiden Herren also dir zu verdanken?«

Charlie nickte. »Ja. Anscheinend habe ich einen Brief an den Ausschuss zum Schutz der Aborigines geschrieben und Girra und ihre Eltern darin angeschwärzt. Ich konnte mich überhaupt nicht mehr daran erinnern. Erst als diese Gentlemen hier in meinen Laden kamen, schwante mir, was ich getan hatte. Dabei habe ich gar keinen Grund, mich über die Angiwarras zu beschweren; meine Beschuldigungen waren völlig aus der Luft gegriffen.«

»Da hören Sie's!«, wandte sich Myra an Phillips und Kozlowski. »Damit wäre die Sache ja wohl erledigt.«

»Mr. Gillard könnte sich das alles nur ausgedacht haben«, erwiderte Phillips.

»Nein, er sagt die Wahrheit.« Vonnie Blake trat vor. »Ich bin Dr. Blakes Frau und habe früher als Krankenschwester in seiner Praxis gearbeitet. Ich kann bestätigen, dass die Medikamente, die Charlie einnehmen muss, schlimme Nebenwirkungen wie Halluzinationen hervorrufen können. Es ist genau so, wie er sagt. Im Übrigen verbürge ich mich für die Angiwarras, ihre Kinder sind bestens versorgt.«

»Sie können sie nicht so einfach von der Schule nehmen«, sagte Helen. »Ich habe mich informiert. Und falls Sie es doch versuchen sollten, werden wir die Polizei rufen.« Dass es in der Stadt keinen Polizeiposten mehr gab, erwähnte sie wohlweislich nicht.

»Und dann würde ich auch den Einbruch in mein Haus melden müssen«, ergänzte Myra. »Ich weiß ganz genau, dass ich die Türen abgeschlossen hatte, als ich wegging.«

»Was?«, fragte Burt überrascht. »Bei dir ist eingebrochen worden?«

Statt einer Antwort blickte Myra zu Phillips und Kozlowski hinüber. Die beiden Männer wechselten einen Blick. Sie wussten, dass sie schlechte Karten hatten. Langsam wichen sie zu ihrem Auto zurück.

»Sie hören von uns«, sagte Phillips zu niemand Bestimmtem. Dann stiegen sie ein und fuhren davon, wiederum eine dicke Staubwolke aufwirbelnd.

»Ich glaube, wir können nach Hause gehen«, sagte Sandy. »Die kommen bestimmt nicht mehr zurück.«

Myra hob die Hand. »Eines noch, bevor ihr geht. Girra wird vermisst.«

Alle sahen sie erstaunt an.

»Hast du nicht gesagt, das sei ein Missverständnis gewesen?«, fragte Charlie ganz verdutzt.

»Ich wollte nicht, dass es so aussieht, als ob die Angiwarras nicht wüssten, wo ihre Kinder stecken. Das hätte sie in ein noch schlechteres Licht gerückt.«

»Was heißt vermisst?«, wollte Mick wissen.

»Girras Eltern waren heute Morgen in Charlies Laden und haben gefragt, ob jemand sie gesehen habe. Anscheinend ist sie gestern Abend nicht ins Lager zurückgekehrt, und jetzt machen sich Jinny und Toby natürlich große Sorgen. Ich finde, wir sollten nach dem Mädchen suchen.«

»Das halte ich für übertrieben«, wandte Sandy ein. »Die Aborigines sind nun mal Nomaden. Wahrscheinlich ist das Mädchen auf *walkabout*.«

Andere nickten und murmelten zustimmend.

Diese gleichgültige Haltung brachte Myra in Harnisch. »Ihre Eltern wüssten doch, wenn sie auf *walkabout* wäre, dann würden sie sich doch keine Sorgen machen«, entgegnete sie.

»Ihre Familie sucht bestimmt schon nach ihr, und die Aborigines verstehen sich besser darauf als wir, Myra«, meinte Mick.

»Aber schaden könnte es auch nicht, wenn wir ebenfalls suchten, oder?«

Die anderen zuckten gleichgültig mit den Schultern und begannen, sich zu zerstreuen. Er werde auch besser in seinen Laden zurückkehren, brummelte Charlie vor sich hin.

»Keine Sorge, Myra, die Kleine taucht schon wieder auf«, sagte Sandy und machte sich auf den Heimweg.

»Ich glaub das einfach nicht!« Myra schüttelte den Kopf. »Wie kann man nur so abgestumpft sein!«

»Das wundert mich überhaupt nicht«, erwiderte Helen. »Tut mir leid, Myra, aber ich muss zurück zu meinen Schülern.«

Myra wartete draußen auf Ruby. »Und, wie machen sich Oola

und Myall in der ungewohnten Umgebung?«, fragte sie, als Ruby aus dem Schulgebäude trat.

»Na ja, anfangs waren sie schon ein bisschen verstört, aber das gibt sich. Myall spielt gern mit den Bauklötzen, und Oola ist ganz begeistert von den Bildern in den Büchern«, berichtete Ruby.

Myra seufzte, dann beschloss sie, Ruby ins Vertrauen zu ziehen und ihr von den Ereignissen der vergangenen Nacht, den Schreien, die sie gehört hatte, und von Charlies blutbeflecktem Hemd zu erzählen.

»Deshalb war ich mitten in der Nacht draußen unterwegs«, schloss sie.

»Hast du das den anderen auch erzählt?«

»Nein, wegen Charlie. Ich will ihn nicht in Schwierigkeiten bringen.«

»Ich fürchte, du wirst ihnen die Wahrheit sagen müssen. Das wird sich nicht vermeiden lassen, wenn du willst, dass wegen Girra etwas unternommen wird.«

Myra seufzte abermals. »Wahrscheinlich hast du Recht. Ich denke, ich werde heute Abend mit Charlie in den Pub gehen, wenn alle versammelt sind. Dann kann er die ganze Geschichte selbst erklären. Vielleicht ändern die Männer dann ihre Meinung und starten eine Suche nach dem Mädchen.«

Später holte Myra die beiden Kinder von der Schule ab, gab ihnen etwas zu essen und ließ sie danach auf ihrem Bett ein Schläfchen machen. Oola und Myall waren zwar immer noch ein bisschen durcheinander von den Erlebnissen dieses Tages, aber Helen war zuversichtlich, dass sie sich in der Schule eingewöhnen würden, vorausgesetzt, sie kämen regelmäßig zum Unterricht.

»Genau da liegt jedoch das Problem«, hatte sie hinzugefügt. »Ein regelmäßiger Schulbesuch gehört nun einmal nicht zur Lebensweise der Aborigines.«

Myra wusste, sie hatte Recht. »Ich werde versuchen, Jinny davon zu überzeugen, dass sie die Kinder von Montag bis Freitag in die Schule schicken muss.«

Helen nickte. Falls die Kinder nicht wenigstens ein paar Tage pro Woche zum Unterricht kamen, würde die Schule geschlossen werden. An die Konsequenzen – für sich selbst und für die Stadt – wollte sie lieber nicht denken.

Ruby war mit Jed draußen bei Bernie, um Silver Flake zu trainieren, als Jinny am Abend kam, um ihre beiden Jüngsten abzuholen. Sie war über alle Maßen erstaunt, als Myra ihr erzählte, die Kinder seien in der Schule gewesen und die beiden Regierungsbeamten hätten die Stadt fluchtartig verlassen.

»Du musst die Kinder regelmäßig in die Schule schicken, Jinny. Unterschreib ein paar Papiere, dann sind sie rechtmäßig angemeldet und können euch nicht mehr ohne Weiteres weggenommen und in ein Heim gesteckt werden.«

Jinny nickte, aber Myra war sich nicht sicher, ob sie die Bedeutung dessen, was sie ihr gerade erklärt hatte, wirklich verstand – das Konzept des regelmäßigen Schulbesuchs war für die Ureinwohner zu fremdartig.

»Danke, dass du uns geholfen hast«, sagte sie. Aber ihr Gesicht war voller Sorge. Jinny hatte Angst um ihre älteste Tochter. Girra blieb spurlos verschwunden.

Myra sah den dreien gedankenverloren nach, dann machte sie sich auf den Weg zu Charlie, um ihn zu überreden, mit in den Pub zu gehen. Dann konnte er den anderen endlich reinen Wein einschenken. Da sie ihn zu Hause nicht antraf, lief sie zu seinem Laden. Dort war alles dunkel, aber aus dem Lagerraum hinten drang ein schwacher Lichtschein.

Myra klopfte an die Schaufensterscheibe und presste ihr Gesicht ans Glas, um besser sehen zu können. Nach einer Weile trat Charlie aus dem Lagerraum, durchquerte zögernd den Laden und öffnete erst, als er Myra erkannte. Er machte einen seltsam ängstlichen Eindruck auf sie. Charlie forderte sie mit einer Handbewegung auf, schnell hereinzukommen, warf dann einen raschen Blick hinaus und sperrte eilig wieder zu.

»Was ist denn los, Charlie?«

»Ein paar Jungs haben kurz nach Ladenschluss hinten gezündelt«, sagte er.

»Was für Jungs?«, fragte Myra ganz entgeistert. »Und was heißt gezündelt?«

»Es waren Aborigines. Wahrscheinlich ein Racheakt für das, was ich Girra angetan habe. Oder dafür, dass ich den Angiwarras die Behörden auf den Hals gehetzt habe.«

»Ich weiß nicht recht, Charlie.« Myra schüttelte den Kopf, hatte aber auch keine andere Erklärung. »Ist der Schaden groß?« Sie folgte Charlie zum Lagerraum.

»Sie haben die Mülltonne angezündet. Sie war voller Kartons und stand direkt an der Rückwand. Wäre Colin Barnes nicht zufällig vorbeigekommen und hätte den Rauch gesehen, wäre der Laden wahrscheinlich abgebrannt. Colin hat beobachtet, wie die Burschen von Weitem zugesehen haben; daher weiß ich, dass es Schwarze waren.«

Die Angst stand ihm im Gesicht geschrieben. Myra warf einen Blick in den Hof hinter dem Haus. Schwarze Rußspuren zogen sich an der Wand hinauf, und die Mülltonne war ein Raub der Flammen geworden.

»Irgendwie hab ich das Gefühl, dass sie zurückkommen werden«, murmelte Charlie nervös.

»Vielleicht wollten sie dir nur einen Streich spielen«, meinte Myra, glaubte es aber selbst nicht, und Charlie wusste das.

»Das war kein Streich, Myra. Ich glaube, ich werde heute Nacht im Laden schlafen. Für den Fall, dass sie es noch einmal versuchen sollten.«

Myra nagte an ihrer Unterlippe. Sie sorgte sich um Charlie.

»Nein, mach das nicht, Charlie. Aber sieh zu, dass draußen nichts Brennbares herumliegt.«

Er nickte ernst.

Myra und Charlie trafen zeitgleich mit Mick, der Jed und Ruby bei Bernie abgeholt hatte, vor dem Pub ein. Jacko, der in Micks Abwesenheit hinter dem Tresen gestanden hatte, war mittlerweile einem Nervenzusammenbruch nahe. Es herrschte Hochbetrieb im Pub, und die Männer machten sich einen Spaß daraus, den ohnehin etwas begriffsstutzigen Jacko vollends zu verwirren, indem sie alle gleichzeitig auf ihn einredeten, behaupteten, er habe nicht richtig gerechnet oder das Wechselgeld falsch herausgegeben. Zu guter Letzt schrieb sich der arme Kerl auf, wer was bestellt hatte. Doch kaum hatte er ihnen den Rücken zugekehrt, strichen die Männer die Zahlen durch oder änderten sie.

Als Mick zurückkam, hatte sich Jacko ein Bier gezapft, um seine flatternden Nerven zu beruhigen, worauf Mick ihm vorwarf, bei der Arbeit zu trinken. Alle lachten schallend. Als Jacko kurz darauf den Schankraum verließ und zur Toilette stapfte, gestanden die Männer Mick, was für Scherze sie mit ihm getrieben hatten, und da musste auch Mick lachen.

Myra hatte sich etwas zu trinken bestellt. Nachdem sie einen Schluck genommen hatte, bat sie um Ruhe. »Alle mal herhören, Charlie hat euch etwas zu sagen!«, rief sie in die Runde.

»Da bin ich aber gespannt«, sagte Bernie.

Charlie holte tief Luft und beichtete mit leiser Stimme, dass er Girra bedroht und ihr gegenüber handgreiflich geworden war. Myra und Ruby hatten unwillkürlich Mitleid mit ihm. Die Männer starrten ihn ungläubig an.

Alle schwiegen, als Charlie geendet hatte. Dann fragte Bernie: »Aber du hast dem Mädchen nie etwas angetan, oder?«

»Ein bisschen Herumschäkern, du meine Güte, da ist doch nichts dabei«, meinte Ernie.

Wäre Connie mitgekommen, hätte er sich eine solche Bemerkung nicht erlauben dürfen. Aber er wollte nicht, dass Charlie sich wie ein schlechter Mensch vorkam, da so viele andere Männer intime Beziehungen zu Aborigine-Mädchen unterhielten. Keiner von ihnen hatte das Recht, Charlie zu verurteilen.

Myra war empört über diese Verharmlosung. »Habt ihr denn nicht zugehört? Charlie hat euch etwas sehr Ernstes gebeichtet! Und jetzt wird Girra vermisst.«

Mick runzelte die Stirn. »Willst du damit andeuten, Charlie hat etwas mit ihrem Verschwinden zu tun?«

»Ich will gar nichts andeuten. Ich weiß nur, dass ich heute Nacht Schreie gehört habe.«

Burt sah Charlie zweifelnd an. »Wenn du dich nach dem Genuss von Alkohol an nichts erinnern kannst, woher weißt du dann, dass du dem Mädchen gegenüber zudringlich geworden bist?«

Charlie zögerte. »Myra hat es mir erzählt.«

»Und woher weißt du das?«, wandte sich Burt an Myra. »Von dem Mädchen? Die Kleine könnte sich das alles auch ausgedacht haben.«

Myra machte ein ärgerliches Gesicht. »In der Nacht, als Ruby nach Silverton kam, wurde sie zufällig Zeugin, wie Charlie Girra im Flussbett bedrängte. Später gab das Mädchen zu, es sei nicht das erste Mal gewesen.«

»Ich habe ihn dann mit meinem Koffer niedergeschlagen, weil er nicht von ihr ablassen wollte«, fügte Ruby leise hinzu. Sie brachte es nicht fertig, Charlie dabei in die Augen zu sehen.

»Charlie konnte sich an nichts erinnern«, fuhr Myra fort. »Und daran war nur die Kombination von Medikamenten und Alkohol schuld.«

Außer einem gleichmütigen Schulterzucken zeigte keiner der Männer eine Reaktion.

Myra konnte es nicht fassen. »Wie könnt ihr nur so gleichgültig sein?«

Sein öffentliches Geständnis hatte Charlie große Überwindung gekostet, doch das schien niemanden zu beeindrucken. Scheinbar nahm keiner die Angelegenheit so ernst, dass sie eine Suche nach Girra gerechtfertig hätte.

»Ich glaube, du machst aus einer Mücke einen Elefanten«, sagte Burt. »Charlie wollte dem Mädchen doch nicht ernsthaft etwas tun.«

Myra und Charlie wechselten einen Blick. Er wusste, was sie dachte, und senkte betreten den Kopf.

»Wir wissen nicht sicher, dass er ihr nichts getan hat«, sagte sie.

»Was soll das heißen?«, fragte Jed.

»Mein Hemd war heute Morgen blutverschmiert«, gestand Charlie, »und ich glaube nicht, dass das Blut von mir stammt, weil ich keinerlei Verletzungen habe. Vielleicht habe ich etwas Furchtbares verbrochen.«

»Du könntest niemals jemandem etwas zuleide tun, Charlie«, beruhigte Jed ihn. »Das weiß jeder hier.«

»Ihr irrt euch«, murmelte Charlie mit belegter Stimme. »Ich habe sogar meine eigene Tochter geschlagen.«

»Tochter?«, wiederholte Myra verdutzt. »Du hast nie erwähnt, dass du eine Tochter hast.«

»Nein, weil ich mich schäme.« Charlie schüttelte den Kopf. »Ich wurde festgenommen und wegen Körperverletzung angeklagt, weil ich auf sie losgegangen bin.«

Ungläubiges Raunen erhob sich im Raum.

»Du?« Myra war fassungslos. Sie fragte sich, ob sie diesen Mann wirklich so gut kannte, wie sie immer gedacht hatte.

Charlie nickte. »Ich bin nicht der wunderbare Mensch, für den ihr mich haltet oder gehalten habt, aber ich steige Girra nicht nach, das müsst ihr mir glauben.« Er konnte den Männern ansehen, dass sie ihm das nicht abnahmen, und das verletzte ihn zutiefst. Er atmete tief durch und fuhr fort: »Meine Tochter heißt Sheryl. Als ich sie das letzte Mal sah, war sie ungefähr in Girras Alter. Wahrscheinlich hat sie längst eine eigene Familie. Ich glaube, wenn ich Girra nachts durch die Stadt streifen sehe, muss ich unwillkürlich an Sheryl denken, und dann will ich sie vor den Jungs beschützen, verhindern, dass sie in Schwierigkeiten gerät.« Myra starrte ihn an, als sähe sie ihn zum ersten Mal. Es musste ihr wie Verrat vorkommen, dass er ihr in all den Jahren ihrer Freundschaft nie von seiner Ehe oder seiner Tochter erzählt hatte, während sie ihm so viele persönliche Dinge anvertraut hatte. »Es tut mir leid, Myra.« Er schaute zu Boden.

»Warum hast du mir nie gesagt, dass du verheiratet warst und eine Tochter hast?«, fragte sie gekränkt.

Charlie kämpfte sichtlich mit sich. In diesem Augenblick hätte er alles für ein großes Bier gegeben. »Dieser Teil meines Lebens war so schmerzlich, dass ich ihn vollständig verdränge. Nur wenn ich getrunken habe, kommen die Erinnerungen wieder hoch und quälen mich.«

»Was ist passiert, Charlie?«, drängte Myra behutsam, als er nicht weitersprach. Sie wollte die Wahrheit wissen, mochte sie noch so schmerzhaft sein.

»Meine Frau und ich lebten in Melbourne. Wir hatten einen Laden. Unsere Ehe war nicht gut. Wir stritten uns in einem fort, wir zankten uns wegen jeder Kleinigkeit. Ich konnte ihr nichts recht machen. Sheryl war unser einziges Kind, und sie litt natürlich unter unseren Streitereien, doch das war mir damals nicht klar. Mit sechzehn fing sie an, bei uns im Laden zu arbeiten. In ihrer Freizeit wollte sie immer weg, mit ihren Freunden ausgehen, wahrscheinlich, weil sie es zu Hause nicht aushielt. Als ich es ihr verbot, stahl sie sich nachts aus dem Haus und traf sich heimlich mit irgendwelchen Jungs. Irgendwann kam ich dahinter, und wir kriegten einen Mordskrach. Ich drohte ihr sogar, sie vor die Tür zu setzen, so wütend war ich, aber das brachte meine Frau in Rage und führte nur zu weiteren heftigen Auseinandersetzungen. Ich verlor zunehmend die Kontrolle über mein Leben, über mein Geschäft, meine Ehe, meine Tochter. Dann entdeckte ich in Sheryls Zimmer auch noch leere Schnapsflaschen. Ich war außer mir. Ende der Dreißigerjahre schickte sich ein derartiges Benehmen nicht für eine junge Dame, aber im tiefsten Inneren wusste ich, dass es größtenteils meine Schuld war. Ich wusste einfach nicht, was ich machen sollte. Wenn sie nun schwanger würde? Als wir uns wieder einmal stritten, dass die Fetzen flogen, provozierte sie mich mit der Bemerkung, sie habe mit einem Jungen geschlafen, und da sah ich rot. Ich packte sie, schüttelte sie, schleuderte sie gegen eine Wand und schlug ihr ins Gesicht. Ich hätte niemals gedacht, dass ich zu so etwas fähig wäre. Ich hatte vollkommen die Beherrschung verloren, und das machte mir Angst.«

Myra berührte mitfühlend Charlies Arm. Sie hatte selbst Kinder, sie konnte ihn verstehen.

»Mein Wutausbruch kam Lindy, meiner Frau, sehr gelegen. Jetzt hatte sie einen Vorwand, mich loszuwerden. Sie rief die Polizei, und ich wurde wegen Körperverletzung festgenommen.« Charlie senkte abermals den Kopf. »Obwohl ich von meiner Tochter enttäuscht und furchtbar wütend auf sie war, konnte ich mir nicht verzeihen, dass ich sie geschlagen hatte. Ich werde nie vergessen, wie sie mich in diesem Moment angesehen hat, voll abgrundtiefem Hass. Ihre Mutter gab mir die alleinige Schuld an dem Vorfall, und ich ging den Weg des geringsten Widerstands: Ich verließ meine Familie und zog hierher. Ich habe seitdem keinen Kontakt mehr zu ihnen. Sie sind ohne mich besser dran. Lindy hat mir vorgeworfen, ich sei ein Versager, als Ehemann und als Vater, und sie hatte Recht.«

Myra war den Tränen nahe. Sie hatte ja keine Ahnung gehabt, dass ihr alter Freund so viel durchgemacht hatte.

»Wenn ich getrunken habe«, fuhr Charlie leise fort, »und Girra nachts umherstreifen sehe, sehe ich wieder meine Tochter vor mir. Ich denke daran, was ihr alles zustoßen könnte, und ich will sie nur beschützen. Ich habe ihr nie wehtun wollen, wirklich nicht.« Er sah Myra flüchtig an. »Andererseits ist da das Blut auf meinem Hemd, das eigentlich nicht von mir stammen kann, und die Schreie, von denen Myra wach geworden ist.«

Mick starrte ihn fassungslos an. »Willst du damit sagen, du könntest das Mädchen verletzt oder gar getötet haben?«

»Ich weiß es nicht, das ist es ja. Und deshalb sollten wir nach ihr suchen. Ich will nicht, dass ihre Familie ihre Leiche findet«, stieß Charlie gepresst hervor.

»Charlie hat Recht«, stimmte Myra zu. Sie mussten sich Gewissheit über Girras Schicksal verschaffen.

»Also, ich weiß nicht, wie ihr darüber denkt.« Mick ließ seinen Blick über seine Gäste schweifen. »Aber ich kann nicht glauben, dass du dem Mädchen irgendetwas angetan hast, Charlie.«

Zustimmendes Gemurmel erhob sich.

Myra verlor allmählich die Geduld. »Wir können doch nicht einfach den Kopf in den Sand stecken, Mick!«

Doch der machte eine abwehrende Handbewegung. »Ich kenne Charlie seit vielen Jahren, und er ist nie in irgendeiner Weise aggressiv gewesen. Wenn es eine Schlägerei gegeben hat, hat er sich immer rausgehalten, was man von der einen oder anderen Frau hier nicht behaupten kann.« Die anderen Männer nickten und grinsten.

»Ich meine trotzdem, dass wir bei der Suche nach Girra helfen sollten«, beharrte Myra.

»Wir sollten uns lieber diese schwarzen Burschen vorknöpfen, die hinter Charlies Laden Feuer gelegt haben«, sagte Colin, der gerade hereingekommen war und Myras Worte gehört hatte.

»Was?« Burt sah ihn überrascht an.

»Wann war das?«, fragte Mick mit finsterer Miene.

»Ich hatte gerade zugesperrt«, antwortete Charlie. »Sie haben die Mülltonne hinter dem Haus in Brand gesteckt. Zum Glück kam Colin zufällig vorbei und bemerkte den Rauch.«

»Diese Lausebengel«, knurrte Burt. »Die werden wir uns schnappen.«

»Einen Moment mal«, rief Myra dazwischen. »Ich glaube es einfach nicht! Nach Girra wollt ihr nicht suchen, aber nach ein paar Jungen, die sich einen dummen Streich erlaubt haben!«

»So nah an einem Haus Feuer zu legen ist kein Dummejungenstreich, Myra«, sagte Mick ernst. »Zumal es sich um den Laden handelt, auf den wir alle hier angewiesen sind. Sogar die Aborigines kaufen gelegentlich bei Charlie ein.«

Myra machte den Mund auf, klappte ihn wieder zu, drehte sich dann auf dem Absatz um und stapfte wütend aus dem Pub. Ruby folgte ihr.

»Reg dich nicht auf, Myra«, sagte sie besänftigend. »Das bringt doch nichts.«

»Ich weiß, aber ich kann nicht anders. Ich könnte platzen vor Wut! Wenn ich ein Auto hätte, würde ich selbst nach Girra suchen.«

»Mit einem Auto würdest du wahrscheinlich nicht weit kommen«, gab Ruby zu bedenken.

»Du hast Recht. Man bräuchte einen Geländewagen. Oder ein Pferd.« Myra sah, wie sich Rubys Miene aufhellte. »O nein, vergiss es. Silver Flake kannst du nicht nehmen, das würde Jed niemals erlauben. Das Pferd ist viel zu wertvoll für einen Ritt querfeldein. Außerdem würdest du dich da draußen verirren, und dann müssten wir auch noch nach dir suchen.«

Ruby nickte. »Ich fürchte, da hast du Recht. Aber weißt du, was ich machen könnte?«, fuhr sie nach einer Pause fort. »Ich werde mich weigern, irgendjemandem die Haare zu schneiden, bis sich die Männer auf die Suche nach Girra machen.«

»Das ist eine nette Idee, Ruby, aber so viel Zeit haben wir nicht. Falls Girra verletzt ist und irgendwo dort draußen hilflos liegt, müssen wir sie so schnell wie möglich finden. In dieser Hitze kann niemand lange überleben ohne Wasser.«

»Glaubst du wirklich, Charlie könnte ihr etwas angetan haben?«

»Ich weiß es nicht. Hoffentlich kommt Cyril Blake bald zurück.«

»Warum? Was hat er damit zu tun?«

»Er hat Charlies Hemd mitgenommen; er will es in Broken Hill untersuchen lassen. Charlie hat eine sehr seltene Blutgruppe. Falls die Blutflecken diese Blutgruppe haben, ist es höchst unwahrscheinlich, dass das Blut von jemand anderem stammt.« Myra verstummte einen Augenblick. »Vonnie meinte, Cyril werde morgen zurückkommen. Ich hoffe es!« Sie blieb unvermittelt stehen. »Weißt du, was? Ich könnte die Frauen zusammentrommeln.«

»Was hast du vor?«

»Vielleicht kriege ich sie dazu, mir zu helfen. Vielleicht können sie ihre Männer überreden, eine Suche zu starten.«

»Das ist eine gute Idee, Myra. Sie haben bestimmt Einfluss auf ihre Männer.«

»Wollen wir's hoffen.«

Myra sorgte sich zwar um Girra, aber viel größere Sorgen machte sie sich um Charlie. Das Feuer konnte eine Warnung gewesen sein. Sie hatte gehört, dass Aborigines Sühnemorde verübten. Falls sie wirklich glaubten, Charlie habe etwas mit Girras Verschwinden zu tun, schwebte er in großer Gefahr.

21

Ruby hatte sich so sehr an die Stille im Outback gewöhnt, dass sie ihr ganz selbstverständlich geworden war. Das Gackern der Hühner und das gelegentliche Krächzen eines Raben waren die einzigen Geräusche rings um Myras Haus: Geräusche, die seltsam beruhigend wirkten. Ruby hatte sogar die zarte Schönheit des ersten Morgenlichts, das auf die ausgedorrte Landschaft fiel, zu schätzen gelernt. Doch stand die Sonne erst einmal hoch am Himmel, sahen die Stadt und ihr Umland so trostlos und öde aus wie eh und je. Ruby vermisste den Großstadttrubel, die Vegetation und das subtropische Klima an der Ostküste Australiens. Außerdem hatte sie Sehnsucht nach ihren Freunden und nach ihrer Mutter.

Diese Gedanken gingen ihr durch den Kopf, als sie am darauffolgenden Morgen auf Jed wartete. Er holte sie in seinem eigenen Wohnmobil ab, um mit ihr zu Bernie hinauszufahren.

»Hast du keine Angst, die Camilleris könnten das Auto erkennen?«

»Ich hab keine Lust, mich für alle Zeit vor diesen Gangstern zu verstecken«, knurrte Jed. »Außerdem kann ich es kaum erwarten, sie wiederzusehen. Ich warte nur darauf, dass meine Rippen wieder richtig verheilt sind.« Diese Verbrecher hatten ein unschuldiges Tier mutwillig verletzt und ihn selbst angegriffen, während er wehrlos in seinem Schlafsack gelegen hatte. Das würde er niemals vergessen. »Außerdem ist es ganz gut, wenn ich den Wagen vor unserer Abreise nach Alice Springs in ein paar Tagen noch einmal fahre, um zu sehen, ob alles in Ordnung ist.«

»Was meinst du – ist Silver Flake bereit für das Rennen?«, fragte Ruby aufgeregt.

Sie betrachtete Jeds Profil und fragte sich unwillkürlich, wie er wohl ohne seinen Bart, der einen Großteil seines Gesichts bedeckte, aussehen mochte. Eine der Frauen in der Stadt hatte ihn einmal als gut aussehend beschrieben. Na ja, dachte Ruby, vielleicht hat er da noch keinen Bart gehabt.

Jed schüttelte zweifelnd den Kopf. »Ich weiß es wirklich nicht. Die Vorbereitung war alles andere als ideal.«

»Räumst du ihr denn gar keine Chancen ein?«

»Das würde ich nicht sagen. Aber was wir brauchen, ist ein guter Jockey. Ich hab ein bisschen herumtelefoniert, aber diejenigen, die jetzt noch nicht für das Rennen gebucht sind, sind alle zweitklassig.«

Auch Ruby hatte sich bemüht, einen Jockey zu finden. Sie hatte Micks Telefon benutzt, ihn jedoch in dem Glauben gelassen, sie telefoniere mit ihrer Mutter. In Wirklichkeit hatte sie beim Rennsportverein in Alice Springs angerufen, wo sie erfahren musste, dass keine qualifizierten Jockeys mehr verfügbar seien.

»Ach so, das hab ich dir noch gar nicht gesagt. Ich hab auch herumtelefoniert und einen Jockey namens Rick Paget engagiert«, log sie. Sie hatte den Namen im Rennsportteil einer Zeitung gelesen.

Jed riss verblüfft die Augen auf. »Wie bitte?«

Ruby konnte seine Reaktion nicht deuten. War er angenehm überrascht oder wütend? Mit klopfendem Herzen fragte sie: »Wieso? Taugt er nichts?«

Jed lachte gut gelaunt. »Im Gegenteil, er ist einer der Besten! Wie hast du das denn geschafft?«

Ruby überlegte blitzschnell. »Er … äh … er bekam eine Absage und stand plötzlich ohne Pferd da. Ich hab einfach nur Glück gehabt.«

»Glück? Du hast ein Wunder vollbracht! Ein richtiges Wunder!« Er lachte leise in sich hinein. »Ich glaub's einfach nicht! Weißt du eigentlich, wie viele Trainer ihren rechten Arm dafür geben würden, Rick Paget als Jockey zu bekommen?«

»Nein.«

Ruby schüttelte niedergeschlagen den Kopf. Wie sollte sie Jed jetzt beichten, dass sie nie mit Paget gesprochen, geschweige denn ihn engagiert hatte?

»Jetzt sieht die Sache schon ganz anders aus«, fuhr Jed fröhlich fort. »Damit sind Silver Flakes Chancen auf einen Sieg gewaltig gestiegen. Aber noch haben wir nicht gewonnen. Eine optimale Vorbereitung ist natürlich wichtig. Die Stute hat immer nur bei trockenem Wetter trainiert; sollte es beim Rennen regnen, würde sich das nachteilig auswirken.«

»Aber wenn alles passt, hat sie eine gute Chance, nicht?«

Jed nickte. Seine Züge wurden weich. »Silver Flake ist eine Kämpferin, sie wird das Letzte aus sich herausholen.« Er war, was er allerdings nie zugeben würde, ein Träumer, nur deshalb hatte er die Hoffnung, den Cup zu holen, noch nicht aufgegeben. »Während der Wintersaison waren wir zwei Mal in Darwin. Das letzte Mal wurde Silver Flake Zweite hinter Foolish Lad. Trotz des guten Jockeys fiel sie zeitweise auf den vorletzten Platz zurück, aber sie kämpfte sich wieder nach vorn. Zu guter Letzt wurde sie an der Ziellinie nur um eine knappe halbe Kopflänge von Foolish Lad geschlagen. Ich war schrecklich stolz auf sie, weil sie alles gegeben hatte.«

Ruby lächelte. Nach einer kleinen Weile fragte sie: »Was machen deine Rippen?« Ihr war aufgefallen, dass er sich nicht mehr ständig mit schmerzverzerrtem Gesicht an die Seite fasste und beim Schalten offenbar keine Probleme hatte.

»Denen geht's schon viel besser. Wenn nur das Bett in Micks Hinterzimmer bequemer wäre. Ich glaube, ich werde von jetzt an lieber wieder im Wohnmobil schlafen. Da fällt mir ein, dass ich mich noch gar nicht bei dir bedankt habe. Der Vorschlag, die Heilmethode der Aborigines auszuprobieren, war wirklich gut. Die Schlammpackungen haben tatsächlich geholfen. Danke.« Er lächelte ihr zu. Ruby hatte Jed noch nicht oft lächeln sehen, deshalb freute sie sich besonders darüber.

»Nichts zu danken. Ich bin froh, dass es funktioniert hat.«

»Ich auch. Ich war anfangs ziemlich dickköpfig, ich weiß, aber so bin ich nun mal. Ich kann mich nicht erinnern, jemals solche Schmerzen gehabt zu haben, und ich kann anscheinend nicht besonders gut damit umgehen.«

»Das ist typisch Mann; das kenne ich von meinen Kunden aus dem Frisiersalon in Sydney, in dem ich gearbeitet habe.« Jed warf ihr einen empörten Blick zu, und sie musste lachen. Dann schaute sie sich neugierig in dem Wohnmobil um. Es war gut ausgestattet mit einem Bett, einem Kühlschrank, Wandschränken und einer Spüle. Dass in der engen Kabine eine ziemliche Unordnung herrschte, überraschte sie nicht. »Gemütlich hast du's hier«, sagte sie diplomatisch.

»Es müsste mal wieder aufgeräumt werden«, erwiderte Jed eine Spur verlegen. »Das mach ich noch, bevor wir losfahren.«

Ruby dachte daran, dass er seine Reise ursprünglich mit Kadee geplant hatte. Ein unbehagliches Gefühl beschlich sie, so als hätte sie einen Keil zwischen die Liebenden getrieben.

»Wenn ich länger irgendwo campe, baue ich ein Vorzelt auf«, fuhr Jed fort. »Dadurch habe ich mehr Platz.« Rubys bedrückte Miene war ihm aufgefallen, und er dachte, sie sorge sich, weil sie ja einige Tage unterwegs sein und auch die Nächte miteinander verbringen würden. »Ich werde im Schlafsack unter freiem Himmel schlafen, dann hast du den Camper für dich allein.«

Der Gedanke, dass sie eine Zeit lang auf engstem Raum mit Jed zusammen sein würde, wurde ihr zum ersten Mal so richtig bewusst und machte sie nervös. Um sich abzulenken, fragte sie: »Was sagst du eigentlich zu meinen Reitkünsten?«

»Für eine Anfängerin machst du deine Sache gar nicht schlecht«, antwortete Jed, was stark untertrieben war, aber er wollte nicht, dass sie vor Selbstbewusstsein strotzte und dann vielleicht leichtsinnig wurde. »Du hast Glück! Silver Flake weiß sich inzwischen zu benehmen, und sie mag dich offenbar. Ein willensstarkes fünf- oder sechshundert Kilo schweres Pferd verlangt nach einer starken Hand, aber ich habe ihr die schlechten Angewohnheiten größtenteils abgewöhnt. Eine ihrer Unarten war, mitsamt ihrem Reiter in einen Zaun zu galoppieren, sodass der Reiter im hohen Bogen über das Hindernis flog.«

Ruby riss erschrocken die Augen auf. »Du meine Güte, bin ich froh, dass ich das nicht gewusst habe! Sonst wäre ich wahrscheinlich nicht in den Sattel gestiegen.«

»Mich oder Kadee hat sie nie abgeworfen, aber ich weiß, dass sie früher etliche Jockeys auf diese Weise losgeworden ist. Und wenn man genau hinsieht, kann man die Narben von ihren Zusammenstößen mit Zaunpfosten noch erkennen.«

Das Bild, das vor Rubys geistigem Auge aufstieg, jagte ihr Angst ein. »Woher hast du sie eigentlich?«

Sie fuhren durch die menschenleere Hauptstraße. Die Stadt war wie ausgestorben.

»Vom Rossmarkt für gebrauchte Pferde in Sydney. Viele der Pferde, die dort gehandelt werden, gelten aus irgendeinem Grund als unbrauchbar – die einen, weil sie einen körperlichen Mangel haben, die anderen, weil sie eine Macke haben.«

»Eine Macke? Inwiefern?«

»Nun, wenn sie zum Beispiel irgendwann misshandelt worden sind, dann prägt sie das oft für den Rest ihres Lebens und wirkt sich auf ihr Verhalten aus. Im Pferderennsport wird zum Teil mit äußerst fragwürdigen Methoden gearbeitet; es gibt Leute, die in diesem Geschäft absolut fehl am Platz sind. Aber lassen wir das Thema lieber. Ich verabscheue Grausamkeit gegenüber Tieren.«

»Ich auch«, sagte Ruby. »Ist es nicht riskant, sich ein Pferd dort auszusuchen, wenn man einen Champion trainieren möchte?«

»Doch, das ist im Grunde ein reines Glücksspiel. Man hofft eigentlich nur, dass das Pferd ein paar unbedeutende Rennen gewinnt, damit man ein paar Dollar verdienen kann. Aber ein Pferd aus einer guten Zucht muss auch nicht zwangsläufig ein Sieger sein.

Pferde sind wie Menschen – jedes ist anders. Sie haben verschiedene Charaktere und unterschiedliche gesundheitliche Probleme. Einige sind so angeschlagen, dass sie keinen Käufer finden, und damit ist ihr Schicksal besiegelt. Hätten Joe und ich Silver Flake nicht gekauft, wäre sie mit großer Wahrscheinlichkeit in der Abdeckerei gelandet.«

Abermals riss Ruby erschrocken die Augen auf. »Das meinst du aber nicht im Ernst!«

»O doch. Sie wäre zu Tierfutter verarbeitet worden.«

»O Gott, so ein schönes Pferd!«, hauchte Ruby entsetzt.

»Na ja, als ich sie damals kaufte, war sie ein hinterhältiges Biest. Es war ein hartes Stück Arbeit, sie bloß in den Hänger zu verladen. Wir mussten ihr ein Beruhigungsmittel geben und ihr die Augen verbinden. Drei verschiedene Trainer hatten vergeblich ihr Glück mit ihr versucht, und mit jedem Scheitern waren ihre Probleme größer geworden. Einer hatte sie angeblich sogar erschießen wollen, weil sie ihm ein Stück aus dem Arm herausgebissen hatte. Zufällig kam jemand dazu und verhinderte es im letzten Moment.«

Ruby war froh, dass sie das alles nicht vor ihrer ersten Reitstunde auf Silver Flake gewusst hatte.

»Warum hast du dich ausgerechnet für ein so schwieriges Pferd entschieden?«

»Das war mehr oder weniger Zufall. Als Silver Flake bei der Versteigerung über den Platz geführt wurde, hob eine Zuschauerin den Arm, wedelte mit ihrem Taschentuch herum, um eine Bekannte auf der anderen Seite auf sich aufmerksam zu machen, und rief ihr etwas zu, mit so schriller Stimme, dass sie jedes Glas zum Bersten gebracht hätte. Die Stute erschrak, sie bäumte sich auf und riss den Stallburschen, der sie geführt hatte, dabei um. Sie gebärdete sich wie wild, und es sah aus, als wollte sie den Stallburschen niedertrampeln. Die Frau mit dem Taschentuch kreischte vor Angst. Dann rannten ein paar Helfer auf den Platz, um Silver Flake einzufangen, aber sie machten alles nur noch schlimmer. In ihrer Panik galoppierte sie umher, ging auf die Helfer los, trat und biss nach ihnen. Es war nur noch eine Frage der Zeit, bis jemand sie erschossen hätte. Ich fackelte nicht lange, sprang über die Absperrung und rief den Helfern zu, sie sollten verschwinden. Nach einer Weile bekam ich Silver Flake am Führstrick zu fassen. So schnell ich konnte, führte ich sie vom Platz.«

»Ist sie denn nicht auf dich losgegangen?«

»Ich glaube, sie war einfach froh, von all den aufgeregten, schreienden Leuten wegzukommen. Hinten bei den Ställen war es kein Problem mehr, sie zu beruhigen. Da hörte ich, wie einer der Trainer sagte, nach diesem Vorfall werde das Pferd bestimmt nicht mehr zur Versteigerung angeboten, sondern gleich beseitigt.«

»Beseitigt?«, wiederholte Ruby entsetzt.

»Ja, sie wäre in der Abdeckerei gelandet. Ich wollte sie dem Besitzer abkaufen, aber er meinte, im Schlachthof bekäme er mehr für sie als das, was ich ihm bot. Da haben Joe und ich zusammengelegt und sie gekauft.«

»Das ist ja eine unglaubliche Geschichte«, murmelte Ruby kopfschüttelnd. »Und wie hast du es geschafft, sie zu dem Pferd zu machen, das sie heute ist?«

Sie durchquerten das mittlerweile wieder ausgetrocknete Flussbett. Im Geröll suchte ein Schwarm weißer Kakadus nach Futter. Die Vögel waren ein wunderschöner Anblick. Mit leiser Wehmut dachte Ruby daran, dass sie die Natur und ihre Schönheiten vermissen würde, wenn sie nach Sydney zurückkehrte.

»Das war ein langer Prozess. Sie hatte zwar das eine oder andere gesundheitliche Problem, aber im Wesentlichen brauchte sie jemanden, der sie wirklich versteht.«

Ruby lachte. »Du redest wie von einer Frau!«

»Nun, sie ist ein weibliches Wesen, und wie alle weiblichen Wesen sehnte sie sich nach Zärtlichkeit und Verständnis. In den ersten paar Monaten habe ich nicht mit ihr gearbeitet, sondern nur so viel Zeit wie möglich mit ihr verbracht. Ich wollte wissen, was sie mag und was nicht. Ich fand heraus, dass sie Schmerzen am Hals hatte und dass das mit ihren Hufbeschlägen zusammenhing. Ich ließ einen Hufschmied kommen, der ihr spezielle Hufeisen anfertigte, und danach verschwanden ihre Schmerzen allmählich.«

»Wie bist du denn darauf gekommen?«, fragte Ruby verblüfft.

»Ich habe das Pferd aufmerksam beobachtet. Und ich habe eine Menge über diese Dinge gelesen. Manchmal lahmte sie, aber nicht immer. Ich hatte von einem Amerikaner namens Ashley Davis gehört, der sich mit dem Beschlagen von Pferden und dem Zusammenhang zwischen Hufbeschlägen und verschiedenen Krankheiten am Bewegungsapparat beschäftigte. Sein Buch war mir eine große Hilfe. Als Silver Flake keine Schmerzen mehr hatte, konnte ich leichter mit ihr arbeiten. Und ich musste natürlich ihr Vertrauen gewinnen.«

»Man könnte fast meinen, du hättest eine sensible Ader, Jed Monroe«, bemerkte Ruby spöttisch.

»Was ist denn daran so ungewöhnlich?«

»Na ja, so wie du manchmal mit Menschen umgehst, kann man das nicht unbedingt erwarten.«

Jed grinste. »Vielleicht kommt meine sensible Ader nur im Umgang mit Silver Flake zum Vorschein.«

Ruby, die an Kadee dachte, fand das wirklich schade. »Und wie genau hast du es geschafft, so ein lammfrommes Pferd aus ihr zu machen?«

»Ich bin mit ihr rausgefahren, hab irgendwo gezeltet und morgens und abends lange Spaziergänge mit ihr unternommen.«

Ruby sah Jed stirnrunzelnd an. »Willst du mich auf den Arm nehmen?«

»Keineswegs. Ich habe sie auch ziemlich verwöhnt, mit Karotten, Äpfeln, Zuckerstückchen und mit Massagen. Das ging ungefähr zwei Monate lang so. Als ich das Gefühl hatte, dass sie Vertrauen zu mir gefasst hatte, legte ich ihr eine Satteldecke und den Sattel auf. Sie ließ es zu. Ich ging es ganz gemütlich an, mit Ausflügen über die Ebene oder am Fluss entlang. Die Stille und der Frieden schienen ihr gutzutun. Aber ich machte ihr von Anfang an klar, dass ich der Boss war. Beißen oder Treten gab es bei mir nicht. Benahm sie sich anständig, wurde sie mit einer Leckerei belohnt. Das war neu für sie. Als ich sie schließlich auf die Rennbahn führte, ging sie mit Freuden an die Arbeit. In gewisser Weise war es, als würde sie noch einmal zugeritten.«

»So eine einfache Methode, und dabei so wirkungsvoll«, meinte Ruby bewundernd.

Jed schüttelte den Kopf. »Einfach war es nicht. Es hätte genauso gut schiefgehen können. Den meisten Trainern wäre das alles viel zu aufwendig gewesen. Aber da sie mit ihren Methoden gescheitert waren, musste ich mir etwas anderes einfallen lassen.«

»Und wann hast du ihr Potenzial erkannt?«

»Praktisch vom ersten Moment an, als wir auf der Bahn trainierten. Sie arbeitete gern, und die Zeiten, die ich stoppte, waren beeindruckend.«

Sie bogen in die Einfahrt zu Bernies Farm ein und fuhren zu den Stallungen. Ruby beschloss, den Augenblick zu nutzen und mit Jed, der sich gerade so einfühlsam zeigte, über Girra zu reden.

»Myra ist wütend, weil sich die Männer weigern, bei der Suche nach Girra zu helfen«, sagte sie, als sie ausstiegen. »Ist es ihnen egal, dass ihr etwas zugestoßen sein könnte, weil sie eine Aborigine ist?«

»Ich würde nicht sagen, dass es ihnen egal ist«, entgegnete Jed. »Sie wollen bloß nicht in etwas hineingezogen werden, das sie nichts angeht.«

»Wie meinst du das?«

»Nun, die Ureinwohner haben ihre eigenen Gesetze, und die Leute aus der Stadt mischen sich da lieber nicht ein. Aborigines sind unberechenbar. Wenn ihnen plötzlich danach ist, auf *walkabout* zu gehen, ziehen sie einfach los. Deshalb denken die Leute hier, es sei reine Zeitverschwendung, nach dem Mädchen zu suchen.«

»Denkst du das auch?«

Jed zuckte mit den Schultern. »Ich kann mir nicht vorstellen, dass Charlie ihr etwas angetan hat. Dass sie unauffindbar ist, kann alle möglichen Gründe haben. Vielleicht weiß Kadee mehr.«

Die junge Aborigine war in den vergangenen drei Tagen nur ein einziges Mal bei Silver Flake gewesen, aber Jed schien sich mehr um sein Pferd als um die Mutter seines Kindes zu sorgen. Ruby warf ihm einen neugierigen Blick zu.

»Ich habe das Gefühl, die Ureinwohner sind den Weißen im Allgemeinen reichlich gleichgültig«, sagte sie dann wie beiläufig.

»Das ist nicht fair«, widersprach Jed.

»Wieso? Es stimmt doch. Du bist auch nicht anders als die anderen Männer in der Stadt. Du hast so getan, als würdest du dich aufrichtig für Kadee freuen, aber du kümmerst dich nicht im Geringsten um sie.«

Jed sah sie verdutzt an. »Warum sollte ich?«

Ruby konnte es nicht fassen. »Na, hör mal! Soll sie etwa die alleinige Verantwortung für ihr Baby tragen?«

»Natürlich, sie hat das Kind ja gewollt. Es ist jammerschade, dass sie das Pferd nicht mehr trainieren kann. Aber gut, sie hat sich schon lange ein Kind gewünscht. Das war ganz allein ihre Entscheidung.«

Ruby starrte ihn ungläubig an. Wie konnte man nur so gefühllos sein! »Und du glaubst wahrscheinlich auch, dass Girra selbst schuld daran ist, wenn ihr etwas zugestoßen ist, nicht wahr?«

»Könnte doch sein«, erwiderte Jed abwesend, während er Silver Flake liebevoll tätschelte.

Ruby war so wütend, dass sie lieber nichts mehr sagte. Die Männer in der Stadt waren offenbar alle gleich. Es gab nur eine Lösung: Die Frauen würden die Suche nach Girra in die Hand nehmen müssen.

Als Charlie an diesem Morgen zu seinem Laden hinüberging, sah er schon von Weitem, dass etwas nicht stimmte. Die Schaufenster sahen irgendwie merkwürdig aus – als wären sie beschmiert worden. Er ging langsam weiter und blieb wie angewurzelt stehen, als er erkannte, womit die Scheiben vollgeschmiert worden waren: mit Blut. Es war noch nicht getrocknet, und das jagte ihm Angst ein. Vorsichtig blickte er sich um. Die Straße war menschenleer, wie meist um diese Uhrzeit. Am liebsten wäre er davongerannt, aber er nahm all seinen Mut zusammen und schloss die Ladentür auf.

Mit klopfendem Herzen durchquerte er den Verkaufsraum. Es sah nicht so aus, als ob jemand eingebrochen wäre. Die Hintertür war noch verschlossen. Zögernd sperrte er auf. Ein seltsames Summen drang an Charlies Ohr. Er war verwirrt. Was war das? Er folgte dem Geräusch mit seinen Augen und fuhr erschrocken zurück. Ein geköpftes junges Känguru lag auf der Türschwelle. Das Summen kam von dem riesigen Fliegenschwarm, der sich auf den Kadaver gestürzt hatte.

Charlie schlug die Tür zu und drehte mit zitternden Fingern den Schlüssel herum. Sein Herz raste. Brechreiz stieg in ihm auf. Er lief, so schnell er konnte, zurück durch den Laden nach draußen und sperrte die Vordertür hinter sich zu. Schnurstracks lief Charlie zu Myra, doch er musste enttäuscht feststellen, dass sie nicht da war. Verdutzt kratzte er sich am Kopf, blickte sich suchend um, konnte sie aber nirgends sehen. Schließlich eilte er zurück in die Stadt und zum Pub, wo Jacko leere Flaschen stapelte. Mick machte drinnen sauber.

»Charlie! Was führt dich denn so früh schon hierher?«, fragte er verwundert. Dann fiel ihm auf, wie blass der Ladenbesitzer war. Außerdem atmete er schwer, so als wäre er gerannt. »Ist was passiert?«

»Hast du Myra gesehen?«, keuchte Charlie.

»Nein. Wieso?«

»Sie bringt mir jeden Morgen frische Eier, aber heute ist sie nicht gekommen, und zu Hause ist sie auch nicht.«

»Und deshalb bist du so durcheinander?«

»Nein, ich ... Jemand hat meine Schaufensterscheibe mit Blut vollgeschmiert, und ... und hinten auf der Türschwelle liegt ein totes Känguru, dem der Kopf fehlt.«

»Was?« Mick fiel aus allen Wolken. »Verdammt noch mal, das geht jetzt aber wirklich zu weit!«, knurrte er wütend. »Wir sollten ein paar Männer zusammentrommeln und dem hiesigen Clan einen kleinen Besuch abstatten.«

»Nein!«, rief Charlie schnell. »Das will ich nicht. Sie sind schon aufgebracht genug. Ich will sie nicht noch mehr verärgern.«

»Wen willst du nicht noch mehr verärgern?«, fragte Jacko, der in diesem Moment den Schankraum betrat.

»So kann es nicht weitergehen, Charlie«, meinte Mick. »Diese Geschichte nimmt dich doch sichtlich mit, und das ist nur verständlich.«

»Könnte mir mal jemand erklären, worum es hier eigentlich geht?«, fuhr Jacko dazwischen.

»Jemand hat Charlies Schaufenster mit Blut beschmiert und ihm ein totes Känguru auf die Türschwelle gelegt.«

Jacko riss die Augen auf. »Das gibt's doch nicht! Wir sollten uns diese Burschen mal vorknöpfen.«

»Ich will keinen Ärger«, sagte Charlie panisch. »Das hört bestimmt auf, sobald Girra wieder da ist. Ich finde, wir sollten nach ihr suchen.«

Mick schüttelte den Kopf. »Das Mädchen geht uns nichts an.«

Charlie, der noch nie in seinem Leben so viel Angst gehabt hatte, ballte die Fäuste. »Und was ist mit Myra? Wenn ihr nun etwas zugestoßen ist?«

Mick winkte ab. »Ach was, wahrscheinlich ist sie bloß bei einer Bekannten.«

Charlie sah offensichtlich schon Gespenster. Mick hatte ihn noch nie so verstört erlebt. Zum ersten Mal machte er sich Sorgen um den Geisteszustand des Ladenbesitzers.

Da es keinen Gemeinderat mehr gab, wurde der Gemeinderatssaal der Stadt für Versammlungen und Zusammenkünfte verschiedenster Art benutzt, und an diesem Morgen traf sich die Handarbeitsgruppe dort. Als die Tür geöffnet wurde und Myra den Raum betrat, sahen alle erstaunt auf.

»Was führt dich denn hierher, Myra?«, fragte Connie Mitchell, die ein Kleidchen für ihre Nichte nähte.

»Ich muss mit euch reden«, sagte Myra.

Sie war bei der Gründung der Gruppe gefragt worden, ob sie nicht mitmachen wolle, aber Myra mistete lieber Hühnerställe aus, statt Näharbeiten zu verrichten. Die Sockenstopfer, so nannte sie die Damen insgeheim.

»Warum? Ist etwas passiert?«, fragte Sandy Wilkinson.

»Noch nicht, aber ich fürchte, es wird bald etwas passieren.« Myra zog sich einen Stuhl heran. Sie musste sich setzen, ihre Knie waren plötzlich ganz weich geworden.

Jetzt schaute Connie noch einmal von ihrer Näharbeit auf. »Mach es nicht so spannend.«

»Es geht um Charlie. Er schwebt in großer Gefahr.« Myra hörte selbst, wie melodramatisch das klang, aber es war nun einmal die Wahrheit. »Hat eine von euch je von Sühnemorden gehört?«

Agatha schüttelte den Kopf. »Ich jedenfalls nicht. Wovon redest du eigentlich, Myra?«

»Ihr wisst doch sicherlich, dass ein paar Aborigines gestern den Laden niederbrennen wollten.«

»Burt hat mir davon erzählt«, sagte Sandy.

Connie nickte. »Ja, Ernie hat auch etwas von einem Feuer gesagt. Er war ziemlich aufgebracht deswegen.«

»Ich höre das zum ersten Mal«, warf Carmel Phillin ein. Sie war Witwe und ging nie in den Pub, weil sie keinen Tropfen Alkohol trank. Daher war es nicht ungewöhnlich, dass sie als Letzte von den Vorfällen im Ort erfuhr.

»Dieses Feuer war eine Warnung«, fuhr Myra mit Nachdruck fort.

»Das glaubst du doch selbst nicht«, meinte Agatha. »Da haben ein paar junge Burschen ihre Zerstörungswut ausgetobt, das ist alles.«

»Du machst dir Sorgen, Myra, das sehe ich dir an«, sagte Sandy. »Aber die Aborigines können Charlie doch nicht für das Verschwinden dieses Mädchens verantwortlich machen.«

»Aber genau das tun sie, Sandy! Das liegt doch auf der Hand. Oder hat bisher schon mal irgendjemand versucht, seinen Laden anzuzünden? Ich glaube, dass Girra ihren Angehörigen von Charlies Übergriffen erzählt hat. Und jetzt, da sie verschwunden ist, denken sie, dass er etwas damit zu tun hat. Ich hätte auch nie geglaubt, dass er fähig wäre, dem Mädchen etwas zu tun. Keiner hier hätte das geglaubt. Aber das Mädchen ist nun mal verschwunden. Ich habe Schreie gehört, und wenn es nicht Girra war, wer kann es dann gewesen sein?«

Die Frauen sahen sich betroffen an. Die Verheirateten hatten mit ihren Ehemännern über Charlies Eskapaden diskutiert, aber besonders skandalös fanden sie sein Verhalten nicht. In der Isolation des Outbacks hatten alleinstehende Männer schon immer jungen Aborigine-Mädchen nachgestellt.

»Charlie wollte ja vielleicht gar nichts von ihr, aber Girra hat das nicht wissen können«, fuhr Myra fort. »Sie hat sich gewehrt, und da hat er sie unbeabsichtigt …« Sie konnte nicht weitersprechen. Sie fing zu weinen an, so deutlich stand ihr die Szene vor Augen.

Die Frauen redeten tröstend mit beruhigenden Worten auf sie ein.

»Ich denke, es könnte nicht schaden, wenn die Männer bei der Suche nach Girra helfen würden«, sagte Connie. »Das wäre ein Zeichen des guten Willens und der Solidarität mit den Ureinwohnern. Immerhin haben sie ja auch Jed geholfen, als er sie brauchte.«

Die anderen nickten zustimmend und murmelten beifällig. Myra trocknete ihre Tränen erleichtert. Endlich konnte sie wieder lächeln.

Nachdem Mick Jacko losgeschickt hatte, um alle verfügbaren Männer zusammenzutrommeln, schenkte er Charlie einen Whiskey ein.

»Hier, den kannst du jetzt brauchen. Das bleibt unter uns.«

Charlie zögerte. »Ich weiß nicht recht. Mit dem Trinken habe ich mir doch diese ganze Suppe erst eingebrockt.«

»Ein Glas schadet nicht. Ich werde aufpassen, dass du keine Dummheiten machst.«

Nach einem weiteren kurzen Augenblick des Zögerns griff Charlie nach dem Glas und stürzte den Whiskey hinunter. Doch der Alkohol vermochte weder das Bild des blutigen Kängurukadavers auszulöschen noch seine flatternden Nerven zu beruhigen. Er würde seine Ruhe erst wiederfinden, wenn Girra wohlbehalten auftauchte.

Kurze Zeit später kehrte Jacko mit Ernie Mitchell, Colin Barnes, Burt Wilkinson, Jim McLeash und Martin O'Flaherty in den Pub zurück.

»Was ist denn los?«, fragte Jim, ein groß gewachsener, hagerer, nüchterner Mann. »Jacko hat gesagt, ein paar der hiesigen Aborigines hätten es auf den Laden abgesehen.«

Mick nickte. »Ja, das stimmt. Aber Charlie will nicht, dass wir etwas dagegen unternehmen.«

Die Männer sahen den Ladenbesitzer an, der in sich zusammengesunken an der Theke hockte.

»Sollen wir die Polizei verständigen?«, fragte Jim.

»Nein, ich finde, wir sollten bei der Suche nach Girra helfen«, antwortete Charlie.

»Da bin ich anderer Meinung«, widersprach Colin. »Die Aborigines werden schon wissen, wo sie nach ihr suchen müssen.«

Ernie nickte zustimmend. »Richtig. Wir wissen doch gar nicht, wo wir anfangen sollten.«

Charlie schwieg und presste niedergeschlagen die Lippen zusammen.

Als die Frauen aus dem Rathaus kamen, schaute Myra zu Charlies Laden hinüber. »Er hat immer noch nicht aufgemacht«, murmelte sie besorgt. »Dabei hätte er schon vor einer Stunde aufmachen müssen.« Sie ging auf den Laden zu, die anderen folgten ihr.

»O mein Gott!«, entfuhr es Myra, als sie die Schaufensterscheibe sah.

»Ist das etwa Blut?«, fragte Connie stirnrunzelnd. Obwohl das Blut mittlerweile getrocknet war, zog es immer noch Fliegenschwärme an.

»Sieht ganz so aus«, meinte Myra. Sie rüttelte an der Türklinke. Die Tür war verschlossen. Sie presste ihre Nase dicht an die Fensterscheibe. »Ich kann Charlie nirgends sehen.«

»Sollen wir hinten nachsehen?«, fragte Agatha.

Myra nickte. »Geht ihr nach hinten. Ich werde nachsehen, ob Charlie zu Hause ist. Wir treffen uns wieder hier.«

Sie eilte davon. Als sie kurz darauf unverrichteter Dinge zurückkam, konnte sie den anderen ansehen, dass irgendetwas passiert war. »Was ist?«, fragte sie mit klopfendem Herzen.

»Du hast Recht gehabt, Myra«, antwortete Agatha dumpf. »Charlie scheint wirklich in Schwierigkeiten zu stecken.«

»Hinter dem Haus liegt ein geköpftes Känguru auf der Türschwelle«, ergänzte Connie.

Myra gab einen erstickten Laut von sich und griff sich an die Kehle. Plötzlich wurde ihr regelrecht schwindlig.

»Hast du Charlie nicht angetroffen?«, fragte Sandy.

Myra schüttelte den Kopf. »Wo kann er nur sein?«, flüsterte sie. Im Geist sah sie Charlie vor sich, wie er von Aborigines gewaltsam verschleppt wurde.

Sandy blickte zum Pub hinüber. »Kommt, wir gehen zu Mick. Vielleicht weiß er mehr.«

22

Als die Frauen den Pub betraten und Charlie an der Theke sitzen sahen, fiel Myra ein Stein vom Herzen. Mit Tränen in den Augen eilte sie zu ihm. »O Charlie, Gott sei Dank, dass dir nichts passiert ist! Ich dachte schon …« Sie konnte nicht weitersprechen. Als sie sich gefangen hatte, stieß sie gepresst hervor: »So kann es nicht weitergehen. Wir haben das Blut auf dem Schaufenster und das tote Känguru gesehen.«

»Wenn ich nur wüsste, warum sie das machen«, murmelte Charlie kopfschüttelnd. »Ich kann mich wirklich nicht erinnern, Girra irgendetwas angetan zu haben, Myra.«

Myra konnte den Anblick des gebrochenen Mannes kaum ertragen. Sie wandte sich an die anderen Männer. »Es gibt nur einen Weg, diese Sache zu beenden: Wir müssen das Mädchen finden.«

»Sie hat Recht«, pflichtete Connie ihr bei. Die anderen Frauen nickten.

»Misch dich da nicht ein, Connie«, warnte Ernie seine Frau. »Wir haben vorhin darüber gesprochen, und wir sind der Meinung, dass es nicht unsere Aufgabe ist, das Mädchen zu suchen.«

»Manchmal muss man tun, was moralisch richtig ist, Ernie Mitchell«, entgegnete Connie streng.

»Was soll das jetzt wieder heißen?«, brummte er.

»Wie viele Männer in dieser Stadt hatten schon mal etwas mit einer jungen Aborigine?«

Die Männer wechselten verstohlene Blicke. Die Frauen wiederum sahen sich vielsagend an.

»Girras Mutter und Großmutter haben Jed uneigennützig geholfen, als er ihre Hilfe brauchte«, warf Sandy ein.

Jim McLeash räusperte sich. »Das stimmt allerdings.« Wieder sahen sich die Männer an. Sie merkten, dass sie auf verlorenem Posten standen.

»Wieso macht sich Jed dann nicht auf die Suche nach dem Mädchen?«, meinte Martin O'Flaherty.

Mick zog eine Braue hoch. »Er könnte das nicht ganz allein. Außerdem ist er immer noch nicht hundertprozentig fit, und in ein paar Tagen macht er sich auf den Weg nach Alice Springs.«

Burt Wilkinson horchte auf. »Will er Silver Flake tatsächlich zum Rennen anmelden?«

Mick nickte. »Er glaubt, dass sie jetzt, da sie wieder ganz gesund ist, eine reelle Chance hat.«

»Wirklich?« Burt überlegte schon, wie viel er auf das Pferd setzen könnte.

»Ja, er hat gesagt, sie würde sehr gute Zeiten laufen«, bestätigte Colin Barnes.

Die Frauen reagierten ungehalten über diese Entwicklung des Gesprächs, das nun eine ganz andere Richtung nahm. Doch noch bevor sie ihrer Empörung Luft machen konnten, stand Charlie plötzlich auf, räusperte sich und verkündete: »Ich werde selbst nach Girra suchen.«

Myra hielt das nicht für eine gute Idee. Er wäre den jungen Männern des Clans wehrlos ausgeliefert. »Du kannst nicht allein gehen, Charlie. Denk an die Warnungen, die die Aborigines dir haben zukommen lassen.«

»Ich werde mitkommen«, bot Mick sofort an. Er wandte sich an Jacko. »Du schaust solange hier nach dem Rechten, einverstanden?«

Jacko, der sich mit Grausen an das letzte Mal erinnerte, da er Mick im Pub vertreten hatte, erwiderte: »Mir wäre es lieber, *du* würdest hierbleiben und *ich* ginge mit Charlie.«

»Ich will nicht, dass jemand anders sich in Gefahr bringt«, sagte

Charlie tapfer. »Immerhin ist es höchstwahrscheinlich meine Schuld, dass dem Mädchen etwas zugestoßen ist.«

»Nein, ist es nicht.«

Alle drehten sich zur Tür um, von der die Stimme gekommen war. Cyril Blake stand dort und sah sie ernst an. Er war gerade hereingekommen und hatte Charlies letzte Worte gehört.

»Das Blut auf deinem Hemd stammt von dir, Charlie«, fügte Cyril hinzu.

»Was?« Charlie ließ sich erleichtert auf einen Barhocker fallen. »Bist du sicher?«

Cyril nickte. »Ja. Die Blutgruppe ist die gleiche, äußerst seltene wie deine. Die Wahrscheinlichkeit, dass das Blut in einem so kleinen Ort wie diesem hier von jemand anderem stammt, ist gleich null.«

»Oh! Gott sei Dank!«, seufzte Myra. »Hast du das gehört, Charlie? Du hast Girra nichts getan, und es ist auch nicht deine Schuld, dass sie verschwunden ist.«

Charlie, noch ganz benommen vor Erleichterung, nickte. »Aber wo ist sie dann?«

Das Training war sehr gut gelaufen, und Ruby stieg zufrieden aus dem Sattel. Auch Jed war von Silver Flakes Verfassung beeindruckt. Obwohl Ruby jeden Tag ein bisschen schneller ritt, war sie nicht gut genug, um über eine Distanz von zweitausend Metern alles aus der Stute herauszuholen. Doch Jed kannte sein Pferd; er wusste, dass Silver Flake noch Reserven hatte.

Nachdem er die Stute abgespritzt hatte, rieben sie sie trocken und striegelten sie. Jed hatte die Fäden an der Stichwunde ein paar Tage zuvor gezogen. Die Wunde war sauber verheilt, aber die Narbe erinnerte ihn ständig daran, dass er noch eine Rechnung mit den Camilleris zu begleichen hatte.

Während er das Futter für Silver Flake mischte, trug Ruby Zaumzeug und Sattel in die Sattelkammer. Als sie die Tür öffnete, schlug ihr der mittlerweile vertraute, muffige Geruch von altem Leder und Wolldecken entgegen. Sie lächelte zufrieden, hängte das Zaumzeug an den Haken und warf den Sattel über den Pflock.

Plötzlich nahm sie eine Bewegung an der Rückseite der Kammer wahr. »O Gott«, murmelte Ruby, »eine Schlange!« Sie stieß einen markerschütternden Schrei aus.

Sekunden später kam Jed hereingestürzt, eine Schaufel in der Hand. »Was ist?«, rief er.

»Da … da … hinten! Eine … Schlange!«, stotterte Ruby und zeigte in die schummrige Ecke.

Sie taumelte vor Angst rückwärts, stolperte über ihre eigenen Füße und fiel. Die Schaufel hoch über dem Kopf erhoben, schlich Jed vorsichtig in die angegebene Richtung. Da ertönte ein gedämpfter Schrei.

Verdutzt blieb Jed stehen und starrte angestrengt in das Dämmerlicht. Als sich seine Augen daran gewöhnt hatten, klappte ihm der Unterkiefer herunter.

»Ich glaub's nicht!« Jed schüttelte den Kopf.

»Was? Was ist denn?« Ruby rappelte sich auf und spähte ihm über die Schulter. »Girra!«, rief sie ganz verdattert. »Was machst du denn hier?«

Dann erst bemerkte sie, dass das Mädchen nicht allein war: Ein junger Mann, nur wenig älter als Girra, drückte sich neben ihr in die Ecke. Langsam standen die beiden auf. Der Junge war groß, drahtig und gut aussehend, aber auch sichtlich nervös. Seine dunklen Augen huschten immer wieder zur offenen Tür, so als wollte er jeden Moment die Flucht ergreifen. Girra warf ihrem Begleiter einen kurzen Blick zu, sagte aber nichts.

»Deine Eltern sind ganz krank vor Sorge«, schimpfte Ruby.

Das Mädchen riss in Panik die Augen auf. »Sie dürfen auf keinen Fall erfahren, dass ihr uns hier erwischt habt!«

»Weißt du eigentlich, was für Probleme Charlie Gillard deinetwegen hat?«, sagte Jed zornig. »Alle denken, er hätte etwas mit deinem Verschwinden zu tun.«

Girra zuckte die Achseln. Das geschah Charlie ganz recht.

»Du musst deinen Eltern sagen, dass es dir gut geht«, beharrte Ruby. »Sie denken, dir sei weiß Gott was zugestoßen. Du kannst sie nicht im Ungewissen lassen.«

Girra blickte schuldbewusst drein. »Sagt ihnen, dass es mir gut geht, aber sagt ihnen auf keinen Fall, dass ich mit Darel zusammen bin.«

»Warum dürfen sie das nicht wissen?« Jed musterte den jungen Mann misstrauisch.

Girra schwieg einen Moment. Sie warf dem schlaksigen Burschen einen weiteren flüchtigen Blick zu und sagte dann leise: »Er ist nicht von meinem Clan.« Tränen standen in ihren großen braunen Augen. Sie sah Jed an. »Du weißt, was das bedeutet.« Es war eher eine Frage als eine Feststellung. Sie war sich wohl nicht sicher, wie viel Jed über die Sitten und Bräuche der Ureinwohner wusste.

Jed nickte. Ruby sah ihn fragend an, aber als er ihr keine Erklärung gab, wandte sie sich an Girra. »Ich verstehe nicht, Girra. Wo liegt das Problem?«

»Meine Familie will mich mit Arunta vom Stamm der Bulalli verheiraten, dem auch wir angehören«, antwortete das Mädchen verzweifelt. Arunta war schon älter und hatte aus einer früheren Ehe Kinder, die fast so alt wie sie selbst waren. Seine Frau war im Jahr zuvor krank geworden und gestorben. Girra liebte den Witwer nicht, und sie kam auch nicht mit seinen Kindern aus. »Ich will Darel heiraten, aber Darel ist vom Stamm der Wilyakali«, fuhr sie mit zitternder Stimme fort, wobei sie nach Süden zeigte, um anzudeuten, wo die Sippe zu Hause war. »Wir werden zusammen weglaufen.«

»Sie würden euch finden, Girra«, sagte Jed. Er hatte Mitleid mit den jungen Leuten. Geschichten wie die von Girra und Darel hatte er schon oft gehört. »Eure Leute würden euch finden, und dann wärt ihr wirklich in Schwierigkeiten. Ich an eurer Stelle würde offen mit der Familie sprechen. Vielleicht haben deine Eltern ein Einsehen; vielleicht akzeptieren sie deine Beziehung zu Darel.«

Falls Girra und Darel wegliefen und gefunden würden, würde der junge Mann möglicherweise mit seinem Leben dafür bezahlen, dass er den Wunsch von Girras Eltern nicht respektiert hatte. Die Gesetze des Clans kannten kein Erbarmen. Jed hoffte, es gelang ihm, dem Mädchen das begreiflich zu machen.

Sie waren sich endlich einig geworden. Charlie, Jacko und Jim McLeash hatten beschlossen, sich in Jims geländegängigem Jeep auf die Suche nach Girra zu machen. In den zwei oder drei Tagen, die sie unterwegs sein würden, wollte sich Myra um Charlies Laden kümmern.

»Wo steckt Ruby eigentlich?«, wandte sich Harold McGuire an Myra. »Ich wollte mir die Haare schneiden lassen, aber ihr Laden ist zu.«

»Sie trainiert doch Jeds Pferd«, antwortete Myra nur.

Der Hinweis darauf, dass Ruby mit ihrer Aktion gegen die Weigerung der Männer, nach dem Mädchen zu suchen, protestieren wollte, war jetzt ja überflüssig geworden.

Harold sah sie verblüfft an. »Was? Ich hab gar nicht gewusst, dass sie auch als Jockey arbeitet!«

»Sie hat reiten gelernt, und allem Anschein nach macht sie ihre Sache sehr gut.« Myra bemerkte, wie die anderen Frauen erstaunte Blicke wechselten.

»Und was ist mit dem Mädchen, dieser Kadee, die das Pferd für Jed trainiert hat?«, wollte Harold wissen.

»Sie ist anscheinend nicht sehr zuverlässig«, erwiderte Myra ausweichend. Ruby hatte ihr von Kadees Schwangerschaft erzählt, aber das würden die anderen noch früh genug erfahren.

Eine Stunde später ging es los. Der Jeep war mit Benzinkanistern und einem großzügigen Wasservorrat sowie einem von den Frauen mit belegten Broten, Fleischkonserven und Obst gepackten Korb beladen worden. Die Männer gaben Jim noch ein paar gute Ratschläge für die Suche mit auf den Weg, und Myra bat Charlie, vorsichtig zu sein. Sie versicherte ihm, er brauche sich um seinen Laden keine Sorgen zu machen.

»Na, so was, wen haben wir denn da?«, sagte Ernie plötzlich. Die anderen schauten auf und folgten seinem Blick.

Etwa ein Dutzend Aborigines, darunter Jinny und Toby sowie einige junge Männer, kamen die Hauptstraße entlang auf die Gruppe zu, die sich um den Jeep versammelt hatte. Die Ureinwohner blickten finster drein.

Myra ging ihnen entgegen und fragte: »Was führt dich in die Stadt, Jinny?«

»Dieser Mann da! Charlie!« Sie zeigte aufgebracht auf den Ladeninhaber. »Er soll uns endlich sagen, wo Girra ist!«

»Er weiß es nicht, Jinny. Aber er und zwei andere Männer sind gerade dabei, sich auf die Suche nach ihr zu machen«, sagte Myra beschwichtigend.

Doch Jinny achtete nicht auf sie. Sie blickte an Myra vorbei zu Charlie und kreischte: »Was hast du mit meinem Kind gemacht?«

Charlie stieg wieder aus dem Jeep aus. »Ich habe Girra nichts getan«, beteuerte er. Doch es klang wenig überzeugend, weil seine Stimme vor Angst zitterte.

»Girra hat Mandu erzählt, dass du ihr wehgetan hast«, warf Toby ihm vor.

Die jungen Männer traten vor und stießen Drohungen in ihrer Sprache aus. Einige von ihnen waren sogar bewaffnet: Einer trug einen Speer, ein anderer eine Art Schlagstock, *nulla-nulla* genannt.

»Das ist nicht wahr«, protestierte Charlie verzweifelt. »Ich habe mir Sorgen um sie gemacht, weil sie nachts ganz allein unterwegs war. Sie hat mich an meine Tochter erinnert.«

»Du lügst!« Jinny zeigte anklagend mit dem Finger auf ihn. Blanker Hass spiegelte sich auf ihren Zügen. »Mandu war lange Zeit auf *walkabout*. Heute ist er zurückgekommen, und er hat uns gesagt, dass du meinem Mädchen wehgetan hast.«

»Nein! Ich schwöre, ich habe Girra nichts getan!« Charlies Verzweiflung wuchs. Er nahm sich vor, nie wieder auch nur einen Tropfen Alkohol anzurühren. Jedenfalls nicht, solange er Medikamente einnehmen musste.

»Wer von euch hat Charlie das tote Känguru auf die Türschwelle gelegt?«, warf Colin Barnes ein. »So etwas werden wir nicht dulden, habt ihr verstanden? Eigentlich sollten wir die Polizei verständigen!«

Eine hitzige Diskussion zwischen den beiden Gruppen entspann sich. Auf beiden Seiten wurden Drohungen und Beschimpfungen ausgestoßen. Als einer der jungen Aborigines Charlie mit seinem Speer bedrohte, lief Mick schnell in den Pub, holte sein Gewehr und entsicherte die Waffe. Plötzlich verstummten alle. Feindselig standen sich Weiße und Ureinwohner gegenüber. Die Spannung in der Luft war fast mit Händen greifbar.

Da zerriss ein Motorengeräusch die Stille. Alle wandten sich der Straße zu. Jeds Wohnmobil näherte sich in rasendem Tempo der Gruppe und bremste abrupt vor ihnen ab. Ruby und Jed sprangen gleichzeitig aus dem Wagen.

»Sieht so aus, als würde es Ärger geben«, murmelte Jed, der sofort das Gewehr in Micks Händen und den jungen Aborigine mit dem drohend erhobenen Speer registrierte.

»Verdammt!«, rief er. »Was ist hier los?«

Ruby eilte zu Myra, die sichtlich angespannt war.

»Girras Eltern glauben, dass Charlie etwas mit dem Verschwinden des Mädchens zu tun hat«, erklärte Mick.

Jed hatte sich fast schon so etwas gedacht. »Hört mal alle her«, rief er. »Ruby und ich haben gerade mit Girra gesprochen. Es geht ihr gut.«

»Was?« Jinny sah ihn ungläubig an. »Das glaube ich nicht! Du lügst.«

»Nein, es ist die Wahrheit«, versicherte Ruby. »Wir haben sie vor wenigen Minuten gesehen. Es ist alles in Ordnung, wirklich.«

»Und warum kommt sie dann nicht nach Hause?«, fragte Toby.

»Sie hat Angst«, antwortete Ruby.

»Angst?«, wiederholte Jinny verdutzt. »Wovor hat sie Angst?«

Ruby, die Girra versprochen hatte, ihre Eltern schon einmal behutsam vorzubereiten, falls sie sie sah, sagte: »Sie hat sich in einen jungen Mann verliebt und glaubt, ihr wärt nicht mit ihm einverstanden.«

Als die Aborigines keine Reaktion zeigten, fügte Ruby erklärend hinzu: »Sie möchte einen jungen Mann von einem anderen Clan heiraten.«

»Stimmt das?«, fragte Myra Jed mit leiser Stimme. Er nickte.

Ein älterer Aborigine trat vor. »Wie heißt er?«, herrschte er Ruby an.

Ob das Arunta war, dem Girra versprochen worden war? Sein Auftreten deutete darauf hin. In diesem Fall konnte Ruby das Mädchen verstehen: Der Mann hätte ihr Vater sein können. »Das kann ich euch nicht sagen«, erwiderte Ruby kopfschüttelnd. »Ich kann euch nur sagen, dass sie Angst hat, zu ihrer Sippe zurückzukehren.«

Die Ureinwohner besprachen sich, dann wandte sich Jinny an Ruby. »Sag mir, wo Girra ist.«

»Ich weiß nicht, wo sie sich jetzt aufhält. Sie wird zurückkommen, aber erst, wenn sie sich sicher sein kann, dass dem Jungen, den sie liebt, nichts passiert. Ihr werdet ihm doch nichts antun, oder?«

Jinny machte ein finsteres Gesicht, blieb ihr aber die Antwort schuldig. Die Aborigines beratschlagten sich ein weiteres Mal, dann bedachten sie die Weißen mit feindseligen Blicken, drehten sich um und gingen langsam davon.

»Was wird nur aus Girra werden?«, sagte Myra nachdenklich.

Jed schüttelte den Kopf. »Keine Ahnung. Wir können nichts weiter für sie tun.«

»Ich bin ja so froh, dass Girra nichts zugestoßen ist«, sagte Myra zu Ruby, als sie den Männern in den Pub folgten. Sie konnten jetzt alle einen Drink vertragen, und Mick hatte versprochen, einen auszugeben. »Ich möchte bloß wissen, wen ich dann nachts schreien gehört habe.«

Ruby vergewisserte sich, dass Charlie sie nicht hören konnte. »Wir haben mit Girra auch über Charlie geredet. Wir wissen jetzt, was passiert ist.«

Myra sah sie fragend an.

»Girra hatte sich heimlich mit Darel getroffen, dem jungen Mann, den sie liebte, und war auf dem Weg nach Hause, als Charlie betrunken aus dem Pub kam und sie sah. Er rief ihr zu, sie solle stehen bleiben, aber sie lief weiter. Charlie verfolgte sie. In der Nähe deines Hauses holte er sie ein und hielt sie fest. Sie wehrte sich und begann zu schreien. Ihre Schreie alarmierten Darel. Er kam ihr zu Hilfe, stürzte sich auf Charlie und warf ihn zu Boden. Er muss aufs Gesicht gefallen sein, denn als er versuchte, sich aufzusetzen, sahen sie, dass er starkes Nasenbluten hatte. Da sind sie weggelaufen.«

Myra nickte. »Wahrscheinlich hatte er Nasenbluten von dem Sturz. Cyril Blake hat uns vorhin erzählt, dass das Blut auf dem Hemd nur von Charlie selbst stammen kann.«

»Für Charlie ist die Sache damit ausgestanden, aber um Girra mache ich mir große Sorgen«, sagte Ruby. »Ich hoffe nur, sie kann sich mit ihrer Familie versöhnen und den Mann, den sie liebt, heiraten.«

»Ja, zu wünschen wäre es ihr«, meinte Myra. »Aber wie diese Geschichte ausgehen wird, liegt nicht in unserer Hand, Ruby.«

»Morgen früh werde ich das Wohnmobil nach Broken Hill bringen«, sagte Jed am Abend zu Ruby. »Ein Kumpel von mir hat dort eine Autowerkstatt. Ich will das Öl und den Ölfilter wechseln und auch die Bremsen und die Reifen kontrollieren lassen. Besser ist besser. Die Straße nach Alice Springs ist streckenweise in ziemlich schlechtem Zustand.«

»Und was ist mit unserer morgendlichen Trainingseinheit?«

»Ich werde dich bei Bernie absetzen, dann kannst du Silver Flake füttern. Das Training muss ausfallen. Wir werden dafür morgen Abend länger trainieren.«

»Ich könnte sie ein paar Runden auf der Bahn bewegen«, schlug Ruby vor.

»Nein, ich möchte nicht, dass du sie reitest, wenn du ganz allein dort draußen bist.«

»Bernie ist doch da.«

Jed schüttelte den Kopf. »Wenn du herunterfällst, könnte es Stunden dauern, bis dich jemand findet. Falls Kadee kommt, kannst du Silver Flake meinetwegen reiten, aber wenn nicht, möchte ich, dass du sie nur fütterst und striegelst, okay?«

»Von mir aus«, gab Ruby enttäuscht zurück. »Hast du keine Angst, du könntest den Camilleris in Broken Hill begegnen?«, fügte sie nach einer kleinen Pause hinzu.

»O nein, ganz und gar nicht«, knurrte Jed.

»Wann kommst du zurück?«

»Frühestens im Laufe des Nachmittags«, antwortete Jed.

Er hatte nicht nur vor, seinen Wagen zu überprüfen, sondern wollte auch noch jemandem einen kleinen Besuch abstatten.

Es war noch dunkel, als Jed Ruby am anderen Morgen abholte. Im Osten zeigte sich ein erster schwacher Lichtschein, als er am Tor zu Bernies Einfahrt hielt und Ruby aussteigen ließ. Im Farmhaus brannte bereits Licht.

Jed war unterwegs sehr schweigsam gewesen, aber Ruby war klar, dass er vor der Fahrt nach Alice Springs an vieles denken musste. Sie selbst war schon ganz aufgeregt. Sie war noch nie in Alice Springs gewesen und hatte auch noch nie ein Pferderennen besucht.

Cindy, Bernies Hund, humpelte ihr zur Begrüßung entgegen.

»Hallo, Cindy.« Ruby tätschelte ihr den Kopf. »Was hast du denn gemacht, mein Mädchen? Wieso humpelst du?« Sie bückte sich, konnte aber in dem dämmrigen Licht nicht erkennen, ob sich der Hund an der Pfote verletzt hatte.

Bernie trat auf die Veranda heraus. »Morgen, Ruby!«

»Guten Morgen, Bernie. Cindy hinkt, hast du das schon gesehen?«

»Ja, ich schätze, irgendwas hat sie gebissen.«

»Doch hoffentlich keine Schlange!«, sagte Ruby besorgt.

Der arme alte Hund tat ihr leid. Sie und Jed hatten Bernie erzählt, dass sie eine Schlange in den Heuschuppen hatten kriechen sehen.

»Nein, dann wäre sie jetzt nicht mehr am Leben. Ich vermute, es ist ein Spinnenbiss. Es gibt Spinnen, deren Biss ziemlich üble Folgen haben kann, wenn er nicht behandelt wird.«

»Und was hast du jetzt vor?«

Bernie war die Verandastufen heruntergekommen »Ich werde mit ihr zum Tierarzt fahren, damit er sie untersucht«, antwortete er, die Stirn in tiefe Sorgenfalten gelegt. Dann fragte er: »Ist Jed nicht mitgekommen?«

»Nein, er ist nach Broken Hill gefahren, weil er den Wagen vor der Fahrt nach Alice Springs überprüfen lassen will.«

»Ja, da tut er sicher gut dran. Vielleicht sehe ich ihn ja, wenn ich zum Tierarzt fahre. Also dann bis später.« Bernie hob seinen Hund hoch und legte ihn auf den Beifahrersitz seines Pick-ups.

»Ja, bis später.« Ruby ging zu den Stallungen hinter dem Haus. Sie hörte, wie der Motor des Pick-ups angelassen wurde und der Wagen die Einfahrt hinunterfuhr. Es dauerte nicht lange, bis sich das Motorengeräusch entfernt hatte und ringsum tiefe Stille eingekehrt war.

Es war ein herrlicher Morgen. Die ersten Sonnenstrahlen tasteten sich über das Land und drängten die Dunkelheit immer weiter zurück. In den beginnenden Tag hineinzureiten war für Ruby das Schönste, und daher hoffte sie, dass Kadee noch kommen würde, auch wenn es wenig wahrscheinlich war. Kadee war seit Tagen nicht mehr da gewesen. Ruby verstand nicht, warum Jed sich so wenig um die junge Aborigine kümmerte. Anscheinend war er in seiner Einstellung den Ureinwohnern gegenüber nicht anders als die anderen Männer in der Stadt.

Allerdings musste Ruby ihm zugutehalten, dass er vollauf mit den Vorbereitungen für das Rennen beschäftigt war und deshalb alles andere in den Hintergrund rückte. Mick hatte ihn einmal als »Hinterhoftrainer« beschrieben, der das Glück gehabt habe, ein Pferd mit Siegerpotenzial bei einer Versteigerung zu entdecken. Die Wahrscheinlichkeit, dass er so eine Chance ein zweites Mal bekäme, sei gleich null, daher setze Jed seine ganze Hoffnung in das Rennen in Alice Springs. Zu Rubys eigenen Erstaunen war ihr Wunsch, ihren Anteil an dem Pferd zu verkaufen, irgendwann in der Zeit in Silverton dem Ehrgeiz gewichen, Silver Flake siegen zu sehen. Sollte dieser Traum Wirklichkeit werden, so würde sie besonders stolz darauf sein können, weil sie mit ihrem Training einen kleinen Beitrag dazu geleistet hätte.

Nachdem sie die Stute begrüßt hatte, mischte sie ihr Futter. Statt Silver Flake zu füttern, holte sie jedoch Zaumzeug und Sattel.

»Eigentlich hat Jed mir das verboten«, sagte sie, als sie aufstieg, »aber du wirst mich nicht verraten, oder?« Sie lenkte die Stute auf die Reitbahn hinaus und setzte sie in Galopp. Es war ein wunderschöner Morgen.

»Wir könnten doch einen kleinen Ausflug machen, was meinst du, Mädchen? Niemand würde es erfahren.«

Ruby stieg wieder ab, öffnete das Gatter hinter der Bahn, führte die Stute hinaus ins offene Gelände, machte das Gatter hinter ihr zu und stieg wieder auf.

Das weite Land war steinig und öde; außer robustem Unkraut wuchs nichts auf dem ausgedorrten Boden. Ruby hatte das Gefühl, die Stute freue sich über die kleine Abwechslung. Silver Flake galoppierte an, ohne dass sie dazu ermuntert werden musste.

Nach einer Weile erreichten sie das Flussbett. Im Schritttempo ging es unter den knorrigen Eukalyptusbäumen entlang. Vögel zwitscherten im Geäst, Elstern keckerten, und Gelbhaubenkakadus kreischten. Ein Lächeln huschte über Rubys Gesicht. Sie war ein Stadtkind und hätte sich nie träumen lassen, dass sie sich so sehr an der Natur und der ländlichen Idylle erfreuen könnte.

An einer Stelle, wo die Uferböschung nicht ganz so steil abfiel, durchquerten sie das Flussbett. Auf der anderen Seite angekommen, galoppierte Silver Flake wieder an, und Ruby empfand ein nie gekanntes Gefühl grenzenloser Freiheit.

Im Nu hatten sie das Gebiet hinter Silverton erreicht. Ruby konnte Myras Haus in der Ferne sehen, doch sie ritt weiter, auf die Mundi-Mundi-Ebene zu.

Kurz darauf gelangten sie an die Straße nach Umberumberka. Als sie sie überquert hatten, setzten sie ihren Weg in gemächlichem Tempo fort und hielten schließlich an. Ruby genoss die Stille und die scheinbar unendliche Weite. Sie schaute blinzelnd zum Himmel hinauf, der in verschiedenen Gelb-, Rosa- und leuchtenden Orangetönen gebändert war. Der geradezu atemberaubend schöne Anblick trieb ihr Tränen in die Augen.

Die Zeit schien stillzustehen. Ein sanfter Morgenwind strich über Rubys Haut, die feucht glänzte vom Schweiß. Nicht ein einziges Auto, keine Menschenseele war zu sehen. Ruby kam es so vor, als wäre sie ganz allein auf diesem Planeten. Es war ein unheimliches und gleichzeitig herrliches Gefühl. Auch Silver Flake sah sich aufmerksam um. Ihre Ohren zuckten, die Nüstern blähten sich.

»Ganz schön ruhig hier draußen, nicht wahr, mein Mädchen?«, flüsterte Ruby, während sie der Stute über den Hals strich. Das silbergraue Fell fühlte sich an wie Seide. »Komm, zeig, was du kannst!« Ein leichter Druck mit den Fersen genügte, und Silver Flake setzte sich in Bewegung.

In lockerem Galopp ging es über das offene Land, wo nichts außer ein paar dürren Grasbüscheln wuchs. Nach wenigen hundert Metern fiel die Stute in gestreckten Galopp. Ruby machte sich ganz klein im Sattel und duckte sich hinter Silver Flakes Kopf, so wie sie es bei Kadee gesehen hatte. Es war das erste Mal, dass sie außerhalb der runden Reitbahn bei Bernie ritt. Furchtlos spornte sie die Stute zu noch höherem Tempo an. Sie hob das Gesicht in den kühlen Wind und strahlte. Es war herrlich, fast so, als würden sie von unsichtbaren Flügeln getragen. Auch die Stute schien es zu genießen, ihrem Bewegungsdrang nachgeben und nach Herzenslust laufen zu können, weil es genau das war, wofür sie geschaffen war. Ein ekstatisches Gefühl ergriff Ruby, und sie wusste, sie würde diese Augenblicke der Verzückung nie wieder vergessen.

Als sie fast zwei Kilometer zurückgelegt hatten, richtete sich Ruby im Sattel auf und drosselte behutsam Silver Flakes Tempo, bis sie im Schritt ging. Ruby war ganz außer Atem. Sie wendete das Pferd und tätschelte ihm den Hals, und die Stute schnaubte und prustete, als wollte sie sich für den Auslauf bedanken.

Die Sonne kletterte höher am strahlend blauen Himmel, als sie sich gemächlich auf den Rückweg machten. Außer dem klackenden Geräusch der Hufe auf der steinigen, staubigen Erde war es vollkommen still.

Doch dann glaubte Ruby plötzlich etwas zu hören. »Hast du das auch gehört?«, fragte sie Silver Flake, als ob das Pferd ihr eine Antwort geben könnte.

Sie zog die Zügel an, und Silver Flake blieb regungslos stehen. Ruby lauschte angestrengt. Es klang wie das ferne Echo eines Blasinstruments. Ein *didgeridoo*? Doch das war unmöglich, da meilenweit kein Mensch zu sehen war. Kurz meinte sie den Singsang von Aborigines zu hören, der sich in der Ferne verlor.

Ruby runzelte verwirrt die Stirn. Was hatte das zu bedeuten? Sie bildete sich dieses seltsame Phänomen nicht ein, denn sie konnte Silver Flake – dem Spiel ihrer Ohren und ihrem wachsamen Blick – ansehen, dass auch sie etwas wahrnahm. Die Stute schaute unverwandt nach vorn, dorthin, wo am Horizont Himmel und Erde sich zu berühren schienen.

»Was hast du, mein Mädchen?«

Ruby strich der Stute über die silbergraue Mähne. Plötzlich erhob sich aus dem Nichts ein Wirbelwind, der sich in einer schnellen Spirale auf sie zubewegte. Bevor Ruby reagieren konnte, hatte die Windhose sie bereits erreicht. Silver Flake begann nervös zu tänzeln, und Ruby redete beruhigend auf sie ein. Die Windhose wirbelte in geringem Abstand um Pferd und Reiterin herum. Auf einmal war das *didgeridoo* wieder zu hören, lauter dieses Mal, bevor sein Klang erstarb. Im nächsten Augenblick nahm der Wind ab, der Staub, den er aufgewirbelt hatte, legte sich, und ringsum herrschte wieder tiefe Stille.

Ein beklemmendes Gefühl beschlich Ruby. Sie erinnerte sich, dass Jed ihr einmal von den Geistern auf der Mundi-Mundi-Ebene erzählt, sie das aber nicht wirklich ernst genommen hatte. Es war um einen Aborigine gegangen, der sich in die Frau eines anderen Sippenangehörigen verliebt hatte und sie nicht in Ruhe ließ. Zu guter Letzt hatten die Stammesältesten ihn verstoßen, und er hatte sein Dasein auf der kargen Ebene gefristet, wo Nahrung knapp und er den Unbilden der Natur schutzlos ausgeliefert war. Einsam und mit gebrochenem Herzen war er innerhalb eines Jahres gestorben. Seitdem, so hatte Jed gesagt, wandere sein ruheloser Geist über die Ebene und suche vor allem Männer heim. Die Aborigines erzählten von Männern, die von plötzlich auftretenden Windhosen regelrecht von der Ebene gejagt oder von scharfkantigen Steinchen verletzt wurden. Ruby dachte an den Wirbelwind, der sie und Silver Flake umkreist, ihnen aber nichts getan hatte. War der Geist ihr wohlgesonnen, weil sie eine Frau war? Oder war das alles nur eine Legende, ein Aberglaube der Aborigines?

Nachdenklich ritt Ruby zu Bernies Farm zurück. Das unheimliche Erlebnis konnte die Erinnerung an die ekstatische Freude und das Gefühl grenzenloser Freiheit, das sie bei ihrem Ritt über die Ebene empfunden hatte, jedoch nicht trüben. Sie würde diese einzigartige, beglückende Erfahrung niemals vergessen, ob die Legende der Mundi-Mundi-Ebene nun etwas damit zu tun hatte oder nicht.

23

Auf halbem Weg nach Broken Hill kam Bernie ein ramponierter Ute-Geländewagen entgegen, ein Holden, und Bernie hob mechanisch die Hand, um den Fahrer zu grüßen, so wie es auf den einsamen Landstraßen im Outback üblich war. Doch der andere erwiderte seinen Gruß nicht. Bernie, der weder den Wagen noch den Fahrer kannte, wunderte sich zwar, dachte aber nicht weiter darüber nach, weil er andere Sorgen hatte: Cindy ging es schlechter. Sie lag apathisch auf dem Beifahrersitz, und Bernie wollte so schnell wie möglich zum Tierarzt.

»Der Bursche hat gegrüßt«, sagte Frankie Camilleri zu Joe, der am Steuer des geliehenen Ute saß.

»Ja, ich hab's gesehen.« Joe warf einen Blick in den Rückspiegel. »Er hält uns für Farmer, das war ja auch der Sinn der Sache, oder?« Sie trugen karierte Hemden und Cowboyhüte, beides geborgt, und waren unrasiert.

»Dann sollten wir uns aber auch wie Farmer verhalten«, knurrte Frankie. »Wink das nächste Mal zurück, wenn einer grüßt.«

Joe antwortete nicht.

»Wir dürfen es nicht vermasseln«, beharrte Frankie. »Wir haben nur diese eine Chance. Monroe wird sich bald auf den Weg nach Alice Springs machen. Falls er überhaupt noch da ist.«

»Und wenn nicht, fahren wir ihm eben nach. Eddie kommt schließlich für die Unkosten auf.«

»Mir wäre es lieber, wir könnten die Sache hier und jetzt erledigen, damit wir nach Adelaide zurückkönnen«, erwiderte Frankie.

Der Motor des Geländewagens lief unruhig und hatte etliche Fehlzündungen.

»Hast du nicht gesagt, Johnnos Ute wäre zuverlässig?«, brummte Frankie ärgerlich.

Anscheinend waren sie vom Pech verfolgt, und so langsam hatte er die Nase voll. Erst hatten sie tagelang nach jemandem gesucht, der ihnen ein Fahrzeug lieh, das in einem Nest wie Silverton nicht auffiel. Dann hatten sie sich die Kleidung borgen müssen. Das Schwierigste aber war, ein Mittel aufzutreiben, das imstande war, ein Pferd außer Gefecht zu setzen, zumal Eddie auf keinen Fall davon erfahren durfte. Zu guter Letzt waren sie in den Lagerschuppen eines Schädlingsbekämpfers eingebrochen und hatten eine Flasche Arsen gestohlen.

»Johnno hat gesagt, der Wagen hätte ihn noch nie im Stich gelassen«, gab Joe zurück. Er schaltete herunter und jagte den Motor hoch.

»Klar, er braucht ihn ja auch nur, um von einem Pub zum anderen zu fahren.«

»Es gibt mehr als fünfundzwanzig Wirtshäuser in Broken Hill, da legt er schon ein paar Kilometer zurück.«

Frankie schüttelte den Kopf. »Hoffentlich bleiben wir nicht mit einer Panne liegen. Falls nämlich doch und einer aus Silverton kommt zufällig vorbei und hält an, um uns zu helfen, fliegen wir garantiert auf.«

»Und wenn schon«, meinte Joe achselzuckend. »In Silverton gibt's keine Polizei.«

»Der Schuss könnte aber auch nach hinten losgehen«, sagte Frankie.

Joe runzelte die Stirn. »Wie meinst du das?«

»Sie könnten uns abknallen und ungeschoren davonkommen.«

Zwanzig Minuten später hatten Joe und Frankie Penrose Park erreicht. Joe hielt neben den Stallungen an. Als er den Fuß vom Gaspedal nahm, stotterte der Motor ein paar Mal und starb dann endgültig ab.

»Monroes Anhänger ist noch da; das heißt, er ist also noch in der Gegend«, sagte Joe. Ein drohender Unterton schwang in seiner Stimme mit.

Frankie nickte. »Endlich mal eine gute Neuigkeit.« Er warf einen Blick in die leeren Boxen. »Aber erst müssen wir ihn finden. Oder besser noch, sein Pferd.« Ihm war aufgefallen, dass kein frischer Pferdemist in den Boxen lag. Das bedeutete, Jed Monroe hatte Silver Flake anderswo untergestellt.

Joe öffnete die Motorhaube und warf einen Blick auf den Motor. »Wenn ich die Karre hier wieder zum Laufen kriege, versuchen wir, seinen Anhänger lahmzulegen. Und wenn nicht, erledigen wir die Angelegenheit auf unsere Weise«, fügte er grinsend hinzu.

Als Ruby auf dem Rückweg zu Bernies Farm an Penrose Park vorbeikam, fiel ihr ein blauer Geländewagen neben den Stallungen auf. Das machte sie neugierig. Diesen Wagen hatte sie noch nie in der Stadt gesehen, und außer Jed benutzte niemand die Ställe. Ob die Leute zu einem Picknick gekommen waren? Aber die hochgeklappte Motorhaube, so viel konnte sie zwischen den Bäumen hindurch erkennen, deutete eher darauf hin, dass der Fahrer irgendeine Panne hatte.

Ruby ritt im Schritttempo weiter. »Ich würde zu gern sehen, was dort drüben los ist, aber wir müssen vorsichtig sein. Ich will nicht, dass wir entdeckt werden und irgendjemand uns bei Jed verpetzt«, murmelte sie. Sie tätschelte der Stute den Hals, und Silver Flake schnaubte, als hätte sie jedes Wort verstanden.

»Hast du das gehört?« Joe, der sich über den Motor gebeugt hatte, richtete sich auf und schaute sich um. »Das klang wie ein Pferd.«

»Ich hab nichts gehört«, brummte Frankie.

Er war mit seinen Gedanken woanders. Wie sollten sie Jed Monroe daran hindern, nach Alice Springs zu fahren, wenn diese verdammte Karre nicht wieder ansprang?

»Ich glaub's ja nicht«, sagte Joe ganz aufgeregt. »Schau mal dort drüben, hinter den Baumen. Das ist Silver Flake.«

Frankie folgte seinem Blick. »Tatsächlich, du hast Recht. Wer sitzt denn da im Sattel? Monroe ist es nicht.«

Joe schüttelte den Kopf. »Nein, sieht aus, als wäre es ein Mädchen.«

Er lächelte. Endlich schien ihre Pechsträhne ein Ende zu haben.

Ruby erschrak, als sie die beiden Männer sah, die sie ganz offensichtlich beobachteten. Sie waren wie Farmer gekleidet, deshalb war es umso merkwürdiger, dass sie sich so für sie interessierten. Ruby fürchtete, sie könnten das Pferd erkennen und möglicherweise Jed gegenüber ihren kleinen Ausflug mit Silver Flake erwähnen.

Plötzlich winkte einer der beiden sie zu sich herüber. Sie tat, als hätte sie es nicht gesehen, und ritt weiter. Aus den Augenwinkeln nahm Ruby wahr, dass die Männer sie immer noch anstarrten. Da bekam sie es mit der Angst zu tun. Aus Silverton waren die beiden nicht, sie kannte mittlerweile jeden im Ort. Ob die Camilleris diese Burschen geschickt hatten?

Ruby dachte blitzschnell nach. Falls die beiden Männer tatsächlich hinter Jed her waren, würden sie ihr folgen, deshalb durfte sie auf keinen Fall zu Bernie reiten. Sie wendete das Pferd und galoppierte, so schnell sie konnte, den Weg zurück, den sie gekommen war.

Wind war aufgekommen, Staub wirbelte durch die Luft. Als Ruby den Fluss erreicht hatte, suchte sie mit Silver Flake Zuflucht in einem Wäldchen, von wo sie sowohl die Straße nach Broken Hill als auch das offene Land hinter Penrose Park und Bernies Farm beobachten konnte. Der Wind hatte weiter aufgefrischt, und der Staub wehte ihr ins Gesicht, setzte sich in Augen und Nase fest. Sie konnte kaum atmen.

»Tut mir leid, mein Mädchen«, sagte sie und tätschelte Silver Flake sanft den Hals, »aber wir müssen hierbleiben, bis die Luft rein ist und wir zu Bernie zurückkönnen.«

Joe und Frankie hatten sich vor dem Staub in ihren Geländewagen geflüchtet. Joe hatte den Motor zwar wieder zum Laufen gebracht, aber er lief sehr unregelmäßig, und die Brüder überlegten, wie sie weiter vorgehen sollten.

»Wir können den Pferdehänger nicht manipulieren, ohne dass es auffallen würde«, sagte Frankie. Sie hatten im Geist alle Möglichkeiten durchgespielt. »Was glaubst du«, fügte er nach einer kleinen Pause hinzu, »wo hat das Mädchen das Pferd hingebracht?«

»Keine Ahnung«, antwortete Joe kopfschüttelnd. »Aber in dieser Karre können wir ihr nicht hinterherfahren.« Er verstummte. »Ob Monroe das Pferdefutter in der Box aufbewahrt, die verschlossen ist?« Er hatte sich das Schloss bereits genauer angesehen. Für jemanden, der mit Einbruchswerkzeug so gut umzugehen verstand wie er, war es kein Problem, das Schloss aufzubrechen.

»Gut möglich.« Frankie wusste genau, was sein Bruder dachte. »Die Frage ist, ob wir es riskieren können, Eddie gegen uns aufzubringen, Joe.«

Joe schnaubte verächtlich. »Bis er herauskriegt, was wir getan haben, sind wir längst wieder in Adelaide.«

Als Jed alle erforderlichen Wartungsarbeiten an seinem Wohnmobil hatte vornehmen lassen, fuhr er in die Beryl Street und parkte vor dem Northern Hotel. Er brauchte nicht lange nach Eddie Muntz zu suchen: Der alte Mann saß mit dem Rücken zur Tür an einem Tisch und nahm die Wetten für die Nachmittagsrennen in Murray Bridge an. Während er für die Gäste die Wettscheine schrieb und deren Banknoten entgegennahm, bestellte Jed ein Bier.

Als Eddie sich schließlich umdrehte und Jed erblickte, klappte ihm der Unterkiefer herunter. Doch er fing sich schnell wieder.

»Überrascht, mich zu sehen, Eddie?«, sagte Jed und kniff die Augen zusammen.

Der Buchmacher zuckte die Achseln. »Wir leben in einem freien Land. Du kannst hingehen, wo du willst.«

»Eigentlich hast du doch damit gerechnet, dass ich im Krankenhaus liege, oder?«

»Im Krankenhaus? Wieso das?«

Eddie trat ein ganzes Stück von Jed entfernt an die Theke und bestellte ein Bier. Obwohl er keine Angst vor Jed hatte, war ihm doch wohler, als ein paar Männer hinzutraten und sich zwischen ihn und den Trainer stellten.

»Nun, vielleicht weil du die Camilleris nach Silverton geschickt hast, damit sie mich durch die Mangel drehen.«

»Blödsinn! Warum sollte ich so etwas tun?«

Doch Jed bemerkte, wie der Buchmacher ihn musterte, als suchte er sein Gesicht nach Verletzungen ab. »Leugnen ist zwecklos, Eddie, deine beiden Schläger haben dafür gesorgt, dass ich erfahren habe, dass du der Auftraggeber warst.«

»Stimmt das?«, fragte der Mann neben Eddie.

Er hieß Pete McAlister und gehörte praktisch zum Inventar des Northern Hotel. Er setzte regelmäßig Summen bei irgendeinem Rennen und scherzte immer, mit dem Geld, das er schon verwettet hatte, hätte er drei Häuser kaufen können.

»Natürlich nicht, Pete! Wieso sollte ich Jed zusammenschlagen lassen?« Eddie versuchte zu grinsen, aber es wollte ihm nicht recht gelingen.

»Das kann ich dir sagen«, meinte Jed. »Du hast eine Menge Geld verloren, als ich mich weigerte, meinen Jockey anzuweisen, Silver Flake im Broken Hill Cup nicht als Erste durchs Ziel gehen zu lassen.« Er schaute Eddie finster an. »Deine feigen Schläger sind über mich hergefallen, als ich in meinem Schlafsack lag. Das nächste Mal werden sie nicht so viel Glück haben.«

»Ich sage dir doch, ich habe nichts damit zu tun. Und zu deiner

Information: Was ich in der einen Woche verliere, hole ich in der nächsten wieder herein. Ich habe niemanden beauftragt, dich zusammenzuschlagen«, beharrte Eddie.

»Ach ja?« Jed wusste, dass ein so hoher Verlust nicht innerhalb kurzer Zeit wieder wettgemacht werden konnte. »Und du hast vermutlich auch niemanden beauftragt, mein Pferd zu töten, oder?«, knurrte er zornig. »Das werde ich nicht einfach so hinnehmen, verlass dich drauf.«

»Was faselst du denn da!« So etwas hätten die beiden Brüder nie getan, da war sich Eddie sicher. »Ich kenne niemanden, der versuchen würde, ein Pferd zu verletzen.«

Jed kam jäh der Gedanke, dass der Angriff auf Silver Flake möglicherweise die Idee der Camilleris und nicht Eddies gewesen war, doch das besänftigte seinen Zorn nicht. »Frag Dr. Barker, den Tierarzt, wenn du mir nicht glaubst. Er hat Silver Flake behandelt.«

Eddie starrte ihn ungläubig an.

»Ich erfinde das nicht«, fügte Jed hinzu. »Du kannst jeden in Silverton fragen.«

»Was ist denn passiert?«, fragte Pete neugierig. Wie die meisten, die in Broken Hill bei den Pferderennen wetteten, hatte er eine Schwäche für Silver Flake.

Auch Eddie war gespannt auf Jeds Antwort.

»Einer der Camilleris hat versucht, Silver Flake die Kehle durchzuschneiden. Hätte die Stute sich nicht in Panik aufgebäumt, hätte er es vermutlich geschafft, aber so hat sie nur eine böse Schnittwunde am Bein davongetragen. Was für ein Dreckskerl tut so etwas?« Er sah Eddie unverwandt an. Pete schüttelte angewidert den Kopf.

»Keine Ahnung«, stieß Eddie gepresst hervor. Er konnte seine wachsende Wut nur mühsam unterdrücken. Jed sagte die Wahrheit, das konnte er ihm ansehen. Und das bedeutete, die Camilleris hatten sich seiner ausdrücklichen Anweisung widersetzt. »So etwas würde ich nie dulden. Ich verdiene schließlich meinen Lebensunterhalt mit

Rennpferden. Wer absichtlich eines der Tiere verletzt, sollte erschossen werden.« Und das meinte er völlig ernst.

Jed nickte. »Freut mich, dass wir einer Meinung sind. Sag deinen Handlangern, dass ich mir Mick Dohertys Knarre leihen werde, und falls einer von ihnen mir oder meinem Pferd noch einmal zu nahe kommt, wird er mich kennenlernen.«

»Nur zu«, sagte Eddie. »Ich würde es nicht anders machen.«

Jed stürzte sein Bier hinunter, knallte das Glas auf die Theke, warf ein paar Münzen hin und verließ den Pub.

Bleich vor Wut stapfte Eddie zu Merve Bramble, seinem Laufburschen, der in einer Ecke saß und das Rennsportprogramm las. »Merve, hol Bill Gatto her«, befahl er ihm mit leiser Stimme. »Sag ihm, ich habe einen Job für ihn und einen seiner Partner.«

Der Wind hatte sich zu einem Sturm entwickelt. Die Luft war gesättigt von rotem Staub, und Ruby konnte kaum noch die Bäume ringsum erkennen, geschweige denn die Straße oder das Land hinter Bernies Farm. Doch das hatte auch sein Gutes: Die Männer in Penrose Park würden sie genauso wenig sehen können wie umgekehrt. Sie beschloss, ihr Versteck zu verlassen und zu Bernie zurückzureiten.

»Komm, mein Mädchen, sehen wir zu, dass wir dich in den sicheren Stall kriegen«, redete Ruby dem Tier gut zu. Doch kaum hatte sie den Schutz der Bäume verlassen, verlor sie die Orientierung. Durch den roten Staub hindurch sah alles gleich aus. »Glaubst du, du findest den Weg zurück in den Stall?«, krächzte sie und musste husten, weil ihr der Staub in Mund und Kehle drang. Sie drückte Silver Flake die Absätze in die Seiten, und die Stute setzte sich in Bewegung.

Ruby kniff die Augen gegen den brennenden Staub zusammen, so gut sie konnte. Sie stellte sich vor, wie Jed zurückkam und Silver Flake nicht in ihrer Box vorfand, und stöhnte auf. Er würde völlig zu Recht stocksauer sein, weil sie das Pferd in Gefahr gebracht hatte.

»Wie konnte ich nur so dumm sein!«, schimpfte sie mit sich selbst. »Bitte, lieber Gott, mach, dass wir heil zurückkommen«, fügte sie dann leise hinzu.

Silver Flake kämpfte sich tapfer durch den Sandsturm. Ruby hoffte, das Pferd werde von selbst in den heimischen Stall zurückkehren, und ließ die Zügel schleifen. Sie versuchte vergeblich, den Sand aus ihren tränenden Augen zu blinzeln. Nach einer Weile sah sie eine Baumgruppe und wunderte sich. Wo waren sie denn hier? Dann tauchte ein Gebäude aus einer roten Staubwolke auf. Da erst begriff sie, dass Silver Flake zum nächstgelegenen Stall zurückgekehrt war – dem in Penrose Park.

»O nein!«, schrie Ruby voller Panik.

In diesem Augenblick fühlte sie, wie jemand nach ihrer Jeans und ihrem Steigbügel griff. Sie stieß einen schrillen Schrei aus, Silver Flake erschrak und bäumte sich auf. Ruby konnte sich gerade noch festhalten.

»Verdammt, komm von dem Gaul runter!«, blaffte jemand.

Doch da schoss die Stute bereits davon, ins offene Gelände zurück. Ruby schlug das Herz bis zum Hals. Sie spähte über ihre Schulter, konnte aber nichts außer wirbelndem rotem Staub erkennen.

Nur wenige Augenblicke später hielt Silver Flake an einem Gatter inne. Zu ihrer Erleichterung erkannte Ruby, dass es zu dem Zaun gehörte, der Bernies Rennbahn umgab.

»Gut gemacht, mein Mädchen«, lobte sie die Stute.

Sie stieg ab, öffnete das Gatter, führte Silver Flake hindurch und machte es hinter sich wieder zu. Doch als sie wieder in den Sattel steigen wollte, tänzelte die Stute nervös hin und her und versuchte, sich loszureißen. Irgendetwas musste sie erschreckt haben. Ruby wurde umgerissen und fiel, ließ jedoch die Zügel nicht los. Silver Flake schleifte sie ein paar Meter hinter sich her, bevor es ihr gelang, sich aufzurappeln.

»Brrr! Ganz ruhig, mein Mädchen!«

Ruby musste schreien, um das Brüllen des Windes zu übertönen. Trockene Blätter von den Eukalyptusbäumen rings um die Reitbahn jagten über den Boden und durch die Luft und trafen sie wie kleine, ledrige Geschosse im Gesicht und am Körper. Nach einer Weile hatte sie es endlich geschafft, wieder aufzusteigen.

Als sie die Stallungen erreicht hatten, sprang Ruby aus dem Sattel und führte die Stute in eine Doppelbox. Eilig schloss sie die Stalltür und nahm Silver Flake dann Sattel und Zaumzeug ab. Es war eine wahre Wohltat, nicht mehr dem tobenden Sturm ausgesetzt zu sein, der um den Stall heulte.

Obwohl sie selbst von Kopf bis Fuß mit einer roten Staubschicht bedeckt war und ihre Haare vor Schmutz starrten, kümmerte sie sich zuerst um Silver Flake. Während sie sie striegelte und ihr den Staub sorgfältig aus Schweif und Mähne kämmte, redete sie beruhigend auf sie ein.

»Die armen Kamele«, sagte sie mitleidig. »Die können einem wirklich leidtun. Bei diesem Sandsturm draußen im Freien ausharren zu müssen!«

Doch dann fiel ihr ein, was Bernie ihr erzählt hatte. Kamele hatten nicht nur besonders lange Wimpern, die die Augen vor Schmutz schützten, sondern zusätzlich ein drittes, durchsichtiges Augenlid, das ähnlich einem Scheibenwischer funktionierte und es den Tieren ermöglichte, auch im dicksten Sandsturm gut sehen zu können.

Als sie Silver Flake gestriegelt hatte, holte sie ihr einen Eimer Wasser und füllte Futter in ihren Trog. Nachdenklich schaute sie der Stute beim Fressen zu. Was die beiden Männer wohl in Penrose Park zu suchen hatten? Merkwürdig, dass ihr Wagen ausgerechnet dort liegen geblieben war. Ruby wünschte, Bernie würde endlich zurückkommen. Ganz allein die Verantwortung für die Stute zu tragen machte sie nervös.

Plötzlich flog die Stalltür auf, und Ruby schrie erschrocken auf. Ein Windstoß wehte roten Sand und einen Mann herein, dessen Umrisse sie in der Staubwolke nur erahnen konnte.

Trotz ihrer Angst stellte sich Ruby vor das Pferd und kreischte: »Verschwinden Sie! Lassen Sie uns in Ruhe!«

»Du meine Güte, was ist denn mit dir los?«, fragte der Mann ganz verwundert und drückte die Tür hinter sich zu.

»Jed!« Ruby bekam weiche Knie vor Erleichterung. »O Gott sei Dank!«

»Warum bist du denn so nervös?«

Jed ging zu Silver Flake und tätschelte sie. Ruby beobachtete ihn ängstlich. Er würde doch bestimmt merken, dass sie geritten worden war.

»Oh … äh … Ich … ich habe einen blauen Geländewagen auf der Straße gesehen, den ich hier noch nie gesehen habe. Zwei Männer saßen darin, und ich dachte, die Camilleri-Brüder seien zurückgekommen.«

»So? Mir ist nichts aufgefallen. Wie haben die beiden denn ausgesehen?«

»Sie hatten karierte Hemden an und Hüte auf. Ihre Gesichter konnte ich wegen des Sandsturms nicht sehen.«

Jed nickte. »Gut, dass du Silver Flake bei dem Sturm in den Stall gebracht hast. Danke.«

Ruby blickte zu Boden und schwieg.

»Mit dem Wohnmobil ist so weit alles in Ordnung, wir können also morgen früh nach Alice Springs aufbrechen. Ich fahre schnell nach Penrose Park hinüber, ich will nur noch den Pferdehänger und einen Sack Futter holen.«

Ruby riss die Augen auf. »Nein, tu das nicht!«, entfuhr es ihr.

Jed guckte sie verdutzt an, doch bevor er Fragen stellen konnte, hörten sie das Brummen eines Motors.

Rubys Herz klopfte schneller. »Da kommt jemand.«

Jed öffnete die Stalltür einen schmalen Spaltbreit. »Das ist Mick. Hey, Mick!«, rief er. Mick spurtete zum Stall und schlüpfte durch die Tür, die Jed schnell wieder hinter ihm zumachte.

»Da bist du ja, Ruby«, sagte Mick. »Ich hab mir schon Sorgen gemacht.« Er musterte sie. »Bist du etwa in den Sandsturm geraten?«

»Ja, ich war schon auf dem Rückweg in die Stadt. Aber dann bin ich wieder umgekehrt und habe Silver Flake in den Stall gebracht.«

»Ruby hat erzählt, sie habe zwei Fremde in einem blauen Geländewagen gesehen«, wandte sich Jed an seinen Freund. »Ist dir irgendetwas Ungewöhnliches aufgefallen?«

Mick schüttelte den Kopf. »Nein. Soll ich mich draußen mal umsehen?«

»Ich glaube, das ist nicht nötig. Wahrscheinlich waren es nur Farmer.«

»Mit den beiden stimmt was nicht, sie waren irgendwie komisch«, murmelte Ruby. Als sie daran dachte, wie der eine sie vom Pferd zerren wollte, überlief sie ein Schauder.

Jed sah sie scharf an. »Und sonst ist wirklich nichts vorgefallen? Du wirkst ganz verstört.«

»Habt ihr das gehört?«, fragte Mick, bevor Ruby antworten konnte. »Ich glaube, da ist ein Auto vorgefahren.«

Jed machte die Stalltür abermals auf und spähte hinaus. »Das ist Bernie.«

»Ist Cindy bei ihm?« Ruby versuchte, ihm über die Schulter zu gucken.

»Nein. Warum fragst du?«

»Weil er sich große Sorgen um sie machte. Er wollte mit ihr zum Tierarzt nach Broken Hill.«

Jed winkte, und Bernie kam in den Stall gelaufen.

Er klopfte sich den Staub von der Kleidung und meinte: »Himmel, ist das ein Sturm! Ich hab fast die Straße nicht mehr gesehen.«

»Wie geht's Cindy?«, fragte Ruby.

Bernie schüttelte bekümmert den Kopf. »Nicht gut. Der Tierarzt hat sie dabehalten.«

»Wieso? Was hat sie denn?«, wollte Jed wissen.

»Wahrscheinlich ist sie von einer Spinne gebissen worden, aber der Tierarzt ist sich nicht sicher. Er hat gesagt, vorgestern sei einem Schädlingsbekämpfer eine Flasche Arsen gestohlen worden, deshalb rät er allen Tierhaltern zu größter Vorsicht. Aber ich kann mir nicht vorstellen, wer meine Cindy vergiften sollte. Ich vermute stark, dass sie von einer Giftspinne gebissen wurde. Cindy legt sich gern unter den Traktor oder in irgendeine dunkle Scheunenecke, weil es dort kühl ist, und an diesen Plätzen halten sich eben auch die Spinnen gern auf.«

»Cindy wird wieder gesund werden, du wirst schon sehen«, sagte Ruby tröstend.

»Ich hoffe es«, murmelte Bernie, der sichtlich mit den Tränen kämpfte. »Ohne sie wäre es einsam hier. Sie leistet mir Gesellschaft, und sie ist wachsam. Sie würde mir ganz schön fehlen.«

»Sie schafft das schon.« Jed klopfte ihm aufmunternd auf die Schulter. »Und beim Tierarzt ist sie in guten Händen.«

»Ja, ich weiß. Sie hat im Lauf der Jahre schon einiges durchgestanden, aber mit ihren fast zwölf Jahren ist sie eben nicht mehr die Jüngste.« Bernie wischte sich verstohlen mit dem Handrücken über die Augen. Dann räusperte er sich und riss sich zusammen. »Ich werd besser mal nach meinen Kamelen sehen.«

»Sag mal, Bernie, hast du unterwegs zufällig einen blauen Geländewagen gesehen?«, fragte Jed.

Bernie nickte. »Ja, als ich Richtung Broken Hill gefahren bin, ist mir ein blauer Holden mit zwei Männern darin begegnet.«

»Das ist er«, sagte Ruby.

»Vorhin habe ich ihn noch einmal gesehen. Er stand ein Stück vor meiner Einfahrt. Der Motor lief ein bisschen unruhig, deshalb hielt ich an und wollte fragen, ob ich helfen kann, aber die beiden Typen schauten in die andere Richtung. Da bin ich eben weitergefahren.«

»Komisch«, meinte Mick. »Im Pub sind keine Fremden aufgetaucht.«

»Ich glaube, sie sind von Penrose Park gekommen, als ich sie sah«, sagte Ruby. »Was die wohl dort wollten?«

»Keine Ahnung, aber ich werde es herausfinden«, sagte Jed entschlossen.

Als sich der Sandsturm gelegt hatte, kehrte Mick nach Silverton zurück. Bernie blieb auf der Farm, damit er Silver Flake im Auge behalten konnte, und Jed fuhr mit Ruby nach Penrose Park. Sie wartete am Wohnmobil, während er sich auf dem Gelände umsah und dann das Schloss an der Box inspizierte, in der er das Pferdefutter aufbewahrte.

»Ist es aufgebrochen worden?«, fragte Ruby.

»Schwer zu sagen.« Sehen konnte man zwar nichts, doch das wollte nichts heißen. Eddie Muntz und seine Handlanger waren mit allen Wassern gewaschen. Jed öffnete die Box und warf einen Blick hinein. Er hatte das neue Futter erst tags zuvor dort deponiert.

»Und?«

»Sieht so aus, als ob jemand hier drin gewesen wäre.« Jed versuchte sich zu erinnern, wo er was hingelegt hatte.

Ruby runzelte die Stirn. »Glaubst du, jemand könnte was unter das Futter gemischt haben?«

»Den Camilleris traue ich alles zu. Wenn die Typen, die du gesehen hast, wirklich von hier kamen, müssen sie doch irgendetwas hier gewollt haben. Ich bezweifle stark, dass sie zu einem Picknick hergekommen sind.« Jed griff in einen Sack mit Luzernenspreu und betrachtete es prüfend im Licht.

»Und, kannst du etwas Verdächtiges erkennen?«

Jed schüttelte den Kopf. Er häufte ein wenig Spreu auf den Boden vor dem Wohnmobil.

»Was machst du da?«, fragte Ruby verwundert.

»Einen kleinen Test.« Er holte ein Zündholzbriefchen aus dem Fahrzeug und zündete die Spreu an. Der schwache Wind wehte Funken davon.

Ruby schaute zu, wie die Spreu knisternd herunterbrannte. Jed beugte sich dicht über die Flammen und schnüffelte.

»Komm mal her«, forderte er Ruby auf. »Wonach riecht das deiner Meinung nach?«

Verdutzt kam sie seiner Aufforderung nach. »Nach Rauch.«

»Sonst riechst du nichts?«

Ruby schnupperte noch einmal. »Doch, Knoblauch«, sagte sie und dachte, dass er sie vermutlich für verrückt halten würde.

Jed nickte zufrieden. »Richtig. Ich hab's auch gerochen. Diese Dreckskerle haben Arsen unter das Futter gemischt«, stieß er gepresst hervor.

Ruby schnappte erschrocken nach Luft. »Bist du sicher?«

»Ganz sicher. Arsen kann man weder riechen noch schmecken, aber wenn es brennt, riecht es nach Knoblauch.«

»Dann war es also kein Zufall, dass in Broken Hill Arsen gestohlen wurde.«

»Nein.« Jed ballte in ohnmächtiger Wut die Fäuste. Am liebsten hätte er sich unverzüglich auf die Suche nach den Camilleris gemacht. »Falls ich diese Mistkerle in die Finger kriege, knall ich sie ab!« Seine Stimme bebte vor Zorn.

Ruby fehlten die Worte. Sie war kreidebleich geworden. Sie durfte gar nicht daran denken, wie qualvoll Silver Flake verendet wäre, hätte sie von dem Futter gefressen.

24

Mick und Jed hatten beschlossen, das Wohnmobil in dem Schuppen hinter Micks Haus unterzustellen und den Pferdehänger unter einer riesigen Plane zu verstecken. Diese Maßnahmen waren zwar nur für eine Nacht, aber Jed wollte kein Risiko eingehen.

Am späten Nachmittag schickte Mick Jacko zur Kirche, um die Glocke zu läuten – das war das Zeichen für die Dorfbewohner, sich zu einem Treffen im Pub einzufinden. Als alle versammelt waren, berichteten Mick und Jed, was geschehen war, und riefen alle zu erhöhter Wachsamkeit auf. Jeds Mitteilung, dass Silver Flake offenbar vergiftet werden sollte, löste helle Empörung aus.

»Wir sollten diese Gangster auf der Mundi-Mundi-Ebene in der prallen Sonne am Boden festpflocken und sie den Ameisen überlassen«, schlug Burt Wilkinson vor. »Den Rest können sich die Dingos holen.«

»Aber zuerst sollte man diese Typen kastrieren«, rief Jim McLeash dazwischen.

»Werft sie doch ins Gefängnis«, meinte Agatha Barnes. »Dann werde ich ihnen ein bisschen Arsen unter ihr Essen mischen, damit sie genauso qualvoll krepieren, wie sie es für das Pferd vorgesehen hatten!«

Alle klatschten Beifall.

Jed verzog die Lippen zu einem Lächeln. Es tat gut, alle auf seiner Seite zu wissen. Nachdem er das vergiftete Pferdefutter entdeckt hatte, hatte er Ruby zu Myra gefahren und war dann noch einmal auf Bernies Farm zurückgekehrt.

»Die Dreckskerle kommen bestimmt wieder her, um zu kontrollieren, ob ich das Futter mitgenommen habe. Ich sollte mich auf die Lauer legen und ihnen die Knochen brechen!«

Bernie hatte eine bessere Idee, und so ließ Jed ihm den Schlüssel für das Schloss der Pferdebox da. Als er an die Überraschung dachte, die Joe und Frankie Camilleri erwarten würde, musste er unwillkürlich grinsen.

Ruby hatte Myra von ihrem Ausflug mit Silver Flake und ihrer unheimlichen Begegnung mit den Männern in Penrose Park erzählt, aber noch immer nicht den Mut gefunden, Jed alles zu beichten.

»Du kannst von Glück sagen, dass die Sache so glimpflich ausgegangen ist«, meinte Myra. Sie wollte gar nicht daran denken, was diese skrupellosen Gangster Ruby vielleicht angetan hätten, wenn sie ihnen in die Hände gefallen wäre.

Ruby nickte. Sie hatte wirklich Glück gehabt, und sie war sehr dankbar dafür.

Nach der Versammlung in Micks Pub ging Jed mit Charlie in dessen Laden und kaufte Proviant für die Fahrt nach Alice Springs. Charlie half ihm, alles zum Wohnmobil zu tragen und in den Schränken zu verstauen.

Ruby öffnete unterdessen ihren Frisiersalon, weil einige sich vor ihrer Abreise noch die Haare schneiden lassen wollten und sie das Geld für die Reise und einen Jockey dringend brauchte. Es war ihr gar nicht recht, dass sie Jed belogen hatte, aber er würde mit Sicherheit alles abblasen, wenn er die Wahrheit erführe.

Jed hatte vor, die Nacht in der kleinen Kammer hinter dem Schankraum zu verbringen, und Mick bestand darauf, auch Silver Flake über Nacht im Pub unterzustellen, damit sie in Sicherheit war. Er selbst würde mit dem Gewehr in Reichweite Wache halten.

Wo denn Jed sei, fragte Ruby, als Charlie ohne ihn in den Pub zurückkam. Sie hatte ihren Laden wieder geschlossen und saß mit Myra und ein paar anderen Frauen an einem Tisch in der Ecke.

»Er ist zu Mick nach Hause gegangen, um sich frisch zu machen«, antwortete Charlie. »Er wird bald nachkommen.«

Etwa eine Stunde später kam ein Fremder zur Tür herein und setzte sich an die Theke. Connie Mitchell stieß die Frau neben sich an.

»Wer ist denn der gut aussehende Typ da? Hab ihn hier noch nie gesehen.«

Ruby drehte sich um. Zwischen Burt und Jim lehnte ein großer, dunkelhaariger, sehr attraktiver Mann an der Bar. Es dauerte ein paar Sekunden, bis Ruby ihn erkannte. Dann klappte ihr vor Verblüffung der Unterkiefer herunter.

Jed war nicht nur ordentlich frisiert, sondern vor allem glatt rasiert. Dort, wo man bis vor Kurzem noch nichts als einen struppigen Bart sehen konnte, zeigten sich jetzt ein kantiges Kinn und ein wohlgeformter Mund.

»Ich hab Ruby immer gesagt, dass sich ein toller Typ unter dem Bart verbirgt«, rief Sandy Wilkinson Jed zu. »Aber sie hat mir ja nicht geglaubt.« Sie sah Ruby an. »Und, hab ich übertrieben?«

Ruby wurde rot. »Äh … nein, würde ich nicht sagen«, stotterte sie. Die Frauen lachten.

Ruby starrte wieder Jed an. Sie konnte nicht glauben, wie verändert er aussah. Mit dem Bart hatte er mindestens zehn Jahre älter ausgesehen. Und er war in der Tat ein attraktiver Mann.

»Ich will doch nicht wie ein Neandertaler aussehen, wenn ich zum Rennen nach Alice Springs fahre«, meinte Jed und rieb sich über sein glattes Kinn.

»Hast du eigentlich was Schickes anzuziehen?«, wandte sich Connie an Ruby.

Diese riss ihren Blick von Jed los. »Äh … ja … ein Kleid hab ich eingepackt. Was anderes hab ich nicht. Das muss reichen.«

»Fein zurechtgemacht ist ein hübsches Ding wie du bestimmt ein echter Hingucker«, meinte Sandy laut genug, dass Jed es hören konnte.

Ruby wurde abermals rot. Sie lächelte verlegen. Es dauerte eine ganze Weile, bis sie sich wieder gefasst hatte.

Gegen zehn Uhr hatte sich der Pub geleert. Außer Charlie, der den ganzen Abend keinen Tropfen Alkohol angerührt hatte, waren alle reichlich angeheitert gewesen, und jeder hatte hoch und heilig versprochen, auf Silver Flake zu setzen. Ruby, die noch unter vier Augen mit Jed sprechen wollte, folgte ihm zu der kleinen Vorratskammer, in der er schlafen würde. Myra wartete unterdessen im Schankraum, wo sie sich mit Charlie unterhielt.

»Wann brechen wir morgen auf?«, fragte Ruby.

Jed fuhr herum. Er richtete sich das Bett für die Nacht her und hatte Ruby nicht kommen hören. Sie hatte sich noch immer nicht an seinen neuen Look gewöhnt.

»Ich werde die Stute bei Tagesanbruch in den Hänger laden, und danach kann's losgehen. Du solltest dich auch hinlegen, damit du morgen einigermaßen ausgeschlafen bist.«

»Wie weit ist es eigentlich bis nach Alice Springs?«

»Ungefähr tausendsechshundert Kilometer. Wenn wir durchfahren, wären wir gut vierundzwanzig Stunden unterwegs, aber ich mache normalerweise Halt bei der einen oder anderen Farm und verdiene mir mit Arbeiten ein paar zusätzliche Dollar. Außerdem kann sich Silver Flake dann die Beine vertreten. Ich will sie nicht zu lange am Stück im Hänger lassen, sonst wird sie ganz steif. Das ist nicht gut für sie so kurz vor einem Rennen.«

»Und wie viele Tage werden wir dann schätzungsweise unterwegs sein?« Ruby wollte vor der Abfahrt noch ihre Mutter anrufen, damit diese sich keine Sorgen machte.

»Vier oder fünf. Hast du ein Problem damit?«

»Nein. Aber sollte Kadee nicht mitkommen?«

»Kadee? Wieso? Reiten kann sie doch sowieso nicht.«

Ruby guckte ihn verblüfft an. »Ja, schon, aber ich könnte mir denken, dass sie trotzdem gern mitkommen würde.«

»Hör zu, wenn du es dir in der Zwischenzeit anders überlegt hast und nicht mitfahren willst, ist das in Ordnung. Es macht mir nichts aus, allein zu fahren. Das wäre nicht das erste Mal.«

»Darum geht es nicht. Ich finde nur, dass Kadee mitkommen sollte.«

»Sie hat sich seit Tagen nicht mehr blicken lassen, und ich bin ziemlich sicher, dass sie kein Interesse daran hat, eine Pferdesportveranstaltung zu besuchen, wenn sie selbst nicht reitet.«

»Warum hast du sie nicht ein einziges Mal besucht? Interessiert es dich denn gar nicht, wie es ihr geht?«

»Sie ist sehr gut in der Lage, selbst auf sich aufzupassen.«

Ruby konnte es nicht fassen. »Ich glaub's einfach nicht! Das ist ja eine schöne Einstellung für einen werdenden Vater!«

Jed starrte sie einen Augenblick sprachlos an. »Sag mal, bist du betrunken?«

»Nein, keineswegs«, entgegnete sie entrüstet. Sie hatte zwar ein paar Drinks gehabt, aber betrunken war sie ganz sicher nicht. »Ich finde es nur merkwürdig, dass dir das Rennen anscheinend so viel wichtiger ist als Kadee und dein Kind!«

Jed rang einen Augenblick nach Fassung. »Wie in aller Welt kommst du denn auf die Idee, dass ich der Vater von Kadees Baby bin?«

Mick, der in diesem Moment draußen vorbeiging, blieb wie angewurzelt stehen. »Was? Du hast mir nie gesagt, dass Kadees Kind von dir ist!«

Jed schüttelte den Kopf und verdrehte genervt die Augen. »Habt ihr jetzt alle den Verstand verloren, oder was? Ich bin nicht der Vater von Kadees Kind«, sagte er so langsam und deutlich, als hätte er es mit Begriffsstutzigen zu tun.

»Nicht?«, wiederholte Ruby verwirrt.

»Nein! Hat Kadee das etwa behauptet?« Jed konnte sich zwar nicht vorstellen, weshalb sie das tun sollte, aber Ruby musste diese Idee ja von irgendwoher haben.

»Nein, nicht direkt«, gab sie zögernd zu. Sie überlegte. »Sie hat gesagt, sie müsse dir von dem Kind erzählen und du würdest dich bestimmt darüber freuen, und da dachte ich …«

»Natürlich freue ich mich für sie, weil sie sich schon so lange ein Kind gewünscht hat. Und sie musste es mir sagen, weil sie Silver Flake nicht länger trainieren und kein Rennen mit ihr reiten kann. Aber deswegen bin ich noch lange nicht der Kindsvater.«

Ruby kam sich richtig dumm vor. Trotzdem fragte sie: »Und es besteht wirklich nicht die geringste Möglichkeit, dass du …?«

»Nicht die geringste«, sagte Jed mit Bestimmtheit. »Kadee ist seit zwei Jahren mit einem jungen Mann namens Pindari zusammen. Ich bin mir sicher, dass er der Vater ist.«

»Oh.« Ruby war das Ganze furchtbar peinlich. Wieso hatte sie nur so voreilige Schlüsse gezogen? Jed sah sie finster an. »Dann entschuldige bitte, dass ich gedacht … äh … dass ich angenommen habe …«, stotterte sie. Plötzlich ging ein Lächeln über ihr Gesicht. »Also dann bis morgen!« Sie hob grüßend die Hand und ging.

Jed sah ihr kopfschüttelnd nach. »Ich werde die Frauen nie verstehen«, brummelte er vor sich hin. »Kein Wunder, dass ich nie geheiratet habe.«

»Warum strahlst du denn so?«, wollte Myra wissen, als sie mit Ruby nach Hause ging. Die junge Frau schien gleichsam über dem Boden zu schweben, so leichtfüßig ging sie.

»Jed ist nicht der Vater von Kadees Baby«, erwiderte Ruby. »Es ist ein junger Mann namens Pindari.«

»Und das ist gut?« Myra beobachtete sie genau.

Ruby nickte. »Ja, ich dachte, er stünde nicht zu seiner Verantwortung; aber jetzt, da ich weiß, warum er so gleichgültig war, sehe ich ihn mit anderen Augen.«

Ein wissendes Lächeln umspielte Myras Lippen. Sie dachte an die lange Fahrt nach Alice Springs, auf der Ruby und Jed miteinander allein wären, und musste unwillkürlich schmunzeln.

»Was?«, fragte Ruby misstrauisch, als sie es bemerkte.

»Gar nichts«, erwiderte Myra leichthin.

»Du denkst doch hoffentlich nicht, dass ich irgendetwas für Jed Monroe empfinde?«

»So etwas würde ich nicht im Traum denken«, wehrte Myra in gespielter Empörung ab.

Es dämmerte, als Jed am anderen Morgen bei Myra vorfuhr, um Ruby abzuholen. Myra hatte einen Picknickkorb gepackt und kam mit nach draußen. Während Jed den Korb und Rubys Koffer im Wohnmobil verstaute, flüsterte Myra: »Na, kriegst du kein Herzklopfen beim Anblick eines so hübschen jungen Mannes?«

Solche Bemerkungen waren überhaupt nicht Myras Art, und Ruby schaute sie verblüfft an. Sie sagte das Erste, was ihr in den Sinn kam: »Er ist doch viel zu alt für mich.«

»Ach was, sechs Jahre Altersunterschied sind genau richtig. Mein Mann war auch sechs Jahre älter als ich.«

»Er ist viel zu ernst«, beharrte Ruby.

»Oh, er kann auch sehr lustig sein; glaub mir, das habe ich viele Male erlebt.«

Ruby verdrehte gereizt die Augen. »Er ist vom Land, und ich bin ein Stadtmensch.« Diesen Einwand konnte Myra sicherlich nicht entkräften.

»Du scheinst dich auf dem Land aber sehr gut eingelebt zu haben«, entgegnete Myra, und ihre Augen funkelten vergnügt.

»Hör endlich auf damit!«

Sie hatte nicht die Absicht, in Jed Monroe einen möglichen Liebhaber zu sehen – ganz sicher nicht.

Jed kletterte hinters Steuer, und Ruby nahm neben ihm Platz. »Pass gut auf sie auf, Jed«, ermahnte Myra ihn durchs Beifahrerfenster.

»Das werde ich, Myra, keine Sorge. Bis bald!« Jed legte den ersten Gang ein.

»Und sorg dafür, dass Silver Flake gewinnt. Ich werde nämlich mein Eiergeld auf sie setzen.«

»Mit Paget als Jockey stehen unsere Chancen, den Cup zu holen, verdammt gut.« Jed strahlte und reckte siegessicher den Daumen in die Höhe.

Ruby wurde ganz anders: An Rick Paget hatte sie gar nicht mehr gedacht. Aber sie lächelte tapfer und winkte.

»Worüber habt ihr euch denn unterhalten?«, wollte Jed wissen, als er auf die Hauptstraße einbog.

»Ach, Myra hat mir nur viel Vergnügen gewünscht«, antwortete Ruby. Sie knetete nervös ihre Hände, während sie überlegte, wie sie es Jed beibringen sollte, dass sie gar keinen Jockey gebucht hatte.

»Sie mag dich anscheinend sehr gern.«

»Ja, ich mag sie auch. Ich wüsste nicht, was ich ohne sie getan hätte.«

»Sie bekommt nur selten Besuch von ihren Angehörigen, deshalb ist sie bestimmt froh über deine Gesellschaft.«

Ruby nickte. »Anfangs dachte ich, sie sei lieber allein, aber ich glaube, sie hat sich daran gewöhnt, mich um sich zu haben.«

»Ja, das denke ich auch.« Jed lächelte. »Was ich noch sagen wollte – ich bin dir sehr dankbar für alles, was du für Silver Flake getan hast. Du hast wirklich gute Arbeit geleistet.«

»Hoffentlich zahlt es sich aus«, erwiderte Ruby.

Jed warf ihr einen seltsamen Blick zu, sagte aber nichts.

Eine halbe Stunde später ließen sie Broken Hill hinter sich. Jed hatte in einer Futtermittelhandlung noch einen Sack Luzernenspreu gekauft, den er auf dem Dach des Wohnmobils unter einer Plane festzurrte.

»In Peterborough legen wir eine Pause ein, damit Silver Flake sich die Beine vertreten kann; dann fahren wir weiter nach Port Augusta und suchen uns irgendwo einen Platz, wo wir übernachten können«, sagte Jed.

Ruby nickte.

Der Barrier Highway, auf dem sie seit Broken Hill unterwegs waren, führte durch eine ziemlich trostlose Landschaft. Abgesehen von ein paar Bäumen und anspruchslosen Gänsefußsträuchern wuchs hier nichts. In der Ferne konnte Ruby manchmal Emus oder Kängurus sehen; und am Straßenrand lagen immer wieder tote Tiere, Opfer des Straßenverkehrs. Da in der Gegend auch Farmen angesiedelt waren, kamen sie an Koppeln vorbei, auf denen Schafe mühsam nach grünen Halmen suchten.

Bald darauf ließen sie den Bundesstaat New South Wales hinter sich und kamen nach South Australia. Sie fuhren durch Cockburn, einer kleinen Ortschaft mit gerade einmal fünfundzwanzig Einwohnern und einem Pub. Sie war Ende des 19. Jahrhunderts gebaut worden, als Erz mit der Eisenbahn von Silverton und Thackaringa nach South Australia transportiert und im Ort Lokomotiven und Zugpersonal ausgetauscht wurden. Obwohl das schon lange nicht mehr der Fall war, kamen immer wieder Reisende hier durch und sorgten dafür, dass der Pub weiter existieren konnte.

Der nächste Ort am Barrier Highway war Olary mit acht Einwohnern. Das historische Hotel wurde nicht mehr benutzt, aber es gab einen kleinen Laden und einen Gemeindesaal, von dem die Menschen auf den umliegenden Farmen regen Gebrauch machten. Der Ort lag an der Bahnlinie, die von Sydney nach Perth im Westen führte. Güter und Waren wurden vom Indian Pacific gebracht, der auf dieser Linie verkehrte, und im Bahnhof deponiert, wo die Einwohner sie abholen konnten.

Jed bremste ab. »Sollen wir halten? Möchtest du was trinken?«

Ruby schüttelte den Kopf und griff nach hinten, wo Myras Picknickkorb stand. »Nein, Myra hat uns eine Thermosflasche Tee eingepackt. Ich schenk uns zwei Becher ein, wenn du willst.«

Jed nickte lächelnd. Ruby war eine Reisegefährtin ganz nach seinem Geschmack.

Gegen neun Uhr an diesem Morgen bogen die Camilleri-Brüder auf das Gelände von Penrose Park ein. Sie hatten den blauen Holden gegen ihren eigenen Wagen, den braunen Ford Pick-up, eingetauscht. Als sie bei den Stallungen hielten, sahen sie sofort, dass der Pferdehänger fort war. Jed war also auf dem Weg nach Alice Springs. Jetzt brauchten sie nur noch nachzusehen, ob er das Pferdefutter mitgenommen hatte.

Joe stand Schmiere, während Frankie das Schloss an der Box knackte, was er im Handumdrehen schaffte. Er stieß die Tür auf.

»Und, ist der Sack Futter weg?«, rief Joe.

»Glaub schon«, antwortete Frankie. Es herrschte eine ziemliche Unordnung in dem kleinen Raum.

»Sieh gefälligst nach«, herrschte Joe ihn an und trat in die offene Tür. »Falls der Sack noch da ist, müssen wir Monroe nachfahren und uns was anderes einfallen lassen.«

»Jemand ist hier drin gewesen, so viel steht fest.«

»Ja, und mindestens einer der Futtersäcke fehlt.« Joe sah sich weiter um. »Was ist denn das?«, fügte er dann hinzu und zeigte auf einen Zettel, der an der hinteren Wand befestigt war.

»Keine Ahnung.« Frankie zuckte die Achseln. »Sieht aus wie eine Nachricht. Soll ich nachsehen?«

»Ja, tu das, ich behalte solange die Straße im Auge.« Joe ging wieder nach draußen und warf einen wachsamen Blick in die Runde.

Sekunden später ertönte ein markerschütternder Schrei. Joe stürzte zurück in die Box. Sein Bruder wälzte sich mit schmerzverzerrtem Gesicht am Boden. Der Zettel lag neben ihm.

»Was ist? Was hast du?«

Joe kniete sich neben Frankie und riss ungläubig die Augen auf, als er die Kaninchenfalle sah, deren messerscharfe Zähne sich knapp oberhalb des Knöchels in das Bein seines Bruders gebohrt hatten. Es war ein grausiger Anblick.

»Hilf mir! Hilf mir, das Ding abzukriegen«, kreischte Frankie.

»Halt still«, befahl Joe.

Er versuchte, die Bügel der Falle auseinanderzuziehen. Aber als er es ein kleines Stückchen geschafft hatte, rutschten seine Hände ab, die Falle schnappte wieder zu, und die Zähne schlugen sich abermals ins Bein seines Bruders. Frankie heulte auf vor Schmerzen.

Joe versuchte es ein zweites Mal. Er keuchte, und sein schwitzendes Gesicht war vor Anstrengung verzerrt, aber es gelang ihm, die Falle so weit auseinanderzubiegen, dass Frankie seinen Fuß herausziehen konnte. Joe ließ die Falle zuschnappen und schleuderte sie weg. Ächzend und schwer atmend ließ er sich neben seinem wimmernden Bruder auf den Boden fallen. Seine blutbeschmierte Hand griff nach dem Zettel, der immer noch auf dem Boden lag. Er hob ihn auf und las vor.

»Das nächste Mal werdet ihr nicht so viel Glück haben.«

Blinde Wut packte Joe. Er knüllte den Zettel zusammen und knurrte: »Das wird dieser Dreckskerl uns büßen!«

In Peterborough legten Jed und Ruby eine erste Pause ein. Die breite Hauptstraße des kleinen Ortes lag vollkommen verlassen da. Neben ein paar kleineren Geschäften, einem Postamt, einem Hotel und einer Tankstelle gab es auch einen Friseur, wie Ruby bedauernd feststellte. Hier würden ihre Dienste vermutlich nicht gefragt sein. Hinter der Hauptstraße, von der einige wenige Straßen abzweigten, gab es eine kleine Schule und ein Rathaus. Wären nicht die Wäscheleinen in den Hinterhöfen gewesen, hätte man die Häuser in den Seitenstraßen für verlassen halten können, so still lagen sie da und so vertrocknet waren die Gärten ringsum. Es schien sehr lange nicht geregnet zu haben.

Jed hielt am Straßenrand an und stieg aus. Er ging nach hinten, öffnete den Pferdehänger und führte Silver Flake heraus. Ein Stück die Straße hinauf gab es einen kleinen Park mit einer großzügigen Rasenfläche, einem Kinderspielplatz und einer Picknickecke. Während Jed mit Silver Flake dorthin schlenderte und sie auf den Rasen führte, wo sie ein paar Grashalme zupfen konnte, trug Ruby den

Picknickkorb zu dem Holztisch mit den beiden Bänken, die im Schatten eines Jacarandabaumes standen.

»Eine ruhige kleine Stadt, nicht?«, bemerkte Ruby.

»Ja, verglichen mit Silverton«, spottete Jed.

»Noch vor ein paar Wochen hätte ich Silverton eine Geisterstadt genannt, aber nach allem, was ich dort erlebt habe, kann man das wirklich nicht behaupten.«

Jed biss herzhaft in sein Eiersandwich.

»Glaubst du, die Camilleris werden uns folgen?« Diese Frage beschäftigte Ruby schon den ganzen Tag.

»Nein, das halte ich für unwahrscheinlich.«

Ruby guckte Jed erstaunt an. »Und wieso?«

»Weil mindestens einer von beiden ziemlich angeschlagen sein dürfte.«

»Woher willst du das wissen?«

»Ich weiß es eben«, antwortete Jed achselzuckend. »Mehr brauchst du nicht zu wissen.«

Einhundertdreißig Kilometer und knapp zwei Stunden später kamen sie durch Port Augusta, eine große Küstenstadt.

»Machen wir keinen Halt hier?«, fragte Ruby aufgeregt, als sie die vielen interessanten Geschäfte sah. Port Augusta war seit ihrer Abreise aus Sydney die erste Stadt, die diesen Namen verdiente, und sie hätte gern einen kleinen Bummel gemacht.

»Ein Pferd mitten in der Stadt wäre bestimmt nicht gern gesehen«, meinte Jed. »Wir fahren durch und suchen uns dann einen Platz zum Übernachten.«

Ruby nickte, aber die Enttäuschung war ihr anzusehen.

»Hättest du Lust, schwimmen zu gehen? Eine kleine Abkühlung würde uns sicher guttun.«

»Schwimmen?«

»Ja, jedes Mal wenn ich hierherkomme, gehe ich mit Silver Flake im Meer baden. Sie schwimmt für ihr Leben gern.«

Rubys Miene hellte sich sofort auf. Das versprach, viel unterhaltsamer zu werden als ein Einkaufsbummel.

Ungefähr zehn Minuten hinter der Stadt bog Jed auf eine schmale Straße ab, an der einige Ferienbungalows standen. Sie führte direkt zum Strand hinunter, einem langen, unberührten, menschenleeren weißen Sandstrand. Jed stellte den Wagen ab und führte Silver Flake aus dem Hänger. Die Stute wieherte aufgeregt.

»Sie weiß genau, wo sie hier ist«, sagte Jed. »Im Meer baden und am Strand entlanggaloppieren ist ihre größte Freude.« Er zog sich sein T-Shirt über den Kopf, streifte sich die Schuhe von den Füßen und führte Silver Flake ans Wasser.

»Ich hab keinen Badeanzug dabei«, rief Ruby ihm nach.

»Du kannst mein T-Shirt anziehen!«

Ruby schnappte sich das T-Shirt und zog sich hinten im Wohnmobil um. Das Kleidungsstück reichte ihr nicht einmal bis zur Mitte ihrer Oberschenkel. Aber erstens war es so heiß, dass ihr das egal war, und zweitens war weit und breit kein Mensch. Außer Jed, und der hatte nur Augen für sein Pferd.

Als Ruby aus dem Wohnmobil kam, stand Jed bereits bis zur Taille im leuchtend blauen Meer. Er schwang sich auf Silver Flakes Rücken, und die Stute, die Augen weit aufgerissen, als die Wellen über sie hinwegspülten, begann zu schwimmen.

Ruby rannte lachend in die schäumende Brandung. Das Wasser fühlte sich wunderbar kühl und erfrischend an.

Sie schwamm zu der Stute hinaus. Als sie Silver Flake erreicht hatte, streckte Jed seinen Arm aus und zog sie hinter sich aufs Pferd. Silver Flake schwamm noch weiter hinaus.

Jed guckte über seine Schulter. »Hab ich dir nicht gesagt, sie schwimmt für ihr Leben gern?«

Ruby hatte ihre Arme um seine Taille gelegt. Diese ungewohnte Nähe machte sie ein bisschen nervös. »Sie schwimmt aber nicht zu weit hinaus, oder?«

Jed lachte. »Nein, nein. Außerdem kannst du doch schwimmen.«

»Ja, schon.«

Es kam ihr so vor, als drücke sie die Stute mit ihrem Gewicht nach unten, deshalb ließ sie sich ins Wasser gleiten und schwamm ans Ufer zurück.

Jed machte ebenfalls kehrt. Ruby lächelte, als Silver Flake neben ihr schwamm. Im seichten Wasser rutschte Jed vom Pferderücken und drückte Ruby die Zügel in die Hand. »Jetzt bist du dran.«

»Na gut!« Ruby führte Silver Flake wieder ins tiefere Wasser und schwang sich auf ihren Rücken, als sie zu schwimmen anfing. Sie lenkte die Stute parallel zum Ufer, und Jed beobachtete die beiden mit einem Lächeln auf den Lippen.

Ruby strahlte und begann das neue Erlebnis zu genießen. Sie genoss jede Sekunde. Es war ein einzigartiges himmlisches Gefühl, vergleichbar höchstens mit ihrem Ritt über die Mundi-Mundi-Ebene. Sie dachte daran, dass sie bald nach Sydney in ihr altes Leben zurückkehren würde, und zu ihrem eigenen Erstaunen erfasste sie eine tiefe Traurigkeit. Energisch verdrängte sie diesen Gedanken. Ruby wollte sich das Glück des Augenblicks nicht verderben lassen.

Jed hatte unterdessen Holz gesammelt. Als Ruby mit der Stute aus dem Wasser kam, warf sich Silver Flake in den Sand und wälzte sich darin wie ein Hund. Der Anblick, wie sie sich hin und her rollte und mit allen vier Beinen strampelte, war so komisch, dass Ruby Tränen lachte.

Jed lächelte. »Das macht sie gern, wenn sie aus dem Wasser kommt.« Unauffällig ließ er seine Blicke über Ruby schweifen. Das nasse T-Shirt klebte an ihr wie eine zweite Haut. »Ich freue mich immer, wenn sie nach der harten Arbeit ihr Leben auch noch ein bisschen genießen darf.«

Als Silver Flake genug hatte, führte Ruby sie noch einmal ins Wasser, damit der Sand abgewaschen wurde.

Jed machte unterdessen Feuer.

»Bleiben wir über Nacht hier?«, fragte Ruby.

Jed nickte. »Ja, das ist ein perfekter Lagerplatz. Hier haben wir die ganze Nacht eine kühle Brise vom Meer her. Genieß es noch einmal, wir werden uns bald vom Meer entfernen, und im Landesinneren herrscht eine Gluthitze.«

Nachdem er Silver Flake gestriegelt und gefüttert hatte, bereitete Jed das Abendessen, Dosenbohnen und Würstchen, über dem Lagerfeuer zu. Ruby zog sich um und half ihm dann. Sie holte zwei Teller aus dem Wohnmobil und schnitt Brot auf.

»Wir hätten noch ein paar Kilometer weiterfahren können«, meinte Jed, als er ihr einen vollen Teller reichte. »Aber hier ist es so schön.«

Ruby nickte zustimmend. Sie saßen im Sand und aßen mit gutem Appetit, während das Feuer knisterte und prasselte und die Wellen über den einsamen Strand rollten. Es hätte nicht schöner sein können.

»In Sydney sind die Strände immer so überfüllt«, sagte Ruby in das behagliche Schweigen hinein. »Es ist herrlich, einen Strand ganz für sich allein zu haben.«

»Fehlt dir denn der Großstadtrummel nicht?«

»Nein.« Ruby schüttelte den Kopf. »Ich hätte nie gedacht, dass ich das einmal sagen würde. Aber ich denke, ich werde mich bald wieder an das Großstadtleben gewöhnen.«

»Ganz bestimmt«, entgegnete Jed.

Als die Sonne im Westen sich dem Meer zuneigte, ritt Ruby in der frischen abendlichen Meeresbrise über den langen Sandstrand und genoss jede einzelne Sekunde. Vor Einbruch der Dunkelheit pflockte Jed die Stute neben dem Wagen an und kletterte dann in seinen Schlafsack, den er am Feuer ausgebreitet hatte. Ruby zog sich in das Wohnmobil zurück. Sie machte die Tür, die sie geschlossen hatte, bald wieder auf, weil es drinnen so stickig war. Von ihrer Schlafkoje aus konnte sie die Brandung hören und die züngelnden Flammen des Lagerfeuers sehen. Ruby konnte auch Jed in seinem Schlafsack und Silver Flake sehen. Einen Moment lang war sie drauf und dran, Jed alles zu beichten, ihm zu gestehen, dass sie gelogen hatte, als sie ihm sagte, sie habe Rick Paget engagiert. Aber sie brachte es nicht fertig. Sie würden bestimmt noch einen Jockey auftreiben. Sie musste einfach fest daran glauben.

»Gute Nacht, Jed«, rief sie.

»Nacht, Ruby«, kam die schläfrige Antwort.

Sie lächelte. Ihr letzter Gedanke vor dem Einschlafen war, dass es ein absolut perfekter Tag gewesen war.

25

Kurz nach Sonnenaufgang war Ruby schon auf den Beinen. Dank der kühlen Meeresbrise hatte sie so gut geschlafen wie seit ihrer Abreise aus Sydney nicht mehr. Sie schwang sich auf Silver Flake und ritt durch die schäumende Brandung am weißen Sandstrand entlang. Danach durfte die Stute im seichten Wasser plantschen, während Ruby und Jed sich nass spritzten und vergnügt herumtollten wie Kinder. Ruby wäre am liebsten geblieben, aber Jed meinte, sie müssten bald aufbrechen, weil sie noch eine lange Fahrt vor sich hätten.

»Du solltest ans Meer ziehen, wo Silver Flake das Wasser und den Auslauf am Strand so liebt«, sagte Ruby, als sie die Stute trocken rieben und anschließend striegelten, bis ihr Fell wie Seide schimmerte.

»Wir müssten erst ein paar bedeutende Rennen gewinnen, bevor wir uns einen Umzug ans Meer leisten könnten. Wenn Rick Paget immer für uns reiten würde, wäre das was anderes. Dann stünden unsere Chancen verdammt gut.«

Jeds Stimme klang so aufgeregt, dass Ruby sofort ein schlechtes Gewissen bekam. Sie machte den Mund auf, um Jed die Wahrheit zu sagen, brachte es aber nicht über sich. Es war einfach nicht der richtige Zeitpunkt.

Nachdem sie die Stute gefüttert und wieder in den Hänger verladen hatten, packten sie alles zusammen und fuhren zurück auf den Stuart Highway, dem sie Richtung Norden folgten. Sie ließen Port Augusta hinter sich und machten sich auf den Weg ins raue, unbarmherzige Innere Australiens.

Auf der zweistündigen Fahrt nach Woomera gab es praktisch nichts zu sehen außer einer endlosen Reihe von Telegrafenmasten. Je weiter sie nach Norden kamen, desto heißer wurde es. Ruby öffnete ihr Fenster in der Hoffnung auf einen kühlenden Fahrtwind, doch die Luft, die hereinströmte, war so sengend heiß, dass sie das Fenster wieder schließen musste.

Die Schnellstraße führte ein paar Kilometer an Woomera vorbei, sodass Ruby die Stadt selbst nicht sah, aber ihr fielen die Schilder an dem Zaun auf, der sich an der Straße entlangzog. *Sperrgebiet* stand darauf und: *Zutritt verboten.* Als sie Jed fragte, was das zu bedeuten habe, erklärte er es ihr.

»Woomera wurde 1947 in Zusammenhang mit dem Gemini-Raumfahrtprogramm gegründet. Vor ein paar Jahren lebten hier noch siebentausend Menschen, jetzt sind es nur noch ein paar hundert. Die meisten arbeiten für die Regierung oder in den Zulieferbetrieben. Die Bezahlung soll sehr gut sein.«

»Aber ob das für die Isolation entschädigt?«, meinte Ruby nachdenklich. »Silverton ist zwar auch abgelegen, aber immerhin kann man in einer halben Stunde in Broken Hill sein.«

»Ich weiß nicht, aber die Arbeit ist bestimmt interessant. Die Gegend hier ist nämlich Raketentestgelände.«

»Ehrlich?«, staunte Ruby.

Jed nickte. »*Woomera* stammt aus der Sprache der Aborigines. Damit bezeichnen sie einen Wurfspeer mit einer Schleudervorrichtung. Das Raumfahrtprogramm ist mittlerweile reduziert worden, hab ich gehört, aber es gibt unweit von hier ein Gebiet namens Red Lake, das eine entscheidende Rolle bei den Vorbereitungen für die erste Mondlandung spielt.«

»Wow!«, entfuhr es Ruby ehrfürchtig. Sie verrenkte sich den Hals, um zum Himmel hinaufblicken zu können. »Glaubst du, wir erleben zufällig einen Raketenstart mit?«

»Kann ich mir nicht vorstellen. Ich hab übrigens in der Zeitung gelesen, dass die Amerikaner ungefähr dreißig Kilometer von

Woomera eine Bodenstation bauen, die Nurrungar Joint Tracking Facility. Der genaue Standort ist geheim, deshalb haben wir unterwegs keinen Hinweis darauf entdeckt.«

»Wer hätte gedacht, dass sich so weltbewegende Dinge hier draußen abspielen«, staunte Ruby.

Etwa eine Stunde später bog Jed unmittelbar vor der Ortschaft Glendambo auf eine unbefestigte Straße ab, der sie etliche Kilometer folgten, bevor sie sich zu einer einspurigen Schotterpiste verengte. Sie passierten einige offen stehende Gatter.

»Das ist Etamundra Station«, sagte Jed. »Ich kenne die Farmersleute gut und schaue immer bei ihnen vorbei, wenn ich Richtung Norden unterwegs bin. Sie würden es mir verübeln, wenn ich es nicht täte.«

»Wird das Gebiet landwirtschaftlich genutzt?«

Ruby konnte nicht viel ausmachen, was sich als Nahrung für Schafe oder Rinder eignen würde. Auf dem steinigen Boden wuchsen nichts als kleine Sträucher, und die sahen nicht aus, als könnten sich Tiere davon ernähren.

Jed nickte. »Den Elliotts gehören tausend Hektar Land. Sie sind erfolgreiche Schaf- und Rinderzüchter – sie haben schon die unterschiedlichsten Rassen gezüchtet. Als ich das letzte Mal hier war, streiften einige hundert Brahman-Rinder über das Land. Das ist eine genügsame Rasse, im Gegensatz zu anderen, die eingehen würden, wenn sie sich von der Vegetation ernähren müssten, die man in der Nähe von Salzseen findet. John ist auch Wünschelrutengänger, seine Begabung ist hier draußen sehr gefragt. Wenn er unterwegs ist, um irgendwo eine Wasserader aufzuspüren, betreiben seine Söhne die Farm.«

Direkt vor ihnen tauchte jetzt eine Baumgruppe auf, hinter der sich ein Farmhaus und andere Gebäude verbargen. Neben einheimischen Bäumen erkannte Ruby auch Dattelpalmen, sodass das Ganze wie eine Oase inmitten der Einöde wirkte. Das lang gestreckte, niedrige Haupthaus war aus Backsteinen erbaut und hatte ein Eisendach und kleine Fenster. Eine dicke rote Staubschicht bedeckte das gesamte Dach. Als Jed anhielt und den Motor abstellte, kamen ein paar Hunde bellend und schwanzwedelnd angerannt. Silver Flake wieherte.

»Hat sie Angst?«

Jed grinste. »Nein, sie hat die Hunde gehört und freut sich, weil sie immer mit ihnen spielt, wenn wir hier sind.«

Die Haustür öffnete sich, und ein Mann mittleren Alters trat heraus. Er setzte sich einen Hut auf und ging gemächlich auf die beiden Besucher zu. Sein von Wind und Wetter gegerbtes Gesicht verzog sich zu einem breiten Lächeln.

»Hey, Jed! Schön, dich wiederzusehen!« Die beiden Männer gaben sich die Hand.

Ruby, die auf der Beifahrerseite des Wohnmobils einen der freundlichen Hunde gestreichelt hatte, ging um das Fahrzeug herum. Sie schloss aus Johns überaus herzlichem Tonfall, dass Besucher auf der Farm eine willkommene Zerstreuung darstellten.

»Ich werd verrückt!«, entfuhr es dem Farmer, als er Ruby erblickte. »Wo hast du dieses wunderschöne Wesen denn aufgegabelt, Jed?«

Ruby errötete und lächelte. John Elliott sah sie unverwandt mit der freudigen Überraschung eines Lotteriegewinners an.

»*Sie* hat *mich* aufgegabelt«, scherzte Jed. »Aber das ist eine lange Geschichte.«

»Sie sollten bei den Miss-Wahlen hier bei uns antreten. Wie heißen Sie, meine Schöne?«

Mit dieser Frage brachte der Farmer sie in noch größere Verlegenheit. »Ruby«, antwortete sie leise.

»Wie der Edelstein«, bemerkte John, und seine Augen funkelten.

»John ist ein alter Süßholzraspler«, sagte Jed lachend. »Ruby Rosewell, das ist John Elliott, die schlimmere Hälfte der Elliotts von Etamundra.«

»Da hast du verdammt Recht, Jed.« Das war Edwina Elliott, die aus der Tür trat. Sie wischte sich die Hände an ihrer zerknitterten Schürze ab und versuchte dann, ihre zerzausten Haare zu ordnen. »Die bessere Hälfte bin ich!«, fügte sie lachend hinzu.

Ruby erschrak, als sie die Frau erblickte. Sie hatte tiefe Falten in ihrem Gesicht, das so rotbraun wie die Erde war, die der strenge Nordwind aufwirbelte. Ihre hellen, grau gesträhnten Haare hatte sie mit einem Band zusammengebunden und die Strähnen, die sich gelöst hatten, mit Klammern festgesteckt, sodass sie ihr nicht ins Gesicht fielen. Ihre Bluse war so alt und verwaschen und zerknittert wie ihre Schürze. Und dennoch strahlte sie Zähigkeit und Robustheit und zugleich eine tiefe Zufriedenheit aus, als führe sie ein angenehmes Leben in einem schicken Vorort und nicht einen Überlebenskampf unter härtesten Bedingungen.

Ruby fand es einerseits deprimierend, was das Leben im Outback aus einer Frau machen konnte, verstand aber auch, dass es hier dringendere Probleme gab als eine adrette Frisur oder einen glatten, gepflegten Teint.

Jed machte die beiden Frauen miteinander bekannt. Edwina fasste Ruby am Arm und zog sie mit sich zum Haus.

»Sie könnten doch bestimmt eine Tasse Tee vertragen, nicht wahr?«

Ruby nickte lächelnd. Ein schwacher Paraffingeruch stieg ihr in die Nase. Ruby wusste nicht, dass man im Busch Paraffin als Einreibemittel bei Arthritis verwendete. Sie blickte über ihre Schulter und sah, dass Jed mit Johns Hilfe den Anhänger abkoppelte.

»Ich habe gerade kleine Teekuchen gebacken«, fuhr Edwina fort, als sie Ruby ins Haus schob.

Ruby folgte ihr durch einen langen Flur. Ein fadenscheiniger Teppich lag auf den knarrenden Holzdielen. Fotografien, auf denen mürrisch dreinblickende, schwarz gekleidete Vorfahren zu sehen waren, hingen in willkürlicher Anordnung an den Wänden. Ventilatoren drehten sich surrend an den hohen Decken. Rechter Hand lagen

Schlafzimmer, links führte eine Tür in ein Wohnzimmer, in dem ein wuchtiges, verschossenes Sofa stand und eine große Musiktruhe. Ganz am Ende des Gangs lag die geräumige Küche, wo es nach frisch Gebackenem duftete.

Ein großer Tisch bildete den Mittelpunkt der Küche. Stühle, die nicht zueinander passten und vermutlich selbst gezimmert waren, standen um ihn herum. Ihre Sitzflächen waren viele Male ausgebessert worden. Auf einem mit verwelkten Blumen dekorierten Blechtablett mitten auf dem Tisch hatten eine Zuckerschale, Salz- und Pfefferstreuer sowie drei halb leere Soßenflaschen ihren Platz gefunden. Edwina forderte sie auf, Platz zu nehmen, und Ruby setzte sich vorsichtig auf einen Stuhl, der unter ihrem Gewicht ächzte und der, wie sie gleich merkte, unterschiedlich lange Beine hatte. Während sie sich insgeheim darauf gefasst machte, gleich auf dem Fußboden zu landen, setzte sie eine gelassene Miene auf und sah Edwina zu, wie sie den Tee einschenkte und die heißen Teekuchen butterte und mit der anderen Hand gleichzeitig die Fliegen verscheuchte. Über dem Herd hingen Fliegenfänger, die schwarz waren von den Fliegen, die daran klebten. Ruby schaute schnell weg. Es war kein schöner Anblick.

Der Tee wurde schwarz serviert, aber die Teekuchen waren weich und locker und schmeckten köstlich süß. Ruby hätte mühelos einen ganzen Teller voll verdrücken können.

»Sind Sie Jeds Freundin?«, fragte Edwina neugierig und gab drei Löffel Zucker in ihre Tasse.

»Du lieber Himmel, nein! Ich bin die Mitbesitzerin von Silver Flake. Wir fahren nach Alice Springs, damit sie dort beim Rennen starten kann.«

»Mitbesitzerin? Wie ist das denn zugegangen?« Ein paar Kuchenkrumen fielen Edwina aus dem Mund und in die tiefe Spalte ihres Dekolletees.

»Ich habe meinen Anteil geerbt, aber das ist eine lange Geschichte«, antwortete Ruby ausweichend.

»Verstehe.« Edwina musterte sie. »Sie sehen nicht aus, als wären Sie vom Land. Woher kommen Sie denn? Was machen Sie beruflich?«

»Ich komme aus Sydney und bin Friseurin. Ich würde mir gern ein paar Dollar verdienen. Haben Sie Angestellte, die sich vielleicht die Haare schneiden lassen möchten?«

Edwina schüttelte den Kopf. »Wir haben keine Angestellten, das ist ein reiner Familienbetrieb. Aber einen Haarschnitt könnten wir alle vertragen. Was ist mit Jed? Wenn er Arbeit sucht, könnte er John beim Bau der neuen Zisterne helfen. Unsere Jungs sind mit der Reparatur der Zäune beschäftigt und müssen außerdem die wenigen Rinder zusammentreiben, die wir noch haben, um sie dann auf den Markt zu bringen. John könnte also ein wenig Hilfe brauchen.«

»Ich fürchte, das wird nicht gehen. Jed hat sich vor Kurzem ein paar Rippen angeknackst und ist noch nicht wieder auf dem Damm«, erklärte Ruby. »Wie viele Söhne haben Sie denn?«

»Fünf. Unsere Töchter sind verheiratet und haben selbst Familie. Die Älteste lebt in Wagga Wagga in New South Wales und die Jüngste in Bunbury in Western Australia. Einmal im Jahr besuchen sie uns mit ihren Kindern. Und unsere beiden ältesten Jungs wandeln auf Freiersfüßen. Ich denke, es wird nicht mehr lange dauern, bis sie eine eigene Familie gründen.«

Jetzt war Ruby klar, warum Edwina so abgearbeitet und verbraucht aussah. Hier im Outback erkannte sie, was für ein unbeschwertes Leben sie trotz all ihrer kleinen Sorgen hatte.

Kurz vor Einbruch der Dunkelheit war das Knattern von Motorrädern zu hören, und Edwina erklärte, ihre Söhne kämen von der Arbeit.

»Fünf Pferde sind viel zu teuer im Unterhalt, deshalb haben sie sich die Motorräder gekauft«, fügte sie hinzu.

Als die Jungs sich am Regenwassertank hinter dem Haus Gesicht und Hände wuschen, ging Edwina zur Tür. »Vergesst nicht, euch auch die Haare zu waschen; heute ist ein Haarschnitt fällig«, rief sie. Einstimmiges Murren war die Antwort. »Keine Angst, *ich* werde euch die Haare nicht schneiden!« Edwina verdrehte gereizt die Augen.

»Doch hoffentlich nicht Dad!«, maulte einer der Burschen.

»Nein, wir haben eine richtige Friseurin zu Gast. Und sie hat bestimmt keine Lust, sich bei der Arbeit die Hände schmutzig zu machen!«

Die Jungen unterhielten sich mit Jed und ihrem Vater, als Ruby und Edwina hinters Haus traten. Alle fünf verstummten und starrten Ruby offenen Mundes an.

Edwina lachte. »Macht euren Schnabel lieber wieder zu, sonst fliegt noch eine Fliege hinein. Das hier ist Ruby. Sie wird euch nach dem Essen die Haare schneiden.«

Die Jungen blickten verlegen zu Boden und scharrten mit den Füßen. John grinste und stellte Ruby seine Söhne vor. Derek war der Älteste, dann kamen Nigel, Robert und Simon, und Monty war mit sechzehn Jahren der Jüngste. John trug seinen Jungs auf, Holz zu sammeln, damit er die Steaks für das Abendessen grillen konnte. Ruby kehrte mit Edwina in die Küche zurück und half ihr beim Zubereiten eines Kartoffelsalats. Anschließend deckte sie draußen den Tisch.

»Kann ich noch etwas tun?«, fragte Ruby dann.

Edwina lachte. »Nein«, erwiderte sie, »die störrischen Haare der ganzen Familie schneiden zu müssen ist Schwerarbeit – mehr kann ich wirklich nicht von Ihnen verlangen.«

Nach Sonnenuntergang wurde es angenehm kühl. Ruby saß neben Jed und bewunderte die Abermillionen Sterne, die am Nachthimmel funkelten, und den Halbmond. Sie hatte nie zuvor einen grandioseren Himmel gesehen.

Sie blickte zu Silver Flake hinüber, die auf einer angrenzenden

Koppel stand. Ruby hatte sich köstlich amüsiert, als sie der Stute beim Spiel mit den Hunden zugeschaut hatte. Silver Flake war ihnen mit gesenktem Kopf nachgelaufen, als wollte sie sie verscheuchen, und die Hunde waren fröhlich bellend um sie herumgesprungen. Ruby war dankbar für die Gelegenheit, die Persönlichkeit der Stute in ihrer ganzen Vielfalt kennenlernen zu dürfen.

John tischte ein paar Flaschen selbst gebrautes Bier auf, und alle bedienten sich gut gelaunt. Je mehr seine Söhne tranken, desto mutiger wurden sie. Monty wurde aufgrund seines Alters nur ein einziges Glas zugestanden, die anderen jedoch begannen hemmungslos mit Ruby zu flirten, rissen Witze und frotzelten herum. Als es Zeit zum Haareschneiden wurde, folgten sie Ruby in die Scheune, wo John eine Kerosinlampe aufgestellt hatte. Jed blieb draußen sitzen und plauderte mit seinem alten Freund. Immer wieder drang lautes Gelächter aus der Scheune.

»Meine Jungs sind ganz hingerissen von Ruby«, meinte John, während er sich eine Zigarette drehte.

»Ja, sieht ganz so aus.« Jed wusste nicht recht, was er davon halten sollte.

»So ein bildschönes Ding bekommt man nicht jeden Tag zu sehen. Willst du sie nicht hierlassen? Edwina könnte eine Hilfe gebrauchen.«

»Kommt nicht infrage«, erwiderte Jed mit Bestimmtheit. »Und ich hoffe sehr, dass deine Jungs nicht schlafwandeln«, fügte er trocken hinzu.

John lachte. »Der Schlafwandler in der Familie bin ich.« Edwina gab ihm einen neckischen Klaps auf den Arm. »Bin ich nicht eines Nachts in der Scheune aufgewacht, zusammengerollt mitten unter den Hunden?«

»Ja, da warst du stockbetrunken«, meinte sie.

Jed grinste.

»Im Ernst, Jed«, fuhr John fort. »Du wärst ein Narr, wenn du das Mädchen gehen ließest.«

»Sie ist ein Stadtmensch, John, und sie hat Pläne für die Zeit nach ihrer Rückkehr nach Sydney.«

»Kannst du nicht deinen Charme spielen lassen?«

»Misch dich da nicht ein, John«, ermahnte Edwina ihren Mann. »Die jungen Leute müssen selbst wissen, was sie tun.«

John zuckte die Achseln.

Als Ruby John und seinen Söhnen die Haare geschnitten hatte, kam Edwina an die Reihe. Sie schnitt ihr die Haare ziemlich kurz, ähnlich wie bei Myra, und genau wie diese war Edwina begeistert von ihrer neuen Frisur.

»Dieser Stufenschnitt ist wunderschön! Sieht richtig schick aus; so hab ich mich seit Jahren nicht mehr gefühlt.«

»Wie schön! Ich finde auch, dass die neue Frisur Ihnen steht.« Ruby nickte zufrieden. »Außerdem ist sie pflegeleicht.«

»Sie verstehen Ihr Handwerk, das muss man Ihnen lassen. Sie müssen mir versprechen, dass Sie auf dem Rückweg wieder hier vorbeikommen«, fügte Edwina hinzu, während sie sich in einem gesprungenen Spiegel bewunderte. »Dereks und Nigels Freundinnen werden vor Neid erblassen, wenn sie mich sehen.«

Auch die fünf Jungs hatten Ruby angefleht, wiederzukommen. Robert wollte ihr zeigen, wie man Motorrad fährt, und Simon wollte ihr das Schießen beibringen. Monty meinte, sie müsse sich unbedingt seine Sammlung von Eidechsenskeletten und Schlangenhäuten ansehen.

Als es Schlafenszeit war, bot Edwina Ruby den Funkraum zum Übernachten an, in dem Jed normalerweise schlief.

»Danke«, erwiderte Ruby, »aber ich schlafe lieber im Wohnmobil.«

»Wäre er ein Kavalier, würde sich Jed dort einquartieren.«

»Es macht mir wirklich nichts aus«, versicherte Ruby ihr. »Ich finde es herrlich, die Sterne sehen zu können.«

»Na schön, aber dann gebe ich Ihnen wenigstens ein Moskitonetz, sonst sehen Sie morgen früh aus wie ein Streuselkuchen.«

Jed sah Ruby an. »Willst du wirklich nicht im Haus schlafen?«

»Keine Sorge, meine Jungs kommen bestimmt nicht auf die Idee zu schlafwandeln«, meinte Edwina lachend.

Jed fand das gar nicht komisch. »Das glaube ich gern. Aber ich weiß trotzdem nicht, ob es für eine junge Frau ratsam ist, über Nacht allein da draußen zu bleiben.«

»Die Hunde sind ja auch noch da«, warf John ein. »Sie schlagen an, wenn sich ein Fremder nähert.«

»Genau«, pflichtete Ruby ihm bei. »Sie werden schon auf mich aufpassen. Mir passiert schon nichts«, beruhigte sie Jed, der ein zweifelndes Gesicht machte.

Ruby wünschte allen eine gute Nacht und zog sich zurück.

John und Jed beschlossen den Abend bei einer Tasse Tee. Als der Farmer bemerkte, dass sich Silver Flake offenbar in einem hervorragenden Zustand befand, erzählte Jed ihm von den Camilleris und ihrer feigen Attacke auf ihn und das Pferd.

»Ruby befürchtet, dass die Gangster uns nach Alice Springs folgen«, fügte er hinzu. »Aber das bezweifle ich. Schätze, die Lust dazu wird ihnen vergangen sein, wenn sie in das Tellereisen getreten sind, das Bernie Lewis in der Futterkammer aufgestellt hat.«

John nickte grimmig. »Sag mir, wie diese Typen aussehen und was für einen Wagen sie fahren, dann werde ich die Farmer entlang der Strecke von hier nach Alice Springs anfunken, damit sie die Augen offen halten.«

»Danke, John, das ist nett von dir.«

»Wenn ich ihnen erzähle, dass diese Gangster versucht haben, Silver Flake zu vergiften, werden sie nicht weit kommen, das verspreche ich dir.«

Als Ruby am anderen Morgen zur Koppel ging, in der die Stute über Nacht gestanden hatte, stieg Jed gerade aus dem Sattel. Die Arme in die Seiten gestemmt, schaute sie zu, wie er steifbeinig auf sie zustakste.

»Kannst du mir sagen, was das soll?«

»Ich wollte dich ausschlafen lassen«, stieß Jed gepresst hervor. Er blieb stehen und holte Luft.

Ruby war sauer. »Du hast Schmerzen, stimmt's?«

»Es geht«, wehrte er ab. »Hast du gut geschlafen?«

»O ja, ganz wunderbar. Ich könnte mich daran gewöhnen, im Sommer draußen zu schlafen. Ich habe Grillen zirpen gehört und den Mond und die Sterne über mir gesehen. Die Hunde haben mir Gesellschaft geleistet, alle miteinander. Wenn nur der alte Collie nicht so schnarchen würde!«

Der köstliche Duft von Schinken und Eiern stieg ihnen in die Nase, und sowohl Ruby als auch Jed knurrte der Magen vor Hunger.

»In Zukunft überlässt du das Reiten mir«, sagte Ruby, während sie den Sattelgurt löste.

»Irgendwann muss ich ja wieder selbst in den Sattel steigen – du wirst nach dem Rennen doch nach Sydney zurückkehren.«

Da hatte er allerdings Recht. Ruby hatte die Tatsache, dass sie schon bald wieder abreisen würde, völlig verdrängt.

»Aber bis dahin lässt du mich reiten«, erwiderte sie. »Dann kannst du dich noch ein bisschen erholen.«

Eine Stunde von Etamundra entfernt lag die Bergwerksstadt Coober Pedy.

»Man könnte meinen, man befindet sich auf dem Mars«, bemerkte Ruby angesichts der roten, baumlosen Landschaft. Schotterwüsten erstreckten sich ringsum, so weit das Auge reichte. Nur da und dort erhob sich ein Tafelberg. Ruby hatte nie zuvor solche Farben gesehen: Die Nuancen reichten von einem hellen Fahlrot bis hin zu einem satten, tiefen Rotton. Ein Paradies für Künstler, dachte sie. Wenn man genau hinsah, konnte man kleine Sträucher erkennen, die robust genug waren, in dieser Wüste zu überleben, wo im Winter durchschnittlich zehn Millimeter Regen pro Monat und im Sommer ein Drittel davon fielen.

Kurz vor der Stadt bremste Jed jäh ab und zeigte auf eine Echse am Straßenrand. »Hast du einen unserer Wüstenbewohner schon mal aus der Nähe gesehen?«

Ruby beugte sich über ihn und schaute aus dem Fenster auf der Fahrerseite. Plötzlich richtete sich die Echse auf den Hinterbeinen auf und breitete eine Hautfalte wie einen Kragen unterhalb ihres Kopfes aus. Der schuppige Körper hatte die Farbe der Wüstenerde und war dadurch perfekt getarnt.

»Sie macht sich größer, als sie in Wirklichkeit ist, weil sie uns einschüchtern will«, flüsterte Jed.

»Oh, sie ist wunderschön«, hauchte Ruby, als die Echse schnell davonhuschte.

Jed guckte sie überrascht an. »Meinst du das im Ernst?«

»Natürlich meine ich das ernst.«

»So etwas aus dem Mund eines Stadtmenschen zu hören wundert mich. Anscheinend kommst du nach deinem Dad.«

Jetzt war Ruby es, die verdutzt war. Aber sie sagte nichts. Als sie die Stadt erreichten, staunte sie über die merkwürdigen Hügel, die zu Hunderten die Landschaft überzogen wie ein ansteckender Ausschlag.

»Was ist das denn?«, fragte Ruby.

»Das sind Abraumhalden von den Opalminen. Die Schächte sind übrigens nicht eingezäunt, man sollte also aufpassen, wo man hintritt, vor allem bei Dunkelheit.«

Sie fuhren langsam durch die Hauptstraße. Ruby fiel auf, dass sich einige recht verdächtige Gestalten dort aufhielten.

Jed nickte. »Ja, Recht und Gesetz werden hier nicht immer beachtet. Wer seinen Claim in den Opalminen absteckt, tut alles, um seinen Anspruch zu verteidigen. Es kommt vor, dass jemand verschwindet, aber bei der Vielzahl von Bergwerksschächten kann man unmöglich jeden einzelnen nach einem Vermissten absuchen.«

»Das ist ja fast wie im Wilden Westen!«, bemerkte Ruby.

Wieder nickte Jed. »Stimmt. In dieser kleinen Stadt leben mindestens fünfundvierzig verschiedene Nationalitäten. Und alle lieben sie den Alkohol.« Er machte eine Pause. »Was wirklich interessant ist, das sind die Höhlenwohnungen.«

»Höhlenwohnungen?«

»Ja, Coober Pedy stammt aus der Sprache der Aborigines und bedeutet so viel wie ›Loch des weißen Mannes in der Erde‹. Das bezieht sich vermutlich sowohl auf die Minen als auch auf die Wohnungen. Bei Temperaturen von fast fünfzig Grad Celsius ist es unter der Erde viel kühler und zum Wohnen viel angenehmer.«

Ruby stand vor Staunen der Mund offen.

»Ein Freund von mir hat hier mal gewohnt, und da habe ich einige wirklich gemütliche Höhlenwohnungen kennengelernt. Es gibt auch einen unterirdischen Pub. Wenn du willst, machen wir auf dem Rückweg Halt und schauen uns alles an.«

»O ja, sehr gern. Ich habe zu Hause einen Opalring. Ich würde mir zu gern ansehen, woher der Edelstein vielleicht stammt.«

Eineinhalb Stunden später hielt Jed an einer Ausbuchtung am Straßenrand an. Er führte die Stute aus dem Anhänger und ging eine Runde mit ihr, damit sie sich die Beine vertreten konnte. Ruby breitete eine Decke neben dem Wohnmobil aus, und als Jed zurückkam, aßen sie die belegten Brote, die Edwina ihnen mitgegeben hatte, und tranken etwas. Rubys Blick verlor sich in der Weite der Landschaft. Keiner von beiden sagte etwas. Jed musterte sie aufmerksam und fragte schließlich: »Woran denkst du?«

»An gar nichts«, erwiderte sie träge lächelnd. »Ich lausche.«

»Worauf?«

»Auf nichts. In der Stadt hört man so etwas nie.«

Jed lächelte. Er wusste, was sie meinte. Eine Weile lauschten sie beide. Dann schlug Jed nach einer Fliege, die vor seinem Gesicht herumsurrte, und sie lachten.

In der Ferne konnten sie Hügel und ein paar Bäume sehen, aber an ihrem Rastplatz wuchs nichts, das ihnen Schatten gespendet hätte.

»Die Gegend hier war vor Jahrtausenden ein großer See«, sagte Jed. »Das kann man sich heute fast nicht vorstellen, nicht wahr?«

»Da hast du Recht, das ist wirklich schwer vorstellbar.«

Er stand auf. »Komm, lass uns weiterfahren. Ich will heute Nachmittag auf der Warrigal-Farm sein.«

Als Jed vom Stuart Highway auf die Zufahrt zur Farm abbog, erzählte er Ruby, Sam Wellington, der fünfzigjährige Besitzer der Farm, habe vor vielen Jahren Seite an Seite mit seinem Vater gearbeitet.

»Sams erste Frau ist vor ungefähr zwei Jahren gestorben. Sie konnte verdammt hart arbeiten, war aber ein sehr verschlossener Mensch. Ich glaube nicht, dass ihre Ehe besonders glücklich war. Ein halbes Jahr nach ihrem Tod machte Sam Ferien in Queensland. Es waren seine allerersten Ferien überhaupt. Dort lernte er Martina kennen, eine fünfundzwanzigjährige Angestellte eines Hotels auf Fitzroy Island vor der Küste von Cairns. Ihr Vater stammt von den Salomonen und ihre Mutter ist Irin. Vor einem Jahr haben die beiden geheiratet, und Martina erwartet ihr erstes Kind.«

»Du meine Güte! Da hat sich Martinas Leben aber radikal geändert!«

»Allerdings. Sie fragt sich bestimmt, worauf sie sich da eingelassen hat.«

»Hat Sam Kinder aus seiner ersten Ehe?«

»Ja, zwei Söhne. Keith lebt immer noch auf der Farm. Er ist Pilot und nimmt seine Maschine, um die Entfernungen zwischen Warrigal und den anderen Farmen oder den Städten zu überbrücken.«

Das bescheidene Farmhaus lag scheinbar verlassen da. Nur zwei alte Hunde trotteten herbei, wedelten mit dem Schwanz und bellten lustlos. Jed stellte den Wagen seitlich neben dem Haus ab. Er ging mit Ruby um das Haus herum und rief, aber niemand antwortete.

Die Tür war nicht abgeschlossen. Jed ging hinein und rief abermals, während Ruby draußen bei den Hunden blieb und sie streichelte.

»Komisch.« Jed kratzte sich ratlos am Hinterkopf, als er wieder aus dem Haus trat. »Keiner da. Hoffentlich ist nichts passiert.« Sams Auto stand im Hof, er konnte also nicht weit sein. »Vielleicht hat Sam die Farm mit Keith im Flugzeug verlassen, aber dann müsste zumindest Martina zu Hause sein. Sie wird in ihrem Zustand bestimmt nicht mehr fliegen.«

In diesem Moment sah Ruby in der Ferne einen Mann aus einer Scheune kommen. »Ist das Sam?«, fragte sie und zeigte auf ihn.

»Hallo, Jed!«, rief der Mann und winkte.

Jed erwiderte seinen Gruß. »Nein, das ist Bill, ein Farmarbeiter.«

Bill kam rasch näher. »Mir war doch so, als hätte ich einen Wagen gehört.«

»Hallo, Bill. Wo sind sie denn alle?«

»In Alice Springs. Keith ist gestern mit dem Flugzeug abgestürzt, und jetzt sind sie alle im Krankenhaus.«

»Was?« Jed riss bestürzt die Augen auf. »Wie geht es ihm?«

»Na ja, er hat sich etliche Knochen gebrochen und einige Verbrennungen erlitten, aber er kann von Glück sagen, dass er noch am Leben ist. Vom Flugzeug ist nicht viel übrig geblieben. Das Wrack liegt auf der Koppel dort.« Bill zeigte mit dem Daumen hinter sich. »Der fliegende Doktor war da und hat ihn abtransportiert.«

»Das muss ein schöner Schock für Sam und Martina gewesen sein«, meinte Jed.

»Das kannst du laut sagen. Als der fliegende Doktor gerade starten wollte, setzten bei Martina die Wehen ein. Also sind sie und Sam mitgeflogen. Ich sehe auf der Farm nach dem Rechten, bis sie zurück sind.«

»Kann ich dir irgendwie helfen?«, fragte Jed sofort.

»Da sage ich nicht Nein, es gibt genug zu tun.« Bill sah Ruby an.

»Oh, Entschuldigung, ich habe euch noch gar nicht miteinander bekannt gemacht«, sagte Jed und holte das schnell nach.

»Machen Sie es sich drinnen bequem«, sagte Bill zu Ruby.

Sie schüttelte den Kopf. »Nein, das möchte ich nicht. Nicht, wenn die Eigentümer nicht da sind.«

»Sam und Martina würden mir den Marsch blasen, wenn ich Sie nicht ins Haus bäte«, meinte Bill.

»Geh ruhig hinein«, forderte Jed sie auf. »Ich will nur rasch Silver Flake aus dem Hänger holen, und dann werde ich Bill helfen.«

»Kann ich mich denn nicht irgendwie nützlich machen?«, fragte Ruby.

»Sie können die Hunde füttern, wenn Sie möchten«, sagte Bill. »Das Fleisch für sie ist im Kühlschrank, und ihre Futternäpfe stehen irgendwo auf der hinteren Veranda.«

»Au ja«, sagte Ruby sofort, »das mach ich gern.«

Als sie die Hunde gefüttert hatte, überlegte sie, was sie noch tun könnte. Sie schaute sich um. Anscheinend hatte Martina alles liegen und stehen lassen, als die Wehen einsetzten, und so fing sie an, aufzuräumen und das schmutzige Geschirr zu spülen. Bill und Jed kamen einige Zeit später zurück. Im Kühlschrank müsse ein Topf Suppe stehen, meinte Bill. Ruby machte sie warm, schnitt Brot auf und deckte den Tisch für sie drei. Nach dem Essen funkte Bill das Krankenhaus in Alice Springs an, um sich nach Keith zu erkundigen. Er sei über den Berg, wurde ihm mitgeteilt. Dann fragte er nach Martina.

»Sie hat eine kleine Tochter bekommen«, strahlte Bill, als er sich zu Jed und Ruby umdrehte. »Das Baby ist zwar ein bisschen zu früh gekommen, aber Mutter und Kind sind wohlauf. Bloß der Vater hat einen Schock erlitten!«, fügte er lachend hinzu.

»Das sind ja wundervolle Neuigkeiten«, meinte Jed lächelnd. Auch Ruby freute sich für die Wellingtons.

Nicht lange danach wünschte Bill ihnen eine gute Nacht und zog sich in seine Unterkunft zurück. Während Ruby das Geschirr spülte und noch einmal in der Küche aufräumte, entzündete Jed ein Feuer in der Feuerstelle hinter dem Haus und machte eine Flasche Wein auf, die Bill ihm in die Hand gedrückt hatte, damit sie auf das Neugeborene anstoßen könnten.

»Komm raus, wenn du fertig bist, und trink ein Glas Wein mit mir!«, rief er Ruby durch die hintere Fliegentür zu.

»Gern! Ich komme gleich!«

Augenblicke später setzte sie sich neben Jed ans Feuer.

»Wie geht's Silver Flake?«

»Sie spielt mit Bertie, dem Shetlandpony. Als ich das letzte Mal nach ihr geschaut habe, haben sie sich durch die Koppel gejagt. Heute Abend braucht sie jedenfalls kein Training mehr«, sagte Jed lachend.

»Diese Reisen sind eine gute Gelegenheit für sie, Kontakte zu Artgenossen oder anderen Tieren zu knüpfen, nicht?«

»Ja, und sie hat viel Spaß dabei, das ist sehr wichtig. Ihr Leben soll nicht nur aus Arbeit und Training bestehen. Je entspannter sie bei der Ankunft in Alice Springs ist, desto besser.«

Ruby atmete tief durch und schaute zum Himmel hinauf. »Ich kann mich gar nicht sattsehen am Abendhimmel.«

Jed nickte. »Ja, im Outback ist er besonders schön. Aber nicht jeder ist für das Leben hier geschaffen.«

»Da hast du sicherlich Recht. Hätte mir jemand vor ein paar Wochen gesagt, dass ich mitten in der Wüste unter dem Sternenhimmel sitzen und es genießen würde, hätte ich denjenigen für verrückt erklärt. Und hätte mir jemand prophezeit, dass ich Miteigentümerin eines Rennpferdes sein würde, hätte ich auch das nicht geglaubt. Das Leben kann manchmal schon sonderbare Wege nehmen.«

»Allerdings.« Jed nickte zustimmend. Er dachte daran, was sie beide zusammengeführt hatte. »Es ist wirklich schade, dass du deinen Vater nicht mehr kennengelernt hast.«

»Ich dachte, er sei schon lange tot. Dass er noch am Leben war, erfuhr ich erst, als er meine Mutter und mich in seinem Testament bedachte.«

»Er war ein guter Mensch«, sagte Jed leise. »Ich habe ihn sehr gemocht.« Er betrachtete Rubys Gesicht im Schein des Mondes und des Feuers. »Und du wirst ja wohl auch sehr gemocht. Den Elliott-Jungs hast du gehörig den Kopf verdreht. Aber dass die Männer dir nachlaufen, bist du wahrscheinlich aus der Stadt gewöhnt.«

»Ich habe nie darauf geachtet«, erwiderte Ruby bescheiden.

»Wartet zu Hause in Sydney ein Freund auf dich?«

»Ich war verlobt.« Ruby wurde plötzlich bewusst, dass sie schon sehr lange nicht mehr an Gavin gedacht hatte.

»*War?*«

»Ich habe die Verlobung gelöst«, erklärte sie leise.

»Oh. Ich hätte nicht fragen sollen. Entschuldige, ich wollte keine alten Wunden aufreißen.«

»Das ist schon in Ordnung. Ich habe ihn mit einer anderen erwischt, das hat es mir leicht gemacht, ihn zu vergessen.« Ruby nippte an ihrem Wein.

»Der Typ kann nicht ganz dicht sein«, meinte Jed kopfschüttelnd. »Wie kann man ein Mädchen wie dich betrügen? Du bist wunderschön.«

Ruby sah ihn an, verwundert über seine Bemerkung. »Anscheinend ist das manchen Männern zu wenig.«

»Du bist nicht nur schön, du bist auch klug und witzig. Man fühlt sich wohl in deiner Gesellschaft.«

Ruby lächelte. »So habe ich dich ja noch nie reden hören. Liegt das am Wein?«

»Nur zum Teil. Ich müsste blind sein, wenn ich nicht erkennen würde, dass du etwas ganz Besonderes bist. Jeder Mann in Silverton ist in dich verknallt.«

Ruby lachte verlegen. »Jetzt übertreibst du aber!«

»Nein, überhaupt nicht.« Jed dachte an Mick, der bis über beide Ohren in Ruby verliebt war.

Sie trank einen Schluck Wein und schaute wieder zu den Sternen hinauf. »Warst du mal verheiratet?«

»Nein. Welche Frau will ihr Leben schon mit einem Mann teilen, der seine ganze Zeit mit seinem Pferd verbringt?«

»Das ist nicht dein Ernst, oder? Silver Flake ist ein prachtvolles Tier, und es muss doch aufregend sein, sein eigenes Pferd bei einem Rennen starten zu sehen.«

»Das stimmt schon, aber ich lebe in meinem Wohnmobil, und wenn ich nicht mit dem Pferd zusammen bin, hocke ich im Pub. Wie soll ich da eine Frau kennenlernen?«

»Tja, du müsstest in eine größere Stadt ziehen. Da hättest du bessere Chancen, jemanden kennenzulernen. Warum lebst du ausgerechnet in Silverton?«, fragte Ruby neugierig.

»Ich mag kleine Ortschaften, und Mick und die anderen Männer dort sind im Lauf der Zeit richtig gute Freunde geworden.«

»Ja, das kann ich verstehen.« Als sie Jeds ungläubigen Blick bemerkte, fuhr sie fort: »Doch, wirklich. Ich finde es bombig, wie sich die Leute in Silverton umeinander kümmern.«

»Bombig«, wiederholte Jed lachend. »So redet nur ein Stadtmensch. Ich komme mir richtig alt vor, wenn ich dich so reden höre.«

»Ohne diesen struppigen Bart siehst du viel jünger aus.«

»Ich bin zweiunddreißig. Ich sollte mich irgendwo niederlassen und eine Familie gründen, anstatt mit einem Pferd durch die Lande zu ziehen.«

»Würdest du das gerne? Eine Familie gründen, meine ich.«

Jed wandte sich Ruby zu. »Ja, ich glaub schon. Allein kann das Leben ziemlich einsam sein.«

Ruby antwortete nicht. Sie sah Jed an, und plötzlich begann ihr Herz zu klopfen. Was geschieht mit mir?, dachte sie. Langsam beugten sie sich zueinander, ihre Lippen berührten sich sanft. Zuerst war es ein zögernder Kuss, dann legte Jed seine Arme um Ruby, und ihre Sinne gerieten in Aufruhr, als er sie leidenschaftlich küsste. Nach einer scheinbaren Unendlichkeit lösten sie sich voneinander.

»Was ist bloß in diesem Wein?«, fragte Ruby und blickte Jed lächelnd an.

»Keine Ahnung, aber ich werde Bill bitten, mir noch eine Flasche zu besorgen«, meinte Jed.

Und dann fanden sich ihre Lippen erneut zu einem Kuss, der nicht enden wollte.

26

Ruby fuhr jäh aus dem Schlaf auf. Ihr Herz raste, ihre Handflächen waren schweißnass. Sie hielt ihr Handgelenk ins Mondlicht, das durch das Wohnmobilfenster hereinfiel, um die Uhrzeit ablesen zu können. Kurz nach drei. Sie hatte einen Albtraum gehabt, der sie zutiefst aufgewühlt hatte. Sie konnte sich nur noch erinnern, dass es irgendetwas mit Gavin und Chrissie Williams zu tun gehabt hatte.

Durchs Fenster konnte Ruby Jed sehen, der in seinem Schlafsack zwischen den beiden alten Hunden neben der schwachen Glut der Feuerstelle lag und friedlich schlief.

»O Gott, was hab ich mir nur dabei gedacht?«, stöhnte Ruby, als sie an den Abend zuvor dachte.

Sie ließ sich aufs Kissen zurückfallen und versuchte, die Erinnerung an die Leidenschaft, die zwischen ihnen aufgeflammt war, zu verdrängen. Es war nicht zu weit gegangen, aber weit genug. Und es war Jed gewesen, der einen kühlen Kopf bewahrt hatte. Er hatte befürchtet, dass der Wein die Ursache für ihre Leidenschaft war. Das an sich war schon Demütigung genug.

Das Letzte, was sie jetzt brauchen konnte, war eine neue Affäre. Bislang hatte sie erfolgreich jeden Gedanken an Gavin verdrängt, nicht zuletzt dank der Arbeit mit Silver Flake, aber jetzt brachen die alten Wunden wieder auf. Und die Enttäuschung saß einfach zu tief.

»Ich werde keinem Mann mehr mein Herz anvertrauen«, schwor sie sich und kniff die Augen fest zusammen.

Aber der Schlaf wollte sich nicht mehr einstellen. Ihre Gedanken ließen sie nicht zur Ruhe kommen. Als Ruby im Morgengrauen aufstand, war Jed bereits wach.

»Na, gut geschlafen?«, fragte er fröhlich und gähnte.

»Nein, nicht direkt«, murmelte sie. Sie konnte ihm nicht in die Augen sehen.

»Schade. Ich habe etwas Wunderschönes geträumt«, sagte er anzüglich grinsend.

Ruby vermied jeden Blickkontakt. »Ich geh schnell duschen.« Sie wandte sich ab und eilte davon.

Jed half Bill beim Füttern der Tiere und lud danach die Stute in den Hänger. Als sie alles zusammengepackt hatten und aufbrechen wollten, kam Bill aus dem Haus gelaufen.

»Ich habe gerade einen Funkspruch von John Elliott von Etamundra Station bekommen mit einer Nachricht für dich, Jed.« Dieser sah ihn fragend an. »Hundert Kilometer südlich von Pimba ist am frühen Morgen ein Auto mit zwei Insassen gesehen worden, auf das deine Beschreibung zutrifft. Du sollst dir aber keine Sorgen machen, sagt John, er will dafür sorgen, dass diese Typen höchstens bis Glendambo kommen.«

Jed warf Ruby einen flüchtigen Blick zu. Sie verstand sofort. »Die Camilleris sind hinter uns her, nicht?«

»Du hast ja gehört, was John gesagt hat. Er wird sich schon was einfallen lassen«, beruhigte Jed sie.

»Und wenn es ihm nicht gelingt, sie aufzuhalten?«, fragte Ruby angespannt. »Diese Männer sind gefährlich, Jed. Denk daran, was sie dir und der Stute bereits angetan haben.«

»Kann ich irgendwie helfen?«, warf Bill ein.

»Falls zwei merkwürdige Fremde in einem braunen Ford Pick-up hier auftauchen und nach uns fragen sollten – du hast uns nicht gesehen«, sagte Jed.

»Verstanden.« Bill nickte. Er legte den Kopf schief. »Ich könnte ihnen eine Abkürzung nach Alice Springs empfehlen, durch Finke Township. Die Straße dorthin ist in einem miserablen Zustand, aber für den Fall, dass sie es doch schaffen sollten, werde ich einen Bekannten von mir anfunken, der in der Gemeinde angestellt ist. Ich bin sicher, er wird diesen Typen die denkbar schwierigste Route nach Alice Springs beschreiben – unabsichtlich, natürlich.«

Jed grinste. »Du denkst mit, Bill; das gefällt mir.«

Die weitere Reise nach Norden verlief stiller als bisher. Jed versuchte immer wieder, ein Gespräch in Gang zu bringen, aber Ruby zeigte sich reserviert und zugeknöpft.

Gegen Mittag machten sie am Rand der Schnellstraße unweit einer Gegend namens Granite Downs Rast.

»Du bist so still heute«, meinte Jed, nachdem er eine Runde mit Silver Flake gedreht und sie dann in den Hänger zurückgeführt hatte. »Hast du was?« Sorgte sie sich wegen den Camilleris?

»Nein«, erwiderte Ruby schroffer als beabsichtigt. »Alles in Ordnung«, fügte sie sanfter hinzu.

Doch das betretene Schweigen hielt auch die nächsten Stunden an. Auf den letzten hundert Kilometern hatte sich die Landschaft allmählich verändert. In der Ferne erhoben sich die Musgrave Ranges, Eukalyptuswälder und Rispengrassteppen wechselten sich ab. Jed suchte sich einen Platz neben einer Gruppe von Eukalyptusbäumen für ihr Nachtlager aus. Nachdem er die Stute ein wenig bewegt und anschließend gefüttert hatte, band er sie an einem Baum fest.

»Morgen am späten Vormittag sind wir in Alice Springs«, meinte er, als er Feuer machte und einen Wasserkessel darüber aufhängte, um Tee zu kochen.

Ein mulmiges Gefühl beschlich Ruby. Ihr Magen kribbelte vor Nervosität, als sie daran dachte, was sie Jed beichten musste. Sie hatte immer noch nicht den Mut gefunden, ihm bezüglich des Jockeys reinen Wein einzuschenken.

Ruby starrte stumm in die Flammen.

Jed sah sie flüchtig an. »Hast du schon von Ayers Rock gehört?

Der Sandsteinberg liegt ungefähr zweihundertfünfzig Kilometer von hier entfernt in einem Nationalpark. Um die Entstehung von Ayers Rock, den die Ureinwohner Uluru nennen, ranken sich originelle Legenden.«

Ruby hörte zu, sagte aber noch immer nichts. Die Sonne sank schnell und überzog den Himmel im Westen mit leuchtenden Farben. Ganz selten fuhr ein Auto vorbei. Die unendliche Stille wurde nur durchbrochen von Jeds warmer Stimme und dem Knistern des Feuers.

»Dem Glauben der Aborigines zufolge wollten sich zwei Stämme zu einer Zeremonie dort treffen, wo heute der Fels steht. Unterwegs trafen die Leute des einen Stammes auf wunderschöne schlafende Echsenfrauen. Statt weiterzureisen, ließen sie sich in der Nähe an einer Quelle nieder. Die Ältesten des anderen Stammes, die zu dem Festmahl geladen hatten, waren zornig, weil sie versetzt worden waren, und erschufen aus Lehm einen bösartigen Dingo, der zur Bestrafung der nicht Gekommenen losgeschickt wurde. Es kam zu einem Kampf, zu einem schrecklichen Blutvergießen, in dessen Verlauf die Anführer beider Stämme getötet wurden. Daraufhin hat sich die Erde aus Kummer und Trauer über das Gemetzel erhoben, und so entstand Ayers Rock.« Jed warf Ruby abermals einen flüchtigen Blick zu. »Wir können auf dem Rückweg hinfahren, wenn du willst. Man sollte den großen Stein in der Wüste wirklich einmal gesehen haben, wenn man schon in der Nähe ist.«

»Ist mir egal, ob ich ihn sehe oder nicht«, murmelte Ruby verdrossen.

Jed, der sich keinen Reim auf ihr Verhalten machen konnte, wandte sich ab. Während er Tee kochte und ein Fladenbrot backte, richtete Ruby im Wohnmobil ihr Nachtlager her. Als sie fertig war, sah sie, dass Jed sie prüfend betrachtete.

»Hör zu, Ruby, so kann es nicht weitergehen«, sagte er. »Du kannst es mir ruhig sagen, wenn du bereust, was gestern Abend zwischen uns geschehen ist. Ich kann damit umgehen.«

Ruby blickte zu Boden. »Es liegt nicht an dir«, flüsterte sie kaum hörbar.

»Ich versteh schon. Du hast dich erst vor Kurzem von deinem Verlobten getrennt, weil er dich betrogen hat, und jetzt brauchst du Zeit. Du willst nicht schon wieder eine neue Beziehung eingehen.«

Ruby machte große Augen. Sie hätte nicht gedacht, dass Jed so gut wusste, was in ihr vorging. »Nach allem, was passiert ist, habe ich einfach Angst«, sagte sie leise. »Und außerdem werde ich bald nach Sydney zurückkehren, und du hast dein Leben hier im Busch. Wir werden uns nicht mehr wiedersehen …« Ihre Stimme erstarb.

»Du kannst dir keine Zukunft mit mir vorstellen«, unterbrach Jed sie. »Ist schon klar.«

Ruby machte eine hilflose Geste. »Wir sind viel zu verschieden.« Sie versuchte, in seiner Miene zu lesen, ob er wirklich nicht gekränkt war.

Er ließ sie nicht weiterreden. »Ich hab schon verstanden, du brauchst dich nicht zu rechtfertigen. Wir haben am Lagerfeuer gesessen und Wein getrunken und uns von der Stimmung des Augenblicks mitreißen lassen. Kein Problem, schon vergessen. Tun wir einfach so, als wär's nie passiert.«

Ruby seufzte erleichtert auf, doch dann spürte sie Enttäuschung. So einfach war das also – man tat, als sei nichts passiert.

»Gut«, gab sie zurück.

»Konzentrieren wir uns auf den Zweck unserer Reise«, fügte Jed hinzu. »Silver Flake soll in Alice Springs starten, alles andere ist im Moment unwichtig.«

Ruby nickte, kaute aber nervös an ihrer Unterlippe. Abermals erfasste sie ein unbehagliches Gefühl. Was würde erst geschehen, wenn sie Jed gestand, dass sie niemals Kontakt zu Rick Paget aufgenommen hatte.

Am anderen Morgen ließen sie South Australia hinter sich.

»Wir sind jetzt im Northern Territory«, sagte Jed. »Alice Springs liegt im Herzen Australiens. Red Centre, roter Mittelpunkt, sagen die Einheimischen. Von dort ist es genauso weit nach Adelaide wie nach Darwin, der größten Stadt im Northern Territory.«

Ruby hörte zu, sagte aber nichts.

Zwei Stunden später passierten sie die Heavitree Gap in den MacDonnell Ranges, einem sechshundertvierundvierzig Kilometer langen Gebirgszug. Dann erreichten sie endlich Alice Springs. Die achttausend Einwohner zählende Stadt breitete sich auf dem flachen Land über etliche Quadratkilometer aus. Die kleinen, zum Teil von niedrigen Drahtzäunen eingefriedeten Häuser lagen an breiten, staubigen Straßen, an denen kein Baum wuchs und so gut wie kein Grün zu sehen war. Es war so heiß, dass man auf dem Asphalt ein Spiegelei hätte braten können. Rubys Nervosität hatte sich ins Unerträgliche gesteigert. Sie nahm die Geschäfte und Hotels im Stadtzentrum kaum wahr.

»Der Todd River führt mitten durch die Stadt, aber wenn man hineinfällt, wird man nicht nass – man muss sich den Staub von den Kleidern klopfen«, meinte Jed. »Wenn der hiesige Arrente-Clan in die Stadt kommt, schlägt er sein Lager oft im Flussbett auf.«

Es hielten sich in der Tat viele Ureinwohner in der Stadt auf, Ruby hatte nirgendwo sonst mehr gesehen als hier. Aber mit ihren Gedanken war sie ganz woanders. Wie sollte sie Jed beichten, dass sie ihn belogen hatte?

Die Pferderennbahn befand sich auf der anderen Seite der Stadt. Dort angekommen, brachte Jed die Stute in eine der zahlreichen Boxen, die fast alle schon belegt waren. Ruby schlenderte unterdessen umher, schaute sich die Pferde an und tätschelte das eine oder andere. Das Rennen fand am darauffolgenden Tag statt, und jeder, der sich auf dem Gelände aufhielt, hatte irgendwie damit zu tun: Pferdebesitzer, Trainer, Stallburschen, Gehilfen. Ruby vergewisserte sich, dass Jed mit Silver Flake beschäftigt war, und ging langsam weiter, bis sie einen Stallburschen sah, der Wasser in Eimer füllte und in den Boxen Stroh ausschüttete. Sie fragte ihn, ob er ihr sagen könne, wo sie für das morgige Rennen einen Jockey herbekäme.

Der junge Mann sah sie an, als hätte sie den Verstand verloren. »So kurz vor dem Rennen? Unmöglich!«

Ruby hätte fast mit dem Fuß aufgestampft, so frustriert war sie. »Aber irgendein Jockey wird doch noch frei sein!«

»Das bezweifle ich«, meinte der Bursche kopfschüttelnd. »Die guten Jockeys sind schon längst gebucht.«

»Vielleicht gibt es ja ein Pferd, das nicht starten kann. So was passiert doch, oder?«

»Ja, sogar ziemlich oft.«

Rubys Miene hellte sich auf. »Wissen Sie zufällig, ob ein Pferd von der Startliste gestrichen wurde?«

»Meines Wissens ist diesmal keins gestrichen, tut mir leid.«

Ruby seufzte. »In welchem Hotel steigen die Jockeys denn ab?«

»Keine Ahnung. Als Stallbursche kann man sich kein Hotel leisten. Fragen Sie den Herrn dort, den in dem weißen Hemd mit dem hellbraunen Hut.« Er zeigte auf einen Mann ein paar Boxen weiter. »Das ist Mr. Franklin. Ihm gehört eines der Pferde, die morgen an den Start gehen; vielleicht kann er Ihnen weiterhelfen.«

Ruby bedankte sich und ging auf den Mann zu. »Guten Morgen, Mr. Franklin. Mein Name ist Ruby Rosewell. Man hat mir gesagt, Sie wüssten vielleicht einen Jockey, der für das Rennen morgen noch nicht engagiert ist.«

Der Mann sah sie genauso erstaunt an wie der Stallbursche. »Tut mir leid, aber ich fürchte, da kann ich Ihnen nicht helfen. Sie sind ein bisschen spät dran, meine Liebe.«

»Ja, ich weiß, aber noch habe ich die Hoffnung nicht aufgegeben. Wissen Sie zufällig, in welchem Hotel die Jockeys normalerweise absteigen?«

»Im Aurora, soviel ich weiß. Aber machen Sie sich lieber keine allzu großen Hoffnungen. Ich schätze, Sie werden Ihr Pferd von der Startliste streichen müssen.«

Daran wollte Ruby lieber nicht denken. Angesichts ihrer Planlosigkeit würde Mr. Franklin sie vermutlich für einen völlig chaotischen Menschen halten. »Ich hatte einen Jockey in Aussicht, aber daraus ist nichts geworden«, sagte sie, um sich in ein besseres Licht zu rücken.

»Das ist Pech«, meinte der Mann. Er wandte sich seinem Hufschmied zu und bat ihn, Eisen mit Schraubstollen aufzuziehen.

»Ja, das kann man wohl sagen«, meinte Ruby mutlos. »Ich will Sie nicht länger aufhalten. Haben Sie vielen Dank für Ihre Hilfe.«

»Was soll das heißen – du hattest einen Jockey in Aussicht, aber daraus ist nichts geworden?«, knurrte plötzlich jemand hinter ihr.

Ruby fuhr erschrocken herum und sah sich Jed gegenüber. »Ich … das kann ich dir erklären«, stotterte sie.

»Da bin ich aber gespannt. Woher weißt du denn, dass Paget nicht für uns reiten kann? Wir haben ihn doch noch gar nicht gesehen.« Seine Stimme war mit jedem Wort lauter geworden.

Mr. Franklin drehte sich zu ihnen um. Er sah Ruby verwirrt an und fragte: »Entschuldigen Sie, aber sind Sie die Besitzerin von Wild Blue Yonder, dem Favoriten?«

»Nein, *wir* sind die Besitzer von Silver Flake«, erwiderte Jed in schroffem Ton.

Mr. Franklins Verwirrung wuchs. »Aber Paget reitet auf Wild Blue Yonder. Hier, sehen Sie selbst.« Er zeigte Jed einen Artikel in der Zeitung, die er zusammengefaltet in der Hand gehalten hatte.

Ruby stockte fast das Herz. Was für eine peinliche Situation für Jed. Das hatte sie nicht gewollt.

Jed überflog den Zeitungsartikel und sah dann Ruby an. »Das ist doch nicht möglich! Du hast gesagt, du hättest Paget engagiert.«

Sie druckste herum. »Ja, ich weiß, dass ich das gesagt habe.« Sie fasste Jed am Arm und zog ihn ein Stück weiter.

Jed machte sich ungehalten frei. »Hast du mit Paget gesprochen, Ruby? Ja oder nein?«

»Nicht direkt.«

»Was soll das heißen?«

Ruby holte tief Luft. »Ich habe seinen Namen in der Zeitung gelesen. Ich hatte Angst, du würdest auf den Start hier verzichten, als klar wurde, dass Kadee nicht reiten kann.«

»Allmächtiger! Ich hätte wissen müssen, dass das zu schön gewesen wäre, um wahr zu sein. Und ich Idiot habe tatsächlich geglaubt, dass du einen der besten Jockeys im Land engagiert hast!« Jed stapfte zornig mit dem Fuß auf.

»Ich wusste doch nicht, dass er so gut ist; ich wollte dich nicht hinters Licht führen«, murmelte Ruby kleinlaut. »Wir werden jemand anderen finden, ganz bestimmt«, fügte sie hinzu.

Jed konnte seine Wut kaum zügeln. »Das glaubst du doch selbst nicht! Wir sind sechzehnhundert Kilometer umsonst gefahren! Die ganze Arbeit, das Training, der Aufwand – alles umsonst!«

»Noch ist es nicht zu spät. Ich werde einen Jockey auftreiben, du wirst sehen.«

Jed schnaubte. »Ich habe mich einmal auf dich verlassen. Ein zweites Mal wird mir das nicht passieren.« Er marschierte zurück zu der Box, in der er Silver Flake untergestellt hatte. Ruby lief ihm nach.

»Hätte ich dir die Wahrheit gesagt, hättest du die Teilnahme am Rennen abgeblasen! Und ich weiß doch, wie sehr du dir wünschst, den Cup zu gewinnen.«

Jed wirbelte herum und hob drohend den Zeigefinger. »Jetzt tu bloß nicht so, als hättest du mir zuliebe gelogen! Das Rennen ist dir doch nur deshalb so wichtig, weil du es nicht erwarten kannst, dein Geld zu bekommen. Aber du kriegst es, keine Sorge, jeden Cent, und wenn ich dafür meine Seele dem Teufel verkaufen müsste!«

Ruby kämpfte gegen die Tränen an. »Du hast ja Recht, anfangs war es wirklich so. Da habe ich nur an das Geld gedacht. Aber nachdem ich so viel mit dem Pferd gearbeitet habe, habe ich mich von deiner Begeisterung anstecken lassen. Ich wünsche mir genau wie du, dass wir den Cup holen.«

»Du erwartest doch hoffentlich nicht, dass ich dir das abnehme, oder?«

»Es ist aber so«, erwiderte sie mit fester Stimme. »Wir werden einen Jockey finden. Irgendeiner hat bestimmt eine Absage bekommen.«

Jed presste die Lippen zusammen und ballte vor Wut und Enttäuschung die Fäuste. Er drehte sich um und ließ Ruby stehen. Er wusste, wenn er auch nur eine Sekunde länger blieb, ließ er sich vielleicht zu etwas hinreißen, das er später bedauern würde.

»Gib mir ein klein wenig Zeit«, rief Ruby ihm nach. »Ich finde einen Jockey, ganz bestimmt. Bitte zieh Silver Flake nicht vom Start zurück, bevor du von mir gehört hast!«

Jed würdigte sie keiner Antwort.

Ruby machte sich direkt auf den Weg. Sie war erst ein kleines Stück die Straße entlanggelaufen, die in die Stadt führte, als sich von hinten ein Auto näherte und schließlich neben ihr hielt. Am Steuer saß kein anderer als Mr. Franklin, neben ihm auf dem Beifahrersitz eine Frau.

»Wollen Sie etwa zu Fuß in die Stadt?«, fragte er.

Ruby nickte. Die Mittagssonne brannte heiß vom Himmel, und ihr lief jetzt schon der Schweiß übers Gesicht. »Sie fahren nicht zufällig in die Richtung?«

»Zufällig doch. Wir wollen in der Stadt zu Mittag essen. Kommen Sie, steigen Sie ein; wir nehmen Sie mit.«

Als Ruby auf die Rückbank geklettert war, machte Mr. Franklin sie mit Carla, seiner Frau, bekannt und fügte hinzu, sein Name sei Bob. Sie hätten ebenfalls ein Pferd für das Rennen gemeldet, Sun Downer hieß es.

»Alice Springs ist eine reizende Stadt, aber eine attraktive junge

Frau wie Sie sollte nicht unbedingt allein unterwegs sein, vor allem nicht nach Einbruch der Dunkelheit«, warnte Carla sie. »Das Trinken ist praktisch die einzige Zerstreuung für die Einheimischen, gleichgültig, ob Weiße oder Ureinwohner, und sie gehen diesem Zeitvertreib mit Leidenschaft nach.«

»Ich passe schon auf«, versicherte Ruby.

»Es geht mich ja nichts an«, sagte Bob, »aber wieso ist Ihr Partner, der Mitbesitzer des Pferdes, nicht mitgekommen?«

»Er ist stocksauer auf mich«, gestand Ruby. »Ich nehme an, Sie haben unsere Unterhaltung mit angehört?«

Bob nickte. »Sie war nicht zu überhören.«

»Ich weiß ja, dass es falsch war, was ich getan habe, aber ich habe es doch nur gut gemeint. Jeds großer Traum ist es, den Cup zu gewinnen, und in den letzten Wochen ist für ihn so viel schiefgelaufen, da habe ich eben zu einer Notlüge gegriffen. Ich wusste, dass er die Teilnahme am Rennen sonst rückgängig machen würde. Tja, und jetzt suche ich verzweifelt nach einem Jockey.«

»Können wir nicht irgendetwas tun, Bob?«, wandte sich Carla an ihren Mann.

»Wir können unseren Jockey fragen, ob er vielleicht jemanden kennt, der einspringen würde. Aber ich fürchte, Ihre Chancen stehen schlecht, junge Dame«, fügte Bob mit einem kurzen Blick nach hinten hinzu. »Na ja, vielleicht klappt's ja doch, wir wünschen es Ihnen. Wir werden bis etwa zwei Uhr im Telegraph Hotel sein, das ist nur ein paar Schritte vom Aurora Hotel entfernt. Kommen Sie vorbei, falls Sie eine Mitfahrgelegenheit zurück zur Rennbahn brauchen.«

»Das ist sehr nett. Vielen Dank.«

Die Franklins setzten Ruby an der Leichardt Terrace vor dem Aurora ab.

Carla kurbelte ihr Fenster herunter. »Dort drüben ist der Todd River. Im ausgetrockneten Bett lungern meistens Betrunkene herum, also seien Sie vorsichtig!«

Ruby versprach es. Sie winkte den Franklins noch einmal zu und betrat dann das alte Hotel. Auf ihre Nachfrage erklärte ihr der Geschäftsführer, dass die meisten Jockeys noch nicht eingetroffen seien.

»Sie werden im Lauf der nächsten Stunden kommen. Zwischen ein und drei Uhr landen Maschinen aus verschiedenen Bundesstaaten. Sie können gern hier warten, wenn Sie möchten.«

»Darf ich mich in die Halle setzen?« Aus der Bar erscholl Gelächter und Gegröle, und draußen war es viel zu heiß.

»Selbstverständlich. Möchten Sie etwas zu essen bestellen? Ich kann Ihnen Fisch und Pommes frites empfehlen. Der Fisch ist ganz frisch, er wurde heute Morgen im Todd River gefangen.«

Ruby guckte ihn verdutzt an. »Wie bitte? Mir wurde gesagt, der Fluss sei ausgetrocknet.«

»Ein kleiner Scherz.« Der Geschäftsführer lachte über seinen eigenen Witz. »Der Fisch wird tiefgefroren angeliefert, aber er schmeckt ausgezeichnet. Haben Sie gewusst, dass jedes Jahr eine Regatta auf dem Todd River stattfindet?«

»Ist das auch wieder ein kleiner Scherz?«, fragte Ruby skeptisch.

»Nein, das nicht«, antwortete der Mann lachend. »Henley-on-Todd ist offiziell die einzige Regatta der Welt, die auf einem ausgetrockneten Fluss stattfindet. Das ist immer ein Mordsspaß.«

Ruby war sich nicht sicher, ob er sie nicht doch auf den Arm nehmen wollte. »So, na ja. Bringen Sie mir erst mal ein gespritztes Bier. Ein doppeltes, bitte.«

Der Geschäftsführer stutzte, dann lachte er laut heraus. »Sie lernen schnell!«

Von ihrem Platz in der Hotelhalle konnte Ruby in die Bar hinübersehen. Die Männer dort tranken, spielten Darts und Billard und waren laut und ausgelassen. Ihrem Äußeren nach zu urteilen schienen es raubeinige Kerle zu sein. Als sie Ruby entdeckt hatten und durch Rufen auf sich aufmerksam zu machen versuchten, wechselte sie den Platz. Sie saß eine ganze Weile da und nippte an ihrem Bier, als zwei grauhaarige Herren die Hotelhalle betraten.

»Haben Sie etwas dagegen, wenn wir uns zu Ihnen setzen?«, fragte der eine liebenswürdig. »Wir fühlen uns unter den ungeschlachten Einheimischen in der Bar reichlich fehl am Platz.«

Das konnte Ruby gut verstehen. Im weltoffenen Sydney wären die beiden mit ihrem gezierten Benehmen, den weibischen Bewegungen und dem vornehmen Akzent nicht weiter aufgefallen, aber im provinziellen Alice Springs, wo die Männer noch richtige Männer waren, sah das anders aus.

»Aber nein, ganz und gar nicht«, erwiderte sie lächelnd. »Ich freue mich über Gesellschaft.«

»Mein Name ist Richard«, stellte der eine sich vor.

»Und ich heiße Roger«, sagte der andere.

»Freut mich. Ich bin Ruby.«

Die beiden Männer hatten die gleiche kultivierte Stimme, die sie als Angehörige der britischen Oberschicht auswies. Sie schienen allerdings keine Brüder zu sein, dafür war ihr Äußeres viel zu verschieden. Richard war groß, schlank und hatte einen dunklen Teint, während der kleine, stämmige Roger ein heller Typ war. Sie wirkten wie ein altes Ehepaar, und wie dieses vollendete einer die Sätze des anderen. Ihre Safarianzüge in Beige und Hellbraun sollten vermutlich den Versuch darstellen, sich anzupassen, doch sie erreichten genau das Gegenteil.

»Aus welcher Stadt kommen Sie?«, fragte Ruby.

»Ist es so offensichtlich, dass wir keine Jungs vom Land sind?«, meinte Richard.

Ruby musste lächeln. »Ehrlich gesagt, ja.«

»Wir sind aus Sydney«, sagte Roger. »Aber wir lieben Pferde, und da haben wir beschlossen, dieses Jahr alle Rennveranstaltungen im Land zu besuchen. Wir sind zum ersten Mal in Alice Springs.«

»Und wahrscheinlich auch zum letzen Mal«, ergänzte Richard.

Ruby sah ihn fragend an. »Wieso das?«

»Die Stadt ist ein bisschen zu primitiv für unseren Geschmack. Und die Leute hier sind nicht gerade freundlich. Heute Morgen hat uns doch tatsächlich so ein Kerl gefragt, ob wir als Männer verkleidete Frauen wären!«, empörte sich Richard.

Roger nickte eifrig. »Wie kommt er nur auf so eine Idee! Und sein Bekannter meinte, wir gehörten sicherlich einer Varieteetruppe an.«

»Ach, machen Sie sich nichts draus«, entgegnete Ruby. »Das dürfen Sie nicht so ernst nehmen. Ich habe eine Weile in einer kleinen Ortschaft in New South Wales gewohnt. Anfangs waren die Einheimischen mir gegenüber auch skeptisch, aber sie haben sich bald an mich gewöhnt – und ich mich auch an sie.«

»Sie müssen unter all den Mädchen vom Land ziemlich auffallen«, meinte Richard mit einem prüfenden Blick auf Rubys Frisur. »Ich kann mir nicht vorstellen, dass ein Friseur aus der Provinz diesen Haarschnitt hinbekommen hat.«

»Ich auch nicht«, pflichtete Roger ihm bei, während er langsam um Ruby herumging und sie bewundernd ansah.

»Stimmt. Meine Haare sind von Barbie McKenzie, der Inhaberin des Frisiersalons in der Burns Bay Road in Lane Cove, geschnitten worden. Ich habe früher dort gearbeitet.«

»Nein!« Roger klatschte begeistert in die Hände. »Das gibt's doch gar nicht! Sie kommen auch aus Sydney und sind auch Friseurin!« Er machte ein verzücktes Gesicht. »Wir hatten zwanzig Jahre einen Salon in Neutral Bay. Vor zwei Jahren haben wir ihn verkauft, weil wir uns die Welt noch ein bisschen anschauen wollen.«

Jetzt war Ruby alles klar. Sie konnte sich die beiden sehr gut in einem Frisiersalon vorstellen. »Eines Tages möchte ich meinen eigenen Salon aufmachen.«

»Das ist eine Menge harte Arbeit, aber es lohnt sich, Kindchen, Sie werden sehen«, sagte Richard.

»Sind Sie wegen des Rennens hier?«, fragte Roger.

»Ja, ich bin Miteigentümerin eines Pferdes, das morgen starten wird.«

»Wirklich? Wie heißt es denn?«, fragte Roger gespannt.

»Silver Flake. Haben Sie schon von ihr gehört?«

»O ja, sie ist eine ausgezeichnete Stute.« Richard war sichtlich beeindruckt. »Wir haben sie beim Rennen in Darwin gesehen. Dummerweise hatten wir nicht auf sie gesetzt.«

Roger nickte zustimmend. »Ja, sie ist wirklich ein exzellentes Rennpferd. Mit einem guten Jockey hat sie morgen alle Chancen auf Platz oder Sieg. Wir werden ein bisschen Geld aus der Dauerwellenkasse auf sie setzen.« Die beiden lachten in exakt derselben Weise über den kleinen Friseurscherz.

Ruby war jedoch gar nicht zum Lachen zumute. Ihre Miene verdüsterte sich.

»Hab ich etwas Falsches gesagt, Kindchen?« Roger warf Richard einen bestürzten Blick zu. »Ich weiß, ich neige dazu, ins Fettnäpfchen zu treten.«

»Nein, nein.« Ruby schüttelte den Kopf. »Es ist nur so, dass ich in dieses Hotel gekommen bin, weil ich hoffe, einen Jockey zu finden, der noch frei ist.« Sie erzählte den beiden von dem bösartigen Angriff auf das Pferd und wie sie ihren Partner überlistet hatte, damit er zum Rennen nach Alice Springs fuhr. »Wenn es mir nicht gelingt, einen Jockey aufzutreiben, war die weite Reise umsonst«, schloss sie verzweifelt.

Die beiden Männer setzten sich zu ihr, der eine rechts, der andere links von ihr, und legten Ruby väterlich einen Arm um die Schultern.

»Sie finden bestimmt einen, Kindchen«, sagte Richard.

Ruby war den Tränen nahe. »Meinen Sie wirklich?«

»Aber sicher«, erwiderte Roger. »Kein Jockey kann einer hübschen Frau widerstehen, und Sie sind eine richtige Schönheit.« Er tätschelte ihr die Hand. »Wie wär's, wollen wir nicht etwas zu essen bestellen?«

»Ich kriege jetzt keinen Bissen herunter«, murmelte Ruby in ihr Taschentuch schniefend.

»Sie müssen doch etwas essen, Kindchen«, sagte Richard.

»Meine Großmutter sagte immer: Mit leerem Magen löst man keine Probleme. Wären wir jetzt zu Hause, würden Roger und ich in der Küche stehen und kochen. Hier werden wir uns mit frischem Fisch aus dem hiesigen Fluss und einem Cocktail dazu begnügen müssen.«

Roger schürzte verächtlich die Lippen. »Ich kann mir nicht vorstellen, dass sie in diesem Etablissement Cocktails servieren, Richard.«

»Nun, dann bestellen wir eben ein paar Pimms.«

Die Dame hinter der Bar lachte laut heraus, so absurd erschien ihr wohl der Gedanke, in Alice Springs den typisch englischen Wacholderschnaps auszuschenken.

»Tut mir leid, Männer, Pimms haben wir hier nicht. Aber …«, sie zwinkerte ihnen freundlich zu, »… wie wär's mit einem Bacardi Rum? Den gibt es hier reichlich.«

Eineinhalb Stunden später – Ruby war ziemlich angeheitert – kam der Geschäftsführer in die Halle und teilte ihr mit, einige Jockeys seien eingetroffen und säßen im Biergarten hinter dem Haus.

Ruby stand schwankend auf. »Meine Herren, jetzt oder nie!«, nuschelte sie kichernd.

Richard nickte. Er blieb vorsichtshalber sitzen, weil er wusste, dass er sich nicht mehr auf den Beinen würde halten können. »Angeln Sie sich einen Jockey!«

»Keiner wird Ihnen widerstehen können«, fügte Roger hinzu und zwinkerte ihr aufmunternd zu. »Wir sind hier, wenn Sie uns brauchen.«

Die beiden sahen irgendwie verwundbar aus, wie sie so in beduseltem Zustand nebeneinandersaßen. »Kann ich euch hier allein lassen?«, fragte Ruby.

Roger machte eine wegwerfende Handbewegung. »Aber sicher. Vielleicht nehmen wir uns ein Zimmer und halten ein Nickerchen.«

»Gute Idee.« Ruby drehte sich um und ging mit unsicheren Schritten davon.

Der Biergarten war klein. Unter einer mit wilden Reben berankten Pergola standen Bänke und Holztische. Das Laubgeflecht sorgte dafür, dass es erstaunlich kühl war. Fünf Jockeys saßen gemeinsam an einem der Tische. Sie waren unschwer an ihrer zierlichen Gestalt, ihrem fast schmächtigen Körperbau zu erkennen. Zu Rubys Verblüffung tranken sie Whiskey pur. Sie straffte sich, holte tief Luft und ging auf die Männer zu.

»Guten Tag, meine Herren, mein Name ist Ruby Rosewell, und mein Pferd wird beim morgigen Rennen dabei sein. Ich suche dringend einen Jockey für Silver Flake«, sagte sie aufgeregt. »Einer von Ihnen ist nicht zufällig frei?«, fragte sie dann mit kokettem Augenaufschlag.

»Wir sind alle bereits fest gebucht«, antwortete einer der fünf. »Vielleicht wird ja noch ein Pferd von der Startliste gestrichen, aber das erfahren wir erst morgen früh.«

»Das ist zu spät«, jammerte Ruby. »Ich muss unbedingt heute einen Jockey finden.«

»Da können wir Ihnen leider nicht helfen, Schätzchen.«

Zwei weitere Jockeys betraten den Biergarten.

»Sind Sie für morgen auch schon gebucht?«, wandte sich Ruby in bewusst verführerischem Ton an die Neuankömmlinge.

»Ja, alle beide«, antwortete der eine.

Er schien ein wenig älter als die anderen zu sein und sah mit seinen blonden Haaren und den Augen – so blau wie ein Sommerhimmel – außergewöhnlich gut aus.

Entmutigt ließ sich Ruby auf eine der Bänke plumpsen und stieß einen tiefen Seufzer aus. Die Jockeys wechselten bedeutungsvolle Blicke. Sie sahen natürlich, dass die junge Frau beschwipst war, und rangen noch mit sich, ob sie die Situation ausnützen sollten.

Einer von ihnen traf die Entscheidung. »Sie sehen aus, als könnten Sie einen Drink gebrauchen«, sagte er zu Ruby und zwinkerte seinen Freunden heimlich zu. »Ich finde, wir sollten noch eine Flasche aufmachen.«

»Ich geh und hol eine«, erbot sich der attraktive Blonde.

»Hey, Rick, nimm Johnny Walker, nicht diesen billigen Fusel!«, rief einer ihm nach.

Als Ruby den Namen Rick hörte, richtete sie sich auf. »Ist das etwa Rick Paget?«, fragte sie den Jockey, der ihr am nächsten saß.

»Ganz recht, Schätzchen, er ist es höchstpersönlich.«

Rubys Lippen verzogen sich zu einem Lächeln. Sie wusste, sie würde Jed die größte Freude machen, wenn es ihr gelänge, Rick Paget zu überreden, auf Silver Flake ins Rennen zu gehen. Und sie war es ihm wirklich schuldig.

27

Ruby hatte keine Ahnung, wie es dazu gekommen war, aber irgendwann fand sich die ganze ausgelassene Gesellschaft in Rick Pagets Hotelzimmer wieder. Als zwei der Jockeys gingen, um Zigaretten zu besorgen, kamen sie in Begleitung von drei jungen Frauen zurück, die kaum älter als zwanzig aussahen und unverkennbar aus der Gegend stammten: Sie trugen ausgebleichte Jeans, karierte Blusen und flache Schuhe, und ihre frischen Gesichter waren ungeschminkt. Eine hatte sich die Haare zu Rattenschwänzchen gebunden, die zweite hatte einen Pferdeschwanz, und die dritte trug ihre Haare streichholzkurz. Hätten sich nicht ihre Brüste unter der Bluse abgezeichnet, hätte man sie für einen Jungen halten können.

Ruby kicherte in einem fort über den seltsamen Dialekt von Kylee, Dinah und Blanche. In ihrem angeheiterten Zustand fand sie alles unheimlich komisch. Die Mädchen jedoch waren beleidigt und beruhigten sich erst wieder, als die Jockeys ihnen ein paar Gläser Whiskey spendiert hatten und ihnen versicherten, dass Ruby es nicht böse meine.

Das Radio im Zimmer war voll aufgedreht, und die drei tanzten und lachten und flirteten mit den Jockeys. Ruby wartete auf eine passende Gelegenheit, um mit Rick zu reden. Ihr Plan war, ihn dazu zu überreden, die Pferde zu wechseln und mit Silver Flake an den Start zu gehen; aber der Mann konnte keine fünf Minuten still sitzen. Und je mehr sie trank, desto schwieriger wurde es, ihre Gedanken zu ordnen. In ihrem Kopf hörte sich alles ganz logisch an, aber wenn sie den Mund aufmachte und die Sätze zu formulieren versuchte, kam nur Unsinn heraus.

Irgendwann ließ Ruby sich auf das Hotelbett fallen, weil ihr so schwindlig war, dass sie sich kaum noch halten konnte. Einer der Männer zog sie wieder auf die Füße und wollte mit ihr tanzen, aber Ruby schwankte nur. In ihrem Kopf drehte sich alles.

»Ich leg mich ein bisschen hin«, lallte sie. »Nur ein paar Minuten. Dann geht's mir wieder gut.«

Sie drehte sich um, fiel der Länge nach aufs Bett und schloss die Augen.

Es war die ungewohnte Stille, die Ruby weckte. Ruby setzte sich auf und stöhnte. Das ganze Zimmer drehte sich um sie. Es dauerte einen Moment, bis sie sich erinnerte, wo sie war und was passiert war.

»Wo sind sie denn nur alle?«, wunderte sie sich.

Sie drehte den Kopf und kniff für eine Sekunde die Augen zu, als ihr ein heftiger Schmerz durch den Schädel schoss. Als sie die Augen wieder öffnete, schnappte sie erschrocken nach Luft. Neben dem Bett stand Rick und zog sich in aller Seelenruhe aus. Ruby wandte sich schnell ab.

»In Martys Zimmer«, beantwortete er ihre Frage. Er schlug die Bettdecke zurück und schlüpfte neben Ruby ins Bett, als sei es das Selbstverständlichste von der Welt.

»Ich … ich glaub, ich geh jetzt besser«, stammelte Ruby. Sie schaute zum Fenster und konnte nicht glauben, dass es draußen schon dunkel war. »Wie spät ist es denn?«, murmelte sie und guckte angestrengt auf das Ziffernblatt ihrer Armbanduhr. Es verschwamm ihr vor den Augen.

»Schlafenszeit«, antwortete Rick schläfrig. »Wieso bleibst du nicht einfach hier?«

»Hier?« Ruby riss die Augen auf. »Ausgeschlossen! Das geht nicht! Auf keinen Fall!«, rief sie. Aber als sie aufstehen wollte, warf eine Welle von Übelkeit und Schwindel sie auf das Bett zurück. »Vielleicht sollte ich mich doch noch einen Moment ausruhen.«

Ruby versuchte vergeblich, es sich am Fußende bequem zu machen. Schließlich rutschte sie wieder nach oben und legte sich neben Rick. Rücken an Rücken lagen sie da. Nach einer Weile knipste Rick die Nachttischlampe aus.

»Nur ein kleines Weilchen, bis mir nicht mehr so schlecht ist«, flüsterte Ruby.

Plötzlich drehte sich Rick zu ihr, legte ihr seinen Arm um die Taille und rückte näher an sie heran. Ruby schob seinen Arm energisch weg.

»Lass das! Ich hab deinetwegen schon genug Ärger«, schimpfte sie.

»Meinetwegen? Was hab ich denn gemacht?«

»Ich habe meinem Partner erzählt, ich hätte dich als Jockey für das Rennen morgen engagiert«, murmelte Ruby mit schläfriger Stimme.

»Warum hast du das getan?«

»Ich weiß, das war falsch. Aber unser Jockey fiel aus, und dann habe ich deinen Namen in der Zeitung gelesen, und er hat sich irgendwie toll angehört, und …«, Ruby zog die Stirn in Falten, »… und Jed war ganz aufgeregt, weil du anscheinend ein besonders guter Jockey bist. Ich habe ja keine Ahnung von Jockeys.«

»Ja, das stimmt, ich bin ein guter Jockey«, bestätigte Rick selbstbewusst. »Dieser Jed ist dein Partner?«

»Hmm.«

»Ist da mehr zwischen euch?«

»Nein«, sagte Ruby schnell. »Warum fragst du?«

»Nur so.« Rick schmiegte sich wieder näher an sie, und Ruby rutschte ein Stück von ihm weg.

»Als ich ihm von dir erzählt hatte und dass du auf Silver Flake an den Start gehen würdest, konnte ich nicht mehr zurück, verstehst du? Es hätte ihm das Herz gebrochen, wenn ich ihm die Wahrheit gesagt hätte. Ich meine, er hat schon so viel durchgemacht mit seinen angeknacksten Rippen und allem, was Silver Flake passiert ist.«

Rick runzelte verwirrt die Stirn. »Willst du mir nicht alles der Reihe nach erzählen?«, sagte er gähnend.

Ruby versuchte es, aber müde und angeheitert, wie sie war, wollte es ihr nicht recht gelingen, und so dauerte es eine Weile, bis Rick verstand, was passiert war.

»Das ist wirklich eine unglaubliche Geschichte«, meinte er. Vor allem der Teil mit den beiden Brüdern, die Jed überfallen und das Pferd schwer verletzt hatten, klang wenig glaubhaft. »Tja, ich kann dir leider nicht helfen, weil ich morgen auf Wild Blue Yonder an den Start gehe.«

Ruby drehte sich zu ihm um. Eine Straßenlaterne warf ausreichend Licht in das Zimmer, sodass sie sein Gesicht sehen konnte. Sie sah ihm tief in seine blauen Augen.

»Ich wünschte so sehr, du würdest morgen auf Silver Flake starten. Gibt es denn gar nichts, womit ich dich umstimmen kann?«, flüsterte sie mit schmeichelnder Stimme.

Rick grinste anzüglich. »Ich wüsste da schon etwas …«

Als Ruby aufwachte, fiel Tageslicht durchs Fenster. Für einen Sekundenbruchteil dachte sie, sie sei im Wohnmobil, aber dann bemerkte sie die fremden Vorhänge. Das Zimmer kam ihr gänzlich unbekannt vor.

»Gütiger Himmel!«, murmelte sie. »Wo bin ich?«

Ruby fuhr hoch und griff sich im nächsten Moment stöhnend an ihren Kopf, in dem es hämmerte und pochte. Ihr war speiübel, und ihr Mund fühlte sich so trocken an wie die Simpsonwüste.

Es dauerte eine Weile, bis ihr, zumindest bruchstückweise, wieder einfiel, was passiert war. Die feuchtfröhliche Party mit Rick Paget, ein paar anderen Jockeys und den Mädchen. Und dann dämmerte ihr, wo sie sich befand: in Rick Pagets Bett. Ruby warf einen panischen Blick auf die andere Bettseite. Sie hatte nicht allein geschlafen, so viel stand fest.

»O mein Gott, was hab ich getan?«, wimmerte sie.

Sie beugte sich vor und entdeckte ihre Jeans und ihr T-Shirt mitsamt ihren Schuhen auf dem Fußboden neben dem Bett. Kopfschüttelnd schlug sie die Hände vors Gesicht. Ruby wäre vor Scham am liebsten im Erdboden versunken. Als sie die Bettdecke zurückschlug, stellte sie fest, dass sie wenigstens ihre Unterwäsche trug.

In aller Eile zog sie sich an, öffnete leise die Zimmertür und vergewisserte sich, dass niemand auf dem Flur war. Auf Zehenspitzen schlich sie durch den Gang und atmete schon auf, weil sie die Treppe ungesehen erreicht hatte, als plötzlich die letzte Zimmertür aufgerissen wurde. Ruby blieb wie angewurzelt stehen. Sie war ertappt! Langsam drehte sie sich um und sah sich Richard und Roger gegenüber, die sie verdutzt anstarrten.

»Ruby!«, rief Richard überrascht. »Sie sind ja noch da.«

»Wir haben gar nicht damit gerechnet, dass Sie noch in der Stadt sind«, fügte Roger hinzu.

»Ich kann mir vorstellen, was Sie jetzt denken«, erwiderte Ruby verlegen. »Ich habe gestern ein bisschen zu tief ins Glas geschaut. Ich kann mich dummerweise nur lückenhaft erinnern, was passiert ist.«

»O je, das können wir nachfühlen, uns ist es ähnlich ergangen«, erwiderte Roger peinlich berührt. »Und was ist mit Ihrer Suche nach einem Jockey? Haben Sie denn jetzt einen gefunden?«

»Keine Ahnung, ehrlich gesagt.« Sosehr sich Ruby auch anstrengte, sie konnte sich einfach nicht erinnern. »Ich glaube nicht, aber sicher bin ich mir nicht.«

»Die Jockeys sind schon vor ein paar Stunden zur Rennbahn hinausgefahren«, sagte Richard. »Ich habe sie zufällig gesehen, weil ich aufgestanden bin, um eine Kopfschmerztablette zu nehmen.«

Ruby stöhnte auf. »Jed macht sich bestimmt die größten Sorgen um mich. Ich glaub's einfach nicht, dass ich hier geschlafen habe. Ich muss unbedingt zur Rennbahn zurück. Wenn Sie mich entschuldigen würden ...« Sie eilte davon.

»Warten Sie!«, rief Richard ihr nach.

»Sie können mit uns fahren«, fügte Roger hinzu.

Ruby drehte sich um. »Haben Sie denn ein Auto?«

»Ja, Richard fliegt nicht gern, und im Auto lernt man Australien am besten kennen.«

»Oh, das ist furchtbar nett von Ihnen, vielen Dank.« Rubys Erleichterung währte jedoch nicht lange. »Ich weiß nicht einmal, wann das Rennen startet; hoffentlich habe ich es nicht verpasst«, jammerte sie.

»Keine Panik. Wir werden unterwegs eine Zeitung besorgen, dann wissen wir's«, gab Richard zurück.

Als Ruby mit Richard und Roger zur Rennbahn hinauskam, waren bereits einige Rennen gelaufen. Zum Glück waren es nur die unbedeutenden, darunter der Kamel-Cup.

Richard parkte den Wagen auf einem Parkplatz, wo bereits hunderte anderer Fahrzeuge standen. »Das Rennen startet in einer halben Stunde«, sagte Roger, nachdem er den Sportteil der Zeitung überflogen hatte. »Und Ihr Pferd steht immer noch auf der Startliste – zumindest bis Redaktionsschluss war es so. Von den anderen ist auch keines gestrichen worden.«

Alle drei stiegen aus und tauchten in die Menschenmenge ein. »Ich muss unbedingt Jed finden«, sagte Ruby. »Wir sehen uns dann später. Und danke für alles. Sie beide waren wie zwei wunderbare Retter für mich«, fügte sie mit spontaner Herzlichkeit hinzu.

Die Männer strahlten. »Das ist lieb von Ihnen, Kindchen«, sagte Richard gerührt.

»Gehen Sie jetzt, beeilen Sie sich! Und viel Glück!« Rogers Augen schimmerten feucht.

Ruby winkte den beiden ein letztes Mal zu und bahnte sich dann einen Weg durch die Menge zu den Stallungen. Silver Flake war nicht mehr in ihrer Box. Ein beklemmendes Gefühl beschlich Ruby. Sie schaute sich um, konnte aber auch Jeds Wohnmobil nirgends sehen. Sie fragte einen Stallburschen, ob er wisse, ob Silver Flake von der Startliste gestrichen worden sei.

»Ein Galopper ist heute Morgen vom Start zurückgezogen worden. Gut möglich, dass es Silver Flake war.«

Es war mit Sicherheit Silver Flake, Ruby wusste es in ihrem tiefsten Inneren. Abermals hatte sie Jed im Stich gelassen, und ihm war nichts anderes übrig geblieben, als den Start abzusagen. Niedergeschlagen trottete sie zum Sattelplatz. Nachdem sie den weiten Weg hergekommen war, konnte sie auch ebenso gut bleiben und sich das Rennen ansehen. Die Galopper trafen nacheinander ein. Manche wurden von Stallburschen geführt, andere von ihrem Jockey geritten. Ruby stand an der Absperrung und schaute todunglücklich zu. Eigentlich hätte auch Silver Flake unter den Startern sein müssen.

»Ruby! Wo hast du denn gesteckt?«

Sie wirbelte herum. Jed! Er musterte sie von Kopf bis Fuß und wunderte sich offenbar über ihr nachlässiges Äußeres. Sie hatte sich ja in aller Eile angezogen und nicht einmal frisiert.

»Du … du bist ja noch da«, murmelte sie kaum hörbar.

»Natürlich bin ich noch da. Was hast du denn gedacht? Wo warst du denn die ganze Nacht? Ich war halb krank vor Sorge.«

Jed war stundenlang durch die Stadt gefahren und hatte nach Ruby gesucht. Er hatte nicht nur sämtliche Hotelbars abgeklappert, einschließlich jener im Aurora Hotel, sondern war auch zum Todd River gefahren, wo er beinahe in eine Schlägerei mit ein paar Betrunkenen verwickelt worden wäre.

»Das erklär ich dir später. Ich habe gehört, dass eines der Pferde von der Startliste gestrichen wurde. Es ist sicher Silver Flake, oder?« Ruby hielt unwillkürlich den Atem an.

»Nein, Wild Blue Yonder. Der Tierarzt will ihn wegen Verdachts auf Hufrehe nicht starten lassen. Die Besitzer sind außer sich, aber die Entscheidung des Tierarztes ist endgültig.«

Rubys Miene hellte sich auf. »Das bedeutet, Rick ist frei!«, sagte sie ganz aufgeregt.

Jed sah sie prüfend an. Der vertrauliche Ton, mit dem sie den Namen des Jockeys ausgesprochen hatte, war ihm nicht entgangen. »Ja, er wird auf Silver Flake an den Start gehen. Er ist zu mir gekommen, nachdem Wild Blue Yonder gestrichen wurde, und hat mir angeboten, für mich zu reiten. Ich war natürlich überglücklich, aber sein Angebot kam schon ein bisschen überraschend.«

»Das ist ja fantastisch!«, jubelte Ruby.

Sie hätte Jed vor lauter Freude am liebsten umarmt, aber sein Blick war so frostig, dass sie sich nicht traute. Plötzlich tippte ihr jemand auf den Kopf. Sie drehte sich um. Auf der anderen Seite der Absperrung stand Rick Paget. Er saß auf Silver Flake.

»Guten Morgen, Schlafmütze!«, grüßte er gut gelaunt. »Na, was macht dein Kater?« Er grinste.

Ruby war verlegen. »Danke, dass du Silver Flake reitest, Rick«, sagte sie.

»Nichts zu danken. Du warst letzte Nacht ziemlich überzeugend.«

Rick zwinkerte ihr zu. Dann tippte er die Stute mit der Reitgerte an und schloss zu den anderen Galoppern auf, die über den Platz geführt oder geritten wurden.

Ruby wünschte, die Erde würde sich auftun und sie verschlingen. Rick hatte soeben ihre schlimmsten Befürchtungen bestätigt. Aber wie konnte er sie so blamieren – in aller Öffentlichkeit, noch dazu vor Jed! Sie lief feuerrot an.

»Was meint er damit?« Jed war neben sie getreten. »Wie hast du es geschafft, ihn umzustimmen?«

Ruby holte tief Luft und sah ihm in die Augen. »Ich habe gestern Abend zu viel getrunken, aber ich weiß noch, dass ich Rick gebeten habe, auf Silver Flake an den Start zu gehen, und dass ich ihm von dem Überfall auf dich und dem Angriff auf die Stute erzählt habe. Wahrscheinlich hatte er Mitleid mit uns.«

Was nach dieser Unterhaltung geschehen war, wusste sie nicht mehr. Sie konnte sich an absolut nichts erinnern.

»Verstehe. Du hast dich betrunken, und dann hast du mit Rick Paget geschlafen«, sagte Jed abschätzig. »So war es doch, oder?«

Ruby sah ihn sprachlos an.

»Ich kann nicht glauben, dass du so weit gegangen bist ... nur um an dein Geld zu kommen«, fügte er eisig und voller Verachtung hinzu.

Er wandte sich ab und ließ sie einfach stehen.

Ruby war wie vor den Kopf geschlagen. Eine Weile stand sie regungslos da und starrte Jed wie betäubt hinterher. Die Benommenheit fiel erst von ihr ab, als die Galopper aus dem Führring geführt wurden. Sie drehte sich um und drängelte sich durch die Menschenmenge zu der Absperrung entlang der Rennbahn. Ein Trompetenstoß kündigte den bevorstehenden Start an. Die Vorfreude der Zuschauer war fast mit Händen zu greifen. Nur Ruby war am Boden zerstört. Dass Jed jetzt schlecht von ihr dachte, war schlimm genug. Aber noch schlimmer war, dass sie nicht einmal wusste, ob sie seine Verachtung wirklich verdient hatte oder nicht.

»Ruby! Da sind Sie ja!«

Richard und Roger kamen durch die Menge auf sie zu.

»Wir haben uns umgehört. Ihre Stute geht an den Start, nicht wahr?«, sagte Richard.

Der Anblick der zwei freundlichen Gesichter tröstete Ruby ein wenig. »Ja, und Rick Paget reitet sie.« Sie beugte sich vor, um die Pferde, die zur Startmaschine geführt wurden, besser sehen zu können.

»Das sind ja wundervolle Neuigkeiten«, sagte Roger entzückt. »Ja, er soll einer der besten Jockeys sein. Die Stute hat also ausgezeichnete Chancen.«

Ruby versuchte, sich nicht anmerken zu lassen, wie niedergeschmettert sie war. Aber die beiden Männer wechselten einen wissenden Blick. Sie spürten, dass die junge Frau etwas bedrückte.

»Wir haben ein paar Dollar auf Silver Flake gesetzt«, sagte Roger. »Die Quote war gut, deshalb haben wir für Sie auch eine Wette getätigt.« Er reichte Ruby einen Wettschein.

Ruby kamen die Tränen. »Das ist nett, vielen Dank.«

»Man muss doch auf sein eignes Pferd setzen; das gehört sich so«, fügte Roger hinzu.

Ruby senkte den Blick und machte ein trauriges Gesicht. Die beiden Männer hätten gern gefragt, was sie bedrückte, aber sie wollten nicht aufdringlich sein.

Richard legte ihr väterlich den Arm um die Schultern. »Genießen Sie diesen Augenblick, Kindchen. Sie haben hart dafür gearbeitet.«

»Richtig«, ergänzte Roger. »Sollte das Pferd gewinnen, dann ist das zu einem großen Teil Ihr Verdienst.«

Ruby nickte. Sie riss sich zusammen und sagte: »Sie haben Recht. Soll Jed ruhig sauer auf mich sein. Wir sind hier, und ich habe erreicht, dass Rick Paget auf Silver Flake reitet. Falls sie gewinnt, ist das wirklich auch mein Verdienst.«

»Genauso ist es«, pflichteten Richard und Roger ihr wie aus einem Munde bei.

Eine Lautsprecherstimme bat um Aufmerksamkeit und verkündete, die Pferde würden in die Startmaschine geführt. Es wurde still unter den Zuschauern.

»Von welcher Box startet Silver Flake?«, wandte sich Ruby an ihre Begleiter.

»Nummer vier, das ist sehr gut.« Richard drückte ihre Hand.

Eine weitere Ankündigung, dass die Pferde startbereit seien, einige wenige aufregende Sekunden noch, dann flogen die Tore der Startmaschine auf, und die Pferde schossen heraus. Ruby lauschte angespannt den Lautsprecheransagen.

»Das Feld ist gestartet! Misfit ging als Erste heraus, gefolgt von Sun Downer und True Blue. Silver Flake hatte einen schlechten Start, aber jetzt macht sie Boden gut …«

»O nein!«, jammerte Ruby.

»Keine Sorge, das holt sie wieder auf«, beruhigte Roger sie. Er zog ein kleines Fernglas aus einer Tasche hervor. »Das Rennen geht über zwölfhundert Meter, da hat sie noch viel Zeit.«

»Thorny Devil holt auf, dicht gefolgt von Rainbow Queen und Sun Downer.«

»Wo ist Silver Flake?«, fragte Ruby panisch.

»Sie scheint ein paar Probleme zu haben«, antwortete Roger, der durch das Fernglas sah. »Nur keine Aufregung, noch hat sie viel Zeit.«

Ruby stockte fast das Herz, als sie den Ansager die Namen der Galopper aufzählen hörte: *»Rainbow Queen liegt jetzt in Führung, gefolgt von Sun Downer und Thorny Devil. Es folgen Mr. Moses, Fairy Oak und Spirit of Kintyre. Silver Flake ist eingeschlossen worden, sie fällt zurück.«*

»O nein!«, stöhnte Ruby abermals und schlug die Hände vors Gesicht.

»Noch ist Zeit«, meinte Richard.

»Silver Flake ist weiter zurückgefallen. Jetzt kommt sie auf der Außenseite. Sie holt auf, liegt aber immer noch weit zurück.«

Die Menge jubelte.

»Sie hat noch ein hartes Stück Arbeit vor sich«, sagte Roger.

»Rainbow Queen biegt als Erste auf die Zielgerade ein, sie führt mit vier Längen Vorsprung vor Thorny Devil und Sun Downer. Es folgen Mr. Moses und Misfit, danach Blue Dancer und Chocolate Dreams. Silver Flake nähert sich auf der Außenseite!«

Ruby hüpfte vor Aufregung auf der Stelle. Schließlich hielt sie es nicht mehr aus. Sie riss Roger das Fernglas aus der Hand und suchte das Feld nach Silver Flake ab. Die Stute hatte Boden gutgemacht, lag aber immer noch zurück.

»Los, Silver Flake, lauf, lauf!«, brüllte Ruby in einer Lautstärke, dass ihre Begleiter zusammenzuckten. Aber sie ließen sich von ihrer Begeisterung anstecken und feuerten die Stute ebenfalls lauthals an.

»Lauf, Silver Flake, lauf!«

»Thorny Devil hat sich an die Spitze gesetzt. An zweiter Stelle liegt Rainbow Queen, dicht gefolgt von Sun Downer. Aber was ist das? Silver Flake hat zehn Längen aufgeholt! Unglaublich! Noch zweihundert Meter bis zum Ziel. Thorny Devil führt vor Sun Downer und Silver Flake! Noch hundert Meter! Thorny Devil und Silver Flake liegen in Führung! Kann die graue Stute Thorny Devil noch den Sieg entreißen?«

Ruby klammerte sich mit beiden Händen an die Absperrung. Ihr Herz raste. Die Menge hinter und neben ihr tobte, aber sie stand nur da, vor Anspannung fast gelähmt, und wagte kaum zu atmen.

»Thorny Devil kämpft. Noch fünfzig Meter, und Thorny Devil liegt mit einer knappen halben Kopflänge vorn. Thorny Devil und Silver Flake machen es unter sich aus. Was für eine Dramatik! Thorny Devil oder Silver Flake! Wer geht als Erster durchs Ziel? Thorny Devil oder Silver Flake? Oh, das war knapp, da wird die Zielfotografie entscheiden müssen! Dritter wird Sun Downer, gefolgt von Mr. Moses, Fairy Oak und Misfit.«

»O nein!«, entfuhr es Ruby nun schon zum dritten Mal. »Und wer hat jetzt gewonnen?«

»Das werden wir wissen, wenn das Zielfoto ausgewertet worden ist«, antwortete Roger.

»War das ein spannendes Rennen!« Richard war ganz hingerissen.

»Also ich will das nicht noch mal durchmachen«, murmelte Ruby. Sie holte ein paar Mal tief Luft, um ihre flatternden Nerven zu beruhigen.

»Als Besitzerin eines Rennpferdes werden Sie sich daran gewöhnen müssen«, meinte Roger.

»Die Stute hat alles gegeben, nicht wahr?« Ruby liefen Freudentränen über die Wangen. Sie dachte daran, wie sie Silver Flake geritten hatte, und es erfüllte sie mit großem Stolz, dass sie mit ihrem Training für das Rennen ihren Beitrag geleistet hatte.

»Und jetzt haben wir das Ergebnis. Sieger des Rennens ist Silver Flake!«, kam die Ansage aus den Lautsprechern.

Jubel und Beifall brandeten auf, aber niemand kreischte lauter vor Freude als Ruby.

»Sie hat gewonnen, sie hat gewonnen!« Lachend und weinend zugleich hüpfte sie auf und ab und umarmte abwechselnd Richard und Roger.

»Kommen Sie, wir müssen zur Siegerehrung«, sagte Richard aufgeregt. »Der Pokal wird den Besitzern überreicht, und einer davon sind Sie.«

»O nein, ich kann doch in diesem Aufzug nicht vor all diese Leute treten!« Ruby sah an sich hinunter. »Ich werde im Hintergrund bleiben. Soll Jed den Pokal in Empfang nehmen.«

Die drei machten sich gut gelaunt auf den Weg zur Siegerehrung, wo sie sich einen günstigen Platz suchten.

»Wir müssen noch unseren Gewinn abholen«, sagte Roger fröhlich. »Aber das kann warten.«

Ein paar Minuten vergingen. »Wo bleibt Silver Flake denn?« Richard verrenkte sich den Hals, um einen Blick auf die Zielgerade zu werfen. »Normalerweise kommt der Sieger direkt von der Rennbahn zum Absattelring zur Siegerehrung.«

Die Rennleitung und andere Funktionäre trafen nach und nach ein. Ruby konnte auch den wunderschönen Silberpokal sehen. Sie freute sich von ganzem Herzen für Jed, für den ein lang gehegter Traum in Erfüllung gegangen war. Sie hoffte, dass ihn Silver Flakes Sieg versöhnlich stimmen würde, damit sie die Freude über ihren Triumph teilen könnten.

»Der Jockey muss erst noch zum Wiegen; das dauert ein Weilchen«, gab Roger zu bedenken.

Richard schien ihn nicht gehört zu haben. »Was ist denn da an der Ziellinie los?«

Er hatte den Satz kaum ausgesprochen, als eine neuerliche Lautsprecherdurchsage kam: *»Meine Damen und Herren, wie ich soeben erfahren habe, wird sich die Siegerehrung verzögern. Der Sieger, Silver Flake, scheint gesundheitliche Probleme zu haben.«*

Rubys Lächeln gefror. Ihr wurde auf einmal schwindlig. »Was? Was hat er gesagt? Dass Silver Flake gesundheitliche Probleme hat?«

Die beiden Männer nickten betreten.

»Ich muss wissen, was da los ist.«

»Wir kommen mit«, sagte Richard sofort.

Die drei kehrten eilig um. Als sie sich auf der Rennbahn der Ziellinie näherten, sahen sie, wie ein paar Männer etwas auf der Erde Liegendes mit einer Decke abschirmten.

»O mein Gott, nein!«, jammerte Ruby entsetzt und lief los.

Leute hatten einen Kreis um die Stute gebildet. Als Ruby hinkam, wurde sie von einem Offiziellen zurückgehalten.

»Bitte verlassen Sie die Rennbahn, Madam. Zuschauer haben hier keinen Zutritt.«

»Ich bin keine Zuschauerin, ich bin Mitbesitzerin des Pferdes«, wies Ruby ihn zurecht. »Lassen Sie mich durch! Ich will mein Pferd sehen!«

»Ich würde Ihnen davon abraten, Madam.«

Ruby sah den silbrigen Pferdeschweif hinter der Decke, mit der das am Boden liegende Tier immer noch abgeschirmt wurde, hervorschauen. »Was ist mit ihr? Was ist mit meiner Stute?«, kreischte sie voller Angst.

»Sie hat anscheinend einen Herzanfall erlitten«, sagte der Mann mitfühlend. »Die Tierärzte untersuchen sie noch.«

Es dauerte einen Moment, bis die Bedeutung der Worte durchsickerte. »Einen Herzanfall?«, wiederholte Ruby benommen. Sie blickte sich nach Jed um, konnte ihn aber nirgends sehen. Inzwischen waren Richard und Roger bei ihr. Auf der Rennbahn herrschte hektische Betriebsamkeit. Wer nicht unmittelbar mit der medizinischen Betreuung der Stute zu tun hatte, wurde gebeten zurückzutreten. Ein Traktor mit einer großen Ladeschaufel kam herangefahren, und die Stute wurde auf die Ladefläche eines Lastwagens gehievt. Ruby war vor Entsetzen wie gelähmt. Sie verspürte nichts als grenzenlosen Schmerz und eine tiefe Traurigkeit. Sie sah Jed. Er ging mit schleppenden Schritten neben dem Lastwagen her, der von der Rennbahn fuhr. Seine Haltung sagte alles. Ruby begann zu schluchzen und konnte nicht mehr aufhören zu weinen.

»Ruby.« Jemand berührte sie an der Schulter.

Durch den Tränenschleier hindurch erkannte sie Rick Paget. Er hatte sich die eine Hälfte seines Gesichts aufgeschürft, und es war schmutzig. Sein linkes Handgelenk war bandagiert.

»Es tut mir so leid, Ruby.«

»Was ist denn passiert?«, flüsterte sie mit erstickter Stimme.

»Die Stute hat alles aus sich herausgeholt, und das hat ihr Herz offenbar nicht verkraftet. Als wir die Ziellinie passiert hatten und ich umkehren wollte, brach sie unter mir zusammen. Es tut mir so leid«, wiederholte er bedrückt.

Bevor Ruby weitere Fragen stellen konnte, wurde der Jockey von einem medizinischen Betreuer weggeführt.

»Ich muss zu Jed«, sagte Ruby.

Roger nickte. »Der Ärmste ist bestimmt völlig fertig.«

»Er hing so an dem Pferd. Silver Flake war sein Leben«, wisperte Ruby.

Roger legte ihr tröstend den Arm um die Schulter. »Ihnen hat sie auch viel bedeutet, das merkt man.«

Ruby schluchzte heftig. Sie wusste, es gab keine Worte, die Jed trösten würden, aber wenigstens konnte sie in dieser schlimmsten Stunde seines Lebens für ihn da sein.

Gemeinsam mit Roger und Richard ging sie zu dem Gebäude neben der Tribüne, wo sich die Büros der Rennleitung und die Räume der Tierärzte befanden.

»Wir warten hier, bis Sie Jed gefunden oder mit einem Tierarzt gesprochen haben«, sagte Roger.

Ruby nickte ihm dankbar zu. Die Tür zu den Büroräumen wurde im gleichen Moment von innen geöffnet, als Ruby sie erreicht hatte. Vor ihr stand Jed. Sein fahles Gesicht war vor Kummer verzerrt. Er sah richtig krank aus.

»Ich …«, begann Ruby und verstummte.

Es gab keinen Trost, es konnte keinen Trost geben. Sie sah Jed in die Augen, sah den grenzenlosen Schmerz darin.

»Hätte mich gewundert, wenn du nicht gekommen wärst«, sagte er mit eisiger Stimme. Er packte ihre Hand, drückte ein Bündel Geldscheine hinein und schloss ihre Finger darum.

»Was soll das?«, fragte Ruby verwirrt. Sie wollte ihre Hand zurückziehen, aber Jed hielt sie fest.

»Das ist das Preisgeld«, zischte er. »Silver Flake ist durchs Ziel gegangen, deshalb steht uns das Geld zu. Du kannst es haben – alles, vorausgesetzt, ich muss dich nie wiedersehen.«

»Aber … aber … ich will es nicht … ich …«

Er ließ sie nicht ausreden. »Du hast das größtmögliche Opfer gebracht, damit sie das Rennen gewinnen kann. Und das hat sie. Du hast es dir verdient. Und jetzt verschwinde.«

Jed knallte ihr die Tür vor der Nase zu. Ruby liefen die Tränen übers Gesicht. Wie konnte er nur so grausam sein? Sie hatte die Stute doch auch schrecklich gern gehabt. Der Verlust traf sie genauso hart wie Jed. Sie versuchte, sich einzureden, dass er in seinem Kummer nicht wusste, was er sagte.

Aber stimmte das wirklich?

28

Eine Stunde später verabschiedete sich Ruby im Flughafen von Alice Springs von Richard und Roger. Sie war immer noch bis ins Innerste aufgewühlt, und auch die beiden Männer hatte der tragische Ausgang des Rennens sehr mitgenommen.

»Hier, auf der Rückseite habe ich unsere Telefonnummer in Sydney notiert.« Richard reichte ihr eine alte Visitenkarte. »Wir werden in einer Woche zurück sein. Sie müssen uns fest versprechen, dass Sie anrufen und uns besuchen werden.«

»Das werde ich.« Ruby nickte. Ihre Kehle war vor Rührung wie zugeschnürt. Sie hatte die beiden sympathischen, feinfühligen Männer ins Herz geschlossen. Ihr war, als würde sie sie schon seit Jahren kennen.

»Wir werden unsere Spezialität zubereiten – gebratene Hummerschwänze mit Senf und Dill. Ein Menü, an das Sie sich noch lange erinnern werden«, versprach Roger theatralisch.

Ruby brachte ein tapferes kleines Lächeln zustande. »Ich weiß nicht, wie ich das alles ohne euch beide durchgestanden hätte. Danke für alles.«

Sie tupfte sich die Tränen ab, die unaufhörlich über ihre Wangen rannen. Auf der Fahrt nach Alice Springs hatte sie sich unzählige Male vorgestellt, wie sie mit Jed und Silver Flake nach Silverton zurückkehren würde, nachdem die Stute das Rennen gewonnen hätte. Sie hatte sich vorgestellt, wie die Einwohner ihnen einen triumphalen Empfang bereiteten und ihnen zu Ehren eine große Party im Pub gaben, und Silver Flake würde mit dabei sein. Mick würde stolz den

Pokal zur Schau stellen, und später, wenn sie alle schon ziemlich betrunken waren, würde Mick den Pokal mit Bier füllen, und jeder dürfte einen Schluck daraus trinken.

Doch daraus wurde nun nichts. Ruby konnte sich lebhaft vorstellen, wie erschüttert die Menschen sein würden, wenn Jed ohne die Stute zurückkam. Sie wusste, dass sie im Pub das Rennen am Radio verfolgt hatten. Und sie hatten natürlich auch vom tragischen Tod der Stute erfahren. Mick machte sich bestimmt große Sorgen um Jed, aber er tröstete sich damit, dass er, wie alle glaubten, ja nicht allein war.

Nachdem sie sich ein letztes Mal bei Richard und Roger bedankt hatte und von den beiden fest umarmt worden war, stieg Ruby in ihre Maschine nach Melbourne. Dort angekommen, hatte sie einen eineinhalbstündigen Aufenthalt, bevor es weiterging nach Sydney. Sie setzte sich in die Wartehalle und beobachtete durch die Glasfront die startenden und landenden Maschinen. Sie konnte nicht aufhören, an den armen Jed zu denken, wie er mit einem leeren Anhänger nach Silverton zurückfuhr. Wieder traten ihr Tränen in die Augen.

»Ruby?«

Sie wandte den Kopf und blickte auf.

»Hab ich mir doch gedacht, dass du es bist. Was machst du denn hier?«, fragte Rick Paget.

»Das Gleiche könnte ich dich auch fragen.« Rick hätte sie hier nun wirklich am wenigsten erwartet. »Ich warte auf meine Maschine nach Sydney. Und du?«

»Ich habe ein Angebot für ein Rennen in Moonee Valley nächstes Wochenende und Aussicht auf einen Vertrag mit einem der besten Rennställe in Victoria. Das ist *die* Chance für mich.« Rick warf einen Blick auf seine Uhr und setzte sich dann zu Ruby.

»Das ist wundervoll, das freut mich für dich«, murmelte sie, konnte ihm aber nicht in die Augen sehen.

»Du trauerst um dein Pferd, nicht?«, fragte er behutsam.

Ruby nickte mit Tränen in den Augen. »Ich kann nicht glauben, dass Silver Flake wirklich tot ist«, flüsterte sie mit belegter Stimme.

Rick berührte sie zärtlich an der Schulter. »Solche Dinge passieren nun mal. Das ist tragisch, aber auch das gehört zum Galopprennsport. Der Tierarzt in Alice Springs wird wahrscheinlich eine Autopsie durchführen, um die genaue Todesursache festzustellen.«

Ruby biss sich auf die Unterlippe. »Das macht Silver Flake auch nicht wieder lebendig.«

»Nein, aber wenigstens weißt du dann, ob sie einen Herzfehler hatte. Ein gesundes Pferd fällt auch nach einem anstrengenden Rennen nicht einfach tot um.« Als er Rubys bekümmerte Miene bemerkte, fügte er leise hinzu: »Entschuldige, ich sollte jetzt nicht darüber reden.«

»Alles in Ordnung mit dir?«, fragte sie, um das Thema zu wechseln. Er hatte eine Schürfwunde auf einem seiner Wangenknochen und immer noch einen Verband um sein Handgelenk.

»Ja, ja, mir geht's gut. Ich habe mir im Lauf der Jahre bei Stürzen vom Pferd praktisch jeden Knochen gebrochen, da zählt so eine Kleinigkeit nicht.«

Ruby nickte. Wieder musste sie an die arme Stute denken, und ihre Kehle zog sich zusammen. »Ich möchte mich bei dir entschuldigen«, sagte sie leise.

Rick sah sie verwundert an. »Entschuldigen? Wofür?«

»Dafür, dass ich mich betrunken habe und …« Sie stockte, suchte nach Worten. »Ich meine, normalerweise bin ich nicht so … So etwas habe ich vorher noch nie gemacht …«

»Du brauchst dich doch nicht dafür zu entschuldigen, dass du dich betrunken hast; ich betrinke mich andauernd«, meinte Rick lachend. Er hatte nicht verstanden, worauf sie hinauswollte. »Es ist mir wahnsinnig peinlich, dass ich bei deiner Geschichte über Silver Flake eingeschlafen bin, glaub mir. Zu meiner Verteidigung kann ich nur sagen, dass es ein langer, harter Tag für mich war.«

»Du bist eingeschlafen?« Ruby sah ihn an. »Du meinst, wir haben nicht …?«

»Nicht was?«

»Na ja, du weißt schon«, druckste sie herum. »Miteinander geschlafen«, flüsterte sie mit hochrotem Kopf.

Ihre Verlegenheit amüsierte ihn. »Nein, leider nicht«, sagte er grinsend, und seine blauen Augen funkelten schelmisch. »Aber behalt das bitte für dich. Ich habe schließlich einen Ruf, an den ich denken muss«, fügte er lachend hinzu.

Ruby war so erleichtert, dass sie ebenfalls lachen musste. »Da bin ich aber froh!«

»Hey, du verletzt meine Gefühle! Tu wenigstens so, als ob du enttäuscht wärst, und sei es nur um meines Egos willen«, scherzte er. »Wie gesagt, ich muss an meinen Ruf als Playboyjockey denken.«

Ruby lachte noch lauter. »Keine Sorge, ich werde schweigen wie ein Grab.«

»Gut. Ich muss los. Ich werde von einer äußerst attraktiven jungen Dame abgeholt. Ich will sie nicht warten lassen.« Rick zwinkerte Ruby zu. Er stand auf, beugte sich dann zu ihr hinunter und gab ihr einen Kuss auf die Stirn. »Wenn du irgendwann liest, dass ich in Randwick in Sydney an den Start gehe, komm vorbei und sag Hallo.« Er hob grüßend die Hand und ging.

Ruby fiel ein Stein vom Herzen. Sie war ja so froh, dass zwischen ihnen nichts gewesen war. Oder hatte er sie belogen, weil er den Kavalier spielen wollte? Sie verwarf den Gedanken wieder. Nein, er hätte es ihr gesagt, wenn sie miteinander geschlafen hätten, ganz bestimmt. Sie dachte an Jed und wurde wieder traurig. Er wusste die Wahrheit nicht und würde sie vermutlich nie erfahren. Dass er eine so geringe Meinung von ihr hatte, kränkte sie immer noch.

Sie blickte in ihre Handtasche, auf das Bündel Banknoten, das Jed ihr aufgedrängt hatte. Das reichte, um ihren eigenen Frisiersalon aufzumachen. Aber die Lust dazu war ihr vergangen. Würde sie das

Geld dafür verwenden, würde sie immer an Silver Flakes trauriges Schicksal erinnert werden. Sie ließ ihre Handtasche zuschnappen. Sie wusste noch nicht, was sie mit dem Geld anfangen würde. Aber was es auch sein mochte, Jed wäre es völlig egal.

Nach einem Blick auf ihre Armbanduhr beschloss sie, ihre Mutter anzurufen. Bis zum Abflug hatte sie noch genug Zeit. Ruby ging zu einem öffentlichen Telefon in der Wartehalle und wählte die Nummer ihrer Tante in Fern Bay.

»Hallo, Tante Teresa, ich bin's. Ist Mom da?«

»Nein, Schätzchen, du hast sie ganz knapp verpasst. Sie ist verreist und kommt erst in ein paar Tagen zurück.«

»Was? Verreist? Wohin denn?«

»Sie ist nach Lord Howe Island geflogen. Sie dachte, du kämst so bald nicht zurück, und da hat sie beschlossen, ein paar Tage Urlaub zu machen.«

Ruby war sprachlos. »Wo hat sie denn das Geld für einen Urlaub auf Lord Howe Island her?«

»Ein Mr. Smithson hat ihr ein Flugticket geschickt. Er war der Butler deines Vaters … deines leiblichen Vaters, meine ich.« Teresa hatte die Wahrheit erst vor Kurzem erfahren und musste sich noch an den Gedanken gewöhnen, dass Joe Jansen Rubys Vater war.

»Ja, ja, das weiß ich alles, Tante Teresa«, sagte Ruby rasch, bevor ihre Tante wie üblich vom Hundertsten ins Tausendste kam. »Aber wieso schickt er Mom ein Flugticket nach Lord Howe Island? Das verstehe ich nicht.«

»Anscheinend hat er es für sich selbst gekauft, aber es geht ihm nicht gut, und da hat er es zusammen mit einem Brief deiner Mutter geschickt. Dein Vater hat auf der Insel ein kleines Ferienhaus besessen. Mr. Smithson hat geschrieben, dass er jedes Jahr dort hingefahren sei, aber jetzt plage ihn die Gicht – oder war es ein Magengeschwür? Also, jedenfalls kann er dieses Jahr nicht hinfahren, und da dachte er, deine Mutter würde vielleicht gern ein paar Tage dort verbringen. Das ist doch nett von ihm, findest du nicht?«

»Ja, das ist wirklich nett«, murmelte Ruby verwirrt. Im Testament ihres Vaters war mit keinem Wort ein Ferienhaus erwähnt worden. Seltsam.

»Wann kommst du denn, Ruby?«, wollte ihre Tante wissen. »Ich habe dein Zimmer schon für dich hergerichtet.«

»Oh … äh … ich weiß noch nicht, Tante Teresa. Ich melde mich wieder.«

Ruby beendete das Gespräch. Sie wollte nicht nach Fern Bay, wenn ihre Mutter nicht da war. Sie überlegte kurz, ob sie zu Marissa, ihrer früheren Arbeitskollegin, fahren sollte. Doch dann kam ihr eine andere Idee. Kurz entschlossen ging sie zum Schalter und buchte ihren Flug um.

Nach knapp zwei Stunden in der dröhnenden Ansett Sandringham 5 hatte Emily Kopfschmerzen. Das ursprünglich für militärische Zwecke gebaute Flugzeug war 1942 von der Air Force zu einem vierundzwanzigsitzigen Passagierflugzeug umgerüstet worden. Nachdem die Maschine viele Jahre für BOAC auf der fernöstlichen Route zwischen Southampton, Hongkong und Tokio eingesetzt worden war, hatte Ansett sie 1960 übernommen. Seitdem verkehrte das Wasserflugzeug zwischen Sydney und Lord Howe Island. Der Gedanke an eine Landung auf dem Wasser hatte Emily gar nicht behagt, aber als die Maschine die flaumigen weißen Wolken durchstoßen hatte und die Insel in Sicht kam, waren all ihre Ängste vergessen.

Die elf Kilometer lange Insel lag, umgeben vom südlichsten Korallenriff der Welt, siebenhundert Kilometer nordöstlich von Sydney. Mr. Smithson hatte die Insel zwar in seinem Brief beschrieben, aber die Wirklichkeit übertraf seine Schilderungen bei Weitem. Ein erloschener Vulkan erhob sich majestätisch über der Insel und bot einen atemberaubenden Anblick. Es gab Regenwälder mit einer unglaublichen Vielfalt einzigartiger Pflanzen und Tiere, auch der Artenreichtum im Meer suchte laut Mr. Smithson seinesgleichen. Emily konnte vom Flugzeug aus türkisfarbene Buchten und weiße

Strände sehen, die einen reizvollen Kontrast zum tiefblauen Südpazifik bildeten. Prickelnde Vorfreude erfasste sie.

Nachdem die Maschine sanft auf dem Wasser gelandet war, wurden die Passagiere mit einem Boot an Land gebracht. Als Emily auf dem kleinen Landungssteg stand, kam ein junger Mann auf sie zu und fragte, wohin sie wolle. Sie nannte ihm die Adresse und fragte, wie sie dorthin komme, doch der junge Mann bestand darauf, sie mitzunehmen. Emily war ganz verwirrt, als sie sah, dass es sich bei seinem Transportmittel um ein rikschaähnliches Gefährt handelte – ein Fahrrad mit einem Anhänger, der aus einer Sitzbank bestand, die gerade groß genug für einen Passagier und einen Koffer war. Sie versuchte, taktvoll abzulehnen, um sich ein Taxi zu suchen, doch der junge Mann erklärte ihr, dass die Einheimischen ausschließlich auf zweirädrige Fahrzeuge, entweder Fahrräder oder Motorroller, als Fortbewegungsmittel zurückgriffen. Es gab nur eine Alternative: zu Fuß gehen.

»Haben Sie vielen Dank«, sagte Emily zu ihrem Fahrer, als sie eine knappe halbe Stunde später ihr Ziel erreicht hatten. Sie hatte ein furchtbar schlechtes Gewissen, weil die Insel hügelig war und der Weg oft steil.

»Nichts zu danken«, antwortete der junge Mann lächelnd und schnaufte. »Ich bin übrigens Tom.«

»Emily«, erwiderte sie und ergriff seine ausgestreckte Hand. »Was bin ich Ihnen schuldig, Tom?«

»Oh, gar nichts. Das gehört zum Service. Es gibt hier ein ausgezeichnetes Restaurant, das Emily's heißt. Das kann ich Ihnen nur empfehlen.« Er hob grüßend die Hand und raste dann in halsbrecherischem Tempo den Berg hinunter.

Emily fand den Hausschlüssel unter einem Blumentopf in einer Hängeampel auf der vorderen Veranda, genau wie Mr. Smithson gesagt hatte. Sie ging nicht gleich hinein, sondern verweilte noch ein wenig in dem zauberhaften Garten mit seinen duftenden Blumen, den flatternden Schmetterlingen und den exotischen, farbenprächtigen Pflanzen. Es war ein Anblick von atemberaubender Schönheit.

Der Garten war sehr gepflegt. Emily vermutete, dass sich ein Gärtner darum kummerte. Sie ging zur Hausecke und sah, dass die Veranda sich um das ganze Haus herumzog. An der Seite lag ein Kajak, ein Surfbrett lehnte an der Wand, daneben Schnorchel und Schwimmflossen. Sie fragte sich, wem die Sachen gehören mochten. Auf der Rückseite des Hauses fiel das Gelände zum Ufer hin ab. Holzstufen führten zu einem unberührten weißen Sandstrand hinunter. Auf der hinteren Veranda stand eine Hollywoodschaukel. Emily setzte sich hinein und atmete tief die herrlichen Blütendüfte ein, die sich mit der würzigen Seeluft vermischten.

»So stelle ich mir das Paradies vor«, flüsterte sie.

Mr. Smithson hatte ihr in seinem Brief geschrieben, dass Joe dieses Haus sehr viel bedeutet habe und sie es sich aus diesem Grund vielleicht gern ansehen würde. Emily konnte Joes Gegenwart in diesem Moment fast spüren. Es machte sie unendlich traurig, dass es ihm nicht vergönnt gewesen war, seinen Lebensabend hier zu verbringen. Carmel hatte, wie Mr. Smithson betonte, Joes Zufluchtsort nie besucht, und dieser Gedanke tröstete Emily. Joe habe seiner Familie nie von dem Haus erzählt, hatte Mr. Smithson noch angemerkt.

Schließlich fasste Emily sich ein Herz und ging hinein. Sie schlenderte von einem Zimmer zum anderen und ließ die Atmosphäre auf sich wirken. Die Einrichtung, wie etwa die Korbmöbel, die mit Troddeln verzierten Kissen oder auch die Bücher über das alte Ägypten und berühmte gesunkene Schiffe, zeugte unverkennbar von Joes persönlichem Geschmack. Als Emily ein gerahmtes Foto von sich und Joe entdeckte, schnürte ihr die Rührung die Kehle zu. Die Aufnahme war viele Jahre zuvor auf einem Ausflug nach Manly entstanden. Wie jung und verliebt und sorglos sie darauf aussahen! Ihr Blick fiel auf Joes Briefmarkenalbum. Sie erinnerte sich, wie sie an verregneten Abenden über seiner Briefmarkensammlung gehockt und von den fernen Ländern geträumt hatten, die sie irgendwann einmal besuchen wollten. Vor allem Ägypten hatte es Joe angetan, aber er hatte auch von Südseeinseln geschwärmt.

In dem Haus sei nichts verändert worden, hatte Mr. Smithson geschrieben. Das war der Hauptgrund dafür, dass Emily sein Angebot überhaupt angenommen hatte. Es war für sie die einzige Möglichkeit, Joe noch einmal nahe zu sein.

Sie unterdrückte krampfhaft ein Schluchzen, als sie den Kleiderschrank öffnete und Joes Sachen darin fand. Sie hielt sich eine dünne Jacke ans Gesicht und atmete den Duft seines Kölnisch Wassers ein. Die Jacke an sich gepresst, legte sie sich aufs Bett und weinte um den Mann, der die Liebe ihres Lebens gewesen war, bis sie irgendwann erschöpft einschlief.

Die Schatten draußen waren lang geworden, als Emily Stunden später aufwachte. Sie kam fast um vor Hunger, weil sie seit dem Frühstück nichts mehr gegessen hatte, aber der Kühlschrank war leer bis auf einen Krug Wasser.

»Was hast du denn gedacht«, sagte sie laut. »Schließlich wohnt hier keiner mehr.«

Sie zog sich um und machte sich auf den Weg ins Dorf. Inzwischen war die Dämmerung hereingebrochen. Die Häuser, an denen sie vorbeikam, waren von üppigem Grün fast zugewachsen. Große Paradiesvögel tummelten sich in den Gärten, im Schatten von Kentiapalmen gediehen zarte Farne. Der Rasen vor den zumeist weiß gestrichenen, entzückenden Häusern war saftig grün. Emily verstand immer besser, warum sich Joe in diese Insel verliebt und seine Zuflucht vor Carmel geheim gehalten hatte. Sie wünschte, sie und Joe hätten Zeit gehabt, dieses Paradies gemeinsam zu genießen. Der Gedanke stimmte sie furchtbar traurig, und es gab ihr einen schmerzlichen Stich.

Die Geschäfte entlang der Hauptstraße waren schon geschlossen. Emily's Restaurant lag eingebettet in einen tropischen, von bunten Lichterketten beleuchteten Garten. Es gab nur noch ein anderes Restaurant auf der Insel, ein Steakhaus ein Stück weiter die Straße hinunter auf der gegenüberliegenden Seite.

Das Lokal war gut besucht, aber Emily fand noch einen freien Tisch neben der Terrassentür mit einem wunderschönen Blick auf den Garten und eine der zahlreichen Buchten, die jetzt im Mondlicht schimmerten. Durch die geöffnete Tür strömte eine sanfte Brise herein. In den Bäumen funkelten die Lichterketten. Alles miteinander verband sich zu einer romantischen, märchenhaften Atmosphäre. Neben einem brennenden Teelicht stand eine einzelne rote Rose in einer Vase auf Emilys Tisch. Sie fragte den Kellner, ob der Tisch reserviert sei, aber er verneinte und lud sie ein, Platz zu nehmen. Ein Gefühl tiefer Einsamkeit überkam sie. Um sich abzulenken, studierte sie die Speisekarte und stellte erfreut fest, dass Korallenforelle die Spezialität des Abends war.

»Ich nehme die Forelle«, sagte sie zu dem Kellner. Joes und Emilys Stammlokal in Sydney war Doyle's gewesen, wo Emily stets die im Ofen gegarte Forelle bestellt hatte. »Wenn sie nicht zu trocken ist.«

Der Kellner lächelte ihr zu. »Ich bin sicher, sie wird Ihnen ausgezeichnet schmecken, Madam. Sie wird in Weißwein gegart, mit Tomaten, Oliven, Petersilie und Lorbeerblättern, dazu werden kleine Bratkartoffeln serviert. Unser Chefkoch bereitet dieses Gericht nur zu besonderen Anlässen zu; es ist bei Einheimischen und Touristen äußerst beliebt.«

Emily hatte ihm verblüfft zugehört. Genau so war die Forelle im Doyle's zubereitet worden. Das war ja ein merkwürdiger Zufall. Einen Augenblick erwog sie, etwas anderes zu bestellen, weil es zu schmerzlich wäre, ihr Lieblingsessen allein, ohne Joe, zu essen. Doch wenn sie ihm nahe sein wollte, gehörte auch das dazu.

»Hat Ihr Koch einmal in Doyle's Restaurant in Sydney gearbeitet?«, fragte sie.

»Nein, Madam, Thomas Tremaine hat nie woanders gearbeitet. Er ist übrigens auch der Besitzer des Restaurants und legt schon aus diesem Grund größten Wert auf eine erlesene Küche. Sie werden Ihre Wahl nicht bereuen.«

»Da bin ich ganz sicher«, erwiderte Emily traurig.

Sie trank ein Glas Wein, während sie auf ihr Essen wartete. Es dauerte nicht lange, bis ihr Fisch serviert wurde. Er duftete ganz köstlich und sah wunderbar aus. Schon beim ersten Bissen stellte sie fest, dass die Forelle perfekt gegart war. Sie schmeckte einfach göttlich. Emily musste an die romantischen Candle-Light-Dinner mit Joe denken. Tränen brannten ihr in den Augen, aber sie riss sich zusammen. Als der Kellner kam, um das Gedeck abzuräumen, bat sie ihn, Mr. Tremaine auszurichten, dass das Essen vorzüglich gewesen sei. »Ich habe noch nie eine bessere Forelle gegessen«, sagte sie.

Der Kellner strahlte vor Stolz. »Ich werde es Mr. Tremaine bestellen, Madam.«

»Ich würde es ihm gern selbst sagen, aber er hat wahrscheinlich viel zu tun.« Als Emily sich umdrehte, sah sie jedoch, dass nur noch zwei der Gäste da waren, und die machten sich gerade auf, um zu gehen. »Nanu, sind sie alle schon gegangen?«, fragte sie erstaunt.

»Die Einheimischen kommen früh zum Essen und gehen meistens auch wieder früh. Ich werde Mr. Tremaine sagen, dass Sie ihn sprechen möchten. Darf ich Ihnen inzwischen vielleicht einen Kaffee und ein Stück Schokoladensahnetorte bringen?«

Emily sah ihn verblüfft an. Sie liebte Schokoladensahnetorte. »Ich habe so gut gegessen. Nur einen Kaffee, bitte.«

»Gern, Madam, wie Sie wünschen.«

Emily war völlig durcheinander. Von einer inneren Unruhe getrieben, stand sie auf und trat auf die Terrasse hinaus. Der Nachtwind trug den Duft von Jasmin heran. Grillen zirpten, und am schwarzen Himmel funkelten unzählige Sterne. Emily fühlte eine schmerzliche Sehnsucht in sich, die sie kaum aushalten konnte. Sie fragte sich, ob es nicht ein Fehler gewesen war, auf die Insel zu kommen. So viele Erinnerungen wurden geweckt, aber auf die Intensität des Schmerzes, der dadurch ausgelöst wurde, war sie nicht vorbereitet gewesen. Sie bekam weiche Knie und setzte sich draußen an einen Tisch. Im Hintergrund erklang leise, romantische Musik, eine vertraute Melodie aus der Vergangenheit. Das war zu viel für Emily. Sie wollte aufspringen, weglaufen, aber sie konnte sich nicht bewegen. Sie war vor Trauer und Schmerz wie gelähmt.

Der Kellner kam mit dem Kaffee.

»Danke«, flüsterte sie mit gesenktem Blick, damit er ihre Tränen nicht sah.

»Ihr Kaffee, schöne Frau, genau wie Sie ihn mögen, mit eineinhalb Löffel Zucker und einem Schuss Milch.«

»Woher …?«

Emily drehte sich um und schaute auf. Die Worte erstarben auf ihren Lippen. Sie öffnete den Mund, brachte aber keinen Ton hervor. Ihr von Traurigkeit umnebelter Verstand gaukelte ihr ein Trugbild vor. Das war zu viel. Emily wurde schwindlig. Sie fühlte, wie sie langsam zusammensank und ihre Sinne schwanden.

»Ist das da unten Lord Howe Island?«, fragte Ruby und deutete aus dem Fenster auf die atemberaubend schöne Insel im Meer.

Die Stewardess beugte sich über sie und nickte. »Ja. Schön, nicht wahr?«

»Das ist eine glatte Untertreibung«, erwiderte Ruby staunend. Sie hatte die vergangene Nacht in einem Hotel in Melbourne verbracht, weil es täglich nur einen Flug nach Lord Howe Island gab und sie den vom Vortag verpasst hatte.

Sie fand es herrlich aufregend, als das Flugzeug einige Minuten später wasserte. Dann stand sie auf dem Landungssteg und hatte keine Ahnung, wo sie nach ihrer Mutter suchen sollte. Sie hatte ganz vergessen, ihre Tante nach der Adresse zu fragen.

Ein junger Mann wartete am Ende des Landungsstegs auf Passagiere, die ein Transportmittel suchten. Ruby sah so verloren aus, dass er sie ansprach.

»Willkommen auf Lord Howe Island. Kann ich Sie irgendwo

hinbringen? Es gibt einige Gästehäuser hier, sofern Sie nicht Freunde oder Verwandte besuchen.«

Ruby warf einen Blick auf sein Fahrrad mit dem Anhänger und lachte laut heraus. »Sie wollen mich wohl auf den Arm nehmen!« Erst die verständnislose Miene des jungen Mannes verriet ihr, dass er es ernst gemeint hatte. Sie verstummte, räusperte sich verlegen und sagte dann: »Ich möchte tatsächlich jemanden besuchen. Meine Mutter muss gestern angekommen sein, aber ich weiß ihre Adresse nicht.«

»Vielleicht kann ich Ihnen helfen. Gut möglich, dass ich sie zu ihrer Unterkunft gebracht habe. Wie heißt sie denn?«

»Emily Rosewell.« Ruby konnte sich fast nicht vorstellen, dass ihre Mutter sich in dieses Gefährt gesetzt hatte.

»Ah! Ja, gestern habe ich eine Emily gefahren, aber sie kann unmöglich alt genug sein, um Ihre Mutter zu sein.«

Ruby lächelte. »Das ist sie«, sagte sie und dachte bei sich, dass ihre Mutter sich über dieses Kompliment sehr freuen würde.

Tom lud Rubys Koffer in den Anhänger und forderte sie mit einer Handbewegung auf einzusteigen. Zögernd kam Ruby seiner Aufforderung nach.

»Auf geht's!« Tom trat in die Pedale, und Ruby hielt sich fest, so gut es ging.

Sie genoss die Fahrt. Viel zu schnell waren sie am Ziel. »Hier habe ich Ihre Mutter gestern abgesetzt«, sagte Tom, als er Rubys Koffer auf dem Fußweg abstellte.

»Haben Sie den Hauseigentümer gekannt?«, fragte Ruby.

Tom sah sie verwirrt an. »Ja.«

»Und wie war er so?«

Tom zog die Stirn kraus. »Ein sehr netter Mann.« Er stieg wieder auf, winkte ihr noch einmal zu und radelte davon.

Ruby blieb noch einen Augenblick stehen, um das schmucke, einstöckige weiße Haus und den herrlichen Garten zu betrachten. »Wow!«, flüsterte sie ehrfürchtig. »Das reinste Traumhaus!«

Sie nahm ihren Koffer und ging langsam den Gartenweg hinauf, die farbenprächtigen Blumen, von denen ihr die meisten völlig unbekannt waren, bewundernd. Sie verglich die Gegend mit Silverton und seiner Umgebung. Die beiden Orte hätten unterschiedlicher nicht sein können. Als Ruby die Stufen zur Veranda hinaufstieg, sah sie, dass die Haustür offen stand. Gelächter und Stimmen drangen aus dem Haus. Ruby hielt irritiert inne. Hatte der junge Mann sie an der falschen Adresse abgesetzt? Doch dann war ihr, als hätte sie die Stimme ihrer Mutter gehört.

»Mom?«

Zögernd betrat Ruby das Haus und fand sich in einem behaglich, geschmackvoll eingerichteten Wohnzimmer wieder. Es war hell und angenehm kühl hier drinnen.

Emily horchte auf. Hatte da jemand gerufen? Sie öffnete die Wohnzimmertür und blieb wie vom Donner gerührt stehen, als sie ihre Tochter erblickte.

»Ruby! O mein Gott, Ruby! Was machst du denn hier?«

»Mom!« Ruby ließ ihren Koffer fallen und warf sich in die Arme ihrer Mutter. Alle angestauten Emotionen brachen sich auf einmal Bahn. »Ich hab dich so vermisst!«

Emily drückte ihre Tochter fest an sich. »Woher weißt du denn, dass ich hier bin?«

»Ich hab Tante Teresa angerufen. Ich musste einfach kommen, Mom …« Ruby begann zu schluchzen.

»Was hast du denn, Kind? Ist etwas passiert?« Emily schob ihre Tochter behutsam von sich und sah sie prüfend an.

»Silver Flake … Sie ist nach dem Rennen tot umgefallen«, schniefte Ruby. »Es war furchtbar, Mom.«

»Was? Aber wie kann sie einfach tot umfallen? Wie ist das passiert?«

»Ihr Herz … Es war Herzversagen …«

»Mit wem redest du denn da, mein Schatz?«

Plötzlich stand ein Mann in der offenen Tür. Er hielt ein Fotoalbum in der Hand. Als er Ruby sah, starrte er sie offenen Mundes an. Die Ähnlichkeit zwischen den beiden Frauen war unverkennbar; er konnte sich also denken, wer die junge Frau war.

Ruby schnappte vor Verblüffung nach Luft. Wer war dieser Mann? Sein Hemd war aufgeknöpft, und er war barfuß. Er schien sich ganz wie zu Hause zu fühlen. Und wieso nannte er Emily »mein Schatz«?

Emily war blass geworden. Sie schaute erst den Mann an, dann ihre Tochter. »Ruby …« Sie wusste nicht recht, wo sie beginnen sollte. »Ich …«

»Was wird hier gespielt, Mom? Wer ist das?«

»Das ist …« Emily warf dem Mann einen raschen Blick zu. »Vielleicht solltest du dich erst einmal setzen, Ruby.«

»Ich will mich nicht setzen. Ich will wissen, was hier los ist«, sagte Ruby energisch.

»Ich werde es dir gleich erklären, aber jetzt setz dich erst einmal«, bat Emily mit sanfter Bestimmtheit.

Ruby gehorchte, wenn auch widerstrebend. Sie nahm auf einem bequemen Sofa Platz, und ihre Mutter setzte sich neben sie.

»Ruby, was ich dir jetzt sage, wird ein ziemlicher Schock für dich sein, aber dieser Mann … das ist Joe Jansen.« Emily machte eine kleine Pause, damit Ruby die Neuigkeit verdauen konnte. »Dein Vater«, fügte sie leise hinzu, als Ruby sie nur verständnislos ansah.

»Mein Vater! Aber … aber das kann doch nicht sein!« Ruby sah flüchtig zu ihm hin. Seine Augen hatten die gleiche Farbe und die gleiche Form wie ihre eigenen. »Wir waren doch bei der Testamentseröffnung«, stammelte sie.

Emily blickte einen Moment zu Boden. »Joe hat seinen Tod vorgetäuscht, damit er frei ist und mit uns zusammen sein kann.«

Ruby fiel aus allen Wolken. »Was? Hast du das etwa gewusst?«

»Nein, ich hatte keine Ahnung, aber er hat mir damit die wunderbarste Überraschung meines Lebens bereitet.«

Sie war ohnmächtig geworden, als sie erkannt hatte, dass sich ihr

Joe hinter dem bärtigen Mann auf der Terrasse des Restaurants verbarg. Als sie wieder zu sich kam, hatte er sie in seinen Armen gehalten.

»Was für ein Mensch kommt denn auf so eine Idee?«, sagte Ruby aufgebracht. »Musst du dich jetzt vor der Polizei verstecken?«

»Hör dir erst einmal an, was Joe zu sagen hat, bevor du irgendwelche voreiligen Schlüsse ziehst, Ruby«, bat Emily.

Joe nickte. »Ich würde dir gern alles erklären, Ruby.«

Ruby wurde von ihren Gefühlen überwältigt. Ihr Vater! Er hatte sein eigenes Kind im Stich gelassen. Das würde er nicht mit ein paar Sätzen erklären können.

Joe zog sich einen Hocker heran und setzte sich neben Ruby. Emily ergriff seine Hand. Sie hatten beide gewusst, dass es nicht leicht sein würde, Ruby den Sachverhalt zu erklären, aber gehofft, dass ihnen ein bisschen Zeit bliebe, sich darauf vorzubereiten.

»Ich weiß, ich bin ein Fremder für dich«, begann er, »und du hast keine Veranlassung, auch nur ein Wort von dem, was ich sage, zu glauben. Aber ich hätte alles dafür gegeben, bei deiner Mutter und dir sein zu können und sehen zu dürfen, wie du heranwächst.«

Ruby kniff die Augen zusammen. Sie spürte, wie sich Wut in ihr anstaute – Wut und Trauer und ein anderes Gefühl, das sie nicht deuten konnte.

»Ruby!«, sagte Emily tadelnd, als sie den Gesichtsausdruck ihrer Tochter sah.

»Lass nur, Emily, das ist schon in Ordnung. Ich will wissen, was Ruby fühlt und denkt.«

»Mom hat gesagt, du hast deine Frau nicht verlassen können. Aber ich glaube, wenn du wirklich mit uns hättest zusammen sein wollen, hättest du einen Weg gefunden.«

Ihre Worte trafen Joe. »Manchmal ist es nicht so einfach, Ruby. Es gibt nicht nur Schwarz und Weiß. Das wirst du schon noch lernen. Deine Mutter hat dir doch von dem Abend erzählt, an dem ich Carmel um die Scheidung bat, nicht wahr?«

»Ja, sie hatte einen Unfall und fiel die Treppe hinunter.«

»Das war kein Unfall, Ruby. Als ich Carmel sagte, dass ich deine Mutter liebe und mit ihr zusammen sein wolle, stürzte sie sich absichtlich die Treppe hinunter.«

Ruby verzog zweifelnd den Mund.

»Carmel wollte den Dienstboten weismachen, ich sei schuld an ihrem Sturz, aber zum Glück war Mrs. Mathers zu dem Zeitpunkt im Wohnzimmer und sah mich durch die offene Tür am Fuß der Treppe stehen, als Carmel herunterstürzte. Es war also eindeutig nicht meine Schuld. So wurde der Sturz als unglücklicher Unfall betrachtet. Aber ich bin mir absolut sicher, dass Absicht dahintersteckte. Carmel wollte mich auf diese Weise an sich binden.«

»Und es hat funktioniert«, bemerkte Ruby bitter. »Warum hast du nicht eine bezahlte Hilfe ins Haus geholt? Geld genug hattest du doch.«

»Leider war es nicht so einfach. Carmel war sehr labil, und ich hatte Angst um Justin und Jennifer. Sie hat es zwar nie direkt gesagt, aber immerzu Andeutungen gemacht, dass sie ihnen etwas antun würde, wenn ich sie verließe. Ich wusste, dass ich vor Gericht keine Chance haben würde, weil sie im Rollstuhl saß und sich ausgezeichnet darauf verstand, Mitleid zu erregen. Aber ich habe nie ein Geheimnis daraus gemacht, dass mein Herz deiner Mutter gehörte.«

»Warum hast du aufgehört, uns zu besuchen? Mom war so einsam.«

»Ruby«, tadelte Emily peinlich berührt.

»Das stimmt doch. Du bist all die Jahre ganz allein gewesen.«

»Ich hatte dich«, sagte Emily.

»Das ist nicht das Gleiche.«

»Ich hätte euch gern weiterhin besucht, aber diese Besuche waren eine Qual. Es zerriss mich innerlich, wenn ich wieder zu Carmel zurückmusste, und du hast jedes Mal geweint. Und wie deine Mutter mich angesehen hat: Das war mehr, als ich ertragen konnte. Ich dachte, es sei einfacher, wenn ihr mich nicht mehr sehen würdet.

Das war falsch, ich weiß, aber ich klammerte mich an den Gedanken, dass ich eines Tages, wenn Justin und Jennifer alt genug und erwachsen wären, die Scheidung einreichen könnte. Diese Hoffnung hielt mich aufrecht.«

Ruby seufzte. »Sie sind schon eine ganze Weile erwachsen, oder?«

»Du hast Recht. Vor ein paar Jahren wollte ich diese Ehe, die schon lange keine mehr war, beenden. Doch dann fand mein Anwalt heraus, dass Carmel eine raffinierte Intrige eingefädelt hatte. Sie hatte mich in der Hand: Wenn ich sie verlassen würde, würde sie dafür sorgen, dass ich wegen Steuerhinterziehung ins Gefängnis wanderte. Sie wusste genug über meine Geschäfte, um es so hinzudrehen, als hätte ich Betrug im großen Stil begangen. Also ging ich her und nahm hohe Darlehen auf meine Firmen auf, und dann ließ ich mich auf riskante Geschäfte ein, die alle schiefgingen. Ich räumte meine Konten leer, indem ich das Geld so dumm wie möglich bei Glücksspielen setzte. Ich war erstaunt, wie schnell es ging, ein Vermögen zu verlieren. Danach ging ich nach Amerika, wo ein guter Freund von mir als Arzt arbeitet. Mit seiner Hilfe täuschte ich meinen Tod vor. Ich will nicht auf Einzelheiten eingehen, zumal ich ihm hoch und heilig versprechen musste, strengstes Stillschweigen darüber zu bewahren. Mein Plan war, mit deiner Mutter und dir hier auf dieser Insel zu leben. Darauf hatte ich schon eine ganze Weile hingearbeitet.«

Ruby hatte ihm befremdet zugehört. »Ich verstehe nicht, wie man seinen Kindern absichtlich so wehtun kann. Welcher Vater tut denn so etwas?«

»Ich liebe meine Kinder, aber sie kommen leider nach ihrer Mutter.«

»Du hast sie doch kennengelernt, Ruby; du weißt doch, dass das stimmt«, warf Emily ein.

Justin und Jennifer waren allerdings nicht besonders nett gewesen, und der Tod ihres Vaters schien ihnen auch nicht sonderlich nahegegangen zu sein.

»Glaub mir, Ruby, das Einzige, was die beiden schmerzt, ist, dass sie jetzt für ihren Lebensunterhalt arbeiten müssen«, fuhr Joe fort. »Sie waren das Nichtstun gewohnt, weil mein Geld es ihnen ermöglicht hat. Sie haben ihr Potenzial nie ausgeschöpft. Vielleicht ist das meine Schuld, vielleicht habe ich sie zu sehr verwöhnt, weil ich den Mangel an Liebe in unserer Familie mit Geld kompensieren wollte. Justin führte das Leben eines reichen Playboys ohne jede Verantwortung. Jennifer interessiert sich nur fürs Geldausgeben, während sie die Männer so oft wechselt wie ihre Unterwäsche. Vielleicht hältst du mich für grausam, aber jetzt, wo sie bankrott sind, wird ihnen gar nichts anderes übrig bleiben, als ihr Leben selbst in die Hand zu nehmen. Clive Smithson wird mich über jeden ihrer Schritte auf dem Laufenden halten.«

Ruby riss die Augen auf. »Dein Butler ist eingeweiht?«

»Natürlich, ohne seine Hilfe hätte ich das alles nie bewerkstelligen können.«

»Dann ist er ein ausgezeichneter Schauspieler«, bemerkte Ruby. »Was ist mit Mrs. Mathers? Weiß sie auch Bescheid?«

»Ja, aber sie sind, abgesehen von meinem Freund, dem Arzt, die Einzigen. Ich habe einen anderen Namen angenommen, mir die Haare wachsen und einen Bart stehen lassen. Das genügt als Tarnung. Kein Mensch würde auf die Idee kommen, dass Joe Jansen als Koch in einem kleinen Restaurant auf einer Insel arbeitet.«

»Es ist ein ganz entzückendes Restaurant, und es trägt meinen Namen«, ergänzte Emily voller Stolz.

Joe lächelte ihr zärtlich zu.

»Und kochen kann er auch«, fuhr Emily fort.

Joe drückte ihr liebevoll die Hand. »Du hast immer so gern Fisch und Meeresfrüchte gegessen, davon habe ich mich inspirieren lassen.«

»Du wirst Justin und Jennifer nie wieder sehen können«, sagte Ruby. »Wie kannst du damit leben?«

»Ich weiß, Ruby. Aber meine Kinder würden niemals akzeptieren, dass ich mein Leben mit dir und deiner Mutter verbringen möchte. Ich habe sie mehr als zwanzig Jahre um mich gehabt, und sie haben kaum ein Wort mit mir gesprochen. Jetzt möchte ich nur noch eines: den Rest meines Lebens mit euch beiden verbringen. Und deine Mutter möchte mit mir zusammen sein. Eine Liebe wie unsere ist sehr selten und sehr kostbar.« Er küsste Emilys Handrücken.

Ruby sah ihre Mutter an. Nie zuvor hatte sie Emily so glücklich gesehen. Ihre Augen strahlten vor Liebe. Für sie war ein Traum in Erfüllung gegangen. Und nur das zählte.

»Möchtest du deinen Vater nicht kennenlernen, Ruby?«, fragte Emily sanft. »Das habe ich mir immer so sehr für dich gewünscht.«

Ruby sah erst ihre Mutter, dann Joe an. Sie nickte mit Tränen in den Augen. Alle Zweifel, alle Wut fielen von ihr ab. Endlich hatte sie ihren Vater. Ihre Eltern nahmen sie in die Arme, und ein tiefes Glücksgefühl durchflutete sie. Der Kreis hatte sich geschlossen.

29

Zwei Monate später

Emily saß in der Hollywoodschaukel auf der hinteren Veranda und genoss die Morgensonne und die Seeluft, als Joe und Ruby im Badezeug, in der Hand Schnorchel und Schwimmflossen, vom Strand heraufkamen. Es war immer noch warm genug, um im Meer zu baden.

»War's schön?«, fragte Emily.

»Herrlich!«, antwortete Ruby ganz begeistert. »Die Fische am Riff haben die unglaublichsten Farben. Und eine Riesenmuschel habe ich auch gesehen. Dad sagt, es gibt viele hier, aber ich habe vorher noch nie eine gesehen. Und eine Schildkröte ist direkt auf mich zugeschwommen!«

Joe lächelte seiner Tochter zärtlich zu. »Sie wollte dich wahrscheinlich begrüßen.«

»Komm doch mal mit zum Schnorcheln, Mom!«, bettelte Ruby.

»Nein, danke. Das tiefe Wasser ist nichts für mich. Ich wate lieber am Strand entlang oder faulenze im Garten.« Emily war überglücklich, dass sich Joe und Ruby so prächtig verstanden. Ruby hatte auch schon einige Male im Restaurant ausgeholfen. »Ich hab die Sonntagszeitung geholt, und das Frühstück ist auch schon fertig.«

»Wunderbar.«

Joe küsste sie auf die Wange. Er dankte seinem Schicksal jeden Tag, dass es ihn mit Emily wiedervereint hatte. Er und Ruby schlüpften in ihre Bademäntel und setzten sich an den gedeckten Terrassentisch.

Joe goss allen Tee ein, dann griff er nach der Zeitung. Emily lächelte Ruby an. Da Joes einzige schlechte Angewohnheit war, beim Frühstück die Zeitung zu lesen, drückte sie ein Auge zu.

»Ruby, sieh mal hier!«, rief Joe plötzlich.

»Was ist denn, Dad?«, fragte Ruby und steckte ein Stück Brot in den Mund.

Joe hatte den Sportteil aufgeschlagen. »Hier ist ein Artikel über Silver Flake.«

Ruby wurde blass. »Ich will ihn nicht lesen, Dad. Das tut zu weh.«

»Bestimmt nicht, Ruby. Die Stute lebt nämlich.«

»Was? Das ist ausgeschlossen. Das kann nicht sein. Da muss eine Verwechslung vorliegen. Ich hab sie doch gesehen …«

Ruby brach ab. Das Bild von der Stute, wie sie auf den Lastwagen gehievt und weggefahren worden war, verfolgte sie immer noch bis in ihre Träume.

»Nein, das ist keine Verwechslung. Sie lebt. Hier, schau selbst, es ist sogar ein Foto dabei.«

Er reichte Ruby die Zeitung, und sie überflog die ersten Zeilen des Artikels. Auf dem Foto waren Jed und Silver Flake abgebildet. Rubys Hände begannen zu zittern.

»Was steht denn drin?«, fragte Emily gespannt.

Ruby ließ sich auf einen Stuhl fallen und las den Artikel bis zum Ende. »Die Stute hatte offenbar ein Herzleiden. Nach dem Rennen in Alice Springs brach sie ohnmächtig zusammen. Die Tierärzte dachten zuerst, sie sei an Herzversagen gestorben, aber sie lebte noch und wurde an der Herzklappe operiert. Jetzt genießt sie ihren Ruhestand und lebt mit Jed in Silverton.« Sie ließ die Zeitung sinken und stieß einen Freudenschrei aus. Silver Flake lebte!

Joe und Emily freuten sich mit ihrer Tochter.

Ruby studierte das Foto genauer. »Die Stute sieht fabelhaft aus, oder, Dad?«

»Ja, genau wie Jed. Findest du nicht?«

Er sah Emily an. Sie wussten beide, wie sehr sich Ruby nach ihm sehnte. Sie hatte ihrer Mutter in einem schwachen Moment gestanden, dass sie sich in Jed verliebt hatte, und hinzugefügt, er wolle sie bestimmt nicht wiedersehen, weil er sie für den Tod der Stute verantwortlich machte. Das sei doch Unsinn, hatte Emily gemeint, sie könne doch nichts dafür. Aber Ruby hatte jede weitere Diskussion abgelehnt.

»Er sieht wirklich gut aus«, murmelte Ruby. Jed fehlte ihr so sehr.

»Jemand, der so fantastisch mit Pferden umgehen kann wie er, sollte wieder ein Rennpferd trainieren«, sagte Joe.

Ruby machte ein bedrücktes Gesicht. »Woher soll er das Geld für ein weiteres Pferd nehmen? Er hat darauf bestanden, dass ich das ganze Preisgeld einstecke, und Silver Flakes Operation hat bestimmt Unsummen gekostet. Vielleicht sollte ich ihm das Geld zurückgeben, damit er die Rechnungen bezahlen kann.«

»Das wäre eine Möglichkeit«, sagte Joe nachdenklich. »Die andere ist, du könntest in Melbourne selbst ein Pferd kaufen.« Er spielte schon seit Längerem mit diesem Gedanken und hatte auch mit Emily darüber gesprochen, aber sie hatte gemeint, es sei noch zu früh, Ruby diesen Vorschlag zu unterbreiten. Stattdessen hatte sie ihrer Tochter empfohlen, mit dem Geld einen Frisiersalon auf der Insel aufzumachen, doch Ruby hatte davon nichts wissen wollen.

»Dad, erstens habe ich keine Ahnung von Pferden, und zweitens wüsste ich nicht, was ich mit einem anfangen sollte!«

»Nun, ich verstehe genug davon, dass ich dir beim Kauf mit Rat und Tat zur Seite stehen könnte. Und ich kenne da einen ausgezeichneten Trainer, der es für dich abrichten könnte.« Joe zwinkerte ihr zu. »Ich bin sicher, er würde diese Aufgabe mit Begeisterung übernehmen«, fügte er lächelnd hinzu.

Ruby schaute von ihrem Vater zu ihrer Mutter.

»Ich finde, das ist eine ausgezeichnete Idee«, meinte Emily.

»Sagt mal, wollt ihr mich loswerden?«

Ruby hatte das Gefühl, dass die beiden das alles längst besprochen hatten.

»Wir möchten nur, dass du so glücklich wirst, wie wir es sind«, sagte Emily. »Und wenn du nach Silverton zurückkehren musst, damit du mit dem Mann, den du liebst, zusammen sein kannst, dann werden wir das akzeptieren, auch wenn du uns schrecklich fehlen wirst.«

Rubys Augen füllten sich mit Tränen. »Ich glaube nicht, dass Jed mich wiedersehen will, das habe ich dir doch schon einmal gesagt.«

»Jed ist kein Mensch, der sein Privatleben vor anderen ausbreitet, Ruby«, sagte Joe. »Es kann nur einen Grund dafür geben, dass er diesem Artikel und der Veröffentlichung des Fotos zugestimmt hat – weil er hoffte, du würdest es sehen.«

Ruby dachte nach. Was ihr Vater sagte, machte Sinn. Vielleicht war es wirklich so, vielleicht hatte Jed einen ganz bestimmten Zweck mit dem Zeitungsartikel verfolgt.

»Bist du sicher, dass das Risiko für dich nicht zu groß ist?«, fragte Ruby ihren Vater, als sie das Gelände des Pferdehändlers William Inglis and Son in Oakland, dreißig Kilometer nördlich von Melbourne, betraten. Auf über vierzig Hektar konnten bis zu sechshundert Pferde untergebracht werden. Tags zuvor waren bereits die besten und teuersten Vollblüter versteigert worden. Die Pferde, die jetzt noch da waren, hatten aus irgendwelchen Gründen keinen Käufer gefunden.

»Guck mich doch an«, erwiderte Joe. »Kein Mensch würde mich wiedererkennen. Ich sehe wie ein Landstreicher aus und nicht wie Joe Jansen, der frühere millionenschwere Bauunternehmer.«

Ruby musste lächeln. Da hatte er allerdings Recht. Er hatte sich die Sachen für seine Verkleidung in der Kleiderkammer der Heilsarmee gekauft.

»Stimmt. Eigentlich möchte ich nicht mit dir gesehen werden.«

»Vielen Dank.« Joe kratzte sich seinen unrasierten Hals. Seinen Bart hatte er wuchern lassen, sodass er richtig ungepflegt aussah.

Ruby knuffte ihn liebevoll in die Seite.

Sie fand schnell heraus, dass ihr Vater eine ganze Menge von Pferden verstand.

»Die hier ist hübsch«, sagte sie und bewunderte eine Fuchsstute mit weißer Blesse und vier weißen Fesseln.

Joe schüttelte den Kopf. »Das Aussehen ist nicht das wichtigste Kriterium. Viel wichtiger sind Abstammung, Anatomie, Charakter.« Anhand der Versteigerungsnummer überprüfte er in seiner Informationsbroschüre die Angaben zu dem betreffenden Pferd. Ihm gefiel nicht sonderlich, was er las. Er strich mit beiden Händen über den Rücken und die Kruppe des Pferdes. »Siehst du, wie sie zittert? Das deutet auf körperliche Schäden hin.«

Ruby staunte.

Joe ging weiter und begutachtete ein Pferd nach dem anderen. Er sprach von Überbelastung der Gelenke, Wirbelsäulenarthritis, Muskelverhärtungen, Bänderüberdehnung, Knieproblemen und von Spat. Ruby verstand kein Wort.

»Woher weißt du das alles?«, fragte sie, als sie ihrem Vater von Box zu Box folgte.

Er blieb bei einem Pferd stehen, betrachtete es eingehend, las die Informationen über das Tier und sagte: »Ich habe eine Menge Zeit mit Pferden und Trainern verbracht. Aber ich bin noch lange kein Experte.« Den Blick bewundernd auf den großen schwarzen Hengst gerichtet, der hochgradig nervös zu sein schien, fügte er hinzu: »Der hier gefällt mir.«

Seine Ohren zuckten; er schnaubte und stampfte mit den Hufen. Aber sein Fell glänzte, was auf eine gute Gesundheit hindeutete. Sein wildes Gebaren und die Art, wie er den Kopf hochriss und die Zähne bleckte, hatte sicher potenzielle Kaufinteressenten verscheucht. Joe jedoch beugte sich näher zu ihm, um ihn besser betrachten zu können. Als er das Tier berühren wollte, hätte es ihn fast gebissen.

»Ein wunderschönes Tier«, pflichtete Ruby ihm bei, »aber ich glaube, der ist ein bisschen zu temperamentvoll.«

»Einer seiner Großväter konnte sich 1958 im Melbourne Cup gut platzieren. Sein Vater hat zwar nur einige wenige Rennen, seine Großmutter aber mehrere Derbys gewonnen. Die guten Erbanlagen haben sich vielleicht durchgesetzt. Was seinen Körperbau betrifft, kann ich nichts Nachteiliges entdecken. Beeindruckend ist vor allem die starke Hinterhand. Und ich denke, er ist auch bezahlbar, weil sich außer uns niemand für ihn zu interessieren scheint.«

Ruby warf Joe einen bedeutungsvollen Blick zu. »Sollte uns das nicht zu denken geben?«

»Sein Charakter schreckt die Leute ab.«

»Du hast selbst gesagt, wie wichtig der Charakter ist.«

»Richtig, aber Jed würde das schon hinkriegen.«

In diesem Moment riss der Hengst seinen Kopf hoch und rammte den Lattenzaun der Box mit seiner Brust. Ruby fuhr erschrocken zurück.

»Ich weiß nicht, Dad. Ich finde ihn ein bisschen zu Furcht einflößend.«

»Silver Flake hatte einen weitaus mieseren Charakter, als Jed und ich sie kauften«, wandte Joe ein.

»Das hat er mir erzählt, aber ich kann es mir fast nicht vorstellen«, sagte Ruby, die an Silver Flakes sanftes, ausgeglichenes Wesen dachte.

»Sie ist das beste Beispiel dafür, was Jed aus einem Pferd machen kann. Wenn es irgendjemand schafft, das Beste aus diesem Hengst herauszuholen, dann er. Jed hat eine besondere Begabung für den Umgang mit Pferden.«

Das hatte Ruby zwar selbst schon erlebt, trotzdem war sie skeptisch.

»Jed und ich wussten instinktiv, dass Silver Flake etwas Besonderes ist, und bei diesem Pferd sagt mir mein Bauchgefühl genau das Gleiche.«

»Na schön.« Ruby beschloss, dem Instinkt ihres Vaters zu vertrauen. »Wie heißt er denn?«

Joe warf einen Blick in seine Unterlagen und grinste. »Du kannst ihn ja umtaufen, aber ich finde, der Name passt perfekt zu ihm«, sagte er und zeigte auf das Blatt Papier, das er in den Händen hielt.

Ruby konnte nicht anders – sie lachte laut heraus.

Am darauffolgenden Tag mietete Joe einen Geländewagen samt Fahrer und Anhänger, um das Pferd nach Silverton zu transportieren. Ruby freute sich zwar auf das Wiedersehen mit Myra und ihren anderen Bekannten dort, aber bei dem Gedanken an die bevorstehende Begegnung mit Jed wurde ihr ganz mulmig.

»Du schaffst das schon«, beruhigte Joe sie, als sie ihm von ihren Befürchtungen erzählte. Den Grund für Jeds Feindseligkeit, dass er nämlich glaubte, sie habe mit Rick Paget geschlafen, damit er auf Silver Flake ins Rennen ging, verschwieg sie ihm jedoch. »Jed ist ein feiner Kerl, das habe ich vom ersten Augenblick an gespürt.«

»Aber er hat gesagt, er will mich niemals wiedersehen.« Ruby würde den eisigen Blick bei ihrer letzten Begegnung mit ihm nicht vergessen.

»Er war wütend und verbittert, weil er dachte, die Stute sei tot. Gib ihm eine Chance, Ruby. Und wenn es nicht klappt, kommst du auf die Insel zurück. Aber versuchen musst du es, sonst wirst du dich immer fragen, ob du nicht einen Fehler gemacht hast.«

Ruby seufzte. »Du hast Recht.«

Joe lächelte. »Ruf deine Mutter an, sobald du in Silverton angekommen bist.«

»Mach ich«, versprach sie. »Danke, Dad.« Sie wusste jetzt schon, dass sie ihren Vater vermissen würde.

Er umarmte sie und küsste sie auf die Wange. »Pass auf dich auf, mein Kind.«

Nachdem Joe sich verabschiedet und auf den Weg zum Flughafen gemacht hatte, ging Bobby Walcott, der Fahrer, daran, den Hengst zu verladen. Er transportierte schon seit vielen Jahren Pferde, aber der schwarze Hengst stellte seine Geduld und sein Können auf eine harte Probe.

»Ich hab noch nie so einen bösartigen, störrischen Gaul erlebt«, beklagte er sich nach mehreren vergeblichen Versuchen. Zu guter Letzt wollte er dem Tier die Augen verbinden, um es in den Hänger führen zu können. Aber auch das klappte nicht. Das Pferd schlug aus und versuchte zu beißen. Als Bobby entnervt aufgeben wollte, kam Ruby die rettende Idee. Sie hatte einen Apfel dabei, den sie in kleine Stücke aufteilte. Sie hielt dem Pferd eines vor die Nase, während sie beruhigend auf das Tier einredete.

»Soll es für sein mieses Benehmen auch noch belohnt werden?«, knurrte Bobby.

»Manchmal erreicht man mit Zuckerbrot mehr als mit der Peitsche.« Ruby bewegte sich langsam zum Hänger hin und lockte den Hengst mit weiteren Apfelstückchen. Sie war genauso überrascht wie Bobby, als der Hengst ihr brav wie ein Lamm in den Hänger folgte.

»Man sollte ihn kastrieren lassen«, brummte Bobby, als er die Rampe hochklappte und die Riegel einschnappen ließ. Prompt trat der Hengst mit dem Huf gegen die Ladeklappe.

Ruby lachte laut heraus. »Ich glaube, er mag Frauen lieber«, sagte sie.

Sie wusste von ihrem Vater, dass sich Pferde oft zum einen Geschlecht mehr hingezogen fühlten als zum anderen.

Bobby schnaubte mürrisch. »Ich werde durchfahren«, sagte er, als Ruby auf den Beifahrersitz kletterte. »Ich werde dieses Pferd erst wieder ausladen, wenn wir in Silverton sind.«

Es war eine anstrengende Fahrt, auch für den Hengst, der fast die Ladeklappe des Hängers demoliert hätte, als es ihm zu lange dauerte. Nach einer scheinbaren Ewigkeit erreichten sie Silverton. Ruby zeigte Bobby Walcott den Weg zu Myras Haus. Bobby hatte es eilig, das Pferd auszuladen und nach Broken Hill zurückzufahren. Er freute sich schon darauf, ein paar alte Kumpel zu treffen und einige seiner Stammlokale aufzusuchen.

Myra hatte gerade die Hühner gefüttert, als sie einen Wagen heranfahren hörte. Sie ging zur Vorderseite des Hauses, wo Bobby den schlecht gelaunten Hengst aus dem Hänger führte.

»Hey! Was zum Teufel tun Sie da?«, fuhr sie den Fahrer an.

»Myra!« Ruby war um den Hänger herumgelaufen und eilte auf ihre alte Freundin zu.

»Ruby! Das ist ja eine Überraschung!« Myra nahm sie spontan in die Arme und drückte sie an sich. »Ich habe dich schrecklich vermisst. Lass dich ansehen!«

Doch bevor sie dazu kam, drückte der Fahrer Ruby den Führstrick in die Hand und sagte: »Also dann, ich mach mich wieder auf den Weg!« Er stieg eilig in sein Fahrzeug und fuhr davon.

Ruby sah ängstlich den schwarzen Hengst an, der ungestüm den Kopf hin und her warf und an dem Führstrick riss. »Brrr! Ruhig, ganz ruhig!« Sie schlang den Strick um einen Pfosten an der Veranda.

»Ich weiß nicht, ob das eine gute Idee ist«, sagte Myra besorgt. Sie sah im Geist schon, wie der feurige Hengst davonstürmte, ihre Veranda mitriss und einen Teil ihres Hauses wahrscheinlich mit dazu.

»Ich auch nicht«, sagte Ruby, »aber ich habe Angst, er schleift mich bis nach Broken Hill zurück.«

»Was in aller Welt hast du denn mit dem Pferd vor?«

»Ich will es Jed schenken. Weißt du, wo ich ihn finden kann?«

»Im Pub, denke ich. Und wenn er noch nicht da ist, wird er bestimmt bald kommen. Er ist erst vor einer Woche aus Alice Springs zurückgekommen, und seit eurer Abreise ist eine Menge passiert. Da gibt es viel zu erzählen.«

»Vor einer Woche erst!«, sagte Ruby verwundert.

»Ja, Silver Flake musste nach ihrer Operation geschont werden. Sie war nicht transportfähig, und da ist er in Alice Springs geblieben und hat dort gearbeitet, bis die Stute wieder fit war. Du weißt, dass sie operiert worden ist?«

Ruby nickte. »Ja.«

»Du kannst dir nicht vorstellen, wie schockiert wir waren, als wir hörten, dass sie nach dem Rennen zusammengebrochen ist.« Myra seufzte. »Für dich war es sicher auch schlimm, oder?«

»Schlimm ist gar kein Ausdruck. Ich dachte, sie sei tot. Ich habe erst vor einigen Tagen aus einem Zeitungsartikel erfahren, dass sie noch am Leben ist.«

»Oh«, sagte Myra verdutzt. »Ich dachte, du seist mit Jed in Verbindung geblieben.«

»Nein. Das ist eine lange Geschichte, Myra.«

Der Hengst tänzelte nervös und zerrte nach wie vor an dem Führstrick. Den beiden Frauen war gar nicht wohl in ihrer Haut.

»Hast du zufällig Äpfel da, Myra?«

»Zufällig ja, weil ich morgen einen Apfelkuchen backen wollte.« Myra ging ins Haus und kam mit einer Tasche rotbackiger Äpfel zurück. »Wie viele willst du?«

»Alle, wenn's geht.« Ruby nahm einen Apfel heraus und hielt ihn dem Hengst hin. »Na, hast du Hunger, mein Junge?«

»Woher hast du ihn eigentlich?«

»Aus Melbourne«, antwortete Ruby einsilbig.

»Hast du die letzten Wochen dort gelebt?«

»Nein, ich habe meine Mutter besucht«, antwortete Ruby ausweichend. Sie band den Führstrick von dem Verandapfosten los. »Kommst du mit, Myra? Ich werde mich mal zum Pub aufmachen.«

»Na klar.«

Ruby lockte den Hengst den ganzen Weg über mit kleinen Apfelstückchen. Ein Glück, dass er hungrig war und dass er Äpfel mochte. Als das Silverton Hotel in Sicht kam, begann Rubys Magen vor Aufregung zu kribbeln.

»Na, komm schon, mein Junge, so ist's brav«, redete sie beruhigend auf das Pferd ein. »Wie geht's Charlie?«, fragte sie dann.

Myra strahlte. »Viel besser, Gott sei Dank. Er nimmt jetzt andere Medikamente gegen seine Epilepsie, sodass er auch mal wieder beruhigt ein Glas trinken kann.«

»Das freut mich für ihn.« Ruby sah ihre Freundin prüfend an. »Du magst ihn, nicht?«

Nun war Myra diejenige, die eine klare Antwort schuldig blieb. »Du wirst staunen, wenn du zu mir kommst. Du wirst mein Haus nicht wiedererkennen!«

»Wieso das denn?«

»Ich habe meine Sammlung dem neuen Museum geschenkt, das Roy Holloway eingerichtet hat. Jetzt habe ich so viel Platz, dass ich gar nicht weiß, was ich damit anfangen soll.« Sie warf Ruby einen raschen Blick zu und fuhr dann fort: »Charlie dachte, da würde sich etwas anbahnen zwischen Roy und mir. Eines Abends stand er plötzlich vor meiner Tür, geschniegelt und gebügelt, und hat mich auf einen Drink in den Pub eingeladen.«

»Das ist ja wunderbar«, sagte Ruby erfreut.

»Seitdem hab ich ein paar Mal für ihn gekocht.« Myra lächelte verlegen. »Er kann nicht besonders gut kochen, deshalb hat er meine Einladungen mit Freude angenommen.«

Ruby grinste. »Das kann ich mir vorstellen. Und? Waren es romantische Abende?«

Myra wurde rot wie ein Schulmädchen. »Red keinen Unsinn. Wir sind zu alt für Romantik.«

»Dafür ist man nie zu alt, Myra«, erwiderte Ruby.

Myra war die Unterhaltung unangenehm. »Nächste Woche zieht ein neuer Lehrer hierher«, sagte sie, um das Thema zu wechseln.

Ruby guckte sie erstaunt an. »Und was ist mit Helen passiert?« Sie holte noch einen Apfel aus der Tasche und hoffte, dass sie bis zum Pub reichten.

»Sie ist immer noch an der Schule, aber die vielen neuen Schüler kann sie nicht allein unterrichten.«

»Die vielen neuen Schüler?«, echote Ruby. »Wo kommen die denn auf einmal her?«

»Als die Aborigines gesehen haben, wie gern Oola und Myall die Schule besuchen und wie viel sie lernen, sind viele Mütter dem Beispiel gefolgt und haben ihre Kinder angemeldet. Deshalb musste ein neuer Lehrer eingestellt werden, ein netter junger Mann. Helen hat ihn und seine Familie schon kennengelernt. Seine Frau war Krankenschwester, bis die Kinder kamen. Eine ganz reizende Familie, sagt Helen. Der Stadt wird es guttun, wenn ein paar neue Leute zuziehen.«

Ruby nickte zustimmend. Dann kam ihr plötzlich ein Gedanke. »Sag mal, sind die Camilleri-Brüder noch einmal aufgetaucht?«

»Nein, und ich glaube auch nicht, dass wir sie noch einmal zu Gesicht bekommen werden«, antwortete Myra trocken.

»Wieso? Sind sie wegen des Überfalls auf Jed und den Angriff auf die Stute festgenommen worden?«

Myra schüttelte den Kopf. »Ihr Auto wurde vor ein paar Wochen am Stuart Highway nördlich von Woomera gefunden. Es war vollständig ausgebrannt. Vor zwei Wochen stand in der Zeitung, zwei Weiße seien in einer abgelegenen Mission aufgetaucht und als die Camilleris identifiziert worden, aber sie weigerten sich strikt, die Mission zu verlassen. Anscheinend reden sie nur wirres Zeug. Eine merkwürdige Geschichte.«

Ruby zog verdutzt die Stirn kraus. Ob John Elliott dahintersteckte? Hatte er den Wagen in Brand gesetzt?

»Jed glaubt, dass Eddie Muntz seine Finger im Spiel hat. Er vermutet, dass sich die Brüder seinen Anweisungen widersetzt haben und Eddie sie dafür zur Rechenschaft gezogen hat. Mit Eddie sei nicht zu spaßen, meint er.«

»Dann haben sie ihre gerechte Strafe ja bekommen«, sagte Ruby. »Und Girra, wie geht's ihr?«

»Sie hat vor einem Monat geheiratet.«

»Was? Sie ist doch noch ein halbes Kind!«

»Die Ureinwohner haben andere Sitten und Bräuche als wir. Für sie ist sie zum Heiraten alt genug.«

Ein schrecklicher Gedanke durchzuckte Ruby. »Sie ist doch hoffentlich nicht mit diesem Mann verheiratet worden, der ihr Vater sein könnte, oder?«

»Nein, nein, sie hat einen Jungen namens Darel geheiratet. Weiße waren nicht zu den Feierlichkeiten eingeladen worden, aber das Paar kam am nächsten Tag bei mir vorbei. Girra strahlte vor Glück. Sie hat übrigens nach dir gefragt.«

»Wirklich? Das ist lieb von ihr. Ich bin ja so froh, dass sie Darel heiraten durfte.«

»Ja. Der alte Mann, mit dem sie ursprünglich hatte verheiratet werden sollen, machte zwar Ärger, aber Girra drohte, sie werde weglaufen, und nachdem sich die beiden Clans zusammengesetzt und beratschlagt hatten, haben ihre Eltern schließlich nachgegeben.« Myra machte eine kleine Pause. »Ach ja, Kadee hat übrigens auch geheiratet, einen jungen Mann namens Pindari. Bernie Lewis hat ihn einige Zeit bei sich beschäftigt, und jetzt kann sich das junge Paar ein Haus in der Stadt mieten.«

»Das ist ja wundervoll!«

Ruby freute sich für Kadee, wusste sie doch, wie sehr diese sich gewünscht hatte, in einem Haus in der Stadt zu leben.

Inzwischen hatten die beiden Frauen den Pub erreicht. Durch die geöffneten Fenster sah Ruby, dass die Männer die Köpfe drehten und neugierig hinausblickten.

»Ruby!«, rief Jacko.

»Hey, schaut mal alle her!«, schrie Burt Wilkinson. »Guckt mal, wer wieder in der Stadt ist! Hallo, Schätzchen!«

Was für ein herzlicher Empfang! Ruby strahlte.

Charlie, ein Glas Bier in der Hand, kam nach draußen. »Hallo, Ruby. Willkommen zurück.« Er sah Myra an, und ein zärtlicher Ausdruck trat auf sein Gesicht. »Hallo, Myra. Ich wäre nachher noch bei dir vorbeigekommen.«

»Wirklich?« Myra fasste sich befangen an ihre Frisur.

Ruby band den Hengst an einem Verandapfosten fest. Die Äpfel schienen ihn etwas besser gestimmt zu haben.

»Ist Jed da?«, fragte sie Charlie mit Herzklopfen.

»Nein, noch nicht.«

Burt Wilkinson kam heraus und zog Ruby hinter sich her in den Pub. Charlie und Myra folgten ihnen.

»Hallo, Schätzchen!«, rief Mick, der hinter der Theke stand. Er stellte ein Bier vor Ruby hin.

»Hallo, Mick.«

»Wir haben uns schon gefragt, ob wir dich noch mal wiedersehen. Jed hat gesagt, du seist nach Sydney zurückgekehrt.«

Ruby antwortete nicht. Sie trank einen Schluck Bier und begrüßte dann nacheinander ihre alten Bekannten, die sich um sie scharten: Colin und Agatha Barnes, Ernie und Connie Mitchell, Harold und Betty McGuire.

»Schön, dass du wieder da bist«, sagte Agatha. »Vielleicht hört Jed dann endlich auf, mit dieser Trauermiene herumzulaufen.«

»Trauermiene?«, wiederholte Ruby verwirrt. »Wieso? Silver Flake geht's doch gut, oder?«

»Ihr schon. Aber Jed nicht. Silver Flakes Herz ist wieder gesund. Es ist Jeds Herz, um das wir uns Sorgen machen.«

»Was fehlt ihm denn?«, fragte Ruby bestürzt.

Alle brüllten vor Lachen, und diese Reaktion verwirrte Ruby noch viel mehr.

»Wem gehört denn der Rappe da draußen?«, wollte Mick wissen und deutete mit dem Kinn Richtung Fenster.

»Ich hab ihn auf dem Pferdemarkt in Melbourne gekauft«, sagte Ruby. »Ich dachte, Jed würde ihn vielleicht gern trainieren.«

»Ja, eine neue Aufgabe würde ihm bestimmt guttun«, meinte Mick und zwinkerte den anderen Männern zu.

»Da kommt er ja«, sagte Jacko, der Jed durchs Fenster kommen sah.

Ruby stellte ihr Glas ab, holte tief Luft und ging zur Tür.

Jed, der Silver Flake am Zügel mit sich führte, hatte nur Augen für den schwarzen Hengst. Ruby sprengte es fast das Herz vor Freude, als sie die Stute erblickte. Sie sah gesund aus wie eh und je. Am liebsten hätte Ruby ihr die Arme um den Hals geschlungen.

Jed ging langsam auf den Hengst zu, doch der hatte jetzt, wo es keine saftigen Äpfel mehr gab, keine Lust, sich von seiner liebenswürdigen Seite zu zeigen. Seine Augen rollten wild, er bleckte die Zähne, riss den Kopf hoch und legte die Ohren an.

Jed verstand seine Körpersprache. Er machte einen kleinen Bogen um das Pferd, das im gleichen Augenblick ausschlug.

»Hey, immer ruhig Blut, mein Junge!«

Ruby eilte die Veranda hinunter. »Pass auf, ich glaube, er mag Frauen lieber als Männer.«

»Ruby!« Jed blieb wie vom Donner gerührt stehen. »Wo kommst du denn her?«

»Ich bin gerade erst angekommen«, sagte sie schüchtern.

Jed machte ein ganz verdattertes Gesicht. »Gehört der Hengst dir?«

Ruby nickte. »Ja. Ich suche einen Trainer, einen, der die Herausforderung liebt. Du kennst nicht zufällig jemanden?«

Ein kleines Lächeln umspielte Jeds Lippen. »Mal überlegen. Was kannst du mir über seine Abstammung sagen?«

»Sein Großvater hat sich 1958 im Melbourne Cup gut platziert, und seine Großmutter hat ein paar Derbys gewonnen.« Ruby bemerkte das Funkeln in Jeds Augen. Sie hatte schon sein Interesse geweckt.

»Nicht schlecht. Ein schönes Tier, aber mir scheint, sein Charakter ist nicht der beste.«

»Deshalb suche ich jemanden mit besonders viel Erfahrung.« Ruby machte ein paar Schritte auf Jed zu. »Ich habe den Artikel über Silver Flake gelesen. Ich war überglücklich, als ich erfuhr, dass sie noch am Leben ist.« Sie spürte, wie ihr die Tränen kamen, aber sie blinzelte sie zurück.

Jed registrierte das Beben in ihrer Stimme. »Sie hatte einen Herzstillstand, aber dann fing es zum Glück wieder an zu schlagen. Später fanden die Tierärzte heraus, dass sie einen Herzklappenfehler hat.«

Ruby sah ihm in die Augen. Er hatte so viel durchgemacht. Sie wünschte, sie hätte an seiner Seite sein können.

»Es tut mir leid, was ich gesagt habe, Ruby. Ich war völlig am Boden, weil ich dachte, die Stute sei tot, und ich habe meine Verbitterung an dir ausgelassen ...«

»Du hast gedacht, ich hätte mit Rick Paget geschlafen, aber das stimmt nicht, Jed.«

»Ich hätte wissen müssen, dass du so etwas nicht tust. Du hast so viel dafür getan, dass sich mein größter Traum erfüllt. Ich weiß gar nicht, wie ich dir für alles danken soll.« Er hielt einen Augenblick inne. »Ich hoffe, du kannst mir verzeihen«, fügte er dann leise hinzu.

»Da gibt es nichts zu verzeihen. Du warst unglücklich und niedergeschmettert, genau wie ich. Ich liebe Silver Flake nicht weniger als du.«

Ruby sah ihn an. Wieder wurde sie von ihren Gefühlen überwältigt. Sie hätte Jed so gern ihre Liebe gestanden, aber sie traute sich nicht – noch nicht. Sie schwiegen beide betreten.

Jed fasste sich als Erster. Er wandte sich dem Rappen zu. »Ich würde Silver Flake gern von einem guten Hengst decken lassen.«

»Ist eine Trächtigkeit nicht riskant für sie?«, wunderte sich Ruby.

»Nein, überhaupt nicht, sie ist wieder völlig gesund. Aber sie wird kein Rennen mehr laufen. Und jetzt, wo du Eigentümerin eines so prächtigen Hengstes bist ...«

»Er heißt übrigens Feuriger Vulkan«, warf Ruby lächelnd ein.

Jed lächelte. »... können wir vielleicht handelseinig werden«, beendete er seinen Satz.

»Möglicherweise«, pflichtete Ruby ihm eifrig bei.

»Bevor du zustimmst, solltest du wissen, dass ich zur Bedingung mache, dass du den Rest deines Lebens mit mir verbringst.«

Ruby schien das Herz aus der Brust zu springen. Sie strahlte Jed an. »Einverstanden!«, rief sie.

Und dann warf sie sich in Jeds Arme und küsste ihn stürmisch. Er erwiderte ihren Kuss nicht minder leidenschaftlich – sie vergaßen alles um sich herum. Und wie aus weiter Ferne hörten sie das Lachen und die Jubelschreie all ihrer Freunde aus Silverton.

ENDE

Mitreißend, gefühlvoll und voller unerwarteter Schicksalswendungen – eine einzigartige Neuseelandsaga

Sarah Lark
DAS GOLD DER MAORI
Roman
752 Seiten
ISBN 978-3-404-16590-2

Kathleen und Michael wollen Irland verlassen. Das heimlich verlobte Paar schmiedet Pläne von einem besseren Leben in der neuen Welt. Aber all ihre Träume finden ein jähes Ende: Michael wird als Rebell verurteilt und nach Australien verbannt. Die schwangere Kathleen muss gegen ihren Willen einen Viehhändler heiraten und mit ihm nach Neuseeland auswandern …
Michael gelingt schließlich mit Hilfe der einfallsreichen Lizzie die Flucht aus der Strafkolonie, und das Schicksal verschlägt die beiden ebenfalls nach Neuseeland. Seine große Liebe Kathleen kann er allerdings nicht vergessen …

Australien pur: atemberaubend, weit, geheimnisvoll

Elizabeth Haran
LEUCHTENDE SONNE, WEITES LAND
Roman
Aus dem australischen Englisch von Sylvia Strasser
512 Seiten
ISBN 978-3-404-16612-1

Jacqueline und Henry haben Amerika hinter sich gelassen, um auf dem roten Kontinent ein neues Leben zu beginnen. Doch kurz vor ihrem Zielhafen Melbourne bricht für Jacqueline eine Welt zusammen: Henry verlangt plötzlich die Scheidung. Er hat an Bord eine jüngere Frau kennen gelernt, mit der er eine Familie gründen will – denn Jacqueline hat ihm in den zehn Jahren ihrer Ehe keine Kinder schenken können.
Überstürzt und tief gedemütigt verlässt Jacqueline das Schiff im Hafen von Adelaide. Nun ist sie in einem fremden Land, fast mittellos, völlig auf sich allein gestellt …